톨스토이(1828~1910)

자신의 사무실에서 집필 중인 톨스토이 일리야 레핀. 1891.

잡지 〈니바〉 〈부활〉은 제정 러시아 주간지 〈니바〉에 의해   《부활》 프랑스어판 카우프만. 1899.
처음 연재되었다.

톨스토이 기념물 러시아에서 두호보르파를 추방하자 그들의 캐나다 이주기금을 마련하기 위해 《부활》 판권을 팔았다. 캐나다 브리티시, 두호보르파 디스커버리 센터

《부활》 삽화 레오니드 파스테르나크. 1910. 금빛 성상벽이 빛나고 있는 것도, 샹들리에나 촛대의 촛불이 타고 있는 것도 카튜사를 위해서였고, '주 부활하셨네, 모두 기뻐할지어다'라고 부르는 기쁨에 넘친 노랫소리도 카튜사를 위해서였다. 이 세상의 아름다운 것 모두가 카튜사를 위한 것이었다.

"사랑에 폭 빠져서 완전히 포로가 되어버렸군요. 이럴 줄은 꿈에도 생각지 못했어요. 블라디미르 시몬손이 이런 맹목적이고 유치한 사랑을 하게 되다니, 정말 놀라워요. 솔직히 말해서 실망이에요."

토지를 개인이 소유하는 것은 옳지 못한 것으로 농민들에게 나누어주어야 한다는 것을 깨닫고 네플류도프는 농민 대표들과 회의를 했다.

고모와 의사, 마을 여지주가 요리를 앞에 놓고 모여 있었다. 누가 말을 걸어도 엉뚱한 대답만 늘어놓았다. 머릿속은 그저 카튜샤 생각으로 가득했다.

영화 〈부활〉 롤프 한센 감독, 홀스트부흐홀츠·미리암 브루·에디스 밀 주연. 1958.

세계문학전집077
Лев Николаевич Толстой
ВОСКРЕСЕНИЕ
부활
톨스토이/이동현 옮김

동서문화사

디자인 : 동서랑 미술팀

부활

차례

부활

주요인물

주요인물

네플류도프 애칭은 미차 공작. 남주인공.

카튜사 네플류도프에게 순결을 빼앗기고 창녀로 타락한다.

마리아 이바노브나 네플류도프의 고모인 여지주(女地主).

소피아 이바노브나 마리아 이바노브나의 동생. 언니와 함께 살고 있다.

미씨(마리아 코르차긴) 코르차긴 공작의 딸. 네플류도프와 결혼할 것을 굳
   게 믿고 있다.

아그라페나 페트로브나 네플류도프의 가정부.

페도샤(빌리코프) 카튜사와 가장 친한 여죄수. 젊고 아름다운 농민의 아내.

시몬손(블라디미르 이바노비치) 국사범. 카튜사와 결혼한다.

제1편

마태복음 18장 21절. 그때에 베드로가 예수 앞에 나아가 묻는다. "주여, 형제가 내게 죄를 범하면 몇 번이나 용서하여 주리이까. 일곱 번까지 하오리이까." 22절. 예수께서 말씀하신다. "네게 이르노니, 일곱 번뿐 아니라 일흔 번씩 일곱이라도 할지니라."

마태복음 7장 3절. 어찌하여 형제의 눈 속에 있는 티는 보고, 네 눈 속에 있는 들보는 깨닫지 못하느냐.

요한복음 8장 7절. 너희 중에 죄 없는 자가 먼저 저 여자를 돌로 치라.

누가복음 6장 40절. 제자가 그 선생보다 높지 못하나 무릇 온전케 된 자는 그 선생과 같으리라.

1

몇 십만 명의 인간들이 비좁은 곳에 모여서 서로 밀치락달치락하며 그 땅을 못 쓰게 만들려고 아무리 애를 써도, 그 땅에 아무것도 돋아나지 못하도록 어떤 돌들을 깔아놓아도, 조그만 돌틈사이로 싹을 틔운 풀을 아무리 뜯어 없애도, 석탄이나 석유 연기로 아무리 그을려도, 아무리 나뭇가지를 베고 짐승과 새들을 쫓아 버려도 도시의 봄도 역시 봄이었다. 햇볕이 따뜻하게 내리쬐면 풀은 생기를 되찾아 쑥쑥 자라고, 뿌리가 남아 있는 곳이면 어디든, 가로수 길의 잔디밭은 물론 포석 틈새에서도 여기저기 파랗게 싹을 틔우고, 자작나무며 포플러며 벚나무도 향기롭고 윤기 나는 어린잎을 펼치고, 보리수는 껍질을 뚫고 나온 새 움을 부풀렸다.

까마귀와 참새와 비둘기들은 봄을 맞아 즐겁게 둥지를 틀고, 파리는 양지바른 담장마다 분주히 날아다녔다. 풀도 나무도 새도 벌레도 아이들도 모두 즐거워 보였다. 그러나 사람들은—이미 다 자란 어른들만은—여전히 자기 자신뿐 아니라 서로를 속이고 괴롭히기를 그치지 않았다. 사람들에게 신성하고 중요한 것은 이 봄날의 아침도 아니고, 만물의 행복을 위해서 주어진 신이 창조한 이 세계의 아름다움, 즉 평화와 화합과 사랑으로 사람들의 마음을 이끄는 이 아름다움도 아니었다. 그들은 서로 상대를 지배하기 위해서 자기들 머리로 생각해 낸 일만이 신성하고 중요하다고 생각하고 있었다.

그러므로 이 현의 감옥 사무실에서도 신성하고 중요하다고 여기는 일은, 살아 있는 모든 것에 봄의 기쁨과 감동이 주어졌다는 사실이 아니라 어젯밤에 무슨 무슨 사건이라 이름 붙은 봉인과 번호가 찍힌 서류를 받았다는 사실이었다. 거기에는 오늘, 즉 4월 28일 오전 9시까지 구류중인 미결수 3명인 여자 죄수 2명과 남자 죄수 1명을 출정(出廷)시키라고 적혀 있었다. 여자 죄수 하나는 중요한 용의자로서 나머지 두 사람과는 따로 연행해야 했다. 그래서 이 명령에 따라 4월 28일 아침 8시, 악취가 물씬 풍기는 어두컴컴한 여죄수 감방 복도로 간수장이 들어갔다. 그 뒤를 따라 소매 끝에 금줄을 두른 윗도리를 입고 가장자리를 파랗게 두른 허리띠를 맨 백발의 고수머리 여자가 들어갔다. 여간수였다.

"마슬로바를 부르시려고요?" 당직 간수장과 함께 복도로 난 감방 중 한 문 앞으로 다가가며 여간수가 물었다.

간수장이 철거덕거리며 자물쇠를 풀고 감방 문을 열자 복도보다 한층 심한 악취가 밖으로 흘러나왔다.

"마슬로바, 출정이다!" 간수는 그렇게 소리치고 다시 문을 닫고는 안에서 죄수가 나오기를 기다렸다.

교도소 바깥뜰까지는 바람이 시내로 실어오는 상쾌하고 시원한 들판의 공기가 감돌았다. 그러나 이 복도는 배설물과 타르와 부패물에서 풍기는 악취가 밴, 속이 뒤집힐 듯한 탁한 공기가 떠돌고 있어서 처음 들어오는 사람을 침울하고 답답한 기분에 잠기게 했다. 바깥뜰을 거쳐 들어온 여간수도 그 악취에는 익숙해 있는데도 역시 그런 기분에 휩싸였다. 그녀는 복도에 들어서는 순간 갑자기 피로를 느끼고 무엇에 빨려 들어가는 것처럼 졸음을 느꼈다.

감방 안에서 여자 죄수들이 말하는 소리와 맨발로 왔다 갔다 하는 소란스러운 소리가 들렸다.

"빨리 해, 뭘 하고 있어, 마슬로바!" 간수장이 감방 문에 대고 고함을 질렀다.

2분쯤 지나고, 흰 블라우스와 흰 치마에 잿빛 죄수용 겉옷을 걸친, 키는 별로 크지 않지만 가슴은 풍만한 젊은 여자가 힘찬 걸음걸이로 나와서 홱 돌아서더니 간수장 곁에 섰다. 그 여자는 리넨으로 된 긴 양말 위에 죄수용 털가죽 신을 신었으며 머리는 하얀 머릿수건으로 싸고 있었는데, 그 밑으로 분명히 일부러 멋을 부려 늘어뜨린 듯싶은 물결치는 검은 머리카락 한 가닥이 흘러나와 있었다. 여자의 얼굴은 오랫동안 실내에만 갇혀 있던 사람에게서 흔히 볼 수 있듯이 유달리 희어서 움 속의 감자 싹을 연상케 했다. 조그맣고 통통한 손도, 죄수복의 큼직한 깃 사이로 보이는 희고 토실토실한 목덜미도 역시 같은 느낌이 들었다. 그 얼굴에서 특히 눈길을 끄는 것은 그 칙칙한 창백함과는 대조적으로 새까맣고 반짝반짝 빛나는, 약간 부은 듯하지만 매우 생기 있는 눈동자였는데, 한쪽은 약간 사팔기가 있었다. 여자는 풍만한 가슴을 내밀다시피하면서 꼿꼿이 등을 펴고 서 있었다. 복도로 나오자 고개를 약간 뒤로 젖히고 똑바로 간수의 눈을 보면서, 뭐든지 시키는 대로 하겠다는 표정을 하고 멈춰 섰다. 간수가 문을 닫으려는데, 안에서 희끗희끗한 머리를 아무렇게나 헝클어뜨린 노파가 창백하고 매서운 주름투성이 얼굴을 쑥 내밀었다. 노파는 마슬로바에게 뭐라고 말하기 시작했다. 간수는 막무가내로 노파의 얼굴을 향해 문을 거칠게 닫았다. 노파의 얼굴이 사라졌다. 감방 안에서 여자들의 웃음소리가 울렸다. 마슬로바도 빙긋 웃으며 조그마한 살창문을 돌아보았다. 노파가 그 조그만 창에 매달려서 쉰 목소리로 말했다.

"쓸데없는 말을 하지 않는 게 중요해. 한 가지 말만 되풀이하고 버티면 되는 거야."

"그래요, 한 가지 말만 되풀이하면 이 이상 나빠지진 않겠죠, 뭐." 마슬로바는 고개를 끄덕이며 말했다.

"한 가지지, 두 가지가 있을 턱 있나." 간수장이 자못 상사답게 자기의 재치 있는 말솜씨에 흡족한 듯 뇌까렸다.

살창문으로 보이던 노파의 눈이 사라졌다. 마슬로바는 복도 한복판으로 나가서 종종걸음으로 간수장을 따라갔다. 두 사람은 돌층계를 내려가서, 여자 감방보다 더 악취가 지독하고 떠들썩한 남자 감방 앞을 지나갔다. 살창문 너머로 번들번들 빛나는 사내들의 눈길을 받으면서 두 사람은 사무실로 들어갔다. 거기에는 이미, 총을 든 호송병 두 명이 기다리고 있었다. 책상에 앉아 있던 서기가 한 호송병에게 담배 냄새가 밴 서류를 건네고 여죄수를 가리키며 말했다.

"연행해 가시오."

그 병사는 곰보 자국이 있고 얼굴이 붉은 니주니 노브고로드 농부 출신이었는데, 외투 소매를 되접어 꺾은 자리에 서류를 찔러 넣고, 광대뼈가 튀어나온 츄바쉬인 동료를 보고 여죄수에게 한쪽 눈을 찡긋해 보이며 웃었다. 호송병들은 여죄수를 사이에 두고 층계를 내려가 정문으로 걸어갔다.

정문에는 작은 샛문이 열려 있었다. 그들은 그 문턱을 넘어 마당으로 나갔다. 그리고 교도소 구내를 빠져나가, 돌로 포장된 마을의 한가운데를 걸어갔다.

삯 마차꾼들이며 가게 주인들, 요릿집 여자들, 직공들, 관리들이 걸음을 멈추고 신기한 듯이 여죄수를 쳐다봤다. 그 가운데에는 고개를 내저으면서 '나쁜 짓을 하면 저런 꼴이 되는 거야. 우리처럼 성실하면 아무 탈 없을 텐데' 하고 생각하는 사람도 있었다. 아이들은 무서운 듯이 움찔거리면서 죄지은 여자를 바라보다가, 뒤에 병사들이 뒤따르는 이상 이제 아무 짓도 하지 못하리라는 것을 알고 겨우 마음을 놓았다. 마을에서 숯을 팔러 왔다가 돌아가는 길에 싸구려 식당에서 차를 마시고 있던 한 농사꾼이 여죄수 곁으로 다가가 성호를 긋고 1코페이카짜리 동전을 쥐어 주었다. 여죄수가 얼굴을 붉히고 머리를 숙이면서 뭐라고 중얼거렸다.

뭇 사람이 자기를 보고 있다는 것을 느낀 여죄수는 머리를 움직이지 않고 살짝 곁눈질을 하였다. 그리고 자기가 주목 대상이 되어 있다는 사실에 기쁨을 느꼈다. 감방과는 견줄 수 없는 상쾌한 봄날의 공기도 마음을 환하게 해주었다. 그러나 오랫동안 걸어 보지 못한 돌 포장길을 허술하게 만든 죄수용 가죽신을 끌고 걷기란 여간 괴로운 일이 아니었다. 여죄수는 발끝을 살피면서 되도록 조심스레 걸음을 옮겨 놓으려고 애썼다. 밀가루 가게 앞에 이르니 여태까지 아무에게도 쫓겨 본 적 없는 비둘기 몇 마리가 아장아장 걸어 다니는 모습이 보였다. 여죄수는 하마터면 그중 한 마리를 밟을 뻔했다. 그 비둘기가 부산하게 날아올라 날개를 퍼덕이며 여죄수의 귓전을 스쳐 얼굴에 바람을 몰아붙이고 날아갔다. 여죄수는 잠시 생긋 웃었으나, 곧 자기 신세를 생각하고 무거운 한숨을 내쉬었다.

2

여죄수 마슬로바가 자라온 과정은 매우 흔해빠진 것이었다. 마슬로바는 남편 없이 남의 집 종살이를 하는 하녀의 딸로 태어났다. 그 하녀는 여지주인 두 자매의 영지에서 가축을 돌보는 늙은 어머니와 살고 있었다. 이 여자는 남편도 없으면서 해마다 아이를 낳았다. 그리고 어느 마을에서나 그렇듯이, 바라지도 않는데 태어난 자식들은 일에 방해가 된다며 세례만 시키고 젖을 주지 않기 때문에 굶어 죽곤 했다.

이렇게 하여 다섯 아이가 죽었다. 모두 세례는 받았지만 그 뒤로 먹을 것을 주지 않아서 굶어 죽은 것이다. 떠돌이 집시 사내와의 사이에서 난 여섯 번째 아이는 계집아이였다. 이 아이도 같은 운명에 놓일 처지였지만, 우연히 지주인 노처녀 자매 가운데 한 명이 크림에서 비린내가 난다고 가축지기를 꾸짖으러 축사에 들른 덕에 살아났다. 축사에는 귀엽고 튼튼해 보이는 아기를 안은 산모가 누워 있었다. 이것을 본 여지주는 그 크림 문제와, 산모를 축사 안에 들여놓은 데 대해 한바탕 꾸짖고 나서 돌아서 나가다가 무심코 갓난아기를 보고는 그만 측은한 생각이 들어서 대모가 되어 주겠다고 말한 것이다. 여지주는 그 아이에게 세례를 시켜주고, 그 뒤에도 자기가 이름을 지어준 아이가 불쌍한 생각이 들어 그 어머니에게 우유와 돈을 보내주었다. 이렇게 하여 이 계집아이는 살아남았다. 노처녀 자매는 이 계집아이를 구원받은 아이라는 뜻에서 '스파손나야'라고 부르기로 했다.

그 아이가 세 살이 되었을 때 어머니는 병이 들어서 죽었다. 가축지기를 하던 할머니가 손녀딸을 키우기에 힘들어 하자, 늙은 여지주 자매가 맡아 기르기로 했다. 눈이 까만 이 계집아이는 무척 발랄하고 귀여웠으므로 여지주 자매도 그 모습을 즐거움으로 삼고 지켜보았다.

두 자매 가운데 동생은 소피아 이바노브나였다. 아이에게 세례를 받게 해준 것도 이 마음씨 착한 동생이었다. 언니 마리아 이바노브나는 동생보다 엄했다. 소피아 이바노브나는 소녀에게 고운 옷을 입히고, 책 읽기를 가르쳐

장차 양딸로 삼고 싶어 했다. 그러나 마리아 이바노브나는 소녀를 일 잘하는 하녀로 만들 생각이어서 늘 엄하게 행실을 가르치고 꾸짖었으며, 기분이 나쁠 때는 때리기까지 했다. 그 소녀는 이렇게 두 사람 사이에 끼여서 자랐으므로 나이가 들자 반은 하녀, 반은 양녀 같은 존재가 되었다. 이름도, 하녀에게나 붙일 법한 천한 카티카나 양녀다운 귀여운 카첸카가 아닌, 그 중간을 딴 카튜사가 되었다. 카튜사는 바느질도 하고, 방 청소도 하고, 그릇 닦는 가루로 성상도 닦고, 커피를 볶고 빻아서 끓여 내기도 하고, 자질구레한 빨래도 했지만, 때로는 여주인들과 함께 둘러앉아서 책을 읽어 주기도 했다.

여러 곳에서 혼담도 들어왔지만, 그녀는 누구에게도 시집가려 하지 않았다. 혼담 상대가 죄다 막일꾼들이어서 지주댁의 편안한 생활에 젖은 자기가 그런 사람들과 살기란 힘들 거라고 생각했기 때문이다.

이런 생활은 열여섯 살이 될 때까지 계속되었다. 만 열여섯 살이 되었을 때, 여주인 자매의 조카이자 대학생인 부유한 공작이 놀러왔다. 카튜사는 그 청년에게는 물론이고 자기 자신에게조차 확실하게 고백할 용기도 없으면서 그 청년을 사모하게 되었다. 그로부터 2년 뒤 이 조카는 싸움터로 나가는 길에 고모네 집에 들러 나흘 동안 묵었는데, 출발 하루 전날 카튜사를 유혹했다. 그리고 이튿날 아침, 카튜사의 손에 100루블짜리 지폐 한 장을 쥐어 주고 떠났다. 청년이 떠난 지 다섯 달 뒤에 카튜사는 자기가 임신한 것을 알았다.

그때부터 카튜사는 모든 것이 싫어졌다. 오로지, 앞으로 닥쳐올 치욕에서 어떻게 하면 벗어날 수 있을까만을 생각했다. 여주인들 시중도 소홀하게 하였을 뿐 아니라, 때로는 자기 자신도 모르게 느닷없이 울화가 치밀어 분통을 터뜨리기도 했다. 그러고는 후회하곤 했지만 또다시 여주인들에게 난폭한 말을 던지고, 자기를 이 집에서 내보내달라고 애원했다.

여주인들도 카튜사의 태도를 못마땅해하고 있었으므로 마침 잘 되었다 싶어 내보냈다. 그 집을 나온 카튜사는 어느 지방 경찰서장 집에 하녀로 들어갔는데, 거기서도 석 달밖에 있지 못했다. 쉰 살은 족히 넘긴 지서장은 늙은 이 주제에 카튜사의 뒤꽁무니만 쫓아다녔다. 하루는 너무 끈덕지게 덤벼드는 바람에 카튜사는 그만 발칵 화를 내며 바보니, 호색한이니 하고 욕을 퍼붓고는 가슴팍을 힘껏 떠밀어 나자빠지게 만들었다. 그래서 카튜사는 난폭하다는 이유로 쫓겨났다. 이미 산달이 가까웠으므로 새 일자리도 구할 수가 없어서, 마을에서 술 도매를 하는 과부인 산파 집에서 신세를 지게 되었다. 해산은 비교적 수월했다. 그런데 산파가 마을에서 병든 산부의 아기를 받아주고 카튜사에게 산욕열을 옮긴 탓에, 태어난 사내아이는 양육원에 보내지고 말았다. 아기를 데리고 간 노파 말에 의하면 사내아이는 그곳에 도착하자마자 곧 죽어버렸다고 했다.

산파 집에 신세를 지러 갔을 때 카튜사가 가지고 있던 돈은 127루블이었다. 27루블은 자신이 번 돈이고, 100루블은 그 청년 공작에게서 받은 돈이었다. 그러나 산파의 집을 나올 때는 수중에 겨우 6루블밖에 남아 있지 않았다. 카튜사는 돈을 아낄 줄 모르는 성품이라 거리낌 없이 돈을 썼고, 누가 청하면 아무에게나 빌려 주었다. 두 달 치 밥값과 찻값으로 산파에게 40루블을 뜯긴 데다, 양육원에 아기를 맡기느라 25루블이 들었다. 거기다 산파가 암소를 산다고 40루블을 빌려간 데다가 옷가지며 차랑 과자를 사는 데 20루블이나 썼으므로, 카튜사가 건강을 회복하고 자리에서 일어났을 때는 돈이 거의 떨어진 형편이라 당장 일자리를 찾아야 했다. 마침 삼림감시인 집에 일자리가 났다.

삼림감시인은 아내가 있는데도 전의 서장과 마찬가지로 첫날부터 카튜사에게 지분거리기 시작했다. 카튜사는 이 사나이가 징그럽도록 싫어서 되도록 멀리하려고 애썼다. 그러나 그 사나이는 워낙 경험이 있고 교활했다. 더구나 주인이라는 신분을 이용해서 언제든지 카튜사를 마음먹은 곳으로 심부름을 보낼 수 있었다. 그리하여 기회를 엿보아 카튜사를 손에 넣고 말았다. 아내가 그것을 눈치챘다. 어느 날, 그녀는 남편과 카튜사가 단둘이 방에 있는 것을 발견하고 카튜사에게 덤벼들어 때리려고 했다. 카튜사도 지지 않고 맞붙어 싸웠다. 결국 월급도 받지 못하고 쫓겨났다. 카튜사는 시내로 나가 이모네 집에 몸을 의탁했다. 이모부는 제본소를 하고 있었는데, 전에는 그런대로 유복한 생활을 했으나 지금은 단골을 모두 잃고 닥치는 대로 물건을 내다팔아 술만 마시고 있었다.

이모는 조그마한 세탁소를 하여 그 수입으로 아이들을 키우고 술에 절은 남편 뒷바라지를 했다. 이모는 카튜사에게 자기 가게에서 세탁부로 일하라고 권했다. 그러나 이모네 집에서 일하는 세탁부들의 괴로운 생활을 보고는 마음이 내키지 않아 고용인 소개소를 돌아다니며 하녀 일자리를 찾았다. 곧 중학생 아들 둘을 둔 어느 부인 집에 일자리가 났다. 그러나 카튜사가 그 집에 들어간 지 일주일 남짓 지나자, 이제 겨우 코밑에 수염이 나기 시작한 중학교 6학년짜리 큰아들이 공부는 접어두고 카튜사를 졸졸 따라다니는 통에 마음 편할 날이 없었다. 부인은 모든 것을 카튜사 탓으로 돌리고 내쫓아버렸다. 새 일자리는 좀처럼 생기지 않았다. 그러던 어느 날, 직업소개소에서 양손과 양팔에 온통 반지와 팔찌를 낀, 살집 좋은 한 귀부인을 만났다. 부인은 카튜사가 일자리를 찾고 있다는 것을 알고 자기 주소를 알려 주면서 찾아오라고 했다. 카튜사는 부인을 찾아갔다. 부인은 상냥하게 카튜사를 맞아들이더니 만두와 달콤한 포도주를 대접했다. 그리고 하녀에게 편지를 주면서 어디론지 심부름을 보냈다.

저녁때가 되자 머리가 희끗희끗하고 흰 수염을 기른 키 큰 남자가 방으로 들어왔다. 그 노인은 곧 카튜사 옆에 앉아 번들거리는 눈으로 카튜사를 찬찬히 뜯어보며 농을 걸었다. 부인이 그 노인을 옆방으로 불렀다. 이윽고 "시골서 갓 데려온 싱싱한 상품이라우"라고 말하는 부인의 목소리가 카튜사의 귀에까지 들렸다. 그런 다음 부인은 카튜사를 불러, 이분은 작가이고 상당한 부자라서 네가 마음에 들기만 하면 돈은 아낌없이 줄 거라고 말했다. 카튜사는 노인 마음에 들었다. 노인은 가끔 만나 줄 것을 약속하게 한 다음 카튜사에게 25루블을 주었다. 그러나 이 돈도 이모네 집에 빚져 있던 밥값을 내고 새 옷과 모자와 리본을 사느라고 하루아침에 다 써버리고 말았다. 4, 5일이 지나자 작가는 다시 카튜사를 부르러 사람을 보냈다. 카튜사는 따라갔다. 작가는 다시 25루블을 주고, 따로 방을 얻어 이사하라고 권했다.

작가가 얻어 준 집에 이사를 가서 사는 동안 카튜사는 같은 건물 안에 사는 싹싹한 점원과 좋아지내게 되었다. 카튜사는 그 사실을 작가에게 털어놓고 다른 조그마한 방으로 옮겼다. 그런데 점원은 결혼을 하겠다고 약속까지 해놓고 말 한마디도 없이 종적을 감추고 말았다. 카튜사를 버리고 니지니로 도망가 버린 모양이었다. 이리하여 카튜사는 다시 외톨이가 되었다. 카튜사는 그 방에서 혼자 살아볼 생각이었지만 그것은 허가되지 않았다. 경찰서장에 의하면, 매춘부가 지니는 노란 표찰을 받고 검진을 받지 않고서는 여기서 살 수 없다는 것이었다. 카튜사는 다시 이모네 집으로 들어갔다. 이모는 멋

있는 코트와 예쁜 모자로 치장한 카튜사를 보더니 생활이 아주 좋아진 줄 알고 이제는 세탁부가 되라고 권하지 않았다. 카튜사 역시 세탁부가 될 생각은 전혀 없었다. 이제는 그저, 가느다란 팔에 창백한 얼굴을 한 세탁부들이 감옥 같은 일방에서 고된 생활을 하는 모습을 애처로운 마음으로 지켜보기만 했다. 그 여자들 가운데는 이미 폐병에 걸린 사람도 몇 명인가 있었다. 세탁부들은 여름이나 겨울이나 창문을 열어젖히고, 30도나 되는 비누 냄새 물씬한 김 속에서 빨래를 하거나 다리미질을 했다. 하마터면 나도 저런 힘든 생활 속에 빠질 뻔했구나, 하고 생각하니 소름이 쫙 끼치곤 했다.

마침 그 무렵, 매춘굴에 여자를 알선하는 뚜쟁이 할멈이 후원자를 만나지 못해 돈이 없어 쩔쩔매는 카튜사를 찾아왔다.

카튜사는 이미 오래전부터 담배를 피우고 있었는데, 최근 점원과 좋아지내다가 버림받은 뒤로는 술도 배워 차츰 그 양이 도를 넘고 있었다. 카튜사가 술에 빠진 것은 그 맛을 알게 된 탓도 있지만, 그보다도 술이 지금까지 겪어온 괴로움을 모두 잊게 해주고 가슴의 응어리도 풀어주고, 자기도 남들과 다름없다는 자부심을 가질 수 있게 해주었기 때문이다. 술을 마시지 않았을 때는 늘 자기가 부끄럽고 기분이 울적했다.

뚜쟁이할멈은 이모에게는 음식을 대접하고 카튜사에게는 술을 먹인 다음, 시내에서 으뜸가는 유곽에 들어갈 것을 권하면서 그곳이 얼마나 좋은 곳인지 설명을 늘어놓았다. 천한 하녀 신분으로 끊임없이 사내들에게 치근덕거림 당하면서 가끔 은밀한 정사 상대가 되느냐, 아니면 생활이 보장된 떳떳하고 합법적인 환경에서 좋은 보수를 받으면서 끊임없이 간음을 하느냐, 카튜사는 그 둘 중에서 하나를 선택해야 했다. 카튜사는 후자를 골랐다. 아니, 단순히 선택만 한 것이 아니라 그렇게 함으로써, 자기를 처음 유혹한 청년과 그 점원에게, 그리고 자기한테 나쁜 짓을 한 모든 사람에게 복수하겠다고 생각한 것이다. 또 카튜사의 마음을 눈멀게 하고 마지막 결심을 하게 한 원인의 하나가 된 것은 벨벳이건, 프랑스 비단이건, 견직물이건, 어깨와 팔이 드러나는 야회복이건 마음대로 옷을 맞춰 입을 수 있다는 뚜쟁이할멈의 말이었다. 그리고 까만 벨벳 장식이 달린 연두색 야회복으로 몸을 휘감은 자기 모습을 상상하자 카튜사는 그만 참을 수가 없어 신분증명서를 내주고 말았다. 그날 밤 뚜쟁이할멈은 마차를 불러 키타예바라는 여자가 경영하는 유명한 유곽으로 카튜사를 데려갔다.

이렇게 해서 그때부터 카튜사에게는 신과 인간의 계율에 어긋나는 죄악으로 가득한 생활이 시작되었다. 그것은 몇 십만 명의 여자들이 국민 복지를 배려하는 정부에 의해 쉽게 허가받을 뿐 아니라 오히려 그 보호 아래서 꾸려 나가는 생활로서, 대부분 고통스러운 병에 걸려 나이보다 일찍 늙고 비참하게 죽어가는 그런 생활이었다.

한밤의 난잡한 연회 뒤에 수렁같이 빠져들어 대낮까지 이어지는 낮잠. 두세 시가 지나서야 더러운 잠자리에서 부스스 일어나서 술이 깨게끔 탄산수와 커피를 마시고, 재킷이나 가운만 걸친 너절한 몰골로 나른하게 이방 저방을 돌아다니기도 하고, 커튼 뒤에서 창밖을 내다보기도 하고, 탄력 없는 쉰 목소리로 동료들과 욕지거리를 하기도 한다. 그러다가 세수를 하고 화장을 하고 몸과 머리에 향수를 뿌린다. 옷을 가봉할 때면 그 일 때문에 여주인과 다툰다. 거울 앞에 앉아 얼굴을 다듬고 눈썹을 그린다. 기름진 최고급 식사를 한다. 그리고 몸이 훤히 비치는 밝은 비단옷을 입고 요란하게 꾸며진 눈부시게 밝은 홀로 나간다. 손님이 온다. 음악이 울리고 춤을 추고 과자를 먹고 와인을 마시고 담배를 피우고 간음에 빠진다. 상대는 젊은이, 중늙은이, 애송이, 늙어빠진 늙은이, 독신자, 기혼자, 장사꾼, 점원, 아르메니아인, 유대인, 타타르인, 부자, 가난뱅이, 건강한 사람, 병자, 술 마신 사람, 안 마신 사람, 난폭한 사람, 상냥한 사람, 군인, 문관, 대학생, 중학생 등등 온갖 계급, 나이, 성격의 사나이들이다. 고함과 신소리, 싸움과 음악, 담배와 술, 저녁부터 새벽까지 끊이지 않고 울리는 음악, 아침이 와서 해방이 되고 나면 수렁 같은 잠. 이러한 생활이 날마다 되풀이된다. 주말에는 국가기관인 지방 경찰서에 간다. 그곳에서는 공무원들과 의사들 즉 남자들이 때로는 점잖 빼는 얼굴로, 때로는 히죽거리며, 자연이 죄를 방지하기 위해 인간에게는 물론이요 동물에게까지 준 수치심을 짓밟고 여자들을 검진한 다음, 여자들이 일주일 동안 공범자들과 저질러 온 범죄를 계속해도 좋다는 허가를 내준다. 그리고 다시 똑같은 일주일이 지나간다. 이런 나날이 여름이고 겨울이고 평일이고 축제일이고 변함없이 되풀이된다.

이런 생활로 카튜사는 7년을 보냈다. 그동안 두 번 포주를 바꾸고 한 번 병원에 입원했다. 유곽에서 일한 지 7년째, 처음 타락한 해로부터 8년째에,

다시 말하여 스물여섯 살이 되었을 때 카튜사가 감옥에 들어간 원인이 된 사건이 일어났다. 그리하여 살인범과 도둑들과 여섯 달이나 한방에 갇혀 있던 끝에 이제 가까스로 법정에 끌려 나오게 된 것이다.

3

카튜사가 먼 길을 걷느라 지칠 대로 지친 몸으로 호위병과 함께 지방 재판소 건물에 거의 도착했을 무렵, 카튜사에게는 양모 여지주의 조카이자 카튜사를 유혹했던 장본인인 드미트리 이바노비치 네플류도프 공작은 스프링 장치가 잘된 높직한 침대에서, 푹신한 깃털 이불을 덮고 누워서 가슴의 주름이 단정히 다려진 깨끗한 네덜란드제 파자마 앞섶을 풀어헤친 채 담배를 피우고 있었다. 네플류도프는 시선을 앞으로 고정한 채 오늘 할 일과 어제 있었던 일을 생각하고 있었다.

네플류도프는 그 집 딸과 결국은 결혼할 것이라고 모든 사람이 예상하고 있는, 부호이자 명문인 코르차긴 공작 집에서 있었던 간밤의 일을 생각하고 한숨을 쉬었다. 그는 다 피우고 난 담배를 버리고 은제 담배 케이스에서 새로 담배를 꺼내려다 말고 침대에서 미끈한 흰 다리를 내려 슬리퍼를 더듬어 신었다. 그리고 살찐 어깨에 비단 가운을 걸치고 빠른 걸음으로 팅크제,* 오드콜로뉴, 화장품, 향수 등 인공적인 향기가 밴, 침실 옆 화장실로 들어갔다. 거기서 군데군데 땜질한 이를 특제 치약으로 닦고는 향긋한 양칫물로 입을 헹구고 이곳저곳 몸을 깨끗이 씻은 다음, 수건을 바꾸어가며 물기를 닦았다. 먼저 향긋한 비누로 꼼꼼하게 손을 씻고 보기 좋게 기른 손톱을 조그마한 솔로 정성껏 닦고, 커다란 대리석 세면대에서 얼굴과 살집 좋은 목덜미를 씻고 나서 다시 옆방으로 들어갔다. 샤워실이었다. 거기서 살집 좋은 기름진 흰 몸뚱이를 찬물로 씻고 올이 굵은 목욕 수건으로 물기를 말끔히 닦았다. 깨끗이 다려진 산뜻한 속옷을 입고 거울처럼 윤나게 닦은 구두를 신은 다음 화장대 앞에 앉아서, 짧고 곱슬곱슬한 검은 턱수염과 숱이 적어지기 시작한 이마 쪽 머리를 브러시 두 개를 사용해서 빗기 시작했다.

네플류도프가 사용하는 장신구는 속옷에서 옷, 구두, 넥타이, 넥타이핀,

---

* 생약(生藥)에 알코올 또는 묽은 알코올을 가하여 유효성분을 침출한 액체.

커프스단추에 이르기까지 모두 최고급품으로, 두드러지게 눈에 띄지는 않았지만 모두 값진 것이었다.

열 가지나 되는 넥타이와 넥타이핀 가운데서 아무거나 손에 닿는 것을 집어서 매고 깨끗이 손질하여 의자 위에 놓아 둔 옷을 입었다. 전에는 이것저것 고르는 것이 즐거웠으나 이제는 전혀 관심이 없었다. 아직도 머리는 약간 무거웠지만 얼마간은 산뜻한 기분으로 향수 냄새를 풍기면서, 어제 하인 셋이서 바닥에 깔린 나무 모자이크를 반들반들하게 닦아 낸 길쭉한 식당으로 들어갔다. 식당에는 커다란 참나무 찬장이 놓여 있고, 역시 큼직한 식탁이 사자 발을 본 따서 조각한 4개의 다리를 벌린 채 어딘가 당당한 모습으로 놓여 있었다. 식탁은 이 집 머리글자가 새겨진 빳빳하게 풀 먹인 얇은 식탁보로 덮여 있고, 그 위에 향긋한 커피가 든 은주전자와 은제 설탕 그릇, 따끈한 크림을 담은 그릇, 갓 구운 빵과 비스킷이 담긴 바구니가 나란히 놓여 있었다. 그 옆에는 오늘 아침에 배달된 편지와 신문, 신간 잡지 〈두 세계 평론〉이 놓여 있었다. 네플류도프가 편지를 막 집으려 하는데 복도로 나 있는 문이 열리더니, 상복을 입은 토실토실하게 살찐 초로의 부인이 들어왔다. 가르마를 레이스 머리장식으로 가리고 있었다. 아그라페나 페트로브나였다. 얼마 전 이 집에서 세상을 떠난 네플류도프 어머니를 모시던 여자로 지금은 가정부로 남아 네플류도프의 시중을 들고 있었다.

아그라페나 페트로브나는 네플류도프의 어머니를 따라 10년 남짓 외국에서 지낸 일이 있어 귀부인 같은 풍채와 태도를 갖추고 있었다. 그녀는 네플류도프가 어릴 때부터 이 집안에 몸담고 있어서, 드미트리 이바노비치가 미첸카라는 애칭으로 불리던 시절도 알고 있었다.

"안녕히 주무셨어요, 드미트리 이바노비치."

"잘 잤소, 아그라페나 페트로브나? 무슨 색다른 일이라도 있소?" 네플류도프가 놀리듯 물었다.

"공작님 댁에서 편지가 와 있어요. 마님한테서인지 아가씨한테서인지는 모르지만 아까 하녀가 가지고 와서 제 방에서 기다리고 있습니다." 아그라페나 페트로브나는 편지 한 통을 내밀며 의미 있는 미소를 지어 보였다.

"알았어. 바로 답장을 쓰지." 네플류도프는 편지를 받아 들고 이렇게 말했으나, 문득 아그라페나 페트로브나의 미소를 알아채고 이맛살을 찌푸렸다.

네플류도프가 코르차긴 공작의 딸과 결혼할 것을 알고 있는 아그라페나 페트로브나는 이 편지가 그 아가씨에게서 온 것이라는 뜻으로 웃은 것이었다. 네플류도프는 그녀의 미소에서 드러나는 생각을 읽고 불쾌해졌다.

"그럼, 조금 더 기다리라고 말해 두겠어요." 아그라페나 페트로브나는 잘못 놓인 식탁용 솔을 집어 제자리에 놓은 다음 조용히 식당에서 나갔다.

네플류도프는 아그라페나 페트로브나가 준 향긋한 편지를 뜯어서 읽었다.

저에겐 공작님의 기억을 되살려 드릴 의무가 있으므로 혹시 몰라 말씀드려 둡니다(끝이 고르지 않은 두꺼운 잿빛 종이에 뾰족한 글씨로 띄엄띄엄 씌어 있었다). 오늘, 4월 28일 공작님은 배심원으로서 재판소에 나가시게 되어 있습니다. 그러므로 어젯밤에 여느 때와 같이 가볍게 약속하셨지만, 저희나 콜로소프 님과 함께 전람회 구경을 하러 가실 수는 없습니다. 하기는 제 시각에 출정하지 못해서, 말 사는 데 쓰기도 아깝던 그 300루블을 재판소에 벌금으로 바칠 생각이시라면 이야기는 달라집니다만. 어제 공작님이 돌아가시자 곧 이 일이 생각났습니다. 아무쪼록 잊지 마시기를.

M 코르차긴

뒷면에는 프랑스어로 이렇게 덧붙여져 있었다.

Maman vous fait dire que votre couvert vous attendra jusqu'à la nuit. Venez absolument à quelle heure que cela soit. M.K.(어머니께서 말씀하시길, 밤 늦게라도 공작님이 오실 때까지 식사를 차려두시겠답니다. 몇 시가 되든지 꼭 와주세요. M.K.)

네플류도프는 약간 눈살을 찌푸렸다. 이 편지는 코르차긴 공작의 딸이 벌써 두 달 동안 전개하고 있는 교묘한 공작의 연장이며, 그 목적은 눈에 보이지 않는 실로 그를 그녀와 꼭 묶어 놓는 데 있었다. 그러나 이제 흥분하기 쉬운 청춘 시절을 지나 덮어놓고 사랑의 포로가 될 수 없는 사람들이 결혼을 앞두고 늘 느끼는 그 망설임 말고도 네플류도프에게는 또 한 가지, 설령 그렇게 결심했더라도 지금으로서는 도저히 청혼할 수 없는 중대한 까닭이 있었다. 그것은 10년 전에 카튜사를 유혹했다가 버렸다는 사실이 아니었다. 그런 것은 이미 오래전에 까맣게 잊고 있었고 또 그것이 자기 결혼에 방해가 된다고는 꿈에도 생각하지 않았다. 바로 이 무렵 그는 어느 유부녀와 깊은 관계를 맺고 있었는데, 네플류도프는 이미 관계를 끊은 것으로 알고 있었으나 여자 쪽에서는 그것을 인정하지 않았던 것이다.

네플류도프는 여자를 대할 때 몹시 소심했는데 바로 그런 점이 유부녀들의 소유욕을 자극했던 것이다. 불륜 상대는 네플류도프가 선거 때마다 가는 군(郡)의 귀족회 회장 부인이었다. 여자 쪽에서 먼저 유혹했지만 네플류도프도 날이 갈수록 상대에게 빠져들었고, 동시에 점점 더 혐오스러운 정사관계로 발전했다. 처음에는 그 유혹을 뿌리칠 수 없었지만, 나중에는 상대방에게 미안한 마음이 들어서 일방적으로 관계를 끊자고 말할 수 없게 되었다. 설령 그것이 자기가 바라는 결혼일지라도, 코르차긴 공작 딸에게 청혼할 자격이 없다고 생각하는 것은 바로 이런 이유에서였다.

공교롭게도 식탁 위에는 이 여자의 남편한테서 온 편지가 놓여 있었다. 그 글씨체와 소인을 보자 네플류도프의 얼굴이 확 달아올랐다. 그와 동시에 위험이 닥쳐왔을 때 느끼게 되는 그런 감정의 소용돌이를 느꼈다. 그러나 그 긴장은 공연한 것이었다. 상대방 남편, 즉 네플류도프의 주요 영지가 있는 군의 귀족회 회장은 5월 말에 임시총회가 열린다는 사실을 알리고, 보수파의 맹렬한 반대가 예상되니 꼭 참석하여 학교와 철도 지선 부설 등 중요 안건이 가결되도록 강력히 밀어주기 바란다고 의뢰해 온 것이었다.

귀족회 회장은 자유주의를 지향하는 인물로, 얼마 안 되는 동지들과 함께 알렉산드르 3세 시대에 찾아온 반동에 항거하여 그 싸움에 깊이 빠져드는 바람에 가정생활의 어두운 그늘에 대해서는 아무것도 모르고 있었다.

네플류도프는 지금까지 이 남자를 생각할 때마다 느껴온 괴로운 망상들이 하나하나 떠올랐다. 한번은 남편에게 들킨 줄 알고 결투까지 각오했으며, 결투할 때에는 하늘을 향해 권총을 쏘겠다고 결심한 일도 있었다. 여자가 절망한 나머지 연못에 투신자살하겠다고 뛰어나가는 바람에 그것을 말리려고, 여자를 기를 쓰고 찾아다닌 일도 생각났다. '이제 이렇게 된 이상, 그 여자의 회답을 받을 때까지는 임시총회에 갈 수도 없고 아무 계획도 세울 수가 없어.' 네플류도프는 생각했다. 네플류도프는 일주일 전에, 자기 잘못을 인정하고 그 벌로 어떠한 보상이라도 할 각오이며 당신의 행복을 위해서라도, 우리 두 사람의 관계는 영원히 끝난 것으로 생각하고 싶다는 요지로 마지막 편지를 써서 그 여자에게 보냈다. 이 편지에 대한 회답을 기다리고 있었는데 아직 받지 못했다. 하지만 회답이 없다는 것은 어떤 의미에서는 좋은 징조였다. 만약 상대방도 관계를 끊고 싶지 않다면 벌써 회답을 보냈거나 아니면 전에도 있었던 일이지만 직접 찾아왔을 것이다. 네플류도프가 풍문에 들은 바로는, 그곳에 어떤 장교가 새로 나타나 그 여자의 비위를 맞추고 있다는 것이었다. 네플류도프는 질투심에 괴롭기는 했지만 그와 동시에, 오랫동안 자기를 괴롭혔던 허위에서 가까스로 해방될 것 같은 희망도 보여서 안도의 숨을 내쉬었다.

또 한 통의 편지는 영지 관리인한테서 온 것이었다. 관리인은 상속권 확인 문제도 있고, 앞으로 경영을 어떻게 할 것이냐도 결정해야 하니 네플류도프가 꼭 와주어야겠다고 간청하고 있었다. 죽은 공작부인이 살아 있을 때와 마찬가지로 경영해 나갈 것인지, 아니면 관리인이 공작부인에게도 권해왔고 지금 젊은 공작에게도 권하고 있듯이, 농기구를 늘려 소작농들에게 빌려주었던 토지를 모두 이쪽에서 경작할 것인가 하는 문제였다. 자기가 얘기하는 방법을 쓰는 편이 훨씬 더 수입이 오를 것이라고 관리인은 말하고 있었다. 끝으로 다달이 초하룻날까지 보내기로 되어 있는 3000루블의 송금이 약간 늦어진 것을 사과하고, 다음 편에 보내겠다고 약속했다. 송금이 늦어진 까닭은 농민들이 뻔뻔해진 탓에 아무리 해도 농민들한테서 세금을 거둘 수 없었기 때문이니 그 부분은 당국에 부탁하여 강제 징수를 해야 한다고 결론을 맺었다. 이 편지를 읽고서 네플류도프로서는 유쾌하기도 했고 불쾌하기도 했다. 막대한 영지에 대한 자기의 지배력이 느껴지는 것은 유쾌했다. 그러나 젊었을 때 허버트 스펜서의 열렬한 신봉자였던 자기가 지금 대지주가 되어서 보니, 정의(正義)는 토지 사유를 허용하지 않는다는 스펜서의 저서 《사회평형론》의 명제에 새삼 놀라게 되는 것이 불쾌했다. 네플류도프는 청년다운 순진함과 정열에 이끌려 토지는 사유 대상이 되어서는 안 된다고 주장하기도 했고 대학에서는 이에 관한 논문을 썼을 뿐만 아니라, 그 무렵 실지로 토지 사유에 대한 자기 신념을 어기지 않으려고 약간의 토지를 농민들에게 나누어 주기도 했다(그것은 어머니의 토지가 아니라, 아버지에게서 물려받은 자기 소유의 토지이기는 했지만). 그러나 상속으로 대지주가 된 지금은 그 둘 가운데서 하나를 택해야 했다. 즉 아버지에게서 물려받은 200헥타르의 토지에 대해서 10년 전에 감행했듯이 사유를 포기하든지, 아니면 암묵의 양해로 자기의 그전 사상이 모두 잘못된 허위였다고 인정하든지.

전자를 택할 수는 없었다. 토지 말고는 아무런 생활 수단이 없었기 때문이다. 스스로 일해 돈 벌 생각도 없고 게다가 이미 사치스런 생활에 젖어 있기 때문에 그것을 버린다는 것은 상상할 수도 없었다. 이제는 젊었을 때 가지고 있던 신념도, 결단력도, 남의 의표를 찌르려던 허영심도, 열의도 다 잃어버렸기 때문이다. 그렇다고 후자 즉 당시 스펜서의 《사회평형론》을 읽은 뒤 상당한 시일이 지나서 읽은 헨리 조지의 논문에서도 빛나는 근거를 발견한, 토지 사유의 불법성에 대한 반박의 여지없는 명확한 결론을 부정할 수도 없었다.

그런 까닭에 관리인의 편지를 읽고 나니 불쾌했던 것이다.

4

네플류도프는 천천히 커피를 마신 다음, 몇 시까지 재판소에 나가야 하는지 통지서를 확인할 겸, 또 공작 딸에게 답장도 쓸 겸해서 서재로 갔다. 서재로 가자면 화실을 지나야 했다. 아틀리에에는 그리다 만 그림을 뒤집어 놓은 삼각대가 놓여 있고 습작 몇 장이 걸려 있었다. 2년 동안이나 만지작거린 이 그림과 습작, 화실 구석구석을 보고 있노라니 이제 더 이상 그림을 그려봐야 소용이 없다는, 요즘은 절실히 느껴온 쓰라림이 다시금 되살아났다. 그것은 지나칠 정도로 섬세하게 발달한 자기의 미적 감각 탓이라고 생각해보지만 그래도 역시 이러한 자기의 무기력을 깨닫는다는 것은 결코 기분 좋은 일이 아니었다.

7년 전 네플류도프는 자기의 사명은 화가가 되는 데 있다고 단정하고 군대 일을 버렸다. 그리고 예술가적인 높은 견지에서 다른 모든 활동을 약간 업신여기기까지 했다. 그런데 이제 와서 자기는 그럴 자격이 없다는 것을 깨달았지만 그래도 역시 그런 것을 의식한다는 것은 유쾌한 일은 아니었다. 그는 침울한 마음으로 사치스런 아틀리에 설비를 바라보고 완전히 기분이 언

짧아져서 서재로 들어갔다. 서재는 온갖 장식과 설비와 편리한 장치가 다 마련되어 있는, 널찍하고 천장이 높은 방이었다.

곧 커다란 책상에 딸린, 시급한 서류를 넣어 놓는 서랍 속에서 재판소 통지서를 찾아내어 11시까지 가야 한다는 것을 확인한 뒤 네플류도프는 앉아서, 초대에 대한 감사와 되도록 만찬 시간까지는 가겠다는 내용의 편지를 공작 딸 앞으로 썼다. 그러나 다 쓰고 나서는 곧 찢어 버렸다. 글투가 너무나 친밀하게 여겨졌기 때문이다. 다시 써보았지만 이번에는 너무 쌀쌀맞아서 무례하게 여겨졌다. 네플류도프는 그것도 찢고는 벽에 달린 초인종을 울렸다. 잿빛 옥양목 앞치마를 걸친, 구레나룻만 남기고 깨끗이 수염을 민 활기가 없어 보이는 얼굴의 중년 하인이 문간에 나타났다.

"마차를 불러다오."

"예."

"그리고 저기 코르차긴 공작 댁에서 심부름 온 사람이 기다리고 있을 테니, 고맙다고 말하고 되도록 찾아뵙겠다고 전해 줘."

"예."

'예의가 아니지만 쓸 수가 없군. 어차피 오늘 만나니까 괜찮겠지.' 이렇게 생각하고 네플류도프는 옷을 갈아입으러 갔다.

옷을 갖추어 입고 현관에 나가니 마차 바퀴에 고무 타이어를 끼운 여느 때의 그 마차가 벌써 기다리고 있었다.

"어젯밤에는 코르차긴 공작 댁으로 갔더니 나리께서 막 떠나신 뒤였습니다요." 마부가 하얀 셔츠 깃 사이로 볕에 그은 억센 목을 반쯤 뒤로 돌리면서 말했다. "제가 마차를 갖다 댔더니 문지기가 방금 떠나셨다고 말하잖겠습니까."

'마부들까지도 나와 코르차긴 집안의 관계를 알고 있구나.' 네플류도프는 문득 생각했다. 그러자 코르차긴 공작 딸과 결혼할 것인가 말 것인가 하는, 줄곧 자신을 괴롭히고 있는 미해결 문제가 또다시 눈앞을 가로막았다. 요즘 맞부딪치고 있는 문제가 대부분 다 그렇듯이, 이것 역시 어느 쪽으로도 결정을 지을 수가 없었다.

일반적으로 볼 때 결혼에는 다음과 같은 좋은 점이 있다. 첫째, 가정생활이 주는 즐거움은 별개라 치더라도 불건전한 성생활을 없애주고 도덕적인 생활을 보낼 수 있게 해줄지 모른다. 둘째, 이 점이 중요한 것인데, 가정이나 아이들이 지금과 같은 공허한 생활에 어떤 의의를 줄 것이라고 기대하고 있었다. 이것이 보통 결혼을 예찬하는 이유였다. 한편 일반적으로 결혼에 반대하는 이유는 첫째, 독신 생활을 하는 모든 노총각에게 공통되는 자유를 빼앗기지나 않을까 하는 두려움과 둘째, 여자라는 신비한 존재에 대한 무의식적인 두려움이었다.

다름 아닌 미씨(코르차긴 공작 딸은 마리아라는 이름이었는데, 그런 특별한 계급의 모든 가정에서 그렇듯이 애칭으로 불렸다)와 결혼해서 좋은 점은 첫째, 집안이 좋고 옷맵시부터 말솜씨, 걸음걸이, 웃는 모습에 이르기까지 모든 점에서 보통 처녀들보다 두드러진다는 점이었다. 그렇다고 유난스러운 구석이 있는 게 아니라 말하자면 품위가 있었다. 네플류도프는 이 특징을 달리 표현할 줄은 몰랐지만, 이 품성을 대단히 높이 평가했다. 둘째, 미씨가 다른 누구보다도 네플류도프를 높이 평가한다는 점인데, 이는 즉 자기라는 인간을 이해하는 거라고 네플류도프는 생각했다. 그에 대한 이러한 이해, 바꿔 말하면 그의 고결한 성품을 인정해준다는 것은 미씨가 지성과 올바른 판단력을 가지고 있다는 증거라고 생각했다. 한편, 다름 아닌 미씨와 결혼하기가 망설여지는 이유는 첫째, 미씨보다 훨씬 많은 장점을 지닌, 따라서 자신에게 좀 더 어울리는 처녀가 나타날 가능성이 얼마든지 있다는 것이다. 둘째, 미씨는 이미 스물일곱 살이 되었으니 아마 몇 번 연애 경험이 있으리라는 것인데, 이런 생각은 네플류도프로서는 견딜 수 없는 고통이었다. 비록 과거일지라도 자기 말고 다른 남자를 사랑했을지도 모른다고 생각하면 자존심이 용납하지 않았다. 물론 그 당시 미씨는 자기를 만나게 되리라는 것은 알 도리가 없었을 것이다. 하지만 이전에 어떤 다른 남자를 사랑했을지도 모른다고 생각하는 것만으로도 심한 굴욕을 느꼈다.

그러므로 결혼을 찬성하는 이유와 반대의 이유는 엇비슷했다. 적어도 그 가운데서 더 무거운 이유를 가려내기란 어려웠다. 그래서 네플류도프는 자조하면서 자기를 뷔리당의 당나귀*에 견주었다. 그러면서도 여전히 두 꼴 가운데서 어느 것부터 먹어야 할지 모르는 채 여전히 뷔리당의 당나귀로 머

---

*여물통 두 개를 앞에 두고 어느 걸 먹어야 할지 망설이다가 끝내 굶어 죽었다는 당나귀.

물러 있었다.

"어쨌든 마리아 바실리예브나(귀족회 회장 부인)한테서 답장을 받고 그 사람과의 문제를 깨끗이 정리하지 않고는 어쩔 도리도 없지." 네플류도프는 혼자 중얼거렸다.

그리고 결정을 미루어도 상관없고, 또 그렇게 하는 것이 마땅하다는 생각이 들자 마음이 한결 가벼워졌다.

"아무튼 이 문제는 나중에 잘 생각해 보기로 하자." 마차가 소리도 없이 재판소의 아스팔트 주차장에 미끄러져 들어갔을 때, 다시금 중얼거렸다.

'우선 지금은, 늘 의무라고 생각하고 그렇게 해왔듯이 성의껏 사회에 의무를 다해야 해. 게다가 이런 의무 중에는 꽤 재미있는 일도 더러 있거든.' 이런 것을 생각하며 그는 문지기 옆을 지나 재판소 현관으로 들어갔다.

5

네플류도프가 들어갔을 때, 재판소 복도에는 벌써 사람들이 바쁘게 움직이고 있었다.

간수들이 명령서와 서류를 들고 이리저리 바삐 오가고 있었다. 그 가운데는 마룻바닥에서 발을 들어 올리지 않고 미끄럼 타듯 헐레벌떡 뛰어가는 사람도 있었다. 정리(廷吏)들, 변호사들, 판사들이 복도를 오가고, 원고들, 감시가 붙지 않은 피고들이 자기 차례를 기다리면서 고개를 숙이고 벽 앞에 앉아 있었다.

"지방법원 법정은 어디 있소?" 네플류도프가 한 간수에게 물었다.

"무슨 법정입니까? 민사부도 있고 형사부도 있는데요."

"나는 배심원인데."

"그럼, 형사부군요. 처음부터 그렇게 말씀하시지 않고……. 여기서 오른쪽으로 가서 왼쪽으로 구부러지면 두 번째 문입니다."

네플류도프는 가르쳐 준 대로 걸어갔다.

두 번째 문 앞에는 두 남자가 개정을 기다리며 서 있었다. 그 가운데 하나는 키 크고 사람 좋아 보이는 뚱뚱한 장사꾼 같았는데, 겉보기에도 벌써 어디서 한잔 들이켜고 왔는지 무척 기분이 좋아 보였다. 또 한 사람은 유대인점원 같았다. 두 사람은 양모 시세에 대해서 이야기하고 있었다. 네플류도프는 두 사람에게 다가가서 여기가 배심원 대기실이냐고 물었다.

"예, 여깁니다. 여기예요. 선생도 역시 배심원이신가요?" 사람 좋아 보이는 장사꾼이 기분 좋은 듯이 한쪽 눈을 찡긋해 보이며 물었다. "그렇소. 그럼 함께 수고하기로 합시다." 네플류도프가 고개를 끄덕거리자 장사꾼이 다시 말했다. "저는 2급 상인 바클라쇼프올시다." 상인은 잡기 거북할 만큼 두둑하고 부드러운 손을 내밀며 말했다. "당연히 수고해야지요. 그런데 실례지만 선생은 누구신지요?"

네플류도프는 이름을 밝히고 배심원 대기실로 들어갔다.

그다지 넓지 않은 배심원실에는 다양한 직업을 가진 사람들이 10명쯤 모여 있었다. 모두 방금 도착했는지 몇 사람은 의자에 앉아 있었고, 몇 사람은 돌아다니면서 첫인사를 나누고 있었다. 군복을 입은 예비역 장교가 한 사람 있고 나머지는 프록코트나 양복을 입었으며 반외투를 입은 농사꾼 한 명도 섞여 있었다.

대부분의 사람들이 자기 할일을 내던지고 와서 곤란하다는 말을 하고 있었지만, 그러면서도 그 얼굴에는 사회적으로 중요한 일을 맡아 하고 있다는 일종의 만족감이 엿보였다.

어떤 사람들은 정식으로 인사를 나누었지만, 어떤 사람들은 상대가 누구라는 것을 짐작만 하면서, 날씨가 어떻다는 둥 봄이 빨리 찾아왔다는 둥 하는 이야기나 곧 시작될 재판에 대해서 이야기했다. 아직 인사하지 않은 사람들은 그와 인사를 하는 것을 대단한 영광이라고 여기는지 앞다투어 네플류도프에게 자기소개를 했다. 네플류도프도 처음 만나는 사람들 틈에 끼여 있을 때는 으레 그렇듯이 그것을 당연하게 받아들였다. 어째서 자신을 대부분의 사람들보다 높은 위치에 있다고 생각하느냐고 묻는다면 아마도 말문이 막혔을 것이다. 여태까지 생활하면서 이렇다 할 특별한 자질을 발휘한 적이 없기 때문이다. 영어, 프랑스어, 독일어를 자유자재로 한다든가, 최고급 양복점에서 산 속옷이며 양복이며 넥타이며 커프스단추 따위로 몸을 단장하고 다닌다는 사실은 결코 자신이 남보다 뛰어나다는 증거가 될 수 없었다. 이것은 그 자신도 잘 알고 있었다. 그럼에도 자기 스스로 우월하다고 인정하고 있으며, 다른 사람들이 자기에게 표시하는 존경을 당연한 것으로 받아들였을 뿐 아니라 그렇지 않을 때는 모욕감을 느끼기까지 했다. 오늘 네플류도프는 배심원실에서 바로 그런 대우를 당하고 불쾌감을 맛보았다. 배심원 가운데 네플류도프가 아는 사람이 한 명 있었던 것이다. 네플류도프의 누님 집 가정교사였던 표트르 게라시모비치라는 사내였다(네플류도프는 여태껏 한 번도 이 남자의 성을 들은 적이 없었는데 오히려 그것을 은근히 자랑으로 여겼다). 이 표트르 게라시모비치는 대학을 마치고 현재 어느 중학교 교사로 있었다. 예전부터 네플류도프는 이 남자의 허물없는 태도와 남을 아랑곳하지 않는 너털웃음 등, 누님의 말을 빌리자면 한마디로 그런 '공산주의자' 같은 구석이 아니꼬웠다.

"아이고, 당신도 끌려나오셨군요!" 표트르 게라시모비치가 껄껄 웃으면서 네플류도프를 맞았다. "피하실 수 없었던가요?"

"피할 생각은 하지도 않았소." 네플류도프는 어두운 표정으로 무뚝뚝하게 대꾸했다.

"허어, 그것참 공민적인 미덕이시군. 하지만 이제 두고 보시오. 배는 고파 오고 졸려서 눈도 자꾸 감기고 하면, 그때는 아마 당신 입에서도 못해먹겠다는 소리가 나올 겁니다." 표트르 게라시모비치는 더욱 큰 소리로 웃어대며 말했다.

'이러다간 이놈의 사제 아들놈한테 자네란 소릴 듣게 되겠는 걸.' 네플류도프는 속으로 생각했다. 그리고 일가족이 모두 죽었다는 소식을 들었을 때나 지을 수 있을 몹시 비통한 얼굴로 중학교 교사 곁을 떠났다. 이번에는 수염을 말쑥하게 깎고 풍채가 당당하며 키 큰 신사 하나가 무언가 열심히 떠들어 대고 있는 것을 둘러서서 듣고 있는 사람들 쪽으로 다가갔다. 이 신사는 자못 친하다는 듯이 재판장과 이름난 변호사들을 성을 빼고 이름만 부르면서, 현재 민사법정에서 심의되고 있는 소송사건에 대해 아는 척했다. 어느 이름난 변호사가 놀라운 수완으로 사건을 뒤집어놓는 바람에, 늙은 부인은 잘못한 게 없는데도 억울하게 엄청난 배상금을 치르게 될 것이라는 이야기였다.

"그야말로 천재적인 변호사라니까요!" 신사가 말했다.

사람들은 감탄하며 듣고 있었다. 그 가운데에는 자기 의견을 말하려는 사람도 있었으나, 신사는 모든 것을 정확하게 알고 있는 것은 자기밖에 없다는 듯이 다른 사람의 말을 가로막았다.

네플류도프는 꽤 늦게 왔는데도 오랫동안 기다려야 했다. 아직 도착하지 않은 판사가 한 사람 있는 탓에 개정이 늦어지고 있었기 때문이다.

6

　재판장은 일찌감치 재판소에 나와 있었다. 재판장은 키 크고 풍채 좋은 사나이로 탐스러운 구레나룻에는 희끗희끗한 수염이 섞여 있었다. 그는 아내가 있는데, 남편 아내 할 것 없이 매우 난잡한 생활을 보냈지만 서로를 간섭하지 않았다. 오늘 아침에도 재판장은 여름 동안 그의 집에서 가정교사로 있었던 스위스 여자에게서 편지를 받았다. 러시아 남부에서 페테르부르크로 가는 길인데, 오늘 시내에 있는 호텔 '이탈리아'에서 오후 3시부터 6시까지 기다리겠다는 내용이었다. 그래서 재판장은 오늘 재판을 평소보다 일찌감치 시작해서 빨리 끝낸 뒤, 지난여름 별장에서 로맨스의 꽃을 피웠던 빨강머리 클라라 바실리예브나를 어떻게든 6시까지 만나러 갈 작정이었다.

　재판장은 자기 방으로 들어가 문을 잠그고, 서류장 아래 칸에서 아령 두 개를 꺼내들고는 아래위로, 앞뒤로, 좌우로 스무 번씩 흔들고 나더니 이번에는 머리 위로 쳐들고 무릎을 가볍게 세 번 굽혔다.

　'냉수마찰과 체조만큼 건강에 좋은 건 없지.' 금반지를 낀 왼손으로 오른팔 알통을 주무르면서 재판장은 생각했다. 끝으로 팔 회전운동을 할 차례였으나(오래 걸리는 재판을 하기 전에는 언제나 이 두 가지 운동을 했다) 그때 갑자기 문이 흔들렸다. 누군가 문을 열려고 하는 모양이었다. 재판장은 얼른 아령을 제자리에 놓고 문을 열었다.

　"아, 실례했소." 재판장이 말했다.

　방 안에 들어온 사람은 까다로워 보이는 얼굴에 금테 안경을 끼고 어깨를 추켜올린 작달만한 배심 판사였다.

　"마트베이 니키치치는 아직 오지 않았군요."

　"아직 안 왔소." 재판장이 법복을 입으면서 대답했다. "언제나 늦게 오니까."

　"어이가 없군. 그래서는 부끄럽지도 않나." 판사는 이렇게 말하더니 담배를 꺼내며 화난 듯이 의자에 앉았다.

　이 판사는 무척 꼼꼼한 사나이였다. 오늘 아침에도 아내와 언짢은 말다툼을 하고 나왔는데 아내가 한 달 치 생활비를 기한 전에 다 써버린 것이 이유였다. 아내는 다음 달 치를 미리 달라고 했지만, 판사는 이미 정한 일을 어길 수 없다고 딱 잘라 말했다. 그래서 한바탕 싸움이 벌어졌고, 아내는 그렇다면 저녁 식사 준비는 못하겠으니 그렇게 알라고 선언했다. 판사는 그쯤하고 집을 뛰쳐나왔으나, 아내는 무슨 일이든 할 수 있는 여자니 정말 으름장 놓은 대로 실행할지도 모른다고 속으로 벌벌 떨고 있었다.

'정말 이 사람처럼 도덕적인 생활을 하고 싶다.'

몸도 마음도 건강해 보이는 재판장의 밝고 명랑한 얼굴을 바라보면서 판사는 생각했다. 재판장은 두 팔꿈치를 널찍하게 벌리고서 희고 아름다운 손으로 희끗희끗한 털이 섞인 탐스러운 구레나룻을 금실로 가장자리를 수놓은 옷깃 양쪽으로 쓰다듬어 붙이고 있었다. '이 사람은 언제나 만족스러운 듯이 싱글벙글하고 있는데, 나는 이렇게 괴로운 생각만 해야 한단 말인가.'

서기가 무슨 서류를 들고 들어왔다.

"수고하네." 재판장은 말하고 담배를 빨기 시작했다. "어느 사건부터 시작하겠나?"

"예, 독살 사건이 좋을까 합니다." 서기가 아무래도 좋다는 듯이 대답했다.

"응, 좋겠군. 독살 사건이라면 성가신 게 없어." 이 정도 사건이라면 4시까지 끝내고 법정에서 나갈 수 있겠다고 생각하며 재판장이 말했다. "그런데 마트베이 니키치치는 아직 안 왔나?"

"아직 안 오셨습니다."

"프레베는?"

"오셨습니다."

"그럼, 그 사람을 보거든 독살 사건부터 시작한다고 말해주게."

프레베는 이 공판에서 논고하기로 되어 있는 검사보였다.

복도로 나간 서기는 프레베와 맞닥뜨렸다. 그 검사보는 어깨를 추켜올리고 제복 단추도 채우지 않은 채 손가방을 옆에 끼고 빈 한쪽 팔을 걸어가는 방향과 직각이 되게 크게 흔들면서 쿵쿵거리며 거의 뛰다시피 걸어오고 있었다.

"준비가 다 되었는지 물어보라고 미하일 페트로비치께서 말씀하셨습니다."

"물론 나야 언제든지 준비가 되어 있지." 검사보가 말했다. "어느 사건부터 시작하는가?"

"독살 사건입니다."

"좋지!" 검사보는 그렇게 대답했으나 실은 조금도 좋지 않았다. 어젯밤에 거의 잠을 자지 못했기 때문이다. 동료의 송별회가 있어 마구 술을 마시고 2시까지 게임을 한 다음, 여섯 달 전까지 마슬로바가 있던 바로 그 유곽으로 우르르 몰려가느라, 그 독살 사건 조서를 읽어 볼 틈이 없어 지금부터 대강 훑어볼 참이었다. 사실 서기는 그것을 알고 일부러 이 사건을 먼저 하자고 재판장에게 말한 것이다. 이 서기는 자유주의, 아니 오히려 과격한 사상을 가진 사람이었다. 그러나 프레베는 보수적인 사람인데, 러시아에서 근무하는 모든 독일인이 그러하듯 열심히 러시아 정교에 귀의하고 있었으므로 서기는 프레베를 탐탁케 여기지 않았고, 그 지위도 시기하고 있었다.

"그럼 거세파 교도* 사건은 어떻게 하지요?" 서기가 물었다.

"그건 할 수 없다고 말하잖았나!" 검사보가 말했다. "증인이 없는데 어떻게 해? 재판부에도 못하겠다고 말할 생각이네."

"그렇지만 어차피……."

"할 수 없다니까!" 검사보는 이렇게 내뱉고 다시금 비어 있는 한쪽 팔을 크게 내저으며 서둘러 자기 방으로 가버렸다.

그다지 중요하지도 필요하지도 않은 증인의 부재를 구실삼아 거세파 교도 사건을 늦춰 온 까닭은, 배심원 구성이 주로 지식층이라 공판에서 무죄 판결이 날 가능성이 많았기 때문이었다. 그래서 재판장과 합의 아래 군청 소재지의 간이재판소로 사건을 돌려보내게 되어 있었다. 그곳의 배심원들은 대부분 농촌 출신이므로 유죄 판결 가능성이 그만큼 컸기 때문이다.

복도는 점점 더 소란스러워졌다. 그 가운데서도 가장 붐비는 곳은 민사법정 앞이었는데, 그곳에서는 소송 사건에 특별한 관심을 가지고 있는 그 풍채 좋은 신사가 아까 배심원들에게 이야기한 바로 그 사건의 심리가 진행 중이었다. 휴정이 선포되자, 천재적인 변호사 때문에 아무 권리도 없는 원고 측에 재산을 빼앗기게 된 그 늙은 부인이 법정에서 나왔다. 이런 사정은 재판관들도 알고 있었고, 또 누구보다도 원고와 그 변호인 자신이 더 잘 알고 있

---

* 스페코츠 파. 성(性)의 유혹에서 벗어나기 위해 거세하는 종교 일파.

었다. 그러나 변호인이 너무나 빈틈없이 일을 꾸며 놓은 탓에 어쩔 수 없이 그 부인의 재산을 모조리 빼앗아 원고에게 넘겨 줄 수밖에 없었다. 늙은 부인은 화려하게 차려입은 뚱뚱한 여자로, 커다란 꽃이 달린 모자를 쓰고 있었다. 부인은 문에서 나와 복도에서 걸음을 멈추고는 그 짧고 투실투실한 두 팔을 벌리면서 자기 변호사를 보고 "도대체 어떻게 되는 거예요? 정신차리라고 해 주세요! 네? 대체 이런 일이 있을 수 있는 거예요?" 하고 같은 말만 되풀이했다. 변호사는 노부인의 모자에 달린 커다란 꽃만 멍하니 바라보면서, 그 말은 귀에 들어오지도 않는다는 듯이 무언가를 골똘히 생각하고 있었다.

늙은 부인의 뒤를 이어서 민사법정 문에서 그 이름 높은 변호사가 종종걸음으로 나왔다. 그는 넓게 벌어진 조끼 깃 사이로 새하얀 블라우스 앞섶을 펄럭이며 자못 만족스러운 표정을 짓고 있었다. 바로 이 남자의 수완으로 모자에 꽃을 단 늙은 부인은 전 재산을 잃고, 이 남자에게 1만 루블을 지불한 원고는 10만 루블 이상을 손에 쥐게 된 것이다. 모든 사람의 눈길이 변호사에게로 쏠렸다. 변호사도 그것을 느꼈지만 '뭐 그렇게까지 감탄하는 얼굴들을 할 건 없어' 하는 태도로 사람들 앞을 성큼성큼 지나갔다.

7

이럭저럭하는 동안에 마트베이 니키치치가 도착했다. 정리는 목이 길고 몸이 마른 남자로서, 옆으로 쏠린 듯이 걷는 걸음걸이로 아랫입술까지 옆으로 일그러뜨리면서 배심원 대기실로 들어왔다.

이 정리는 정직한 사람으로 대학 교육까지 받았으나 술버릇이 고약해서 어느 일자리에건 오래 붙어 있지 못했다. 석 달 전, 아내의 보호자 격인 모 백작부인이 이 재판소에 일자리를 만들어주었는데 오늘날까지 별 탈 없이 일하고 있어 그 자신도 무척 흐뭇해하고 있었다.

"어떻습니까. 다 오셨습니까?" 정리가 코안경 너머로 모두를 둘러보며 말했다.

"다들 모인 것 같습니다." 쾌활한 장사꾼이 대답했다.

"그럼 이름을 부르겠습니다." 정리는 이렇게 말하고 주머니에서 명부를 꺼내어 이름을 부르고는, 대답하는 사람을 하나하나 코안경을 통해서, 또는 안경 너머로 확인했다.

"5등관 E.M. 니키포로프 씨."

"예." 재판에 관해서 낱낱이 알고 있는 풍채 좋은 신사가 대답했다.

"예비역 육군 대령 이반 세묘노비치 이바노프 씨."

"예." 예비역 장교복을 입은 홀쭉한 남자가 대답했다.

"2급 상인 표트르 바클라쇼프 씨."

"예." 사람 좋게 생긴 장사꾼이 활짝 웃으며 대답했다. "모두 준비되어 있습니다."

"근위중위 드미트리 네플류도프 공작님."

"예." 네플류도프가 대답했다.

정리는 코안경 너머로 은근한 눈길을 보내며 깍듯하게 머리를 숙였다. 이렇게 함으로써 네플류도프를 다른 사람들과 달리 대하고 있다는 것을 나타내려는 것 같았다.

"육군대위 유리 드미트리예비치 단첸코 씨, 상인 그리고리 예피모비치 클레쇼프 씨……"

이 두 사람 말고는 다들 모여 있었다.

"그럼, 여러분, 이곳에서 법정으로 가 주시기 바랍니다." 정리가 상냥하게 문 쪽을 가리키며 말했다.

사람들이 자리에서 일어나 서로 먼저 양보해 가며 복도로 나간 뒤, 복도를 지나 법정으로 들어갔다.

법정은 넓고 기다란 방이었다. 한쪽 끝은 층계가 삼단으로 된 높다란 단이 차지하고 있었다. 그 단 한가운데 놓인 탁자에는 진녹색 술이 달린 녹색 모직 천이 덮여 있었다. 탁자 뒤에는 참나무로 다듬어 만든 무척 높은 등받이가 붙은 안락의자 3개가 나란히 놓여 있고, 의자 뒤 벽에는 금빛 액자에 넣은 황제의 전신상이 걸려 있었다. 어깨에 훈장이 달린 띠를 두르고 장군복을 입은 황제는 한쪽 발을 뒤로 비스듬히 디디고서 한 손을 군도 위에 얹은 자세로 서 있었다. 오른쪽 구석에는 가시관을 쓴 그리스도 상을 모신 틀이 걸려 있고, 그 밑에 성서대가 하나 놓여 있었다. 그 바로 오른쪽에 검사석이, 그리고 맞은편인 왼쪽 깊숙한 곳에 서기 책상이 있었다. 방청석 가까이에 참나무로 조각된 격자 칸막이가 있고 그 너머에는 아직 비어 있는 피고석이 있었다. 단상 오른쪽에는 역시 높다란 등받이가 붙은 배심원들의 의자가 두 줄로 놓여 있고, 아래는 변호사석이었다. 이러한 것들은 모두 칸막이로 갈라놓은 법정 앞부분에 배치되어 있었다. 뒷부분은 모두 방청인용 긴 의자가 차지하고 있었는데, 방청석은 한 단씩 높아지면서 뒷벽까지 이어져 있었다. 방청석 앞쪽 긴 의자에는 여직공 아니면 하녀로 보이는 여자 4명과 직공차림의 남자 2명이 앉아 있었다. 그들은 법정의 묵직한 분위기에 눌린 듯 서로 조심스럽게 소곤거리고 있었다.

배심원들이 자리에 앉자, 곧 정리가 옆으로 쓰러지려는 듯한 걸음걸이로 한가운데로 나가서 그 자리에 있는 방청객들을 위압하는 듯한 커다란 소리로 외쳤다.

"개정!"

모두 일어서자 정면 단상에 재판관들이 나타났다. 먼저 그 탐스러운 구레나룻을 기른 풍채 당당한 재판장이 나타나고, 그 뒤에 금테 안경을 쓴 판사가 무뚝뚝한 표정을 하고 따라 들어왔다. 그 판사는 아까보다도 한층 더 어두운 표정을 하고 있었다. 그도 그럴 것이 개정 직전에 판사보로 있는 처남을 만났는데, 그의 누이가 오늘은 저녁 식사를 절대로 준비하지 않겠노라며 화가 잔뜩 나 있더라는 말을 전해주었기 때문이다.

"그러니 오늘 저녁엔 같이 선술집에나 갑시다." 처남은 웃으면서 말했다.

"웃을 일이 아니야." 무뚝뚝한 판사가 대꾸했다. 그의 표정은 더욱 어두워졌다.

맨 뒤에 세 번째로 나타난 사람이 바로 언제나 늦게 오는 마트베이 니키치치 판사로, 탐스러운 턱수염에 눈꼬리가 처진 커다랗고 선량한 눈을 한 사내였다. 그는 위염 때문에 고생하고 있었는데, 의사의 권고에 따라 오늘 아침부터 새로운 요법을 시작하느라 여느 때보다 더 오래 집에서 꾸물거렸다. 이 판사는 언제나 스스로 여러 가지 질문을 던지고는 온갖 방법으로 그것을 점치는 버릇이 있었는데, 지금도 단상에 오르면서 무엇에 정신을 집중하고 있는 듯한 표정을 짓고 있었다. 지금은 판사실 문에서 법정 재판관석까지의 걸음 수가 3으로 나누어떨어진다면 새로운 치료법으로 위염을 고칠 수 있고, 나누어떨어지지 않는다면 고칠 수 없다는 점을 쳤다. 26걸음이 될 것 같기에 마지막에 일부러 걸음 폭을 좁게 잡아 꼭 27걸음 만에 간신히 자기 자리에 당도했다.

옷깃을 금실로 수놓은 법복을 입고 단상에 나타난 재판장이나 판사들의 모습은 매우 엄숙했다. 세 사람 모두 그것을 의식하고 자신들의 위엄에 얼떨떨하다는 표정으로 겸손하게 눈을 내리뜨며 녹색보가 덮인 탁자 뒤의 조각된 안락의자에 조용히 앉았다. 탁자 위에는 독수리 문장이 찍힌 세모꼴 문진(文鎭)과 식당 같은 데서 케이크를 담는 데 쓰이는 유리그릇, 잉크스탠드, 펜, 질이 좋은 흰 종이, 뾰족하게 깎은 여러 가지 연필 등이 놓여 있었다. 재판관들과 함께 검사보도 들어왔다. 그는 여전히 서류 가방을 옆구리에 끼고 한쪽 팔을 크게 내저으며 창가에 있는 자기 자리로 바삐 가더니, 단 1분도 아깝다는 듯이 곧 조서를 읽는 데 열중했다. 이 검사보가 법정에서 논고를 하는 것은 이번이 겨우 네 번째였다. 검사보는 무척 허영심이 강한 인간이어서 반드시 입신출세하고야 말겠다고 굳게 결심한 바 있었으므로, 자기가 논고를 맡은 사건은 반드시 유죄판결이 내려져야만 한다고 생각하고 있었다. 독살 사건의 요점은 거의 다 알고 있었고 논고 초안도 이미 만들어 놓았지만 그래도 좀 더 자료를 보충할 필요가 있었으므로 서둘러 사건조서 속에서 중요 부분을 발췌하는 중이었다.

서기는 단상 반대쪽에 자리 잡고 앉아, 낭독할 필요가 있어 보이는 서류를 다 준비해 놓고는 어제 입수하여 읽어 본, 판매가 금지된 논문을 다시 훑어보았다. 자기와 늘 견해가 같은 턱수염이 탐스러운 판사와 이 논문에 대해서 한번 이야기해 보고 싶었기 때문에 그전에 미리 내용을 잘 알아두어야겠다고 생각한 것이다.

8

재판장은 대강 서류를 읽어 본 다음에, 정리와 서기에게 몇 가지 질문을 하고 이상이 없다는 것을 확인하자 피고를 데려오라고 했다. 곧 살창 뒤에 있는 문이 열리더니 모자를 쓰고 칼을 뽑아 든 두 헌병이 들어왔다. 그 뒤로 먼저 주근깨투성이의 빨강머리 남자 피고가 1명, 잇따라 두 여자 피고가 들어왔다. 남자는 몸에 맞지 않는 헐렁한 죄수복을 입고 있었다. 법정에 들어올 때도 큼직한 양손 손가락을 쭉 펴서 바지 솔기를 꼭 누르고 있었는데, 그렇게 해서 긴 소매가 흘러내리는 것을 가까스로 막고 있었다. 남자는 재판관도 방청객도 보지 않고 똑바로 피고석만을 바라보면서 그 앞을 돌아 두 자리를 남겨 놓고 끝자리까지 가서 단정히 앉았다. 그러고는 재판장을 똑바로 쳐다보면서, 마치 무언가를 속삭이듯이 볼 근육을 씰룩거렸다. 뒤이어 들어온 사람은 역시 죄수복을 입은 중년 여자였다. 머리에는 죄수용 스카프를 쓰고 잿빛을 띤 창백한 얼굴에는 눈썹도 속눈썹도 없이 눈만 빨갛게 충혈되어 있었다. 이 여자는 조금도 겁먹은 기색이 없었다. 피고석으로 갈 때 죄수복이 무엇에 걸렸지만 놀라지도 않고 찬찬히 그것을 벗기고는 자리에 가서 앉았다.

세 번째 피고가 카튜사 마슬로바였다.

카튜사가 들어오는 순간, 법정 안 모든 사내들의 눈이 한꺼번에 그녀에게 쏠렸다. 그리고 신비롭게 빛나는 까만 눈동자와 흰 얼굴, 죄수복 아래로 엿보이는 풍만한 가슴을 한동안 넋 놓고 쳐다보았다. 헌병들마저 카튜사가 옆을 지나쳐서 자리에 도착할 때까지 눈을 떼지 못하고 있다가, 카튜사가 자리에 앉고서야 자신의 본분을 망각했다는 생각이 들었는지 재빨리 눈을 돌리고 몸을 크게 흔들고는 앞쪽에 난 창문을 뚫어져라 쳐다봤다.

재판장은 피고들이 저마다 자리에 앉기를 기다리고 있다가 카튜사가 앉자 곧 서기를 돌아보았다.

여느 때처럼 형식적인 순서에 따라 공판이 시작되었다. 배심원 점호, 결석자에 대한 심의와 벌금 결정, 사퇴자에 대한 결의, 결원 보충 등이 끝나자 재판장은 조그마한 카드를 몇 장 집어서 유리 그릇 속에 넣더니 금테 장식을 한 법복 소매 끝을 조금 걷어 올려 털이 숭숭한 팔뚝을 드러내고 마술사 같은 동작으로 카드를 한 장 한 장 꺼내서 읽었다. 그런 다음 걷어 올렸던 소매를 내리고 배심원 선서를 진행하도록 전속 사제에게 일렀다.

누렇게 뜬 창백하고 퉁퉁 부은 얼굴에 갈색 제의를 걸치고 가슴에는 금빛 십자가와 그 옆에 조그만 훈장까지 단 늙은 사제는, 역시 부은 발을 제의 자락 밑에서 느릿느릿 옮기면서 성상 아래 놓인 성서대로 다가갔다.

배심원들도 일어나 함께 성서대 쪽으로 걸어갔다.

"이리로 오십시오." 사제가 부석부석한 손을 가슴의 십자가에 가볍게 대고 배심원들이 다가오기를 기다리면서 말했다.

이 사제는 이미 만 46년이나 이 직책을 맡아 왔으므로 이제 3년만 더 있으면 얼마 전 이 마을 대성당의 주교가 거행한 것처럼, 성직 생활 50년 축하식을 할 작정이었다. 이 지방재판소가 처음 세워진 무렵부터 줄곧 몸담아 오며 여태까지 몇만 명에 이르는 사람의 선서를 집행했다는 것, 또 이만큼 늙었는데도 교회와 조국과 가족의 번영을 위해 여전히 자기 직무를 수행한다는 것, 가족들에게 현재 살고 있는 집 말고도 유가증권으로 3만 루블 이상의 재산을 남겨 줄 수 있다는 것 등을 무척 자랑스럽게 여겼다. 재판소에서 수행하는 직무란 단적으로 선서를 금하는 성서를 앞에 놓고 사람들에게 선서시키는 일이었으나, 그것이 옳지 못한 행위라는 생각은 한 번도 해본 적이 없었다. 그런 문제로 고민하기는커녕 상류층 사람들과 사귈 수 있는 기회도 많고 이제는 익숙한 이 일에 적잖이 애착까지 느끼고 있었다. 오늘도 이름있는 변호사와 알게 되어 아주 기분이 흐뭇했다. 그 변호사가 모자에 커다란 꽃을 단 그 노부인 사건을 해결한 것만으로 사례금을 1만 루블이나 받았다는 사실이 그의 마음속에 깊은 존경심을 불러일으켰던 것이다.

배심원들이 작은 층계를 거쳐 단상에 올라서자, 사제는 수단*에 반쯤 벗어진 백발 머리를 기울여서 입은 다음, 듬성듬성한 머리카락을 한 번 쓰다듬고 배심원들을 향해 섰다.

"오른손을 드십시오. 손가락을 이렇게 하고……." 손가락 마디마디가 움푹 파인 퉁퉁한 손을 들어 물건을 집을 때처럼 엄지·검지·중지 세 손가락을 합쳐 보이며 쉰 목소리로 천천히 말했다. "자, 내가 말하는 대로 따라 하십시오." 그런 다음 선서문을 읽기 시작했다. "거룩한 주의 복음서와 생명의 근원인 십자가 앞에서 전지전능하신 하느님께 맹세합니다. 이 사건을 심리함에 있어……." 사제는 한 마디씩 끊어가며 읽었다. "아, 손을 내리지 마십시오. 그대로 들고 계셔야 합니다." 사제는 손을 내린 한 젊은 배심원에게 주의를 주었다. "이 사건을 심의함에 있어……."

구레나룻을 기른 풍채 좋은 신사와 대령, 장사꾼 등 몇몇 사람들은 어떤 특별한 만족감을 느끼기라도 하듯 사제가 시키는 대로 손가락을 합친 오른손을 유난히 높이 쳐들고 있었으나, 그 밖의 사람들은 그저 마지못해 하는 시들한 태도였다. 그 가운데는 이깟 선서쯤이야 얼마든지 해주겠다는 듯한 태도로 악을 쓰듯 공연히 큰 소리로 사제의 말을 되뇌는 사람이 있는가 하

---

* soutane. 가톨릭 성직자가 평소에 입는, 목에서 발끝까지 내려오는 긴 겉옷.

면, 작은 소리로 중얼거리다가 혼자 뒤처져서 깜짝 놀라 엉뚱한 대목에서 얼른 끼어드는 사람도 있었다. 또 어떤 사람은 뭘 떨어뜨리지나 않을까 염려라도 되는 것처럼 반항적으로 힘껏 합친 손가락을 높이 쳐들고 있었고, 어떤 사람은 손가락을 합쳤다 벌렸다 했다. 모두 어색해했지만, 늙은 사제만은 자기가 유익하고 중대한 일을 하고 있다고 믿어 의심치 않았다. 선서가 끝나자 재판장은 배심원들에게 의장을 선출하라고 일렀다. 배심원들은 자리에서 일어나 서로 앞을 다투어 회의실로 들어갔다. 들어가기가 무섭게 거의 모두가 담배를 꺼내 피웠다. 누군가가 풍채 좋은 신사를 의장으로 선출하는 게 어떠냐고 말을 꺼내자 모두 찬성했으므로 피워 물었던 담배를 비벼 끈 뒤 법정으로 되돌아갔다. 선출된 배심원 의장이 결과를 재판장에게 보고하고 일동은 다시 앞을 다투어 높은 등받이가 달린 의자에 두 줄로 자리 잡고 앉았다.

모든 일이 순조롭고 재빠르게, 그리고 제법 엄숙하게 진행되었다. 그 규칙적인 정확함과 엄숙함이 자기들은 진지하고 중요한 공적 임무를 수행하고 있다는 의식을 뒷받침하여 사람들에게 어떤 만족감을 불러일으킨 듯했다. 네플류도프도 그런 기분을 느꼈다.

배심원들이 자리에 앉자 재판장은 배심원의 권리와 의무와 책임에 대해서 한바탕 훈시했다. 훈시하는 동안 재판장은 쉴 새 없이 자세를 바꾸었다. 왼쪽 팔꿈치를 괴는가 하면 오른쪽 팔꿈치를 괴기도 하고, 의자 등받이에 기대는가 하면 팔걸이에 몸을 기대기도 하고, 서류 끝을 가지런히 간추리는가 하면 이번엔 종이 자르는 칼이나 연필을 만지작거렸다.

재판장 말에 따르면 배심원의 권리는 재판장을 통하여 피고에게 질문하거나, 연필과 종이를 가지고 있다가 메모하거나 증거물을 검사하거나 할 수 있다는 것이었다. 배심원의 의무는 거짓 없이 정당하고 공평하게 재판하는 일이며, 책임은 평의의 비밀을 지키지 않거나 외부인과 연락을 취하면 처벌 받는 것이었다.

모두들 얌전히 듣고 있었다. 장사꾼은 술 냄새를 사방에 풍기면서, 터져 나오는 하품을 겨우 참아가며 한마디 한마디에 옳은 말씀이라는 듯이 고개를 끄덕였다.

9

재판장은 훈시가 끝나자 피고석으로 얼굴을 돌렸다.

"시몬 카르친킨, 일어서라." 재판장이 말했다.

시몬은 신경이 곤두선 듯이 벌떡 일어났다. 볼의 근육이 더 심하게 떨리기 시작했다.

"이름은?"

"시몬 페트로프 카르친킨입니다."

남자는 벌써 몇 번이나 입 속에서 되풀이하고 있었던 듯, 들뜬 목소리로 빠르게 말했다.

"신분은?"

"농부입니다."

"출생 현과 군은?"

"툴라 현 크라피벤스키 군 쿠반스카야 면 보르키 마을입니다."

"나이는?"

"서른셋입니다. 출생은 18⋯⋯."

"종교는?"

"러시아 정교입니다."

"아내는?"

"없습니다."

"직업은?"

"네, 마브리타니아 호텔에서 객실을 담당하고 있었습니다."

"전에 재판을 받아 본 적은?"

"한 번도 없습니다. 저는 여태까지⋯⋯."

"없단 말이지?"

"물론입니다. 한 번도 없습니다."

"기소장의 사본은 받았는가?"

"받았습니다."

"앉아도 좋다. 예브피미아 이바노브나 보치코바."

재판장은 다음 여자 피고에게 말했다.

그런데 카르친킨은 앉지 않고 보치코바 앞을 가로막고 서 있었다.

"카르친킨, 앉아라."

그러나 카르친킨은 못 들은 척 그대로 서 있었다.

"카르친킨, 착석!"

그래도 카르친킨은 그대로 버티고 서 있었다. 정리가 고개를 기울인 채 도끼눈을 뜨고 달려가 비통한 소리로 "앉아, 앉으란 말이야!" 하고 나직이 명령하고 나서야 겨우 앉았다.

카르친킨은 일어설 때처럼 털썩 앉더니 죄수복 앞자락을 여미고, 또다시 소리 없이 볼을 실룩거렸다.

"이름은?"

재판장은 그쪽을 보지도 않고 탁상에 놓인 서류를 뒤적이면서 지겹다는 듯이 한숨을 내쉬고, 두 번째 피고에게 물었다. 재판장으로서는 너무나 익숙한 사건이라 심리를 빨리 진행하기 위해 두 가지 사건을 함께 해치워도 좋을 정도였다.

보치코바는 마흔세 살, 신분은 마브콜로멘스코예 출신의 평민, 직업은 역시 마브리타니아 호텔 객실 담당으로 전과는 없으며 기소장 사본을 가지고 있었다. 보치코바는 대답할 때마다 잡아먹을 듯이 "네, 그렇습니다. 예브피미아 보치코바입니다. 사본은 받았습니다. 그것이 자랑이니까요. 누구든 나한테 무례하게 굴기만 해 보세요, 가만 안 둘 테니까" 하고 꼭 단서를 달듯이 말했다. 보치코바는 심문이 끝나자 앉으라는 말도 하기 전에 얼른 앉아버렸다.

"이름은 뭐지?" 여자를 밝히는 재판장은 특별대우라도 하듯이 상냥하게 세 번째 피고에게 물었다. "일어서야지." 재판장은 카튜사가 그냥 앉아 있는 것을 보고는 부드럽고 상냥하게 덧붙였다.

카튜사는 재빠른 동작으로 일어나서 풍만한 가슴을 펴고 섰다. 그리고 당찬 표정으로, 질문에는 대답도 하지 않고 미소를 머금은 사팔기 있는 까만 눈동자를 들어 재판관의 얼굴을 똑바로 쳐다보았다.

"이름이 뭐지?"

"류보피예요." 카튜사가 재빨리 말했다.

그동안 네플류도프는 조금 전부터 코안경 너머로, 심문받는 피고들의 얼굴을 차례로 바라보고 있었다.

'아니, 이럴 수가!' 네플류도프는 피고의 얼굴에서 눈을 떼지 않고 생각했다. '그런데 이상하다, 류보피라니?' 여자의 대답을 듣고 네플류도프는 고개를 갸웃거렸다.

재판장은 심문을 이어가려고 했다. 그러나 코안경을 낀 판사가 어쩐지 화가 난 듯이 뭐라고 귓속말하며 그를 말렸다. 재판장은 크게 고개를 끄덕이며 피고를 보았다.

"류보피라니? 조서에 쓰인 이름과 다르지 않느냐?"

피고는 잠자코 있었다.

"진짜 이름이 뭐냔 말이다."

"세례명이 뭐야?" 성격이 급한 판사가 물었다.

"전에는 카테리나였습니다."

'아니야, 그럴 리가 없어.'

네플류도프는 계속 생각했다. 그러나 그 여자라는 것을 더 의심할 여지가 없었다. 그 여자다. 일찍이 내가 반했던, 그야말로 빠져들었던 그 여자가 틀림없다. 고모 집에서 양녀인지 하녀인지 모를 대우를 받던 그 여자다. 자기가 미칠 듯한 정열에 휩싸여서 유혹해놓고 버린 그 여자다. 그날 이후 한 번도 그 여자를 떠올리지 않았다. 그것은, 그토록 고결함을 자랑으로 여기던 자신이 이 여자에 대해서만큼은 고결은커녕 이를 데 없이 비열한 태도를 취했다는 괴로운 기억을 너무나 생생하게 들추어냈기 때문이다.

그렇다, 틀림없이 그 여자였다. 지금 네플류도프는 사람들의 얼굴을 다른 사람들과 구별 지어서 그 사람을 세상에서 단 하나뿐인 존재로 만드는 신비로운 힘을 똑똑히 깨달았다. 부자연스럽게 희고 동그랗게 살찐 얼굴이었지만 카튜사만이 지닌 그 독특하고 귀여운 특징은 그 얼굴에서도, 입술에서도, 사팔기 있는 눈동자에서도, 무엇보다도 미소를 머금은 천진난만한 눈빛과 얼굴뿐 아니라, 온몸에 넘치는 당찬 태도에서도 느낄 수 있었다.

"진작 그렇게 말해야지." 재판장이 다시 각별히 부드럽게 말했다. "아버지 이름은?"

"저는……. 사생아예요." 카튜사가 말했다.

"하지만 교부는 있겠지?"

"미하일로바입니다."

'대체 무슨 짓을 저질렀을까?'

그러는 동안에도 네플류도프는 숨이 막힐 듯한 마음으로 계속 생각했다.

"성은?" 재판장이 질문을 계속했다.

"어머니 성을 따라 마슬로바라고 합니다."

"신분은?"

"평민입니다."

"종교는 정교겠지?"

"네, 정교입니다."

"직업은? 무엇을 하고 있었지?"

카튜사는 뜸을 들인 뒤 말했다.

"가게에 있었습니다."

"어떤 가게야?" 코안경을 낀 판사가 매섭게 물었다.

"어떤 가게인지 잘 아시면서."

이렇게 말하고 마슬로바는 생긋 웃었으나, 곧 주위를 둘러보고는 다시 재판장의 얼굴을 똑바로 바라보았다.

그 표정에는 무언가 심상치 않은 것이 있었고 그 말 속에 담긴 뜻에서도, 희미한 웃음에서도, 법정 안을 둘러보는 재빠른 눈길에서도 무언가 모를 두려움과 비애가 느껴져서 재판장은 저도 모르게 눈을 내리깔았다. 그 순간 법정에는 정적이 흘렀다. 그때 방청석에서 들려오는 숨죽인 웃음소리에 정적이 깨졌다. 누군가가 쉿 하고 말렸다. 재판장은 얼굴을 들고 심문을 계속했다.

"전에 재판이라든가 취조를 받은 일은?"

"없습니다." 카튜사는 한숨을 섞어 가며 조용히 말했다.

"기소장 사본은 받았는가?"

"받았습니다."

"앉아도 좋아."

피고는 갖추어 입은 부인이 끌리는 옷자락을 쳐드는 손짓처럼 치마 뒷자락을 살짝 들어 올리고 앉더니, 죄수복 소매 속으로 희고 조그마한 손을 맞잡고는 가만히 재판장을 바라보았다.

잇따라 증인들의 호출과 퇴장, 감식 의사 결정과 소환이 있었다. 그것이 끝나자 서기가 일어나 기소장을 큰 소리로 읽었다. 목소리는 컸지만, L과 R

발음이 구분이 안 가도록 빠르고 밋밋하게 줄줄 읽어대는 통에 졸음이 왔다. 재판관들은 의자의 이쪽 손잡이에 팔꿈치를 기댔다가 저쪽 손잡이에 몸을 기댔다가, 탁상에 팔꿈치를 짚었다가 등받이에 등을 기댔다가, 눈을 감았다 떴다 하며 소곤소곤 이야기를 주고받았다. 헌병 한 사람은 벌써 몇 번째 나오려는 하품을 억지로 참고 있었다.

피고석에서는 카르친킨이 쉬지 않고 볼을 씰룩거리고 있었다. 보치코바는 남의 일처럼 태연하게 똑바로 등을 곧추세우고 앉아 이따금 스카프 밑으로 손가락을 찔러 머리를 긁적거렸다.

카튜샤는 가만히 앉아 낭독자의 얼굴에서 눈을 떼지 않고 열심히 그 내용을 듣고 있었는데 이따금 몸을 움찔거리며 반론이라도 하고 싶은 듯이 얼굴을 붉히다가도, 곧 괴로운 듯이 한숨을 내쉬며 팔짱을 바꾸어 끼고는 주위를 둘러본 다음 다시 낭독자에게로 눈길을 보냈다.

네플류도프는 맨 앞줄 끝에서 두 번째에 놓인 높은 의자에 앉아 코안경을 걸친 채 카튜샤를 지그시 바라보고 있었다. 마음속에서는 복잡하고 괴로운 싸움이 벌어지고 있었다.

10

기소장은 다음과 같았다.

"188X년 1월 17일, 시내 호텔 '마브리타니아'에서 투숙하던 시베리아 코르간 주 출신 제2계급 상인 페라폰트 예멜리야노비치 스멜리코프가 갑작스럽게 죽었다.

이 시의 제4관구 경찰의는 해부 결과, 스멜리코프의 죽음이 알코올성 음료 과다섭취에 따른 심장 파열에서 비롯되었다고 단정했으며, 스멜리코프의 시체는 매장되었다.

며칠 뒤 스멜리코프와 동향 사람이자 친구인 치모힌이라는 상인이 페테르부르크에서 돌아와서 스멜리코프의 죽음에 얽힌 사연을 알고 강도를 목적으로 한 독살 가능성을 제시했다.

곧 예심이 성립되었고 다음과 같은 사정이 밝혀졌다.

① 스멜리코프는 죽기 직전에 은행에서 은화 3800루블을 인출했다. 그러나 보관 중인 고인의 소지품 목록에는 겨우 현금 312루블 16코페이카밖에

없다.

② 죽기 전날부터 당일 아침까지 스멜리코프는 창녀 류브카(본명 예카테리나 마슬로바)와 함께 유곽에 있었는데, 예카테리나 마슬로바는 스멜리코프의 부탁을 받고 그가 부재중인 호텔 '마브리타니아'로 돈을 찾으러 갔다. 그리고 그 호텔 객실 담당인 예브피미아 보치코바와 시몬 카르친킨이 지켜보는 가운데, 스멜리코프에게서 건네받은 열쇠로 스멜리코프의 트렁크를 열고 돈을 꺼냈다. 마슬로바가 트렁크를 열었을 때 100루블짜리 지폐다발이 들어 있던 것을 그 자리에 있던 보치코바와 카르친킨이 목격했다.

③ 스멜리코프가 창녀 류브카를 데리고 유곽에서 호텔 '마브리타니아'로 돌아오자, 카르친킨은 류브카에게 하얀 가루를 주며 그것을 코냑에 타서 스멜리코프에게 먹이라고 권했고, 류브카는 그렇게 했다.

④ 다음 날 아침, 창녀 류브카(본명 예카테리나 마슬로바)는 유곽 주인이자 증인인 키타예바에게, 스멜리코프에게서 받았다고 주장하는 다이아몬드 반지를 팔았다.

⑤ 호텔 '마브리타니아'의 객실 담당 예브피미아 보치코바는 스멜리코프가 죽은 다음 날, 이 시의 상업은행에 자기명의로 된 당좌예금으로 은화 1800루블을 예금했다.

법의학적 소견. 사체 해부 및 내장 화학 검사에서 몸속에 의심의 여지가 없는 독극물이 검출되었는데, 이는 독약에 의한 사망이라고 단정할 수 있는 증거이다.

용의자로 기소된 마슬로바, 보치코바, 카르친킨은 모두 혐의를 부인하며 다음과 같이 진술했다. 마슬로바의 진술은 이렇다. 자신은 분명히 스멜리코프에게 부탁받고 자기가 일하는 유곽에서 호텔 '마브리타니아'로 돈을 가지러 가서 상인에게 받은 열쇠로 그 트렁크를 열고 지시받은 대로 은화 40루블을 꺼냈지만 그 이상은 꺼내지 않았으며, 그때 그 자리에 있었던 보치코바와 카르친킨이 이를 증언해줄 것이다. 또 이런 주장도 했다. 즉, 두 번째로 상인 스멜리코프의 방을 찾아갔을 때 카르친킨의 말대로 분명히 코냑에 무슨 가루를 타서 먹였지만, 이는 그 가루약을 수면제라고 생각했기 때문이며 상인을 재워서 한시라도 빨리 해방되고 싶기 때문이었다. 반지에 대해서는, 스멜리코프에게 맞고 울면서 도망치려고 하자 그가 달래며 선물한 것이라고 주장했다.

예브피미아 보치코바의 주장에 의하면, "자신은 없어진 돈에 대해서는 전혀 아는 바 없으며 상인의 방에 들어간 적도 없다. 그곳을 제 방인 양 들락거린 사람은 류브카 한 사람밖에 없으니, 상인의 돈이 없어졌다면 그건 류브카가 상인에게서 열쇠를 받고 돈을 가지러 왔을 때 훔친 것이 분명하다."

이 대목을 큰 소리로 읽을 때 카튜사는 부르르 몸을 떨면서 어이가 없다는 듯이 입을 벌리고 보치코바를 바라보았다.

서기가 계속 읽어 내려갔다.

"예브피미아 보치코바에게 은화 1800루블이 예금된 은행통장을 제시하며 돈의 출처를 묻자, 그것은 앞으로 결혼할 예정인 시몬 카르친킨과 둘이서 12년 동안 벌어 모은 돈이라고 진술했다. 한편 시몬 카르친킨은 처음 진술에서 유곽에서 열쇠를 가지고 온 마슬로바에게 꼬임을 당하고 보치코바와 함께 돈을 훔친 뒤 마슬로바와 보치코바와 셋이서 나누어 가졌다고 털어놓았다."

여기서 또 마슬로바는 몸을 부르르 떨며 엉거주춤 일어나서 새빨간 얼굴로 뭐라고 말하기 시작했으나 정리가 가로막았다.

서기가 계속 읽어 나갔다. "그리고 마침내 카르친킨은 상인을 재우기 위해 가루약을 마슬로바에게 준 것도 털어놓았다. 그런데 두 번째 진술에서 돈을 훔치자고 공모한 것도, 마슬로바에게 가루약을 준 것도 부인하고 모든 죄를 마슬로바 한 사람에게 돌리고 있다. 보치코바가 은행에 예금한 돈에 대해서는 보치코바가 진술한 대로 12년 동안 호텔에서 근무하면서 두 사람이 손님에게서 받은 팁이라고 진술했다."

이어 대질 심문 기록, 증인들의 증언, 감정의(醫) 소견 등을 읽어 내려갔다.

기소장의 결론은 다음과 같았다.

"이상과 같은 사실에 비추어 보르키 마을의 농민 시몬 페트로프 카르친킨 서른세 살, 평민 예브피미아 이바노브나 보치코바 마흔세 살 및 평민 예카테리나 미하일로바 마슬로바 스물일곱 살은 188×년 1월 17일 상인 2500루블과 반지를 훔치고, 살해할 의도로 스멜리코프에게 독약을 먹임으로써 스멜리코프를 죽게 했다.

이 범죄는 형법 제1453조 제4항 및 제5항 규정에 해당한다. 그러므로 형사소송법 제201조에 따라 농민 시몬 카르친킨, 예브피미아 보치코바 및 평민 예카테리나 마슬로바를 배심원이 참여한 가운데 열린 본 지방재판소 법정에 기소하는 바이다."

서기는 긴 기소장의 낭독을 이와 같이 끝맺고는 서류를 접고, 두 손으로 긴 머리를 쓸어 올리면서 자기 자리에 앉았다.

드디어 이제부터 심리가 시작되면 모든 것이 훤히 드러나고 정의가 이길 것이라는 통쾌함을 느끼면서 모두들 휴 하고 한숨을 내쉬었다. 단 한 사람, 네플류도프만은 그런 기분이 될 수 없었다. 10년 전 천진하고 귀여운 소녀였던 그 카튜샤 마슬로바가 저지른 짓을 생각하고 저도 모르게 등줄기가 서늘해진 때문이었다.

11

기소장 낭독이 끝나자 재판장은 판사들과 잠깐 의논한 다음 카르친킨 쪽으로 돌아앉았다. 그 표정에는 '자, 이제 모든 진실을 확실히 밝혀 보이겠다'는 결의가 또렷이 엿보였다.

"농민 시몬 카르친킨!"

재판장은 윗몸을 약간 왼쪽으로 기울이며 남자 죄수를 불렀다.

시몬 카르친킨은 두 손을 바지 솔기에 따라 쭉 펴고, 몸 전체를 앞으로 기울이며 자리에서 일어섰다. 그의 볼은 여전히 소리 없이 씰룩이고 있었다.

"피고는 188×년 1월 17일, 예브피미아 보치코바와 예카테리나 마슬로바와 공모하여 상인 스멜리코프의 트렁크에서 돈을 훔친 뒤, 술에 비소를 타서 상인 스멜리코프에게 먹이도록 예카테리나 마슬로바를 부추긴 결과 스멜리코프를 죽음에 이르게 한 죄로 기소되었다. 피고는 자신을 유죄라고 인정하는가?"

재판장은 말을 마치더니 이번에는 몸을 오른쪽으로 기울였다.

"당치도 않습니다. 제가 하는 일은 손님을 시중드는 일이라서……."

"그런 말은 나중에 하도록. 피고는 자기의 죄를 유죄라고 인정하는가?"

"천만의 말씀입니다. 저는 다만……."

"나중에 말하라니까. 피고는 자기를 유죄라고 인정하는가?" 조용히, 그러나 단호하게 재판장은 되풀이했다.

"어떻게 그런 엄청난 짓을, 하지만 저는……."

또다시 정리가 시몬 카르친킨에게 달려가 비통한 목소리로 속삭이며 제지했다.

재판장은 이 질문은 일단 끝났다는 얼굴로, 서류를 누르고 있던 팔꿈치의 위치를 바꾸어 예브피미아 보치코바 쪽으로 돌아앉았다.

"예브피미아 보치코바, 피고는 188×년 1월 17일 '마브리타니아' 호텔에서 시몬 카르친킨과 예카테리나 마슬로바와 공모하여 상인 스멜리코프의 트렁크에서 그 돈과 반지를 훔치고 그것을 셋이서 나누어 가진 다음, 자기의 범행을 감추기 위해 상인에게 독약을 먹여 죽게 한 죄로 기소되었다. 피고는 자기를 유죄라고 인정하는가?"

"저는 아무 죄도 없습니다." 피고는 추호의 망설임도 없이 단호하게 말했다. "저는 방에도 들어가지 않았습니다……. 이 몹쓸 계집이 들어갔으니, 이년이 한 짓이 틀림없습니다."

"이의신청은 나중에 해."

다시 재판장이 부드럽지만 엄격하게 말했다.

"돈을 훔친 것도, 독약을 먹인 것도 제가 아닙니다. 저는 방에도 들어가지 않았어요. 제가 있었더라면 이 여자를 쫓아냈을 거예요."

"피고는 자기를 유죄라고 인정하지 않는단 말이지?"

"절대로요."

"좋아."

"예카테리나 마슬로바!" 재판장이 세 번째 피고 쪽을 돌아보면서 말했다. "피고는 스멜리코프의 트렁크 열쇠를 가지고, 유곽에서 '마브리타니아' 호텔로 가서 그 트렁크에서 돈과 반지를 훔치고……." 판사는 암기한 문제를 외듯이 줄줄 말했으나, 아울러 왼쪽 판사 쪽으로 귀를 기울이면서 증거품 목록에 약병이 빠져 있다는 주의를 듣고 있었다. "훔친 물건을 나눈 다음 다시 스멜리코프와 마브리타니아 호텔로 갔을 때, 스멜리코프에게 독약이 든 술을 먹여서 죽게 한 죄로 기소되었다. 피고는 자기를 유죄라고 인정하는가?"

"저는 아무 죄도 없습니다." 카튜사가 재빨리 말했다. "처음에 말씀드린 것과 똑같은 말을 지금도 말씀드리겠어요. 저는 훔치지 않았습니다. 훔치지 않았으니까 훔치지 않았다는 거예요. 정말로 아무것도 훔치지 않았어요. 반지는 그 사람이 직접 준 거예요……."

"피고는 2500루블의 돈을 훔친 건에 대해서 자기를 유죄로 인정하지 않는단 말이지?" 재판장이 말했다.

"이미 말씀드린 대로 40루블 말고는 한 푼도 꺼내지 않았습니다."

"그럼, 상인 스멜리코프에게 가루약을 탄 술을 마시게 한 건에 대해서는 자기 죄를 인정하는가?"

"그것은 인정합니다. 하지만 저는 들은 대로 그것이 수면제라 아무 해도 없다고 생각했던 거예요. 죽을 거라고는 생각지도 않았고 바라지도 않았습니다. 하느님께 맹세코 그럴 마음은 없었습니다."

"그럼 스멜리코프의 돈과 반지를 훔친 데 대해서는 죄를 인정하지 않지만 가루약을 타서 마시게 한 일은 인정한단 말이지?" 재판장이 말했다.

"하지만 제가 인정하는 것은 수면제라고 생각했다는 것뿐이에요. 그 사람을 재우기 위해서 먹인 거예요. 그 사람을 어떻게 하겠다는 생각은 털끝만큼도 하지 않았고 바라지도 않았습니다."

"좋아." 재판장은 심문 결과가 자못 만족스러운 듯이 말했다. "그럼 그때 상황을 말해 봐." 재판장이 의자에 등을 기대고 두 손을 탁상에 놓으며 말했다. "죄다 있었던 그대로 말해 봐. 숨김없이 털어놓으면 자기 죄를 가볍게 할 수도 있으니까."

카튜사는 여전히 재판장의 얼굴을 똑바로 바라본 채 잠자코 있었다.

"어떤 상황이었는지 말해 봐."

"어땠느냐고요?" 카튜사의 말투가 갑자기 빨라졌다. "호텔에 도착하자 곧 방으로 안내되었습니다. 그곳에 그 사람이 있었는데 몹시 취해 있었어요." 카튜사는 '그 사람'이라는 대목에서 어딘가 모르게 공포에 사로잡힌 표정이 되었다. "저는 도망쳐 나오려고 했지만 그 사람은 놓아주지 않았어요."

카튜사는 갑자기 다음 말을 잊었는지 아니면 딴 생각이 났는지 입을 다물었다.

"그래서?"

"그래서요? 아, 그래서 잠깐 있다가 돌아갔어요."

이때 검사보가 어색하게 팔꿈치를 짚고 반쯤 몸을 일으켰다.

"무슨 질문이 있습니까?"

재판장은 검사보가 고개를 끄덕이는 것을 보고 질문할 권리를 넘겨주겠다는 손짓을 했다.

"제가 묻고 싶은 것은 피고가 전부터 시몬 카르친킨을 알고 있었느냐는 것입니다."

검사보가 카튜사 쪽은 보지도 않고 말했다. 그리고 질문을 끝내고는 입을 굳게 다물고 눈살을 찌푸렸다.

재판장은 검사보의 질문을 되풀이했다. 카튜사는 흠칫 놀라며 검사보에게 눈길을 돌렸다.

"시몬하고요? 알고 있었습니다."

카튜사가 대답했다.

"여기서 내가 묻고 싶은 것은 피고와 카르친킨과의 관계가 어느 정도였는가 하는 것입니다. 두 사람은 가끔 만나고 있었나요?"

"어느 정도의 관계였느냐고요? 손님이 있을 때 몇 번인가 불러 준 정도지 잘 알지는 못해요." 카튜사는 불안한 듯이 검사보와 재판장을 번갈아보며 말했다.

"내가 알고 싶은 것은 왜 카르친킨이 특히 마슬로바만 손님에게 불러 주고 딴 여자들은 불러 주지 않았느냐 하는 것입니다."

검사보는 눈을 가늘게 뜨고 악마 같은 교활한 웃음을 띠며 물었다.

"저도 모릅니다. 그런 것을 제가 어떻게 알겠어요?" 카튜사는 대답하고 겁먹은 듯 주위를 둘러보다가 한순간 눈길이 네플류도프에게 멈추었다. "부르고 싶었으니까 불렀겠죠 뭐."

'눈치챘을까?' 네플류도프는 뜨끔해서 몸이 오싹해졌다. 그리고 얼굴로 피가 솟구치는 것을 느꼈다. 그러나 카튜사는 딴 사람들 틈에서 특히 네플류도프를 알아본 것 같지는 않았으며 곧 눈길을 돌려 다시 겁먹은 표정으로 검사보를 쳐다봤다.

"그럼 피고는 카르친킨과 어떤 친한 관계에 있었다는 것을 부인하는군요? 좋습니다, 제 질문은 이것으로 끝입니다."

검사보는 짚고 있던 한쪽 팔꿈치를 책상에서 떼고 곧 무엇인가 쓰기 시작했다. 그러나 사실은 무엇을 쓴 것이 아니라 자기 메모에다 펜을 움직여 쓰고 있는 시늉을 해보였을 뿐이었다. 검사나 변호사들이 교묘한 질문을 한 뒤 상대방을 눌러버릴 만한 요점을 자기 논고에 기록하는 것을 자주 보아왔기 때문이었다.

재판장은 금방 피고 쪽으로 얼굴을 돌리지는 않았다. 마침 그때, 서기가 미리 적어둔 질문 순서에 따를 것인지 말 것인지 안경 쓴 판사에게 묻고 있었기 때문이다.

"그리고 어떻게 했나?"

재판장이 질문을 계속했다.

"집으로 돌아가……" 카튜사는 전보다 어느 정도 기운을 차리자 재판장 한 사람만 바라보며 말했다. "주인아주머니에게 돈을 건네주고 잤어요. 막 잠이 들었는데, 베르타라는 동료가 저를 깨우면서 '가봐, 네 손님인 그 장사꾼이 또 왔어' 하고 말했습니다. 내키지 않았지만 주인아주머니가 등을 떠밀어 나가보았더니, 역시 그 사람이 있었어요." 카튜사는 또다시 '그 사람'이라는 단어를 입에 담으며 공포에 사로잡힌 표정이 되었다. "여느 때처럼 그 사람은 우리 가게 여자들 모두에게 술을 사주었어요. 한참 마시다가 한 병 더 사려는데 돈이 다 떨어지고 없었죠. 주인아주머니는 믿지 않으면 외상을 안 주기 때문에 그 사람은 저를 호텔로 심부름 보내기로 하고 어디에 돈이 있으니 얼마를 가져오라고 말했어요. 그래서 제가 갔던 거예요."

재판장은 그때 왼쪽에 앉은 판사와 소곤소곤 이야기를 주고받고 있었기 때문에 카튜사의 말을 듣지 못했지만 죄다 들은 것처럼 보이기 위해 그 마지막 말을 되풀이했다.

"피고가 갔단 말이지? 그래서 어떻게 했나?"

"가서 시키는 대로 했습니다. 먼저 방에 갔지요. 하지만 혼자 간 게 아니라 시몬 미하일로비치하고 이 여자를 불렀습니다."

마슬로바가 보치코바를 가리키며 말했다.

"다 거짓말이에요. 내가 들어가다니 당치도 않은 말을……." 보치코바는 말하다가 제지당했다.

"이 사람들이 보고 있는 앞에서 10루블짜리 지폐를 넉 장 꺼냈습니다."

카튜사는 눈살을 찌푸리며 보치코바 쪽은 보지도 않고 말을 이었다.

"그래, 피고는 40루블을 꺼냈을 때 거기에 돈이 얼마쯤 있었는지 깨닫지 못했는가?" 다시금 검사보가 물었다.

검사보가 입을 연 순간 카튜사는 움찔 떨었다. 뭘 어떻게 하려는 건지는 알 수 없었지만 판사가 자기를 불리한 쪽으로 몰아가려고 한다는 직감이 들었기 때문이다.

"세어 보지는 않았지만 전부 100루블짜리였어요."

"피고는 100루블짜리 지폐가 있는 것을 보았단 말이지……. 제 질문은 이것으로 끝입니다."

"그래서 그 돈을 가지고 왔단 말인가?" 재판장이 시계를 보며 질문을 계속했다.

"가지고 왔습니다."

"그리고 그 뒤에는?" 재판장이 물었다.

"그리고 그 사람이 다시 저를 데려갔습니다." 카튜사가 대답했다.

"그래? 그래서 어떻게 가루약을 탄 술을 먹였는가?"

"어떻게 먹였느냐고요? 술에 타서 마시게 했습니다."

"왜 먹였지?"

카튜사는 거기에는 대답하지 않고 괴로운 듯이 깊은 한숨을 쉬었다.

"아무리 해도 저를 놓아 주지 않았기 때문이에요." 잠시 뜸을 들인 뒤 카튜사가 대답했다. "그 사람을 상대하느라 녹초가 되어서 복도로 나가 시몬 미하일로비치에게 '어떻게 해서든 돌아가게 해주지 않겠어요? 완전히 지쳤거든요' 하고 부탁하니까 시몬 미하일로비치가 '그 손님에겐 우리도 넌덜머리가 나 있어. 어디 잠자는 약이라도 먹여 볼까? 녀석이 잠들면 당신도 갈 수 있을 테니까' 하고 말했어요. 그래서 저도 그게 좋겠다고 맞장구를 쳤죠. 그게 독약이라고는 꿈에도 생각하지 못했으니까요.

시몬 미하일로비치는 저에게 종이봉지를 주었어요. 방에 돌아가니까 그 사람은 칸막이 뒤에 누워 있다가 곧 코냑을 가져오라고 했지요. 저는 테이블 위에 있던 고급 샴페인 병을 가지고 와서, 제 잔과 그 사람 잔에 코냑을 따른 다음 그 사람 술잔에 가루약을 타서 건넸어요. 하지만 독약이라는 걸 알았더라면 어떻게 그럴 수가 있었겠어요?"

"그런데 반지는 어떻게 피고의 손에 들어갔을까?" 재판장이 물었다.

"반지는 그 사람이 직접 저에게 준 거예요."

"언제 주었지?"

"그 사람을 따라서 호텔 방에 갔을 때, 제가 돌아가고 싶다고 하니까 그 사람이 느닷없이 제 머리를 때려 빗이 부러져 버렸어요. 제가 화를 내며 돌아가려고 하니까 저를 붙들어 두려고, 그 사람은 자기가 끼고 있던 반지를 빼서 저에게 주었던 거예요."

그때 검사보가 다시 몸을 일으키더니 언제나처럼 무표정을 가장한 얼굴로, 다시 두세 가지 질문을 하겠다고 청했다. 그리고 허락을 받자 가장자리를 금실로 장식한 깃 위로 턱을 약간 기울이며 물었다.

"내가 알고 싶은 것은 피고가 스멜리코프의 방에 몇 시간이나 있었느냐는 것입니다."

카튜사는 다시금 두려움에 사로잡혀서 검사보에서 재판장 쪽으로 불안한 시선을 옮기며 당황한 듯이 말했다.

"얼마나 있었는지 잘 기억이 안 납니다."

"그럼 피고는 스멜리코프의 방을 나와 호텔 안 다른 방에 들렀는지 아닌지는 기억합니까?"

카튜사는 잠깐 생각하는 듯했다.

"비어 있는 옆방에 들어갔습니다." 카튜사가 말했다.

"왜 들렀죠?" 검사보는 몸을 앞으로 내밀고 똑바로 카튜사를 쳐다보며 물었다.

"옷매무새를 고치고 마차를 기다리기 위해서였어요."

"그럼, 카르친킨도 피고와 함께 있었나요, 아니면 피고 혼자 있었나요?"

"그 사람도 함께 있었습니다."

"무엇하러?"

"장사꾼 방에서 가져온 고급 코냑이 남아 있어서 함께 마셨습니다."

"같이 마셨단 말이죠? 좋습니다. 그런데 피고는 시몬과 이야기를 했나요? 무슨 이야기를 했습니까?"

카튜사는 갑자기 미간을 찌푸리고 얼굴이 새빨개져서 빠른 소리로 대답했다.

"무슨 이야기를 했느냐고요? 아무 얘기도 하지 않았어요. 이것으로 그때 일은 죄다 말했습니다. 더는 아무것도 몰라요. 저를 어떻게 하시려는 거예요? 저에게는 아무 죄도 없습니다. 그뿐이에요."

"제 질문은 이것으로 끝입니다."

검사보는 재판장에게 말하더니 부자연스러우리만치 어깨를 추어올리고, 시몬과 함께 빈방에 들어갔다는 카튜사의 진술을 자기 논고서에 적어 넣었다.

침묵이 흘렀다.

"피고는 이제 더 할 말이 없는가?"

"저는 모든 걸 다 말했습니다." 카튜사는 한숨을 섞어 말하고 앉았다.

재판장은 무언가 조서에 써넣으면서 왼편 판사가 귀엣말하는 것을 듣더니 10분 동안 휴정을 선언하고 재빨리 일어나 법정을 나갔다. 재판장과 그 왼편에 앉은 탐스러운 턱수염에 선량해 보이는 큰 눈을 가진 키 큰 판사가 나눈 귀엣말은 고작해야, 위가 조금 아프니 마사지를 하고 물약을 마시고 싶다는 내용이었다. 재판장은 판사의 이 청을 받아들이고 휴정을 선언한 것이었다.

재판관들에 이어 배심원과 변호사, 증인들도 일어나 이제 중요한 문제의 일부가 끝났다는 일종의 안도감을 느끼며 뿔뿔이 흩어져갔다.

네플류도프는 배심원 대기실에 들어가 창가에 앉았다.

12

그렇다, 그것은 틀림없이 카튜사였다.

네플류도프와 카튜사의 관계는 이랬다.

처음 네플류도프가 카튜사를 만난 것은 대학 3학년 때 토지 사유에 관한 논문을 쓸 겸 고모 집에서 한여름을 지냈을 때였다. 여느 때는 어머니와 누이와 함께 모스크바 변두리에 있는 어머니의 큰 영지에서 여름을 보내곤 했다. 그런데 그해에는 누이는 결혼해서 집에 없었고 어머니는 외국의 온천지로 휴양하러 가 있었다. 네플류도프는 논문을 써야 했기 때문에 여름을 고모 집에서 보내기로 한 것이었다. 고모들이 사는 시골은 조용한 곳이어서 마음이 어수선해질 일도 없었다. 게다가 고모들은 자기들의 상속인인 조카를 사랑했고, 그도 고모들을 사랑했으며 그 고풍스럽고 소박한 시골 생활을 좋아했다.

네플류도프는 그해 여름, 고모 집에서 지내면서 커다란 감동을 경험했다. 그것은 청년이 처음으로 남의 지시에 의해서가 아니라 스스로의 힘으로 인생의 모든 아름다움과 중대함, 그리고 인간에게 주어진 사명의 참뜻을 깨닫고, 자기와 온 세계의 무한한 완성 가능성을 발견하고는 그 완성에 도달하려는 희망뿐 아니라 확고한 믿음으로 그 완성에의 길에 몰입할 때 느끼는 그런 감동이었다. 그해 네플류도프는 여름 방학이 되기 전에 스펜서의 《사회평형론》을 읽었는데, 그 자신이 대지주의 아들이니만큼 토지 사유 문제에 관한 스펜서의 이론에 특히 깊은 감명을 받았다. 아버지는 그다지 부유하지 않지만 어머니는 시집올 때 지참금 외에도 약 1만 헥타르의 토지를 가지고 왔다. 네플류도프는 그때 비로소 개인에 의한 토지 사유가 잔혹하고 옳지 못한 행위임을 깨달았다. 네플류도프는 천성적으로 도덕을 위해 희생하는 것을 더없는 정신적 기쁨으로 느끼는 인간 중 한 사람이었으므로 토지 소유권을 이어받지 않기로 마음먹고, 아버지에게서 물려받은 토지를 곧 농민들에게 나누어 주었다. 그리고 이것을 테마로 논문을 쓰고 있었다.

그해 여름 고모네 마을에서 보낸 생활은 이러했다. 아침에는 너무나도 일찍, 때로는 새벽 3시에 일어나 해뜨기 전에, 때로는 아직 아침 안개가 자욱한 산기슭에 있는 강으로 목욕하러 갔다가 풀과 꽃이 아직도 밤이슬에 젖어 있을 때 돌아왔다. 어떤 때는 커피를 마시고 나서 곧 책상 앞에 앉아 논문을 쓰기도 하고 참고자료를 읽기도 했지만, 대개는 책읽기와 글쓰기는 미뤄두고 다시 밖에 나가서 들과 숲 속을 이리저리 돌아다녔다. 식사 전에는 뜰 어느 구석에서 낮잠을 잤고, 식사 때는 타고난 명랑한 성격으로 고모들을 즐겁게 해주었다. 그리고 말도 타고 보트도 탔다. 또 밤에는 책을 읽거나 고모들과 트럼프놀이를 하거나 했다. 밤에, 특히 달 밝은 밤에는 커다란 파도처럼 밀어닥치는 삶의 기쁨에 설레어 잠을 이루지 못하고 여러 가지 공상을 하며 새벽녘까지 뜰을 거니는 때도 있었다.

이와 같이 행복하고 평화롭게 고모 집에서 처음 한 달을 보냈다. 그동안 반은 하녀이고 반은 양딸 같은, 몸이 날래고 눈동자가 새까만 카튜사에 대해서는 아무런 관심도 없었다.

당시 네플류도프는 이미 열아홉 살이었지만 어머니 품에서 곱게 자란 탓에 아직 세상물정 모르는 도련님이었다. 여자를 생각할 때도 미래의 아내로서 어떤지를 상상했다. 자기 아내가 되지 못하는 모든 여자는 네플류도프에게 있어서는 여자가 아니라 단순한 사람에 지나지 않았다. 그런데 그해 여름

그리스도 승천절에 우연히 이웃에 사는 여지주가, 혼기가 찬 두 딸과 중학생 아들 하나와 그 집에 손님으로 와 있는 농민 출신 젊은 화가를 데리고 고모 집에 놀러 왔다.

그들은 차를 마신 뒤, 풀베기가 끝난 집 앞 풀밭에서 술래잡기를 하며 놀았다. 카튜사도 함께 갔다. 몇 번인가 짝이 바뀐 뒤 네플류도프는 카튜사와 짝이 되어 숨게 되었다. 네플류도프는 카튜사를 바라보는 것이 언제나 즐겁기는 했지만 자기들 사이에 어떤 특별한 관계가 생기리라고는 꿈에도 생각해 본 일이 없었다.

"안 되겠는데, 이 두 사람이 짝이 되면 도저히 잡을 수가 없겠는걸." 술래가 된 쾌활한 화가가 말했다. 그 화가는 다리가 짧은데다 안짱다리였지만 농사꾼다운 튼튼한 다리를 가지고 있어 몹시 빨리 달렸다. "넘어져주기라도 하지 않는 한 어렵겠어."

"당신한테는 잡히지 않을 걸요!"

"하나, 둘, 셋!"

손뼉을 세 번 쳤다. 가까스로 웃음을 참으며 카튜사가 재빨리 네플류도프와 자리를 바꾸더니 거칠거칠한 조그만 손으로 네플류도프의 큼직한 손을 잡고는 풀 먹인 치마를 버석거리면서 왼쪽으로 쏜살같이 달려나갔다.

네플류도프도 화가에게 지기 싫어서 기를 쓰고 달렸다. 돌아보니 카튜사를 쫓고 있는 화가가 보였다. 그러나 카튜사는 탄력 있는 젊은 다리를 날쌔게 놀려 화가를 왼쪽으로 피해서 달아났다. 저만치 앞에 라일락이 무성한 꽃밭이 있었다. 그 속에 숨은 사람은 아직 아무도 없었으므로 카튜사는 네플류도프를 돌아보고 라일락 수풀에 같이 숨자고 고갯짓을 했다. 네플류도프는 그 신호를 알아차리고 수풀 속으로 뛰어 들어갔다. 그러나 거기에 쐐기풀이 우거진 도랑이 있는 것을 미처 알지 못했다. 네플류도프는 그곳에 엎어져 두 손을 쐐기풀 가시에 긁히고 이미 내려앉은 초저녁 이슬에 함빡 젖었다. 그러나 자기의 몰골이 우스워 얼른 일어나 깨끗한 곳으로 뛰어나갔다.

카튜사가 환한 웃음을 띠고 젖은 검은 포도알 같은 까만 눈을 반짝이며 네플류도프에게로 달려왔다. 두 사람은 서로 달려가 손을 마주 잡았다.

"어머나, 손이 다 긁혔네요." 카튜사는 한 손으로 흐트러진 머리카락을 매만지며 가쁜 숨을 몰아쉬고 생글생글 웃으면서 네플류도프의 얼굴을 올려다보았다.

"거기 도랑이 있는 줄은 몰랐어." 네플류도프도 웃으며 카튜사의 손을 잡은 채 말했다.

그때 문득 카튜사가 네플류도프에게 다가섰다. 그러자 네플류도프는 왜 그렇게 되었는지 자기도 모르게 카튜사에게로 얼굴을 가져갔다. 카튜사가 피하는 기색을 보이지 않자 네플류도프는 카튜사의 손을 꼭 쥐고 그 입술에 키스했다.

"어머나!" 카튜사가 나지막하게 내뱉더니 재빨리 손을 빼서 달아났다.

카튜사는 라일락 덤불로 달려가더니 이미 지기 시작한 하얀 라일락의 작은 가지를 두 개 꺾어 들고 그것으로 붉게 물든 얼굴을 탁탁 두드리면서 네플류도프를 돌아보았다. 그리고 힘차게 두 손을 흔들어 보이고는 다른 사람들이 있는 곳으로 달려갔다.

그때부터 네플류도프와 카튜사의 관계는 지금까지와는 다르게, 서로 이끌리는 순진한 젊은 청년과 순진한 처녀 사이에 흔히 볼 수 있는 그런 특수한 관계로 발전했다.

카튜사가 방에 들어오거나 멀리 카튜사의 하얀 앞치마만 언뜻 보여도, 네플류도프는 자신을 둘러싼 모든 것에 태양이 환하게 비추는 것 같았다. 모든 것이 한층 재미있고 즐겁고 의미 있게 느껴졌다. 카튜사도 똑같은 느낌을 경험하고 있었다. 그러나 네플류도프는 카튜사가 옆에 있을 때만 이런 감정을 느끼는 것은 아니었다. 네플류도프에게는 카튜사라는 처녀가, 카튜사에게는 네플류도프라는 청년이 이 세상에 살고 있다는 생각만으로 이런 기분을 느끼는 것이었다. 어머니에게서 불쾌한 편지를 받건, 논문이 잘 되지 않건, 젊은이 특유의 까닭 없는 시름에 사로잡히건, 카튜사가 있고 카튜사의 모습을 볼 수 있다고 생각하는 것만으로 모든 불쾌감은 안개처럼 사라져버렸다.

한편 카튜사는 해야 할 집안일이 매우 많았지만 재빨리 해치우고는 틈을 만들어 책을 읽었다. 네플류도프는 자기가 읽은 도스토예프스키나 투르게네프의 작품을 빌려 주었다. 가장 카튜사의 마음에 든 것은 투르게네프의 《정적》이었다. 두 사람의 대화는 복도나 발코니나 뜰에서 만났을 때, 때로는 고모들의 늙은 하녀 마트료나 파블로브나의 방에서 재빨리 짤막하게 이루어졌다. 늙은 하녀는 카튜사와 함께 살고 있었는데, 그곳에 네플류도프는 가끔 초대받아 차를 마시러 갔다. 마트료나 파블로브나가 함께 있을 때는 이야기가 매우 즐거웠지만 단둘이 있을 때는 무척 어색했다. 서로의 눈이 입으로 말하고 있는 것과는 다른, 훨씬 더 소중한 말을 하기 시작하여 입술이 굳어지고 어쩐지 어색해져서 허둥지둥 헤어지곤 했다.

이러한 관계는 네플류도프가 처음 고모 집에 묵고 있는 동안 쭉 계속되었다. 고모들도 이런 관계를 눈치채고 놀라, 외국에서 휴양 중인 네플류도프의 어머니 엘레나 이바노브나 공작부인에게 알려 주었을 정도였다. 고모 마리아 이바노브나는 드미트리가 카튜사와 육체관계를 맺을까 봐 걱정했다. 그러나 그것은 고모의 지나친 걱정이었다. 네플류도프는 스스로도 알지 못하는 사이에 정신적으로 카튜사를 사랑하고 있었다. 그리고 그런 사랑은 네플류도프에게 있어서나 카튜사에게 있어서나, 타락을 막는 큰 방패가 되고 있었다. 네플류도프는 육체적으로 카튜사를 가지려는 욕망이 없었을 뿐만 아니라 카튜사와 그러한 관계가 있을 수 있다는 것을 생각하기조차 두려워했다. 드미트리는 순수한 외고집 성격이라 한번 사랑하게 되면 상대방 처녀의 태생이나 신분을 문제 삼지 않고 외곬으로 결혼을 생각하지나 않을까 하는, 시적인 둘째 고모 소피아 이바노브나의 근심이 훨씬 더 뚜렷한 근거를 지니고 있었다.

당시 네플류도프가 카튜사에 대한 자신의 사랑만 똑똑히 깨달았다면, 또 그런 처녀와 운명을 맺는다는 것은 절대로 있을 수 없는 일이고 그래서는 안 된다고 누가 설득이라도 했다면, 무슨 일에든지 일직선으로 밀고나가는 천성을 발휘해서, 그는 상대방 처녀가 어떤 신분이건 자기가 사랑하기만 한다면 결혼해선 안 될 까닭은 털끝만큼도 없다고 결심하는 일은 얼마든지 있었을지 모른다. 그러나 고모들은 그러한 마음속의 두려움을 입 밖에 내지 않았고, 네플류도프도 이 처녀에 대한 자기의 사랑을 깨닫지 못한 채 떠나갔다.

카튜사에 대한 감정은 그 무렵 네플류도프의 존재를 가득 채우고 있던 삶의 기쁨에 대한 감정 표현 중 하나이며, 그것이 이 사랑스럽고 쾌활한 소녀의 공감을 얻은 것이라고 네플류도프는 믿었다. 그러나 드디어 고모 집을 떠나가는 날, 고모들과 나란히 현관 층계에 서서 새까맣고 약간은 사시기 있는 눈에 눈물을 가득 담고 전송해주는 카튜사를 보자, 네플류도프는 이제 다시는 돌아오지 않을 무언가 아름답고 귀중한 것을 잃는 것만 같아서 못 견디게 슬퍼졌다.

"잘 있어, 카튜사. 여러 가지로 정말 고마웠어."

그는 마차에 오르면서 소피아 이바노브나의 모자 너머로 말했다.

"안녕히 가세요, 드미트리 이바노비치." 카튜사는 여느 때의 그 밝고 기분 좋은 목소리로 말하고는 눈 가득히 괸 눈물을 떨어뜨리지 않으려고 애쓰면서, 마음껏 울 수 있는 현관으로 달려 들어갔다.

13

그 뒤 3년 동안 네플류도프는 카튜사를 만나지 못했다. 그러다가 신임 장교로서 소속 부대로 부임하는 길에 고모 집에 들렀을 때 비로소 다시 만나게 되었는데, 그때 네플류도프는 3년 전 이곳에서 여름을 보내던 때와는 전혀 다른 사람이 되어 있었다.

그 무렵의 그는 좋은 일에 몸 바치기를 마다않는 순진하고 헌신적인 청년이었지만, 지금은 자신의 쾌락만을 추구하는 뼛속까지 타락한 이기주의자였다. 그 무렵에는 신이 창조한 이 세계가 신비하게 여겨져서 기쁨과 감동으로 그 수수께끼를 풀려고 애썼지만, 지금은 이 세상 모든 것은 단순하고 뚜렷하며 자신을 에워싼 생활조건에 의해 결정되는 것으로 느껴졌다. 그 무렵에는 자연과의 교감, 자기보다 먼저 살고 사색하고 느낀 사람들, 특히 철학자나 시인과의 정신적 교류가 꼭 필요하고 소중한 일이었지만, 지금은 인간이 만든 제도나 친구들과의 교제가 더 필요하고 중요한 일이었다. 그 무렵에는 여자가 신비롭고 매혹적인 것으로 여겨졌으며 다름 아닌 그 신비성 때문에 매력 있는 존재로 보였지만, 지금은 여자라는 존재, 즉 자기 가족이나 친구의 아내를 제외한 모든 여자의 의미는 매우 간단하고도 명료했다. 다시 말하자면, 여자라는 것은 이미 알 만큼 알아버린 쾌락의 가장 좋은 수단 중 하나에 지나지 않았다. 그 무렵에는 많은 돈이 필요 없었고 어머니가 주는 돈의 3분의 1도 남을 정도였으며 아버지의 유산인 토지를 마다하고 농민들에게 나누어 줄 수도 있는 정도였지만, 지금은 어머니가 보내주는 매달 1500루블의 용돈도 모자라 이미 몇 번이나 돈 때문에 어머니와 불쾌한 말다툼까지 했다. 그 무렵에는 자기의 정신적 존재가 참다운 자아라고 생각했지만, 지금은 자기의 건장하고 다혈질인 동물적 자아야말로 참다운 자기로 알고 있었다.

이러한 무서운 변화가 생긴 가장 큰 원인은 스스로를 믿지 않고 남을 믿게 된 것에 있었다. 그리고 자기를 믿지 않고 남을 믿게 된 이유는 자기를 믿으며 산다는 것이 너무나도 괴로웠기 때문이었다. 자기를 믿으면 모든 문제를 늘 가벼운 쾌락을 찾는 자기의 동물적 자아에 유리하게 하는 것이 아니라 대개는 그 반대 방향으로 해결해야 되었기 때문이다. 그러나 남을 믿으면 해결해야 할 것이 아무것도 없었다. 모든 것이 이미 다 마무리되어 있었으며, 더구나 그것은 늘 정신적 자아를 어기고 동물적 자아에 유리하게 결정되어 있었다. 그뿐 아니라 자기를 믿으면 늘 사람들의 비난을 받게 되지만, 남을 믿으면 오히려 주변 사람들의 동의를 얻었다.

　이를테면 네플류도프가 신이나 진리나 부나 가난에 대해서 생각하거나 책을 읽거나 이야기하면 주변 사람들은 모두 그것을 어울리지 않는, 오히려 우스꽝스러운 일로 보았다. 어머니나 고모는 악의 없이 놀리는 투로 네플류도프를 가리켜 프랑스말로 'notre cher philosophe(우리의 친애하는 철학자)'라고 부르기도 했다. 반면에 네플류도프가 소설을 읽거나 외설스런 신소리를 하거나 우스꽝스런 프랑스 통속희극을 보고 와서 재미있게 그 이야기를 해 주면 사람들은 네플류도프를 칭찬하고 치켜세웠다. 돈을 아끼는 것을 필요한 일이라고 생각하여 낡은 외투를 입거나 술을 마시지 않거나 하면 모두들 그것을 색다른 하나의 허영이라 생각했지만, 사냥이나 서재에 특별히 사치스러운 장식을 하느라고 돈을 많이 쓰면 모두들 그 취미를 칭찬하며 값진 물건을 선사하기도 했다. 결혼할 때까지 총각으로 순결을 지키겠다고 하자 친척들은 병이 아니냐고 걱정했지만, 어엿한 사내가 되어 어떤 프랑스 여자를 친구에게서 빼앗았다는 말을 듣자 어머니마저 그것을 한탄하기는커녕 오히려 축복했을 정도였다. 그러나 네플류도프가 결혼을 생각할 우려가 있었던 카튜사와의 에피소드를 생각하면, 어머니인 공작부인은 소름이 끼쳐 견딜 수가 없었다.

　이것과 마찬가지로, 성년이 되어 토지 사유를 옳지 못한 일이라고 생각하고 아버지에게 유산으로 물려받은 얼마 안 되는 토지를 농민들에게 나누어 준 네플류도프의 행위는 어머니나 친척들을 공포로 몰아넣었고, 그 뒤부터 네플류도프는 친척들로부터 줄기찬 비난과 비웃음을 받아야 했다. 거기다 토지를 받은 농민들이 부유해지기는커녕 마을에다 술집을 세 군데나 차리고 일을 전혀 하지 않아, 심한 가난뱅이가 되고 말았다는 이야기도 끊임없이 들었다. 그러나 네플류도프가 근위 연대에 근무하게 되자 집안 좋은 동료들과 돌아다니며 놀거나 도박을 하다 크게 져 어머니 엘레나 이바노브나 공작부인이 은행에서 돈을 인출해야만 했을 때도, 어머니는 한탄은커녕 상류사회에서는 젊었을 때 미리 이러한 우두를 맞아 두는 것은 마땅히 필요한 일이요 오히려 잘된 일이라고 생각했다.

처음에는 네플류도프도 싸워 봤지만 그 싸움은 어렵기 그지없었다. 그가 자신을 믿고 선이라고 생각해서 한 모든 일을 주위 사람들은 악이라고 여겼고, 악이라고 생각해서 한 모든 일을 주위 사람들은 선이라고 여겼기 때문이다. 그리하여 마침내 네플류도프가 져서, 자신을 믿기를 단념하고 남을 믿게되었다. 처음 얼마 동안은 이런 자기 부정이 몹시 언짢았지만 그 불쾌감은 잠시 동안 계속되었을 뿐이었다. 네플류도프는 마침 그 무렵 술과 담배 맛을 알아 그 언짢은 기분 때문에 괴로워하지 않게 되었으며, 오히려 커다란 해방감마저 느꼈다.

이리하여 네플류도프는 타고난 정열적인 기질로 주위의 모든 사람이 인정하는 이 새로운 생활 속에 뛰어들어, 무언가 다른 것을 요구하는 자기 내부의 소리를 완전히 짓눌러 버리고 말았다. 이런 변화는 페테르부르크로 이사한 뒤부터 시작하여 군대 복무로 빈틈없이 다듬어졌다.

일반적으로 말해서 군대 근무는 인간을 타락시킨다. 왜냐하면 그 세계에 들어간 사람을 완전한 무위, 즉 유익한 지적 활동이 모자라는 조건 속에 두어 사회인으로서의 의무에서 해방시키는 대신 군대, 군복, 군기라는 한정된 명예만을 앞세우고, 한편으로는 다른 사람들에 대한 무제한의 권력을 주며, 다른 한편으로는 윗사람에 대한 노예와 같은 복종을 요구하기 때문이다.

그런데 군복이나 군기 같은 독선적인 명예와 폭력 및 살인이라는 독단적인 허가가 동반되는 이 군대 근무의 일반적인 타락에, 부유하고 집안 좋은 장교들만 근무하는 선택된 근위 연대에서 볼 수 있는 것처럼 재력이나 황족과 친하다는 우월감에서 생기는 타락이 더해지면, 이 타락은 그 속에 빠진 사람들을 이기주의의 완전한 광란 상태에까지 이르게 한다. 네플류도프도 군대에서 동료 사관들과 같은 생활을 하게 된 뒤부터 이와 같은 이기주의의 광기 속에 빠져버렸다.

딱 꼬집어 일이라 할 만한 것도 없었다. 자기 손에 의해서가 아니라 남의 손에 의해서 훌륭하게 지어지고 깨끗이 손질된 군복을 입고, 역시 남의 손에 의해서 만들어지고 닦이고 지급받은 군모를 쓰고, 칼을 차고, 마찬가지로 남의 손에 의해서 길러지고 길들여진 말을 타고 동료 장교들과 더불어 교련이나 사열을 하고, 말을 달리거나 칼을 휘두르거나 총을 쏘고, 그것을 다른 사람들에게 가르치는 것밖에 할 일이 없었다. 다른 일은 아무것도 없었다. 그런데도 가장 높은 지위에 있는 사람들은, 젊은이도 늙은이도 황제도 그 측근들도 그것이 얼마나 의미 있는 일인지 인정할 뿐 아니라 찬양하며 감사하기까지 했다. 이런 일이 끝나면 장교 클럽이나 최고급 레스토랑에 우르르 몰려가서 식사를 하거나 술을 마시며, 어디서 긁어왔는지 모를 돈을 뿌리는 것이 모범적인 중요한 행위로 되어 있었다. 그러고 난 뒤에는 극장, 무도회, 여자, 그리고 다시 말을 타고 칼을 휘두르고 달리고는 또 돈을 뿌리고 술, 도박, 여자를 되풀이했다.

특히 이러한 생활이 군인을 타락시켰다. 군인이 아닌 다른 사람이 이와 같은 생활을 한다면 마음속으로 부끄러워하지 않고는 못 배길 것이나 군인은 그것을 당연한 일로 알고 그런 생활을 자랑하며 긍지로 삼기 때문이다. 특히 네플류도프가 군에 있던 무렵에는 터키에 선전 포고를 한 뒤인 이른바 전시 중이라 특히 이런 경향이 심했다.

'우리는 싸움터에서 생명을 바칠 각오다. 그러므로 이런 자유롭고 즐거운 생활이 허용되고, 또 이런 것들이 우리에게는 필요하다.'

네플류도프는 그 생애 중 이 시기에 막연히 그렇게 생각하고 있었다. 그때까지 자신을 옭아맸던 모든 도덕적 억압에서 해방된 기쁨을 끊임없이 맛보며 이기주의의 만성적 광기에 빠져 있었다.

그리고 3년이라는 세월이 흐른 뒤 고모 집에 들렀을 때, 네플류도프는 이러한 상태에 있었던 것이다.

14

네플류도프가 고모 집에 들른 것은 그곳이 이미 이동 중인 소속 연대를 쫓아가는 길목에 있었던 것과, 고모들의 강한 바람도 있었지만 무엇보다도 큰 이유는 카튜사를 만나기 위해서였다. 어쩌면 그 마음 깊은 곳에는 카튜사를 어떻게 해보려는 음흉한 생각이 싹트고 있었고, 이제는 완전히 고삐가 풀린 동물적인 자아가 그를 부추기고 있었는지 모르지만 적어도 네플류도프 자신은 그것을 깨닫지 못하고 있었다. 다만 그토록 즐거웠던 추억의 장소에서 잠시 쉬면서, 언제나 깨닫지 못하는 사이에 사랑과 기쁨으로 자신을 감싸 주던, 조금은 우스꽝스럽지만 상냥하고 마음 좋은 고모들, 그리고 그토록 기분 좋은 인상을 남겨 준 사랑스러운 카튜사를 만나고 싶다는 가벼운 마음뿐이었다.

네플류도프가 고모들의 집에 도착한 것은 3월 끝 무렵인 부활절을 앞둔 금요일이었다. 길이 가장 질퍽할 때인데다가 비가 억수같이 쏟아지고 있었으므로 온몸이 흠뻑 젖고 꽁꽁 얼어 있었으나 당시엔 언제나 그러했듯이 넘쳐나는 왕성한 기운을 느끼고 있었다. '그 처녀가 아직도 있을까?' 그는 두근거리는 가슴으로 낮익고 오래된 고모 집 지붕에서 떨어진 눈이 보기 흉하게 남아 있는, 벽돌담으로 둘러싸인 뜰로 마차를 몰았다. 네플류도프는 마차의 방울 소리를 듣고 카튜사가 문 앞으로 달려나와 줄 것을 바라고 있었다. 그러나 소리를 듣고 달려나온 사람은, 마루를 닦고 있었는지 맨발에 옷자락을 걷어 올리고 양동이를 든 두 아낙이었다. 문 앞 현관에도 카튜사는 보이지 않았다. 그쪽에서도 역시 청소를 하고 있던 듯, 앞치마를 두른 하인 치혼이 나왔을 뿐이었다. 이윽고, 비단옷을 입고 실내 모자를 쓴 소피아 이바노브나가 현관홀에 나왔다.

"아이구 반가워라, 참 잘 왔다!"

소피아 이바노브나는 네플류도프에게 키스를 하며 말했다.

"큰고모는 몸이 좀 불편하셔서……. 교회에서 지치신 모양이지. 둘이서 성찬식에 다녀왔거든."

"축하합니다, 고모님." 네플류도프가 고모 손에 키스하며 말했다. "죄송합니다, 고모님 옷을 적셔서."

"방으로 가자. 어쩌면, 흠뻑 젖었구나. 벌써 수염을 다 기르고……. 카튜사! 카튜사! 빨리 커피를 내오너라."

"네, 곧 내갑니다." 그리운, 기분 좋은 목소리가 복도 쪽에서 들렸다.

네플류도프는 기뻐서 가슴이 콩닥거렸다. '있구나!' 그것은 태양이 구름 사이로 얼굴을 내민 것 같은 심정이었다. 네플류도프는 즐거운 얼굴로 치혼을 따라, 전에 쓰던 자기 방으로 옷을 갈아입으러 갔다.

네플류도프는 치혼에게 카튜사에 관한 것을 여러 가지 물어보고 싶었다. 어떻게 지내는가? 몸은 건강한가? 아직 시집은 가지 않았는가? 그러나 치혼은 지나치게 정중한데다 몹시 우직한 사람이라 네플류도프가 손을 씻을 때도 자기 손으로 직접 젊은 나리의 손에 물을 부어 드리겠다고 우기는 고집쟁이여서, 네플류도프는 도저히 카튜사에 대한 것을 물을 용기가 나지 않았다. 결국 그는 치혼의 손자들과 '형님'이라는 별명이 붙은 늙은 말과 집을 지키는 폴칸이라는 개에 대해서 묻는 것만으로 그쳤다. 모두 다 잘 있는데, 폴칸만이 지난해에 광견병으로 죽었다고 했다.

젖은 옷을 죄다 벗고 산뜻한 새 옷에 팔을 꿰다가 네플류도프는 잰 발소리와 문 두드리는 소리를 들었다. 그 걸음걸이와 문 두드리는 소리가 귀에 익었다. 그런 식으로 걷고 그런 식으로 문을 두드리는 사람은 카튜사뿐이었다.

네플류도프는 다시 허둥지둥 젖은 외투를 걸치고 문 쪽으로 달려갔다.

"들어와요!"

역시 카튜사였다. 그전 그대로였다. 아니, 전보다 한층 더 예뻐져 있었다. 미소를 담은 채 천진스럽게, 약간 사팔기 있는 까만 눈으로 밑에서 올려다보는 듯한 모습도 예전 그대로였다. 변함없이 산뜻한 흰 앞치마를 두르고 있었다. 지금 갓 포장을 뜯은 향긋한 비누와 커다란 러시아식 수건과 올이 굵은 수건 각각 한 장을 고모에게서 받아서 가지고 온 참이었다. 새겨진 글씨가 아직 그대로 있는 아무도 손대지 않은 비누도, 수건도, 카튜사도 모두 한결같이 깨끗하고 싱싱하고 순결하고 상큼했다. 단단한 꽃봉오리를 연상시키는 사랑스러운 빨간 입술이, 역시 전과 마찬가지로 네플류도프를 앞에 두고 억누를 수 없는 기쁨으로 꼭 오므라져 있었다.

"안녕하세요, 드미트리 이바노비치!"

카튜사는 가까스로 말하고는 순간 얼굴을 붉혔다.

"아……. 잘 있었소." 네플류도프는 '너'라고 불러야 할지 '당신'이라고 고쳐 불러야 할지 몰라서 카튜사처럼 얼굴을 붉혔다. "그동안 잘 있었소?"

"덕분에……. 고모님 분부로 도련님이 좋아하시는 장미 향기 나는 비누를 가지고 왔어요."

카튜사는 탁자 위에 비누를 놓고 의자 팔걸이에 수건을 걸치면서 말했다.

"도련님은 자기 것을 갖고 계셔."

손님의 자주성을 존중하는 치혼은 뚜껑이 열린 채로 있는 네플류도프의 큼직한 화장 상자를 거드름피우는 얼굴로 가리켰다. 그 안에는 많은 화장수와 솔, 머릿기름, 향수, 그 밖에 온갖 화장 도구가 들어 있었다.

"고모님께 고맙다고 말씀드려요. 아, 정말 오기를 잘했소."

네플류도프는 전과 마찬가지로 마음이 상쾌하고 부드러워지는 것을 느끼면서 말했다.

카튜사는 이 말에 미소로 대답하고 그대로 나갔다.

고모들은 언제나 네플류도프를 귀여워해 주었지만 이번에는 여느 때보다 더 반가이 맞아주었다. 싸움터로 가는 도중이라 부상당할지도, 잘못하면 죽을지도 모른다는 점이 고모들을 감상적으로 빠지게 했기 때문이다.

네플류도프는 고모네 집에서 하룻밤만 묵을 작정이었는데 카튜사를 보자 이틀 뒤에 있을 부활절을 여기서 맞고 싶어졌다. 그래서 오데사에서 만나기로 한 친한 동료 셴보크에게 고모네 집에 들러 달라고 전보를 쳤다.

네플류도프는 카튜사를 만난 그날부터 그전과 같은 감정을 느꼈다. 그때와 마찬가지로 지금도 카튜사의 하얀 앞치마 차림을 보면 가슴이 두근거리고 발소리나 말소리, 웃음소리만 들어도 기쁨이 샘솟는 듯했다. 특히 젖은 포도알 같은 그 새까만 눈으로 미소 짓는 표정을 볼 때면 감동을 억누를 수가 없었다. 그리고 무엇보다도 자기를 처다볼 때마다 얼굴을 붉히는 것을 보면 저도 모르게 가슴이 울렁거렸다. 네플류도프는 자기가 사랑에 빠진 것을 깨달았다. 그러나 그 사랑은 전에 생각했던 것처럼 저 자신에게도 털어놓을 수 없을 만큼 매우 신비롭고 일생에 단 한 번뿐인 그런 사랑은 아니었다. 지금 그는 자기가 사랑을 하고 있음을 알고 그것을 기뻐하며, 저 자신에게는 숨기고 있었지만 그 사랑이 어떤 것이며 어떤 결과를 낳는다는 것을 어렴풋이나마 알면서 그 사랑에 점점 더 빠져들어 갔다.

모든 사람이 그러하듯이 네플류도프의 마음에도 두 가지 인간이 살고 있었다. 한 사람은 남에게도 행복이 될 수 있는 그런 행복만을 추구하는 정신적인 인간이고, 다른 한 사람은 오직 자기만을 위해 행복을 찾고 그 행복을 위해서는 온 세계의 행복마저 희생시키려는 동물적인 인간이었다. 페테르부르크의 생활과 군대 근무에 중독되어 이기주의의 광기에 홀려 있던 이 시기에는, 이 동물적인 인간이 그 위에 군림하여 정신적인 인간을 꼼짝 못하게 짓누르고 있었다. 그러나 카튜사를 만나 예전에 품었던 감정을 다시금 느끼게 되자, 정신적인 인간이 머리를 쳐들고 그 권리를 주장하기 시작했다. 그리하여 네플류도프의 내부에서는 부활절까지 이틀 동안 자신도 깨닫지 못하는 마음속의 갈등을 끊임없이 겪고 있었다.

마음속으로는 한시라도 빨리 출발해야 한다는 것을, 아니 이런 곳에서 꾸물대고 있어서는 안 된다는 것을 잘 알고 있었고, 이러고 있어봐야 결코 좋은 결과를 낳지 못한다는 것도 알고 있었다. 그렇지만 그곳이 너무나 즐겁고 기분 좋아서 그만 자신에게조차 그러한 마음을 숨기고 계속 눌러앉았다.

부활절 하루 전인 토요일 밤, 사제가 부사제와 복사*1를 데리고 새벽 기도를 드리기 위해 성당과 고모네 집 사이 3킬로미터 진창길을 썰매로, 그들의 말에 따르면 지독한 고생을 하면서 찾아왔다.

네플류도프는 향로를 나르는 카튜사를 줄곧 흘끔흘끔 보면서, 기도가 끝날 때까지 고모와 하인들과 나란히 문 앞에 서 있었다. 그리고 사제들과 고모들에게 그리스도의 부활을 축하하는 입맞춤을 하고 침실로 돌아가려다가, 복도에서 마리아 이바노브나의 늙은 하녀 마트료나 파블로브나와 카튜사가 쿨리치*2와 치즈케이크의 축성(祝聖)을 받기 위해 성당에 갈 준비를 하는 소리를 들었다. '나도 가야지.' 네플류도프는 문득 생각했다.

성당까지 가는 길은 마차도 썰매도 갈 수 없었다. 고모집에서 자기 집처럼 행동하는 네플류도프는 '형님'이라고 부르는 늙은 말에 안장을 얹게 하고, 잠자리에 드는 대신 예장용 군복에 딱 붙는 승마 바지를 입고 그 위에 외투를 걸쳤다. 그리고 살이 찐 탓에 몸이 무거워져 줄곧 콧김만 뿜어 대는 늙은 말을 타고 진흙과 눈으로 질척거리는 캄캄한 길을 더듬어 성당으로 갔다.

15

이날 열린 새벽 기도식은 그 뒤 네플류도프의 일생을 통틀어 가장 밝고 강렬한 추억 중 하나가 되었다.

---

*1 선교사나 신부의 시중을 드는 사람과, 미사와 다른 전례 중에 주례자를 도와 예식을 원활하게 거행할 수 있도록 보조하는 사람.
*2 부활절에 먹는 원통 모양의 빵.

네플류도프가 성당 둘레에 켜진 등불을 보고 귀를 쫑긋거리기 시작한 늙은 말을 재촉하여, 여기저기 날리는 희뿌연 눈발밖에 보이지 않는 어둠을 뚫고 질척한 진창을 지나 성당 뜰로 들어섰을 때는 이미 예배가 시작된 뒤였다.

농부들은 그가 마리아 이바노브나의 조카라는 것을 알자, 말에서 내릴 수 있도록 마른 자리로 데리고 가서 말을 맨 다음 네플류도프를 성당 안으로 안내했다. 성당은 축제일을 축복하는 사람들로 가득 차 있었다.

오른편은 남자 농부들의 자리로, 노인들은 집에서 짠 긴 웃옷을 입고 나막신을 신고 깨끗하고 흰 행전을 찼으며, 젊은이들은 새 모직 옷에 화려한 띠를 매고 가죽 장화를 신고 있었다. 왼편은 여자들 자리로, 빨간 비단 수건을 쓰고 소매 없는 벨벳 저고리 밑으로 새빨간 소매를 내놓은 여자들이 푸른색, 녹색, 빨간색, 얼룩덜룩한 빛깔 등 색색 가지 치마를 입고 징을 박은 단화를 신고 있었다. 검소한 노파들은 흰 머릿수건을 쓰고 잿빛 웃옷에 구식 치마를 입고, 단화나 새 나막신을 신고 뒤쪽에 서 있었다. 그 사이를 머리에 기름을 반질반질하게 바르고 나들이옷을 입은 아이들이 메우고 있었다. 남자들은 성호를 긋고 머리모양이 흐트러지도록 깊숙이 고개를 숙이고 있었다. 여자들, 특히 노파들은 등불에 비친 성상에 생기 잃은 눈길을 못 박은 채 깍지 낀 손을 풀어서, 머릿수건을 덮은 이마 어깨 배로 힘주어 성호를 긋고는 무엇인가 중얼거리면서 선 채로 고개를 숙이거나 무릎을 꿇거나 했다. 아이들은 남들이 자기를 쳐다볼 때만 어른들 흉내를 내어 열심히 기도했다. 금빛 성상벽은 금박으로 감싼 큼직한 촛불 주위에 놓인 수많은 촛불 빛을 받아 번쩍이고 있었다. 가지가 난 촛대에는 많은 초가 꽂혀 있고 성가대석에서는 뜻있는 사람들로 편성된 성가대가 부르는, 부르짖는 듯한 베이스와 방울을 굴리는 것 같은 보이 소프라노의 즐거운 노랫소리가 울려 왔다.

네플류도프는 앞으로 나갔다. 중간쯤은 귀빈석으로 되어 있어서 부인과 세일러복을 입은 아들을 데리고 온 지주들과 경찰서장, 전신 기사, 두꺼운 장화를 신은 부자상인, 훈장을 단 촌장들이 늘어서 있었다. 설교대 오른편 지주의 아내들 뒤에 금록색 옷을 입고 선을 단 흰 숄을 두른 마트료나 파블로브나와, 허리를 잔주름으로 쥔 흰옷에 하늘색 띠를 두르고 까만 머리에 빨간 리본을 맨 카튜사가 나란히 서 있었다.

모든 것이 축제답게 엄숙하고, 즐겁고, 아름다웠다. 은색 제의에 금 십자가를 건 사제들도, 축일에 입는 금빛과 은빛 제의를 입은 부사제나 복사들도, 머리가 기름으로 번들거리는 나들이 옷차림의 성가대원들도, 무도곡처럼 명랑하고 탄력 있는 축제가 자락도, 사제들이 꽃으로 꾸민 삼색 촛불을 손에 들고 줄곧 "예수 부활하셨네! 예수 부활하셨네!"를 외면서 모인 사람들을 축복하는 것도, 모두가 아름다웠다. 그러나 무엇보다도 아름다운 것은 하얀 옷에 하늘빛 띠를 매고 까만 머리에 빨간 리본을 달고 서서 감동으로 눈을 반짝이고 있는 카튜사였다.

네플류도프는 카튜사가 얼굴을 움직이지 않고 이쪽을 보고 있는 것이 느껴졌다. 카튜사 곁을 지나 제단 쪽으로 걸어가면서 어김없이 그것을 느꼈다. 딱히 할 말은 없었지만 언뜻 생각이 나서 곁을 지나가며 말했다.

"아침 기도식이 끝나면 식사를 한다고 고모님이 말씀하시더군."

카튜사는 네플류도프를 쳐다볼 때면 언제나 그렇듯이, 그 사랑스러운 얼굴을 젊은 피로 붉게 물들이고 까만 눈동자에는 기쁜 듯 미소를 담은 채 수줍어하며 네플류도프를 올려다보았다.

"네, 알고 있어요." 생긋 웃으며 카튜사가 말했다.

이때 커피를 끓이는 놋주전자를 들고 사람들 사이를 헤치고 나온 복사가 카튜사의 옆을 지나면서, 미처 그쪽을 보지 못하고 법의 자락으로 카튜사를 건드렸다. 복사는 아마 네플류도프에게 실례가 되어서는 안 된다는 것에만 신경을 쓰다가 그만 저도 모르게 카튜사를 건드리고 만 모양이었다. 그러나 그 모습을 본 네플류도프는 놀라서 어이가 없었다. 어째서 이 복사는 모른단 말인가? 이 성당, 아니 온 세계의 모든 것이 오직 카튜사만을 위해서 존재한다는 것을. 세상 모든 것을 무시하더라도 카튜사만은 무시할 수 없다. 카튜사는 모든 것의 중심이니까. 금빛 성상벽이 빛나고 있는 것도, 샹들리에나 촛대의 모든 촛불이 타고 있는 것도 카튜사를 위해서였고, '주 부활하셨네, 모두 기뻐할지어다'라고 부르는 기쁨에 넘친 노랫소리도 카튜사를 위해서였다. 이 세상의 아름다운 것 모두가 카튜사를 위한 것이었다. 그리고 카튜사도 그 모든 것이 자기를 위한 것임을 알고 있는 것같이 네플류도프는 여겨졌다. 허리가 잘록하게 주름 잡힌 하얀 옷을 입은 카튜사의 아름다운 모습과 오로지 기쁨에 넘친 얼굴을 지그시 바라보았을 때 네플류도프는 그렇게 여겼다. 네플류도프는 그 표정을 보고, 자기가 마음속으로 부르고 있는 바로 그 노래를 카튜사도 마음속으로 부르고 있다는 것을 알 수 있었다.

한밤의 기도식이 끝나고 새벽 기도식이 시작되기를 기다리는 동안 네플류도프는 성당에서 밖으로 나갔다. 사람들이 길을 비켜주며 인사했다.

네플류도프를 아는 사람도 있었고, "누구시더라?" 하고 묻는 사람도 있었다. 네플류도프는 입구에 멈춰 섰다. 거지들이 그의 주위를 둘러쌌다. 그는 지갑에 있는 잔돈을 나누어 주고 층계를 내려갔다.

이미 사방이 보일 만큼 날이 훤하게 밝아지고 있었지만 아직 해는 뜨지 않았다. 성당 둘레의 묘지에 사람들이 앉아 있는 것이 보였다. 카튜사는 성당 안에 남아 있었다. 그래서 네플류도프는 카튜사를 기다리며 서 있었다.

사람들이 잇따라 나왔다. 그리고 구두 바닥에 박힌 징으로 돌을 울리면서 층계를 내려와서 성당 뜰과 묘지 쪽으로 흩어져 갔다.

마리아 이바노브나가 단골로 다니는 과자가게 노인이 네플류도프를 불러 머리를 흔들면서 그리스도 부활을 축복하는 입맞춤*을 했다. 그리고 비단 머릿수건 밑으로 쭈글쭈글한 목을 드러낸 노인의 늙은 아내가 엷은 자줏빛으로 칠한 달걀을 보자기에서 꺼내어 네플류도프에게 주었다. 이때 새 반코트에 녹색 띠를 맨 젊고 건장한 농사꾼이 싱글싱글 웃으면서 다가왔다.

"그리스도 부활하셨네."

젊은 농사꾼은 눈으로 웃으면서 말한 다음, 농사꾼 특유의 상쾌한 바람 냄새를 풍기며 네플류도프에게 얼굴을 가져다 대고 곱슬곱슬한 턱수염으로 간질이면서 그 입술 한가운데에 세 번 입맞춤했다.

네플류도프가 농사꾼과 입맞춤을 나누고 다갈색으로 칠한 달걀을 받았을 때 마트료나 파블로브나의 금록색 옷과 빨간 리본을 맨 귀여운 까만 머리가 나왔다.

카튜사는 앞에 가는 사람들 머리 너머로 곧 네플류도프를 알아보았다. 순간 네플류도프는 카튜사의 얼굴이 활짝 피어나는 것을 보았다.

카튜사와 마트료나 파블로브나는 층계 입구에 멈추어 서서 거지들에게 돈을 주었다. 코가 없어진 자리에 붉은 딱지가 앉은 한 거지가 카튜사 앞으로 다가갔다. 카튜사는 손수건에서 무언가 꺼내어 거지에게 준 뒤 가까이 다가

---

*부활제의 밤 12시가 지나서 그리스도의 부활을 축하해 누구에게는 구별없이 입맞춤을 하는 풍습이 있다.

가서 조금도 꺼리는 빛 없이 오히려 기쁜 듯 눈을 반짝이면서 세 번 입을 맞추었다. 거지에게 입맞춤하고 있을 때 카튜사의 눈이 네플류도프의 눈과 마주쳤다. 그것은 '제가 하고 있는 일이 좋은 일일까요?' 하고 묻는 듯한 눈이었다.

'암, 그렇고말고, 귀여운 카튜사. 다 훌륭하고 아름다운 일이야. 사랑해.'

두 사람은 층계를 내려왔다. 네플류도프는 카튜사에게로 걸어갔다. 부활절 입맞춤 때문이 아니라 그저 그 곁에 있고 싶었던 것이다.

"그리스도 부활하셨네!" 머리를 숙이고 생글생글 웃으면서 마트료나 파블로브나가 말했다. 그 목소리에는 '오늘은 누구나 평등해요' 하는 듯한 투가 깃들어 있었다. 그리고 조그맣게 접은 손수건으로 입술을 닦고는 네플류도프에게 입술을 내밀었다.

"정녕 부활하셨네!" 네플류도프가 입맞춤하면서 대답했다.

네플류도프는 카튜사를 보았다. 그러자 카튜사가 얼굴을 확 붉히며 그 앞으로 냉큼 나섰다.

"그리스도 부활하셨네, 드미트리 이바노비치."

"정녕 부활하셨네." 네플류도프가 대답했다. 둘은 두 번 입을 맞추었다. 그리고 한 번 더 해야 할까 생각하다가 해야 한다고 마음먹은 듯이 세 번째 입맞춤을 나누고 서로 생긋 웃었다.

"사제한테 가보지 않겠소?" 네플류도프가 물었다.

"아녜요, 우리는 잠시 여기 앉아 있겠어요, 드미트리 이바노비치."

카튜사는 가슴 벅찬 일을 끝낸 뒤처럼 숨을 한번 크게 들이마셨다가 내쉰 다음 약간 사팔기 있는, 자못 소녀다운 순종적이고 사랑스러운 눈빛으로 똑바로 그 눈을 들여다보며 말했다.

남녀 사이의 사랑에는 반드시 그 사랑의 정점에 이르는 순간이 있어, 그 순간에는 의식도 분별도 감각도 모두 잃어버리게 된다. 거룩한 그리스도 부활 하루 전인 이날 밤이 네플류도프에게는 그런 순간이었다. 지금 이렇게 카튜사를 떠올려 보면, 그동안 카튜사를 보아왔던 다양한 장면 중 바로 그날 밤 그 순간이 그 모두를 덮어버릴 정도로 강렬한 순간이었다. 반드르르하게 윤이 나는 검은 머리, 가느다란 몸과 아직 덜 여문 가슴을 깨끗하게 감싼 주름 잡힌 하얀 옷, 발그스름한 볼, 잠이 모자라 사시가 더욱 눈에 띄는 부드럽고 촉촉한 까만 눈. 이러한 카튜사의 용모에는 두 가지 큰 특징이 있었다. 그것은 순결한 처녀의 깨끗함과 사랑이었다. 그것은 네플류도프만을 향한 것이 아니라 이 세상에 있는 모든 선한 것은 물론 아까 입맞춤 한 거지까지 포함한 모든 것에 대한 사랑이었다.

카튜사의 내부에 이런 사랑이 있음을 네플류도프는 잘 알고 있었다. 자기 내부에도 이러한 사랑이 있음과, 그 사랑으로 카튜사와 하나가 되었음을 그 날 밤 사이에 깨달았기 때문이다.

아, 만일 모든 것이 그날 밤에 품었던 그 감정대로 머물러 있었더라면!

'그렇다, 그 모든 끔찍한 일이 부활절 밤 뒤에 벌어졌다!'

네플류도프는 지금 배심원 대기실 창가에 앉아 이렇게 생각했다.

16

네플류도프는 성당에서 돌아와 고모들과 축제 음식을 먹고 군대에서 몸에 밴 습관대로 원기를 돋우기 위해, 보드카와 포도주를 섞어 마시고는 자기 방으로 돌아가 옷을 입은 채로 곧 잠이 들었다. 문득 문 두드리는 소리에 눈을 떴다. 그 문 두드리는 소리로 그것이 카튜사임을 안 네플류도프는 눈을 비비고 기지개를 켜면서 일어났다.

"카튜사? 들어와요." 네플류도프가 침대에서 내려오면서 말했다.

카튜사가 문을 빠끔히 열고 말했다.

"식사하세요."

카튜사는 아까 그 하얀 옷을 그대로 입고 있었으나 머리의 리본은 떼고 없었다. 네플류도프와 눈이 마주치자 무언가 특별히 반가운 소식이라도 알리러 온 것처럼 활짝 얼굴을 폈다.

"곧 가지." 머리를 빗기 위해 빗을 집으면서 네플류도프가 대답했다.

카튜사는 그대로 떠나지 못하고 어물거리고 있었다. 그것을 본 네플류도프는 빗을 내던지고 카튜사에게 다가갔다. 그러나 그 순간 카튜사는 홱 몸을 돌려 여느 때의 경쾌하고 재빠른 걸음으로 복도의 양탄자 위를 달려갔다.

'난 왜 이리 바보지?' 네플류도프는 속으로 중얼거렸다. '왜 붙잡지 않았을까?'

그리고 카튜사를 쫓아 복도를 달려갔다.

카튜사를 어떻게 할 생각인지 그 자신도 알지 못했다. 그러나 카튜사가 자기 방에 들어왔을 때, 그럴 때 누구나가 하는 그 무언가를 해야 했는데 그러지 못한 듯한 기분이 들었다.

"카튜사, 잠깐만." 네플류도프가 말했다.

카튜사가 돌아보았다.

"왜 그러세요?" 잠깐 멈춰 서서 카튜사가 물었다.

"뭐, 그저 좀……."

네플류도프는 이럴 때 같은 처지에 있는 사람이면 누구든 이렇게 행동할 거라고 생각하면서 용기 내어 카튜사의 허리를 끌어안았다.

카튜사는 그 자리에 못 박힌 듯 꼼짝 않고 서서 네플류도프의 눈을 가만히 쳐다보았다.

"안 돼요, 드미트리 이바노비치. 이러지 마세요."

카튜사는 확 붉어진 얼굴에 눈물이 그렁해지더니, 자신의 허리를 끌어안은 남자의 팔을 그 억세고 거친 팔로 확 뿌리쳤다.

네플류도프는 카튜사를 놓았다. 그 순간 쑥스럽고 부끄러웠을 뿐 아니라 자기 자신이 혐오스럽기까지 했다. 그때 네플류도프는 자기를 믿었어야 했다. 그러나 이 쑥스러움과 부끄러움이, 겉으로 스며 나온 그 영혼의 가장 선량한 감정이었음을 깨닫지 못했다. 오히려 그 반대로, 자기는 바보라서 남들은 다 하는 걸 자기만 못 하고 있다는 마음마저 들었다.

네플류도프는 다시 카튜사를 쫓아가서 끌어안고 목덜미에 키스했다. 이 키스는 지난번에 했던 라일락 숲 속에서 무의식적으로 한 키스나 오늘 성당에서 한 두 번째 키스와는 전혀 다른 것이었다. 그것은 무서운 키스였다. 카튜사도 그것을 직감했다.

"왜 이런 짓을 하세요?"

카튜사는 더없이 귀중한 것이 이제 다시는 본디대로 돌아오지 않게끔 부서져 버린 것처럼 비통하게 외치고는 네플류도프의 손을 뿌리치고 달아났다.

네플류도프는 식당으로 들어갔다. 격식에 맞게 갖춰 입은 고모들과 의사, 옆 마을 여지주가 전채요리를 앞에 놓고 식탁에 앉아 있었다. 변한 것은 아무것도 없었지만, 네플류도프의 마음속에는 폭풍우가 몰아치고 있었다. 누가 말을 걸어도 종잡을 수 없는 엉뚱한 대답만 늘어놓았다. 머릿속은 그저 카튜사 생각으로 가득했다. 아까 복도에서 카튜사를 쫓아가서 훔친 그 키스의 감촉만 떠오를 뿐 다른 아무 생각도 나지 않았다. 카튜사가 식당으로 들어왔을 때, 네플류도프는 그 모습을 보지 않아도 온몸으로 그 존재가 느껴져서 그쪽을 보지 않으려고 애를 썼다.

식사가 끝나자 네플류도프는 곧 자기 방으로 물러나 세찬 흥분에 사로잡혀서 오랫동안 방 안을 서성거렸다. 그리고 카튜사의 발소리가 들리기를 이제나저제나 기다리면서 집 안에서 나는 모든 소리에 귀를 기울였다. 그 내부에 도사리고 있던 동물적 인간은 머리만 쳐든 게 아니라, 지난번에 네플류도프가 이 집에 왔을 때나 오늘 아침 성당에 있을 때만 해도 그 내부에 존재하던 정신적 인간을 마구 짓밟고 지금은 그 마음을 완전히 지배하고 있었다.

네플류도프는 줄곧 카튜사의 동정을 살폈지만 그날은 한 번도 단둘이 만날 기회를 잡을 수가 없었다. 카튜사가 네플류도프를 일부러 피해 다니는 것 같았다. 그런데 저녁 무렵 카튜사가 의사의 잠자리 준비를 해주러 우연히 네플류도프가 쓰는 방 옆방에 가야 할 일이 생겼다. 그 발소리를 듣자 네플류도프는 마치 죄라도 짓는 사람처럼 숨을 죽이고 카튜사 뒤를 따라 살그머니 방 안에 들어갔다.

두 손을 새하얀 베갯잇에 넣고 베개 양끝을 누른 채로 카튜사는 네플류도프를 돌아보고 방긋이 웃었다. 그러나 그것은 전과 같은 밝은 기쁨에 넘치는 웃음이 아니라 어딘가 겁먹은, 하소연하는 듯한 웃음이었다. 그 웃음은 지금 당신이 하려는 짓은 옳지 않은 일이라고 애원하는 것 같았다. 네플류도프는 순간 멈칫했다. 거기에는 아직 마음속의 갈등이 있었다. 약하기는 하지만 그래도 아직 카튜사에 대한 참다운 사랑의 소리가 들리고 있었다. 그것은 카튜사를, 카튜사의 마음을, 카튜사의 생활을 일러주고 있었다. 그러나 또 하나의 소리는 어물어물하다간 자신의 쾌락을, 자신의 행복을 놓쳐 버린다고 부추기고 있었다. 이윽고 이 두 번째 소리가 첫 번째 소리를 눌러 버렸다. 네플류도프는 과감하게 카튜사 곁으로 다가갔다. 그 순간 무시무시한, 억제할 수 없는 동물적 감정이 네플류도프를 사로잡았다.

네플류도프는 카튜사를 꽉 끌어안은 채 침대에 앉혔다. 그리고 다시 무엇인가를 해야 한다는 것을 느끼면서 자기도 그 옆에 앉았다.

"드미트리 이바노비치, 이러시면 안 돼요. 제발 놓아 주세요." 카튜사는 자비를 바라듯이 말했다. "마트료나 파블로브나가 와요!" 카튜사는 몸을 뿌리쳐 풀면서 외쳤다. 그때 누군가 문 앞에 다가오는 발소리가 들렸다.

"그럼 오늘 밤에 방으로 가지." 네플류도프가 말했다. "혼자겠지?"

"무슨 말씀이세요? 안 돼요! 절대로."

카튜사는 입으로는 이렇게 말했지만, 평정을 잃고 당황한 온몸은 그와는 다른 것을 말하고 있었다.

문 앞에 다가온 것은 정말 마트료나 파블로브나였다. 그 노파는 담요를 들고 방 안에 들어와 나무라는 눈으로 네플류도프를 흘겨보고는, 담요를 잘못 가지고 온 카튜사를 화난 목소리로 꾸짖었다.

네플류도프는 잠자코 방에서 나왔다. 이제 부끄럽다는 생각도 없었다. 마트료나 파블로브나의 표정에서 상대가 자기를 비난하고 있다는 것을 눈치챘다. 그리고 그 비난이 당연하다는 것도, 자기가 하는 짓이 옳지 않다는 것도 알고 있었다. 그러나 지금까지 카튜사에게 품고 있던 깨끗한 애정의 그늘에서 어느덧 크게 자란 동물적 감정이 네플류도프를 사로잡고 지배하며 다른 아무것도 인정하지 않았다. 네플류도프는 지금 이 감정을 채우기 위해 해야만 할 일을 알고 있었다. 그리고 그것을 해결하기 위해서 방법을 찾았다.

초저녁부터 그는 줄곧 고모들 방에 가 보았다가, 자기 방에 돌아왔다가는 다시 바깥 층계로 나가 보기도 하면서, 어떻게 하면 카튜사가 혼자 있는 기회를 잡을 수 있을까 하는 데에만 정신이 팔려 안절부절못했다. 그러나 카튜사는 네플류도프를 피해 다녔고 마트료나 파블로브나도 카튜사에게서 눈을 떼지 않으려고 애쓰고 있었다.

17

초저녁은 이렇게 지나고 이윽고 밤이 되었다. 의사는 침실로 물러갔다. 고모들도 잠자리에 들었다. 마트료나 파블로브나가 지금쯤 고모들 침실에 가 있어 하녀 방에는 카튜사가 혼자 있다는 것을 네플류도프는 알고 있었다. 네플류도프는 다시 바깥 층계로 나갔다. 뜰은 어둡고 습기가 차 있었으나 따뜻했다. 아직 봄기운이 남아 있는 눈을 녹이며 퍼져나가는 하얀 안개가 뜰 가득히 끼어 있었다. 집에서 백 걸음 남짓 앞에 있는 낭떠러지 밑을 흐르는 강에서 기묘한 소리가 들려왔다. 얼음이 깨지는 소리였다.

네플류도프는 층계를 내려갔다. 그러고는 물웅덩이를 피하여 얼어붙은 눈을 밟으면서 하녀 방 창문에 다가갔다. 가슴이 두근거리는 소리가 자기 귀에도 들릴 정도였다. 숨이 갑자기 끊어졌다가는 무거운 한숨이 되어 목구멍으로 터져 나오곤 했다. 하녀 방에는 조그마한 램프가 켜져 있었다. 카튜샤는 홀로 탁자 앞에 앉아 앞을 바라보며 가만히 생각에 잠겨 있었다. 네플류도프는 오랫동안 꼼짝도 않고 카튜샤를 지켜보았다. 그는 카튜샤가 아무도 보지 않는 줄 알고 어떤 행동을 하는지 알고 싶었던 것이다. 카튜샤는 2분 남짓 그 자세로 가만히 앉아 있더니 갑자기 눈을 들어 생긋 웃고는 자신을 꾸짖듯이 머리를 흔들었다. 그리고 자세를 바꾸어 갑자기 두 손을 탁자 위에 털썩 얹더니 또 앞을 똑바로 바라보았다.

네플류도프는 그 자리에 붙박인 듯 서서 카튜샤를 지켜보며 자기 심장의 고동 소리와 강에서 들려오는 야릇한 소리를 아무 생각 없이 들었다. 저편 강에서는 안개 속에서 무언가 쉴 새 없이 느릿한 작업이 계속되고 있었다. 무언지 모르지만 콧김 같은 소리를 내기도 하고 쪼개지기도 하고 부서지기도 하면서 얼음이 유리처럼 날카로운 소리를 내고 있었다.

네플류도프는 마음속 갈등에 괴로워하는 카튜샤의 근심에 찬 얼굴을 지그시 지켜보면서 계속 서 있었다. 그러자 카튜샤가 불쌍해졌다. 그런데 이상하게도 이 연민의 정은 카튜샤에 대한 욕망을 더욱 강하게 할 뿐이었다.

욕정이 네플류도프의 온몸을 사로잡고 말았다.

네플류도프는 창문을 똑똑 두드렸다. 카튜샤는 마치 전류에 감전된 것처럼 꿈틀하고 온몸을 떨었다. 다음 순간 두려움으로 얼굴이 일그러졌다. 이윽고 의자에서 일어나 창가에 다가와서 유리에 얼굴을 댔다. 그리고 말의 눈가리개처럼 두 손을 양 눈 옆에 대고 그늘을 만들어서 네플류도프의 모습을 확인한 다음에도 그 얼굴에서 두려운 기색은 떠나지 않았다. 그 얼굴은 너무나도 심각했다. 이런 얼굴을 한 카튜샤는 처음이었다. 네플류도프가 웃어 보이자 카튜샤도 겨우 웃었다. 그러나 그저 상대를 따라 웃었을 뿐, 그 마음속에 있는 것은 웃음이 아니라 두려움이었다. 네플류도프는 뜰로 나오라고 손짓했다. 카튜샤는 '싫어요, 안 가겠어요' 하는 듯이 머리를 흔들고 그대로 창가에 서 있었다. 네플류도프는 다시 유리창에 얼굴을 대고, 나오라고 소리치려고 했다.

그때 카튜사가 문 쪽을 휙 돌아보았다. 누가 부르는 모양이었다. 네플류도프는 창문에서 물러섰다. 안개가 짙게 끼어 있는 탓에 집에서 다섯 걸음만 물러나니 벌써 창문은 보이지 않고, 단지 시커멓고 커다란 형체 안에 램프 빛이 불그레하고 큼직하게 번져 보일 뿐이었다. 강 쪽에서는 여전히 그 기묘한, 콧김 내뿜는 것 같은 소리와 무언가 쩍쩍 쪼개지는 소리와 얼음이 깨지는 날카로운 소리가 들려왔다. 마당 가까운 곳에서 안개를 뚫고 수탉 우는 소리가 들려왔다. 그러자 가까이에서 다른 수탉도 화답했다. 잇따라 먼 마을 쪽에서 수탉들이 서로 울어 대는 소리가 하나로 어우러져 들려왔다. 주위는 강에서 들리는 소리 말고는 죽은 듯이 정적에 싸여 있었다. 벌써 두 번째 닭 우는 소리가 들렸다.

벌써 두 번쯤 모퉁이를 왔다 갔다 하면서 몇 번이나 괴어 있는 물에 빠지고 하다가 네플류도프는 다시 하녀 방 창가로 다가갔다. 램프는 여전히 켜져 있었다. 카튜사는 아직도 무언가 망설이는 표정으로 혼자 탁자 앞에 앉아 있었다. 네플류도프가 창가로 다가가자 카튜사는 퍼뜩 정신이 든 듯 창문을 보았다. 네플류도프는 창문을 두드렸다. 그러자 카튜사는 누가 두들겼는지 확인도 하지 않고 갑자기 하녀 방에서 달려나왔다. 이윽고 현관문이 가냘프게 삐걱거리는 소리가 들렸다. 네플류도프는 이미 문 앞에서 기다리고 있다가 아무 말 없이 덥석 카튜사를 끌어안았다. 카튜사는 와락 몸을 내맡기고 얼굴을 들어 입술로 키스를 받았다. 두 사람은 문간 모퉁이에 있는 마른 땅에 서 있었다. 네플류도프의 온몸은 채워지지 않는 욕정의 괴로운 욱신거림에 떨고 있었다. 갑자기 또 딸깍하는 소리가 나더니 현관문이 삐걱 울렸다. 그리고 마트료나 파블로브나의 화난 목소리가 들려왔다.

"카튜사!"

카튜사는 그의 포옹에서 빠져나가 집 안으로 들어갔다. 자물쇠 잠그는 소리가 네플류도프의 귀에 들렸다. 이윽고 주위는 조용해지더니 창문의 빨간 불이 꺼지고 뒤에는 안개와 강물 소리만 남았다.

네플류도프는 다시 창문으로 다가갔다. 누구의 모습도 보이지 않았다. 유리창을 두드렸다. 아무도 대답하지 않았다. 네플류도프는 현관을 지나서 자기 방으로 돌아갔으나 잠을 이룰 수가 없었다. 장화를 벗고 맨발로 복도를 따라 마트료나 파블로브나의 방 옆에 있는 카튜사의 방문 앞으로 살금살금

다가갔다. 먼저 마트료나 파블로브나의 잠든 소리를 확인한 다음 몰래 들어가려는데 순간, 마트료나 파블로브나가 기침을 갑자기 하더니 침대를 삐걱거리면서 돌아누웠다. 움찔해진 네플류도프는 그대로 5분쯤 서 있었다. 다시 주위가 조용해지고 고른 숨소리가 들리기를 기다렸다가 되도록 마룻바닥이 삐걱거리지 않는 곳을 밟아 카튜사의 방문 앞으로 갔다. 아무 소리도 들리지 않았다.

카튜사는 틀림없이 자지 않고 있었다. 숨소리가 들리지 않는 것으로 알 수 있었다. 그리고 네플류도프가 '카튜사!' 하고 속삭이기가 무섭게 카튜사는 벌떡 일어나 문턱으로 다가와서 성난 듯한 목소리로, 돌아가 달라고 애원했다.

"무슨 짓이에요? 안 돼요, 이러시면! 고모님들이 들으세요."

카튜사의 입은 그렇게 말했지만, 온몸은 '나는 죄다 당신 것이에요'라고 말하고 있었다.

그리고 네플류도프의 머리는 바로 그것만을 이해했다.

"자, 잠깐만 열어 줘. 부탁이야." 네플류도프는 뜻 없는 말을 했다.

카튜사의 저항이 잦아들었다. 이윽고 열쇠를 더듬는 소리가 희미하게 들렸다. 자물쇠가 딸각하고 울렸다. 네플류도프는 열린 문 사이로 미끄러져 들어갔다.

네플류도프는 소매 없는 빳빳한 속옷만 입은 카튜사를 안아 들고 밖으로 나가려 했다.

"아! 왜 이러세요?" 카튜사가 속삭였다.

그러나 네플류도프는 카튜사의 말은 들은 체 만 체하고 그녀를 자기 방으로 안고 갔다.

"아이, 안 돼요, 놓아 주세요."

카튜사는 이렇게 말했으나 몸은 바싹 네플류도프에게 매달리고 있었다.

카튜사가 어떤 말에도 대답하지 않고 입술을 깨문 채 와들와들 떨며 방에서 나갔을 때, 네플류도프는 현관 바깥으로 나가서 방금 벌어진 모든 일을 곰곰이 생각하려 애쓰며 서 있었다.

밖은 벌써 훤해지고 있었다. 아래쪽 강에서는 얼음 깨지는 소리와 콧김 같은 소리가 아까보다 더 요란해졌고 거기에 다시 흐르는 물소리도 더 시끄러워지고 있었다. 안개가 아래로 가라앉고 그 위에 걸린 초승달이 무언가 검고 무시무시한 것을 음울하게 비치고 있었다.

'이게 무엇일까? 내 몸에 일어난 것은 커다란 행복인가, 아니면 커다란 불행인가?' 네플류도프는 스스로에게 물었다. '언제든지 이런 거야. 누구든지 마찬가지야.' 네플류도프는 자기에게 그렇게 말하고 침실로 돌아갔다.

18

이튿날, 말쑥한 옷차림을 한 쾌활한 셴보크가 네플류도프를 찾아 고모 집에 들렀다. 셴보크는 우아한 태도와 상냥함, 쾌활함과 대범함, 그리고 네플류도프에 대한 우정으로 고모들의 마음을 완전히 사로잡았다. 특히 대범함은 무척 고모들의 마음에 들었지만 도가 너무 지나쳐서 고모들도 고개를 갸웃거릴 정도였다. 동냥하러 온 장님 거지에게 1루블이나 주는가 하면, 하인들에게 팁으로 15루블이나 뿌렸고, 소피아 이바노브나의 애견 슈제트카가 셴보크의 눈앞에서 다리를 다쳐 피를 흘리자 곧 붕대를 매준다면서 조금도 망설이지 않고 가장자리를 수놓은 고급 마직 손수건을 쫙 찢었다(이런 손수건은 한 상자들이에 15루블이 넘는다는 것을 소피아 이바노브나는 잘 알고 있었다). 그런데 그것으로 강아지의 붕대를 만들어 준 것이다. 고모들은 아직 이런 사람을 본 일도 없었고, 하물며 이 셴보크가 20만 루블이나 되는 빚을 짊어지고 있다는 것은 꿈에도 알지 못했다. 셴보크는 이 빚을 절대로 갚을 수가 없다는 것을 알고 있었기 때문에 25루블쯤 늘건 줄건 그것은 문제가 아니었다.

셴보크는 단 하루만 머물고 이튿날 밤 네플류도프와 함께 떠나갔다. 연대 복귀 기일이 거의 다 되었으므로 두 사람은 더 머물러 있을 수가 없었다.

전날 밤의 기억이 생생하게 남아 있었으므로 네플류도프는 마음속에서 싸우는 두 개의 감정에 시달림을 받으면서 고모 집에서의 마지막 하루를 보냈다. 하나는, 비록 그것이 예상했던 것보다 훨씬 덜 만족스럽기는 했지만 동물적 욕정이 꿈틀거리는 관능적 추억과 목적을 이루었다는 일종의 자기만족이었다. 또 하나는 무언가 몹시 나쁜 짓을 해버렸다, 이것은 바로잡아야만 한다, 그것도 카튜사를 위해서가 아니라 자기를 위해서 바로잡아야만 한다는 깨달음이었다.

그 당시 빠져 있던 이기주의의 격렬한 소용돌이 속에서 네플류도프는 단지 자기만을 생각했다. 자기가 카튜사에게 저지른 죄를 사람들이 안다면 자기를 비난할까, 어느 정도 비난할까, 하는 생각만 하고 카튜사가 어떤 생각을 하고 앞으로 어떻게 될 것인가는 조금도 생각하지 않았다.

네플류도프는 셴보크가 자기와 카튜사의 관계를 눈치챘다고 생각했다. 그리고 이것이 네플류도프의 자존심을 달콤하게 간질였다.

"옳지, 이제 알았어. 자네가 갑자기 고모 댁을 좋아하고 일주일이나 머물러 있었던 까닭을 말이야." 셴보크는 카튜사를 보며 말했다. "내가 자네였더라도 떠나지 않았을걸. 기가 막힌 처녀군!"

네플류도프는 다시 이렇게도 생각했다. 카튜사와 실컷 재미를 보지 못한 채 이렇게 떠나 버리기는 아쉽지만, 어차피 오래가지 못할 이 관계를 빨리 끊어버린다는 점에서는 어쩔 수 없이 출발해야 하는 지금의 이 상황에 오히려 감사해야 할 일인지 모른다고. 그리고 카튜사에게 돈을 주어야겠다고 생각했다. 그것은 카튜사를 위해서도 아니고, 언젠가 그 돈이 필요한 때가 오리라는 생각에서도 아니었다. 그저 남들도 다 그렇게 하고 있고, 또 카튜사를 쾌락을 위해 건드려 놓고 그 대가를 치르지 않는다면 불성실한 인간으로 보일 것이라는 까닭에서였다. 그래서 자기와 카튜사의 관계를 생각하여 알맞다고 생각되는 돈을 카튜사에게 주었다.

떠나는 날, 저녁 식사 뒤 네플류도프는 현관에서 카튜사를 기다렸다. 카튜사는 네플류도프를 보자 얼굴을 확 붉히고, 열려 있는 하녀방의 문을 눈으로 가리키며 네플류도프의 곁을 지나가려 했다. 그러나 네플류도프는 카튜사를 붙잡았다.

"작별 인사를 할까 해서." 네플류도프는 100루블짜리 지폐를 넣은 봉투를 만지작거리면서 말했다. "이건 나의⋯⋯."

카튜사는 그 의미를 깨닫고 눈살을 찌푸리고 머리를 흔들면서 그의 손을 밀어냈다.

"받아 둬." 네플류도프는 중얼거리듯 말하고 카튜사의 품에다 봉투를 밀어넣었다. 순간 카튜사는 마치 무엇에 데기라도 한 것처럼 얼굴을 찌푸리고 신음을 내고는 자기 방으로 뛰어갔다.

그러고 나서 네플류도프는 오랫동안 방 안을 왔다 갔다 하면서 방금 전 그 장면을 생각하고는, 마치 육체적 고통이라도 느끼는 듯 몸을 뒤틀고 신음을 내며 저도 모르게 발을 굴렀다.

'그렇다고 대관절 어떻게 하란 말인가! 남들도 다 이렇게 하지 않는가! 센보크도 자기와 여자 가정교사 사이에 이런 일이 있었다고 했고, 그리샤 삼촌도 그랬었고, 아버지 역시 시골에 살 때 시골 처녀에게 미첸카라는 사생아를 낳게 했지만 지금도 그 아이는 잘 살고 있지 않은가. 모두들 그렇게 하고 있다. 그러니 이것은 당연한 일이다.'

네플류도프는 이런 식으로 스스로를 달래 보았으나 아무래도 마음이 편치 않았다. 어떻게 해도 양심의 가책은 사라지지 않았다.

그도 자신의 마음 깊숙한 곳에서는 자기가 참으로 추악하고 비열하고 잔혹한 행위를 했다는 것, 그리고 그런 마음을 가지고 있는 한 남을 비난하기는커녕 남들의 눈도 똑바로 쳐다볼 수 없다는 것을 알고 있었다. 더 나아가서, 그전처럼 자기를 훌륭하고 고상하고 너그러운 청년이라고는 꿈에도 생각하지 못할 것만 같았다. 그러나 명랑하고 즐거운 생활을 계속하려면 자기를 그런 청년이라고 생각하지 않으면 안 되었다. 그리고 그것을 위한 방법은 단 한 가지, 그것을 생각하지 않는 일이었다. 그래서 네플류도프는 지금까지 그것을 실천해 왔다.

네플류도프가 들어간 세계 즉, 새로운 환경, 친구들, 전쟁이 그것을 도왔다. 그 세계에서 생활을 계속해 나가면서 차츰 잊어가다가 나중에는 정말 깨끗이 잊고 말았다.

단 한 번, 그는 전쟁이 끝난 뒤 카튜사를 만나고 싶어 고모 집에 들른 적이 있었다. 그리고 카튜사는 이미 떠나고 없다는 것, 자신이 떠난 지 얼마 안 되어 아이를 낳기 위해 집을 나가서 어딘가에서 아이를 낳았는데, 고모들이 들은 소문으로는 완전히 타락해 버린 모양이라는 이야기를 들었다. 이 말을 듣고 네플류도프는 마음이 아팠다. 달수를 따져보니 카튜사가 낳은 것은 자신의 아이일지도 몰랐지만 덮어놓고 그렇다고 할 수도 없었다. 고모들은 카튜사가 타락한 것은 본디 어미를 닮아 몸가짐이 헤픈 여자이기 때문이라고 말했다. 고모들의 이 비난은 자기를 감싸 주는 것 같아 기분 좋게 들렸다. 그래도 처음에는 카튜사와 아기를 어떻게 해서든 찾으려고 했지만, 곧 그것을 생각하기가 너무나도 괴롭고 부끄러워서 점점 더 찾는 데 필요한 노력을 기울이지 않게 되었다. 그러다 끝내 자기의 죄를 잊어버리고 마침내 그런 생각을 하는 것조차 그만두고 말았다.

그런데 지금 이 놀라운 우연이 과거의 모든 것을 떠올리게 하고, 지금까지 10년 동안 마음에 이 같은 죄를 품고서도 편안하게 살아올 수 있었던 자기의 무정함, 냉혹함, 비열함을 인정하라고 요구한 것이다. 그러나 그의 마음은 아직도 이를 인정하기에는 거리가 멀었다. 지금은 단지 모든 것이 백일하에 드러나지 않았으면, 카튜사나 변호사가 그것까지 들춰가며 말하여 뭇 사람들 앞에서 자기의 치욕을 드러내주지 말았으면 하는 것만 생각하고 있었다.

19

네플류도프가 법정의 배심원 대기실로 들어갔을 때의 정신 상태는 이러했다. 네플류도프는 창가에 멍하니 앉아 곁에서 주고받는 말을 들으며 연거푸 담배만 피웠다.

배심원 가운데 그 쾌활한 장사꾼은 아무래도 스멜리코프의 난봉에만 공감이 가는 모양이었다.

"한번 놀아 보려면 그쯤 놀아야지. 그야말로 시베리아식이야. 하여튼 그 친구, 눈이 꽤 높았어, 그만한 계집을 찾아낸 걸 보면."

배심원 대표는 사건의 열쇠는 요컨대 증거의 감정 여하에 달려 있다는 의견을 말했다. 표트르 게라시모비치는 유대인 점원과 서로 무슨 농담을 하면서 큰 소리로 웃고 있었다. 네플류도프는 묻는 말에만 가볍게 대꾸할 뿐 자기를 조용히 내버려 둬 주기만 바랐다.

한쪽으로 삐딱하게 걸음을 걷는 정리가 배심원들을 다시 부르러 왔을 때 네플류도프는 자기가 재판을 하러 가는 것이 아니라 재판을 받으러 끌려 나가는 것 같은 두려움을 느꼈다. 마음속으로는 자기가 얼굴을 들고 다닐 수 없는 악한이라고 느끼고 있었지만, 그래도 몸에 밴 습관대로 자신만만하게 단상에 올라가 배심원 대표 옆 자리에 있는 자기 자리에 다리를 포개고 앉아 코안경을 만지작거렸다.

피고들도 어디론지 끌려갔다가 다시 법정 안으로 들어오는 참이었다.

법정에는 새로운 증인들이 나와 있었다. 네플류도프는 마슬로바가 비단과 벨벳으로 몸을 감은 어느 뚱뚱한 부인에게로 여러 번 눈길을 돌리는 것을 보앉다. 그 부인은 큼직한 리본을 단 모자를 쓰고 팔꿈치까지 드러난 팔에 우아한 손가방을 걸치고 난간 앞 첫째 줄에 앉아 있었다. 나중에 안 일이지만, 그 여자는 카튜사가 있던 바로 그 유곽의 주인이며 증인 가운데 한 사람인 키타예바였다.

증인들의 인정심문이 시작되어 이름, 종교 같은 것에 대한 질문이 있었다. 그리고 증인들도 선서를 시켜야 할 것인가에 대해 검사 측과 변호사 측이 협의를 하고 나자, 다시금 아까 그 늙은 사제가 다리를 질질 끌다시피 하며 들어왔다. 그리고 아까 했던 것처럼 비단 제의의 가슴에 걸친 금 십자가의 위치를 바로잡고, 자기는 유익하고 중대한 일을 집행하고 있다는 자신감 넘치는 태도로 느릿느릿 증인들과 감정인들에게 선서를 시켰다. 선서가 끝나자 모든 증인들은 물러가고 유곽 여주인 키타예바만 남았다. 키타예바는 이 사건에 관해서 아는 바를 심문받았다. 키타예바는 계면쩍은 웃음을 띠고 말끝마다 모자 쓴 머리를 끄덕이면서 독일식 악센트가 섞인 말로 상세하고 조리 있게 진술했다.

먼저 낯익은 호텔 객실 담당 시몬 카르친킨이 돈 많은 시베리아 장사꾼을 상대할 여자를 데리러 유곽에 찾아왔다. 그래서 류바샤(카튜사의 애칭)를 보내 주었다. 얼마 뒤에 류바샤가 장사꾼과 함께 돌아왔다.

"장사꾼은 이미 기분이 여간 좋지 않았어요." 가볍게 미소를 띠며 키타예바가 계속 말했다. "그리고 우리 집에서 다시 술을 마셨고 아이들에게도 한턱냈습니다. 그런데 그분은 돈이 다 떨어지자 자기가 홀딱 반한 저 류바샤를 호텔의 자기 방으로 보내어 돈을 가져오게 했던 거예요." 키타예바는 카튜사를 흘깃 보며 말했다.

네플류도프는 이때 카튜사가 보일락 말락 웃는 것을 본 듯했는데, 그런 미소를 보니 어쩐지 천한 생각이 들었다. 야릇한 혐오감과 함께 동정이 뒤섞인 감정이 가슴속에서 솟아올랐다.

"마슬로바에 대해서 증인은 어떤 의견을 가지고 있습니까?"

카튜사의 변호인으로 지명된 판사보가 얼굴을 붉히고 머뭇거리면서 물었다.

"그야말로 정말 최고죠." 키타예바가 대답했다. "교양도 있고 땟물도 벗었고 좋은 가정에서 자랐기 때문에 프랑스어도 할 줄 압니다. 이따금 지나치게 술을 마시는 일은 있어도 주정을 한 적은 없습니다. 정말 나무랄 데 없는 아이예요."

카튜사는 가만히 주인아주머니를 보고 있다가 문득 배심원 쪽으로 눈을 돌리더니 네플류도프의 얼굴에서 눈길을 멈추었다. 그러자 그 얼굴은 갑자기 심각해지고 엄해지기까지 했다. 엄해진 한쪽 눈은 역시 사팔눈이었다. 이상하게 번들거리는 두 눈은 꽤 오랫동안 네플류도프를 바라보았다. 네플류도프는 덜컥 겁이 났으나 그래도 흰자위가 허옇게 빛나는 그 사팔눈에서 눈을 돌릴 수가 없었다. 얼음 깨지는 소리, 짙은 안개가 자욱하게 긴 그 무서운 밤이 머릿속에 되살아났다. 새벽녘에 떠올라 무언가 시커멓고 무서운 것을 비추어내던 그 초승달이 뚜렷하게 기억에 떠올랐다. 자기를 보고 있는 것 같기도 하고 그 옆을 보고 있는 것 같기도 한 까만 두 눈이 그때의 그 시커멓고 무서운 것을 다시 눈앞에 떠오르게 했다.

'눈치챈 모양이로구나!' 네플류도프는 생각했다. 순간 네플류도프는 호되게 얻어맞기를 각오한 사람처럼 몸을 움츠렸다. 그러나 카튜사는 알아챈 것이 아니었다. 그녀는 조용히 한숨을 쉬고 다시 재판장을 바라보았다. 네플류도프는 안도의 숨을 내쉬었다. '아아, 빨리 끝나라.' 네플류도프는 생각했다. 사냥터에서 상처 입은 새를 죽여 버려야 할 때 경험하는 끔찍하고 불쌍하고 화나는 기분이었다. 아직 목숨이 붙어 있는 새가 구럭 속에서 몸부림치며 괴로워하는 것을 보는 것은 끔찍하기도 하고 불쌍하기도 했다. 한시라도 빨리 목숨을 끊어주고 그런 생각에서 벗어나고 싶었다.

네플류도프는 지금 증인들의 진술을 들으면서 이런 복잡한 감정을 느끼고 있었다.

20

그러나 사건은 마치 네플류도프를 일부러 괴롭히기라도 하려는 듯이 좀처럼 끝날 기미가 안 보였다. 증인과 감정인 심문이 끝났다. 여느 때와 같이 검사보와 변호인이 거드름을 피우며 쓸데없는 질문을 한 뒤, 재판장은 배심원들에게 증거물을 검사하도록 명령했다. 증거물은, 굵은 집게손가락에 끼고 있었던 듯한 큼직한 다이아몬드 반지와 독물 검출이 끝난 유리병이었다. 그 물건들은 봉인되어 조그마한 딱지가 붙어 있었다.

배심원들이 그 물건들을 검사하려고 했을 때, 검사보가 다시 일어나더니 증거물을 검사하기 전에 의사의 검시 보고를 읽어 달라고 요구했다.

재판장은 될 수 있는 대로 빨리 사건을 끝내 버리고 그 스위스 여자한테 가고 싶은 생각에 그러한 서류의 낭독은 지루하기만 할 뿐 식사 시간을 늦추는 효과밖에 없다는 것과, 검사보가 그 낭독을 요구한 것은 그렇게 할 수 있는 권리를 자기가 가지고 있음을 확인하는 데 지나지 않는다는 것을 잘 알고 있었다. 그러나 거절할 수 없는 일이라 하는 수 없이 승낙했다. 서기는 서류를 꺼내 또다시 L과 R음이 뚜렷하지 않은 흐리멍덩한 목소리로 읽기 시작했다.

"외부 검시 결과에서 밝혀진 사실은 다음과 같음. ①페라폰트 스멜리코프의 키는 195~196센티미터."

"아이고, 꽤 큰 사람이었군."

옆에 앉은 장사꾼이 감탄한 듯이 네플류도프에게 속삭였다.

"②외모로 본 나이는 마흔 살 전후로 추정됨.

③시체는 온몸이 부어 있었음.

④온몸의 피부가 푸르고 군데군데 검은 반점이 있었음.

⑤피부 표면에는 크고 작은 여러 개의 물집이 생기고 여러 곳이 벗겨져서 큰 헝겊 조각이 달려 있는 것처럼 보였음.

⑥머리칼은 짙은 밤색이고 숱은 많으나 손으로 만지니 쉽사리 빠졌음.

⑦눈알은 눈구멍에서 튀어나와 있고 각막은 흐려 있었음.

⑧콧구멍, 귀, 입 안에서 거품 섞인 혈장이 흘러나오고 입은 반쯤 열려 있었음.

⑨얼굴과 가슴이 몹시 부어 목은 거의 알아볼 수 없었음."

등등. 이것처럼 4페이지 27항목에 달하는, 이 마을에서 방탕한 생활을 하다가 비참하게 죽은 키 크고 뚱뚱한 상인의 부어올라서 썩어가는, 듣기만 해도 끔찍한 시체에 관한 외부 검시 보고가 자세히 낭독되었다. 네플류도프가 느낀 막연한 혐오감은 이 검시 보고 낭독으로 더욱 커졌다. 카튜사의 생활, 콧구멍에서 흘러나온 혈장, 눈에서 튀어나온 눈알, 카튜사에 대한 이 장사꾼의 소행, 이런 것들은 모두 같은 종류의 것으로 이런 것들이 사방에서 자기를 둘러싸고 삼켜버릴 것 같은 기분이 들었다. 외부 검시 결과 낭독이 겨우 끝났을 때 재판장은 무거운 한숨을 쉬고 이제야 끝났구나 하고 머리를 들었다. 그러나 서기는 곧바로 해부 검사에 대한 보고를 읽기 시작했다.

재판장은 다시 머리를 숙이고 한쪽 팔꿈치를 세워 턱을 괴고 두 눈을 감았다. 네플류도프 옆에 앉은 장사꾼은 겨우 졸음을 참으면서 가끔 몸을 꿈틀거렸다. 피고들은 그 뒤에 서 있는 헌병들처럼 꼼짝 않고 앉아 있었다.

"해부 검사에서 밝혀진 사실은 다음과 같음.

①두개골의 표피는 두개골보다 쉽게 벗겨졌으며 피부 밑 출혈의 흔적은 전혀 볼 수 없었음.

②두개골의 두께는 보통이며, 조금도 다치지 않았음.

③뇌 경막의 두 군데에 약 4센티의 변색된 작은 반점을 볼 수 있고 뇌막 자체는 윤기 없는 흰색이었음."

등등.

그 밖에 13항목에 걸쳐 자세하게 씌어 있었다.

그 다음에 입회인의 이름과 서명이 이어지고 끝에 가서 의사의 결론이 있었다. 그에 따르면 해부 때 발견되어 조서에 적힌 위·장·신장의 일부에서 보이는 변화는, 술과 함께 위 속으로 들어간 독물의 작용이 스멜리코프가 죽은 원인이었을 가능성이 크다는 결론을 내리는 근거가 된다. 위와 장에 나타난 변화만으로는 어떠한 독물이 위 속으로 들어갔는지 단정하기 어렵다. 그러나 이 독물이 술과 함께 위 속으로 들어갔다는 것은 스멜리코프의 위 속에서 다량의 술이 검출된 것으로도 추측할 수 있었다.

"술을 꽤 많이 마시는 사람이었군요." 잠이 깬 장사꾼이 다시 소곤거렸다.

이 보고서의 낭독은 약 1시간이나 이어졌으나 그래도 검사보는 만족하지 않았다. 보고서 낭독이 끝나자 재판장이 검사보에게 말했다.

"내장 해부 보고는 필요 없다고 생각하는데요."

"아니, 낭독하게 해 주시지요."

검사보는 비스듬히 몸을 일으키면서 재판장을 보지 않고 단호하게 말했다. 그 목소리에는 이 낭독을 요구하는 것은 자기의 권리이며 그 권리를 포기할 수는 없다, 만약에 거절한다면 상소 이유가 될 것이라는 점을 일깨워주려는 기세가 엿보였다.

탐스럽게 턱수염을 기르고 처진 눈꼬리가 선량해 보이는 배석 판사는 위염 때문에 몹시 지쳐서 재판장을 돌아보며 말했다.

"무엇 때문에 그런 걸 읽힙니까? 쓸데없이 시간만 끌 뿐입니다. 정말 저런 애송이는 새 빗자루와 같아서 제대로 만들어지지도 않은 주제에 시간만 잡아먹어서 골치라니까요."

금테 안경을 쓴 배석 판사는 아무 말 없이 어두운 표정으로 앞만 바라보고 있었다. 그는 자기 아내한테서도 삶 전체에서도 즐거운 것이라고는 어느 것 하나도 기대할 수 없는 형편이었기 때문이다.

보고서 낭독이 시작되었다.

"188×년 2월 15일, 아래에 서명한 본관은 법의부 위촉 제638호에 의하여 ……."

서기는 법정 안의 모든 사람을 괴롭히는 졸음을 쫓아버리려는 듯이 한층 소리를 높여 단호한 목소리로 읽기 시작했다.

"검사과 차장 입회 아래 실시된 내장 검사의 결과는 다음과 같다.

① 우측 폐와 심장(2.4킬로그램들이 유리병에 들어 있음).

② 위의 내용물(2.4킬로그램들이 유리병에 들어 있음).

③ 위(2.4킬로그램들이 유리병에 들어 있음).

④ 간장, 비장, 신장(1.2킬로그램들이 유리병에 들어 있음).

⑤ 장(2.4킬로그램들이 유리병에 들어 있음)."

이 보고서를 읽기 시작했을 때, 재판장은 배석 판사 가운데 한 사람에게 몸을 굽히고 무언가 귀엣말로 속삭이고 난 다음, 다시 다른 배석 판사에게 역시 귀엣말을 하고 동의를 얻자 여기서 낭독을 중지시켰다.

"법정은 이 보고서를 읽을 필요가 없다고 인정합니다."

서기는 입을 다물고 서류를 챙겼다. 검사보는 화가 난 듯이 무언가 쓰기 시작했다.

"배심원 여러분, 증거물을 검사하여도 좋습니다." 재판장이 말했다.

배심원 대표와 배심원 두세 사람이 일어나서 탁자로 다가가서, 손을 어떻게 해야 할지 어디다 두어야 할지 난처해하며 반지, 유리병, 시험관을 차례로 들여다보았다. 장사꾼은 반지를 자기 손가락에 껴보기까지 했다.

"거 손가락 하나 크던데요." 장사꾼은 제자리로 돌아가면서 말했다. "웬만한 오이만 합니다." 그는 독살당한 장사꾼을 옛이야기에 나오는 무슨 호걸처럼 생각하고 혼자 재미있어 하는 모양이었다.

21

증거물에 대한 열람이 끝나자 재판장은 심리가 끝났다는 것을 선포하고, 빨리 끝내고 싶은 마음에서 휴정을 건너뛰고 곧 검사 논고로 들어갈 것을 재촉했다. 재판장은 검사보 역시 사람이니만큼 담배도 피우고 싶고 식사도 하고 싶을 테니 여러 사람의 마음을 헤아려 주리라고 기대했다. 그러나 검사보는 자기 자신에게도 남에게도 사정을 봐주는 것이 없었다.

검사보는 천성이 머리가 둔한 사람이었는데, 불행히도 중학교를 금메달로 마쳤고 대학에서는 로마법의 용익권에 대한 논문으로 상을 타는 바람에 아주 우쭐해져서 자기를 대단한 인물로 알고 매사에 독선적이었다(게다가 여자들에게 인기가 있어서 이를 더욱 부채질했다). 그 결과 아이러니하게도 이루 말할 수 없이 어리석은 사람이 되었다. 검사보는 논고에 대한 요청을 받자 금테를 두른 제복을 입은 우아한 몸을 자랑하듯 천천히 일으키더니, 두 손으로 탁자를 짚고 약간 머리를 숙여서 피고들의 눈길을 피하면서 법정 안을 한 번 둘러본 다음 천천히 입을 열었다.

"배심원 여러분, 여러분의 재량에 맡겨진 이 사건은……." 검사보는 기소장과 보고서를 읽는 사이에 대강대강 손질해 놓은 논고를 읽었다. "이러한 표현이 허락된다면, 이것은 매우 특색 있는 범죄입니다."

이 검사보의 주장에 따르면 보통 검사보의 논고란 이미 이름을 날리고 있는 변호사들의 훌륭한 변론과 마찬가지로 커다란 사회적 의의를 갖는 것이었다. 하기야 방청석에는 재봉사 처녀와 여자 조리사와 시몬의 누이동생 세 명과 마부 한 사람이 있을 뿐이지만, 그런 것은 아무래도 좋았다. 유명한 변호사들의 명성도 처음에는 이렇게 출발하는 법이다. 검사보의 신조는 언제나 자기 위치를 과시할 것, 즉 범죄의 심리적 의미를 파헤쳐서 사회의 병폐를 들추어내는 데 있었다.

"배심원 여러분, 여러분이 지금 눈앞에 두고 계신 사건은, 이런 표현이 허락된다면, 세기말의 특징적 범죄입니다. 이른바 탄식할 만한 퇴폐현상의 특성을 두루 갖추고 있지요. 현대 사회에서 이러한 과정에 있는, 특히 비정한 태양 아래 무방비로 노출되어 있는 하층민은 이 썩어빠진 작용에 아무런 저항 없이 휘둘리고 있는 것으로서……."

검사보는 한편으로는 자기 머리에 떠오른 재치 있는 문구를 빠짐없이 생각해 내느라고 애쓰고 한편으로는—이것이 중요한 점이지만—잠시도 쉬지 않고 청산유수 같은 웅변을 토하면서 장장 1시간 15분에 걸쳐 논고를 펼쳐 나가느라 애썼다. 단 한 번 말이 막혀 잠시 침을 삼켰지만 곧 정상으로 돌아가 한층 더 능란한 웅변으로 그 미비했던 점을 만회했다. 때로는 배심원석을 보고 발을 바꿔 놓으면서 부드러운 목소리로 말하는가 하면, 자기 수첩에 눈을 떨어뜨리면서 조용한 사무적인 말투가 되었다가, 때로는 부정을 고발하는 듯한 말투가 되어 방청객과 배심원석을 교대로 바라보며 고함을 쳤다. 다만 뚫어질 듯이 자기를 쳐다보고 있는 피고석에만은 한 번도 눈길을 보내지 않았다. 그 논고 속에는 그 무렵 법조계에서 유행되어 지금도 학문의 최신 지식이라고 여겨지는 용어가 모두 담겨 있었다. 거기에는 유전도, 선천적 범죄성도, 롬브로소*1도, 타르드*2도, 진화론도, 생존 경쟁도, 최면술도, 암시도, 샤르코*3도, 심지어 데카당(퇴폐파)까지 튀어나왔다.

검사보의 단정에 따르면, 장사꾼 스멜리코프는 배짱이 큰 성격의 늠름하고 순정적인 러시아인 타입으로, 남을 의심할 줄 모르는 너그러움 때문에 타락한 사람들의 손아귀에 떨어져 희생되었다는 것이었다.

시몬 카르친킨은 농노제도의 격세유전에 의한 산물로, 교육도 안 받았고 생활 방침도 없고 종교마저 갖지 않은 비뚤어진 사람이다. 그 정부인 예브피미아는 유전의 희생자로서 변질자의 온갖 특징을 엿볼 수 있는데 이 범죄의 주요 원동력은 마슬로바이며, 마슬로바야말로 데카당의 가장 저급한 현상을 대표한다.

"저 여자는……" 검사보는 카튜사 쪽을 보지도 않고 말을 이었다. "교육도 받았답니다……. 그것은 이 법정에서 여주인의 증언으로 우리는 알았습니다. 아니, 읽기와 쓰기를 할 줄 알 뿐만 아니라 프랑스어까지 알고 있습니다. 저 여자는 태생이 고아이므로 이미 범죄의 싹을 안고 있었던 것이라 생각됩니다만, 지식계급의 귀족 가정에서 자랐으므로 올바른 노동으로 생활할 수도 있었을 것입니다. 그런데 그 은혜를 저버리고 스스로의 욕정에 몸을 던지고 그것을 채우기 위해 유곽에 들어갔으며, 그 교양을 무기로 동료들을

---

*1 1836~1909. 이탈리아의 범죄학자.
*2 1843~1904. 프랑스의 사회학자이자 범죄학자.
*3 1825~1893. 프랑스의 신경 병리학자.

누르고 인기를 얻었습니다. 그리고 배심원 여러분, 여주인의 증언으로 밝혀졌듯이 최근 과학적으로 연구되어, 특히 샤르코 학파에 의하여 암시라는 이름으로 알려진 신비로운 힘으로 손님을 유혹하는 기술을 터득하여 인기를 얻었습니다. 이 기술로 저 여자는 러시아 민화에 나오는 호걸인 샤르코에 견줄 만큼 착하고 사람을 잘 믿는 부자 상인을 농락하고, 그 신뢰를 악용하여 먼저 돈을 훔치고 끝내는 냉혹 무정하게도 그 생명을 빼앗았습니다."

"아니, 저 친구, 논점이 조금 빗나가고 있는데?"

재판장은 쓴웃음을 지으면서 엄숙한 표정의 판사에게로 얼굴을 돌리며 말했다.

"어이없는 바보로군요." 엄숙한 표정을 한 판사가 말했다.

"배심원 여러분!" 그 사이에도 검사보는 날씬한 허리를 우아하게 비틀면서 말을 이었다. "이 피고들의 운명은 여러분의 손에 달려 있습니다. 아울러 어떤 의미에서는 사회의 운명 역시 여러분의 손에 달려 있습니다. 그것은 여러분의 판결에 의해 사회가 영향을 받기 때문입니다. 부디 이 범죄의 의미와 마슬로바처럼 병원균 같은 존재가 사회에 주는 위험을 충분히 고려하셔서 사회를 그 감염으로부터 지켜주시어, 이 사회의 죄 없고 건전한 사람들을 감염과 파멸로부터 지켜 주시기 바랍니다."

그리고 눈앞에 다가온 판결의 중대함에 숙연해진 듯이, 그리고 누가 보아도 자기 논고에 감격한 듯한 표정으로 자리에 앉았다.

그 논고의 요지는 복잡하고 지나치게 꾸민 문구를 빼면 다음과 같은 것이었다. 카튜사가 상인에게 최면을 걸어 완전히 신용을 얻은 다음 열쇠를 가지고 방에 돈을 가지러 가서 모두 독차지하려 했으나, 시몬과 예브피미아에게 들켰으므로 어쩔 수 없이 셋이서 나누어 가져야 했다. 그 뒤 범죄의 흔적을 감추기 위해 상인과 함께 다시 호텔로 가서 상인을 독살했다는 것이다.

검사보의 논고가 끝나자 변호인 자리에서, 빳빳하게 풀 먹인 와이셔츠 가슴을 프록코트 앞섶 사이로 반원형으로 널찍하게 드러낸 중년남자가 일어나더니 힘차게 카르친킨과 보치코바 두 피고를 변호했다. 이 피고 두 사람이 300루블을 주고 고용한 변호사였다. 변호사는 두 사람을 변호하고 모든 죄를 카튜사에게 뒤집어씌웠다.

돈을 꺼냈을 때 보치코바와 카르친킨이 같은 방에 있었다는 카튜사의 진술을 부인하고, 독살범이라는 죄상이 뚜렷이 드러난 사람의 증언 따위는 믿을 것이 못 된다고 주장했다. 그리고 2500루블은, 때로는 하루에 3루블에서 5루블의 팁을 손님에게서 받았을 정도로 근면하고 성실한 두 사람이니 얼마든지 저축할 수 있었을 것이라고 덧붙였다. 그 장사꾼의 돈은 카튜사가 훔쳐서 누구에게 주었든지 아니면 제정신이 아니었으므로 잃어버렸다고도 생각할 수 있다. 어쨌거나 독살은 카튜사 혼자 저지른 짓이라고 부르짖었다.

그러므로 변호사는 돈을 훔친 범행에 관해서는 카르친킨과 보치코바의 무죄를 인정해 달라고 배심원에게 하소연했다. 설령 두 사람이 돈을 훔친 죄를 인정한다손 치더라도 독살에는 관여하지 않았고 사전모의를 한 적도 없다고 주장했다.

변호사는 마지막으로 검사보에게 화살을 돌려, 유전에 관한 검사보의 견해는 유전학상의 여러 문제를 뒷받침하고 있으나 이 건에는 해당하지 않는다, 왜냐하면 보치코바는 부모가 누군지 모르는 사생아이기 때문이라고 공박했다.

검사보는 물어뜯을 듯한 태도로 화난 듯이 노트에다 무언가 써넣고는 어이없다는 듯이 경멸에 가득 찬 표정으로 어깨를 움츠렸다.

이어 카튜사의 변호인이 일어나 조심조심 더듬거리면서 변호를 시작했다. 그는 카튜사가 절도에 가담한 점에 대해서는 부정하지 않고, 다만 스멜리코프를 죽일 생각은 전혀 없었으며, 빨리 재우고 싶은 일념으로 가루약을 먹였다는 것만 주장했다. 변호사는 자신의 웅변재주를 자랑하려고, 카튜사는 애초에 어떤 남자 때문에 타락의 길로 빠져들어 간 것이며, 그 남자는 아무런 벌도 받고 있지 않은데 카튜사만이 억울하게 모든 무거운 짐을 짊어져야 했다는 사실의 개설을 시도했다. 그러나 심리적 분야에 대한 그 긴 논고는 마치 꽁지 끊어진 잠자리 격으로 끝나버려서 듣는 사람 쪽이 민망할 정도였다. 남자의 비정함과 여자의 무력함에 대해서 어물어물 논하기 시작했을 때 재판장은 차마 듣고 있을 수가 없어 사건의 본질에서 너무 벗어나지 말라고 주의시켰다.

이어서 다시 검사보가 일어나 첫 번째 변호사에 대한 반론으로, 유전에 관한 자기의 의견을 해명했다. 보치코바가 부모가 분명치 않은 사생아였다 할지라도 유전학설의 진리는 조금도 손상되는 것이 아니다, 유전의 법칙은 과학에 의해 완전히 기초가 세워져 있는 것이며, 우리는 유전에서 범죄 인자를 찾을 수 있을 뿐만 아니라 범죄에서 유전 인자를 끌어낼 수도 있기 때문이라고 공박했다. 카튜사가 가상의 유혹자(이 '가상의'라는 단어를 특히 표독스럽게 발음했다) 때문에 타락했다는 변호사의 가정에 대해서는, 오히려 갖가지 자료가 카튜사야말로 많은 남자들을 희생으로 이끈 유혹의 장본인임을 증명해준다고 큰소리치고는 거들먹거리며 자리에 앉았다.

다음으로 피고변론 기회가 주어졌다.

예브피미아 보치코바는 자신은 아무것도 모르며 아무 일에도 관계하지 않았다는 것만 되풀이했고, 모든 것은 카튜사 혼자서 한 일이라고 끈덕지게 주장했다. 시몬은 몇 번이고 이런 말만 되풀이했을 뿐이었다.

"누가 뭐라고 해도 하지 않은 일은 하지 않았습니다. 저는 아무 죄도 없습니다."

카튜사는 아무 말도 하지 않았다. 무언가 변명할 것이 있으면 하라는 재판장의 말에 천천히 눈을 들고 쫓기는 짐승처럼 좌중을 둘러보다가 곧 눈을 떨어뜨리고 큰 소리로 울음을 터뜨렸을 뿐이다.

"왜 그러십니까?" 네플류도프 옆자리에 앉은 장사꾼이 네플류도프가 갑자기 이상한 소리를 내는 것을 보고 물었다. 그것은 통곡을 참는 소리였다.

네플류도프는 아직도 자기가 지금 놓여 있는 처지를 잘 깨닫지 못하고 있었기 때문에, 간신히 참는 통곡과 눈에 솟구친 눈물을 단지 자기 자신의 약한 신경 탓이라고 생각해 버렸다. 네플류도프는 눈물을 감추기 위해 코안경을 쓰고 손수건을 꺼내 코를 풀었다.

혹시라도 지금 이 법정에 있는 모든 사람에게 자기 행위가 알려진다면 얼마나 큰 창피를 당할까 하는 두려움이 마음속에 생기기 시작한 갈등을 억누르고 말았다. 처음 한순간은 이 두려움이 무엇보다도 강했다.

22

피고들의 최후 변론이 끝나고 질문사항의 제출 형식에 대해 검사 측과 변호인 측이 제법 긴 시간에 걸쳐 협의한 결과 그 결정이 내려지자, 끝맺음으로서 재판장이 사건 요약을 설명했다.

사건 요약에 앞서 재판장은 듣기 좋은 싹싹한 목소리로 배심원들에게 강도는 강도이고 절도는 절도이며, 잠긴 장소에서 이루어진 약탈은 잠긴 장소에서 이루어진 약탈, 열려 있는 장소에서 이루어진 약탈은 열린 장소에서 이루어진 약탈이라고 장황하게 설명했다. 재판장은 이런 설명을 하면서 특히 네플류도프의 얼굴을 자주 바라보았다. 그것은 이 사람이야말로 자기가 말하는 중대한 진리를 이해하여 동료들에게 납득시켜 주리라는 희망을 걸고 있었기 때문이다. 그리고 배심원 모두가 충분히 이 진리를 깨달았다고 생각했는지 이번에는 또 다른 진리, 즉 살인이란 사람의 죽음을 불러일으키는 행위이므로 독살도 살인 행위라는 것을 지루하게 설명했다. 이윽고 이 진리도 배심원들이 모두 이해했다고 생각했는지 다음과 같은 것도 설명했다. 절도와 살인이 한꺼번에 이루어졌다면 그때는 절도살인죄가 성립한다는 것이었다.

재판장은 그 자신이 재판을 빨리 끝내고 싶었고 이미 스위스 여자가 기다리다 지쳤을 시간임에도, 이미 몸에 배어버린 습관 때문에 한번 지껄이기 시작하자 쉽게 멈춰지지 않았다. 그래서 배심원들을 향하여, 만일 여러분이 피고가 유죄라고 생각한다면 여러분은 유죄로 인정할 권리를 가지고 있으며 만약 무죄라고 생각한다면 무죄로 인정할 권리가 있다, 어떤 점에 있어서는 유죄라고 인정하더라도 다른 점에 있어서 무죄라고 생각한다면 한 가지 점에서는 유죄로 인정하고 다른 점에서는 무죄로 볼 수도 있다는 것을 낱낱이 설명했다. 그리고 덧붙여서, 여러분에게는 이런 권리가 있지만 그것을 이성적으로 행사해야 한다고 설명했다. 그리고 또, 배심들이 제기된 질문에 긍정적인 대답을 한다면 그 질문 속에 들어 있는 모든 것을 인정하는 것이 되므로, 질문에 제기된 모든 것을 인정하지 않는다면 그것을 인정하지 않는 까닭을 밝힐 필요가 있다는 점을 설명하고 싶었다. 그러나 시계를 보니 벌써 3시 5분 전이었으므로, 곧 사건을 간추려 설명했다.

"이번 사건의 개요는 다음과 같습니다." 이렇게 운을 뗀 다음 변호사와 검사보, 그리고 증인들이 이미 몇 번이나 말한 것을 간추려 되풀이했다.

재판장이 말하는 동안 그 양쪽에 앉아 있는 배석 판사들은 자못 의미심장한 표정으로 귀를 기울이면서 재판장의 설명은 매우 훌륭하다, 사건 개요 설명의 좋은 본보기다, 하지만 너무 길어서 탈이라고 생각하며 가끔 시계를 들여다보았다. 검사보와 그 밖의 재판소 관리들도, 법정에 모여 있는 모든 사람도 역시 같은 생각이었다. 재판장이 말을 끝마쳤다.

이것으로 할 말은 다한 것처럼 느껴졌다. 그러나 재판장은 좀처럼 발언권을 놓으려 하지 않았다. 남의 가슴에 스며드는 자기의 목소리를 듣는 것이 매우 기분 좋았기 때문이다. 그래서 배심원에게 주어진 권리가 얼마나 중대한가 하는 것, 그 권리를 행사함에 있어서는 주의 깊고 신중해야 하며 절대 함부로 해서는 안 된다는 것, 이제 선서를 했으므로 사회의 양심이 되었다는 것, 평의실의 비밀은 신성해야 한다는 것 등등에 대해서 몇 마디 더 주의를 환기시킬 필요를 느꼈다.

재판장이 간추려 설명을 시작했을 때부터 카튜사는 한 마디도 놓치지 않으려는 듯이 눈을 떼지 않고 뚫어지게 그 얼굴을 바라보고 있었다. 때문에 네플류도프는 카튜사와 눈이 마주칠 염려 없이 찬찬히 카튜사를 바라볼 수 있었다. 그러자 그 마음속에서 이러한 경우에 흔히 나타나는 현상이 일어났다. 오랫동안 만나지 않던 옛 연인의 얼굴을 보면 처음에는 그동안 바뀐 외모에 놀라지만, 한참 보고 있으면 차츰 몇 해 전의 얼굴이 되살아나고 처음에는 변했다고 생각했던 점도 사라지다가 이윽고 그 사람 고유의 정신세계가 만들어내는 표정만이 마음의 눈에 떠오르는 법이다.

이러한 현상이 네플류도프에게 나타났다.

그렇다. 죄수복을 입고 살도 찌고, 가슴이 풍만하게 솟아오르고, 볼에서 턱 언저리가 토실토실하고, 이마와 눈꼬리에 잔주름이 지고, 눈이 약간 붓기는 했지만, 그것은 틀림없이 그 성스러운 그리스도의 부활절 아침에 기쁨과 생명의 충만감에 방긋 웃으며 사랑에 넘치는 소녀의 눈으로 청순하게 자기를 쳐다보던 바로 그 카튜사였다.

'하지만 이 얼마나 놀라운 우연인가! 이 사건의 심리가 바로 내가 배심하는 날에 있을 줄이야. 10년 만에 처음 만나는 자리가 배심원석과 피고석에 서라니 이 얼마나 얄궂은 운명인가! 이 사건은 어떻게 결론 날까? 아, 빨리 끝나 주었으면!'

네플류도프는 그래도 아직 내부에서 속삭이기 시작한 회한의 정에 무릎 꿇지 않았다. 이것은 아주 우연한 일로서 곧 지나가 버리고 자기 생활을 파괴하는 일은 없을 거라고 생각했다. 그는 자기가 마치 방 안에 실례를 해서 주인에게 목덜미를 붙잡힌 채 자기 배설물에 코가 쑤셔 박힌 강아지처럼 느껴졌다. 강아지는 낑낑거리면서 자기가 실수한 배설물에서 되도록 멀리 달아나려고 버둥거리지만 엄격한 주인은 끝까지 놓아주지 않는다. 그와 같이 네플류도프도 이제 자기가 저지른 일의 추악함을 절실히 느끼고 주인의 억센 힘도 느끼고 있었지만, 그래도 아직 자기가 저지른 일에 대한 의미를 이해하지 못했고 주인은 전혀 인식조차 못하고 있었다.

그는 지금 눈앞에 있는 것이 자기가 뿌린 씨앗의 열매라는 것조차 믿고 싶지 않았다. 그러나 눈에 보이지 않지만 사정을 봐주지 않는 손에 눌려 이미 달아날 수 없다는 것을 예감하고 있었다. 그래도 아직 잔뜩 허세를 부리며, 몸에 밴 습관대로 다리를 꼬고 따분하다는 듯이 코안경을 만지작거리면서 자신감 넘치는 표정으로 앞줄 두 번째 자기 자리에 앉아 있었다. 그러나 그러는 동안에도 마음속으로는 자기가 저지른 그 행동뿐 아니라 자기의 게으름, 무절제함, 냉혹함, 자기밖에 모르는 모든 생활의 비정함, 비열함, 저속함을 느끼고 있었다. 하나의 기적처럼 12년 동안 줄곧 자신의 눈에서 그 죄와 그 뒤에 이어진 모든 생활을 가려온 무시무시한 장막은 이미 흔들리기 시작했다. 네플류도프는 그 뒤에 가려져 있던 추악한 모습을 엿본 것이다.

<h3 style="text-align:center">23</h3>

드디어 사건의 개설을 끝낸 재판장은 점잖은 손짓으로 질문서를 집어 들고, 앞으로 나와 있던 배심원 대표에게 건네주었다. 배심원들은 이제야 퇴정할 수 있게 되었다고 기뻐하며, 무언가 계면쩍은 일이라도 있는 듯이 손 둘 바를 몰라 하며 줄줄이 평의실로 들어갔다. 그들 뒤에서 문이 닫히기가 무섭게 한 헌병이 나와서 군도를 뽑아 어깨에 메고 문앞에서 보초를 섰다. 재판관들도 일어나서 퇴정했다. 피고들도 끌려나갔다.

평의실에 들어간 배심원들은 조금 전처럼 먼저 담배부터 꺼내 피웠다. 배심원석에 앉아 있는 동안 저마다 얼마간 느꼈던 자신들의 부자연스러운 태도와 어색한 행동은 이 평의실에 들어와서 담배를 꺼내 무는 순간 사라졌다. 그들은 한 짐 내려놓은 마음으로 저마다 자리를 잡고 앉아 수다를 떨기 시작했다.

"그 처녀는 죄가 없습니다. 말려들어간 거예요." 사람 좋아 보이는 장사꾼이 말했다. "정상 참작을 해줘야겠는데요."

"그것을 의논하자는 것이지요." 배심원 대표가 말했다. "개인적 인상에 좌우되어서는 안 됩니다."

"재판장의 요약 설명은 훌륭했습니다." 대령이 말했다.

"그게 뭐가 훌륭합니까! 난 하마터면 졸 뻔했는데요."

"가장 중요한 점은 혹시 마슬로바가 공범이 아니라면 그 호텔의 여종업원과 남종업원은 돈이 있다는 사실을 몰랐어야 한다는 점입니다." 유대인 점원이 말했다.

"그럼 당신 생각은 그 여자가 훔쳤다는 겁니까?"

배심원 중 한 사람이 물었다.

"그건 절대로 틀립니다." 사람 좋아 보이는 장사꾼이 외쳤다. "이건 모두 눈이 붉은 교활한 여종업원이 꾸민 일이라고요."

"다 대단한 사람들이더군." 대령이 말했다.

"하지만 그 여자는 상인의 방에 들어가지 않았다고 하지 않습니까."

"그럼 당신은 호텔 종업원을 믿으세요. 나는 그런 여자는 절대로 믿지 않을 테니까."

"하지만 당신이 믿지 않는다고 해도 그것만으로는 설명이 안 되지 않습니까?"

점원이 대꾸했다.

"하여간 열쇠를 그 여자가 갖고 있었으니."

"가지고 있었으니 어떻다는 건가요?" 장사꾼이 따졌다.

"그럼 반지는요?"

"그것은 그 여자가 말하지 않았소." 또 장사꾼이 거칠게 말했다. "그 장사꾼은 성질이 거친데다 취기에 그 여자를 때린 게죠. 그런데 그 뒤에 여자가 불쌍해져서, 자 이걸 줄 테니 울지 마 하고 달랬겠지요. 아무튼 키가 2미터에 가깝고 체중이 130킬로그램이나 되는 거한이란 말이오!"

"문제는 그런 데 있는 게 아닙니다." 표트르 게라시모비치가 가로막았다. "중요한 것은 이 범행을 꾸미고 죽인 것이 그 여자냐, 아니면 그 객실 담당 종업원들이냐 하는 것입니다."

"그 둘이서 할 수 있는 일은 아니지요. 열쇠는 그 여자가 가지고 있었으니까."

이런 밑도 끝도 없는 이야기가 꽤 오래 이어졌다.

"자, 여러분! 자리에 앉아 심의하기로 합시다."

배심원 대표가 의장석에 앉으며 말했다.

"그런 여자들은 모두 지독히 닳고 닳은 여자들이거든요."

점원은 주범은 마슬로바라는 자기주장을 증명하는 예로서 자기 친구가 가로수 길에서 한 창부에게 시계를 도둑맞은 이야기를 했다.

그러자 그 말을 받아서 예비역 대령이 은주전자 도난사건에 관한 더욱 놀라운 실례를 이야기했다.

"자, 여러분. 질문사항을 하나하나 심의해보죠."

대표가 연필로 책상을 두드리면서 말했다.

모두 조용해졌다. 질문 사항은 다음과 같이 제시되어 있었다.

①크라피벤스키 군 보르키 마을의 농민 시몬 페트로프 카르친킨(33세)은 188X년 1월 17일, N시에서 금품 강탈을 목적으로 상인 스멜리코프의 살해를 도모하고 다른 두 사람과 공모하여 코냑에 독약을 타서 스멜리코프를 죽게 하고 약 2500루블의 돈과 다이아몬드 반지 1개를 훔친 것에 대해 유죄인가?

②평민 예브피미아 이바노브나 보치코바(43세)는 제1항에 쓰인 것에 대해 유죄인가?

③평민 예카테리나 미하일로브나 마슬로바(27세)는 제1항에 쓰인 것에 대해 유죄인가?

④만약 피고 예브피미아 보치코바가 제1항에 대해 무죄라 한다면, 동 피고는 188X년 1월 17일, N시에 '마브리타니아' 호텔에 근무 중 같은 호텔에 숙박 중이던 상인 스멜리코프의 방에 있었던 열쇠가 잠긴 가방 속에서 2500루블의 돈을 훔치기 위해 동 피고가 가진 열쇠로 가방을 열고 목적을 이룬 것에 대해 무죄인가?

배심원 대표가 제1문을 읽었다.

"어떻습니까, 여러분?"

이 질문에는 곧 답이 정해졌다. 모두 카르친킨이 독살에도 강탈에도 가담했음을 인정하고, "예, 유죄지요" 하고 동의했다. 카르친킨을 유죄라고 인정하는 데에 뜻을 달리한 사람은 협동조합원인 노인 한 사람뿐이었다. 그 노인은 모든 항목에 걸쳐 피고들을 감싸는 답변을 했다.

배심원 대표는 노인이 사건 내용을 잘 알지 못한다는 생각으로 카르친킨과 보치코바가 유죄라는 것은 모든 점에서 의심의 여지가 없다고 노인에게 설명했다. 그러나 노인은, 그것은 알고 있지만 동정을 해주는 것이 가장 좋은 일이라고 대답했다. "우리 자신만 해도 신이 아니란 말입니다." 이렇게 말하며 노인은 끈질기게 자기주장을 굽히지 않았다.

보치코바에 관한 제2문에 대해서는 긴 토의와 문답 끝에 '무죄'라는 결론이 나왔다.

보치코바의 변호사가 주장하는 대로 보치코바가 독살에 가담했다는 뚜렷한 증거가 없었기 때문이다.

장사꾼은 마슬로바를 무죄로 하고 싶은 마음에 보치코바가 모든 일의 주모자라고 주장했다. 대개의 배심원들이 그 말에 동의했지만, 배심원 대표는 공정한 태도를 견지하며 보치코바가 독살에 가담했다는 것을 인정할 근거가 없다고 말했다. 오랜 토론 끝에 배심원 대표의 의견이 승리했다.

보치코바에 관한 제4문은 '그렇다, 유죄다'라는 답이 나왔지만 협동조합노인의 주장에 따라 '그러나 정상참작을 해야 한다'고 덧붙였다.

마슬로바에 관한 제3문은 격렬한 논쟁을 불러일으켰다. 배심원 대표는 독살에 대해서도 강탈에 대해서도 그녀의 유죄를 주장했지만 장사꾼은 그 말에 반대하였고 대령, 점원, 협동조합 노인이 장사꾼을 지지했다. 다른 사람들은 결정하지 못하고 우물쭈물하고 있었으나 배심원 대표의 의견이 차츰 우세해졌다. 그것은 주로 배심원들이 모두 지쳐 빨리 결정될 듯한, 따라서 자기들을 빨리 해방해 줄 듯한 의견에 기꺼이 따랐기 때문이었다.

법정 심리에서 볼 수 있었던 모든 점으로 미루어보더라도, 자기가 잘 알고 있는 카튜사의 성격으로 미루어보더라도, 네플류도프는 강도에 대해서도 독살에 대해서도 카튜사가 무죄임을 확신했다. 그래서 처음에는 모두가 그것을 인정해 준 줄로만 알았다. 그런데 장사꾼의 졸렬한 변호와(카튜사의 육체가 마음에 든 모양이고 본인도 그것을 숨기려 하지 않았다) 그 속셈을 눈치챈 대표의 반론 때문에, 그리고 무엇보다도 모두가 지친 탓에 유죄 쪽으로 기울어가자 네플류도프는 반론을 제기하려고 생각했다. 그러나 카튜사를 변호하기가 무서웠다. 금방이라도 모든 사람이 둘의 관계를 눈치챌 것만 같았기 때문이다. 그러나 아울러 이대로 버려둘 수는 없다, 어떻게든 반론해야겠다고도 느꼈다. 네플류도프가 얼굴을 붉혔다 이내 창백해졌다 하며 입을 열려는 순간, 그때까지 잠자코 있던 표트르 게라시모비치가 배심원 대표의 억압적인 말투가 신경에 거슬렸던지 갑자기 그를 반대하며 네플류도프가 하려던 말을 꺼냈다.

"실례입니다만 그 여자가 열쇠를 가지고 있었으니까 그 여자가 훔친 거라고 말씀하셨는데, 호텔 하인들이 그 여자가 돌아간 뒤에 다른 열쇠로 가방을 열었을 가능성은 없을까요?"

"그래요, 바로 그 점입니다." 장사꾼이 맞장구쳤다.

"그 여자는 돈을 훔칠 수 없었다고 봐야 할 것입니다. 그 여자의 처지로 따져볼 때 돈을 감출 만한 장소가 없으니까요."

"내가 말하는 것도 바로 그 점입니다." 장사꾼이 동조했다.

"오히려 그 여자가 왔던 것이 객실 담당 종업원들에게 힌트를 주어 그들은 그 기회를 이용했고, 모든 것을 그 여자에게 뒤집어씌웠다고 봐야 할 것입니다."

표트르 게라시모비치는 흥분한 목소리로 말했다. 그리고 이 흥분이 배심원 대표에게 옮아갔다. 그 때문에 배심원 대표도 오기를 부리며 반대 의견을 더욱 고집했다. 그러나 표트르 게라시모비치의 말에는 강한 설득력이 있었으므로 대다수의 사람이 그 의견에 뜻을 같이하여, 마슬로바는 돈과 반지를 훔친 것에는 관계하지 않았으며 반지는 장사꾼이 직접 선물로 준 것임을 인정했다. 마슬로바가 독살에 관계했느냐는 점에 논의가 옮겨지자 마슬로바의 열렬한 옹호자인 장사꾼은 그 여자가 부자 상인을 죽여야 할 까닭이 아무것도 없으므로 그 여자를 무죄로 봐야 한다고 주장했다. 그러나 배심원 대표는 그 여자가 자기 입으로 가루약을 타 준 것을 진술한 만큼 무죄로 인정할 수 없다고 우겼다.

"타긴 탔지만 그건 아편인줄 알았기 때문이죠." 장사꾼이 말했다.

"아편으로도 생명을 빼앗을 수는 있습니다." 문제에서 벗어나기 좋아하는 대령이 끼어들며, 처남댁이 아편을 먹고 자살을 기도했는데 마침 근처에 의사가 있어서 응급치료를 해준 덕에 겨우 목숨을 건졌다는 이야기를 늘어놓았다. 그 이야기를 하는 대령의 태도가 자못 진실되고 자신만만한 데다 위엄에 가득 차 있었으므로 아무도 그 말을 가로막을 용기가 나지 않았다. 단 한 사람, 점원만이 저도 한마디 거들기 위해 용감하게도 대령이 말하는 중에 끼어들었다.

"그 가운데에는 차츰 습관이 되어서 마흔 방울쯤 먹어 봐야 아무 효과도 없는 사람이 있지요. 실제로 내 친척 가운데……."

그러나 대령은 누가 자기 말에 끼어들었다고 해서 입을 다무는 사람이 아니었으므로 아편이 처남댁에게 어떤 영향을 끼쳤는지에 대해서 이야기를 계속했다.

"아, 여러분 벌써 4시가 지났습니다." 배심원 중 하나가 말했다.

"그럼 어떻게 할까요, 여러분?" 배심원 대표가 모두를 둘러보았다. "유죄로 인정하나 강탈할 의도가 없고 금품도 훔치지 않았다, 이렇게 되나요?"

표트르 게라시모비치는 자기 승리에 만족하여 동의했다.

"단, 정상을 참작해야 합니다." 장사꾼이 덧붙였다.

모두들 동의했다. 다만 협동조합 노인만이 '무죄'로 해야 한다고 끈질기게 주장했다.

"하지만 결국 마찬가지입니다." 배심원 대표가 설명했다. "강탈할 의도가 없고 금품을 훔치지 않았다면 무죄가 되는 거지요."

"거기다 정상 참작을 하게 된다면……. 나머지는 이제 마지막 손질뿐입니다." 장사꾼이 명랑하게 말했다.

그들은 완전히 지쳐 있었고, 토론으로 머리가 혼란스러웠으므로 답신서에 '유죄임. 단, 죽일 의도는 없었음'이라고 덧붙여야 하는 것을 깨달은 사람이 아무도 없었다.

네플류도프도 완전히 흥분하여 그것을 깨닫지 못했다. 결국 답신서는 이런 형식으로 쓰여 법정에 제출되었다.

라블레가 쓴 글에 이런 것이 있다. 어떤 법률가가 소송을 재결해야 했을 때 온갖 법조문을 예로 들고 무미건조한 라틴어 법률서를 20페이지나 읽은 끝에 배심원들에게 주사위를 던지라고 제안했다. 짝수가 나오면 원고가 이기고 홀수가 나오면 피고가 이긴다는 것이었다.

마침 이 경우도 이것과 다를 바 없었다. 이번 사건의 결론으로 채택된 것도 배심원 일동의 의견이 일치했기 때문이 아니라 첫째는 재판장이 사건요약은 그토록 길게 말했으면서 어느 때라면 반드시 했을, 즉 배심원들은 답신할 때 '유죄다, 단 죽일 의도는 없었다'고 대답할 수 있다고 주의를 주는 것을 잊어버렸기 때문이었다. 둘째, 대령이 자기 처남댁에 대한 이야기를 너무 오랫동안 지루하게 늘어놓았기 때문이었다. 셋째로, 네플류도프가 너무 흥분해 있었기 때문에 '죽일 의도는 없었음'이라는 조항이 빠진 것을 눈치채지 못했으며 '강탈할 의사 없었음'이라는 조항이 곧 유죄를 부정하는 것인 줄로 착각했기 때문이었다. 넷째, 배심원 대표가 질문 사항과 답신서를 읽으면서 배심원들에게 재확인을 요구했을 때 공교롭게도 표트르 게라시모비치가 밖에 나가 있었기 때문이었다. 그러나 무엇보다 가장 큰 이유는 모두들 피로해서 어서 해방되고 싶은 마음이 앞선 탓에 빨리 끝낼 수 있는 의견에 동의하려는 기분이 짙었기 때문이었다.

배심원들이 벨을 울렸다. 칼을 빼들고 문 앞에 서 있던 헌병이 칼을 칼집에 도로 꽂고 옆으로 비켜섰다. 재판관들이 자리에 앉자 배심원들이 차례로 나왔다.

배심원 대표가 엄숙한 태도로 답신서를 받쳐 들고 재판장 앞으로 나가서 그것을 건네주었다. 재판장은 쭉 읽고 나자 놀란 듯이 두 손을 벌리고 판사들을 돌아보며 무엇인가 의논했다. 재판장이 놀란 것은 배심원들이 '강탈할 의사 없었음'이라는 첫째 조항은 붙여 놓고, '죽일 의도 없었음'이라고 둘째 조항을 붙이지 않은 점이었다. 배심원들의 결정에 따르면 마슬로바는 훔치지도 강탈하지도 않았으나 아무런 목적도 없이 사람을 죽인 것이 되는 셈이다.

"좀 봐요, 이거 참 어리석은 결론을 내렸군." 재판장이 왼쪽 판사에게 말했다. "이렇게 되면 징역감인데……. 하지만 저 여자는 죄가 없어."

"아니, 어째서 죄가 없다는 겁니까?" 깐깐한 판사가 말했다.

"요컨대 죄가 없기 때문이지. 내 생각으로는 이것은 제818조에 적용되는 거예요." (제818조에는 재판관은 유죄 판결이 부당하다고 인정할 경우, 배심원 결정을 파기할 수 있다고 규정되어 있었다.)

"당신 의견은?" 재판장은 사람 좋아 보이는 판사에게 물었다.

사람 좋아 보이는 판사는 얼른 대답을 하지 않고 자기 앞에 놓여 있는 서류 번호를 보고 그 숫자를 합쳐 보았다. 셋으로 나누어지지 않았다. 셋으로 나누어지면 동의하려고 점을 쳤던 것이다. 나누어지지는 않았지만 천성이 호인인 까닭에 동의했다.

"글쎄, 그게 타당하겠는데요." 사람 좋아 보이는 판사가 대답했다.

"당신은?" 재판장은 성질 급한 판사 쪽으로 얼굴을 돌렸다.

"절대로 반대입니다." 성질 급한 판사가 딱 잘라 말했다. "그렇지 않아도 신문은 배심원들이 범죄자를 옹호한다고 보도합니다. 만일 재판관이 이것을 무죄로 한다면 또 무슨 소리를 떠들어댈지 몰라요. 나는 결단코 반대하겠습니다."

재판장은 시계를 보았다.

"불쌍하지만 하는 수 없군." 이렇게 말하고 재판장은 답신서를 배심원 대표에게 주며 읽으라고 재촉했다.

모두들 일어섰다. 배심원 대표는 발을 고쳐 디디고 헛기침을 하고는 질문서와 답신서를 읽었다. 서기와 변호사와 검사보까지 관계자 모두가 놀라는 기색을 보였다.

피고들은 답신서의 뜻을 모르는 모양인지 무관심한 얼굴로 앉아 있었다. 다시 모두들 앉았다. 재판장이 어떤 구형을 하겠느냐고 검사보에게 물었다.

검사보는 마슬로바에 관한 뜻밖의 성공을 기뻐하며 그것을 자기의 멋진 논고 때문이라고 믿고 법률서의 책장을 뒤져서 대충 읽고 나더니 엉거주춤 일어나서 말했다.

"시몬 카르친킨은 형법 제1452조 및 제1453조 제4항에 의거하여, 예브피미아 보치코바는 형법 제1659조에 의거하여, 예카테리나 마슬로바는 형법 제1454조에 의거하여 처벌해야 한다고 생각합니다."

그 형은 생각할 수 있는 한 가장 엄한 것이었다.

"재판관은 판결문 작성을 위해 일단 퇴정합니다." 재판장이 일어서면서 말했다.

잇따라 모두 일어났다. 임무를 훌륭히 끝마쳤다는 흐뭇함을 느끼면서 밖으로 나가는 사람도 있고, 법정 안을 이리저리 서성거리는 사람도 있었다.

"정말 우리는 어처구니없는 실수를 해버렸군요." 표트르 게라시모비치가 네플류도프에게 다가오면서 말했다. 마침 배심원 대표가 네플류도프에게 무언가 얘기하고 있을 때였다. "우리는 그 여자를 징역으로 몰아넣고 말았습니다."

"뭐라고요?" 네플류도프가 저도 모르게 소리쳤다. 이때만은 네플류도프도 이 교사가 친한 척하는 것이 조금도 거슬리지 않았다.

"그렇지 않습니까?" 표트르가 말했다. "우리는 답신서에 '유죄이나 죽일 의도 없었음'이라는 보충 기재를 하지 않았으니까요. 방금 서기한테 들었는데 검사보는 그 여자에게 15년의 징역을 구형했다고 합니다."

"하지만 여러분이 그렇게 결정하신 거니까." 배심원 대표가 말했다.

표트르 게라시모비치는 마슬로바가 돈을 훔치지 않았으니까 생명을 뺏을 의도가 있을 리 없고, 그런 건 알고 있는 게 아니냐고 상대에게 대들었다.

"나는 법정에 나오기 전에 답신서를 다시 읽었습니다." 배심원 대표가 변명했다. "그런데 아무도 반대하지 않았잖습니까?"

"나는 그때 방에 없었습니다." 표트르 게라시모비치가 말했다. "당신은 뭘 했습니까, 하품이라도 하고 계셨나요?"

"나는 전혀 깨닫지 못했어요." 네플류도프가 말했다.

"깨닫지 못한 것으로는 일이 해결되지 않습니다."

"그러나 이런 것은 정정할 수 있겠지요." 네플류도프가 말했다.

"이젠 안 될걸요. 이미 끝났으니까요."

네플류도프는 피고들을 보았다. 그들은 이미 그 운명이 결정된 줄도 모르고 헌병의 감시를 받으며 격자 칸막이 너머 자기들 자리에 가만히 앉아 있었다. 카튜사는 무슨 일로 킥킥거리며 웃고 있었다. 그 순간 네플류도프의 마음속에 무언가 옳지 못한 감정이 꿈틀거렸다. 조금 전까지만 해도 카튜사가 무죄로 풀려나서 이 마을에서 더 머물 것이라고 예상하고 카튜사에게 어떤 태도를 취해야 할지 망설이고 있었다. 그러나 징역과 시베리아 행이 그 연결 가능성을 깨끗이 없애주었다. 이것으로, 아직 목숨이 붙은 채 구럭 속에서 몸부림치던 작은 새가 자신의 존재를 주인에게 상기시키는 일은 틀림없이 없어질 터였다.

24

표트르 게라시모비치의 예상은 옳았다.

회의실에서 돌아온 재판장은 판결문을 들고 읽었다.

188X년 4월 28일, 황제 폐하의 명령에 의하여 N지방재판소 형사부는 배심원 여러분의 결의에 따라 형법 제771조 제3항, 제776조 제3항 및 제777조에 의거해 다음과 같이 선고한다.

농민 시몬 카르친킨(33세) 및 평민 예카테리나 마슬로바(27세)에게서 모든 공민권을 박탈하고, 카르친킨을 징역 8년, 마슬로바를 징역 4년형에 처한다. 다시 두 사람에게는 각각 형법 제28조에 의한 항목을 추가한다. 평민 예브피미아 보치코바(43세)는 개인 및 신분상의 모든 특권 및 재산을 박탈하고, 3년의 금고형에 처한다. 다시 형법 제49조에 의하여 항목을 추가한다. 본 사건의 재판에 든 비용은 각 피고의 균등 부담으로 한다. 단 치를 돈이 없을 경우는 국가가 이를 부담한다.

본 사건의 증거물은 공매에 부치고 반지는 되돌려 주고, 유리병은 파기한다.

카르친킨은 여전히 몸을 쭉 펴고 두 손의 손가락을 펴서 바지 솔기에 꼭 갖다 대고는 볼을 실룩거리며 서 있었다. 보치코바는 태연스러워 보였다. 카튜사는 판결을 듣고 얼굴이 새빨개졌다.

"전 죄가 없어요, 억울해요!" 갑자기 카튜사가 온 법정 안이 울릴 만큼 큰 소리로 외쳤다. "너무합니다. 저한테는 죄가 없어요. 그런 일은 바라지도, 생각지도 않았어요. 거짓말이 아녜요, 정말이에요!" 이렇게 말하고 의자에 엎어져 울음을 터뜨렸다.

카르친킨과 보치코바가 퇴정하고 나서도 카튜사는 계속 피고석에 앉아서 울었다. 헌병은 하는 수 없이 죄수복 소매를 잡아당겨 재촉했다.

'아니, 이대로 내버려 둘 수는 없다.' 조금 전의 옳지 못한 감정은 다 잊은 채 네플류도프는 이렇게 중얼거리고는 무엇 때문인지 자기도 모르는 채, 다시 한 번 카튜사를 보기 위해 재빨리 복도로 나갔다. 문간에는 일이 끝난 데 만족해서 활기를 되찾은 배심원들과 변호사들이 밖으로 나가려고 꽉 차 있어서 한참 동안 사람 벽에 막혀 서 있었다. 가까스로 복도에 나와 보니, 카튜사는 벌써 저 멀리 가고 있었다. 네플류도프는 사람들의 눈길을 끄는 것도 생각지 않고 빠른 걸음걸이로 쫓아가 카튜사를 앞지른 다음 멈춰 섰다. 카튜사는 이미 울음을 그쳤으나 벌겋게 얼룩진 얼굴을 머릿수건 끝으로 닦으며 가끔 훌쩍거렸다. 카튜사는 돌아보지도 않고 네플류도프의 옆을 지나갔다. 카튜사를 보내고 난 네플류도프는 재판장을 만나기 위해 서둘러 되돌아갔으나 재판장은 이미 나간 뒤였다.

네플류도프는 수위실 앞에서 가까스로 재판장을 따라잡았다.

"재판장님!" 네플류도프가 재판장에게 다가가면서 불렀다. 재판장은 벌써 밝은색 외투를 입고 수위가 내미는 은 손잡이가 달린 지팡이를 막 손에 드는 참이었다. "방금 판결된 사건에 대해 좀 말씀드리고 싶은 것이 있습니다. 저는 배심원입니다."

"네, 알고 있습니다. 네플류도프 공작님이시지요? 정말 영광스럽습니다. 전에도 한번 뵌 적이 있었지요."

재판장은 악수를 하면서 말했다. 재판장은 네플류도프와 만난 야회에서 네플류도프가 젊은이들 가운데서 가장 멋지고 즐겁게 춤을 추고 있던 것을 떠올리고 흐뭇한 기분을 느끼고 있었다.

"그래, 무슨 일이신지요?"

"마슬로바에 관한 답신서에 잘못된 점이 있었습니다. 그 여자는 독살 건에 대해서도 무죄입니다. 그런데도 징역 판결이 내려지고 말았습니다." 네플류도프는 침울한 표정으로 말했다.

"재판소는 여러분이 제출한 답신서에 따라 판결을 내렸을 뿐입니다."

재판장은 문 쪽으로 걸어가며 말했다.

"하기야 우리 재판관들도 그 답신서를 보고 약간 타당성이 없다고 여기긴 했습니다만."

재판장은 만약 답신서에 살의에 대한 부정 없이 그냥 '유죄임' 하고 적혔을 때는 결과적으로 고의적 살의가 인정되는 법이라고 배심원들에게 설명하려 했는데, 재판을 빨리 끝내려고 서두르는 통에 그만 그것을 말하지 못했다는 생각이 났다.

"그건 압니다. 하지만 잘못을 고칠 수는 없을까요?"

"상고할 이유는 언제나 발견되는 법입니다. 변호사에게 말씀해 보시지요."

재판장은 모자를 옆으로 비스듬히 쓰고 그대로 문으로 걸어가면서 말했다.

"하지만 이건 너무 심한 이야기입니다."

"아시다시피 마슬로바에게는 둘 중 한 길밖에 없었습니다." 네플류도프에게 되도록 공손하고 깍듯이 대하려고 애쓰면서 재판장은 이렇게 말했다. 그리고 외투 깃 위로 단정히 구레나룻을 쓰다듬고는 가볍게 상대방의 팔꿈치를 문 쪽으로 이끌면서 말을 이어갔다. "공작님도 가시는 것이지요?"

"예." 네플류도프는 얼른 외투를 입으면서 대답하고 재판장과 함께 걷기 시작했다.

두 사람은 상쾌한 햇빛 속으로 나갔다. 그러자 포장도로를 달리는 마차 바퀴 소리 때문에 서로 소리를 지르지 않으면 들리지 않게 되었다.

"아시겠지만, 정말 기묘한 상황이었어요." 재판장이 목소리를 높여 말했다. "그 마슬로바라는 여자에겐 길이 두 가지밖에 없었어요. 거의 무죄나 마찬가지가 되어 미결 기간을 포함한 금고 또는 단순한 구류로 끝나든지, 아니면 징역이든지. 그 중간은 없지요. 여러분이 '죽일 의도 없었음'이라는 말만 덧붙였더라면, 그 여자는 무죄가 되었을 것입니다."

"그것을 빠뜨리다니, 돌이킬 수 없는 실수를 저질렀습니다." 네플류도프가 말했다.

"거기에 모든 초점이 있었습니다." 재판장은 싱글싱글 웃으면서 말하고 시계를 보았다.

클라라가 지정한 시간까지 앞으로 45분밖에 남지 않았다.

"이렇게 된 이상, 바라신다면 지금부터 변호사와 상담해 보십시오. 우선 상고할 이유를 찾아야 하는데 그런 것은 반드시 찾아지는 법입니다. 도보란스카야 거리로 가자." 마부에게 일렀다. "30코페이카 주마. 그 이상은 절대 안 돼."

"좋습니다, 나리."

"그럼 안녕히 가십시오. 혹시 내가 도와 드릴 일이 있으면, 도보란스카야 거리의 도보르니코프 아파트로 찾아오십시오. 기억하시기 쉽지요."

이렇게 말하고 재판장은 깍듯하게 인사하고는 떠나갔다.

25

재판장과의 대화와 상쾌한 바깥 공기가 네플류도프의 기분을 얼마간 가라 앉혀 주었다. 그리고 얼마 전까지 느낀 답답한 감정은 아침부터 쭉 익숙지 못한 상황 속에 있었기 때문에 과장된 것이라는 기분이 들었다.

'정말 생각지도 못한 우연에 지나지 않아! 아무튼 그 애의 벌을 덜어 주기 위해서 할 수 있는 모든 일을 해야 한다. 한시라도 빨리 해야 해. 지금 곧, 그렇지, 지금 당장 재판소로 돌아가 파나린이나 미키쉰의 주소를 알아봐야겠다.'

네플류도프는 이름난 변호사 두 사람이 생각났다.

네플류도프는 재판소로 되돌아가서 외투를 벗고 층계를 올라갔다. 첫 번째 복도에서 파나린을 만났다. 그는 파나린을 붙잡고 상의할 일이 있다고 말했다. 파나린은 네플류도프의 얼굴과 이름을 알고 있었으므로 기꺼이 돕겠노라고 말했다.

"실은 피곤하기는 합니다만……. 오래 걸리지 않는 일이라면 들어 보겠습니다. 이리 오십시오."

이렇게 말하며 파나린은 네플류도프를 옆방으로 안내했다. 어느 판사의 사무실인 듯했다. 두 사람은 탁자를 사이에 두고 마주앉았다.

"그래, 용건은?"

"말하기 전에 먼저 부탁드려 두겠는데, 제가 이 문제에 관계하고 있다는 것을 아무에게도 말씀하지 말아 주십시오."

"그야 물론입니다. 그래서요……."

"저는 아까 배심원 노릇을 했습니다만, 우리는 죄 없는 여자 하나를 유형에 처하고 말았습니다. 그것이 괴로워서……."

네플류도프는 자기도 모르게 얼굴을 붉히고 말을 머뭇거렸다.

파나린은 그 얼굴을 날카롭게 쳐다봤으나 다시 눈을 내리깔고 듣는 자세를 취했다.

"그렇군요." 파나린은 그렇게만 말했다.

"죄 없는 여자를 유죄로 만들어 버리는 잘못을 저질렀으니 최고법정에 상고할까 합니다."

"원로원이군요?" 파나린이 고쳐 말했다.

"그래서 당신이 이 문제를 맡아 주셨으면 합니다만."

네플류도프는 가장 거북한 문제를 빨리 끝내 버리려고 틈을 두지 않고 얼른 말했다.

"보수와 비용은 모두 맡겠습니다. 얼마가 들든 상관없습니다."

네플류도프는 얼굴이 벌게지면서 말했다.

"예, 그것은 따로 얘기하기로 합시다." 변호사는 미숙한 상대에게 따뜻한 미소를 보내며 말했다.

"그래, 무슨 사건입니까?"

네플류도프가 대충 이야기했다.

"알겠습니다. 내일 재판 기록을 조사해 보지요. 그러니 모레, 아니 목요일 오후 6시에 제 집으로 와주십시오. 그때 대답해 드리겠습니다. 그럼 되겠지요? 지금부터 좀 해야 할 일이 있어서……."

네플류도프는 파나린에게 작별인사를 하고 복도로 나갔다.

변호사와 이야기했다는 것, 카튜사를 지키기 위해 빨리 손을 썼다는 것이 그의 기분을 한층 가라앉혀 주었다. 네플류도프는 뜰로 나갔다. 아름답게 갠 날이었다. 그는 기쁜 마음으로 봄날 공기를 힘껏 들이마셨다. 전세마차 마부들이 마차를 타라고 불러 세웠지만 네플류도프는 거절하고 걸었다. 그러자 곧 카튜사에 대한 일과 자기의 소행에 대한 추억과 상념이 무럭무럭 솟아올라 머릿속에서 빙글빙글 돌기 시작했다. 마음이 우울해지고 모든 것이 침울하게 보였다.

'이건 나중에 잘 생각해 보기로 하자.' 네플류도프는 스스로에게 말했다. '지금은 오히려 이런 답답한 기억을 잊어야 한다.'

네플류도프는 코르차긴 공작 댁의 만찬에 초대받은 생각이 나서 시계를 보았다. 아직 그다지 늦지 않았다. 지금부터라도 서두르면 시간에 대어 갈 수 있을 것 같았다. 이때 철도마차가 방울을 울리면서 그의 곁을 지나갔다. 네플류도프는 달려가서 마차에 뛰어올랐다. 그리고 광장에서 내려 훌륭한 전세마차로 바꾸어 타고 10분 뒤에는 웅장한 코르차긴 저택 앞에 도착했다.

26

"어서 오십시오, 공작님. 모두 기다리고 계십니다." 풍채 좋고 싹싹한 문지기가 영국제 돌쩌귀가 달린 참나무 문을 소리도 없이 열면서 말했다. "식사가 시작되었습니다만 공작님만은 모시라는 분부였습니다."

문지기는 층계 아래로 가서 위로 통하는 초인종을 울렸다.

"어떤 분이 와 계시는가?" 네플류도프는 외투를 벗으며 물었다.

"콜로소프 님과 미하일 세르게이비치 님입니다. 나머지는 모두 집안 분들뿐입니다." 문지기가 대답했다.

층계 위에서 프록코트를 입고 흰 장갑을 낀 잘생긴 사환이 나와서 말했다.

"어서 오십시오, 공작님. 모시고 들어 오라십니다."

네플류도프는 층계를 올라가서 낯익은 화려하고 넓은 홀을 지나 식당으로 걸어갔다. 식당에는 결코 자기 방에서 나온 적이 없는 여주인 소피아 바실리예브나 공작부인을 뺀 온 가족이 모여 앉아 있었다. 식탁 상석에는 늙은 코르차긴 공작, 그와 나란히 왼편에는 의사, 오른편에는 현의 귀족회 회장을 지내다가 지금은 은행 중역으로 있으며 자유주의자인, 코르차긴의 동료인 이반 이바노비치 콜로소프가 앉아 있었다. 그리고 식탁 왼편에는 미씨의 어린 동생을 가르치는 가정교사 레데르 양과 네 살짜리 여동생, 그와 마주보는 오른편에 미씨의 동생으로 코르차긴 집안의 외아들인 중학 6학년생 페차(이 아이의 시험 때문에 온 가족이 이 도시에 머물러 있었다), 그 옆자리가 가정교사인 대학생, 다시 왼편에 마흔 살 난 노처녀로 슬라브주의자인 카테리나 알렉세브나가 앉아 있었다. 그와 마주보는 왼쪽 자리는 미하일 세르게이비치, 또는 미샤 체레긴이라고도 불리는 미씨의 사촌 오빠가 앉아 있었다. 식탁 가장 끄트머리에는 미씨가 앉아 있었고, 그 옆에 아직 손을 대지 않은 한 사람 분의 식기가 놓여 있었다.

"마침 잘 오셨소. 자, 어서 앉으시오. 지금 막 생선이 나온 참이오." 늙은 코르차긴 공작이 의치 낀 입으로 우물우물 씹으면서, 윗눈꺼풀이 없는 것 같은 벌겋게 충혈된 눈을 치켜뜨고 네플류도프를 보면서 말했다. "스테판." 공작이 입 가득히 음식을 문 채 뚱뚱하고 위엄이 있는 사환을 향해 눈으로 빈 그릇을 가리켰다.

네플류도프는 코르차긴 공작을 잘 알고 있었고 식사 자리에서도 여러 번 보았지만 오늘은 왠지 불쾌한 인상을 받았다. 조끼에 걸친 냅킨 위로 튀어나온 육감적인 입술을 가진 붉은 얼굴, 기름진 굵은 목, 특히 너무 먹어서 살이 뒤룩뒤룩 찐, 자못 장군 같아 보이는 모습이 견딜 수 없었다. 네플류도프는 이 위인의 잔인성에 대해서 들은 말이 불현듯 생각났다. 부유한 데다 워낙 집안이 좋아서 굳이 출세할 필요가 없는데도 무슨 이유에서인지는 모르지만, 지방장관으로 근무하면서 사람들을 함부로 태형이나 교수형에 처하기도 했다는 소문이었다.

"예, 가져갑니다, 공작님." 스테판은 은그릇이 놓여 있는 찬장에서 수프를 뜨는 국자를 꺼내면서, 구레나룻을 기른 잘생긴 사환에게 눈짓했다. 사환은 곧 미씨 옆자리에 있는 아직 손을 대지 않은 식기의 위치를 바로잡았다. 접시 위에는 한가운데 문장이 보이도록 맵시 있게 접은, 빳빳하게 풀 먹인 냅킨이 놓여 있었다.

네플류도프는 차례차례 악수를 나누면서 식탁을 한 바퀴 돌았다. 네플류도프가 다가가자 늙은 공작과 부인들 말고는 모두 일어서서 맞이해주었다. 대부분은 한 번도 말해본 적이 없는 사람들과 이렇게 악수를 나누는 것이 오늘은 이상하게도 불쾌하고 우스꽝스러운 일로 여겨졌다. 네플류도프는 늦어진 데 대해서 사과하고, 미씨와 카테리나 알렉세브나 사이의 빈자리에 앉으려 했다. 그러자 코르차긴 노인은 보드카는 들지 않더라도 새우, 연어알, 치즈, 청어 등 전채가 놓여 있는 저쪽 식탁으로 가서 한 입이라도 좀 들라고 권했다. 네플류도프는 그다지 시장한 줄은 몰랐으나 빵에 치즈를 곁들여 먹다 보니 그만둘 수가 없어 게걸스레 먹었다.

"어떻습니까, 재판제도의 기초를 뒤집어 엎으셨습니까?" 콜로소프가 배심원 제도에 반대하는 보수 계통 신문에 나타난 표현을 쓰면서 말했다. "죄 있는 자는 무죄로 하시고, 죄 없는 자를 유죄로 만드신 게 아닙니까, 예?"

"기초를 뒤집는다……. 기초를 뒤집는다라……."

자유주의자인 친구의 두뇌와 학식을 무턱대고 신뢰하는 늙은 공작이 웃으면서 이렇게 되풀이했다.

네플류도프는 실례인 줄 알면서도, 콜로소프에게는 아무 대답도 하지 않고 김이 무럭무럭 나는 수프를 잠자코 먹었다.

"이이에게 좀 잡수실 시간을 드리세요."

미씨는 '이이'라는 대명사로 자기들의 친밀함을 나타내면서 웃는 얼굴로 말했다.

그동안에도 콜로소프는 자기를 크게 화나게 한 배심원 제도 반대론의 내용을 큰 소리로 지껄여댔다. 조카 미하일 세르게이비치가 맞장구치며 그 신문에 실린 또 하나의 논문에 대해서 말하기 시작했다.

미씨는 여느 때처럼 매우 우아하고 아름답게 차려입고 있었으나, 그럼에도 눈에 두드러지지 않는 고상한 차림이었다.

"많이 피곤하시겠네요, 많이 시장도 하시죠?"

네플류도프가 입 안에 든 것을 다 삼키기를 기다렸다가 미씨가 말했다.

"뭐 그렇지도 않습니다. 저, 전람회에 가셨습니까?" 네플류도프가 물었다.

"아니에요, 미루었어요. 오늘은 사라마토프 씨 댁에 가서 테니스를 했어요. 크룩스 씨는 정말 잘하세요, 놀랄 정도로."

네플류도프가 이리로 온 것은 마음을 달래기 위해서였다. 언제나 이 집에 오면 왠지 모르게 즐거운 기분이 되었다. 그것은 이 집 구석구석에서 넘치는 고상하고 사치스러운 분위기가 기분 좋게 작용하기 때문이기도 했지만, 주변에서 은근히 맴돌며 부드럽게 만져주는 간질간질한 분위기 때문이기도 했다. 그런데 오늘은 이상하게도 이 집안의 모든 것이 싫었다. 그 문지기도, 널찍한 층계나 꽃, 사환들, 식탁 장식, 나아가서 미씨에 이르기까지 모든 것이 마음에 들지 않았다. 오늘 밤의 미씨는 왠지 모르게 매력이 없으며 부자연스레 뽐내고 있는 듯이 보였다. 콜로소프의 자신만만하고 속된, 자유주의자인 척하는 말투도 언짢았고, 늙은 공작의 황소 같은 거만한 호색적인 모습도, 슬라브주의자인 알렉세브나의 프랑스 말도, 남녀 두 명인 가정교사들의 비굴한 얼굴도 불쾌했다. 미씨가 '이이'라는 대명사로 자기를 부른 것은 특히 불쾌해서 견딜 수 없었다. 네플류도프는 미씨에 대해서 언제나 두 가지 감정 사이를 헤매어 왔다. 때로는 눈을 가늘게 뜨고 보거나, 어스름 달빛 속에서 보는 것처럼 미씨의 모든 것이 그지없이 아름답게 보였다. 그런데 어떤 때는 갑자기, 밝은 햇빛 아래 드러내 놓은 것처럼 미씨의 모자라는 점만 자꾸 눈에 띄었다. 오늘은 그런 날이었다. 미씨 얼굴에 잡힌 잔주름 하나하나도, 흐트러진 머리모양도, 뾰족한 팔꿈치도 눈에 띄었다. 특히 아버지의 손톱을 연상시키는 넓적한 엄지손톱이 눈에 거슬렸다.

"그것은 지루하기 짝이 없는 놀이지요." 콜로소프가 테니스를 평가했다. "우리가 어릴 때 하던 크리켓이 훨씬 재미있습니다."

"아니에요. 해보시지 않아서 그러세요. 얼마나 재미있는 놀이인데요."

미씨가 반박했다. 그 '얼마나'라는 발음이 유난히 뽐내고 있는 것처럼 네플류도프에게는 느껴졌다.

이렇게 논쟁이 벌어지자 미하일 세르게이비치와 카테리나 알렉세브나도 끼어들었다. 가정교사들과 아이들만 침묵을 지키고 있었는데 따분해하는 모습이 역력했다.

"만나기만 하면 말다툼을 하는군."

늙은 공작은 껄껄 웃으며 이렇게 말한 다음, 조끼에서 냅킨을 떼고 요란스레 의자를 덜거덕거리며 일어났다. 사환이 곧 달려와 쓰러지려는 의자를 붙잡았다. 이어 다른 사람들도 자리에서 일어나 향긋한 더운물이 든 양칫물 그릇이 놓여 있는 탁자 앞으로 가서 입을 헹구고 아무에게도 흥미 없는 이야기를 계속했다.

"그렇지 않아요?"

미씨는 네플류도프를 돌아보고, 게임만큼 그 사람의 성격이 나타나는 것은 없다는 자기의 의견에 동의를 구했다. 미씨는 네플류도프의 얼굴에서 무언가를 비난하는 듯한 표정을 본 것 같은 기분이 들었다. 그것은 미씨가 언제나 두려워하던 것이어서 그 까닭을 알고 싶었다.

"글쎄, 모르겠는데요. 그런 것은 아직 한 번도 생각해 본 일이 없습니다."

네플류도프가 대답했다.

"어머니한테 인사드리러 가시겠어요?" 미씨가 물었다.

"그러지요."

네플류도프는 담배를 꺼내면서 말했으나 별로 가고 싶지 않다는 말투였다.

미씨가 잠자코 묻는 듯한 눈으로 빤히 쳐다보자 네플류도프는 갑자기 그 눈길이 마음에 걸렸다.

'틀림없이 이건 실례야. 남의 집에 찾아와서 사람들을 언짢게 만들다니.'

네플류도프는 반성하고 애써 웃는 얼굴을 지으면서, 공작부인께서 괜찮으시다면 기꺼이 가 뵙겠다고 말했다.

"그럼요, 괜찮으시고말고요. 어머니도 기뻐하실 거예요. 담배는 그 방에서도 피우실 수 있어요. 이반 이바노비치도 있어요."

이 집 여주인 소피아 바실리예브나 공작부인은 늘 자리에 누워 있는 환자였다. 부인은 거의 8년간이나 레이스와 리본으로 치장을 하고 벨벳, 금박, 상아, 청동, 칠기, 화초 등에 둘러싸여 손님이 와도 일어나지 않고 누워 있었다. 아무 데도 가지 않고, 부인의 표현을 빌리면 이른바 '친한 친구', 즉 어딘지 보통 사람보다 뛰어난 것을 가진 사람들만 만났다. 네플류도프도 이 친한 친구들 가운데 들어 있었는데 그것은 네플류도프가 총명한 젊은이로 여겨지고 있기도 했지만, 네플류도프의 어머니가 이 집안과 친한 사이였다는 것과 미씨가 네플류도프와 결혼하는 것이 바람직한 일로 여겨졌기 때문이었다.

소피아 바실리예브나 공작부인의 방은 큰 응접실과 작은 응접실을 지나 그 안쪽에 있었다. 큰 응접실에 들어갔을 때 네플류도프의 앞장을 섰던 미씨가 무언가 결심한 듯이 갑자기 걸음을 멈추더니 금박을 칠한 의자 등받이를 잡으면서 물끄러미 그의 얼굴을 바라보았다.

미씨는 결혼을 몹시 바라고 있었고 또 네플류도프는 그녀에게 어울리는 배필이었다. 게다가 네플류도프를 좋아하고 있었기 때문에 그가 자기 것이 되리라고 생각해 왔다. (자기가 네플류도프의 것이 되는 게 아니라 그가 자기 것이 되는 것이다.) 미씨는 이런 생각에 젖어서, 정신병자에게 흔히 볼 수 있듯이 자기는 깨닫지 못하지만 끈덕지게 교활한 지혜를 써서 목적을 이루려 하고 있었다. 지금도 상대를 잘 유도해서 본심을 털어놓게 하려는 생각을 품고 슬쩍 말을 걸었다.

"무슨 일이 있었나 봐요, 무슨 일이세요?"

네플류도프는 법정에서 카튜사와 우연히 만난 것을 생각하고 눈살을 찌푸리며 얼굴을 붉혔다.

"예, 있었습니다." 네플류도프는 정직하려고 애쓰면서 말했다. "기묘하고도 드물고도 중대한 사건입니다."

"무슨 일인데요? 상관없으시면 얘기해 주시지 않겠어요?"

"지금은 말할 수 없습니다. 용서하십시오. 저 스스로도 아직 생각을 정리하지 못한 사건이거든요."

네플류도프는 대답하고 한층 더 얼굴을 붉혔다.

"그럼 저한테도 얘기해 주시지 않겠다는 말씀이군요?"

그녀의 얼굴 근육이 꿈틀하더니 미씨는 손을 얹고 있던 의자를 움직였다.

"예, 지금은 아직." 네플류도프는 대답했다. 그리고 이렇게 대답함으로써 자기에게 일어난 일이 매우 중대한 사건임을 스스로에게 고백한 거나 다름 없다는 것을 느꼈다.

"그러세요? 자, 갈까요?"

미씨는 쓸데없는 생각을 쫓으려는 듯이 머리를 젓고 여느 때보다 잰걸음 으로 앞서 걷기 시작했다.

그에게는 미씨가 눈물을 참기 위해 억지로 입술을 꼭 다문 것같이 여겨졌 다. 네플류도프는 미씨를 슬프게 한 것이 괴롭기도 하고 마음에도 걸렸다. 그 러나 여기서 조금이라도 약한 마음을 갖는다면 자기 자신이 파멸해 버린다는 것을, 즉 미씨에게 얽매여 버린다는 것을 알고 있었다. 지금은 그것이 무엇보 다도 두려웠다. 그래서 그대로 잠자코 미씨를 따라 부인의 방으로 갔다.

27

소피아 바실리예브나 공작부인은 매우 영양가 높은 식사를 막 끝낸 참이 었다. 부인은 이 볼썽사나운 꼴을 아무에게도 보이기가 싫어 언제나 혼자서 식사를 했다. 긴 의자 옆에 놓인 작은 탁자에는 커피 잔이 놓여 있고 부인은 가느다란 엽궐련을 피우고 있었다. 소피아 바실리예브나 공작부인은 호리호 리하고 키가 크며 검은 머리에 커다란 까만 눈을 가진 여자로, 좁고 긴 의치 를 끼고 전보다 한층 젊게 꾸미고 있었다.

지금 항간에서는 부인과 의사와의 사이에 좋지 못한 소문이 나돌고 있었 다. 네플류도프는 여느 때에는 그런 것을 잊고 있었는데 오늘은 그 소문이 생 각났을 뿐 아니라, 반드르르하게 기름을 바른 턱수염을 두 쪽으로 갈라 붙이 고 부인 곁에 앉아 있는 의사를 보니 구역질이 날 정도로 혐오감이 일어났다.

작은 탁자 앞에 있는 낮고 폭신한 안락의자에는 콜로소프가 앉아서 커피 를 젓고 있었다. 작은 탁자 위에 리큐르 술잔이 한 개 놓여 있었다.

미씨는 네플류도프와 함께 어머니 방에 오긴 했으나 방에 머물지는 않았다.

"어머니가 피로하셔서 싫어하는 기색을 보이시거든 저한테 오세요."

미씨는 아무 일도 없었다는 듯이 콜로소프와 네플류도프에게 쾌활하게 미소 를 짓고 이렇게 말하고는 두꺼운 양탄자 위를 사뿐사뿐 밟고 방에서 나갔다.

"어서 와요. 자, 앉아서 이야기나 들려주세요." 부인은 본디 이와 똑같이 아주 교묘하게 해넣은 아름다운 긴 의치를 보이면서 의식적으로 자못 자연스러운 미소를 띠고 말했다. "듣자하니 몹시 우울한 기분으로 재판소에서 돌아오셨다면서요? 그럴 거예요. 인정이 있는 분에게는 그런 일이 퍽 괴로울 테니까." 부인이 프랑스어로 말했다.

"예, 그렇습니다." 네플류도프가 대답했다. "줄곧 저 자신의 부덕이……. 아니, 제가 남을 재판할 자격이 없다는 생각이 자꾸만 들어서……."

"Comme c'est vrai(정말 그럴 거예요)." 부인은 언제나처럼 교묘하게 상대의 마음을 간질이면서 상대의 말의 진실성에 감동한 것처럼 감탄사를 섞어 말했다. "그런데 그림은 그 뒤에 어떻게 되었나요? 나는 무척 흥미를 가지고 있어요." 부인이 덧붙였다. "내가 몸만 이렇지 않았더라면 벌써 보러 갔을 텐데."

"그림은 완전히 그만뒀습니다."

네플류도프는 무뚝뚝하게 대답했다. 오늘 밤은 부인의 입에 발린 칭찬이, 애써 숨기고 있는 그 나이처럼 너무나 빤히 들여다보였다. 네플류도프는 상냥하게 대하려고 애썼지만 도저히 그럴 수가 없었다.

"저런, 아까워라! 아실지 모르겠지만 저 유명한 레핀 씨조차, 이분에게는 틀림없이 소질이 있다고 칭찬하셨는데."

부인은 콜로소프 쪽으로 얼굴을 돌리고 말했다.

'어쩌면 저렇게도 낯빛도 바꾸지 않은 채 거짓말을 할 수 있을까?'

네플류도프는 얼굴을 찡그리며 생각했다.

네플류도프의 기분이 좋지 않아 즐겁고 지적인 대화로 끌어들일 수 없다는 것을 눈치챈 부인은 콜로소프를 돌아보고 새 희곡에 대한 그의 의견을 물었다. 마치 콜로소프의 의견이야말로 모든 의문을 해결할 것이며 그 한마디 한마디는 후세에 길이 남을 거라고 기대하는 듯한 말투였다. 콜로소프는 그 희곡을 혹평하고는 덧붙여서 예술에 관한 자기의 견해를 큰 소리로 말했다. 부인은 그 비평이 정확한 데 감탄하면서도 그 희곡작가에 대한 훌륭한 점을 늘어놓다가 곧 포기하고 절충설을 내놓는 등 갈팡질팡했다. 네플류도프는 이 두 사람을 보며 이야기를 듣고 있었으나, 그의 눈과 귀에 보이고 들리는 것은 눈앞에 펼쳐진 것과는 전혀 다른 것이었다.

부인과 콜로소프의 이야기를 번갈아 들으면서 네플류도프는 분명하게 다음과 같은 것을 알게 되었다. 첫째로 부인이나 콜로소프나 희곡 따위에는 눈곱만큼도 관심이 없었고 그들에게는 어떤 이야기라도 상관없었다. 이야기를 하는 것은 단지 혀와 목의 근육을 움직이는 생리적 욕구를 채우기 위한 운동이었다. 둘째로 그가 보는 바로는, 콜로소프는 보드카와 포도주와 리큐르를 마셔서 약간 취해 있었다. 그러나 그것은 어쩌다 한 번 마시고 얼큰하게 취한 농부의 취기와는 다르게, 늘 입에 술을 달고 사는 주당들의 취기였다. 즉 다리도 비틀대지 않거니와 헛소리도 지껄이지 않지만 정상은 아닌, 들뜨고 자기만족에 빠져 있는 상태였다. 셋째로 부인이 이야기하는 사이사이에 불안스레 자꾸만 창문을 바라보는 것을 네플류도프는 눈치챘다. 그것은 창문으로 비쳐드는 석양빛이 서서히 부인에게까지 닿아 얼굴의 주름을 무참하게 드러낼까 걱정스러웠기 때문이다.

"정말 그래요." 부인은 콜로소프가 한 어떤 비평에 아무 생각 없이 그저 감탄해 놓고 안락의자 옆의 벽에 달려 있는 초인종 단추를 눌렀다.

그러자 의사가 일어나 마치 이 집 가족처럼 아무 말도 하지 않고 방을 나갔다. 부인은 눈으로 그 모습을 지켜보면서 말을 계속했다.

"아, 필립, 저 커튼을 좀 내려다오."

벨소리를 듣고 그 잘생긴 사환이 들어오자 부인은 눈으로 창문 커튼을 가리키며 말했다.

"아녜요. 뭐라고 말씀하셔도 거기에는 신비로운 것이 있어요. 신비로운 것이 없으면 시라는 것도 없거든요."

커튼을 내리는 사환의 동작을 까만 한쪽 눈으로 답답하다는 듯이 좇으면서 부인이 말했다.

"시 없는 신비주의란 미신이고 신비주의 없는 시는 산문이에요." 부인은 커튼의 주름을 만지고 있는 사환에게서 눈을 떼지 않고 서글프게 웃으면서 말했다. "필립, 그 커튼이 아니야 큰 창문 쪽이야."

부인은 이런 지시까지 내려야 하는 자신이 가련하다는 듯이 비통한 말투로 주의를 주었다. 그리고 곧 마음을 진정시키기 위해, 좋은 향기를 내며 타고 있는 잎궐련을 반지를 잔뜩 낀 손으로 집어 들고는 입으로 가지고 갔다.

가슴팍이 넓고 늠름한 체격의 필립은 사죄하듯 가볍게 머리를 숙이고는 장딴지가 팽팽한 힘센 다리로 부드럽게 양탄자를 밟으며 잠자코 다른 창문 앞으로 걸어가, 한 줄기의 빛도 부인 얼굴에 비치지 않게끔 커튼을 조절하기 시작했다. 그러나 역시 커튼을 엉뚱하게 매만지자 짜증이 난 부인은 신비주의에 대한 이야기를 멈추고 자기를 무자비하게 괴롭히는 눈치 없는 필립에게 다시 일을 시켜야 했다. 순간 필립의 눈에서 불꽃이 번쩍였다.

'도대체 어떻게 하란 말이야. 똑똑히 말해, 이 빌어먹을 할망구야……. 아마 속으로 이렇게 소리치고 있겠지.'

아까부터 쭉 지켜보고 있던 네플류도프는 문득 이렇게 생각했다. 그러나 잘생기고 힘센 필립은 울화통이 치미는 것을 꾹 참으면서, 지치고 힘없는 척하는 거짓말 덩어리 같은 부인이 시키는 대로 순순히 다시 조절하기 시작했다.

"그야 물론 다윈의 학설에는 상당한 진리가 있습니다." 콜로소프는 낮은 안락의자에 몸을 깊숙이 파묻으며 게슴츠레 풀린 눈으로 소피아 바실리예브나 공작부인을 바라보면서 말했다. "그러나 그 사람은 확실히 도를 넘었습니다."

"어때요, 당신은 유전설을 믿으시나요?"

아까부터 잠자코 있는 네플류도프를 보면서 부인이 물었다.

"유전 말씀입니까?" 네플류도프가 되물었다. "아니오, 믿지 않습니다."

왠지 모르게 그 순간 머릿속에서 그려진 기묘한 형상에 온통 마음을 빼앗겨서 생각 없이 말했다. 그림의 모델로 삼고 싶을 만큼 늠름하고 잘생긴 필립과 나란히, 수박처럼 배가 불룩하고 대머리인데다 근육이 전혀 없는 채찍 같은 손을 가진 콜로소프의 나체를 그려보았던 것이다. 그와 동시에 지금은 비단과 벨벳에 감추어진 부인의 어깨도, 실지로 이럴 것이라는 모습으로 상상 속에 떠올랐다. 그러나 그 모습이 너무나 끔찍해 그런 생각을 털어 버리려고 애썼다.

부인은 알 수 없다는 듯이 네플류도프를 바라보았다.

"그건 그렇고, 미씨가 기다리고 있을 거예요." 부인이 말했다. "가 보세요, 슈만의 새 곡을 들려 드리겠다고 했으니까……. 아주 좋은 곡이랍니다."

'피아노를 치고 싶다는 말은 하지도 않았다. 이 여자는 무슨 생각으로 거짓말만 하고 있지?'

네플류도프는 일어나서 반지로 꾸민 뼈가 앙상하고 투명한 부인의 손을 잡으며 생각했다.

응접실에 있던 카테리나 알렉세브나가 네플류도프를 보고 곧 말을 건넸다.

"듣자하니 배심원 임무가 퍽 고달팠던 모양이지요."

카테리나는 여느 때처럼 프랑스어로 말했다.

"예, 용서하십시오. 오늘은 왠지 기분이 우울해져서 견딜 수 없습니다. 남까지 불쾌하게 할 권리는 없으니까요." 네플류도프가 말했다.

"왜 그러시죠?"

"제발 그건 묻지 말아 주십시오." 네플류도프는 모자를 찾으면서 말했다.

"하지만 기억하세요? 언제나 진실을 말해야만 한다고 공작님이 말씀하신 것을. 그리고 그때 저희에게 그야말로 가혹한 진실을 말씀해 주셨어요. 그런데 어째서 오늘은 말씀하시지 않는 거예요? 기억하지, 미씨?"

카테리나 알렉세브나는 두 사람에게 다가온 미씨에게 물었다.

"그건 농담이었으니까요." 네플류도프는 진지하게 대답했다. "농담이라면 할 수 있지요. 하지만 현실에서는 우리는, 아니 저는 너무나 추악해서, 적어도 저는 진실을 얘기할 수가 없습니다."

"변명은 하지 않아도 돼요. 우리의 어디가 그렇게도 흉한지, 솔직하게 그걸 가르쳐 주세요."

카테리나는 네플류도프의 심각한 말투를 깨닫지 못했는지 우스갯소리로 말했다.

"자신의 불쾌함을 스스로 인정하는 것만큼 안 좋은 건 없어요." 미씨가 말했다. "전 그런 건 결코 인정하지 않죠. 그래서 언제나 기분 좋게 있을 수 있는 거예요. 자, 제 방으로 가세요. 우리가 공작님의 mauvaise humeur(불쾌함)를 쫓아 드리겠어요."

네플류도프는 그 순간, 말이 재갈을 물리고 마차에 매일 때 사람이 목덜미를 쓰다듬어 주면 분명 이런 기분이 들 거라고 생각했다. 그러나 오늘은 여느 때보다 더 마차 따위는 끌고 싶지 않았다. 그래서 집에 볼일이 있다면서 양해를 구하고 작별 인사를 했다. 미씨는 평소보다 오래 그의 손을 잡고 놓지 않았다.

"공작님에게 소중한 것은 친한 친구에게도 소중하다는 것을 잊지 마세요." 미씨가 말했다. "내일도 와주실 거죠?"

"글쎄요." 네플류도프는 말했다. 그리고 자기에 대해서인지 상대에 대해서인지 모를 수치심을 느끼고 얼굴을 붉히면서 재빨리 밖으로 나갔다.

"웬일일까? Comme cela m'intrigue(걱정이 되네)." 네플류도프가 떠나자 카테리나 알렉세브나가 말했다. "꼭 알아내야지. 틀림없이 무슨 affaire d'amour propre(자존심을 다친 일이 있었나봐). il est très susceptible notre cher Mitya(예민한 분이니까, 미차는)."

'Plutôt une affaire d'amour sale(그보다도 불결한 연애사건이 얽혀 있는 일인 거야).'

미씨는 이렇게 말하려고 했으나 입 밖으로 꺼내지 않았다. 미씨는 네플류도프를 볼 때와는 전혀 다르게 침울하고 가라앉은 얼굴로 허탈하게 앞쪽을 바라보았다. 카테리나 알렉세브나에게조차 이런 상스러운 농담은 하지 못하고 그저 이렇게만 말했다.

"누구에게나 갠 날과 궂은 날이 있는 법이에요."

'설마 그이도 남을 속이려나?' 미씨는 문득 이런 생각을 했다. '여기까지 와 놓고, 만약 그렇다면 그이를 용납할 수 없어.'

'여기까지 와 놓고'라는 말이 어떤 의미를 갖고 있는지 설명해야 한다면 미씨는 한 마디도 또렷하게 말하지 못했을 것이다. 그러나 미씨는 네플류도프가 자기의 가슴에 희망을 불러일으켰을 뿐 아니라 이제는 진정으로 앞날을 약속한 것이나 다름없다는 것을 조금도 의심치 않았다. 하지만 그것은 뚜렷한 형체를 취한 것이 아니라 눈길, 미소, 암시, 소리 없는 말에 지나지 않았다. 그러나 미씨는 이미 네플류도프를 자기 것으로 생각하고 있었으므로 그를 잃는다는 것은 더없이 괴로운 일이었다.

28

'부끄럽고 더러운 일이다. 더럽고 부끄러운 일이다.'

한편 네플류도프는 집으로 이어진 익숙한 거리를 걸어가면서 속으로 되뇌고 있었다. 미씨와 이야기하면서 느낀 답답한 감정이 가슴에서 떠나지 않았다. 만약 이런 표현이 허용된다면 형식적으로는 자기가 미씨에게 아무 잘못도 저지르지 않았다는 것을 느끼고 있었다. 자기가 속박당할 말은 한 마디도 하지 않았고 청혼한 것도 아니다. 그러나 실질적으로는 두 사람은 연결되어 있었고 결혼을 약속한 것이나 마찬가지였다. 그런데 지금은 자기가 미씨와 결혼할 처지가 못 된다는 것을 뼈저리게 느꼈다.

'부끄럽고 더러운 일이다. 더럽고 부끄러운 일이다.' 미씨와의 관계뿐 아니라 자기의 모든 일에 대해서 그렇게 느끼면서 되뇌었다. '모든 것이 지저분하고 부끄럽다.' 그는 자기 집 현관에 들어서면서 다시 되뇌었다.

"저녁은 안 먹겠다." 식당에 따라 들어온 코르네이에게 말했다. 식탁에는 식기가 놓여 있고 차 준비가 되어 있었다. "물러가도 좋아."

"예."

코르네이는 그렇게 말했으나 물러가지 않고 식탁을 치우기 시작했다. 그러는 코르네이를 보고 있으니 슬며시 화가 치밀어 올랐다. 자기를 그냥 내버려 두면 좋으련만 모든 사람이 일부러 심술궂게 자기만 따라다니는 듯이 여겨졌다. 코르네이가 식기류를 들고 나가기를 기다렸다가 네플류도프는 차를 따르려고 사모바르가 있는 데로 갔다. 그때 아그라페나 페트로브나의 발소리가 들렸기 때문에 그는 얼굴을 마주치지 않도록 얼른 응접실로 들어가서 문을 잠갔다. 그곳은 석 달 전에 어머니가 숨을 거둔 곳이었다. 아버지 초상화와 어머니 초상화 옆에 각각 하나씩 걸린, 반사경이 달린 램프에 비친 이 방에 들어오자 어머니 임종 때 어머니에게 대했던 자기의 태도가 떠올랐다. 그 태도가 부자연스럽고 꺼림칙스러웠다는 생각이 들었다. 그것도 부끄럽고 더러웠다. 어머니의 병세가 위중해졌을 때 진심으로 어머니의 죽음을 바랐던 것이 생각났다. 그것을 바란 것은 어머니를 고통에서 벗어나게 해주기 위해서라고 스스로에게 변명했지만, 실지로는 자기가 어머니의 고통을 보는 것에서 벗어나고 싶었기 때문이었다.

네플류도프는 어머니에 대한 좋은 추억을 불러일으키려고, 이름난 화가에게 5000루블을 주고 그린 어머니의 초상화를 물끄러미 바라보았다. 그것은 가슴이 움푹 파인 까만 벨벳 옷을 입은 모습을 그린 것이었다. 화가는 노골적으로 두 유방 사이의 움푹한 골과 눈부시도록 흰 어깨와 목덜미를 특히 공들여 그렸다. 이것은 이제 부끄러움과 더러운 것 말고는 아무것도 아니었다. 반나체 미녀로 그려진 어머니의 모습에는 신성한 것을 모독하는 무언가 꺼림칙한 것이 깃들여 있었다. 더구나 불과 석 달 전, 이 방에서 바로 이 여인이 미라처럼 앙상하게 누워서 이 방뿐 아니라 온 집 안 구석구석에 구역질나는 악취를 풍기고 있었음을 생각하니 그 그림이 한층 더 혐오스럽게 느껴졌다. 지금도 그 죽음의 냄새가 풍겨오는 것 같았다. 그러자 죽기 전날 어머니가 뼈와 가죽만 남은 거무죽죽한 손으로 자기의 창백한 손을 잡고 물끄러미 눈을 쳐다보면서 "미첸카, 내가 무슨 잘못을 저질렀더라도 나를 책망하지 말아다오" 하며 병고에 시든 눈에 눈물을 글썽이던 일이 생각났다. '아, 추악하구나!' 풍만한 대리석 같은 어깨와 팔을 내놓고 자랑스러운 미소를 띤 반나체의 여인을 물끄러미 바라보면서 네플류도프는 다시 한 번 생각했다. 초상화 속에 드러난 가슴은, 불과 4, 5일 전 이같이 가슴이 드러난 옷을 입은 모습을 보였던 한 젊은 여자를 떠올리게 했다. 무도회에 입고 갈 야회복을 보여주고 싶다는 구실로 밤에 자기를 집으로 초대한 미씨였다. 네플류도프는 혐오감을 느끼면서 그 아름다운 어깨와 팔을 생각했다. 그리고 그런 과거와 잔인성을 가진 거칠고 동물적인 미씨의 아버지와, 아름다운 재녀(才女)라는 수상한 소문이 나돌고 있는 그 어머니, 이 모든 것이 매스껍고 부끄럽게 여겨졌다. 부끄럽고 더럽다. 더럽고 부끄럽다.

'아, 싫구나.' 네플류도프는 생각했다. '벗어나야 한다. 코르차긴 집안과 마리아 바실리예브나와 유산상속과 그 밖의 모든 것에서……. 그리고 자유롭고 편하게 숨쉬어야만 한다. 외국으로 가자. 로마로, 그리고 그림에 빠져보자.' 네플류도프는 자기 재능에 대한 회의가 생각났다. '그래, 아무래도 좋아, 자유로이 숨만 쉴 수 있다면. 먼저 콘스탄티노플로 가자. 그리고 나서 로마로 가야지. 뭣보다도 빨리 배심원의 의무에서 벗어나야 한다. 그러려면 변호사와 이 문제를 빨리 처리하는 게 급선무다.'

이때 갑자기, 사팔기 있는 까만 눈을 가진 여죄수의 모습이 이상하리만치 선명하게 떠올랐다. 아, 피고로서의 마지막 발언이 허락되었을 때, 그 얼마나 비통하게 울며 쓰러졌던가! 네플류도프는 그 모습을 지우려고, 다 태운 담배를 재떨이에 비벼 끄고는 곧 새 담배에 불을 붙여 물고 방 안을 왔다 갔다 했다. 그러자 카튜사와 함께 지낸 광경이 차례차례 뇌리에 되살아났다. 카튜사와의 마지막 밀회 때 자기를 사로잡았던 그 동물적인 욕정, 그리고 그것이 채워졌을 때 맛봤던 그 환멸이 생각났다. 하얀 옷과 파란 리본도 생각났다. 부활절 저녁때의 일도 생각났다.

'나는 그 여자를 사랑한 것이 아닐까. 그날 밤은 아름답고 깨끗한 사랑으로 사랑했다. 아니, 훨씬 전부터, 그렇지, 고모네 집에 가서 논문을 쓸 때부터 벌써 그 여자를 사랑했었다.'

그러자 그 무렵의 자기가 생각났다. 그 성성하고 상쾌했던 생명의 충실감이 마음속에 다시 스며들자 괴로우리만큼 가슴이 옥죄어 드는 느낌이었다.

그 무렵의 자기와 지금의 자기의 모습은 하늘과 땅 차이였다. 그 차이는 성당에서 기도하던 그 시절의 카튜샤와 오늘 재판받은, 장사꾼을 상대로 부어라 마셔라 술을 들이켜던 매춘부 카튜샤의 차이만큼 크지는 않더라도 결코 뒤질 것도 없었다. 그 무렵의 네플류도프는 활발하고 자유로운 인간이었고, 그 앞날에는 무한한 가능성이 열려 있었다. 그런데 지금은 어리석고 공허하며 목적 없는 무(無)와 같은 생활의 덫에 빠져 있었다. 어디에도 빠져나갈 길은 없어 보였고, 스스로 그럴 마음도 없었다. 지금 돌이켜보면 지난날의 자기는 곧은 마음을 자랑으로 삼았고 언제나 진실만 말할 것을 신조로 삼았으며 실제로 성실하기도 했다. 그것이 지금은 모두가 허위로 둘러싸여 있다. 그것은 가장 무서운 허위, 즉 주위 모든 사람의 눈에 진실로 보이는 허위다. 적어도 네플류도프에게는 이 허위에서 빠져나갈 어떠한 구멍도 보이지 않았다. 네플류도프는 이 허위에 빠져서 이 허위에 익숙해지고, 이 허위 속에서 안일하게 지내고 있었다.

마리아 바실리예브나와 그리고 그 남편과의 관계를 그 부부와 아이들 앞에서 부끄럽지 않게 해결하려면 어떻게 하면 좋을까? 거짓 없이 미씨와의 관계를 깨끗이 끝내려면 어떻게 하면 좋을까? 토지사유가 불법이라는 인식과 어머니의 유산 소유라는 모순에서 어떻게 빠져나가면 좋을까? 카튜샤에 대한 죄를 어떻게 갚으면 좋을까? 이런 것들을 이대로 버려둘 수는 없다.

'사랑했던 여인을 버릴 수는 없다. 억울하게 형량을 선고받은 그 여자를 변호사에게 돈을 치르고 구해 주는 것만으로 할 일을 다했다고 생각할 수는 없다. 그때 카튜샤에게 돈을 주고 할 일을 다했다고 생각했듯이 돈으로 속죄할 수는 없다!'

그러자 복도에서 카튜샤를 붙잡고 억지로 돈을 쥐여 주고 달아났을 때의 일이 생생하게 생각났다. '아, 그 돈!' 네플류도프는 그 당시 느꼈던 것과 똑같은 두려움과 혐오를 느끼면서 그 순간을 떠올렸다. "아아! 더럽다, 더러워!" 네플류도프는 그때처럼 소리 내어 말했다. "그런 짓을 할 수 있는 것은 비열하고 짐승 같은 인간뿐이다! 그렇다면 나도 비열한 인간이다. 짐승 같은 인간이다!" 네플류도프는 저도 모르게 외쳤다. '그렇지만 정말로……' 네플류도프는 문득 걸음을 멈추었다. '정말 나는 짐승 같은 인간일까? 그렇지 않고 뭐란 말인가?' 네플류도프는 자문자답했다. '그리고 내가 저지른 악행은 이것뿐일까?' 네플류도프는 자기의 죄를 들추어내기 시작했다. '마리아 바실리예브나와 그 남편에 대한 네 태도는 더럽지 않은가? 비열하지 않은가? 또 재산에 대한 네 태도는 어떤가? 어머니의 유산이라는 구실로 네가 부당하다고 여기는 부를 향유하고 있지 않은가! 아무 일도 하지 않고 놀고먹기만 하는 더러운 너의 모든 생활은 어떠냐! 그 가운데서도 가장 더러운 것은 카튜사에 대한 너의 소행이다. 짐승 같은 인간, 비열한 인간! 세상 사람들에게 비난받아야 마땅하다. 그들은 속일 수 있으나 너 자신을 속일 수는 없다.'

그때 문득 자기가 요즘 다른 사람들에게, 특히 오늘 밤 늙은 공작에게, 소피아 바실리예브나에게, 미씨에게, 코르네이에게서 느꼈던 혐오는 정말은 자기 자신에 대한 혐오였다는 것을 깨달았다. 게다가 이상하게도 자기의 비열함을 인정한 이 심정 속에는 무언지 고통스러운, 그러면서도 후련하게 마음을 가라앉히는 것이 있었다.

네플류도프의 생활에는 지금까지 몇 번이나, 스스로 '영혼의 정화'라고 부르는 현상이 나타났다. 그 영혼의 정화라는 것은 때로는 꽤 긴 기간 뒤에 느닷없이 일어나는 내면생활의 정체였다. 때로는 정체를 깨닫고, 마음속에 가라앉아 이 정체의 원인이 된 찌꺼기를 말끔히 없애기 시작하는 때의 심경이었다.

그러한 깨달음 뒤에는 반드시 자기의 생활신조를 만들어 평생토록 지킬 것을 결심했다. 그래서 일기를 적고 새 생활을 시작하여 이제는 절대로 배반하지 않으리라 마음먹었다. 그것은 스스로 일컬어 '새로운 페이지를 넘기는 것'이었다. 그런데 그때마다 세상의 온갖 유혹에 끌려 자기도 모르는 사이에 추락했다. 그리하여 전보다 더 낮은 곳으로 굴러떨어지는 일이 흔했다.

이렇게 네플류도프는 지금까지 자기를 정화하고 올바른 길로 들어선 적이 몇 번인가 있었다. 여름 방학에 고모 집에 가 있을 때가 그 최초였다. 그것은 가장 생기에 넘치고 기쁨에 가득 찬 깨달음이었다. 그것은 상당히 오래 계속되었다. 그 다음에 이 같은 깨달음이 있었던 것은 그가 문관 자리를 버리고 목숨을 바칠 각오로 전시의 군대에 입대했을 때였다. 그러나 그때는 앙금이 무척 빨리 가라앉았다. 그 다음 깨달음이 찾아온 것은 장교를 그만두고 외국에 가서 그림 공부를 시작했을 때였다.

그리고 그때부터 오늘까지는 정화 없는 오랜 기간이 흘렀다. 그래도 여태껏 이처럼 진흙투성이가 된 적은 없었다. 양심이 추구하는 것과 현실에서 보내고 있는 생활의 차이가 이처럼 커진 일은 없었다. 그 거리를 보고 네플류도프는 저도 모르게 전율했다.

그 거리가 너무 멀고 더럽혀져 있어서 처음 순간 네플류도프는 도저히 정화시킬 수 없을 것 같아 절망했다. '나 자신을 향상해서 보다 훌륭한 사람이 되자고 이미 몇 번이나 시도했지만 결국 아무것도 안 되지 않았나?' 마음속에서 유혹하는 목소리가 들렸다. '그러니 다시 해봐야 별수 없다. 너뿐이 아냐. 모두가 다 그렇단 말이야. 이것이 인생이란 것이다.' 목소리가 말했다. 그러나 그것만이 진실이고 그것만이 힘이 있고, 그것만이 영원한 그 자유로운 정신적 존재가 이미 네플류도프의 내부에서 눈뜨고 있었다. 네플류도프는 그것을 믿지 않을 수 없었다. 현실과 네플류도프가 바라는 모습과의 거리가 아무리 멀더라도, 한 번 눈뜬 정신적 존재에게는 모든 것이 가능해 보였다.

"어떤 희생을 치르더라도 나를 얽매고 있는 이 허위를 끊자. 그리고 모든 것을 있는 그대로 인정하고 모든 사람에게 진실을 말하고 그 진실을 행하자." 네플류도프는 마음을 굳히고 결연히 소리 내어 말했다. '나는 타락한 사람이고 결혼할 자격도 없는데 당신의 마음을 어지럽혀 미안하다고, 미씨에게 진실을 말하자. 귀족회 회장 부인 마리아 바실리예브나에게도 말하자. 아니, 그 사람에게는 아무 할 말이 없다. 차라리 나는 비열한 사람이며 당신을 속이고 있었다고 그 남편에게 말해야 한다. 진실에 따라 유산도 처분하자. 카튜사에게도 나는 비열한 남자라 당신한테 미안한 짓을 했다, 지금부터 당신을 편하게 해주기 위해 할 수 있는 일을 다 하겠다고 떳떳이 말하자. 그렇다, 카튜사를 만나면 용서를 빌자. 그래, 아이들이 사과하듯이 용서를 빌자.' 네플류도프는 멈추어 섰다. '만약 필요하다면 카튜사와 결혼하자!'

네플류도프는 어렸을 때 했듯이 두 손을 가슴에 포개고 위를 쳐다보며 누군가를 향해서 말했다.

"주여, 저를 구하소서. 저를 가르쳐 주소서. 오서서 제 가슴속에 깃드시어 저의 더러움을 씻어 주소서!"

네플류도프는 기도했다. 신에게 구원을 청했다. 자기 몸에 깃들어 더러움을 씻어 달라고 빌었다. 그러나 그 기도는 그 시점에 이미 이루어진 거나 다름없었다. 그 내부에 잠들어 있던 신이 네플류도프의 의식 속에서 눈뜬 것이다. 네플류도프는 자기가 신이 된 것 같았다. 그러자 자유와 용기와 삶의 기쁨만 아니라 선(善)의 힘마저 느껴졌다. 네플류도프는 사람이 할 수 있는 가장 선한 일을 모두 해낼 힘이 있는 자기 자신을 느꼈다.

혼자서 이런 말을 했을 때 그의 눈에서는 눈물이 흘러내렸다. 그것은 좋은 눈물이기도 하고 나쁜 눈물이기도 했다. 좋은 눈물이라는 것은 지난 몇 해 동안 마음속에 깊이 잠들어 있던 정신적 존재가 눈뜬 데 대한 기쁨의 눈물이었다. 또 나쁜 눈물이라는 것은 자기의 미덕에 대한 감동의 눈물이었다.

네플류도프는 몸이 뜨거워졌다. 그는 창가로 다가가 창문을 열었다. 창은 뜰로 나 있었다. 달 밝은 고요한 밤이었다. 한길을 마차가 큰 소리를 내며 지나간 뒤 이내 쥐 죽은 듯이 조용해졌다. 창문 바로 밑에 키 큰 벌거숭이 포플러나무 그림자가 보였다. 갈라진 가지의 그림자 하나하나가 깨끗이 비질된 뜰 위에 뚜렷이 비치고 있었다. 왼편에는 헛간 지붕이 밝은 달빛을 받아 하얗게 드러나 보였다. 앞쪽에는 나뭇가지가 얼기설기 얽힌 틈으로 담벼락의 그림자가 검실검실하게 비쳐 보였다. 네플류도프는 달빛에 비친 뜰과 지붕과 포플러나무 그림자를 바라보았다. 그리고 마음을 씻어 주는 상쾌한 공기를 깊숙이 들이켰다.

'멋있다! 참으로 멋있다! 오, 어쩌면 이렇게도 기분이 좋을까!' 네플류도프는 자기 마음속에 일어난 변화를 단지 이렇게 표현했다.

29

카튜샤는 저녁 6시가 되어서야 겨우 자기 감방으로 돌아왔다. 평소엔 걸을 일이 없다가 15킬로미터나 되는 돌길을 걸었으므로 지칠 대로 지쳐 발은 아프고, 뜻밖에도 가혹한 선고를 받아 맥이 탁 풀린 데다가 배는 꾸르륵 소리가 나도록 고팠다.

휴식 시간에 정리들이 옆에서 빵과 삶은 달걀을 먹을 때 카튜샤는 입 안에

침이 가득 괴고 배고픔을 느꼈으나 달라는 말을 할 수는 없었다. 그리고 다시 3시간이 지나자 먹고 싶은 생각마저도 없어지고 그저 피로감만 느껴질 뿐이었다. 그러한 상태에서 뜻밖의 선고를 들었다. 처음에는 잘못 들은 줄 알았다. 방금 자기 귀로 들은 말을 믿을 수가 없고 유형수라는 관념을 자기와 결부할 수가 없었다. 그러나 이 선고를 아주 당연한 것으로 받아들이고 있는 재판관들과 배심원들의 침착하고 사무적인 표정을 보니 그만 분통이 터져서 법정 안이 떠나가도록 자기는 죄가 없다고 고함을 쳤었다. 그러나 자기의 고함 역시 예측된 당연한 것이며 판결을 바꿀 만한 힘이 없다는 것을 알고는 자기에게 내려진, 이 잔인하고 부정한 판결에 무릎 꿇을 수밖에 없음을 깨닫고 울음을 터뜨리고 말았다. 특히 카튜사를 놀라게 한 것은 자기에게 이런 잔인한 판결을 내린 것이 남자, 그것도 늙은이가 아니라 젊은 사나이들, 더구나 자기를 상냥한 눈으로 바라보던 남자들이라는 점이었다. 단 한 사람, 검사보만은 아주 다른 생각을 하고 있음은 알아차릴 수 있었다. 카튜사가 개정을 기다리며 죄수실에서 대기하고 있었을 때도, 휴식 시간에도 이 남자들은 무슨 볼일이라도 있는 것처럼 문앞을 지나기도 하고 방 안에 들어오기도 했는데, 사실은 그저 자기를 보기 위해서라는 것을 카튜사는 잘 알고 있었다. 이런 남자들이 무엇 때문인지 갑자기 카튜사에게 징역형을 선고했다. 카튜사도 처음에는 울었다. 그러나 얼마 뒤에는 눈물을 거두고 아주 넋을 잃은 사람처럼 죄수실에서 호송을 기다리며 앉아 있었다. 지금 바라는 것은 오직 한 가지, 담배를 피우는 일뿐이었다. 카튜사가 이런 상태에 있을 때, 보치코바와 카르친킨이 들어왔다. 두 사람은 선고를 받은 다음 같은 죄수실로 끌려왔던 것이다. 보치코바는 다짜고짜 카튜사에게 욕을 퍼부어 대면서 유형수라고 불렀다.

"어때, 바라던 대로 되었냐? 어차피 빠져나갈 수 없단 말이야, 이 더러운 년아! 제 잘못으로 그렇게 되었으니 할 수 없는 노릇이지. 유형을 가면 몸치장도 못할걸?"

카튜사는 두 손을 죄수복 소매에 쑤셔 넣고 앉은 채 고개를 푹 숙이고 두어 걸음 앞의 발자국투성이 마룻바닥을 바라보면서 단지 이렇게 말했을 뿐이었다.

"나는 당신 일에 참견하지 않잖아요. 당신도 내 일에는 참견하지 말아요.

나는 아무 말도 하지 않잖아요."

카튜사는 몇 번인가 같은 말을 되풀이했으나 그 다음부터는 입을 꼭 다물어버렸다. 보치코바와 카르친킨이 끌려나간 뒤 간수가 들어와 3루블을 건넸을 때 카튜사는 간신히 어느 정도 기운을 차렸다.

"네가 마슬로바냐? 자, 이것 받아. 어떤 부인이 보내주는 거야."

간수가 돈을 건네주며 말했다.

"누구이신데요?"

"잔말 말고 냉큼 받아나 둬. 너 따위랑 얘기하고 있을 시간이 없다."

이 돈은 유곽 주인 키타예바가 보내 준 것이었다. 재판소에서 돌아가는 길에 키타예바는 정리를 붙잡고 마슬로바에게 돈을 좀 전해 줄 수 없겠느냐고 물어보았다. 정리는 문제없다고 대답했다. 허락을 얻자 키타예바는 단추가 세 개 달린 양가죽 장갑을 벗고, 통통하고 하얀 손으로 비단 치마 뒷주머니에서 요즘 크게 유행하는 지갑을 꺼냈다. 그리고 가게에서 번 돈으로 구입한 채권에서 갓 끊어온 이자배당권 다발 중 액면 2루블 50코페이카 한 장에 20코페이카 은화 두 닢과 10코페이카짜리 한 닢을 보태어 정리에게 건넸다. 정리는 간수를 불러 키타예바가 보는 앞에서 이 돈을 간수에게 주었다.

"꼭 좀 전해 주세요." 키타예바가 간수에게 말했다.

간수는 자기를 믿지 않는 키타예바의 말투에 화가 나 그 화풀이로 카튜사에게 퉁명스런 태도를 취했던 것이다.

카튜사는 돈을 보자 매우 기뻤다. 왜냐하면 이것만 있으면 지금 바라는 단한 가지 물건을 구할 수 있기 때문이었다.

'어떻게 해서든지 담배를 구해서 한 대 피웠으면.' 카튜사는 속으로 생각했다. 지금 모든 생각은 오직 담배를 한 대 피우고 싶다는 데에만 집중되어 있었다. 아니, 견딜 수 없게 담배가 피우고 싶어, 다른 방에서 복도로 흘러나오는 담배 냄새를 맡았을 때는 그 공기를 마구 들이켰을 정도였다. 그러나 카튜사는 다시 오랫동안 기다려야 했다. 카튜사를 돌려보내야 할 서기가 피고의 일은 까맣게 잊어버리고 변호사 한 사람과 판매 금지를 당한 논문에 관해 이야기를 하느라 정신이 없었으며, 마침내 말다툼까지 벌이고 있었기 때문이었다. 재판이 끝나서도 젊은 남자와 노인들 네다섯이 무언가 속닥거리며 카튜사를 구경하러 왔다. 그러나 카튜사는 그런 남정네들에게는 눈길도

주지 않았다.

이윽고 4시가 넘어서야 호송 허가가 내려졌고, 니주니노브고로드 출신과 츄바쉬 출신의 두 호위병이 재판소 뒷문으로 카튜사를 끌고 나왔다. 재판소 뒷문을 채 나서기도 전에 카튜사는 두 사람에게 20코페이카를 주면서 흰 빵 2개와 담배를 사다 달라고 부탁했다. 츄바쉬 사람은 웃으며 돈을 받고는 말했다. "그래, 사다주지." 그리고 정직하게 담배와 빵을 사왔으며 거스름돈까지 내주었다.

걸어가면서 피울 수는 없었으므로 카튜사는 여전히 담배를 못 피우는 불만을 품은 채 감옥으로 가까이 갔다. 정문 앞까지 왔을 때 100명쯤 되는 새로운 죄수가 기차에 실려 왔다. 카튜사는 통로에서 이 대열과 마주쳤다.

죄수 중에는 턱수염을 기른 자, 수염을 깎은 자, 늙은이, 젊은이, 러시아인, 외국인, 그 가운데에는 머리를 반만 깎인 자도 있었다. 이런 갖가지 사람들이 족쇄를 철거덕거리면서 먼지와 시끄러운 발소리와 말소리와 코를 찌르는 땀 냄새로 통로를 가득 메웠다. 카튜사 곁을 지날 때 죄수들은 일제히 굶주린 눈으로 그녀를 훑어보았다. 그 가운데에는 욕정에 일그러진 얼굴로 다가와서 만져보는 자도 있었다.

"야, 미인인데!" 죄수 하나가 말했다.

"자기한테 안부 전해 줘." 또 하나가 한쪽 눈을 찡긋하면서 말했다.

뒷머리를 파랗게 밀고 가무잡잡한 얼굴에 콧수염만 남긴 사나이가 발에 족쇄의 쇠사슬이 꼬여서 철거덕거리면서 달려들더니 카튜사를 껴안았다.

카튜사가 떠다밀자 그 사내가 이를 드러내고 눈을 번들거리면서 소리쳤다.

"아니, 옛 정부를 몰라본단 말이야! 시치미 떼지 말라구!"

"이 자식, 무슨 짓이야!" 뒤에서 다가온 부소장이 소리쳤다.

죄수는 몸을 움츠리고 얼른 물러섰다. 부소장이 느닷없이 카튜사를 나무랐다.

"너는 왜 이런 데에 서 있나?"

카튜사는 재판소에서 지금 막 돌아오는 길이라고 말하고 싶었으나 녹초가 되도록 지쳐서 말도 하기가 귀찮았다.

"재판소에서 돌아오는 길입니다, 부소장님!"

선임 호송병이 지나가는 사람들 틈에서 뛰어나와 경례를 하며 말했다.

"그럼 빨리 간수장에게 넘겨 줘. 이게 무슨 몹쓸 짓이야!"

"예, 알았습니다."

"스콜로프! 인수해라." 부소장이 소리쳤다.

간수장이 옆으로 달려와서 화가 난 듯이 카튜사의 어깨를 툭 치며 고개를 끄덕이고는 카튜사를 여자 감방 복도로 끌고 갔다. 간수들은 복도에서 카튜사의 온몸을 더듬어 보고 구석구석까지 검사를 했으나 아무것도 찾을 수 없었으므로(담뱃갑은 흰 빵 속에 쑤셔 넣었다) 오늘 아침에 나온 그 감방으로 다시 밀어 넣었다.

30

카튜사가 들어 있는 감방은 안으로 6.5미터, 너비 5미터 남짓의 길쭉한 방으로 창문이 2개 있고 칠이 벗겨진 난로가 하나 툭 튀어나와 있으며, 결이 갈라진 널빤지 침대가 방의 3분의 2쯤을 차지하고 있었다. 문을 마주보고 방 한가운데에는 꺼멓게 그은 성상(聖像)이 놓여 있고, 그 앞에 촛불이 하나 타고 있었으며, 그 밑에는 먼지투성이 국화 꽃다발 하나가 걸려 있었다. 문 뒤 왼편으로 바닥이 꺼멓게 더러워진 데가 있었는데 거기에 악취를 풍기는 변기가 놓여 있었다. 지금 막 점호가 끝났으니 여죄수들은 이제 또 아침까지 갇히는 것이다.

이 감방의 죄수는 모두 15명인데, 그중 12명이 여자이고 3명은 아이였다.

밖이 아직 밝기 때문에 2명만 나무침대에 누워 있었다. 한 사람은 머리서부터 죄수복을 뒤집어쓰고 있었는데, 그녀는 여행증이 없어 붙잡힌 백치 여자로 언제나 거의 누워만 있었다. 또 한 사람은 절도범으로 머잖아 형기가 끝나는 폐병쟁이 여자였다. 이 여자는 자는 것이 아니라 그저 누워 있었을 뿐이며, 죄수복을 베고 눈을 크게 뜨고는 목에 걸려 그르렁거리는 가래와 기침을 가까스로 참고 있었다. 그 밖의 다른 여자들은 모두 맨머리에 뻣뻣한 삼베 속옷 한 장만 입고 있었는데, 나무침대에 앉아 바느질을 하는 여자도 있고, 창가에 서서 뜰을 지나가는 남자 죄수들을 지켜보는 여자도 있었다. 바느질을 하는 세 여자 가운데 한 사람은 카튜사를 전송한 노파 코라블료바였다. 노파는 쭈글쭈글한 얼굴을 언제나 침울하게 찡그리고 턱 밑에 주머니처럼 피부가 늘어진 키 크고 완고한 여자로, 관자놀이 언저리가 하얗게 샌

밤색 머리카락을 뒤로 잡아당겨 묶었는데 한쪽 볼에는 털이 송송 난 사마귀가 붙어 있었다. 이 노파는 도끼로 남편을 죽인 죄로 유형선고를 받았다. 노파가 남편을 죽인 이유는, 남편이 노파가 데리고 간 딸에게 손을 댔기 때문이다. 이 노파는 감방의 반장이었으며 술을 몰래 팔고 있었다. 노파는 안경을 걸치고 힘쓰는 일에 익숙해 보이는 커다란 손으로 바느질을 하고 있었는데, 농부들이 하듯이 세 손가락으로 바늘을 쥐고 바늘 끝을 자기 앞쪽으로 향한 채 손을 놀리고 있었다. 그 옆에서 조그맣고 까만 눈을 한, 사람 좋고 수다스러운, 납작코에 거무튀튀한 여자도 역시 범포로 자루를 깁고 있었다. 이 여자는 철도 건널목지기였는데 신호 깃발을 들고 나가지 않는 바람에 기차가 왔을 때 재수 없게도 사고가 일어나 석 달의 금고형을 받았다. 바느질을 하고 있는 또 한 여자는 페도샤라는 이름이었는데, 사람들은 페니치카라는 애칭으로 불렀다. 페도샤는 살결이 희고 발그스름한 볼에 어린애처럼 밝고 푸른 눈동자를 한 그야말로 소녀처럼 사랑스러운 여자로, 그 긴 밤색 머리카락을 두 가닥으로 땋아서 작은 머리에 감아올리고 있었다. 그녀는 고작 열여덟의 나이로 시집을 갔는데 결혼하자마자 남편을 독살하려던 혐의로 수감되었다. 그렇지만 보석 판정을 받고 재판을 기다리는 여덟 달 동안 남편과 깨끗하게 화해했을 뿐 아니라 진심으로 사랑하게 되어서, 재판이 시작됐을 무렵에는 두 사람은 정답게 지내고 있었다. 남편과 시아버지가, 특히 며느리를 몹시 아끼는 시어머니가 재판 때 페도샤를 변호하기 위해 갖은 애를 다 썼지만 결국 시베리아 유형을 선고받고 말았다. 마음씨 착하고 쾌활하며 늘 웃는 낯인 페도샤는 카튜샤 바로 옆 침대를 썼는데, 카튜샤를 몹시 좋아했을 뿐 아니라 그녀를 위해서라면 무슨 일에든 발 벗고 나서는 것을 자기 소명으로 알았다.

그 밖에 두 여자가 할 일 없이 멀거니 나무침대에 앉아 있었다. 하나는 여위고 창백한 얼굴을 한 마흔 안팎의 여자로 지금은 앙상하고 얼굴빛도 나쁘지만 전에는 상당한 미인이었을 것 같았다. 젖먹이를 안고, 길게 늘어진 흰 유방을 드러내어 젖을 먹이고 있었다. 그 여자의 죄는 다음과 같았다. 그 여자가 살던 마을에서 신병 한 사람이 징집되었을 때, 농부들은 그것을 부당하다고 항의하면서 여럿이 경관을 막고 끌려가는 신병을 가로채 버렸다. 신병을 태운 말의 고삐를 제일 먼저 잡아챈 것이 바로 이 여자였는데, 그녀는 불법 징집 당한 젊은이의 고모였던 것이다. 또 한 사람은 마음씨 좋고 주름살 투성이며 온통 머리가 센데다가 등이 굽은 노파였다. 이 노파는 벽난로 옆에 놓인 나무침대에 앉아서 배만 불룩한 네 살짜리 까까중이 사내아이가 깔깔 거리며 눈앞을 뛰어다니고 있는 것을 붙잡는 시늉을 하고 있었다. 셔츠 하나 만 걸친 사내아이는 노파 옆을 뛰어가면서 "용용 죽겠지!" 하고 줄곧 같은 말로 놀리고 있었다. 아들과 함께 방화죄로 몰린 이 노파는 놀랄 만큼 온순 하게 복역하면서, 오로지 같이 투옥된 아들과 그보다도 집에 남기고 온 영감 을 걱정했다. 며느리가 달아나 아무도 빨래해 줄 사람이 없었으므로 이가 끓 고 있지 않을까 마음을 졸이고 있었다.

이들 7명의 여자 말고 나머지 4명은 열려 있는 하나의 창문에 몰려서 쇠 창살을 붙잡고, 아까 카튜사와 부딪쳤던 남자 죄수들과 서로 눈짓을 하기도 하고 큰 소리로 무언가 소리치고 있었다. 그중 하나는 형기가 다 끝나가는 절도범이었는데, 커다란 몸집에 살이 뒤룩뒤룩 찐 빨강머리 여자로 누렇게 뜬 창백한 얼굴과 손은 주근깨투성이고 단추를 풀어헤친 깃 사이로 굵은 목 을 훤히 드러내고 있었다. 이 여자는 쉰 소리를 지르며 창문 너머로 상스러 운 말을 내뱉고 있었다. 그 옆에 서 있는 사람은 키가 아홉 살 난 소녀 정도 밖에 되지 않고 거무튀튀한 피부에 상체는 긴 주제에 팔이 짧은 못난이 여자 였다. 얼굴에는 불그죽죽한 기미가 잔뜩 끼고 새까만 두 눈은 멀찍이 떨어져 있는데다가, 입이 크고 입술이 두껍고 인중이 짧아 허연 뻐드렁니가 삐죽이 나와 있었다. 이 여자는 마당에서 일어나는 일을 보고 요란스럽게 웃어대고 있었다. 멋을 부리기 때문에 '미인'이라는 별명이 붙은 이 여죄수는 절도와 방화죄로 공판 중이었다. 그 뒤에 서 있는 것은 두 눈 뜨고 볼 수 없을 만큼 더러운 잿빛 속옷을 입은, 바싹 마르고 심줄투성이의 불룩한 배를 한 임신부 였는데 이 미결수는 장물 은닉죄로 재판을 받고 있었다. 이 여자는 잠자코 있었지만 마당에서 일어나고 있는 일에 아까부터 흥미를 느끼고 재미있는 듯이 히죽히죽 웃고 있었다. 또 한 사람은 술을 몰래 팔다 붙잡혀 온 농사꾼 의 아내로서, 머잖아 출감하게 될 땅딸막하고 눈이 몹시 튀어나온 사람 좋은 얼굴을 한 여자였다. 이 여자는 노파하고 장난치고 있던 사내아이와 일곱 살 난 계집아이의 어머니인데 아이들을 맡길 데가 없어 같이 데리고 와 있었다. 그녀는 다른 세 여자와 마찬가지로 창밖을 바라보고 있었지만 양말 뜨는 손을 쉬지 않고 놀렸으며, 밖에서 남자 죄수들이 던지는 말에 이따금 눈살을 찌푸리면서 눈을 감았다. 그 일곱 살 난 계집아이는 희끄무레한 머리를 푸석하게 풀어헤친 채 속옷 바람으로 빨강머리 여자 곁에 서 있었는데 조그만 손으로 빨강머리 여자의 치마에 매달려 열심히 밖을 내다보며, 여자들이 남자 죄수들과 주고받는 음탕한 욕지거리에 주의 깊게 귀 기울이면서 그 말들을 외기라도 하듯 작은 소리로 되풀이했다. 12명째 여죄수는 교회지기 딸인데, 아비 없는 자식을 낳아 우물에 빠뜨려 죽인 죄로 들어와 있었다. 키 크고 맵시 좋은 몸매를 한 이 여자는 두껍게 많은 짧은 밤색 머리카락이 삐죽삐죽 튀어나온 채, 툭 튀어나온 눈으로 앞을 똑바로 응시하고 있었다. 이 여자는 주위에서 벌어지고 있는 일에는 조금도 관심을 보이지 않고 더러운 회색 속옷 바람과 맨발로 감방 안을 돌아다니다가 벽까지 가서는 갑자기 홱 돌아서서 되돌아오곤 했다.

31

철거덕거리는 자물쇠 소리가 크게 들리고 카튜사가 감방 안으로 들어오자, 모두 그쪽을 돌아보았다. 교회지기의 딸까지도 한순간 우뚝 서서 눈썹을 치켜뜨고 카튜사를 바라보았으나 이내 아무 말도 하지 않고 다시 성큼성큼 걷기 시작했다. 코라블료바는 뻣뻣한 범포에 바늘을 꽂고 안경 너머로 호기심에 가득 찬 시선을 카튜사에게 보냈다.

"세상에, 다시 돌아왔구먼. 난 틀림없이 석방될 줄 알았는데." 노파는 목이 쉬어, 남자 같은 굵은 목소리로 말했다. "아마 유형을 선고받은 모양이지."

노파는 안경을 벗고 바느질감을 옆으로 밀어 놓았다.

"우리는 방금도 아주머니랑 얘기하고 있었지. 거기서 그대로 석방될지도 모른다고 말이야. 그런 일도 종종 있다고 했으니까. 재수가 좋으면 돈까지 받고 말이야." 곧 노래라도 부를 듯한 소리로 건널목지기가 말했다. "그게 우리 예상하고 어긋난 모양이지. 하느님께서는 하느님의 뜻이 따로 또 있겠지 뭐." 건널목지기는 상냥하게 듣기 좋은 말로 지껄여댔다.

"그래, 형은 언도받았어?" 페도샤가 어린애같이 파랗고 맑은 눈에 동정을 담고 카튜사를 보면서 물었다. 그리고 그 쾌활하고 생기 넘치는 얼굴이 금방

울음을 터뜨릴 것같이 이지러졌다.

카튜사는 아무 말도 하지 않고 끝에서 두 번째인, 코라블료바 옆에 있는 자기 자리로 가서 침대에 걸터앉았다.

"아직 식사도 못했겠네?" 페도샤가 일어나서 카튜사 쪽으로 가면서 말했다.

카튜사는 아무 대답도 하지 않고 오다가 사온 흰 빵을 침대 머리맡에 놓고는 옷을 벗기 시작했다. 먼지 묻은 죄수복과 곱슬곱슬한 검은 머리를 쌌던 머릿수건을 벗고 앉았다.

맞은편 구석에서 사내아이와 장난을 치고 있던 꼬부랑 노파도 가까이 와서 카튜사 앞에 섰다.

"쯧쯧쯧!" 노파는 가엾다는 듯이 머리를 흔들며 혀를 찼다.

사내아이도 노파를 따라와서 눈을 크게 뜨고 입을 뾰족이 내밀며 카튜사가 갖고 온 흰 빵을 물끄러미 바라보았다. 오늘 있었던 온갖 사건 뒤에 이렇게 동정해 주는 사람들의 얼굴을 보니 카튜사는 울고 싶어져서 입술이 부들부들 떨렸다. 그래도 되도록 울지 않으려고 애쓰면서, 노파와 사내아이가 앞에 올 때까지는 그럭저럭 참고 있었다. 그런데 노파의 상냥하고 동정어린 혀 차는 소리를 듣고 특히 흰 빵에서 자기에게로 옮아 온 사내아이의 심각한 눈길과 마주치자 그만 더 참을 수가 없었다. 온 얼굴의 근육이 일그러지더니 엎어져서 소리 내어 울기 시작했다.

"그러기에 말하지 않았어. 똑똑한 변호사한테 부탁하라고." 코라블료바가 말했다. "어떻게 됐어, 유형이야?"

카튜사는 대답을 하려고 했지만 말이 나오지 않았다. 그저 흐느껴 울면서 흰 빵 속에서 담뱃갑을 꺼내서 코라블료바에게 권했다. 거기에는 머리를 높이 틀어 올리고 푹 파인 가슴을 삼각형으로 드러낸, 볼이 빨간 귀부인이 그려져 있었다. 코라블료바는 그 그림을 흘끗 쳐다보고 어이가 없다는 듯이 고개를 내저었는데, 그건 카튜사가 고작 이런 걸 사느라 돈을 써버렸기 때문이었다. 그래도 노파는 담배 한 개비를 뽑아들고 등잔불에 당겨 깊게 한 모금 빤 다음 카튜사의 손에 쥐어 주었다. 카튜사는 더욱 흐느껴 울면서도 굶주린 듯이 계속해서 연기를 빨고 내뿜었다.

"유형이래요." 카튜사가 흐느끼며 말했다.

"하느님이 무섭지도 않은가봐, 그 기생충들, 저주받은 마귀놈들 같으니!"

코라블료바가 말했다. "죄 없는 여자에게 벌을 주다니."

그때 창가에 몰려 있던 여자들이 와 하고 웃음을 터뜨렸다. 계집아이도 따라 웃었다. 그 가냘프고 앳된 웃음소리가 다른 세 여자들의 깨진 듯한 쉰 웃음소리와 섞였다. 밖에 있던 남자 죄수가 창문으로 내다보는 여자들을 웃기려고 무슨 추잡스런 짓을 해보인 모양이었다.

"중대가리 수캐 같은 놈아! 무슨 짓이야!"

빨강머리 여자가 말하더니, 뚱뚱한 몸을 흔들면서 쇠창살에 얼굴을 갖다대고 차마 들을 수 없는 상스러운 말을 퍼부어댔다.

"정말 북 가죽을 둥둥 두드려대는 것 같군! 무얼 떠들어대고 있어!" 코라블료바는 빨강머리 쪽을 보고 턱짓을 하며 꾸짖었다. 그러나 곧 다시 카튜사 쪽으로 얼굴을 돌렸다. "몇 년이지?"

"4년." 카튜사는 말했다. 그러자 눈물이 왈칵 쏟아지고 그 한 방울이 담배에 떨어졌다.

카튜사는 화를 내며 그것을 손가락으로 뭉개 버리고는 새 담배를 꺼냈다.

건널목지기 여자는 담배를 피우지도 않으면서 꽁초를 얼른 주워서 연방 지껄여대며 그 구김살을 폈다.

"역시 그랬구나." 건널목지기가 말했다. "요즘 세상에 진실이 어디 있어, 제멋대로들 노는 판인데. 코라블료바 할머니는 풀려날 거라고 했지만 난 아냐. 내 짐작으로는 가엾지만 그들이 못살게 굴 거라고 말했지. 그대로 되었잖아." 건널목지기는 자기 목소리에 도취되어 말했다.

이 무렵이 되자 마당을 지나가던 남자 죄수들이 다 지나가 버려서, 그들과 말을 주고받던 여죄수들도 창가를 떠나 카튜사 주위에 몰려들었다. 먼저 다가온 것은 딸을 데리고 와 있는, 눈이 튀어나온 밀주장수 여자였다.

"왜 그런 중형을 받은 거야?" 그 여자는 카튜사 곁에 앉아 양말 뜨는 손을 쉼 없이 놀리면서 말했다.

"돈이 없기 때문이지. 돈이 있어 말 잘하는 변호사를 댔더라면 틀림없이 무죄가 되었을 텐데 말이야." 코라블료바가 말했다. "거 왜, 이름이 뭐더라, 코가 큰 털보 녀석 말이야. 그 녀석이라면 누가 봐도 명백한 유죄라도 무죄라고 우겼을 텐데. 그 녀석한테 부탁할걸 그랬어."

"아이고 참, 나도 해 봤어요." 옆에 앉아 있던 '미인'이 독이 올라서 말했다. "그 녀석은 1000루블 아래면 콧방귀도 안 뀐단 말이에요."

"글쎄, 이렇게 되는 게 네 팔자인지도 모르지." 방화범 노파가 끼어들었다. "누군들 안 괴롭겠어. 내 아들은 마누라도 뺏긴데다 이런 이가 버글대는 감방에서 썩고 있다고. 나 같은 늙은이까지 말이야." 노파는 이미 백 번도 더 했을 신세타령을 늘어놓기 시작했다. "나는 감옥이나 거지 신세에서 벗어날 수 없나봐. 거지 노릇이 아니면 감옥이거든."

"그 사람들이 하는 말은 정해져 있거든." 밀주장수 여자는 이렇게 말하며 계집아이의 머리를 보더니 뜨던 양말을 옆에 내려놓고 계집아이를 끌어다가 사타구니에 끼고는 손가락 끝을 부지런히 놀려 이를 찾았다. "왜 술을 파느냐고 묻잖겠어. 그러면 자식을 어떻게 먹여 살리란 말이야?" 그 여자는 손에 익은 작업을 계속하면서 말했다.

이 말에 카튜사는 술 생각이 났다.

"술이나 마셨으면." 카튜사는 이따금 훌쩍이면서 속옷 소매로 눈물을 닦으며 코라블료바에게 말했다.

"보드카 말이지? 아무렴, 마셔봐." 코라블료바가 말했다.

32

카튜사는 빵 속에서 이자배당권을 꺼내어 코라블료바에게 주었다. 코라블료바는 그것을 받아들고 이리저리 살펴봤다. 글은 읽을 줄 몰랐지만 2루블 50코페이카에 해당한다는, 뭐든지 잘 아는 '미인'의 말을 믿고 환기 구멍에 감추어 둔 술병을 가지러 갔다. 그것을 보더니 카튜사의 양쪽 옆자리가 아닌 사람들은 모두 제자리로 돌아갔다. 카튜사는 그동안에 머릿수건과 죄수복의 먼지를 털고 침대에 앉아 흰 빵을 먹었다.

"당신 몫으로 차를 얻어 두었는데 아마 식었을 거야."

페도샤는 행전으로 싼 함석 찻주전자와 컵을 선반에서 내리며 말했다.

차는 식어빠져서 차 맛보다는 함석 냄새가 더 났지만, 그래도 카튜사는 컵에 가득 따라서 빵을 먹으면서 그것을 마셨다.

"피나시카, 자."

카튜사는 자기의 입을 물끄러미 쳐다보고 있는 사내아이에게 빵을 떼어주었다.

그동안에 코라블료바가 술병과 컵을 꺼내 가지고 왔다. 카튜사는 코라블료바와 '미인'에게도 권했다. 이 세 사람은 돈을 갖고 있었고, 서로 빌려 주기도 했으므로 이 감방 안에서 하나의 특권 계급을 만들어 놓고 있었다.

조금 지나자 카튜사는 기운이 나서, 특히 법정에서 자기를 놀라게 한 검사보의 흉내를 내며 재판 광경을 마구 떠들어댔다. 법정에서는 모두들 자기를 흐뭇한 눈으로 훑어봤으며, 죄수대기실에 있을 때는 자기를 보기 위해서 일부러 찾아와서 기웃거리는 자도 있더라고 말했다.

"호송 군인도 말했지만, 그건 모두 나를 보러 온 거래요. 점잖은 얼굴을 하고 들어와서 이러이러한 서류는 어디 있더라 하고 말하지만, 보면 서류 같은 건 아무래도 상관없는지 나만 흘끔흘끔 쳐다보지 않겠어요." 카튜사는 싱글벙글 웃으면서 말하고는 의아한 듯이 고개를 저었다. "어쩌면 그렇게도 연극이 서툰지 원."

"그놈들은 원래 그렇게 생겨먹었어." 건널목지기가 금방 노래할 듯한 목소리로 끼어들었다. "설탕에 꼬여드는 파리 같은 것들이야. 다른 것에는 달려들지 않으면서, 여기에 만큼은 귀찮도록 달라붙거든. 정말이지, 세 끼 밥은 안 먹어도……."

"여기도 마찬가지야." 카튜사가 그 말을 가로막았다. "나는 여기서도 봉변을 당했는걸. 아까 이리 올 때 역에서 온 죄수들을 만났는데, 다짜고짜 나를 둘러싸서 어떻게 빠져나오면 좋을지 몰랐어. 운 좋게 부소장이 쫓아주긴 했지만. 한 놈은 무턱대고 끌어안는 바람에 가까스로 뿌리쳤다고."

"어떤 놈인데?" '미인'이 물었다.

"거무튀튀하고 콧수염을 기른 녀석이야."

"틀림없이 그놈이야."

"그놈이라니?"

"쉬체글로프야, 방금 여기를 지나간."

"쉬체글로프가 누군데?"

"쉬체글로프를 몰라? 두 번이나 유형지에서 탈옥한 남자야. 이번엔 잡혔는데 또 달아날걸? 간수들도 겁을 먹고 있어." 남자 죄수들에게 편지를 전해 주는 일을 맡고 있는 덕에 감옥 안의 일을 죄다 알고 있는 '미인'이 말했다. "두고 봐, 반드시 도망칠 테니까."

"달아나더라도 우리를 데려가 주지는 않아." 코라블료바는 이렇게 말하고 이번에는 카튜사에게 물었다. "그보다도 어떻게 됐어? 변호사는 상소하라고 했겠지. 앞으로 상소하지 않을 거야?"

카튜사는 그런 것은 아무것도 모른다고 대답했다.

그때 빨강머리 여자가 주근깨투성이의 두 손을 숱 많은 퍼석한 머리털 속에 찔러 넣고 손톱으로 벅벅 긁으면서, 술을 마시고 있는 세 사람 쪽으로 다가왔다.

"카테리나, 내가 다 가르쳐 줄게." 빨강머리가 말했다. "먼저 판결에 불복이라고 써내야 해. 그리고 검사에게 신청해야 하는 거야."

"아니, 왜 왔어?" 코라블료바가 지레짐작으로 화를 내며 말했다. "술 냄새를 맡고 왔지? 거짓말해도 소용없어. 네가 말 안 해도 그런 것쯤은 다 알고 있어. 저리 가라구!"

"누가 할머니더러 말했어요? 쓸데없는 참견 말아요!"

"술이 먹고 싶어진 게지? 살금살금 온 걸 보니."

"어때요, 한 잔 주지 뭐." 언제나 가진 것을 모두 나누어 주는 카튜사가 말했다.

"이런 년에게 줄 술이 어디 있어!"

"뭐, 뭐라고!" 빨강머리가 코라블료바에게 대들면서 말했다. "너 같은 건 무섭지 않아."

"이 감옥의 화냥년이!"

"너는 어떻고."

"이 썩은 창자야!"

"내가 썩은 창자라고! 유형수, 살인범!" 빨강머리가 외쳐댔다.

"저리 꺼지란 말이야." 코라블료바가 험상궂은 소리로 말했다.

그러나 빨강머리는 자꾸만 더 다가섰다. 코라블료바가 상대의 물컹한 가슴을 떼밀었다. 빨강머리는 기다렸다는 듯이 갑자기 한 손으로 잽싸게 코라블료바의 머리채를 휘어잡고, 다른 손으로 상대방의 얼굴을 갈기려 했다. 그러나 코라블료바가 그 손을 붙잡았다. 카튜사와 '미인'이 빨강머리의 손을 잡고 떼어 놓으려 했으나, 빨강머리는 손을 놓지 않았다. 빨강머리가 한순간 주먹을 풀었으나 그것은 머리채를 손에 감아쥐기 위해서였다. 코라블료바는 머리채를 붙잡힌 채, 한 손으로 빨강머리의 몸을 때리면서 그 손을 물어뜯으려고 했다. 여죄수들은 맞붙은 두 사람을 둘러싸고 갈라놓으려고 소리들을 질렀다. 폐병쟁이 여자까지 옆에 와서 쿨룩거리면서도, 싸우는 두 사람을 지켜보았다. 아이들은 서로 얼싸안고 울고 있었다. 이 소란을 피우는 소리에 여간수가 남자 간수를 데리고 달려왔다. 두 사람의 몸은 떨어졌다. 코라블료바는 희끗희끗한 머리를 풀고 쥐어뜯긴 머리 뭉치를 골라내면서, 빨강머리는 너덜너덜하게 찢긴 속옷 앞가슴을 누르면서, 변명과 하소연 하느라 큰 소리로 외쳐댔다.

"나는 다 알고 있어. 이건 술 때문이야. 내일 소장님에게 말해서 조사해 봐야겠다. 이것 봐, 술 냄새가 물씬물씬 나잖아." 여간수가 말했다. "알겠나. 제대로 깨끗이 치워둬. 그러지 않으면 성가신 일이 생길 테니까. 너희들 말을 들어 줄 짬은 없다. 자, 모두 제자리에 들어가서 조용히들 해."

그러나 조용해지기까지는 오랜 시간이 걸렸다. 여자들은 여전히 한참동안 서로 욕을 해대며, 어떻게 싸움이 시작되었고 누가 나쁜가를 따졌다. 이윽고 간수들은 가고 여자들은 지껄이다 지쳐 잠자리에 들 채비를 했다. 노파가 성상 앞에 서서 기도했다.

"유형수가 두 년이나 모여 있으니."

갑자기 건너편 구석 침대에서 빨강머리가 말끝마다 놀랍도록 다듬어 만든 욕지거리를 붙여가며 쉰 목소리로 말했다.

"조심해, 그러다 큰코다쳐."

코라블료바도 잊지 않고 욕지거리를 섞어가며 대꾸했다.

"말리지만 않았더라면 눈깔을 후벼 파주는 건데."

빨강머리가 또 말했다. 코라블료바도 즉시 비슷한 말로 맞받아쳤다.

그러더니 전보다 침묵의 시간이 오래 계속되더니 다시 욕지거리가 시작되었다. 그러나 그 간격이 차츰 멀어지면서 마침내 조용해졌다.

모두 저마다 자리에 누워 있었다. 여기저기서 코 고는 소리가 들려왔다. 다만 언제나 긴 기도를 드리는 노파만이 아직도 성상 앞에서 머리를 숙이고 있었다. 그리고 또 한 사람, 교회지기의 딸은 간수가 나가기가 무섭게 일어나서 다시 감방 안을 왔다 갔다 하기 시작했다.

카튜사는 잠을 못 이룬 채 자기가 유형수라는 것만 곰곰이 생각했다. 벌써 두 번이나 그렇게 불렸다. 한 번은 보치코바에게, 또 한 번은 빨강머리에게. 그러나 아무리 생각해도 그 사실에 쉽사리 익숙해질 수가 없었다. 카튜사에게 등을 돌리고 자고 있던 코라블료바가 돌아누웠다.

"이럴 줄은 꿈에도 생각 못했어요." 카튜사가 나직이 말했다. "아무리 나쁜 짓을 해도 아무렇지도 않은 사람도 있는데, 난 아무 짓도 하지 않고 고생을 해야 하다니!"

"걱정할 필요 없어. 시베리아에도 사람은 살고 있으니까. 그리로 간다고 세상이 끝나는 건 아니잖아." 코라블료바가 위로했다.

"그건 알고 있지만, 역시 억울해요. 내가 바라는 건 이런 운명이 아니에요. 나는 편한 생활이 몸에 배어 버렸거든요."

"하느님을 저버릴 수는 없어." 코라블료바가 한숨을 섞어서 말했다. "하느님을 저버릴 수는 없는 거야."

"알아요, 하지만 역시 괴로워요."

두 사람은 잠시 잠자코 있었다.

"들리니? 저 돼먹지 못한 년이 내는 소리가."

코라블료바는 맞은편 구석에서 들려오는 기묘한 소리로 카튜사의 주의를 돌리려 했다.

빨강머리 여자가 소리 죽여 울고 있었다. 빨강머리 여자는 지금 욕을 먹고, 얻어맞고, 그토록 먹고 싶었던 술을 얻어먹지 못한 것이 억울해서 울고 있었다. 그리고 지금까지 살면서 욕지거리와, 비웃음과, 모멸과, 매질 말고는 조금도 좋은 일을 겪어본 적이 없었던 사실이 슬퍼서 울고 있었다. 빨강머리 여자는 직공 페지카 몰로존코프와의 첫사랑을 떠올리며 우울함을 달래려 했다. 그런데 그 사랑을 떠올리니, 그 슬픈 마지막 장면이 생각났다. 그것은 지독한 짓이었다. 사랑하는 페지카가 술김에 장난삼아 여자의 몸에서 가장 민감한 곳에 살충제로 쓰는 명반수를 발라 놓고, 여자가 너무 따가워서 몸부림치며 괴로워하는 꼴을 친구들과 보면서 웃어댔던 것이다. 그것을 생각하니 자신이 가엾어졌다. 그녀는 아무도 듣고 있는 사람이 없는 줄 알고, 신음하기도 하고 훌쩍거리며 찝찔한 눈물을 삼키기도 하면서 어린애처럼 흐느껴 울었다.

"가엾어요." 카튜사가 말했다.

"그야 가엾기는 하지만 참견하지 않는 게 좋을 거야."

33

이튿날 아침, 네플류도프가 눈을 뜨고 가장 먼저 느낀 감정은 자기 몸에 무언가가 일어났다는 것이었다. 그리고 그게 무엇인지 떠올리려 할 때는 이미 그것이 중대하고도 기뻐해야 할 일이라는 사실을 알고 있었다. '카튜사, 재판.' 그렇다. 이젠 거짓말은 하지 말고 모든 진실을 말해야 한다. 그런데 이 무슨 우연의 일치인가. 마침 그날 아침, 그토록 오래 기다리던 귀족회 회장 부인 마리아 바실리예브나한테서 편지가 온 것이다. 그야말로 지금의 네플류도프에게는 무엇보다 필요한 편지였다. 회장 부인은 네플류도프의 모든 자유를 인정해 주면서, 곧 다가올 결혼이 행복하기를 빈다고 썼다.

"결혼이라!" 네플류도프는 스스로 비웃듯 중얼거렸다. "지금의 나한테는 까마득한 얘기지!"

그리고 모든 사실을 귀족회 회장에게 털어놓고 지난날의 잘못을 회개 받고 어떤 속죄라도 하겠다고 말하려던 어제의 결심이 생각났다. 그러나 오늘 아침이 되고 보니 그것은 어제 생각한 만큼 쉬운 일이 아닌 것 같은 기분이 들었다.

'더구나 모르고 있는 것을 굳이 알려서 불행하게 할 필요가 있을까? 만약 묻는다면 그때는 분명히 말하자. 그러나 내가 일부러 말하러 갈 필요가 있을까? 아니, 그럴 필요는 없다.'

그와 마찬가지로 미씨에게 모든 사실을 털어놓는다는 것도 오늘 아침에 생각해 보니 역시 어려운 일로 여겨졌다. 이것도 일부러 말해서는 안 된다, 모욕이 될지도 모른다. 이 세상에 존재하는 모든 관계는 흐지부지하고 개운치 않게 끝나는 법이다. 오늘 아침부터는 그 사람들 집에 가지 말자, 그리고 만일 묻는다면 진실을 말하자. 네플류도프가 마음먹은 것은 그것뿐이었다.

그 대신 카튜사에 대한 관계에 있어서는 모호한 구석이 한 점이라도 남아 있어서는 안 된다.

'감옥으로 가서 직접 그녀의 얼굴을 보고 용서를 빌자. 그리고 필요하다면, 그렇다, 필요하다면 카튜사와 결혼하자.' 네플류도프는 생각했다.

정신적 만족을 위해 모든 것을 희생하고 카튜사와 결혼하려는 이 생각이 오늘 아침 유달리 네플류도프를 감동시켰다.

이처럼 충실한 기분으로 아침을 맞이한 적은 실로 오랜만이었다. 마침 그때 방에 들어온 아그라페나 페트로브나에게 느닷없이 네플류도프는 자기도 미처 생각지 못한 결연한 태도로, 이제 이 집과 시중이 필요 없게 되었다고 말했다. 네플류도프가 막대한 돈을 들여서 이 호화로운 저택을 마련한 것은 미씨와 결혼하기 위해서라는 것이 묵계로 정해져 있었다. 그러므로 이 집을 내놓는다는 것은 특별한 의미를 갖는다. 아그라페나 페트로브나는 둥그레진 눈으로 네플류도프를 쳐다보았다.

"아그라페나 페트로브나, 당신한테는 여러 가지로 신세를 져서 정말 고맙게 생각합니다. 하지만 나는 이제 이런 큰 집도, 많은 고용인도 필요 없게 되었어요. 그러니 만일 나를 도와줄 생각이 있거든, 어머니가 살아 계실 때 했듯이 물건들을 정리하여 당분간 맡아 주세요. 언젠가 나타샤가 와서 처리할 테니까(나타샤는 네플류도프의 누이다)."

아그라페나 페트로브나는 머리를 흔들며 말했다.

"왜 정리를 하세요? 곧 필요하실 텐데."

"아니, 필요 없어요, 아그라페나 페트로브나. 아마 쓸 일이 없을 겁니다." 네플류도프는 상대방이 머리를 흔드는 동작 중 은연중에 드러난 의미에 이렇게 대답했다. "그리고 코르네이에게도 월급을 두 달 치 미리 줄 테니, 쉬어도 좋다고 알려주어요."

"그런 쓸데없는 행동을 하시면 안 돼요, 드미트리 이바노비치." 아그라페나 페트로브나가 타이르듯 말했다. "외국에 가시더라도 어차피 집은 있어야 할 게 아녜요."

"잘못 생각하고 있어요, 아그라페나 페트로브나. 나는 외국에는 안 갑니다. 가더라도 전혀 딴 곳으로 갈 겁니다!"

네플류도프는 갑자기 얼굴이 새빨개졌다.

'그렇다, 이 여자에게는 말해 줘야 한다.' 네플류도프는 생각했다. '잠자코 있을 필요는 없다. 사람들에게 죄다 말해 버려야 한다.'

"정말은 어제 나한테 뜻하지 않은 중대한 일이 일어났습니다. 마리아 이바노브나 고모 집에 있던 카튜사를 알고 있지요?"

"알고말고요, 제가 바느질을 가르쳐 준 걸요."

"실은 어제 재판소에서 그 카튜사가 재판을 받았는데, 내가 그녀의 배심원이었어요."

"저런, 가엾어라!" 아그라페나 페트로브나가 말했다. "대관절 무슨 죄를 지었대요?"

"살인죄인데, 그것도 근본을 따지면 다 내가 나빴던 겁니다."

"아니, 도련님이 무슨 나쁜 짓을 하셨다는 거예요? 묘한 말씀만 하시는군요."

아그라페나 페트로브나가 말했다. 그 늙은 눈에 장난꾸러기 같은 빛이 반짝였다.

카튜사와 네플류도프 사이에 있었던 일을 알고 있었기 때문이다.

"내가 모든 원인이에요. 그래서 지금까지의 계획을 싹 바꾸었지요."

"그런 일 때문에 무엇을 어떻게 바꾸어야 하죠?"

아그라페나 페트로브나는 애써 웃음을 참으면서 말했다.

"그야 그 사람이 이런 길을 밟게 된 원인이 나라면 그 사람을 살리기 위해서 할 수 있는 데까지 해야지요."

"그러시다면 도련님이 마음 내키는 대로 하시는 게 좋겠지만, 그건 도련님 죄가 아니에요. 누구에게나 있는 일이라, 뚜렷한 분별만 있다면 그런 일은 차츰 잊혀져서 평온하게 살아갈 수 있어요." 아그라페나 페트로브나는 정색을 하며 말했다. "그러니 도련님도 그런 것을 자기 탓으로 돌릴 필요는 없어요. 그 애가 잘못되었다는 소문은 저도 전에 들었지만 그것은 누구의 잘못도 아닙니다."

"아니, 내가 나빴어요. 그러니 그녀가 올바른 길로 가도록 이끌어 줘야 합니다."

"하지만 다시 착한 사람으로 만든다는 것은 이젠 어려울 걸요."

"그것은 내 문제지요. 아무튼 앞으로 어떻게 살아갈지 걱정이 된다면 어머니가 바라셨듯이……."

"저는 제 몸 같은 것은 생각지도 않습니다. 돌아가신 마님한테 태산 같은 은혜를 입었으니 더는 아무것도 바라지 않습니다. 시집 간 조카딸 리잔카가 전부터 오라고 했으니, 떠나게 되면 그리로 가지요 뭐. 다만 도련님이 그런 걱정을 하시는 것은 쓸데없는 일이에요. 누구에게나 있을 수 있는 일이니까요.”

“하지만 나는 그렇게는 생각지 않아요. 어쨌든, 미안하지만 이 집을 내놓고 가구 정리를 도와주어요. 제발 기분 나쁘게는 생각지 말아요. 나한테 정말 잘해 주어서 당신한테는 참으로 고맙게 생각하고 있습니다.”

이상하게도 네플류도프는 자기가 몹쓸 고약한 사람이라는 것을 깨닫고 나니 갑자기 다른 사람들이 조금도 싫지 않았다. 그뿐만 아니라, 아그라페나 페트로브나와 코르네이를 존중하는 따뜻한 마음마저 들었다. 네플류도프는 코르네이에게도 참회하고 싶은 심정이었으나, 코르네이의 태도가 너무 엄격하고 공손해서 도저히 결심이 서지 않았다.

늘 타는 마차를 타고 늘 가는 길을 지나 재판소로 가는 동안, 네플류도프는 저 자신이 딴사람처럼 느껴져서 스스로도 놀랐다.

바로 어제까지만 해도 그토록 가까이 여겨지던 미씨와의 결혼이 오늘은 전혀 불가능한 것으로 생각되었다. 불과 어제까지만 해도 미씨와 결혼하면 틀림없이 행복해질 거라고 굳게 믿고 있었다. 그런데 오늘은 결혼은커녕 미씨와 가까이 지낼 자격조차 없다고 생각했다. ‘만약 내가 어떤 사람이라는 것을 안다면 미씨는 절대로 나에게 문턱도 못 넘게 할 것이다. 그런데 나는 그 여자가 딴 남자에게 애교 좀 부렸다고 비난하고 있었으니. 아니, 미씨가 나와 결혼해 준다고 하더라도 카튜사가 감옥에 있다는 것을, 그리고 내일 모레라도 호송되는 죄수 행렬에 끼어 시베리아로 간다는 것을 알고 있는 한 행복해질 수도, 마음이 편해질 수도 없다. 또 나로 말미암아 신세를 망친 여자가 유형지로 가고 있는데, 나는 여기서 축복을 받고 새 아내와 함께 인사를 하러 돌아다닌단 말인가! 게다가 지금도 계속 나에게 속고 있는 귀족회장과 같이 총회에서 지방 장학제도와 그 밖의 안건에 대한 찬반투표용지를 세고, 그 뒤에 또 그 부인과 몰래 만난다! 아, 이 무슨 더러운 짓이란 말인가! 아니면 또, 결코 이룰 수 없다는 것을 알면서 그림을 계속한다? 나는 그런 하찮은 작품을 그리고 있을 수도 없고, 어차피 지금 그런 것을 그려본들 될 리도 없다.’ 네플류도프는 스스로에게 말했다. 그리고 지금 깨닫고 있는 내면의 변화에 끊임없는 기쁨을 느꼈다.

‘무엇보다 먼저 변호사를 만나 결론을 들은 다음……. 그런 다음 감옥으로 가서 그 여자, 어제의 여죄수를 만나 무엇이든 죄다 이야기하자.’

그는 자기가 카튜사를 만나 모든 것을 이야기하고 자기 죄를 사과한 뒤, 자기 죄를 속죄하기 위해서라면 할 수 있는 모든 일을 할 것이며 필요하다면 결혼까지 하겠다고 말하는 모습을 상상하니, 갑자기 이루 말할 수 없을 정도로 감동이 밀려와 눈물이 핑 돌았다.

34

재판소에 다다른 네플류도프는 복도에서 우연히 어제의 그 정리를 만났다. 네플류도프는 어제의 공판에서 선고받은 피고들이 어디에 갇혀 있는가, 면회를 하자면 누구 허가를 받아야 하는가 물어보았다. 정리는 피고가 갇혀 있는 장소는 제각각이며, 판결이 최종 공표될 때까지는 검사의 허가를 얻어야 가능하다고 대답했다.

"그것은 재판이 끝난 다음에 가르쳐 드리겠습니다. 제가 안내해 드리지요. 검사님은 아직 나오지 않았습니다. 그럼 재판이 끝난 다음에 뵙겠습니다. 지금은 먼저 법정으로 가십시오. 곧 시작됩니다."

네플류도프는 오늘따라 유난히 멋져 보이는 정리에게 고맙다고 말하고 배심원 대기실로 갔다.

네플류도프가 대기실로 다가갔을 때, 배심원들은 법정에 들어가려고 방에서 나오는 참이었다. 장사꾼은 어제와 마찬가지로 허기를 때우기 위해 한잔 걸쳤는지 얼근하게 취해서 옛 친구라도 만난 듯 반갑게 네플류도프를 맞이했다. 표트르 게라시모비치의 그 친한 척하는 태도와 너털웃음도 오늘의 네플류도프에게는 조금도 언짢게 여겨지지 않았다.

네플류도프는 배심원들에게도 어제의 여죄수와 자기와의 관계를 이야기하고 싶었다.

'원래는 어제 공판 때, 일어서서 내 죄를 여러 사람 앞에서 털어놓았어야 했다.'

네플류도프는 이렇게 생각하며 다른 배심원들과 함께 법정에 들어갔다. 그러나 어제와 같은 절차가 시작되고, 다시 "개정!"이라는 소리와 함께 깃에 금테를 두른 판사 셋이 단상에 나타나서 법정이 찬물을 끼얹은 듯 조용해지고, 배심원들이 등받이가 높은 의자에 앉고, 헌병이 들어오고 사제가 나타나자, 자기의 고백이 반드시 필요한 일이라 하더라도 어제도 역시 이 엄숙함을 깰 수는 없었을 것이라는 생각이 들었다.

공판 준비는 어제와 똑같았다(다만 배심원 선서와 배심원에 대한 재판장의 훈시만은 없었다).

오늘 사건은 가택 침입 절도범에 관한 것이었다. 칼을 빼든 헌병 두 사람의 보호를 받으며 들어온 피고는 잿빛 죄수복을 입고, 핏기 없는 잿빛 얼굴에 어깨가 좁고 말라빠진 스무 살쯤 되어 보이는 청년이었다. 청년은 혼자 외로이 피고석에 앉아, 들어오는 사람들을 치켜뜬 눈으로 쳐다보았다. 이 젊은이는 친구와 함께 자물쇠를 부수고 남의 광 속에 들어가서 3루블 60코페이카짜리 헌 돗자리를 훔쳐낸 혐의로 기소되었다. 기소장에 따르면, 이 젊은이는 친구와 함께 헌 돗자리를 메고 걸어가고 있을 때 순경에게 불심검문을 당했다. 젊은이와 그 친구는 곧 죄를 털어놓았고 두 사람은 수감되었다. 그러나 공범인 자물쇠 직공은 감옥에서 죽고, 지금은 젊은이 혼자만 재판 받는 중이었다. 헌 돗자리는 증거물로서 탁자 위에 놓여 있었다.

심리는 어제와 똑같은 순서로 증거 서류, 증거물, 증인, 증인 선서, 심문, 감정인, 대질 심문 등으로 질서정연하게 진행되었다. 증인인 순경은 재판장, 검사, 변호인의 물음에 대하여 무뚝뚝하게 "그렇습니다" "모릅니다" 하고 대답했다. 그러나 그 군대식의 둔한 신경과 기계적인 대답에도 불구하고, 순경은 어쩐지 젊은이를 불쌍히 여기고 있는 듯 마음 내키지 않는 말투로 체포 경위를 설명했다.

또 다른 증인이자 피해자인 노인은 집주인인 동시에 헌 돗자리의 소유자였는데 얼핏 보기에도 신경질적인 사람이어서, 이 헌 돗자리는 네 것이냐는 질문을 받았을 때도 아주 말하기 싫은 듯한 태도로 "제 것입니다"라고 대답했다. 검사가 "이 헌 돗자리는 무엇에 쓰려고 했었느냐, 매우 필요한 것이었느냐"라고 물었을 때는 그만 참지 못하고 이렇게 대답했다.

"그따위 헌 돗자리가 어떻게 되든 아무 상관이 없어요. 그런 건 아무짝에도 쓸모가 없습니다. 그런 쓸데없는 것 때문에 이렇게 말썽이 일어날 줄 알았더라면 찾지도 않았을 뿐더러, 오히려 10루블짜리 지폐라도 한두 장 붙여서 내주었을 겁니다. 그러면 이런 심문에 끌려나오지도 않았을 텐데. 마차 값만 5루블이나 들었어요. 게다가 나는 몸이 성하지 않단 말입니다. 탈장에다 류머티즘까지 앓고 있단 말이죠."

증인들의 진술은 이런 식이었다. 그런데도 피고는 모든 죄상을 인정하고 마치 사냥꾼에게 붙잡힌 조그만 짐승처럼 무의미하게 이리저리 둘러보며 떠듬떠듬 죄다 사실대로 말했다.

이처럼 사건은 훤히 드러났는데도 검사보는 어제와 마찬가지로 두 어깨를 추켜들면서, 교활한 범인이 빠져나갈 길을 막고야 말겠다는 듯이 빈틈없는 질문을 퍼부었다.

검사보는 논고에서, 이 절도 행위는 사람이 살고 있는 건물에서 잠가 놓은 문을 부수고 저지른 것이니만큼 피고는 가장 무거운 형을 받아야 한다고 주장했다.

그러자 관선변호사는 범죄 사실을 부정할 수는 없지만, 절도가 이루어진 것은 사람이 살고 있는 건물 안이 아니었으므로 검사보가 단언한 바와 같이 사회에 경종을 울릴 만한 사건은 아니라고 변호했다.

재판장은 역시 어제처럼 자기가 공평과 정의 그 자체라는 듯이, 이미 배심원들이 모두 알고 있는 일을 꼭 알아두어야 할 일이라면서 지루한 설명을 늘어놓았다. 그리고 어제와 같이 휴정이 선언되고, 어제와 같이 담배를 피웠다. 어제와 같이 정리가 '개정!'이라고 외치고, 어제와 같이 헌병들은 졸지 않으려고 애쓰면서 칼을 빼들고 피고들을 위협하며 서 있었다.

조서에 따르면 이 젊은이는 어렸을 때 아버지 손에 의해 담배 공장에 보내져서 그곳에서 5년 동안 일해 왔다. 그런데 올해 들어 공장주와 노동자 사이에 쟁의가 일어나자 해고를 당하고 실업자가 되었다. 그는 직장에서 쫓겨난 뒤 몇 푼 안 되는 돈을 털어 술을 마시면서 하릴없이 거리를 떠돌아다니다가, 어떤 선술집에서 실직자로서는 선배격인 어느 자물쇠 직공과 사귀어 친해졌다. 두 사람은 술김에 의견이 맞아 그날 밤 광의 자물쇠를 부수고 들어가 닥치는 대로 훔쳐냈다. 두 사람은 곧 붙들려 모든 것을 자백했다. 그래서 감옥에 갇히는 몸이 되었는데, 그 자물쇠 직공은 공판이 시작되기 전에 죽고 말았다. 이와 같은 사연으로 지금 이 젊은이는 사회에서 격리시킬 필요가 있는 위험인물로서 재판을 받고 있었다.

'이 사람도 어제의 그 여죄수와 마찬가지로 위험인물이란 말이군.' 네플류도프는 지금 눈앞에서 진행되고 있는 일을 지켜보면서 생각했다. '그들을 위험하다고 한다. 그렇다면, 우리 자신은 위험하지 않단 말인가? 나는 음탕하고 거짓말쟁이다. 우리 모두가 마찬가지이다. 그런데도 모두 내가 어떤 사람인지 알고 있으면서 나를 경멸하기는커녕 오히려 존경하지 않는가? 저 젊은이가 이 법정에 있는 누구보다도 사회에 위험한 인물이라 해도 상식적으로 볼 때 이미 붙잡힌 이상 뭘 더 할 필요가 있단 말인가?

이 젊은이는 특별한 악당이 아니라 세상에 흔히 있는 사람 가운데 하나다. 이 점은 누구나 한눈에 알 수 있다. 이 젊은이가 지금과 같은 처지에 놓이게 된 것은 다만 환경이 나빴기 때문이다. 그렇다면 이런 젊은이가 없어지기 위해서는 먼저 이런 불행한 사람을 만들어 내는 환경을 개선하도록 힘써야 한다. 이것은 굳이 말하기도 입 아픈 뻔한 이야기 아닌가?

그런데 우리는 대체 무엇을 하고 있는 것인가? 이런 사람들이 몇천 몇만이나 그대로 방치되어 있다는 것을 잘 알고 있으면서도, 어쩌다가 덫에 걸린 한 젊은이를 붙잡아 감옥에 처넣고, 역시 힘을 잃고 삶에서 길을 잃은 사람들과 함께 지극히 몸에 안 좋고 무의미한 노동을 하도록 강요한 다음, 그보다 더 타락한 무리 속에 던져 넣기 위하여 나랏돈을 써가면서 모스크바에서 이르쿠츠크로 실어 나르는 게 고작 아닌가? 이런 사람들을 낳는 갖가지 조건을 없애기 위해서는 아무것도 하지 않고, 오히려 그들을 만들어 내는 시설만 장려하고 있지 않은가? 그 시설이란 하나하나 손꼽을 것도 없이 크고 작은 공장, 제작소, 요릿집, 선술집, 유곽 등이다. 우리는 이 같은 시설을 없애기는커녕 없어서는 안 되는 것인 양 오히려 키우고 정비하고 있는 것이 아닌가.

이리하여 한 사람뿐만 아니라 몇백만이나 이런 사람들을 길러내 놓고 그 가운데 하나를 붙잡아, 세상을 위해 무언가 좋은 일이라도 한 것처럼 이것으로 이제 안심이다, 그놈을 모스크바에서 이르쿠츠크로 쫓아버렸으니 이제 마음 놓고 잘 수 있다, 이렇게 생각하고 있는 것이다.' 네플류도프는 대령 옆의 자기 자리에 앉아 변호사, 검사보, 재판장의 억양 없는 목소리를 듣고 그 자신만만한 동작을 바라보면서, 이상하리만큼 선명하게 이런 것을 생각했다. '그건 그렇고, 이 기만을 위해 얼마만큼의 겉치레와 노력이 필요한 것인가?'

네플류도프는 넓은 법정과 황제의 초상화와 조명과 안락의자와 법복과 두꺼운 벽과 창문을 둘러보았다. 이 건물의 크기라든가, 그보다 더 큰 재판 제도 그 자체라든가, 여기뿐만 아니라 온 러시아에서 아무에게도 필요 없는 이 희극을 하고 봉급을 받는 관리와 서기와 수위와 사환 등으로 구성된 거대한 조직을 떠올리면서 계속 생각했다. '만일 이러한 노력의 100분의 1이라도, 우리가 지금 우리의 안전과 편의를 위해서 필요한 손과 발로밖에 보지 않는 이들 버림받은 사람들을 구하는 데 돌린다면 어떻게 될까? 이 젊은이만 하더라도.' 네플류도프는 젊은이의 딱하도록 겁에 질린 얼굴을 바라보면서 생각했다. '가난 때문에 시골에서 도시로 나왔을 때, 누군가 이 청년을 불쌍히 여기고 생활고를 덜어줄 사람이 나타나기만 했더라면 이런 일은 일어나지 않았을 텐데. 아니 도회지 생활을 시작하여 하루 12시간 넘게 공장에서 일하고 난 뒤, 나이 많은 동료들에게 끌려서 술집에 드나들게 된 다음에라도, 누군가가 나타나서 "바냐야, 술집에 다니는 것은 좋지 못한 일이야" 하고 충고만 했더라면, 이 젊은이는 술집에도 가지 않았을 것이고 타락하지도 않았을 것이며, 따라서 나쁜 짓도 저지르지 않았을 것이다.

그런데 이 젊은이가 견습공으로 일하면서 마치 작은 짐승처럼 도시에서 생활하며 머리에 이가 끓지 않도록 머리를 빡빡 밀고 선배 직공들의 심부름을 하며 지낸 지난 몇 해 동안, 이 젊은이를 보살펴 주는 사람은 아무도 없었다. 그뿐 아니라 도시 생활을 시작한 뒤로 동료들이나 선배들에게 배운 일이란 사람을 속이고, 술을 마시고, 욕지거리를 하고, 사람을 때리고, 방탕한 짓을 하는 사람이 잘난 사람이라는 것이었다.

그런데 이 젊은이가 건강에 좋지 못한 노동과 음주와 방탕 때문에 몸이 쇠약해질 대로 쇠약해져서 거의 몽유병 환자처럼 거리를 이리저리 떠돌아다니다가 어떤 집 광으로 저도 모르게 빨려 들어가서 그다지 쓸모도 없는 헌 돗자리 한 장을 훔쳤다는 이유로, 사람들은 이 젊은이를 현재와 같은 환경으로 몰아넣은 원인을 뿌리 뽑으려고는 하지 않고 오히려 이 어린애같이 순진한 젊은이를 처벌하여 사태를 바로 잡으려 한다는 것이다.

무서운 일이다! 둘 중 무엇 때문이라고도 할 수 없을 만큼 잔혹하고 부조리하며, 둘 다 끝을 알 수 없을 만큼 심각한 상태다.'

네플류도프는 이제 눈앞에서 벌어지고 있는 일에는 귀를 기울이지 않고 오로지 이런 생각에만 잠겨 있었다. 그리고 자기 마음에 펼쳐진 계시에 전율했다.

'어째서 여태까지 이런 것을 모르고 지내왔을까? 어째서 다른 사람들도 이런 사실을 모르고 있는 것일까?'

네플류도프는 매우 놀랍고 어이가 없었다.

35

첫 번째 휴정이 선포되자 네플류도프는 곧 자리에서 일어나, 다시는 법정에 돌아오지 않겠다고 생각하면서 복도로 나갔다.

'나를 탓하려면 맘껏 탓하라지. 그렇지만 이 끔찍하고 혐오스럽고 어리석은 연극에 더 끼어 있을 수는 없다.' 그는 그런 기분이었다.

네플류도프는 검사의 방이 어딘지 물어서 찾아갔다. 사환은 지금 검사님이 바쁘시다면서 들여보내지 않으려 했으나, 네플류도프는 들은 척도 않고 그냥 방 안으로 들어갔다. 그리고 관리에게, 자기는 배심원인데 매우 중대한 일로 만나뵙고 싶으니 검사에게 알려 달라고 말했다. 공작이라는 칭호와 훌륭한 옷차림이 힘을 발휘했다. 관리가 검사에게 가서 말을 전하고 네플류도프를 안으로 안내했다. 검사는 네플류도프가 면회를 강요한 사실이 불쾌하다는 듯이 일어선 채로 맞이했다.

"무슨 일입니까?" 검사는 딱딱한 말투로 물었다.

"저는 배심원으로 네플류도프라고 합니다. 피고 마슬로바를 꼭 만나보고 싶어서 그럽니다."

네플류도프는 앞으로의 일생에 결정적인 영향을 미칠 행동을 단행하고 있다고 느끼면서 얼굴을 붉힌 채, 서슴지 않고 재빠르게 말했다.

검사는 희끗희끗한 머리를 짧게 깎고, 앞으로 튀어나온 아래턱에는 숱이 많은 짧은 수염을 단정하게 기르고 있었으며, 눈빛이 날카로운 눈동자를 재빨리 움직이는, 키가 작고 살빛이 거무스름한 사내였다.

"마슬로바요? 물론 알고 있습니다. 독살 혐의로 기소된 여자지요." 검사가 태연스레 말했다. "그런데 무엇 때문에 그 여자를 만나보려고 하십니까?" 그리고 나서 약간 부드러운 목소리로 덧붙였다. "그 까닭을 말씀해 주시지 않으면 허가해 드릴 수 없는데요."

"실은 나에게 대단히 중요한 용건이 있어서 만나보려고 합니다."

네플류도프는 얼굴이 새빨개지면서 말했다.

"아, 그렇습니까?" 검사는 말하고 나서 눈을 치켜뜨고 주의 깊게 네플류도프를 훑어보았다. "그러면 그 여자 사건은 이미 공판에 회부되었습니까? 아니면 아직 그냥 있습니까?"

"어제 공판이 있었습니다. 4년 유형이 선고되었습니다만 그것은 틀림없이 부당한 판결이었습니다. 그 여자는 죄가 없습니다."

"그렇습니까? 어제 선고를 받았다면……." 검사는 마슬로바가 무죄라는 네플류도프의 말에 조금도 개의치 않고 말을 이어갔다. "결심 선고가 있을 때까지는 역시 미결감에 남아 있게 될 것입니다. 거기서는 일정한 날에만 면회가 허가됩니다. 그곳에 가서 의논해 보시는 것이 좋을 것 같은데요."

"그렇지만 저는 한시바삐 그 여자를 만나봐야 합니다."

바야흐로 결정적인 순간이 닥쳐온 것을 느끼면서 네플류도프는 아래턱을 덜덜 떨며 대답했다.

"그것은 또 무엇 때문이지요?"

검사는 약간 불안한 듯 눈썹을 치켜세우면서 되물었다.

"그 여자는 아무 죄도 없는데 유형을 선고받았기 때문입니다. 그리고 그 모든 원인은 저한테 있습니다."

네플류도프는 떨리는 목소리로 말했지만 동시에, 자기가 쓸데없는 말까지 지껄이고 있다고 느꼈다.

"호, 그건 또 무슨 까닭입니까?" 검사가 물었다.

"그 여자를 농락해서 지금과 같은 처지에 빠지게 한 원인이 제게 있기 때문입니다. 만일 그 여자가 제게 버림받지 않았더라면 이런 처지에 빠졌을 리도 없고, 또 이번 경우처럼 범죄 혐의도 받지 않았을 것입니다."

"설령 그렇다 하더라도 그것과 면회가 어떤 관계가 있는지 납득이 잘 안 가는데요."

"어떤 관계가 있느냐고요? 실은 저는 그 여자를 따라갈 생각입니다. 그리고 결혼할 작정입니다."

네플류도프는 똑똑히 말했다. 그러자 이 말을 하는 순간 여느 때와 마찬가지로 눈에 눈물이 핑 돌았다.

"아, 네, 그렇습니까?" 검사가 말했다. "그건 틀림없이 매우 흔치 않은 일이군요. 공작님은 저 크라스노페르스크 지방의 자치의회 의원이시지요?"

검사는 이런 괴상한 이야기를 하는 이 네플류도프에 대한 말을 전에도 들은 적이 있다는 생각이 나서 이렇게 물었다.

"실례지만, 그 질문과 제 부탁과는 아무 관계도 없다고 생각하는데요."

네플류도프가 발끈해서 신경질적인 목소리로 말했다.

"그야 물론 없습니다." 검사는 조금도 당황하지 않고 보일 듯 말 듯 미소를 지으면서 말했다. "그렇지만 공작님의 말씀이 너무나 뜻밖이고 상식적인 태도를 벗어난 것이라서……."

"그래서, 허가해 주시겠습니까?"

"허가요? 예, 곧 통행증을 내드리겠습니다. 잠깐만 기다리십시오."

검사는 테이블 앞으로 가서 앉더니 무어라고 쓰기 시작했다.

"좀 앉으십시오."

네플류도프는 그대로 서 있었다.

통행증을 다 쓰고 난 검사는 그것을 네플류도프에게 건네주면서 호기심에 찬 눈으로 그를 빤히 쳐다보았다.

"또 한 가지 말씀드릴 게 있습니다." 네플류도프가 말했다. "저는 더 이상 배심원으로 공판에 참석할 수가 없습니다."

"그러시다면, 알고 계시겠지만, 뚜렷한 이유를 재판장님에게 제출하셔야 합니다."

"그 까닭은 다른 게 아닙니다. 모든 재판이 무익할 뿐 아니라 부도덕하다는 것을 깨달았기 때문입니다."

"그래요?" 검사는 여전히 보일 듯 말 듯한 미소를 띠며 대답했다. 그런 종류의 견해는 그다지 기발한 것도 아니며, 벌써 몇 번이나 들어온 진부한 의견에 지나지 않는다는 것을 은근히 나타내기 위한 웃음 같았다. "그렇게 생각하실 수도 있겠지요. 하지만 공작님도 아실 줄 믿습니다만, 저는 법원 검사로서 그 의견에 동의할 수는 없습니다. 그러니까 그것을 법정에서 분명하게 밝히시는 게 좋겠습니다. 법정에서 공작님의 의견이 정당한지 부당한지 판결해 줄 것입니다. 만약 부당하다고 인정될 때에는 벌금형을 받으셔야 합니다. 어쨌든 법정에 제출하십시오."

"지금 이 자리에서 신고했으니까 그 일로 다른 데를 찾지는 않겠습니다."

네플류도프는 퉁명스럽게 대꾸했다.

"안녕히 가십시오."

검사는 어서 이 괴상한 손님으로부터 해방되고 싶다는 듯 머리를 숙이며 말했다.

"누군가, 지금 여기에 있던 사람은?"

네플류도프가 밖으로 나가자 엇갈려서 방에 들어온 배석 판사가 물었다.

"네플류도프입니다. 왜 지난번 크라스노페르스크 군 의회에서 여러 가지 괴상한 의견을 내놓은 그 친구 말입니다. 이야기가 걸작입니다. 저자는 지금 여기서 배심원 노릇을 하고 있는데, 이번에 유형 선고를 받은 무슨 아가씬지 계집인지가 이 친구 말로는 전에 자기가 농락한 여잔데 이번엔 그 여자와 결혼하기로 마음먹었다는 겁니다."

"설마?"

"본인이 직접 한 말입니다. 묘하게 흥분해 가지고."

"요즘 젊은 녀석들은 어딘가 좀 비정상적인 구석이 있단 말이야."

"그자는 이제 젊은 축에 끼지도 않는다고요."

"그건 그렇고, 당신네 그 악명 높은 이바셴코프 검사란 자, 정말 지긋지긋한 친구더군. 한번 말을 꺼내면 도대체 끝이 없으니 말이야."

"그런 자는 사정없이 발언을 못하도록 가로막아 버려야 해요. 그건 하나의 심리 방해로 볼 수 있으니까요……."

36

네플류도프는 검사와 헤어지자 곧장 미결구치소로 마차를 달리게 했다. 그런데 거기에는 마슬로바라는 여죄수가 없다는 것이었다. 소장은 그 여죄수는 아마 오래된 유형수 중계 감옥에 있을 것이라고 일러 주었다. 네플류도프는 그곳으로 갔다.

과연 예카테리나 마슬로바는 거기에 수용되어 있었다. 6개월 전에 극도로 부풀었던 정치 불만이 경찰의 고의적인 도발로 폭발하는 바람에 미결 감옥이 학생과 의사, 노동자들로 만원이 되어 있는 것을 검사가 깜박 잊은 것이다.

미결 감옥에서 유형수 감옥까지는 매우 멀어서 네플류도프가 거기에 닿았을 때는 이미 저녁때가 다 되어 있었다. 네플류도프가 거대하고 음침한 건물의 문 쪽으로 가려 하자 보초가 들여보내지 않고 벨을 울렸다. 벨소리에 간수가 나왔다. 네플류도프가 허가증을 보이자 간수는 소장 허가 없이는 들여보낼 수 없다고 말했다. 네플류도프는 소장 관사로 갔다. 층계를 올라가고 있을 때, 무언지 복잡하고 기교 있는 곡을 치는 피아노 소리가 들려왔다. 한쪽 눈에 안대를 한 하녀가 험상궂은 표정으로 문을 여는 순간, 그 피아노 소리가 왈칵 문간으로 쏟아져 나와 네플류도프의 귀를 때렸다. 그것은 이미 싫증나도록 들은 리스트의 랩소디로 상당히 능숙한 연주였으나 웬일인지 한 부분만 되풀이하고 있었다. 그 부분까지 가면 다시 처음부터 시작되었다. 네플류도프는 안대를 한 하녀에게 소장이 집에 계시느냐고 물었다.

하녀는 없다고 대답했다.

"곧 돌아오십니까?"

랩소디가 다시 뚝 멎었다. 그리고 다시 화려하고 요란하게 시작되었으나 그 대목까지 가서는 마법에라도 걸린 듯이 다시 뚝 멎었다.

"잠깐 물어보고 오겠어요."

이렇게 말하고 하녀는 안으로 들어갔다.

랩소디는 다시 요란하게 시작되었으나 그 저주의 대목까지 가기도 전에 갑자기 딱 멎었다.

"지금 안 계시고 오늘 밤에도 돌아오시지 않는다고 그래. 초대를 받고 가셨다고. 귀찮아 죽겠네."

여자의 목소리가 문 안에서 들렸다. 그리고 다시 랩소디가 울리다가 멎더니 의자를 움직이는 소리가 났다. 아마 화가 난 피아니스트가 직접 끈덕진 불청객을 쫓아 낼 작정인 모양이었다.

"아버지는 안 계세요."

눈 밑이 파리하고 창백한 안색에 머리카락을 아무렇게나 풀어헤치고 볼이 홀쭉한 처녀가 나와서 화난 듯이 툭 내뱉었다. 그러나 훌륭한 외투를 입은 젊은 신사를 보자 갑자기 상냥해졌다.

"어서 들어오세요……. 무슨 볼일이시죠?"

"어떤 여죄수를 만나보고 싶어서요."

"그러세요? 정치범이겠죠?"

"아니, 정치범은 아닙니다. 검사에게 통행증을 받아서 갖고 있습니다만……."

"하지만 아버지가 안 계셔서 저는 모르겠어요. 아무튼 잠깐 들어오세요." 그러면서 다시 좁은 현관에서 안으로 들이려 했다. "바쁘시면 부소장에게 물어보는 게 어떠세요? 지금 사무실에 계시니 그분에게 말씀해 보세요. 성함이 어떻게 되시죠?"

"고맙습니다."

그 물음에는 대답하지 않고 네플류도프는 현관에서 나왔다.

현관문이 채 닫히기도 전에 아까 같은 활발하고 떠들썩한 피아노 소리가 들리기 시작했다. 그것을 치고 있는 장소나, 끈기 있게 연습하고 있는 볼이 홀쭉한 처녀의 얼굴과는 전혀 어울리지 않는 음조였다. 네플류도프는 정원에서 물들인 코밑수염을 뾰족하게 들어 올린 젊은 장교를 우연히 만나 부소장에 대해서 물었다. 그 사람이 바로 부소장이었다. 그는 통행증을 받아들고 들여다보더니, 이것은 미결감 통행증이므로 이곳을 통과시켜도 좋을지 자기 혼자서 판단하기는 어렵다고 말했다. 게다가 이미 시간이 늦었다고 했다.

"내일 다시 오십시오. 내일 10시에 일반 면회가 허가됩니다. 소장님도 계실 겁니다. 내일은 일반 면회자와 함께 면회를 할 수 있고, 소장님의 허가가 있으면 특별히 사무실에서도 만나 볼 수 있습니다."

이리하여 이날은 끝내 카튜사를 만나지 못하고 발길을 돌려야 했지만, 이제 곧 카튜사를 만난다는 생각에 가슴을 두근거리면서 네플류도프는 길을 걸었다. 지금은 재판에 관해서는 완전히 잊어버리고, 검사나 부소장과 나눈 대화만 생각났다. 카튜사와의 면회를 허락받으려고 자기의 심중을 검사에게 털어놓은 일, 당장 카튜사를 만나려고 감옥을 두 군데나 찾아간 일을 생각하니 마음이 흥분되어서 좀처럼 가라앉지 않았다. 집으로 돌아오자마자 오래전부터 손대지 않았던 일기장을 꺼내어 여기저기 읽어본 다음, 다음과 같이 적었다.

나는 2년 동안이나 일기를 쓰지 않았다. 그리고 이 같은 어린애 장난으로 돌아가는 일은 이제 없으리라고 생각했었다. 그러나 이것은 어린애 장난이 아니라 바로 자기 자신, 즉 저마다 마음속에 품고 있는 참되고 거룩한 자기와의 대화이다. 이 자아가 오랫동안 잠들어 있었기 때문에 나는 이야기할 상대가 없었다. 그런데 내가 배심원으로 나갔던 4월 28일, 이상한 우연이 법정에서 이 자아를 눈뜨게 해주었다. 나는 그 옛날 내가 농락하고 버린 여자, 카튜사가 죄수복을 입고 피고석에 앉아 있는 모습을 보았다. 이상한 오해와 내 부주의 탓에 카튜사는 유형 판결을 받았다. 나는 오늘 검사를 찾아갔으며 감옥에도 다녀왔다. 면회는 허락되지 않았으나, 나는 카튜사를 만나 지난날의 잘못을 뉘우치고, 카튜사와 결혼을 해서라도 내 죄를 속죄하기 위해 있는 힘을 다할 결심을 했다. 주여, 저에게 힘을 빌려 주소서! 지금은 무어라 말할 수 없는 상쾌한 기분이다. 마음이 온통 기쁨 으로 넘쳐 있다.

37

그날 밤 마슬로바는 오랫동안 잠을 이루지 못했다. 그래서 눈을 뜨고 누운 채 교회지기의 딸이 왔다 갔다 할 때마다 보였다 사라졌다 하는 문을 가만히 바라보면서 이런저런 생각에 잠겼다.

사할린 같은 곳으로 유형을 가더라도 결코 죄수 따위와는 결혼하지 말자, 어떻게 해서든지 높은 관리나 서기나 간수도 좋고 조수라도 괜찮으니 그런 상대를 찾아야겠다고 생각했다. 그 치들은 모두 색에는 약하다.

'다만 여위지 않도록 조심해야지. 여자다움을 잃으면 끝장이야.'

카튜사는 자기를 열띤 눈으로 쳐다보던 변호사와 재판장의 눈과, 재판소 에서 일부러 옆을 지나가던 사람들의 눈빛이 생각났다. 미결수일 때 동료인 베르타가 면회를 와서, 카튜사가 키타예바의 유곽에서 일할 때 반해 있던 대 학생이 찾아와서 카튜사에 대해 이것저것 물으며 몹시 가엾어 하더라고 했 던 말이 떠올랐다. 빨강머리 여자와 싸움을 일으켰던 것을 생각하고 그 여자 가 불쌍해졌다. 빵을 싸게 주던 빵집 주인아저씨 얼굴이 떠올랐다. 여러 가 지 생각이 났지만 네플류도프만은 떠오르지 않았다. 어릴 때의 일이며, 처녀 시절의 일, 특히 네플류도프와의 사랑에 대해서는 한 번도 생각한 일이 없었 다. 그것은 너무나도 고통스러운 일이었다. 그러한 추억은 마음속 깊숙한 밑 바닥에 가만히 가라앉아 있었다. 꿈에서조차 한 번도 네플류도프를 본 적이 없었다. 오늘 법정에서 네플류도프를 알아보지 못한 것은, 마지막으로 만났 을 때 네플류도프는 군복차림으로 조그만 코밑수염을 길렀을 뿐 턱수염은 없었으며, 길지는 않았지만 숱 많은 고수머리였다. 지금은 짐짓 점잖은 얼굴을 하고 턱수염을 기른 탓도 있겠으나, 그보다는 카튜사가 한 번도 네플류도프를 생각한 일이 없었기 때문이었다. 과거에 있었던 네플류도프와의 모든 추억을, 네플류도프가 싸움터에서 돌아오는 길에 고모 집에 들르지 않고 그대로 지나가 버린 날의, 그 무섭고도 어두운 밤 속에 묻어 버렸다.

그날 밤까지는 카튜사도 네플류도프가 틀림없이 들러줄 것으로 알고 배 속의 아기를 괴롭게 생각하지 않았을 뿐 아니라, 그 아기가 배 속에서 부드럽게, 때로는 갑자기 세게 꿈틀거리면 곧잘 놀라움과 동시에 감동마저 느꼈다. 그러나 그날 밤을 끝으로 모든 것이 바뀌어 버렸다. 태어날 아기도 인생의 걸림돌로만 여겨졌다.

고모들도 네플류도프를 기다리다 못해 들르라고 편지를 냈지만, 네플류도프는 정해진 날까지 페테르부르크에 닿아야 하므로 들를 수가 없다는 전보를 보내왔다. 카튜사는 그것을 알고 하다못해 한 번 보기라도 하려고 역에 나갈 결심을 했다. 기차는 밤 2시에 지나가기로 되어 있었다. 카튜사는 여주인들이 잠든 뒤에 찬모의 딸인 미쉬카라는 소녀를 설득해 같이 가기로 했다. 그리고 헌 구두를 신고 수건으로 머리를 싸고는 옷자락을 걷어 올리고 역으로 달려갔다.

빗방울이 섞인 바람이 부는 어두운 가을 밤이었다. 따뜻한 굵은 빗방울이 후드득 내리다가 멈추곤 했다. 들판은 발밑의 길도 보이지 않았고 숲 속은 벽난로 속처럼 캄캄했다. 카튜사는 길을 알고 있었는데도 숲 속에서 길을 잃어, 기차가 3분밖에 머무르지 않는 조그만 역에 닿은 것은 일찌감치 미리 가 있겠다던 희망도 헛되이 두 번째 벨이 울린 뒤였다.

플랫폼으로 달려 올라간 카튜사는 곧 일등차 창문으로 네플류도프의 모습을 보았다. 그 객실 안은 한층 더 밝았다. 웃옷을 벗은 두 장교가 벨벳 시트 위에 마주앉아 트럼프를 치고 있었다. 창가 쪽 작은 탁자 위에는 촛농이 흐르는 굵은 초가 몇 개나 켜져 있었다. 네플류도프는 몸에 딱 붙는 승마 바지에 흰 셔츠차림으로 의자의 팔걸이에 걸터앉아 무엇 때문인지 웃고 있었다. 카튜사는 네플류도프를 보자 재빨리 곱은 손으로 창문을 두드렸다.

그때 세 번째 벨이 울리고 기차가 천천히 움직이기 시작했다. 처음에는 덜컹하고 뒤로 흔들렸다가 차량을 하나씩 끌고 앞으로 나아갔다. 트럼프를 치고 있던 한 사람이 카드를 손에 든 채 일어나서 창문 쪽을 보았다. 카튜사는 한 번 더 두드리고 유리창에 얼굴을 밀어댔다. 그때 그 차량도 덜컹 한 번 흔들리더니 천천히 움직이기 시작했다. 카튜사는 창문을 들여다본 채 옆으로 걸었다. 장교가 창문을 내리려 했으나 잘 내려지지 않았다. 네플류도프가 일어나서 그 장교를 밀어내고 창을 내리려 했다. 기차가 차츰 빨라졌다. 카튜사는 창에서 눈을 떼지 않고 처지지 않게 종종걸음으로 달렸다. 기차는 점점 더 속도가 빨라졌다. 그리고 창문이 내려짐과 동시에 차장이 카튜사를 밀어내고 트랩에 올랐다.

카튜사는 혼자 남았다. 그러나 여전히 플랫폼의 젖은 널빤지 위를 계속 달렸다. 마침내 플랫폼이 끝났다. 카튜사는 넘어지지 않으려고 기를 쓰며 층계를 뛰어내렸다. 카튜사는 계속 달렸다. 그러나 일등차는 이미 아득히 앞쪽에 가 있었다. 이등차가 곁을 스치며 지나가는가 싶더니 이어서 삼등차가 더 빠른 속도로 지나갔다. 그래도 카튜사는 정신없이 달렸다. 신호등을 단 마지막 차량이 지나갔을 때, 카튜사는 벌써 울타리를 벗어나 급수 탱크 앞까지 와 있었다. 바람이 심하게 불어 머릿수건이 날아가고 치맛자락이 다리에 휘감겼다. 그래도 카튜사는 계속 달렸다.

"아줌마, 미하일로브나 아줌마!" 가까스로 카튜사 뒤를 따라오면서 소녀가 소리쳤다. "머릿수건이 날아갔어요!"

'그이는 환한 차량에서 부드러운 벨벳 좌석에 앉아 농담을 하며 술을 마시고 있는데, 나는 이런 캄캄한 진창에 서서 비바람을 맞으며 울고 있다니.' 카튜사는 이렇게 생각하고 그 자리에 멈춰 서서 머리를 뒤로 획 젖히더니 갑자기 소녀를 꽉 껴안고 와락 울음을 터뜨렸다.

"아, 가버렸어!" 카튜사가 소리쳤다.

소녀는 깜짝 놀라 젖은 옷 위로 카튜사를 껴안았다.

"아줌마, 집에 가요!"

'이번에 기차가 오면……. 뛰어들자. 그러면 다 끝난다.' 소녀에게 대답도 하지 않고 카튜사는 이런 생각을 하고 있었다.

카튜사는 그렇게 하기로 결심했다. 그러나 그때, 흥분이 지나고 마음이 진정되는 처음 순간에는 흔히 있는 일이지만, 아기가, 배 속에 있는 네플류도프의 아기가 갑자기 꿈틀하더니 툭 부딪쳤다가는 쭉 몸을 펴고 다시 무언지 가늘고 보드랍고 뾰족한 것으로 콕콕 찌르기 시작했다. 그러자 불현듯 방금 전까지만 해도 도저히 살 수 없다고 생각될 만큼 자기를 괴롭히던 것, 네플류도프에 대한 증오, 하다못해 죽음으로써 복수하겠다던 마음, 이 모든 것이 눈 녹듯 사르르 사라졌다. 카튜사는 마음을 가라앉히고 벌떡 일어나서 옷매무새를 고치고 머릿수건을 쓰고는 서둘러 집으로 걸어갔다.

카튜사는 피로에 지치고 비에 젖고 흙투성이가 되어서 돌아왔다. 그리고 그날부터 그 내부에 정신적인 변화가 시작되고, 그것이 카튜사를 오늘과 같은 여자로 만들었다. 그 무서운 밤 뒤로 카튜사는 선(善)을 믿지 않게 되었다. 그때까지는 스스로도 선을 믿었고, 남들도 선을 믿는 줄 알고 있었다. 그런데 그날 밤 이후로는, 아무도 선 따위는 믿지 않으며, 신이나 선을 운운하는 것은 단지 사람들을 기만하는 것이라고 확신하게 되었다. 자기가 사랑했고 자기를 사랑해준 그 남자(카튜사는 그렇게 믿고 있었다)가 자기의 육체를 맘껏 맛보고 자기의 순정을 희롱하고 자기를 버렸다. 그래도 네플류도프는 카튜사가 알고 있는 사람들 가운데서도 가장 훌륭한 사람이었다. 다른 사람들은 더 나빴다. 그 뒤에 겪은 일들이 그것을 입증했다. 네플류도프의 고모들은 신앙심 깊은 노부인들이었으나, 카튜사가 더는 일을 못하게 되자 내쫓아버렸다. 카튜사가 만난 모든 여자는 카튜사를 이용하여 돈을 벌려고 애썼고, 모든 남자는 늙은 경찰서장을 비롯하여 감옥의 간수에 이르기까지 카튜사를 즐기는 대상으로 바라보았다. 어떤 남자에게나 쾌락 말고는 아무것도 없었다. 이것을 다시 뒷받침해 준 것은 카튜사가 자유로운 생활을 시작한 지 2년 만에 만난 그 늙은 작가였다. 그 작가는 거기에야말로 모든 행복이 있다, 그것이야말로 시(詩)다, 아름다움이다 하며 당당하게 떠벌리기까지 했다.

모든 사람이 자기 자신을 위해, 자기의 즐거움만을 위해서 살고 있었다. 신이다 선이다 하는 말은 전부 기만이었다. 어째서 이 세상은 서로 나쁜 짓을 하고 모두가 괴로워하는 어리석은 구조로 되어 있을까 하는 의문이 생겨도 그런 것은 생각지 않는 것이 좋았다. 혹시 쓸쓸해지면 담배를 피우거나 술을 마셨다. 아니, 무엇보다도 좋은 것은 남자와 노는 일이었다. 그러면 모든 것은 날아가 버렸다.

38

이튿날은 일요일이었다. 여느 때와 마찬가지로 새벽 5시가 되자 어김없이 기상을 알리는 호각 소리가 여죄수 감방 복도에서 요란스럽게 울렸다. 이미 잠을 깨어 눈을 뜨고 있던 코라블료바가 카튜사를 흔들어 깨웠다.

'이제 난 유형수다!' 카튜사는 눈을 비비면서, 아침이면 지독하게 악취가 감도는 감방 공기를 들이마시다가 문득 이런 생각을 하고 가슴이 철렁 내려앉았다. 다시 잠들어 무의식의 세계로 달아나고 싶었으나 이미 습관이 되어 버린 두려움이 잠을 이겼다. 카튜사는 몸을 일으켜 침대 위에 쪼그리고 앉아 여기저기를 둘러보았다. 여죄수들은 벌써 일어나고 아이들만 아직도 자고 있었다.

눈이 툭 튀어나온 밀주장수 여자는 아이를 깨우지 않으려고, 조심조심 아이 밑에 깔린 죄수복 옷자락을 빼내고 있었다. 공무 집행 방해로 투옥된 여자는 기저귀로 쓰는 누더기를 벽난로 앞에 널고 있었다. 그녀의 여자아이는 푸른 눈을 가진 페도샤의 품에 안겨 악을 쓰며 울고 있었다. 페도샤는 부드러운 목소리로 어린애를 달래면서 몸을 좌우로 흔들고 있었다. 폐병쟁이 여자는 가슴을 부둥켜안고 얼굴이 새빨갛게 되도록 기침을 하다가는 사이사이 고통스러운 듯 소리를 질렀다. 빨강머리 여자는 눈을 뜨고도 그냥 반듯이 드러누워 큰 소리로 신이 나서 간밤에 꾼 꿈 이야기를 했다. 방화범 노파는 여느 때와 마찬가지로 성상 앞에 서서 똑같은 말을 중얼거리면서 성호를 긋고 절을 했다. 교회지기의 딸은 침대에 걸터앉아 까딱도 않고 잠이 덜 깬 게슴츠레한 눈으로 앞을 보고 있었다. '미인'은 기름을 바른 빳빳한 머리카락을 손가락에 감아 곱슬곱슬하게 만들고 있었다.

복도에서 털가죽 신을 끄는 발소리와 자물쇠를 철걱거리는 소리가 들리더니 웃옷에 짤뚱한 짧은 회색 바지를 입은, 용변통을 치우는 남자 죄수 두 명이 들어왔다. 둘은 엄숙한, 화라도 난 듯한 얼굴로 악취가 풍기는 통을 멜대에 걸쳐 메고 감방 밖으로 나갔다. 여죄수들은 세수를 하러 수도꼭지가 있는 복도로 몰려나갔다. 여기서 빨강머리 여자는 옆방에서 나온 여죄수와 또 한 바탕 싸움을 벌였다. 욕설과 고함과 울부짖음이 난무했다.

"독방에 처박아야 알겠어?" 간수가 호통치며, 빨강머리의 다 드러난 살집 좋은 등을 복도 끝까지 울리도록 철썩 후려쳤다. "조용히 못해!"

"아니, 영감님, 힘도 좋으셔."

빨강머리는 그런 취급을 당하면서도, 자기를 애무하는 줄 알고 말했다.

"자, 빨리들 해. 잘못하단 예배에 늦는다고!"

카튜사가 머리를 다 빗기 전에 소장이 직원들을 거느리고 들어왔다.

"점호!" 간수가 외쳤다.

다른 감방에서도 여죄수들이 나왔다. 그들은 복도에 두 줄로 나란히 섰다. 모두 앞사람 어깨에 두 손을 얹고 점호했다.

모든 감방에서 쏟아져 나온 100명 남짓한 여죄수들이 일렬로 걸었다. 카튜사와 페도샤는 그 중간쯤에 끼어 있었다. 대부분이 흰 수건에 흰 웃옷과 흰 치마를 입고 있었으나, 그 가운데에는 색색깔의 사복을 입은 사람들도 어쩌다 섞여 있었다. 아이를 데리고 남편을 따라 유형지로 가는 아내들이었다. 층계는 이들의 행렬로 메워졌다. 털가죽신의 가벼운 발걸음 소리와 말소리 사이사이로 웃음소리도 들렸다. 카튜사는 모퉁이에서 자기의 적인 보치코바를 발견하고 페도샤에게 알려 주었다. 층계를 내려가자 여죄수들은 입을 다물고 성호를 그으며 절을 한 다음 금빛 찬란한 텅 빈 예배당 문으로 들어갔다. 여죄수들의 자리는 오른쪽이었다. 그들은 서로 밀치면서 자리를 잡고 나란히 앉았다. 여죄수들의 뒤를 이어, 이송 중인 자, 복역 중인 자, 유형을 선고받은 자 등 회색 죄수복을 입은 남자 죄수들이 왁자하게 기침을 하면서 들어와 중앙과 왼쪽 자리에 뒤죽박죽 섞여 앉았다. 2층 성가대 자리에는 먼저 도착한 죄수들이 늘어서 있었다. 한쪽에서는 머리를 절반쯤 깎은 유형수들이 마치 자기들의 존재를 알리기라도 하듯 발에 찬 쇠고랑을 철거덕거렸고, 그 맞은편에는 아직 머리도 깎지 않고 쇠고랑도 차지 않은 미결수들이 서 있었다.

이 예배당은 얼마 전 어느 부자 장사꾼이 몇만 루블을 기증해서 새로 지은 것으로, 온통 눈부신 밝은 색채와 금으로 찬란하게 꾸며져 있었다.

잠시 예배당 안에는 침묵이 감돌았다. 단지 코를 푸는 소리, 기침소리, 아이들이 우는 소리, 쇠고랑 쩔렁거리는 소리만이 이따금 들렸다. 이윽고 한가운데 자리 잡은 죄수들이 갑자기 어수선해지더니 가운데에 길을 텄다. 그 통로를 소장이 천천히 걸어 들어와 사람들 앞으로 나가서 예배당 한가운데 섰다.

39

예배가 시작되었다.

예배는 매우 이상하고 거추장스러운 금빛 찬란한 비단 제의를 입은 사제가 빵을 잘게 찢어서 작은 접시에 올려놓고, 여러 사람의 이름과 기도문을 번갈아 외면서 포도주 잔에 그 빵을 적시는 것이 전부였다. 그동안 부사제는 끊임없이 갖가지 기도 문구를 혼자 외다가 너무 어려워서 이윽고 죄수들로 만들어진 성가대와 번갈아 노래를 불렀다. 그 기도는 슬라브말로 되어 있었는데, 본디 그 자체가 어려운데다 너무 속도가 빨랐기 때문에 아무도 알아들을 수가 없었으나 요컨대 내용은 황제 폐하와 그 일족의 안녕을 비는 것이었다. 이 기도문은 다른 기도문과 함께, 때로는 특별히 따로 떼어서 여러 번 되풀이되었는데 그때마다 사람들은 무릎을 꿇었다. 부사제는 이 밖에도 사도행전 가운데 몇 구절을 내리읽었으나 목소리가 지나치게 긴장되어 있어서 역시 알아듣기가 힘들었다. 그러나 사제는 아주 똑똑한 목소리로 마르코의 복음서(마가복음) 가운데 한 구절을 읽었다. 그것은 '부활하신 예수 그리스도께서 하늘에 오르셔 하느님 아버지의 오른쪽에 앉기 전에 먼저 막달라 마리아에게 나타나 그 몸에서 일곱 악령을 쫓아내시고 11명의 제자들에게 나타나 말씀하되 온갖 천지 만물에게 복음을 전하라, 믿지 않는 자는 벌을 받고 믿고 세례를 받는 자는 구원을 얻으리라 하시고, 병든 자에게 손을 얹음으로써 병을 낫게 하고, 새로운 말로써 이야기를 하며, 뱀을 맨손으로 잡을 뿐 아니라 독을 마셔도 죽지 않고 여전히 건강하시더라'는 내용이었다.

이 예배의 요점은 사제가 잘게 찢어 포도주에 적신 빵 조각이 일정한 의식과 기도를 거쳐 하느님의 살과 피로 바뀐다고 생각되는 데 있었다. 일정한 의식이라는 것은 사제가 그 거추장스러운 금빛 찬란한 제의 자락이 방해가 되는데도 두 손을 높이 쳐들고 한참 동안 그대로 서 있다가 그 자세로 꿇어앉아 탁자와 그 위에 놓여 있는 물건에 입을 맞추는 일이었다. 그 가운데서도 가장 중요한 동작은 사제가 접혀 있는 하얀 냅킨을 두 손으로 펴서 접시와 금잔 위에서 흔드는 것이었다. 바로 이때 포도주와 빵이 하느님의 피와 살로 바뀐다고 생각되고 있기 때문에 예배 가운데서도 특히 이 대목이 가장 엄숙하게 꾸며져 있었다.

"가장 거룩하시고 정결하시며 다복하신 성모를 위하여."

사제는 성상벽 뒤로 가서 우람한 소리로 기도문을 읽었다. 그러자 성가대가 그 뒤를 받아 장엄하게, 처녀성을 잃지 않고 그리스도를 낳은 동정녀 마리아를 찬미하는 것은 실로 훌륭한 일이며, 마리아야말로 천사 켈빔보다 더한 존경과 세라핌보다 더한 영예를 받았다는 뜻의 노래를 불렀다. 이 노래가 끝나자 성찬의 기적이 이루어진 것으로 간주하고 사제는 접시에서 하얀 냅킨을 걷어치운 다음, 가운데의 빵조각을 넷으로 썰어 먼저 포도주에 적시고 다시 그것을 자기 입에 넣었다. 이로써 사제는 하느님의 살 한 점을 먹고 피한 모금을 마신 셈이었다. 이 의식을 끝낸 사제는 휘장을 걷고 가운데 문을 연 다음 금잔을 들고 제단 앞으로 나와서, 잔 속에 있는 하느님의 피와 살을 먹고 싶은 사람은 앞으로 나오라고 말했다.

이 부름에 따라 아이들 몇 명이 앞으로 나갔다.

사제는 먼저 아이들의 이름을 하나하나 물어보고 나서 침착하게 잔 속에서 포도주에 적신 빵조각을 숟가락으로 떠내어 차례로 하나씩 아이들의 입에 넣어 주었다. 그러자 옆에서 부사제가 아이들의 입을 재빨리 닦아주며, 아이들이 하느님의 살을 먹고 그 피를 마셨다는 뜻의 노래를 불렀다. 그것이 끝나자 사제는 다시 잔을 성상벽 뒤로 가지고 가서 잔에 아직 남아 있는 하느님의 피와 살을 깨끗이 먹어치운 다음 콧수염을 핥고 입과 잔을 말끔히 닦아낸 뒤, 만족스러운 표정으로 얇은 송아지 가죽으로 만든 구두를 울리면서 성상벽 뒤에서 성큼성큼 걸어 나왔다.

이것으로 러시아 정교의 주요 예배 절차는 모두 끝났다. 그러나 사제는 불행한 죄수들을 위로하기 위해서 보통 예배행사 말고 또 특별한 의식을 준비해 놓고 있었다. 이 특별한 의식에 따라, 사제는 지금 자기가 막 먹은 하느님의 모습을 본떠 동으로 만든 뒤 금박을 입히고(얼굴과 손은 검었다) 열 자루의 촛불로 비춘 성상 앞에 서서 노래도 아니고 설교도 아닌 이상한 말투로 기도했다.

"자비로우신 예수님, 사도의 영광이시며 순교자의 찬송이시고 전지전능하신 예수님이시여, 우리를 구원해 주시옵소서. 우리의 구원이시며 가장 아름다우신 주 예수여, 당신을 그리며 모여드는 모든 자들을 구원하소서. 우리 구주이신 주 예수여, 당신을 낳으신 자와 당신의 거룩하신 뭇 예언자들의 기도에 의하여 우리를 긍휼히 여기소서. 우리 구주 예수여, 천국의 기쁨을 우리에게 베풀어 주시옵소서. 모든 인간을 사랑하시는 주 예수여!"

여기서 사제는 잠시 말을 멈추고 숨을 들이쉬었다가 내쉰 뒤 성호를 긋고 나서 허리를 깊이 굽혀 절을 했다. 죄수들은 그 행동에 따랐다. 소장도 간수들도 머리를 숙였다. 2층에서는 철거덕거리는 족쇄 소리가 한결 더 시끄럽게 들려왔다.

"모든 천사를 만드시고 절대의 권위를 지니신 주여." 사제는 다시 말을 계속했다. "참으로 영묘하신 예수여, 모든 천사의 놀라움, 우리 조상의 구원이신 참으로 힘이 세신 예수여, 자비로우시고 온 족장의 찬송이신 예수여, 모든 왕들 위에 군림하시는 왕 가운데 왕이신 예수여, 모든 예언자들의 증표이신 예수여, 기적을 이룬 모든 순교자의 기둥이신 예수여, 온화하시고 모든 수도자의 기쁨이신 예수여, 인자하시고 모든 사제의 동경이신 예수여, 너그러우시고 수도자의 계율이신 마음 착하신 예수여, 모든 성인 성녀의 기쁨이시고 동경이신 예수여, 동정인 사람들의 수호자이신 정결하신 예수여, 영원하시고 모든 죄인들의 구원자이신 예수여, 하느님 아버지의 독생자이신 예수여……. 우리를 긍휼히 여기소서." '예수여'라는 말을 되풀이할 때마다 사제는 차츰 목소리를 휘파람처럼 높이면서 겨우겨우 말끝을 맺었다. 사제가 한쪽 손으로 비단 안감을 댄 옷자락을 붙들고 한쪽 무릎만을 굽혀 마루에 이마가 닿도록 깊숙이 절하자 성가대는 사제의 마지막 말을 노래로 부르기 시작했다. "하느님 아버지의 독생자이신 예수여, 우리를 긍휼히 여기소서……."

죄수들은 반쯤 깎은 머리를 치켜들고 말라빠진 발목에 파고드는 쇠고랑을 쩔그렁거리면서 계속 꿇어앉았다 일어났다 했다.

이런 식으로 예배는 매우 오랫동안 계속되었다. 성가대는 처음 '우리를 긍휼히 여기소서……'라는 말로 끝나는 노래를 부르더니 이어 '할렐루야'라는 말로 끝나는 새로운 찬송가를 불렀다. 죄수들은 처음에는 찬송가 한 구절이 끝날 때마다 성호를 그으면서 무릎을 꿇고 머리를 숙였으나, 나중에는 한 번 걸러 하고 두 번 걸러 하다가 이윽고 찬송가가 모두 끝났을 때는 모두가 가슴을 쓸어내리며 좋아했다. 사제도 긴 숨을 토하고 나서 기도서를 덮고 성상 벽 뒤로 들어갔다. 이제 마지막으로 한 가지 일만 남아 있었다. 사제는 커다란 탁자 위에 놓인, 각각 끝에 칠보 메달이 달린 금 십자가를 집어 들고 예배당 한가운데로 걸어 나왔다. 먼저 소장이 사제 앞으로 걸어 나가 십자가에 입을 맞추고 그 다음에는 부소장, 이어서 간수들이 입을 맞추었다. 그 뒤를 죄수들이 서로 밀치면서 나직이 욕지거리를 내뱉으며 사제 앞으로 나아갔다. 사제는 소장과 잡담을 나누면서 죄수들의 입에, 때로는 코언저리에 십자가와 자기 손을 갖다 대었다. 죄수들은 십자가와 사제의 손에 입을 맞추려고 열심이었다. 이렇게 해서 길 잃은 어린양들을 위로하고 바른 길로 인도해주는 그리스도교의 예배 의식은 마침내 끝났다.

40

이 예배에 참석한 사람들은 사제와 소장을 비롯하여 카튜사에 이르기까지 아무도 그런 생각을 하지 않았지만 실로 예수는, 사제가 온갖 괴상한 말로 찬송하면서 휘파람 소리 같은 목소리로 수없이 그 이름을 되풀이한 예수 그 자신은 이 자리에서 벌어진 바로 그런 일을 모두 금했다. 예수는 비단 사제가 빵과 포도주를 앞에 놓고 의미도 없는 말을 횡설수설하면서 모독적인 푸닥거리를 하지 못하도록 금했을 뿐 아니라 몇몇 사람들이 다른 사람들을 스승이라고 부르는 것을 명백히 금했으며, 예배당 안에서의 요란한 기도 대신 각자 조용히 기도를 올리라고 명했었다. 예수는 또한 예배당 자체를 금하고 자기는 제단을 헐어버리기 위하여 왔으며, 기도는 예배당 안에서 하는 것이 아니라 마음과 진실 속에서 해야 한다고 말했다. 무엇보다도 이곳에서 벌어지고 있는 것과 같이 남을 재판하고 잡아 가두고 괴롭히고 욕보이고 고문하는 것을 금했고, 다른 사람에 대한 폭력을 금했으며, 나는 잡힌 자들을 자유롭게 해방해 주기 위하여 왔노라고 말했다.

이 자리에 참석한 사람 가운데 누구 한 사람도 깨닫지 못한 일이지만, 여기서 벌어진 일들은 그리스도의 이름으로 진행되었지만 사실은 그리스도에 대한 가장 큰 모독이자 우롱이었다. 사제가 죄수들에게 입 맞추게 한, 끝에 칠보 메달이 달린 금 십자가만 하더라도 예수가 그와 같은 짓을 금한 대가로 사형을 받았을 때 사용된 바로 그 형구를 본뜬 것이라는 생각을 한 사람은 하나도 없었다. 그리고 빵과 포도주를 먹음으로써 그리스도의 살을 먹고 그 피를 마신다고 철석같이 믿고 있는 사제들은 실제로 그리스도의 살을 갉아먹고 그 피를 빨아들이는 셈이었다. 그러나 그것은 빵조각이나 포도주를 먹음으로써가 아니라, 사제들이 그리스도가 자기와 동등하게 여겼던 '연약한 사람들'을 현혹함은 물론 그리스도가 전파한 복음을 그들이 보지 못하게 가려서 그들의 가장 큰 행복을 빼앗고 그들을 가혹한 고통에 빠뜨림으로써라는 의미에서였지만 아무도 그런 것을 깨닫지 못했다.

사제는 지금 하고 있는 모든 일에 대하여 털끝만큼도 양심의 가책을 느끼지 않았다. 어릴 때부터 이것이 옛날의 모든 성자들이 믿어 왔고 지금도 종교계나 속세의 모든 높은 사람들이 믿고 있는 오직 하나의 참된 종교라고 배워왔기 때문이다. 빵이 정말 살로 바뀐다든가, 될 수 있는 대로 말을 길게 늘어놓는 것이 영혼을 구제하는 데 더 효과적이라든가, 또는 지금 먹은 것이 정말로 하느님의 살이라고 믿고 있는 것은 아니었다. 그런 것을 어찌 믿을 수 있겠는가. 다만 이런 신앙을 믿어야 한다는 것을 믿고 있을 뿐이었다. 이 신앙을 절대적인 것으로 여기는 가장 큰 이유는 이러한 성례를 주관함으로써 이미 18년 동안이나 일정한 보수를 받아 왔으며 그것으로 가족을 부양하느라 아들을 중학교에, 딸을 신학교에 보내고 있다는 사실이었다. 이런 점에서 본다면 부사제가 사제보다 믿음이 더 깊다고 할 수 있었다.

왜냐하면 신앙의 본질과 교리 따위는 까마득한 옛날에 잊어버리고, 지금은 장례식이나 추도식이나 시간마다 올리는 예배나 보통 기도식이나 성가대가 딸린 기도식 등등에는 일정한 값이 매겨져 있으며, 신실한 기독교인이라면 그 돈을 기꺼이 지불한다는 사실밖에 몰랐기 때문이다. 그래서 부사제는 마치 장사꾼이 장작이나 밀가루나 감자를 파는 것과 같은 태연한 심정으로, 자기 일의 필요성을 확신하고 '주여 긍휼히 여기소서' 하고 소리치거나 일정한 구절을 노래 부르기도 하고 큰 소리로 읽기도 했다. 소장이나 간수들에 이르러서는 신앙의 교리가 어떤 것인지, 예배당에서 진행되는 모든 일이 무엇을 뜻하는지 그런 것은 전혀 모르고 있었으며 또 알려고도 하지 않았다. 높은 사람들은 물론 황제조차도 이 종교를 믿고 있으니 자기도 꼭 믿어야 하는 것이라고 믿고 있을 뿐이었다. 그뿐 아니라 어렴풋이나마 이 신앙이 그들의 잔혹한 직무를 변호해 주고 있다는 느낌을 갖고 있었다. 그러나 그들 가운데 왜 그렇게 되는지 또렷하게 설명할 수 있는 사람은 아무도 없을 것이다. 만일 이러한 신앙마저 없었더라면 지금처럼 남을 괴롭히는 일을 그토록 편안한 마음으로 온 힘을 기울여서 해치우기란 곤란할 뿐 아니라 불가능한 일이었을 것이다. 이 감옥의 소장만 해도 실은 몹시 선량한 사람이었으므로, 만약 이 신앙에서 마음의 의지를 얻지 못했더라면 이런 직무를 감당해 낼 수 없었을 것이다. 그래서 아까도 꼿꼿이 선 채로 열심히 머리를 숙이고, 성호를 긋고, 〈켈빔과 함께〉라는 노래를 부를 때에는 짐짓 감동해 보려고 노력도 했고, 또 사제가 성찬을 나눠 줄 때에는 앞으로 걸어 나가서 성찬을 받는 아이들을 안아들고 한참 서 있기도 한 것이다.

이 신앙이 사람들에게 끼치고 있는 기만성을 명확히 알아차리고 속으로 비웃는 몇몇 사람들을 뺀 대부분의 죄수들은, 이들 금빛 찬란한 성상과 양초와 술잔과 제의와 십자가와 '전능하신 예수'니 '긍휼히 여기소서'니 하고 수없이 되풀이되는 이해하기 힘든 말 속에 무언가 신비로운 힘이 깃들어 있어서 이승에서나 저승에서나 많은 평안을 줄 거라고 믿고 있었다. 그 대부분은 기도나 예배나 양초 헌납 등의 방법으로 이 세상의 행복을 얻으려고 여태껏 노력해왔으나 얻지 못했고 기도도 이루어진 적이 없었다. 그러나 누구나가 그건 실수에 불과하며, 학자나 주교가 인정하는 이 제도는 이승을 위한 것까지는 아닐지라도 저승에는 꼭 필요한 매우 중요한 것이라고 굳게 믿었다.

카튜사 역시 그렇게 믿었다. 카튜사도 예배가 진행되는 동안 다른 사람들과 마찬가지로 경건함과 지루함이 뒤섞인 감정을 느끼고 있었다. 카튜사는 처음에는 성상벽 뒤에 몰려 있는 사람들 사이에 서 있었으므로 자기의 동료들밖에 볼 수가 없었다. 성찬을 받을 아이들이 앞으로 나갈 때 카튜사도 페도샤와 함께 앞으로 나가면서 처음으로 소장의 모습을 보았다. 그때 소장 뒤에 서 있는 간수들 틈으로, 희끄무레한 턱수염을 기르고 밤색 머리카락을 한 농부가 서 있는 것이 눈에 들어왔다. 그 농부는 페도샤의 남편으로, 자기 아내를 뚫어지게 보고 있었다. 카튜사는 성가를 부르는 내내 열심히 그 남자를 쳐다보며 페도샤와 귀엣말을 주고받느라고 정신이 팔려서, 주위 사람들이 할 때만 따라서 성호를 긋거나 머리를 숙였다.

41

네플류도프는 아침 일찍 집을 나섰다. 골목길에서는 시골에서 짐마차를 끌고 올라온 농부가 아직도 이상한 목소리로 외치고 있었다.

"우유요, 우유! 우유요, 우유!"

전날 밤에 처음으로 따뜻한 봄비가 내렸다. 포석이 깔리지 않은 길가에는 어디나 풀들이 파릇파릇한 싹을 내밀기 시작했다. 마당에 서 있는 자작나무에는 파르스름한 솜털이 온통 돋아났으며 벚나무와 포플러에는 길쭉한 이파리가 향기롭게 돋아나고 있었다. 살림집과 가게들은 이중창을 떼어내고 청소를 하고 있었다. 네플류도프가 마차를 타고 지나가는 고물 시장에는 한 줄로 늘어선 점포들마다 수많은 사람이 들끓었고, 장화를 옆에 끼거나 줄이 선 바지와 조끼를 어깨에 걸친 누더기 옷차림의 남자들이 시장바닥을 돌아다니고 있었다.

선술집 언저리는 벌써부터 공장에서 놀러 나온 직공들로 붐비고 있었다. 남자 직공들은 말쑥한 반외투를 입고 번쩍거리는 장화를 신었으며, 여자 직공들은 화려한 비단 스카프로 머리를 싸매고 유리구슬 장식이 달린 외투를 입고 있었다. 순경들은 노란 권총 끈을 뽐내면서 저마다 자기 담당 장소에 서서, 무슨 심심풀이 사건이라도 일어나지 않나 기대하는 눈으로 여기저기를 두리번거리고 있었다. 가로수길이나 이제 막 파릇파릇 잔디가 돋아나기 시작한 잔디밭에는 아이들과 개들이 한데 어울려 뛰놀고 있었으며, 유모들은 벤치에 나란히 앉아서 서로 재미있게 이야기들을 나누고 있었다.

그늘진 왼쪽은 아직도 축축하고 눅진눅진했으며 길 한복판만 말라 있는 차도 위를 무거운 짐마차가 끊임없이 요란한 소리를 울리면서 달려가고 있었고, 승용 마차가 가볍게 바퀴를 울리는 소리와 철도 마차의 방울 소리가 온 거리를 휘덮고 있었다. 지금 감옥에서 거행되고 있는 것과 같은 예배로 사람들을 불러들이기 위해 여기저기에서 들려오는 종소리에 주위의 대기가 진동하고 있었다. 한껏 차려입은 사람들은 저마다의 성당으로 발길을 서두르고 있었다.

네플류도프를 태운 마차는 감옥 정문 앞까지 가지 않고 감옥으로 가는 길 모퉁이에서 멈추었다.

보따리를 옆에 낀 몇 명의 남녀가 감옥에서 백 걸음쯤 떨어진 이 길모퉁이에 서 있었다. 길 오른쪽에는 그리 크지 않은 목조 건물들이 늘어서 있고 왼쪽에는 무슨 간판을 단 2층집이 서 있었다. 석조 건물인 감옥은 그 앞에 있었는데, 면회자들은 감옥 바로 앞까지 다가가는 것이 금지되어 있었다. 총을 멘 보초가 왔다 갔다 하면서 그쪽으로 다가가려는 사람들을 무섭게 야단치고 있었다.

오른쪽 목조건물의 나무문 옆, 보초와 정면으로 마주보는 위치에 놓인 벤치에는 가장자리를 금줄로 두른 제복을 입고 손에 명부를 든 간수가 앉아 있었다. 면회자가 그 앞에 가서 만나고 싶은 사람의 이름을 대면 그는 그 이름을 명부에 적었다. 네플류도프도 간수 앞에 가서 예카테리나 마슬로바의 이름을 댔다. 금줄로 장식한 제복을 입은 간수가 그 이름을 명부에 적었다.

"왜 아직 들어갈 수 없습니까?" 네플류도프가 물었다.

"지금 예배를 보고 있는 참입니다. 끝나는 대로 곧 들어갈 수 있을 겁니다."

네플류도프는 기다리고 있는 면회자들 쪽으로 걸어갔다. 그때, 누더기를 걸치고 헐어빠진 모자에 맨발에는 다 떨어진 신을 꿰어 신은, 얼굴이 온통 붉은 얼룩으로 얼룩덜룩한 남자가 불쑥 나와서 감옥 쪽으로 가려고 했다.

"이봐, 어디 가는 거야?" 총을 멘 병사가 소리쳤다.

"거 되게 그러네!" 누더기를 걸친 남자가 보초의 고함에도 조금도 기죽지 않고 대꾸하면서 되돌아왔다. "들여보내주지 않으면 기다리면 되지! 쳇, 뭐 대단한 것처럼 호령을 하고 야단이람. 제가 무슨 장군이나 된 것처럼 말이야."

모인 사람들 속에서 잘한다는 듯이 와 하고 웃음소리가 터졌다. 면회자들은 대체로 초라한 옷차림을 하고 있었는데 그 가운데에는 누더기를 걸친 사람도 더러 있었지만 몇 명은 점잖은 차림을 하고 있었다. 네플류도프 옆에는 훌륭한 옷을 입고 혈색 좋은 얼굴에 깨끗하게 면도를 한 뚱뚱한 남자가 속옷이 든 것 같은 보따리를 들고 서 있었다. 네플류도프는 그 남자에게 처음으로 면회하러 왔느냐고 물어보았다. 보따리를 든 남자는 일요일마다 온다고 대답했다. 두 사람은 여러 가지 이야기를 나누었다. 그 남자는 어느 은행의 수위인데 문서위조죄로 갇혀 있는 형을 만나러 왔노라고 했다. 이 사람 좋은 남자는 먼저 자기 신상이야기를 네플류도프에게 모조리 털어놓은 다음, 이번에는 네플류도프에게도 꼬치꼬치 캐물었다. 그런데 그때 마침 체구가 당당한 검정 순종 말이 끄는 마차가 다가왔으므로 사람들의 눈길은 자연히 그리로 쏠렸다. 고무바퀴를 단 사륜마차에는 대학생 하나와 얼굴에 베일을 쓴 아가씨 한 명이 타고 있었는데, 대학생은 큼직한 보따리를 안고 있었다. 대학생은 마차에서 내려서 네플류도프에게 오더니, 자기는 자선을 할 목적으로 흰 빵을 가지고 왔는데 감옥에 들여보낼 수 있는지, 그러려면 어떤 절차를 밟아야 하는지 물었다.

"이것은 제 약혼녀의 바람입니다. 이 사람이 제 약혼녀지요. 이 사람의 부모님께서 죄수들에게 빵을 나눠 주라고 권하셨기 때문입니다."

"저도 오늘 처음 와서 잘 모르겠습니다만 저기 저 사람에게 물어보면 알 수 있을 겁니다."

네플류도프는 명부를 들고 오른편 벤치에 앉아 있는, 금줄로 장식한 제복을 입은 간수를 가리켰다.

네플류도프가 대학생과 이야기하고 있을 때, 한가운데 조그만 창문이 달린 커다란 철문이 열리더니 그 안에서 군복을 입은 간수장이 다른 간수 한 사람을 데리고 나타났다. 명부를 든 간수가 면회자들에게 입소가 시작되었다고 알렸다. 보초가 옆으로 물러났다. 그러자 면회자들은 늦으면 큰일이라는 듯이 재빨리 문으로 몰려들었다. 달려가는 사람도 있었다. 문 옆에 간수한 사람이 서서, 면회자가 그 앞을 지나갈 때마다 "열여섯, 열일곱" 하고 큰소리로 세었다. 건물 안에 있는 또 다른 간수는 면회자들의 등을 가볍게 치며 다음 문으로 가는 사람을 하나하나 세었다. 이것은 면회자들이 돌아갈 때 수를 확인해서 한 사람이라도 감옥 안에 남거나, 단 한 사람의 죄수라도 섞여 도망가지 못하게 하기 위해서였다. 수를 세고 있던 이 간수는 앞을 지나가는 사람에게는 눈길도 주지 않고 네플류도프의 등을 손바닥으로 툭 쳤다. 순간 네플류도프는 모욕감을 느꼈으나, 곧 여기 온 이유를 생각하고 그런 불만과 모욕감을 느낀 것이 부끄러워졌다.

문을 들어서서 처음 나온 방은 작은 창문에 쇠창살이 박히고 천장이 둥근 넓은 방이었다. 집회소라 불리는 이 방 한쪽 벽에서 네플류도프는 십자가에 달린 커다란 그리스도 상을 보고 전혀 뜻밖이라는 생각을 했다.

'어째서 이런 것이?' 네플류도프는 무의식적으로 그리스도 상을 죄수들이 아니라 자유로운 사람들과 결부하여 생각하고 있었다.

네플류도프는 앞을 다투며 걸어가는 면회인들 뒤에 처져서 천천히 걸었다. 여기 갇혀 있는 흉악한 죄수에 대한 두려움과 카튜사처럼 억울한 사람들에 대한 동정, 그리고 눈앞에 닥친 면회에 대한 주저와 감동이 뒤섞인 착잡한 심정이었다. 그 방을 나올 때 입구에 서 있던 간수가 뭐라고 말했으나 네플류도프는 자기 생각에 사로잡혀 무심히 흘려듣고, 면회자들이 많이 가는 쪽으로 따라갔다. 그쪽은 네플류도프가 가야 할 여죄수 감방이 아니라 남자 죄수 감방이었다.

네플류도프는 서두르는 사람들을 먼저 보내고 맨 나중에 면회실로 들어갔다. 문을 열고 들어가는 순간, 먼저 네플류도프를 놀라게 한 것은 약 100명 가까운 사람들이 외치는 소리가 하나로 뒤섞인, 귀가 멍해지도록 우렁찬 아우성이었다. 그들은 설탕에 꼬인 파리 떼 같았는데, 방을 가로지른 철망에 달라붙은 사람들 곁으로 다가가서야 네플류도프는 비로소 그 사정을 알았다. 바로 앞 벽에 몇 개의 창문이 있는 이 방은 바닥에서 천장까지, 그것도 한 장이 아니라 두 장의 철망으로 나뉘어 있었고, 그 사이의 통로를 간수들이 왔다 갔다 하고 있었다. 철망 저쪽에 죄수들이 있고 이쪽에 면회자들이 있었다. 그 사이에 철망이 두 개나 있는데다가 거리도 2미터 남짓 되는 탓에 물건을 건네줄 수도 없거니와 근시인 사람은 얼굴을 자세히 볼 수도 없었다. 말을 하기도 어려워서 상대방에게 들리게 하려면 목청껏 소리쳐야만 했다. 서로 자세히 보고 필요한 말을 주고받으려고 기를 쓰는 아내와 남편, 아버지와 어머니, 아이들의 얼굴이 철망 양쪽으로 주르륵 매달려 있었다. 그런데 저마다 상대에게 들리게 하려고 하는 데다가 옆 사람도 그와 같은 생각이라서 서로의 소리가 방해가 되었다. 서로가 옆 사람의 소리를 이기려고 기를 쓰는 것이었다. 이 방에 들어선 순간 네플류도프를 놀라게 한 아우성은 이것 때문이었다. 그들이 외치는 말의 내용을 알아듣기란 불가능했다. 다만 상대의 얼굴을 보고 어떤 말을 하고 있는지, 그들이 어떤 사이인지를 상상할 수밖에 없었다.

네플류도프의 바로 옆에서는 머릿수건을 쓴 노파가 철망에 얼굴을 딱 붙이고 턱을 떨면서, 머리를 절반쯤 깎은 창백한 젊은이에게 무언가 외치고 있었다. 젊은 죄수는 눈썹을 치켜세워 이마에 주름을 잡고 열심히 그 말을 듣고 있었다. 노파 옆에는 짧은 망토를 입은 젊은 남자가 근심 가득한 얼굴에 희끗희끗한 턱수염을 기른, 자기와 똑같이 생긴 죄수가 외쳐 대는 말을 귀에 손을 갖다 대고 머리를 흔들면서 듣고 있었다. 또 그 옆에는 누더기를 입은 남자가 서서 손을 흔들면서 뭔가를 외치다가 웃다가 했다. 그 옆에는 고급 모직 머릿수건을 쓴 여자가 어린아이를 안고 바닥에 앉아 울고 있었다. 철망 건너편에 있는, 머리를 빡빡 깎이고 죄수복을 입고 족쇄를 찬 백발 남자의 모습을 처음으로 본 모양이었다. 그 바로 옆에는 아까 밖에서 네플류도프와 이야기를 나눈 그 은행 수위가 서서, 눈이 번들거리는 대머리 죄수에게 큰 소리로 무언가 외치고 있었다. 네플류도프는 자기도 이런 조건 아래서 이야 기를 해야 한다는 것을 깨달았을 때, 이런 제도를 만들고 그것을 지키고 있 는 사람들에 대한 분노가 치밀어 올랐다. 또 한편으로는 이런 끔찍한 상태나 인간의 감정에 대한 이와 같은 우롱에 아무도 모욕을 느끼지 않는 것이 놀라 웠다. 보초도, 소장도, 면회자들도, 죄수들도 이것이 당연하다고 여기는 듯 이 모든 일들이 태연하게 진행되고 있었다.

네플류도프는 안타까움과 자기의 무력함을 뼈저리게 느끼면서, 세상 전체 로부터 소외당한 듯한 무언가 야릇한 감정에 휩싸인 채 5분쯤 그 방에 가만 히 있었다. 이내 뱃멀미 같은 마음의 구토증이 밀려왔기 때문이다.

42

'그러나저러나 일부러 여기 온 목적은 이루어야지.' 네플류도프는 스스로를 격려하며 마음속으로 중얼거렸다. '그런데 어떻게 하면 좋을까?'

네플류도프는 지위가 높아 보이는 사람을 눈으로 찾기 시작했다. 장교 견 장을 달고 턱수염을 기른 키가 작고 여윈 남자가 면회자들 사이를 왔다 갔다 하는 모습을 발견하고 그쪽으로 갔다.

"잠깐 말씀 좀 묻겠습니다." 네플류도프는 신경 써서 공손한 태도로 말했 다. "여죄수는 어디 있습니까? 그리고 어디서 면회가 허락되는지요?"

"여죄수 감방에 볼일이 있습니까?"

"예, 어떤 여죄수를 만나 볼까 하고……."

네플류도프는 여전히 공손한 태도로 대답했다.

"그러시다면 아까 집회소에서 그렇게 말하셨더라면 좋았을걸. 누구를 만 나 보시려고요?"

"예카테리나 마슬로바를 만나고 싶습니다."

"정치범입니까?" 부소장이 물었다.

"아닙니다. 평범한……."

"그럼, 벌써 형을 받았습니까?"

"예, 그저께 선고를 받았습니다."

네플류도프는 자기에게 호의를 가지고 있는 듯한 부소장의 기분을 상하게라도 할까봐 노심초사하면서 순순히 대답했다.

"그러시다면 이쪽으로 오십시오." 부소장은 네플류도프의 풍채를 보고, 이 사람은 정중히 다룰 필요가 있다고 여겼는지 이렇게 말했다. "시도로프." 부소장은 가슴에 훈장을 주렁주렁 단 수염 난 하사를 불렀다. "이분을 여죄수 감방으로 안내해 드려."

"예."

이때 철망 앞에서 가슴을 도려내는 듯한 누군가의 통곡 소리가 들려왔다.

네플류도프는 모든 것이 기이하게 느껴졌다. 그러나 무엇보다도 기이하게 여겨진 것은 부소장과 간수장에게 즉, 이 건물 안에서 벌어지고 있는 모든 잔혹한 행위를 실행하고 있는 자들에게 은혜를 느끼고 감사해야 한다는 점이었다.

간수장은 남죄수 면회실에서 복도로 나가 곧 반대쪽 문을 열고 여죄수 면회실로 네플류도프를 인도했다.

이 방도 남죄수 면회실과 마찬가지로 두 장의 철망에 의해 세 칸으로 나뉘어 있었으나 방은 훨씬 더 작고 면회자와 죄수도 적었다. 그러나 아우성을 치는 것은 남죄수 면회실과 마찬가지였다. 역시 철망 사이를 간수가 왔다 갔다 하고 있었다. 다만 이곳의 간수는 여자였는데, 소매 끝에 금줄과 전체에 푸른 테를 두른 제복을 입고 남자 간수와 같은 혁대를 매고 있었다. 여기도 남죄수 면회실과 마찬가지로 양편 철망에 많은 얼굴들이 달라붙어 있었다. 다만 이쪽에 있는 것은 저마다 다른 행색을 한 시민들이었고, 저편에 있는 여죄수들은 흰 죄수복 차림도 있고 사복 차림도 있었다. 철망은 사람들로 가득 메워져 있었다. 발돋움을 하고 서서 남의 머리 너머로 외치고 있는 사람도 있고, 바닥에 앉아 이야기를 주고받는 사람도 있었다.

귀청이 떨어져 나갈 것 같은 고함으로 보나 그 차림으로 보나 여죄수 가운데 가장 눈에 띄는 사람은 빨강머리를 풀어헤친 빼빼마른 집시 여자였다. 그 여자는 곱슬곱슬한 머리에서 머릿수건이 다 흘러내린 채 철망 저쪽 한가운데 있는 기둥 옆에 서서, 푸른 프록코트 허리를 단단히 졸라맨 집시 남자를 향해 바쁘게 손짓 발짓을 섞어가며 무언가 열심히 떠들고 있었다. 집시 남자 옆에는 한 병사가 앉아서 여죄수와 말을 주고받고 있었다. 그 옆에는 턱수염을 듬성듬성 기르고 짚신을 신은 젊은 농사꾼이 간신히 눈물을 참고 있는 듯 빨개진 얼굴로 철망에 매달려 있었다. 그 남자와 이야기를 하고 있는 사람은 귀여운 얼굴을 한 금발머리 여죄수였는데, 맑고 푸른 눈으로 지그시 남자를 바라보고 있었다. 페도샤와 그 남편이었다. 그 옆에서 누더기를 입은 남자가 푸석하게 머리를 풀어헤친 얼굴이 큰 여자와 이야기하고 있었다. 그 다음에는 여자 둘, 남자, 다시 여자가 서 있었는데 각각 여죄수가 한 사람씩 마주보고 있었다. 그 속에 카튜사의 모습은 보이지 않았다. 그러나 여죄수들 뒤에 여자가 한 사람 더 서 있었다. 네플류도프는 순간 그 여자가 카튜사임을 깨달았다. 갑자기 가슴의 고동이 심해지고 숨이 막혀 오는 것을 느꼈다. 드디어 결정적인 순간이 온 것이다. 네플류도프는 철망 앞으로 다가갔다. 틀림없이 카튜사였다. 카튜사는 푸른 눈의 페도샤 뒤에 서서 미소 지으면서 페도샤가 이야기하는 것을 듣고 있었다. 카튜사는 그저께와 같은 죄수복 차림이 아니라 흰 블라우스를 입고 있었는데 허리를 잘록하게 죄어서 가슴이 불룩하게 솟아올라 보였다. 머릿수건 밑으로는 법정에서처럼 물결치는 검은 고수머리가 흘러내려 있었다.

'이제 모든 것을 결정할 순간이 왔다.' 네플류도프는 생각했다. '뭐라고 하면서 부를까? 아니면 저쪽에서 이리로 올까?'

그러나 카튜사는 이쪽으로 오지 않았다. 카튜사는 친구인 클라라가 면회와 주기를 기다리고 있었다. 이 남자가 자기를 만나러 오리라고는 꿈에도 생각지 못한 것이다.

"누구를 만나러 오셨습니까?"

철망 사이의 통로를 왔다 갔다 하던 여간수가 네플류도프 앞으로 다가오면서 물었다.

"예카테리나 마슬로바입니다." 네플류도프는 가까스로 이렇게 말할 수 있었다.

"마슬로바, 면회야!" 여간수가 외쳤다.

43

카튜샤는 이쪽을 돌아보더니 머리를 젖히고 가슴을 내밀면서, 네플류도프에게는 익숙한 그 천진난만한 표정으로 두 여죄수 사이를 비집고 철망으로 다가왔다. 하지만 네플류도프의 얼굴을 알아보지 못하고, 놀랐다는 듯이 의아한 눈으로 상대를 빤히 쳐다보았다.

그러나 그 옷차림으로 그가 부자라는 것을 눈치채고 방긋이 웃었다.

"당신이세요, 저를 만나러 오신 분이?"

카튜샤는 사팔기 있는 얼굴에 활짝 미소를 띠고 철망으로 다가와서 말했다.

"내가 온 것은……."

네플류도프는 '당신'이라고 불러야 할지 '너'라고 불러야 할지 몰라 망설이다가 결국 '당신'이라고 부르기로 하고, 여느 때보다 높지도 낮지도 않은 목소리로 말했다.

"나는 당신을 만나서……. 나는……."

"거짓말하지 마!" 옆에서 누더기를 입은 남자가 외쳤다. "훔쳤어, 안 훔쳤어?"

"거의 죽게 되었다고 하잖아. 더 무슨 말을 하라는 거야?"

여죄수 쪽에서 누군가 외쳤다.

카튜샤는 네플류도프의 말을 알아들을 수는 없었지만, 그가 말하는 표정을 보고 불현듯 네플류도프가 떠올랐다. 카튜샤는 자기 눈을 믿을 수가 없었다. 그러나 얼굴에서는 미소가 사라지고 이마에는 괴로운 듯한 주름이 새겨졌다.

"안 들려요, 무슨 말씀이신지."

카튜샤는 눈을 가늘게 뜨고 이마의 주름을 차츰 더 깊게 새기면서 소리쳤다.

"내가 온 것은……."

'그렇다. 나는 지금 해야 할 일을 하고 있다. 나는 참회하고 있다.'

네플류도프는 마음속으로 이렇게 생각했다. 이렇게 생각하는 순간 눈물이 솟구쳐 오르고 목이 메었다. 네플류도프는 철망을 꼭 붙잡은 채 입을 꽉 다물고 울지 않으려고 필사적으로 참았다.

"뭣 때문에 만난 거야? 나쁜 줄 알면서……." 이쪽에서 남자가 외쳤다.

"하느님을 믿으세요. 나는 정말 아무것도 몰라요."

맞은편에서 여죄수가 외쳤다.

카튜사는 흥분한 네플류도프의 모습을 보고 확신했다. 카튜사의 눈이 빛나고 하얗고 통통한 볼이 붉게 물들기 시작했으나 표정은 여전히 엄하고, 사팔눈은 옆을 바라보고 있었다.

"비슷한 얼굴이긴 하지만 설마……."

카튜사는 네플류도프를 보지 않고 외쳤다. 그러자 한 번 붉어졌던 얼굴이 차츰 더 어두워졌다.

"당신한테 용서를 빌러 왔소."

네플류도프는 암송이라도 하듯이 억양 없는 큰 소리로 외쳤다.

네플류도프는 이렇게 외치고 갑자기 부끄러워져서 뒤를 돌아보았다. 그러나 곧, 나는 앞으로도 수치심을 견디며 살아야 하니 오히려 수치심을 느끼는 게 낫다는 생각이 머리에 떠올랐다. 그래서 큰 소리로 말을 이었다.

"나를 용서해 주시오, 나는 정말 나쁜 짓을……."

네플류도프는 계속 외쳐댔다.

카튜사는 가만히 선 채로 사팔기가 있는 눈을 그의 얼굴에서 떼지 않았다.

네플류도프는 더 아무 말도 할 수가 없어, 가슴에 솟구쳐 오르는 통곡을 간신히 누르면서 철망에서 물러섰다.

조금 전 네플류도프를 이곳으로 안내하라고 지시했던 부소장이 네플류도프가 어떻게 하고 있나 궁금했는지 그 방에 들어왔다. 그는 네플류도프가 철망에서 물러나 있는 것을 보더니, 왜 만나 보려는 사람과 이야기를 하지 않느냐고 물었다. 네플류도프는 코를 풀고 정신을 가다듬은 뒤, 되도록 침착한 태도로 대답했다.

"철망 너머로는 얘기할 수가 없습니다. 아무 말도 들리지 않는군요."

부소장은 잠시 생각했다.

"그거 참 난처하군요. 그럼 잠깐 이리로 데려와도 좋습니다."

"마리아 카를로브나!" 부소장은 여간수를 불렀다. "마슬로바를 이리로 데려와요."

곧 옆문으로 카튜사가 나왔다. 카튜사는 부드러운 걸음걸이로 네플류도프의 바로 앞까지 오더니 걸음을 멈추고 눈을 치켜뜬 채 네플류도프를 보았다. 까만 머리카락이 그저께처럼 꼬불꼬불한 조그만 원을 그리며 머릿수건 밑으로 비어져 나와 있었고, 푸석하고 건강이 안 좋아 보이는 창백한 얼굴은 아름답고 침착해 보였다. 다만 윤기 있는 까만 눈만이 약간 부은 듯한 눈꺼풀 밑에서 이상하게 번쩍이고 있었다.

"여기서 이야기하셔도 좋습니다." 부소장이 이렇게 말하고 물러갔다.

네플류도프는 벽 끝에 놓여 있는 긴 의자로 갔다.

카튜사는 의아한 듯이 부소장을 흘끔 보았으나, 곧 놀랍다는 듯 어깨를 움츠리고 네플류도프를 따라 긴 의자에 가서 치마를 여민 다음 그 옆에 앉았다.

"당신이 날 쉽게 용서하지 않으리란 것은 잘 알고 있소." 네플류도프는 말을 꺼냈으나 또 눈물이 솟구칠 것만 같아 입을 다물었다. "하지만 과거를 보상할 수는 없더라도 앞으로 내가 할 수 있는 모든 일을 하고 싶소. 잠깐 묻고 싶은 게 있는데……."

그 물음에는 대답하지 않고 사팔기 있는 눈으로 네플류도프를 보는 듯 안 보는 듯 하면서 카튜사는 물었다.

"어떻게 제가 여기 있는 걸 아셨어요?"

'오, 하느님! 저를 도와주소서! 어떻게 하면 좋을지 가르쳐 주소서!'

네플류도프는 갑자기 안색을 바꾼 카튜사의 얼굴을 보면서 속으로 중얼거렸다.

"나는 그저께 배심원으로 법정에 나갔소." 네플류도프가 말했다. "재판 때 나를 알아보지 못했소?"

"아뇨, 몰랐어요. 볼 겨를도 없었고, 또 아무것도 눈에 들어오지 않았는걸요."

"아이를 낳았다고 들었는데?"

네플류도프는 그렇게 묻자 얼굴이 붉어지는 것을 느꼈다.

"고맙게도 낳자마자 죽었어요."

카튜사는 눈길을 돌리면서 짤막하게 가시 돋친 말투로 대답했다.

"아니, 어떻게?"

"제가 병에 걸려서 죽을 뻔했거든요."

카튜사는 눈을 내리깐 채 대답했다.

"왜 고모들이 당신을 내보냈소?"

"아이 가진 하녀를 누가 그냥 두겠어요? 눈치채자마자 곧 쫓아내던 걸요.

하지만 이런 말을 한다고 무슨 소용 있겠어요? 아무것도 기억하고 있지 않아요. 죄다 잊어버렸어요. 이미 다 끝난 일인걸요.”

“아니, 아직 끝나지 않았소. 이 일을 이대로 둘 수는 없소. 나는 지금부터라도 속죄할 생각이오.”

“속죄할 건 없어요. 옛날 일은 옛날 일, 다 지나가 버린 일이에요.”

카튜사가 말했다. 그리고 네플류도프는 전혀 예기치 못한 것을 보았다. 카튜사가 갑자기 추파를 던지는 듯한, 동정을 바라는 듯한 기분 나쁜 웃음을 웃은 것이다.

카튜사는 네플류도프를 만날 줄은 전혀 몰랐고, 하물며 이런 곳에서 만나리라고는 꿈에도 생각지 못했다. 그래서 처음 보았을 때는 깜짝 놀랐으며, 여태까지 까맣게 잊고 있던 일들을 생각하게 되었다. 처음 한순간, 자기가 사랑하고 사랑받던 훌륭한 청년에 의해 처음으로 눈떴던 감정과 사상의 절묘한 신세계가 어렴풋이 떠올랐다. 이윽고 그 추억은 이 남자의 이해할 수 없는 매몰찬 행동과 그 기적 같은 행복에 이어, 그 결과로서 생겨난 갖가지 굴욕과 고통으로 바뀌었다. 그러자 카튜사는 아플 정도로 가슴이 저려왔다. 그러나 그런 생각에 몰두할 기력조차 없어서 지금도 언제나 해왔던 대로 행동했다. 그것은 이러한 추억을 털어버리고, 음탕한 생활이라는 일종의 특수한 장막으로 그 추억들을 덮어버리려고 노력하는 행동이었다. 카튜사는 지금도 그런 행동을 했다. 처음 한동안은 지금 눈앞에 앉아 있는 남자를 자기가 전에 사랑한 그 청년과 하나로 결부했다. 그러나 그것이 너무나 고통스러운 일이라는 것을 알자 그와 자신을 하나로 연결하기를 그만두었다. 이제는, 턱수염에까지 향수를 뿌리고 훌륭하게 차려입은 이 고상한 신사는 예전에 자기가 사랑했던 네플류도프가 아니라 필요하면 자기와 같은 여자를 이용하는 사내 중의 하나일 뿐이었다. 아니, 자기 같은 처지에 있는 여자로서도 최대한 득이 되도록 이용해야 하는 사내 중 하나에 지나지 않았다. 그렇기 때문에 짐짓 유혹하는 눈웃음을 지어 보인 것이다. 카튜사는 이 남자를 어떻게 이용해 볼까 생각하면서 잠시 잠자코 있었다.

“그건 이제 끝나버린 일이에요.” 카튜사가 말했다. “전 이미 유형 판결을 받은걸요.”

이 끔찍한 말을 입에 담을 때 카튜사의 입술은 파르르 떨렸다.

"하지만 난 당신이 무죄라는 걸 믿소. 그렇게 확신하오."

네플류도프가 말했다.

"물론 무죄지요. 제가 어떻게 도둑질을 하고 사람을 죽이겠어요. 모두들 말하더군요. 다 변호사에게 달렸다고……." 카튜사는 말을 이었다. "상소해야 한대요. 하지만 돈이 무척 많이 드나 봐요."

"그렇고말고. 반드시 상소해야 하오." 네플류도프가 말했다. "이미 변호사에게 부탁해 두었소."

"돈을 아끼지 말고 훌륭한 변호사에게 부탁해야 된대요."

"내가 할 수 있는 일은 다 하겠소."

침묵이 흘렀다.

카튜사는 다시 아까처럼 방긋 웃었다.

"저, 부탁이 있는데요……. 괜찮으시다면 돈을 좀 빌려 주시겠어요? ……10루블쯤, 그것만 있으면 되는데요."

"아, 그러지요." 네플류도프는 허둥지둥 지갑에 손을 가져갔다.

카튜사는 방 안을 왔다 갔다 하고 있는 부소장을 힐끗 쳐다보았다.

"저 사람이 이쪽을 향하고 있을 때는 꺼내지 마세요. 그러지 않으면 빼앗겨요."

네플류도프는 부소장이 저쪽으로 돌아서기를 기다렸다 얼른 지갑을 꺼냈으나, 10루블짜리 지폐를 채 건네주기 전에 부소장이 다시 이쪽으로 돌아섰다. 네플류도프는 지폐를 손에 움켜쥐었다.

'아아, 이 여자는 이미 썩을 대로 썩었다.' 예전에는 아름다웠으나 이제는 더러워질 대로 더러워진 부석한 얼굴과, 부소장과 자기의 손안에 있는 지폐에 번갈아 쏠리는, 음란한 빛이 깃든 새까만 사팔눈을 보면서 네플류도프는 생각했다. 그 순간 그에게는 망설임이 몰려왔다.

어젯밤 끊임없이 속삭이던 유혹의 목소리가 다시금 네플류도프를 설득하기 시작했다. 여느 때처럼, 무엇을 해야 하는가 하는 문제에서 그를 떼어놓고, 그런 짓을 해봐야 무슨 소용이 있느냐 누구에게 득이 되느냐 하는 문제로 돌리려고 했다.

'이런 여자는 이제 와서 어떻게 할 도리도 없어.' 그 목소리가 속삭였다. '그런 일을 하는 것은 자기 목에 무거운 돌을 매다는 격이야. 그 때문에 난

물에 빠져 죽을 것이고, 세상을 위해 일할 수도 없게 될 거야. 가지고 있는 돈을 몽땅 털어주어서 깨끗이 인연을 끊고, 영원히 관계를 정리하는 편이 좋지 않을까?' 이런 생각이 머릿속에 떠올랐다.

그러나 그와 동시에, 그는 지금 자기 마음속에서 무언가 매우 중대한 일이 일어나고 있음을 느꼈다. 네플류도프의 내면은 불안정한 천칭 위에 놓여 있어서, 조금만 힘을 가해도 어느 쪽으로든 기울어버릴 상태에 놓여 있는 것이다. 네플류도프는 어제 자기 마음속에서 느낀 신을 부르면서 그쪽으로 힘을 가해보았다. 그러자 곧 신이 응답해주었다. 네플류도프는 지금 이 자리에서 카튜사에게 모든 것을 털어놓기로 마음을 굳혔다.

"카튜사! 나는 너에게 용서를 빌러 왔어. 그런데 너는 날 용서했다고도, 언젠가 용서할 거라고도 대답해주지 않는구나."

네플류도프는 갑자기 '너'라는 친근한 호칭으로 바꾸어 부르며 말했다.

카튜사는 그 말에는 귀를 기울이지 않고, 네플류도프의 손과 부소장을 번갈아 쳐다보고 있었다. 부소장이 돌아서자 카튜사는 재빨리 손을 뻗쳐 지폐를 움켜쥐고는 얼른 허리띠 사이에 쑤셔 넣었다.

"알 수 없는 말씀을 하시네요."

카튜사가 방긋 웃으면서 말했다. 네플류도프에게는 그 웃음이 모욕적으로밖에 느껴지지 않았다.

네플류도프는 카튜사 속에는 자기를 적대시하는 무언가가 있고 그것이 카튜사를 지금의 모습으로 있도록 버티고 서서, 카튜사 마음속에 침투하려는 자기의 노력을 방해하고 있다고 느꼈다.

그런데 이상하게도 이런 생각은 그에게 반발심을 불러일으키기는커녕 오히려 어떤 특별하고 새로운 힘으로 네플류도프를 점점 더 카튜사에게로 끌어당겼다. 네플류도프는 자기가 카튜사를 정신적으로 눈뜨게 해줘야 한다는 것을, 그렇지만 그것은 더없이 어려운 일이라는 것을 느꼈다. 그러나 일의 어려움 그 자체가 매력으로 느껴졌다. 네플류도프는 지금, 여태껏 카튜사에게나 다른 누구에게도 한 번도 품은 적이 없는 감정을 카튜사에게 느끼고 있었다. 이 감정에는 사사로운 것은 조금도 없었다. 네플류도프는 카튜사에게 자기를 위해서는 아무것도 바라지 않았다. 다만 카튜사가 현재와 같은 여자가 아니고, 인간으로서 눈을 뜨고 옛날의 카튜사로 돌아가 주기만을 바랐다.

"카튜사, 왜 그런 말을 하는 거야? 나는 널 잘 알아. 저 파노보에 있을 때의 네 모습을 기억한다고……."

"지나간 일을 얘기해서 무슨 소용 있어요." 카튜사는 무뚝뚝하게 말했다.

"내가 이런 말을 하는 것은 조금이라도 속죄하고 싶기 때문이야, 카튜사."

네플류도프는 그렇게 말을 꺼내고 '너와 결혼할 생각이다'라고 말하려다가 문득 카튜사와 시선이 마주쳤다. 그리고 거기서 뭐라 말할 수 없이 무섭고 거칠고 몸서리쳐지는, 자기를 밀어내려는 빛을 읽고 도저히 끝까지 말할 수가 없었다.

그때 면회자들이 나가기 시작했다. 부소장이 네플류도프에게로 와서 면회 시간이 끝났다고 알렸다. 카튜사는 일어나서 네플류도프가 돌아가기를 조용히 기다렸다.

"그럼 안녕히 계시오. 할 말이 산더미 같지만 지금은 시간이 없어 다 할 수가 없군요." 이렇게 말하고 네플류도프는 손을 내밀었다. "또 올게."

"거의 다 말씀하신 것 같은데……."

카튜사는 손을 내밀었지만 쥐지는 않았다.

"아니, 더 찬찬히 얘기할 수 있는 곳에서 다시 당신과 만날 수 있도록 노력해보겠소. 그때야말로 아주 중요한 이야기를 할 생각이오. 꼭 당신이 들어주었으면 하는 말이 있거든." 네플류도프가 말했다.

"그러시면 다음에 또 오세요." 카튜사는 방긋 웃어보였지만 그것은 평소에 마음에 들지 않는 사내들에게 보이는 웃음이었다.

"나에게 당신은 친동생 이상으로 가까운 사람이니까." 네플류도프가 말했다.

"그것 참 이상하군요." 카튜사가 다시 말했다. 그리고 고개를 저으면서 철망 저편으로 걸어갔다.

44

첫 면회에서 네플류도프는 카튜사가 자기를 만나면, 그녀를 위해 힘을 다 하려는 자기의 뜻과 참회를 듣고 기쁨과 감동에 싸여 다시 본디의 카튜사가 되어 줄 거라고 철석같이 믿고 있었다. 그러나 옛날의 카튜사는 이미 없어지고 남아 있는 것은 마슬로바라는 여자뿐이라는 것을 알고 몸서리쳤다. 네플류도프는 놀랍고 두려웠다.

특히 놀란 점은 마슬로바가, 여죄수라는 처지가 아니라(그것은 스스로도 부끄러워하고 있었다) 매춘부라는 자신의 처지를 부끄러워하지 않을 뿐만 아니라 오히려 그것에 만족하며 자랑으로까지 삼고 있는 듯하다는 것이었다. 그러나 그것은 어쩔 수 없는 일이기도 했다. 사람은 누구나 무엇을 하기 위해서는 그것을 중요하고 훌륭한 일이라고 생각할 필요가 있다. 그러므로 사람은 어떤 위치에 있든지 자기 일이 중요하고 훌륭한 것으로 여겨지도록 모든 생활에 대한 견해를 자기 처지에 맞게 만들어내지 않고는 못 배기는 것이다.

일반적으로 도둑이나 살인자, 스파이, 매춘부 같은 부류는 자기의 직업을 나쁜 것으로 여기고 그것을 부끄러워할 것이라고 생각하기 쉽다. 그러나 실제로는 전혀 그 반대이다. 사람들은 운명이나 자기 잘못으로 어떠한 위치에 놓이게 되면, 그것이 아무리 잘못된 것이라도 자기 위치가 훌륭하고 존경할 만한 것으로 여겨지게끔 삶에 대한 견해를 자기에게 이롭게 만들어버린다. 그와 같은 견해를 지켜나가기 위해서, 사람들은 자신이 만들어낸 인생관이며 자기 위치를 인정해 주는 패거리 속에 본능적으로 끼게 된다. 물론 우리도 도둑이 그 솜씨를 자랑하거나, 매춘부가 그 음탕함을 뽐내거나, 살인자가 그 잔인성을 으스대는 것을 들으면 놀라게 된다. 그러나 우리가 놀라는 것은, 다만 그 패거리나 분위기가 너무 좁고 특수하기 때문이며, 요컨대 우리가 그들 밖에 있기 때문이다. 그러나 자기의 부, 즉 약탈을 자랑하는 부자들이나 자기의 승리, 즉 살인을 뽐내는 사령관들이나 자기의 권력, 즉 압정(壓政)을 으스대는 권력자들 사이에도 이와 같은 현상이 일어나고 있는 것은 아닐까? 우리가 이러한 사람들 속에서 자기 위치를 정당화하기 위한 인생관이나 왜곡된 선악 관념을 찾아내지 못하는 것은, 그런 비뚤어진 관념을 가진 사람들이 훨씬 많고 우리 자신이 바로 그에 속해 있기 때문인 것이다.

카튜사의 내면에도 자기 인생과 사회 속의 자기 위치에 대해 이와 같은 견해가 만들어져 있었다. 카튜사는 유형 판결을 받은 매춘부이지만 그래도 자기를 정당화하고, 사람들에게 자기 처지를 자랑할 수 있을 정도로 나름대로의 인생관을 만들어 놓고 있었던 것이다.

그 인생관이란 말하자면 늙은이도 젊은이도, 중학생도 장군도, 학식이 있는 자도 없는 자도, 한 사람도 빠짐없이 모든 남자의 가장 큰 행복은 매력 있는 여자와의 성행위에 있다는 생각이었다. 그러기에 모든 남자는 다른 일에 깊이 빠져 있는 체하고 있지만 본심은 오로지 이것만 바라고 있다. 자기는 매력 있는 여자니까 남자들의 그러한 욕망을 채워주고 채워주지 않고는 오로지 자기 마음이다. 따라서 자기는 필요하고 중요한 사람이다. 카튜사의 여태까지의 모든 생활이 이 생각이 옳다는 것을 증명하고 있었다.

과거 10년 동안 카튜사는 어디를 가건, 네플류도프나 늙은 경찰서장을 비롯하여 감옥의 간수들에 이르기까지 뭇 남자들이 자기 몸을 원하는 것을 보아 왔다. 자기 몸을 요구하지 않는 남자는 본 적도 없고 알지도 못했다. 그러므로 카튜사의 눈에는 온 세계가, 여기저기에서 기만과 폭력과 돈과 교활한 지혜 등 온갖 수단으로 자기를 가지려고 기를 쓰는, 성욕에 사로잡힌 남자들의 집합체로 비쳤다.

카튜사는 인생을 이런 식으로 이해하고 있었다. 그러므로 자기는 가장 밑바닥에 있는 인간이 아닐뿐더러 더없이 중요한 인간이라고 생각하고 있었다. 카튜사는 그런 인생관을 세상 무엇보다 존중했고, 또 그러지 않을 수 없었다. 이 인생관을 바꾸면 그 덕에 사회에서 확보하고 있던 자아의 의의를 잃어버리게 되기 때문이다. 이 인생에서 확보한 자아의 의의를 잃지 않기 위해, 카튜사는 자기와 같은 눈으로 인생을 바라보는 사람들에게 본능적으로 매달렸다. 네플류도프가 자기를 다른 세계로 끌어내리려는 것을 눈치챘지만 그 세계에서는 지금껏 자기에게 자신감과 자존심을 부여해 준, 인생에서의 자기 위치를 잃게 될 것이 뻔하다고 예상했기에 그 권유를 거부한 것이다. 이와 똑같은 이유로 카튜사는 소녀시절의 추억도, 네플류도프와 사랑하던 때의 추억도 마음속에서 털어내 버렸다. 이 추억들은 현재 카튜사가 품고 있는 인생관과 맞지 않으므로 그 기억 속에서 완전히 지워 없애버렸다. 아니, 그렇다기보다 오히려 손이 닿지 않는 기억 속 어딘가에 밀폐된 채 두껍게 덧칠되었다. 그것은 벌꿀이 자기들이 땀 흘려 일한 결과물을 모조리 엉망으로 만들지도 모르는 애벌레들을 벌집 안에 단단히 밀봉해서 완전히 격리하는 것과 다름없었다. 그러므로 지금의 네플류도프는 카튜사에게 있어서 자기가 일찍이 처녀의 순정을 바쳤던 그 남자가 아니라, 단순히 이용할 수 있고 이용하지 않으면 손해를 보는, 모든 남자들을 대할 때와 똑같은 관계밖에 가질 수 없는 돈 많은 신사에 지나지 않았다.

'아뿔싸, 중요한 말을 하지 못했구나.' 면회자들 속에 섞여 출구 쪽으로 가면서 네플류도프는 생각했다. '결혼할 작정이라는 말을 하지 않았어. 말하지 않았지만, 꼭 하고 말겠다.' 네플류도프는 스스로에게 말했다.

간수들이 문간에 서서, 공연히 어떤 자라도 외부로 빠져나가거나 감옥 안에 남는 일이 없도록 면회자들을 내보내면서 두 손으로 세고 있었다. 이번에는 간수의 손이 네플류도프의 등을 때렸지만 화도 나지 않았을 뿐더러 그것을 깨닫지조차 못했다.

45

네플류도프는 자기의 외면적인 생활을 바꾸고 싶었다. 즉, 지금 살고 있는 이 커다란 저택을 세놓고 하인들도 내보낸 다음 호텔로 옮기겠다는 계획이었다. 그러나 아그라페나 페트로브나는 겨울이 아직 멀었는데 벌써부터 생활양식을 바꾼다는 것은 무의미하다고 주장했다. 아무튼 여름에는 세들 사람도 없을뿐더러, 몸만 나가 살건 가재도구를 갖추고 살건 어딘가 적당한 장소는 필요하다는 이유에서였다. 결국 자신의 외면적 생활을 바꿔보려던 네플류도프의 노력은 흐지부지되고 말았다(처음에 그저 간소한 학생 같은 생활을 할 생각이었다). 모든 것이 그대로 남았을 뿐 아니라 집 안에서는 한술 더 떠서 모직류와 모피류를 햇볕에 소독하는 바람에 큰 소동이 벌어졌다. 이것들을 바람이 통하는 구석구석마다 걸어놓고 막대기로 두드리는 이 작업에는 문지기에서 그 조수, 식모, 코르네이까지 동원되었다. 처음에는 아직 한 번도 사용하지 않은 제복류와 괴상한 모피류를 내다가 길게 쳐 놓은 줄 위에 걸어 놓고, 그 다음에는 양탄자와 가구 따위를 내다 놓았다. 문지기와 그 조수가 소매를 걷어붙여 근육이 불끈불끈 솟은 팔뚝을 드러내고 박자를 맞추어 가면서 막대기로 열심히 두들겨댔다. 방마다 나프탈렌 냄새로 가득 찼다. 뜰을 지나고 창문으로 내다볼 때마다 네플류도프는 세간이 엄청나게 많은 데 놀랐고, 또 그것들이 하나같이 모두 필요 없는 것들뿐이라는 데에 놀라워했다.

'이 물건들의 유일한 용도와 사명은 오직 아그라페나 페트로브나, 문지기와 그 조수, 코르네이와 식모들에게 운동할 기회를 주는 일이다.' 네플류도프는 생각했다. '하기야 카튜사 문제가 해결될 때까지는 구태여 생활양식을 바꿀 필요도 없겠지. 게다가 이것은 정말 어려운 일이니까. 카튜사가 풀려나든지 유형을 떠나게 되어 내가 따라가게 된다면 이러한 생활양식은 자연히 바뀌고 만다.'

변호사 파나린이 지정한 날, 네플류도프는 파나린의 집으로 찾아갔다. 그의 집 뜰에는 어마어마하게 많은 나무들이 서 있고, 창문마다 호화로운 커튼이 쳐져 있었으며, 대체로 벼락부자들의 집이 모두 그러하듯 불로소득으로 얻은 돈이 있는 것을 증명하는 듯한 값진 가구로 꾸며져 있었다. 네플류도프는 이 호화로운 저택 안으로 들어갔다. 응접실에는 병원 대기실같이 무료함을 잊게 하기 위한 화보 잡지가 놓여 있는 테이블 주위에 차례를 기다리는 수많은 소송 의뢰인들이 따분하게 앉아 있었다. 그 옆에 있는 높은 사무용 책상에 앉아 있던 변호사 조수가 네플류도프를 보자 얼른 다가와서 붙임성 있게 인사한 다음, 곧 선생님께 말씀드리겠다고 했다. 그러나 조수가 사무실 방문에 채 닿기도 전에 안쪽에서 문이 열리며, 붉은 얼굴에 짙은 콧수염을 기르고 새 옷을 입은 땅딸막한 중년 남자와 집주인인 파나린이 떠들썩하게 말을 주고받으면서 응접실로 나왔다. 두 사람의 얼굴에는 돈벌이는 되지만 떳떳하지 못한 일을 방금 해치운 사람에게서 볼 수 있는 그러한 표정이 떠 있었다.

"그건 당신이 나빠요." 파나린이 빙글빙글 웃으면서 말했다.

"누구나 천당에는 가고 싶어 하지만 죄가 너무 깊어서 힘들겠네요."

"그야 나도 알지. 나도 알고 있어요."

그렇게 말하고 두 사람은 어색하게 웃었다.

"아, 공작님, 어서 오십시오." 파나린은 네플류도프를 알아보고는 이렇게 말하더니, 돌아가는 장사꾼에게 한 번 더 인사를 하고 나서 네플류도프를 으리으리한 사무실로 안내했다. "담배 피우시지요."

변호사는 네플류도프의 맞은쪽에 앉더니 조금 전의 사건에서 거둔 성공으로 저도 모르게 자꾸만 웃음이 나는 것을 참으면서 말했다.

"감사합니다. 마슬로바의 건에 대하여 알아보려고 왔습니다만."

"아, 알고 있습니다. 곧 말씀드리지요. 그런데, 저런 졸부들은 눈 뜨고 봐줄 수가 없어요!" 파나린이 말했다. "보셨지요? 지금 나간 우쭐우쭐하는 친구 말입니다. 그 사람은 1200만 루블이나 되는 재산을 가지고 있으면서도 표준말 한 마디 제대로 못한다니까요. 만일 공작님한테서 25루블짜리 지폐 한 장이라도 얻을 수 있다면 물고 늘어져서라도 빼앗고 마는 작자지요."

'그 사람은 표준말 한 마디 제대로 못하는 친구일지 모르지만 너도 지금 '25루블'이니 하는 말을 들먹거리고 있지 않느냐.'

네플류도프는 마음속으로 이렇게 생각했다. 그리고 그가, 당신과 나는 같은 계층에 속하는 사람이지만 저쪽에 기다리고 있는 의뢰인이라든가 그 밖의 사람들은 우리와는 관계없는 다른 세계의 사람들이다 라고 말하고 싶은 듯한 말투로 버릇없이 말을 건네는 파나린에게 참기 어려운 혐오감을 느꼈다.

"정말 그자에게는 혼이 났습니다. 그런 악한도 없다니까요. 마침 한숨 돌리고 싶던 참이었습니다." 변호사는 용건 이외의 이야기를 한 것을 변명하듯 말했다. "그건 그렇고 의뢰하신 사건 말입니다만……. 서류를 잘 읽어 보았습니다. 소설가 투르게네프의 말을 인용하자면 '타당한 이유를 발견할 수 없다'더군요. 변호사가 너무 시원치 않아서, 재판파기 이유를 모조리 놓쳐 버리고 말았어요."

"그래서 어떻게 하실 생각입니까?"

"잠깐 실례합니다. 그 사람에게 이렇게 전해 주게." 변호사는 방 안에 들어온 조수를 보고 말했다. "내가 제시한 조건에 따르든지, 아니면 딴 사람에게 부탁하든지 하라고 말이야."

"그 조건에 따르지 않겠답니다."

"그럼 그만두라 그래."

변호사가 말했다. 지금까지 밝고 선량해 보이던 표정이 순식간에 어둡고 심술궂은 표정으로 바뀌었다.

"사람들은 변호사가 그저 공돈을 먹는다고들 합니다만……." 변호사는 아까의 그 유쾌한 표정으로 돌아가면서 말했다. "전에 어떤 사람이 억울하게 파산 선고를 받은 것을 제가 뒤집어 놓았더니 이젠 모두 저한테 의뢰하러 몰려드는군요. 하지만 이런 사건은 어느 것이나 몹시 골치가 아파서……. 사실 어느 작가가 말했듯이 우리도 잉크병 속에 자기 살을 한두 점 저며 넣고 살아가는 신세란 말입니다. 그런데 댁의 사건, 아니 댁에서 흥미를 느끼고 계시는 그 사건은……." 변호사는 말을 이었다.

"그 건은 실로 도대체 처리가 어설프게 되어 있어서 상소할 만한 적당한 이유를 찾기 힘들었습니다만, 어쨌든 상소를 시도해서는 안 될 까닭도 없으니까 제 나름대로 이렇게 서류를 꾸며 보았습니다."

변호사는 새까맣게 글씨를 써넣은 서류 한 장을 집어 들더니 재미없고 형식적인 말은 우물우물 넘기고, 중요한 대목만 억양을 붙여가며 상대에게 호소하듯 읽어 내려갔다.

"원로원 형사부에 대해 운운, 여차여차한 안건에 대한 상소의 건. 모월 모일 모 지방재판소에서 선고된 판결에 의하여 마슬로바 아무개는 상인 스멜리코프 독살에 대해 유죄로 인정되어 형법 제1454조에 의거 운운, 여차여차한 유형판결을 받았는바 운운."

거기서 변호사는 일단 읽기를 멈췄다. 늘 해오는 일이라 익숙할 텐데도, 역시 자기의 작품에 큰 만족감을 느끼며 귀를 기울이고 있는 듯했다.

변호사는 의미심장하게 읽어 내려갔다. "이 판결은 지극히 중대한 절차상의 위반과 착오를 범한 결과이므로 '마땅히 파기되어야 함. 그 까닭은 첫째, 본 사건의 심리 중 스멜리코프의 시체 해부에 관한 보고서의 낭독이 시작되자마자 재판장에 의하여 중지되었음.' 이것이 그 하나지요."

"하지만 그 낭독은 검사가 요구한 것이었는데요." 네플류도프가 놀라면서 말했다.

"상관없습니다. 변호사도 같은 요구를 할 권리만큼은 있었으니까요."

"하지만 그 낭독은 사실상 아무 필요도 없는 것이었습니다."

"그렇지만 상소할 까닭은 될 수 있습니다. 그 다음……." 변호사는 계속 읽어나갔다. "둘째로, 마슬로바의 관선 변호사가 변론할 때, 마슬로바의 성격을 설명하기 위하여 타락한 내적 원인에 대해 언급하자 재판장은 이 사건과 직접 관계가 없는 일이라고 해서 변호사의 발언을 가로막은 바 있음. 그러나 형사 사건에서는 원로원이 누누이 지적한 바와 같이 피고의 성격이나 일반적인 정신적 특징을 밝히는 것은 피고의 책임 능력을 묻는 데도 우성적인 의미를 가짐.' 이것이 두 번째 이유입니다." 변호사는 네플류도프를 쳐다보면서 말했다.

"그 변호사는 변론이 워낙 서툴러서 무슨 얘기를 하고 있는지 알아들을 수가 없을 정도였다고요." 네플류도프는 점점 더 어이가 없어서 말했다.

"그야 그 풋내기가 바보라서 이치에 닿는 말은 한마디도 못한 거지요." 파나린이 웃으면서 대답했다. "그러나 상소의 이유로서는 성립이 됩니다. 그러면, 그 다음…… '셋째로, 재판장은 결심에서 형사소송법 제801조 제1항의 명백한 지시 사항을 위반하고 유죄의 개념이 어떤 법률상 요소로 성립되는가 배심원들에게 설명하지 않았음. 또한 가령 마슬로바가 스멜리코프에게 독물을 준 사실을 인정한다 하더라도 마슬로바에게 살의가 없었다면 그 행위로 마슬로바를 유죄로 인정해서는 안 되며 따라서 마슬로바의 죄는 형사상 범죄가 아니라 단순한 과실, 즉 상인의 죽음은 마슬로바에게는 뜻하지 않은 결과이므로 배심원은 부주의라는 점에 대해서만 유죄를 인정할 수 있음에도 그 사실에 대해 배심원들에게 주의를 환기하지 않았음.' 이것이 가장 중요한 이유입니다."

"네. 하지만 그 정도는 우리 배심원들도 알고 있었어야 합니다. 그건 우리 배심원들의 과실이에요."

"마지막으로, 네 번째 이유는……." 변호사는 말을 그냥 계속했다. "'마슬로바의 유죄 여부에 관한 법정질문서에 대한 배심원들의 답신서는 명백한 모순을 띠고 있음. 마슬로바는 오직 물욕 때문에 고의로 스멜리코프를 독살한 것으로 기소되었고 그 살해 동기도 다만 금전욕에 있다고 인정되었음에도, 배심원들은 그 답신서에서 마슬로바에게 절도 의사가 없고 금품강도행위에 가담하지 않았다는 사실을 부정했음. 즉 배심원들은 피고에게 살해 의도가 없었음을 인정하려고 한 것으로 보이나 재판장의 미흡한 전달사항으로 말미암은 오해로 인해 이 점을 답신서에 올바른 형식으로 명시하지 못했음. 따라서 이와 같은 배심원의 답신에는 마땅히 형사소송법 제816조 및 제808조의 적용이 요망됨. 즉 재판장은 배심원 모두에 대하여 그들이 저지른 잘못을 지적하고 답신서를 되돌려줌으로써 피고의 유죄 여부에 대해 새로운 평의를 열고 새로운 답신서를 작성, 제출케 해야 했음.'" 파나린은 계속해서 읽어 내려갔다.

"그런데 왜 재판장은 그런 조치를 취하지 않았을까요?"

"저 역시 왜 그랬는지 그 까닭을 알고 싶습니다." 파나린이 웃으면서 대답했다.

"그럼 원로원이 이 잘못을 고쳐 주겠군요?"

"그건 이 사건에 어떤 얼간이들이 배정되느냐에 달려 있지요."

"얼간이들이라니요?"

"원로원의 늙어빠진 얼간이들 말입니다. 그래서 이다음에는 이렇게 덧붙여 놓았지요. '이와 같은 배심판결은……'" 파나린은 빠른 속도로 읽어 내려갔다. "'마슬로바에게 실형을 선고하고 형사소송법 제771조 제3항을 적용할 권리가 없을 뿐 아니라, 오히려 우리나라 형법의 근본원칙을 위반하는 중대한 행위임. 상술한 이유로써 형사소송법 제909조, 제910조, 제912조 제2항, 제928조에 비추어 원판결을 파기하고…… 또한 재심하기 위하여 동 재판소의 타 법정으로 이관할 것을 신청하는 바임.' 뭐, 대충 이런 겁니다. 이것으로 제가 할 수 있는 일은 모두 한 셈입니다. 그렇지만 솔직히 말씀드려서 성공할 공산은 매우 적습니다. 요컨대 모든 것은 원로원 법무국 담당자들에게 달려 있으니까요. 혹시 줄을 댈 만한 곳이 있으면 미리 부탁해 두는 것이 좋을 겁니다."

"좀 아는 사람이 있긴 합니다만."

"그러면 조금이라도 빨리 손을 쓰십시오. 우물쭈물하다가는 그 사람들 모두 치질을 치료하러 떠나 버립니다. 그렇게 되면 석 달은 기다려야 하죠. 만일 그래도 성공하지 못할 때는 마지막으로 황제 폐하께 청원하는 방법이 남아 있습니다만, 이건 뒤에서 손을 어떻게 쓰느냐에 달려 있지요. 그건 그때 가서 다시 도와드리기로 하지요. 뒤에서 손을 써드린다는 게 아니라 청원서 작성을 말입니다."

"감사합니다. 그런데 사례금은……."

"조수가 상소장을 정서한 것을 드릴 때 말씀드릴 것입니다."

"한 가지만 더 여쭤보겠습니다. 저는 검사로부터 마슬로바에 대한 면회 허가증을 받고 감옥으로 찾아갔는데, 그곳 사람들의 얘기로는 면회일이 아닌 보통 날에 면회소 밖의 장소에서 죄수를 만나자면 현(見) 지사의 허가가 필요하다던데 그게 사실입니까?"

"아마 그럴 겁니다. 그런데 지금은 지사가 자리에 없어서 부지사가 직무를 대리하고 있지요. 그렇지만 그 사람은 너무 멍청해서 만나 보셔야 그리 쓸모가 없을 겁니다."

"마슬렌니코프 말씀인가요?"

"그렇습니다."

"그 사람은 제가 압니다." 네플류도프는 그렇게 말하고, 돌아가기 위해 자리에서 일어섰다.

이때 빼빼마르고 몸집이 작고 납작코에 얼굴빛이 누런, 지독히도 못생긴 여자가 종종걸음으로 사무실로 들어왔다. 변호사의 아내인데, 자기가 못생겼다는 사실을 그다지 비관하지 않는 모양인지 벨벳과 비단과 울긋불긋한 옷감으로 온몸을 휘감은 괴상한 옷차림을 한데다가 숱이 적은 머리까지 지져 붙이고 있었다. 그 여자는 의기양양하게 방 안으로 뛰어 들어왔다. 그 뒤를 따라, 비단 솔기가 달린 프록코트를 입고 흰 넥타이를 맨 키 큰 남자가 흙빛 얼굴에 미소를 지으면서 들어왔다. 네플류도프도 얼굴을 알고 있는 작가였다.

"아나톨리!" 여자가 문을 열면서 외쳤다. "내 방으로 갑시다. 세몬 이바노비치께서 자작시를 낭독하신대요! 그 대신 당신은 가르쉰론(論)을 읽어주셔야 해요."

네플류도프가 나가려고 하는데 변호사의 아내가 남편과 무어라고 귓엣말을 주고받더니 곧 네플류도프에게 말을 걸었다.

"공작님도 부디 저희랑 함께 하세요. 저는 공작님을 잘 알고 있으니까 따로 소개는 필요 없다고 생각합니다. 저희의 문학 모임에 참석해 주시겠어요? 정말 재미있는 모임이랍니다. 아나톨리도 낭독을 썩 잘하거든요."

"보시다시피 저도 꽤 특이한 일을 많이 하고 있지요." 파나린은 쓴웃음을 지으면서 졌다는 듯이 양손을 넓게 펼쳐보였는데, 그것은 이런 매력적인 아내의 말을 어떻게 거역할 수 있겠느냐는 마음을 표현하려는 것 같았다.

네플류도프는 침울하고 심각한 얼굴로 아주 공손하게 변호사 부인에게, 초대해 주셔서 감사하지만 그럴 시간적 여유가 없다고 말하고 응접실로 나갔다.

"어쩜 저렇게 우울한 표정을 하고 있을까!" 네플류도프가 나가자 변호사의 아내가 말했다.

응접실에서 조수가 네플류도프에게 미리 준비해 둔 상소장을 내주었다. 사례금에 대해서 물으니, 그는 아나톨리 페트로비치가 1000루블을 받으라고 했다고 대답한 다음, 아나톨리 페트로비치는 보통 이런 사건을 맡지 않지만 특별히 공작님을 생각해서 맡아 준 것이라고 덧붙였다.

"이 상소장에는 누가 서명합니까?" 네플류도프가 물었다.

"피고가 직접 해도 되지만 그게 어려울 때는 피고의 위임장을 받아 아나톨리 페트로비치가 해도 됩니다."

"아니, 그럴 필요는 없습니다. 제가 피고한테 가서 서명을 받아 오지요." 네플류도프는 지정된 면회일 이전에 카튜사를 만나 볼 기회가 생긴 것을 기뻐하면서 말했다.

46

감옥에서는 여느 날과 같은 시각에 간수들의 호각 소리가 감방 복도에 울려 퍼졌다. 자물쇠 철거덕거리는 소리와 함께 복도와 감방 문이 열리자, 맨발로 걷는 소리와 털가죽 신 뒤축을 질질 끄는 소리가 들리고 이어 용변통 담당 죄수가 지독한 악취를 이곳저곳에 뿌리면서 용변통을 메고 복도를 지나갔다. 죄수들은 남자고 여자고 할 것 없이 세수를 하고 옷을 갈아입은 뒤, 점호를 받기 위해 복도로 나와서 줄을 맞춰 섰다. 점호가 끝난 다음에는 더운 찻물을 가지러 갔다.

차를 마시는 동안, 이날의 얘깃거리는 어느 감방을 막론하고 모두 오늘 곤장을 맞게 된 두 죄수에 대한 것이었다. 그 가운데 한 사람은 읽기 쓰기를 훌륭하게 해내는 바실리예프라는 젊은 점원으로 질투 때문에 자기 애인을 죽인 남자였다. 그 남자는 쾌활한 성미에 그리 인색하지도 않았고 간수들에게도 비굴한 태도를 보이지 않았으므로 감방 안 동료들의 호감을 사고 있었다. 그러나 법에 밝은데다가 간수들에게 그 실행을 요구했기 때문에 간수들에게는 미움을 받았다. 3주일 전에 용변통 담당 죄수가 간수의 새 제복에 오물을 튀겼다는 이유로 그 간수에게 언어맞은 일이 있었다. 바실리예프는 감옥 규칙에 죄수를 때리라는 조항은 없다면서 그 죄수를 감쌌다.

"그럼 진짜 규칙을 보여 주마!"

간수는 바실리예프에게 욕설을 퍼부었다. 바실리예프도 지지 않았다. 간수가 때리려고 주먹을 쳐들었으나 바실리예프는 간수의 양팔을 3분 동안이나 꽉 붙잡고 있다가, 상대의 몸을 홱 돌려 문 밖으로 밀어내 버리고 말았다. 간수가 이 사실을 소장에게 낱낱이 알리자 소장은 바실리예프를 독방에 가두도록 명령했다.

독방은 한 줄로 늘어선 어두컴컴한 지하 감옥으로, 밖에서 빗장을 걸어 잠그게 되어 있었다. 어둡고 추운 이 독방에는 침대도 의자도 탁자도 없어서, 여기 갇히는 사람은 더러운 땅바닥에 그냥 앉거나 누울 수밖에 없었다. 그러면 이 지하 감옥에 우글거리는 엄청나게 많은 쥐들이 몸을 기어오르거나 뛰어넘거나 했다. 이 쥐들은 겁이 없고 재빨라서 어둠 속에서 쥐들로부터 빵을 지키기란 불가능할 정도였다. 쥐들은 죄수가 손에 쥔 빵을 뜯어먹고 죄수가 몸을 움직이지 않고 있으면 그 몸까지 물어뜯는 형편이었다. 바실리예프는 자기는 아무런 잘못도 없다면서 독방에는 가지 않겠다고 버티었으나 간수가 강제로 끌고 나갔다. 바실리예프가 간수를 뿌리치려 했을 때 같은 감방에 있는 죄수 두 명이 힘을 합쳐 간수를 밀어냈다. 그러나 곧 다른 간수들이 우르르 달려왔고, 그 가운데에는 힘세기로 유명한 페트로프가 끼어 있었다. 죄수들은 모두 얻어맞고 독방에 갇히는 신세가 되었다. 곧 이 사건은 폭동과 마찬가지라고 하여 현 지사에게 보고되었다. 그 결과 주동자인 바실리예프와 떠돌이 네폼냐시치에게 각각 30대씩 곤장을 치라는 지시가 내려왔다. 곤장은 여죄수 면회실에서 집행되도록 되어 있었다.

이 사건에 대해서는 전날부터 감옥 안에 있는 모든 사람에게 알려졌으므로 각 감방은 곧 집행될 이 형벌 이야기로 꽃을 피웠다.

코라블료바, '미인', 페도샤, 카튜사 등 네 명은 여느 때처럼 감방 한쪽 구석에 자리를 잡았지만 이미 아침부터 한잔 걸친 탓에 모두 얼굴이 빨개져서 떠들어대고 있었다. 요즈음 마슬로바는 보드카가 떨어지는 일이 없었으며 또 아낌없이 동료들에게도 나누어 주었던 것이다. 네 사람은 차를 마시며 그 이야기를 했다.

"그 사람이 폭동을 일으켰다고 그러는 건가." 코라블료바가 단단한 이로 조그만 설탕 조각을 깨물어 부수면서 바실리예프의 편을 들었다. "그 사람은 그저 자기 친구를 감쌌을 뿐이잖아? 더구나 요즘에는 죄수를 함부로 때리지 못하게 되어 있다는데 말이야!"

"좋은 청년이라고 하던데."

페도샤가 머릿수건을 쓰지 않고 머리를 길게 땋아내린 채, 차 도구가 놓여 있는 나무침대 앞 장작더미 위에 앉아서 말했다.

"이거야말로 그분한테 말씀드려보지 그래, 미하일로브나?"

건널목지기 여자가 '그분'이란 말로 네플류도프를 은근히 가리키면서 카튜사에게 말했다.

"말하지 뭐. 그 사람은 내 일이라면 무엇이든 다 들어주시니까."

카튜사는 웃는 얼굴로 머리를 흔들면서 대답했다.

"하지만 언제 오실는지 알아? 아까 전에 간수들이 독방으로 그 두 사람을 데리러 갔다던데." 페도샤가 말했다. "아이 무서워." 페도샤는 한숨을 내쉬면서 덧붙였다.

"나는 전에 면사무소에서 어떤 농사꾼이 채찍으로 맞는 걸 본 일이 있어. 시아버지 심부름으로 촌장을 찾아가는 길이었는데 얼핏 보니까 한 농부가……."

건널목지기가 긴 이야기를 시작했다. 이때 2층 복도에서 들려오는 말소리와 발소리 때문에 그 이야기는 중단되었다.

여죄수들은 숨을 죽이고 귀를 기울였다.

"끌어내고 있어. 망할 자식들!" '미인'이 말했다. "죽을 만큼 패겠지. 바실리예프는 고분고분하지 않아서 간수들이 몹시 미워하고 있으니까."

이윽고 2층이 조용해지자 건널목지기는 면사무소 헛간에서 그 농사꾼이 얻어맞는 것을 보고 자기는 놀라서 간이 벌벌 떨리더라며 이야기를 마쳤다. 그러자 이번에는 '미인'이 시체글로프라는 사람이 채찍으로 얻어맞으면서도 신음 한 마디 내지 않더라고 했다. 그럭저럭 이야기는 대충 끝나 페도샤는 일어나 찻잔을 거두고, 코라블료바와 건널목지기는 바느질을 시작했다. 카튜사는 몹시 울적해져서 두 팔로 무릎을 껴안고 침대 위에 앉아 있었다. 그러다 드러누워 한잠 자려는데, 여간수가 들어오더니 면회자가 와 있으니 사무실로 오라고 알려주었다.

"우리 사정도 잊지 말고 꼭 말해 줘." 수은이 절반이나 벗겨진 낡은 거울 앞에서 머릿수건을 매만지고 있는 카튜사에게 방화범 노파가 말했다. "불을 지른 건 우리가 아니라 바로 그 자식이었거든. 우리 모습도 똑똑히 보았다고. 그 머슴은 남의 불행을 그냥 지나치는 삶이 아니야. 그분에게 미트리이를 만나 물어보시라고 말씀드려. 그러면 미트리이는 모든 사실을 하나도 숨김없이 말해 올릴 거야. 정말 이건 너무한 짓이야. 죄 없는 우리를 감옥에 처넣고 그 악당 놈은 남의 마누라와 붙어서 술집에서 해롱거리고 있으니 말이야!"

"정말 있을 수 없는 일이지!" 코라블료바가 맞장구를 쳤다.

"말하겠어요, 꼭 말할게요." 카튜사가 대답했다. 그리고 한 눈을 찡긋하면서 덧붙였다. "용기를 내기 위해서 한잔 하고 가야지."

코라블료바가 보드카를 반쯤 따라 주었다. 카튜사는 그것을 받아 죽 들이켜고는 입술을 닦고 기분이 좋아져서 '용기를 내기 위해서' 하고 자기가 방금 한 말을 되풀이했다. 그리고 머리를 흔들며 생글생글 웃으면서 여간수의 뒤를 따라 복도를 걸어갔다.

47

네플류도프는 벌써 오랫동안 현관 대기실에서 기다리고 있었다.

네플류도프는 감옥에 도착하자 입구의 벨을 누르고 당직 간수에게 검사의 입소허가증을 내보였다.

"누구를 만나시렵니까?"

"여죄수 마슬로바입니다."

"지금은 안 됩니다. 소장님이 바쁘시니까요."

"사무실에 계십니까?"

"아니, 여기 면회실에 계십니다."

간수는 그렇게 대답하였으나, 네플류도프에게는 그 태도가 어쩐지 안절부절못하는 것처럼 여겨졌다.

"그럼 오늘도 면회가 허락되는 날입니까?"

"아닙니다. 특별한 볼일이 있어서." 간수가 말했다.

"어떻게 소장님을 뵐 수 없을까요?"

"곧 나오실 테니 그때 말씀하십시오. 조금만 더 기다리십시오."

그때 옆문으로, 번들번들한 얼굴에 담배 연기에 찌든 콧수염을 기르고 깃에 단 휘장을 번쩍이면서 상사(上士)가 들어와서 위압적인 목소리로 간수를 꾸짖었다.

"왜 이런 데로 모셨나? 사무실로 안내해!"

"소장님이 여기 계시다기에 왔습니다."

상사의 얼굴에서도 느껴지는 같은 안절부절못하는 태도에 놀라면서 네플류도프가 말했다.

그때 안쪽 문이 열리더니 땀에 젖은 얼굴을 새빨갛게 물들인 간수 페트로프가 들어왔다.

"이젠 뼈에 사무치도록 깨달았을 겁니다." 페트로프가 상사에게 말했다.

상사가 눈으로 네플류도프를 가리키자, 페트로프는 입을 다물고 얼굴을 찡그리더니 뒷문으로 나가버렸다.

'누가 무엇을 뼈에 사무치도록 깨달았단 말일까? 왜 다들 이렇게 안절부절못할까? 왜 상사는 저 남자에게 이상한 눈짓을 했을까?'

네플류도프는 생각했다.

"여기서 기다리시게 할 수는 없으니 사무실로 가시지요."

상사가 다시 네플류도프를 돌아보며 말했다. 네플류도프가 나가려 할 때 안쪽 문이 열리더니 부하들보다도 더 안절부절못하는 태도로 소장이 들어왔다. 소장은 줄곧 한숨만 쉬고 있다가 네플류도프를 보자 간수에게 말했다.

"페트로프, 제5여자감방의 마슬로바를 사무실로 데리고 와."

"이리 오십시오."

소장이 네플류도프를 재촉했다. 두 사람은 경사가 급한 층계를 올라가 창이 하나밖에 없는 조그만 방으로 들어갔다. 거기에는 책상 하나와 의자 몇 개가 놓여 있었다. 소장이 앉았다.

"정말 언짢고 힘든 직무입니다."

소장은 굵은 담배를 꺼내면서 네플류도프를 돌아보고 말했다.

"무척 피곤하신 모양이군요." 네플류도프가 말했다.

"지겨운 일뿐이랍니다. 정말 어려운 직업이지요. 좀 편해지고 싶지만 점점 더 나빠질 뿐입니다. 어떻게 해서라도 여기를 빠져나갈 궁리만 하고 있는 형편이랍니다. 정말 괴로운 직무지요."

네플류도프는 소장이 무엇을 그리 괴로워하고 있는지 알 수 없었으나, 오늘 소장의 모습에서는 왠지 동정을 불러일으키는, 여느 때 없이 쓸쓸하고 절망적인 기분을 느낄 수 있었다.

"그러시겠지요. 확실히 힘든 직무라고 짐작이 갑니다." 네플류도프가 말했다. "그러시다면 왜 그만두시지 않습니까?"

"재산은 없고, 가족은 있고 해서요."

"하지만 그토록 괴로우시다면……."

"이것은 좀 외람된 말씀 같지만 사회를 위해서 몸 바쳐 일하는 겁니다. 최대한 손을 보는 거지요. 다른 사람 같으면 절대로 이렇게는 못할 겁니다. 말이야 쉽지만 2000명이 넘는, 더구나 저런 죄수들 상대가 아닙니까. 다루는 방법을 알아야 하고, 역시 사람이니 동정을 해주어야 하지요. 그렇다고 고삐를 너무 풀어서도 안 되고요."

소장은 얼마 전 죄수들끼리 싸워서 살인이 난 사건을 이야기했다.

그 이야기는 간수를 따라 카튜사가 들어오는 바람에 중단됐다.

네플류도프가 문턱에 서 있는 카튜사를 보았을 때, 카튜사에게는 아직 소장의 모습이 보이지 않았다. 카튜사의 얼굴은 빨갰다. 그녀는 간수 뒤를 따라 걸어 들어오면서 머리를 흔들며 줄곧 생글생글 웃고 있었다. 그러다 소장을 보자 흠칫 놀라며 쏘아보더니 곧 마음을 돌이켜 쾌활하고 명랑하게 네플류도프에게 말을 건넸다.

"안녕하셨어요." 카튜사는 노래하듯이 생글생글 웃으며 말하더니 전날과는 달리 힘을 주어 네플류도프의 손을 꼭 쥐었다.

"이 상소장에 당신 서명을 받으러 왔소." 자기를 맞이하는 카튜사의 경박해진 태도에 약간 놀라면서 네플류도프는 말했다. "변호사가 상소장을 작성해 주었으니, 당신의 서명을 받아서 페테르부르크에 보내려 하오."

"좋아요, 서명이야 하지요. 뭐든지 하겠어요."

카튜사가 한쪽 눈을 찡긋하고 웃으면서 말했다.

네플류도프는 주머니에서 접은 상소장을 꺼내 들고 탁자 쪽으로 갔다.

"여기서 서명해도 좋습니까?" 네플류도프가 소장에게 물었다.

"이리 와서 앉아요." 소장이 말했다. "자, 펜 여기 있다. 쓸 줄 아나?"

"옛날엔 쓸 줄 알았죠."

카튜사는 생글생글 웃으면서 치마와 스웨터의 소매를 매만지고 책상 앞에 앉아, 힘이 들어간 작은 손으로 서툴게 펜을 쥐었다. 그러다 갑자기 웃으며 네플류도프를 돌아보았다.

네플류도프는 어디다 어떻게 서명하는지 가르쳐 주었다.

카튜사는 조심스럽게 펜을 잉크에 적신 다음 잉크방울이 떨어지지 않도록 주의하면서 자기 이름을 썼다.

"이것만 쓰면 되는 건가요?"

카튜사는 펜을 잉크병에 세웠다 종이 위에 얹었다 하면서 네플류도프와 소장을 번갈아보며 물었다.

"당신한테 할 말이 좀 있는데."

네플류도프가 카튜사의 손에서 펜을 받아들며 말했다.

"좋아요. 말씀하세요."

카튜사는 그러다 문득 무슨 생각에 잠겼는지 아니면 졸음이라도 오는 건지 진지한 표정이 되었다.

소장이 일어서더니 밖으로 나갔다. 네플류도프는 카튜사와 마주앉았다.

48

카튜사를 데리고 온 간수는 탁자에서 떨어진 창가에 앉았다. 네플류도프에게 결정적인 순간이 왔다. 네플류도프는 첫 면회 때 가장 중요한 것, 즉 자신이 카튜사와 결혼할 작정이라는 것을 말하지 못한 데 대해 줄곧 자신을 나무라고 있었다. 그리고 오늘이야말로 그 말을 해야겠다고 굳게 마음먹었다. 카튜사와 네플류도프는 탁자를 사이에 두고 마주앉아 있었다. 방 안은 밝았다. 네플류도프는 비로소 가까운 곳에서 찬찬히 카튜사의 얼굴을 들여다보았다. 눈꼬리와 입가에 잔주름이 잡히고 눈이 약간 부어 있었다. 그러자 지금까지보다 한층 더 카튜사가 불쌍하게 생각되었다.

창가에 앉아 있는, 수염이 희끗희끗한 유대인인 듯한 간수에게 들리지 않도록 네플류도프는 탁자에 팔꿈치를 짚고 카튜사에게만 들리게 말했다.

"만약 이 상소가 잘 안 될 경우에는 황제께 직접 상소할 참이오. 하는 데까지 힘써 보겠소."

"먼저도 변호사만 좋았더라면……." 카튜사가 가로막았다. "그런데 그 변호사는 아주 바보라서 저한테 알랑거리기만 했어요." 카튜사는 키득키득 웃었다. "그때 제가 공작님하고 친한 사이라는 것을 모두가 알았더라면 이렇게까지는 안 되었을 거예요. 그런데, 글쎄 모두들 나를 도둑년으로 알고 있잖아요."

'오늘 아무래도 태도가 이상하군.'

네플류도프가 속으로 놀라면서 드디어 중요한 말을 꺼내려고 입을 여는 순간 카튜샤가 또 지껄이기 시작했다.

"실은 부탁이 하나 있어요. 우리 감방에 할머니가 한 분 계세요. 모두 놀랄 정도로 정말 착한 할머니지요. 그런데 그런 아무 죄 없는 할머니가 갇혀 있다니까요. 아들도 함께요. 두 사람 모두 아무 죄가 없어요. 그건 누구나 알고 있죠. 그런데도 방화죄를 뒤집어쓰고 갇혀 있는 거예요. 실은 그 할머니가요, 내가 공작님을 잘 안다는 말을 듣고……." 카튜샤는 고개를 기울여 네플류도프의 얼굴을 올려다보듯 하면서 말했다. "나한테 이렇게 말하지 않겠어요? '우리 아들을 만나주시도록 그분에게 부탁 좀 해줘. 그러면 아들이 죄다 이야기할 테니까'라고요. 멘쇼프라고 하는데 만나주시겠어요? 정말 좋은 할머니예요. 만나보면 금방이라도 죄가 없다는 걸 알 수 있어요. 힘을 좀 빌려주시겠지요?"

카튜샤는 미소를 띤 채 네플류도프를 올려다봤다 눈을 내리깔았다 하면서 말했다.

"좋아. 만나서 자세한 얘기를 들어 봅시다." 카튜샤의 살가워진 태도에 차츰 더 놀라움을 느끼면서 네플류도프가 말했다. "그런데 나도 당신한테 할 말이 있소. 기억하겠소, 그 전에 내가 한 말을?"

"워낙 여러 가지 말씀을 하셔서요. 무슨 얘기였더라?"

카튜샤는 여전히 미소를 머금은 채 고개를 좌우로 갸웃거리면서 말했다.

"당신한테 용서를 빌러 왔다고 말했었소."

"뭘 그러세요. 자꾸만 용서를 해달라고 하시는데, 그런 건 아무려면 어때요……. 그보다도 저……."

"내 죄를 속죄하고 싶소." 네플류도프는 말을 이었다. "말로만이 아니라 행동으로써 속죄하고 싶소. 나는 당신과 결혼할 생각이오."

카튜샤의 얼굴에 놀라움의 빛이 감돌았다. 한곳에 고정된 사팔눈이 네플류도프를 보는 것 같기도 하고 안 보는 것 같기도 했다.

"왜 그렇게까지 하려는 건가요?"

카튜샤가 언짢다는 듯이 눈살을 찌푸리며 말했다.

"나는 신 앞에서 그렇게 해야 한다고 느꼈소."

"어머나, 어떤 신을 발견하셨나요? 공작님은 언제나 얼토당토않은 말씀만

하세요. 신이라고요? 어떤 신이죠? 공작님은 그때 그 신을 생각하셔야 했어요."

카튜사는 여기까지 말하다가 입을 벌린 채 더는 말을 잇지 않았다.

네플류도프는 그제야 카튜사의 입에서 독한 술 냄새가 나는 것을 느끼고 카튜사가 흥분해 있는 까닭을 알았다.

"마음을 가라앉혀요." 네플류도프가 말했다.

"나는 가라앉힐래야 그럴 만한 건덕지도 없어요. 내가 취한 줄 아시나요? 네, 취했어요. 하지만 무얼 말하고 있는지는 다 알고 있어요!" 갑자기 말이 빨라지더니 얼굴이 새빨개졌다. "나는 유형수예요. 그런데 당신은 나리시고 게다가 공작님이죠. 나 같은 것하고 함께 어울려서 더러워질 필요는 없다고요. 공작 아가씨한테나 가서 끼리끼리 만나세요. 내 몸값은 10루블, 붉은 지폐 한 장이라고요."

"네가 아무리 잔혹한 말을 하더라도 내 마음을 다 알지는 못할 거야." 네플류도프는 온몸을 떨면서 조용히 말했다. "너에 대해서 내가 얼마만큼 죄를 느끼고 있는지 넌 상상도 못할 거야……."

"죄를 느끼고 있다고요, 그런데……." 카튜사는 밉살맞게 그 말을 따라했다. "그때는 그 죄를 느끼지 못하고 100루블짜리 한 장 쑤셔 넣어주고서. 그게 당신이 흥정한 내 몸값이라고요……."

"알고 있어, 알고 있다고. 하지만 이제 와서 어떻게 하라는 거야?" 네플류도프는 거듭 말했다. "이젠 널 버리지 않기로 결심했어. 그리고 말한 것을 꼭 이루고야 말겠어."

"미리 말해두지만 당신은 절대로 그렇게 못할걸요." 카튜사가 깔깔대고 웃어젖혔다.

"카튜사!" 네플류도프가 카튜사의 손에 자기 손을 갖다 대며 말했다.

"돌아가세요. 나는 유형수고 당신은 공작이에요. 이런 데 찾아올 건 없잖아요." 카튜사는 분노에 얼굴이 일그러진 채 그 손을 뿌리치며 소리쳤다. "당신은 나를 구실로 삼아서 구원을 받겠다는 거군요." 카튜사는 마음속에 솟구쳐 오른 것을 죄다 뱉어내려는 듯이 숨도 쉬지 않고 떠들어댔다. "이 세상에서는 나를 노리개로 만들어 놓고 저 세상에서는 나를 이용해서 구원을 받고 싶다, 그건가요! 이제 꼴도 보기 싫어요! 그 안경도, 유들유들한 알미운 얼굴도! 돌아가, 돌아가라니까!" 카튜사는 거칠게 일어서면서 외쳐댔다.

간수가 뛰어왔다.

"왜 이리 떠들어! 이게 무슨 짓이야!"

"제발, 가만히 둬 두십시오." 네플류도프가 말했다.

"분수를 알아라." 간수가 말했다.

"아닙니다. 조금만 더 기다려 주십시오."

간수는 다시 창가로 갔다.

카튜사는 다시 앉아서 눈을 내리깐 채 양손을 굳게 깍지 끼고 있었다.

네플류도프는 어떻게 해야 좋을지 몰라 그녀 앞에 우두커니 서 있었다.

"너는 나를 믿어 주지 않는군."

"당신은 저와 결혼하겠다고 하지만, 그런 일은 절대로 없을 거예요. 차라리 목을 매는 편이 낫다고요! 이게 제 대답이에요."

"그래도 역시 난 너를 위해서 힘을 다하겠어."

"글쎄요. 그건 당신 맘이죠. 단지 전 당신한테 아무것도 바라지 않아요. 이것만은 똑똑히 말해 두겠어요. 그때 왜 죽어버리지 않았는지 몰라." 카튜사는 이렇게 덧붙여 말하더니 자못 애처롭게 울었다.

네플류도프는 아무 말도 할 수가 없었다. 그에게도 카튜사의 눈물이 전염되었던 것이다.

카튜사는 얼굴을 들고 깜짝 놀란 듯이 네플류도프를 쳐다보았다. 그리고 머릿수건 자락으로 볼에 흘러내리는 눈물을 닦았다.

간수가 다시 다가와서 시간이 다 되었다는 것을 알렸다. 카튜사는 일어섰다.

"당신은 오늘 흥분했어. 될 수 있으면 내일 다시 올 테니 잘 생각해 봐요." 네플류도프가 말했다.

카튜사는 아무 대답도 하지 않았다. 네플류도프 쪽은 아예 쳐다보지도 않고 간수를 따라 나갔다.

"이제 네 인생도 펴게 되겠구나." 카튜사가 감방으로 돌아가자 코라블료바가 말했다. "너한테 홀딱 반했다면서? 그 사람이 찾아오는 동안 빈틈없이 해둬. 반드시 여기서 꺼내 줄 거야. 부자는 무슨 짓이라도 할 수 있거든."

"정말 그래." 건널목지기가 노래하는 듯한 소리로 지껄였다. "가난뱅이는 색시를 얻어도 밤을 즐길 여유도 없지만, 부자는 넌지시 의사만 비춰도 뭐든지 바라는 대로 할 수 있다고. 우리 마을에도 돈 많은 사람이 있었는데 그이가 말이야……."

"어때, 내가 부탁한 것 말해 봤어?" 노파가 물었다.

그러나 카튜사는 동료들의 물음에는 대꾸도 하지 않고 침대에 드러눕더니 사팔눈으로 구석만 쳐다보며 밤까지 꼼짝도 하지 않았다. 마음속에서 괴로운 싸움이 벌어지고 있었다. 네플류도프가 한 말이 카튜사를 예전의 세계로 불러들인 것이다. 그것은 카튜사가 고통 받고 끝내 이해하지 못한 채 증오심을 품고 도망쳤던 세계였다. 카튜사는 이제 지금까지 살아온 모든 기억을 잊어버렸다. 과거를 또렷하게 기억하며 산다는 것은 너무나 괴로운 일이었다. 그래서 그날 밤도 카튜사는 다시 술을 사서 동료들과 취할 때까지 마셨다.

49

'그렇군. 그렇게 되었던 거였군.'

네플류도프는 감옥을 나오면서 이제야 비로소 자기 죄가 얼마나 깊은가를 확실하게 깨달았다고 생각했다. 네플류도프가 자기 행위를 속죄하려고 시도하지 않았다면, 그 행위가 얼마나 죄 많은 일인가를 영원히 몰랐을 것이다. 그뿐 아니라, 카튜사 역시 자기에게 가해진 악이 얼마만큼 큰 것인지 모르고 지냈을 것이다. 이제 비로소 그 모든 것이 무서운 전모를 드러낸 것이다. 네플류도프는 이제야 비로소 자기가 이 여자의 영혼에 어떤 짓을 했는지를 깨달았고, 카튜사 역시 자기가 어떤 짓을 당했는지를 깨달았다. 지금까지 네플류도프는 스스로의 회한에 도취해서 혼자 기분 좋아하고 있었다. 그러나 이제는 그저 두려움뿐이었다. 이제는 카튜사를 버릴 수 없었다. 네플류도프는 그것을 느꼈다. 그러나 아울러 자기와 카튜사의 관계에서 어떤 결과가 생길 것인가는 상상조차 할 수 없었다.

네플류도프가 감옥 밖으로 나가려는데, 훈장과 메달을 잔뜩 단 간수가 네플류도프에게 다가와 아첨하는 듯한 비굴한 표정으로 살그머니 편지 한 통을 내밀었다.

"이걸 공작님에게 전해 달라고 어떤 부인한테서 부탁을 받았습니다." 간수가 말했다.

"어떤 부인?"

"읽어보시면 압니다. 여기 들어 있는 정치범입니다. 제가 그 감방 간수를 하고 있습죠. 그래서 부탁받았습니다. 이런 일은 못하게 되어 있습니다만 인정상……." 간수는 꾸민 듯한 목소리로 말했다.

정치범 담당 간수가 감옥 안에서, 더군다나 거의 모든 사람의 눈이 희번덕대고 있다 해도 지나친 말이 아닌 이런 곳에서 편지를 건네주다니 이게 웬일인가 하고 네플류도프는 놀랐다. 그때는 아직 이 남자가 간수를 가장한 스파이라는 것을 알지 못했다. 네플류도프는 편지를 받아들고 밖으로 나가자마자 그것을 읽었다. 편지에는 경음부*를 생략하고 연필로 다음과 같이 흘려 쓰여 있었다.

공작님이 어떤 형사범에게 관심을 가지고 가끔 찾아오시는 것을 알고 만나뵙고 싶어졌습니다. 저에게 면회를 신청해 주십시오. 공작님이라면 허락될 것입니다. 공작님이 돌보고 계시는 분에게도, 우리 동료들에게도 중대한 정보를 이것저것 알려드리겠습니다.
감사의 마음을 안고서 베라 보고두호프스카야 올림

베라 보고두호프스카야는 언젠가 네플류도프가 친구들과 곰 사냥을 간 적이 있는 노브고로드 현의 한 벽촌에서 여교사를 하고 있었다. 그때 이 교사는, 여자고등사범학교에 가고 싶으니 학비를 빌려달라고 네플류도프에게 부탁한 적이 있었다. 네플류도프는 돈을 주었으며, 그 뒤 잊어버렸다. 그런데 지금 그 여인이 정치범으로 투옥되어 있다가 여기서 네플류도프의 이야기를 들었는지, 이렇게 은혜를 갚으려고 자청해 온 모양이었다. 그 무렵에는 모든 일이 손쉽고 간단했다. 그런데 지금은 모든 것이 얼마나 힘들고 복잡한가.

네플류도프는 그 당시의 일과, 보고두호프스카야와 알게 된 동기 같은 것을 여러 가지로 떠올리고 흐뭇한 기분이 되었다. 그것은 사육제를 앞둔 어느 날, 철도에서 60킬로미터나 떨어진 두메산골에서 일어난 일이었다. 사냥은 성과가 좋아 곰을 두 마리나 잡았다. 돌아갈 준비를 마치고 식사를 하고 있는 차에, 그들이 묵었던 농가의 주인이 찾아와서, 네플류도프 공작님을 뵙겠

---

* 혁명 전, 자음으로 끝나는 단어 뒤에 붙인 기호. 혁명 전부터 이 부호를 생략했다는 사실은 글쓴이가 진보주의자라는 것을 암시함.

다면서 부사제의 딸이 찾아왔다고 알렸다.

"미인인가?" 누군가가 물었다.

"농담은 그만둬!" 네플류도프는 입술을 훔치고 식탁에서 일어나면서 말했다. 그리고 부사제의 딸이 대관절 무슨 일로 자기를 찾을까 하고 의아해하면서 진지한 표정으로 안채로 갔다.

방에는 펠트 모자를 쓰고 털외투를 입은 한 처녀가 있었다. 전체적으로 깡마른 느낌이 들고 볼도 핼쑥하여 볼품없는 생김새였지만, 치켜 올라간 눈썹 아래서 빛나는 눈만은 아름다웠다.

"자, 베라 예플례모브나, 부탁해 봐." 주인 노파가 말했다. "이분이 바로 그 공작님이셔. 그럼, 난 자리를 비켜줄게."

"무슨 일이신지?" 네플류도프가 말했다.

"저는……. 저는……. 저, 공작님은 부자여서 사냥 같은 쓸데없는 일에 돈을 마구 써버리고 계십니다. 저는 잘 알고 있습니다." 처녀는 어쩔 줄 몰라 하면서 말을 꺼냈다. "저는 사람들에게 쓸모 있는 사람이 되고 싶어 그것만 바라고 있지만, 아무것도 몰라서 어떤 일도 할 수가 없습니다."

처녀의 맑고 진심으로 가득 찬 눈과, 결연하고 주저함 없는 표정이 네플류도프의 마음을 강하게 움직였다. 네플류도프는, 전에도 가끔 이런 일이 있었지만, 문득 상대의 처지가 되어 그 마음을 이해하고 동정심이 들었다.

"내가 어떻게 해주길 바라오?"

"저는 지금 여교사인데, 여자고등사범학교에 가고 싶습니다. 하지만 보내주질 않습니다. 아니, 사실 보내주지 않는 것이 아니에요. 가라고는 하지만 학비가 없습니다. 돈을 좀 꿔 주실 수 없을까요? 졸업하면 갚겠어요. 돈 많은 사람은 곰을 잡거나 농사꾼들에게 술을 먹이거나 하지요. 그런 건 좋지 않은 일이라고 생각합니다. 왜 더 좋은 일을 하시지 않을까요? 제가 필요한 것은 겨우 80루블이에요. 싫으시다면, 괜찮습니다." 여자는 화난 듯이 말했다.

"천만에요. 오히려 이런 기회를 주셔서 이렇게 기쁠 수가 없습니다……. 잠깐 기다리십시오. 곧 가져오겠습니다." 네플류도프가 말했다.

네플류도프는 밖으로 나갔다. 밖에서는 한 친구가 두 사람의 대화를 엿듣고 있었다. 그는 친구의 농담 섞인 비아냥거림에는 대꾸도 하지 않고 가방에서 돈을 꺼내어 처녀에게 가지고 갔다.

"자, 어서 받으십시오. 인사는 필요 없습니다. 도리어 내가 감사를 해야 할 것 같으니까요."

네플류도프는 지금 이러한 여러 가지 일을 떠올리고는 마음이 따뜻해졌다. 한 장교가 그 일을 가지고 저속한 농담을 하는 바람에 하마터면 싸움이 날 뻔한 일이며 다른 한 친구가 자기 편을 들어준 것이 실마리가 되어 두 사람이 한층 친해진 일, 또 전체적으로 사냥 성적이 좋아 즐거웠던 일이며 밤이 늦어서 철도역으로 돌아올 때 참으로 상쾌한 기분이었던 일 등이 생각났다. 말 두 필이 끄는 썰매가 일렬로 늘어서서 숲 속 오솔길을 소리도 없이 가볍게 누볐다. 높고 낮은 숲 곳곳에는 온통 눈을 뒤집어쓰고 가지마다 하얗게 서리가 맺힌 전나무가 보였다. 어둠 속에 빨간 불빛을 남기며 누군가가 향기로운 담배를 피웠다. 몰이꾼 오시프가 무릎까지 눈에 빠지면서 이 썰매에서 저 썰매로 돌아다니며 시중을 들고, 그때쯤이면 깊은 눈 속을 헤매고 다니며 사시나무 껍질을 벗겨 먹고 있을 큰사슴 이야기랑, 숲 속 깊은 굴속에 누워 숨구멍으로 따뜻한 숨결을 토해내고 있을 곰 이야기를 해주었다.

이런 여러 가지 추억이 떠올랐으나 무엇보다도 기쁘게 생각되는 것은, 건강과 젊은 힘과 아무런 근심 걱정 없는 홀가분한 자기를 깨닫는 그 행복감이었다. 폐는 털외투를 부풀리면서 얼어붙은 공기를 빨아들이고, 말 멍에에 걸린 나뭇가지에서 가루 같은 눈이 얼굴에 떨어지고, 몸은 따뜻하고, 얼굴은 상쾌하고 마음에는 아무런 걱정도 거리낌도 두려움도 욕망도 없었다. 얼마나 멋졌던가! 그런데 지금은? 아, 모든 것이 어쩌면 이렇게도 괴롭고 힘이 드는가!

틀림없이 베라 예플례모브나는 혁명가가 되어 혁명운동을 하다가 투옥되어 있을 것이다. 꼭 만나야 한다. 더욱이 카튜사가 처한 상황을 좋게 해줄 방법을 가르쳐 주겠다고 약속하고 있지 않은가.

50

이튿날 아침 눈을 뜬 네플류도프는 어제 있었던 일이 모조리 다시 떠올라 저도 모르게 몸서리쳤다.

그러나 그 두려움에도 불구하고 여태까지보다 한층 더 굳은 마음으로, 일단 시작한 일은 끝까지 밀고 나가자고 마음먹었다.

네플류도프는 이러한 의무감을 가지고 집을 나와서 부지사 마슬렌니코프의 집으로 마차를 몰았다. 카튜사의 일 말고도 카튜사에게 부탁받은 노파 멘쇼프 및 그 아들과의 면회 허가를 받기 위해서였다. 그 밖에, 카튜사를 구하는 데 도움이 될지도 모르는 보고두호프스카야와의 면회도 부탁해 볼 작정이었다.

네플류도프는 마슬렌니코프를 오래전 연대에 있을 무렵부터 알고 있었다. 마슬렌니코프는 그 무렵 연대의 재무관을 지내고 있었다. 당시 마슬렌니코프는 군대와 황실 말고는 이 세상에 대해 아무것도 모르는, 아니 알려고도 하지 않는 보기 드문 순진한 장교였다. 지금 네플류도프가 만나려는 마슬렌니코프는 행정관이 되어 있었는데, 예전의 그 마음속에 연대가 차지했던 자리를 이제는 현과 현의 정치가 대신했다. 그는 돈 많은 수완가인 여자와 결혼했는데, 마슬렌니코프를 군인에서 관리직으로 옮기게 한 사람이 바로 이 아내였다.

이 부인은 자기 남편을 잘 길들인 애완동물처럼 놀리거나 쓰다듬거나 했다. 네플류도프는 지난해 겨울에 한 번 이 집을 방문한 적이 있었는데, 이 부부가 몹시 불쾌하게 여겨져서 그 뒤로는 멀리하고 있었다.

네플류도프를 보자 마슬렌니코프는 얼굴 가득 웃음을 담았다. 기름진 붉은 얼굴도, 뚱뚱하게 살찐 몸도, 군대에 있을 때처럼 멋들어진 차림새도 예전과 변함없었다. 다른 점은 옛날에는 어깨와 가슴에 꼭 들어맞는 최신 유행의 깨끗한 제복이나 약식 복장을 입었는데, 지금은 역시 최신 유행에 맞추어 지은 집무복으로 뚱뚱한 몸과 떡 벌어진 살찐 가슴을 싸고 있다는 것뿐이었다. 그날은 약식 옷차림이었다. 나이 차이는 꽤 나지만(마슬렌니코프는 마흔에 가까웠다) 두 사람은 너 나 하는 사이였다.

"야아, 잘 왔네. 아내에게 가세. 회의에 나갈 때까지 꼭 10분이 남았군. 지사가 부재중이라 내가 현의 일을 맡고 있지."

마슬렌니코프는 만족스러움을 참을 수 없다는 태도로 말했다.

"실은 자네한테 볼일이 있어서 왔어."

"무슨 일인데?"

갑자기 경계하듯 움찔하면서, 어느 정도 엄해진 목소리로 마슬렌니코프가 물었다.

"실은 이곳 감옥에 내가 매우 관심을 갖고 있는 죄수가 한 사람 있는데('감옥'이라는 말을 듣고 마슬렌니코프의 얼굴은 더 엄해졌다), 일반 면회실이 아니라 사무실에서 그 죄수를 만나고 싶어서 그러네. 그것도 정해진 날이아니라 만나고 싶을 때는 언제든 말이네. 그러려면 자네의 허가가 있어야 한다는군."

"물론이네, mon cher(친구). 자네를 위해서라면 뭐든지 해줄 생각이야."마슬렌니코프는 자기의 위엄을 누그러뜨리려는 듯이 두 손으로 네플류도프의 무릎을 가볍게 누르면서 프랑스어로 말했다. "그야 되지, 나야 임시 두목에 지나지 않지만 말이야."

"그럼 그 여자와 면회할 수 있도록 허가증을 써 주는 거지?"

"뭐, 그 죄수가 여자야?"

"그래."

"뭘 했는데?"

"독살이야. 하지만 잘못된 판결이었어."

"그렇다니까. 이게 그자들이 말하는 올바른 재판이라는 거야. ils n'en font point d'autre(그 녀석들이 하는 짓이란 고작 그런 거지)." 마슬렌니코프는 무엇 때문인지 프랑스어로 말했다. "자네가 동의하지 않는 것은 알지만 하는수 없어. c'est mon opinion bien arrêtée(이것이 나의 신념이니까)." 마슬렌니코프는 1년 동안 반동적인 보수계 신문에 여러 가지 형태로 실린 의견을 그대로 늘어놓으면서 이렇게 덧붙였다. "자네가 자유주의자라는 건 나도 알고있어."

"내가 자유주의자인지 아닌지는 나도 모르겠는데." 네플류도프가 쓴웃음을지으며 말했다. 누구를 재판할 때는 그 사람의 말을 잘 들어봐야 한다, 법앞에서는 모두가 평등하다, 원칙적으로 남을 괴롭히거나 폭력을 가해서는안 되며 특히 아직 유죄가 확정되지 않은 자에게는 더욱 그렇다 등등을 주장한다는 이유만으로 자기를 어떤 당파와 결부하거나 자유주의자 운운하는 것을 평소부터 이상하게 생각했기 때문이다. "내가 자유주의자인지 아닌지는모르지만, 현행 재판 제도가 아무리 졸렬하더라도 구제도보다 낫다는 것만은 알겠네."

"그래, 변호사는 누구한테 부탁했나?"

"파나린이야."

"뭐, 파나린!" 마슬렌니코프는 얼굴을 찡그리며 말했다. 지난해에 파나린이 자기를 증인으로 법정에 불러다 놓고 30분 동안이나 은근히 무례한 태도로 웃음거리로 만든 일이 생각났기 때문이다. "그런 녀석하고는 되도록이면 얽히지 않는 게 좋아. est un homme taré(평판이 좋지 못한 녀석이거든)."

"또 한 가지 부탁이 있어." 네플류도프는 그 말에는 대꾸하지 않고 말했다. "벌써 오래전 일이지만 내가 어떤 여교사를 알게 되었는데, 아주 불쌍한 여자야. 그 여자도 같은 감옥에 들어가 있는데, 나를 만나고 싶다는군. 그 면회허가증도 내줄 수 없겠나?"

마슬렌니코프는 고개를 조금 갸우뚱하더니 생각에 잠겼다.

"정치범이겠지?"

"응, 그런 모양이야."

"실은 정치범 면회는 친척에게만 허용되어 있는데 자네에게는 공통허가증을 내주지. Je sais que vous n'abuserez pas(자네라면 나쁜 데 쓸 일은 없을 테니까). 그래, 이름은? 자네 친구 말이네……. 보고두호프스카야? Elle est jolie(미인인가?)"

"Hideuse(못생겼어)."

마슬렌니코프는 의심스럽다는 듯이 고개를 갸우뚱하더니 책상으로 가서 허가증이라고 인쇄되어 있는 정식 용지에 능숙하게 글을 썼다. '본 증명서 지참자인 드미트리 이바노비치 네플류도프 공작에게 수감 중인 평민 마슬로바 및 간호사 보고두호프스카야와 옥내 사무실에서 면회할 것을 허가함'이라고 쓰고, 서명을 휘갈겨 썼다.

"가 보면 알겠지만 그곳은 규율이 엄격한 곳이야. 무엇보다, 안 그래도 죄수들로 넘쳐나는 곳에 이송 죄수들까지 잔뜩 와 있거든. 그곳 규율을 지키기란 매우 어려운 일이지. 그러나 나는 엄중히 감독하고 있지. 어쨌든 이 일이 마음에 들거든. 자네도 보면 알겠지만, 그곳은 아주 쾌적해서 죄수들이 모두 흐뭇해하고 있다고. 다만 녀석들을 다룰 줄 알아야지. 며칠 전에도 불미스러운 사건이 일어났지. 명령 거부야. 다른 사람 같았으면 금방 폭동으로 규정하고 많은 희생자를 냈겠지만, 거기서는 다행히 잘 마무리되었지. 한쪽으로는 세심한 배려, 다른 쪽으로는 단호한 권력이 필요한 일이야." 마슬렌니코프는 금색 커프스 단추가 달린 희고 빳빳한 소매 끝으로 나와 있는, 터키석 반지를 낀 희고 두툼한 주먹을 불끈 쥐면서 말했다. "배려와 단호한 권력!"

"글쎄, 난 잘 모르겠는데." 네플류도프가 말했다. "난 두 번이나 가봤지만, 뭐라고 말할 수 없는 무거운 기분이 들더군."

"옳지! 자네는 파셰크 백작부인과 가깝게 지내면 좋을 거야." 흥이 나기 시작한 마슬렌니코프가 말을 이었다. "부인은 이 일에 온몸을 다 바치고 있어. Elle fait eaucoup de bien(그 공덕은 엄청난 거야). 어쨌거나, 쓸데없는 겸손은 빼고 말하자면, 내가 모든 면에 걸쳐서 감옥을 좀 더 낫게 바꿀 수 있었던 것도 그 부인 덕택이라고 할 수 있어. 그 전의 끔찍한 것들을 없애고, 죄수들이 참으로 편하게 살 수 있도록 바꾸었지. 가보면 알 거야. 그런데 파나린 말인데, 나는 개인적으로는 그 남자를 잘 알지도 못하고 또 나의 사회적 지위를 보더라도 서로의 길이 맞을 턱도 없지만, 아무튼 그자는 좋지 못한 사내야. 더구나 법정에서 뻔뻔스럽게도 괘씸한 소리를 하거든, 참으로 괘씸한 소리를……."

"여러 가지로 고맙네."

네플류도프는 허가증을 집어넣고는, 상대의 말을 끝까지 듣지 않고 옛 친구에게 작별인사를 했다.

"아니, 집사람은 만나지 않겠나?"

"용서하게. 지금은 그럴 틈이 없어."

"어쩐다, 집사람이 나를 가만두지 않을걸." 마슬렌니코프는 첫 번째 층계참까지 옛 친구를 배웅하면서 말했다. 그는 가장 소중한 손님이 아니라 2급 정도의 손님일 경우 여기까지 배웅하기로 하고 있었다. 네플류도프는 그 2급에 해당하는 손님이었다. "안 돼. 부탁인데, 잠깐만이라도 들렀다 가게."

그러나 네플류도프는 끝내 응하지 않았다. 하인과 문지기가 옆으로 달려와서 외투와 지팡이를 내주면서 밖에 경관 한 사람이 입초를 서고 있는 현관문을 열었을 때, 네플류도프는 거듭 지금은 아무래도 만날 수가 없다고 양해를 구했다.

"그럼, 목요일에 꼭 와주게. 그날은 아내가 손님을 대접하는 날이야. 그렇게 말해 두겠네!"

마슬렌니코프가 층계 위에서 크게 외쳤다.

51

그날, 네플류도프는 마슬렌니코프의 집에서 곧장 감옥으로 가서 이미 익숙해진 소장 관사로 찾아갔다. 그때처럼 싸구려 피아노 소리가 들렸는데 오늘은 랩소디가 아니라 클레멘티의 연습곡으로, 여전히 놀랄 만큼 힘차고 명확한 빠른 박자로 연주되고 있었다. 한쪽 눈에 안대를 한 하녀가 문을 열고, 소장님은 집에 계시다며 네플류도프를 조그만 응접실로 안내했다. 그곳에는 소파가 하나 놓여 있고, 탁자 위에는 털실로 짠 깔개 위에 분홍색 종이 갓 한쪽이 까맣게 눌은 큼직한 램프가 놓여 있었다. 소장이 지친 듯한 어두운 얼굴로 나왔다.

"어서 오십시오. 무슨 볼일이신지?"

소장은 제복 한가운데의 단추를 채우면서 말했다.

"지금 부지사한테 가서 허가증을 받아오는 길입니다." 네플류도프가 서류를 내밀면서 말했다. "마슬로바와 면회하고 싶습니다."

"마르코바?" 피아노 소리 때문에 잘못 듣고 소장이 되물었다.

"마슬로바입니다."

"아, 참! 그랬었지요!"

소장은 일어나서 클레멘티의 빠른 연주음이 들려오는 문으로 갔다.

"마르샤, 잠시만이라도 멈춰줄 수 없겠니?" 이렇게 말하는 그 목소리에서, 이 음악은 그의 인생이 짊어진 고난의 십자가라는 탄식이 느껴졌다. "도무지 아무 말도 들리지 않는구나."

피아노 소리가 딱 멎고 불만스러운 발소리가 들리는가 싶더니 누군가가 문틈으로 들여다보았다.

소장은 음악이 멎어 마음을 놓았는지, 그다지 독하지 않은 굵직한 엽궐련에 불을 붙이고 네플류도프에게도 권했다. 네플류도프는 사양했다.

"아까 말씀드렸듯이 마슬로바를 만나고 싶습니다만."

"마슬로바의 면회는 오늘은 어려운데요."

"무엇 때문인가요?"

"그것은 공작님 잘못입니다." 쓴웃음을 지으면서 소장이 말했다. "그 여자에게 직접 돈을 주지 마십시오. 주시려면 제게 맡기십시오. 그러면 다 그 여자의 것이 되니까요. 어제 돈을 주신 것 같던데, 그 여자가 그 돈으로 술을 샀어요. 이런 나쁜 짓은 아무래도 뿌리 뽑지 못하고 있습니다만. 오늘은 잔뜩 취해 마구 설쳐대는 형편이랍니다."

"정말입니까?"

"정말이다마다요. 그게 엄중한 조치를 취하지 않으면 안 될 정도라서, 지금 딴 감방으로 옮겨 놓았습니다. 평소에는 얌전한 여잔데. 그러니 제발 돈만은 주지 마십시오. 본디 그런 사람들은⋯⋯."

네플류도프는 어제 있었던 많은 일을 떠올리고 다시금 두려워졌다.

"그렇다면 정치범인 보고두호프스카야는 만나볼 수 있을까요?" 잠시 잠자코 있다가 네플류도프가 물었다.

"아, 그건 상관없습니다." 소장이 말했다. "어라, 무슨 일이니?" 소장이 마침 방에 들어온 대여섯 살 난 계집아이를 보고 말했다. 계집아이는 네플류도프에게서 눈을 떼지 않고 얼굴은 옆을 향한 채 걸음만 아버지에게로 옮겨 놓았다. "그러다 넘어진다." 계집아이가 앞을 보지 않고 양탄자에 걸려 넘어질 듯하면서 자기 앞으로 달려오는 것을 보고 소장이 말했다.

"괜찮으시다면 지금 가보고 싶습니다만."

"예, 가 보십시오." 소장이 대답했다. 그리고 여전히 네플류도프를 보고 있는 계집아이를 안아서 옆으로 내려놓고는 현관으로 나갔다.

소장이 안대를 한 하녀가 내주는 외투를 입고 현관을 채 나서기도 전에 다시 클레멘티의 연주곡이 서툴고 빠르게 울리기 시작했다.

"고등음악원에 다니고 있었습니다만, 학교 규율이 워낙 엉망이라서요. 소질은 꽤 있는 편입니다." 소장이 층계를 내려가면서 말했다. "연주회에 나가고 싶어한답니다."

소장과 네플류도프는 교도소 정문으로 걸어갔다. 소장이 다가가자 작은 쪽문이 활짝 열렸다. 간수들이 거수경례를 하고 눈으로만 전송했다. 머리를 반쯤 깎인 죄수 4명이 입구에서 무언가가 들어 있는 통을 메고 오다가 소장을 보더니 움찔하여 걸음을 멈추었다. 한 사내는 특히 등을 움츠리고 까만 눈을 빛내며 음침하게 인상을 찌푸렸다.

"물론 소질은 길러주고 파묻어 버려서는 안 되지요. 하지만 보시다시피 집이 너무 좁아서 견딜 수 없을 때가 많습니다."

소장은 죄수들은 거들떠보지도 않고 이야기를 계속했다. 그리고 나른한 듯이 다리를 끌며 네플류도프를 데리고 집회실로 들어갔다.

"누구를 만나겠다고 하셨죠?" 소장이 물었다.

"보고두호프스카야입니다."

"탑에 있는 여자군요. 좀 기다리셔야겠습니다."

소장이 네플류도프를 돌아보며 말했다.

"그럼 그동안에 멘쇼프라는 죄수를 만나봐도 될까요? 어머니와 아들이 함께 방화죄로 들어와 있다던데요."

"아, 그건 21호 감방이군요. 좋습니다. 만나십시오."

"될 수 있으면 감방에서 만나고 싶은데요."

"하지만 집회소가 더 조용할 텐데요."

"아니, 그게 더 흥미가 있습니다."

"이거 또 묘한 데 흥미를 갖고 계시는군요."

그때 옆문에서 멋쟁이 부소장이 나왔다.

"마침 잘 됐군. 공작님을 멘쇼프의 감방으로 안내해 드려. 21호 감방이야." 소장이 부소장에게 말했다. "그러고 나서 사무실로 모셔다 드리도록. 그동안에 호출해두지요. 이름이 뭐라고 하셨습니까?"

"베라 보고두호프스카야입니다." 네플류도프가 대답했다.

부소장은 코밑수염을 물들인 금발의 젊은 장교로, 무슨 꽃냄새 같은 향수 냄새를 풍기고 있었다.

"이리 오십시오." 부소장은 기분 좋은 미소를 띠고 네플류도프를 돌아다보았다. "이 시설에 흥미가 있으십니까?"

"예, 그리고 그 남자에게도 흥미를 가지고 있지요. 아무 죄도 없이 여기 들어와 있다는 말을 들었거든요."

부소장은 어깨를 움츠렸다.

"예, 그런 일도 있지요."

부소장은 악취가 물씬거리는 넓은 복도로 손님을 안내하면서 아무렇지 않게 말했다.

"하지만 그들 중에는 거짓말을 하는 경우도 있습니다. 자, 이리 오시죠."

감방 문은 열려 있고, 죄수 몇 명은 복도에 나와 있었다. 부소장은 간수들에게 가벼운 고갯짓으로 인사하고, 벽에 몸을 비벼대다시피 하며 자기 감방으로 돌아가는 죄수들과 문 옆에 서서 두 손을 바지 솔기에 착 갖다 대고 군대식으로 눈인사하는 죄수들을 곁눈으로 보면서, 네플류도프를 데리고 복도를 빠져나간 뒤 이번에는 철문으로 가로막힌 왼편 복도로 꺾었다.

그곳은 금방 나온 복도보다 좁고 어두웠으며, 한층 악취가 코를 찔렀다. 복도를 따라 양쪽에 자물쇠가 달린 문이 이어져 있었다. 문에는 속칭 '눈'이라고 불리는, 직경 2~3센티 정도의 구멍이 뚫려 있었다. 복도에는 쭈글쭈글하고 슬픈 얼굴을 한 늙은 간수 말고는 아무도 보이지 않았다.

"멘쇼프는 어느 감방인가?" 부소장이 간수에게 물었다.

"왼쪽으로 여덟 번째 방입니다."

52

"들여다봐도 괜찮습니까?" 네플류도프가 물었다.

"예, 보십시오."

부소장은 기분 좋은 미소를 띠면서 간수에게 무엇인가 묻기 시작했다. 네플류도프는 구멍 하나를 들여다보았다. 검고 조그만 턱수염을 기른 키 큰 젊은이가 속옷 바람으로 부지런히 왔다 갔다 하고 있었다. 그는 문간에 인기척을 느끼고 흘끗 쏘아보았으나 얼굴을 잠깐 찌푸렸을 뿐 곧 다시 걷기 시작했다.

네플류도프는 다음 구멍을 들여다보았다. 느닷없이, 안에서 들여다보던 겁에 질린 커다란 눈과 마주쳤다. 네플류도프는 깜짝 놀라 그곳을 떠났다. 세 번째 구멍을 들여다보니 널빤지 침상 위에 매우 자그마한 사나이가 머리서부터 죄수복을 뒤집어쓴 채 오그리고 누워서 자고 있었다. 네 번째 감방에는 얼굴이 크고 창백한 사나이가 침상에 앉아 무릎에 팔꿈치를 짚고 고개를 푹 숙이고 있었다. 이 사내는 발소리를 듣고 얼굴을 들어 이쪽을 보았다. 얼굴 가득히, 특히 커다란 눈에는 절망적인 우수가 깃들어 있었다. 누가 들여다보는지 알고 싶은 기분도 나지 않는 것 같았다. 누가 들여다보건, 아무에게서도 반가운 소식을 기대할 수 없다고 체념하고 있는 태도였다. 네플류도프는 와락 겁이 나서 들여다보는 것을 그만두고 멘쇼프가 있는 21호실로 갔다. 간수가 자물쇠를 끄르고 문을 열었다. 착해 보이는 둥근 눈에 조그만 턱수염을 기른, 목이 길고 다부진 몸의 젊은 사나이가 침상 곁에 서 있다가 불안한 표정으로 급히 죄수복을 입으면서, 들어온 사람들을 바라보았다. 특히 네플류도프의 마음을 크게 움직인 것은 의아한 듯이 자기와 간수와 부소장을 번갈아 쳐다보는 그 선량해 보이는 동그란 눈이었다.

"이 어른이 네 일에 대해서 여러 가지 물어보고 싶어 하신다."

"일부러 이렇게 와주셔서 감사합니다."

"당신 사건에 대해 여러 가지 들은 말이 있어서 말이오." 네플류도프는 방 안으로 들어가서 쇠창살이 박힌 더러운 창가에 멈춰 서서 말했다. "그래서 당신한테 직접 말을 들어 볼까 하고 찾아왔소."

멘쇼프도 창가로 와서 곧 이야기를 시작했다. 처음에는 부소장의 눈치를 살피면서 겁을 내더니 차츰 겁내지 않다가 부소장이 뭔가 지시를 하러 복도로 나가자 아주 대담해졌다. 그 말씨와 태도는 아주 소박하고도 선량한 시골 젊은이다웠다. 모두가 수치스럽다고 여기는 죄수복을 입은 죄수의 입에서, 하물며 감방 안에서 이런 얘기를 듣고 있자니 뭐라 말할 수 없이 야릇한 기분이 들었다. 네플류도프는 젊은이의 이야기에 조용히 귀를 기울이면서, 짚 이불을 깐 낮은 널빤지 침상이며, 굵은 쇠창살이 박힌 창이며, 더럽고 끈적거리는 벽이며, 죄수용 신발에 죄수복 차림이라는 흉한 꼴을 한 불쌍한 농사꾼의 비참한 얼굴과 모습을 보고 있는 동안에 차츰 마음이 우울해졌다. 그리고 이 마음씨 착한 농사꾼이 하는 말이 진실이라고 믿고 싶지 않다는 생각을 했다. 인간이 아무런 이유도 없이, 단지 욕을 보이기 위해 누군가를 붙잡아다가 죄수복을 입혀서 이런 비참한 장소에 가둘 수 있다고 생각한다는 것은 너무나도 끔찍한 일이기 때문이다. 그러나 이렇게 착해 보이는 얼굴로 말하는, 정말인 것 같은 이야기가 어쩌면 거짓으로 지어낸 말일지도 모른다고 생각한다는 것은 더 끔찍한 일이었다. 그 이야기란 이런 것이었다. 갓 결혼한 그 젊은이는 아내를 술집 주인에게 빼앗겼다. 젊은이는 여기저기 하소연하여 재판을 걸었으나, 그때마다 술집 주인은 관리를 매수해서 무죄로 풀려났다. 한번은 강제로 아내를 데려왔으나, 이튿날 아내가 도망치고 말았다. 젊은이는 아내를 내놓으라고 담판을 하러 갔다. 술집 주인은, 네 여편네는 없으니까 돌아가라고 말했다(하지만 젊은이는 술집으로 발을 들여놓자마자 아내를 보았다). 술집 주인은 당장 꺼지라고 했다. 젊은이는 그 자리에서 움직이지 않았다. 술집 주인은 일꾼과 함께 젊은이를 피투성이가 되도록 두들겨 팼다. 그 이튿날 술집에서 불이 났다. 젊은이와 늙은 어머니가 불을 질렀다는 혐의를 받았으나, 젊은이는 불을 지른 일이 없을 뿐만 아니라 그 시간에는 대부(代父)의 집에 가 있었다.

"그럼, 정말로 당신은 불을 지르지 않았단 말이지."

"그렇습니다, 나리. 그런 것은 꿈에도 생각해 본 적 없습니다. 그 자식, 틀림없이 자기 손으로 불을 질렀을 것입니다. 사람들 얘기론 갓 보험에 들었다고 했으니까요. 그런데 저하고 어머니가 들이닥쳐서, 불을 지르겠다고 협박했다고 생트집을 잡지 뭡니까. 그야 그땐 저도 화가 나서 그놈에게 마구 욕을 퍼부었죠. 하지만 불을 지르다니, 당치도 않습니다. 게다가 불이 났을 때 저는 거기 있지도 않았습니다. 저하고 어머니가 욕을 해대던 날을 노려서 그놈이 불을 지른 것입니다. 보험금을 타먹기 위해서 제놈이 불을 질러 놓고 우리에게 뒤집어씌운 것입니다."

"정말이오?"

"정말이고말고요. 하느님께 맹세합니다, 나리. 제발 도와주십시오!" 젊은이는 바닥에 엎드리려고 했다. 네플류도프는 가까스로 그것을 말렸다. "제발 살려주십쇼. 아무 짓도 하지 않았는데 이렇게 일생을 망쳐야 하다뇨." 젊은이는 계속 간청했다.

그러더니 갑자기 볼을 실룩거리면서 그는 울음을 터뜨렸다. 그리고 죄수복 소매를 걷고 더러운 셔츠 소매로 눈물을 닦았다.

"끝났습니까?" 부소장이 물었다.

"예, 너무 비관하지 마시오. 될 수 있는 대로 힘을 써줄 테니."

그렇게 말하고 네플류도프는 감방을 나왔다. 멘쇼프는 문가에 서 있다가 간수가 문을 닫을 때 철판에 부딪히고 말았다. 간수가 문에 자물쇠를 채우는 동안 멘쇼프는 문구멍으로 계속 내다보고 있었다.

53

네플류도프는 널찍한 복도를 돌아오면서(점심시간이라 감방 문은 열려 있었다), 옅은 누런색 죄수복과 헐렁한 짧은 바지를 입고 죄수화를 신고 자기를 뚫어져라 쳐다보고 있는 사람들 사이를 지나가려니, 야릇한 기분이 들었다. 그것은 여기 갇혀 있는 사람들에 대한 동정과, 그들을 가두고 감시하는 사람들에 대한 두려움과 의혹, 거기에 왠지 이것을 아무렇지 않게 관찰할 수 있는 자기 자신에 대한 수치심이 뒤섞인 것이었다.

어느 복도에서 죄수 하나가 죄수화를 요란하게 울리면서 감방 안으로 달려 들어가는가 싶더니 많은 죄수가 우르르 몰려나와서 허리를 굽실대며 네플류도프 앞을 막아섰다.

"존함은 모릅니다만, 관리 나리, 제발 저희 문제를 빨리 결정짓도록 명령해 주십시오."

"나는 관리도 아니고 아무것도 모릅니다."

"그런 건 아무래도 좋습니다. 누구든지 높은 분에게 말씀해 주십시오." 누군가 잔뜩 분개한 목소리로 말했다. "아무 죄도 없는데 벌써 두 달 가까이나 이런 데 갇혀 있습니다."

"아니, 왜요?"

"다짜고짜 갇혀 버렸습니다. 벌써 두 달 가까이 됩니다만 무슨 죄인지도 모릅니다."

"아니, 이건 우연한 일입니다." 부소장이 말했다. "이 사람들은 모두 여권이 없어서 붙잡혔는데 소속 현으로 되돌려 보내야 합니다만, 공교롭게도 그곳 감옥에 불이 나서 현 당국에서 얼마 동안만 이곳에 구치해 달라는 통지가 왔습니다. 다른 현의 사람들은 모두 되돌려 보냈습니다만, 이 사람들만은 이렇게 붙잡아두고 있는 실정이지요."

"뭐라고요, 단지 그런 까닭입니까?" 네플류도프는 문간에서 걸음을 멈추고 물었다.

죄수복을 입은 40명 남짓 되는 사람들이 네플류도프와 부소장을 에워쌌다. 몇 사람이 한꺼번에 지껄여댔다. 부소장은 그것을 제지했다.

"한 사람만 말해."

그중 쉰 살 정도 되어 보이는 키 크고 얼굴이 잘생긴 농사꾼이 앞으로 나섰다. 자기들은 여권을 갖고 있지 않았다는 이유로 붙들려 옥에 갇힌 것이라고 그 농사꾼이 네플류도프에게 설명했다. 아니, 여권은 가지고 있었지만 기한이 2주일쯤 지나 있었다. 기한이 지나는 것은 매년 있는 일로, 지금까지는 딱히 추궁을 당하지도 않았다. 그런데 올해는 붙들려서 벌써 두 달이나 죄인 취급을 받으며 이런 곳에 갇힌 채 방치되어 있다는 것이었다.

"저희는 석공인데, 모두 같은 조합원입니다. 현의 감옥이 타버렸다고 하지만 그런 것은 저희가 알 바 아닙니다. 제발 자비를 베풀어 주십시오."

네플류도프는 이 얼굴 잘생긴 노인의 말을 듣고는 있었지만, 통 머리에 들어오지 않았다. 이 석공의 구레나룻 사이를 기어 다니고 있는, 발이 많이 달리고 커다랗고 거무죽죽한 이에 모든 주의가 쏠려 있었기 때문이다.

"그런 일이 있을 수 있습니까? 정말 단지 그 이유뿐입니까?" 네플류도프가 부소장을 돌아보며 말했다.

"그렇습니다, 관청의 실수지요. 이 사람들을 되돌려 보내어 거주지에서 머물도록 해줘야 하는 게 맞습니다." 부소장이 말했다.

부소장이 말을 끝내기가 무섭게, 역시 죄수복을 입은 자그마한 사나이가 뛰어나와 괴상하게 입을 씰룩거리며 여기서 까닭 없이 고생하고 있다고 호소했다.

"개보다도 더 심한 취급이라……." 그 남자가 말했다.

"이봐, 쓸데없는 소리 말고 잠자코 있어. 그러지 않으면 어떻게 된다는 걸 잘 알 텐데……."

"알긴 뭘 알아!" 몸집이 작은 사나이는 될 대로 되라는 식으로 악을 썼다. "도대체 우리한테 무슨 죄가 있단 말이야?"

"닥쳐!" 부소장이 꽥 소리를 질렀다. 작은 사나이는 얌전해졌다.

"대체 어떻게 된 셈일까?"

감방 안에서 내다보는 죄수들과 지나가며 만나는 죄수들의 몇백 개나 되는 시선에 배웅받으며, 마치 채찍으로 얻어맞는 느낌으로 네플류도프는 감방에서 나와 혼자 중얼거렸다.

"정말로 아무 죄도 없는 사람들을 저렇게 가두어 두고 있는 겁니까?"

복도에서 나오며 네플류도프는 부소장에게 물었다.

"하지만 어떻게 하라는 말씀입니까? 게다가 우선, 저자들은 거짓말을 잘한단 말입니다. 그들의 사정을 듣고 있으면 죄 있는 자는 하나도 없지요." 부소장이 말했다.

"하지만 방금 전의 그 사람들은 아무 죄도 없지 않습니까?"

"글쎄요, 그 친구들은 그렇지요. 하지만 전부들 산전수전 다 겪은, 교활해질 대로 교활해진 놈들이지요. 엄격히 하지 않으면 당할 수가 없습니다. 개중에는 기어오르는 놈도 있어서 한시도 방심할 수 없어요. 어제도 하는 수없이 2명을 처벌했습니다만."

"처벌이라니요?" 네플류도프가 물었다.

"명령에 의해서 채찍으로 때렸지요……."

"태형은 폐지되었을 텐데요?"

"그것은 공민권을 박탈당하지 않은 자에 대해서지요. 저놈들은 다릅니다."

네플류도프는 어제 현관에서 기다리고 있을 때 본 것이 빠짐없이 생각났다. 그리고 마침 그때 태형이 집행되고 있었다는 것을 깨달았다. 그러자 호기심과 환멸과 회의와 거의 육체적인 것으로 옮아가려는 마음의 구토증이 뒤섞인 야릇한 감정이 거세게 밀려왔다. 이런 경험은 전에도 가끔 있었던 일이지만, 이토록 강하게 네플류도프를 사로잡은 적은 일찍이 없었다.

부소장의 말에도 귀를 기울이지 않고 주변 풍경을 보려고도 하지 않으며, 네플류도프는 빨리 복도에서 나와 사무실로 갔다. 소장은 사무실 앞 복도에 있었으나 다른 일이 바빠서 보고두호프스카야를 부르는 것을 깜빡 잊고 있었다. 소장은 네플류도프를 보고 비로소 약속한 일이 생각났다.

"곧 부르러 보낼 테니, 거기 좀 앉으십시오." 소장은 말했다.

54

사무실은 2개의 방으로 되어 있었다. 첫 번째 방에는 회칠이 벗겨진 커다란 벽난로가 튀어나와 있고, 더러운 창문이 2개 달려 있었으며, 한쪽 구석에는 죄수의 키를 재는 꺼멓게 때가 묻은 신장측정기가 놓여 있었다. 반대편 구석에는 대개 사람을 괴롭히는 장소에는 반드시 있는 커다란 그리스도상이, 그 가르침을 비웃기나 하는 듯이 걸려 있었다. 이 방에는 간수들 몇 명이 서 있었다. 옆방에는 20명 남짓한 남녀가 몇 명씩 혹은 둘씩 짝을 지어벽 가장자리 앞에 앉아 나직한 소리로 이야기를 나누고 있었다. 창가에는 사무용 책상이 하나 놓여 있었다.

소장은 책상 앞에 가 앉더니, 네플류도프에게도 옆에 있는 걸상을 권했다. 네플류도프는 앉아서 방 안에 있는 사람들을 관찰했다.

먼저 눈길을 끈 것은 짧은 웃옷을 입은 호감 있게 생긴 청년이었는데, 눈썹이 검은 중년 부인 앞에 서서 손짓을 섞어가며 무언가 열심히 지껄이고 있었다. 그 옆에는 파란 안경을 쓴 노인이 앉아서 죄수복을 입은 젊은 여자의 손을 맞잡고, 여자가 지껄이는 말을 꼼짝도 않고 듣고 있었다. 실업학교 제복을 입은 소년이 겁먹은 얼굴로 노인에게서 한시도 눈을 떼지 않고 쳐다보고 있었다. 거기서 그리 멀지 않은 한쪽 구석에는 연인인 듯한 젊은 남녀가 앉아 있었다. 여자는 금발을 짧게 자르고 아름답기는 해도 고집 세 보이는 얼굴이었으며, 유행하는 옷을 입고 있었지만 아직 소녀티가 가시지 않은 아주 젊은 처녀였다. 남자는 눈매와 콧매가 날렵하고 물결치는 머리칼을 가진 잘생긴 청년으로 고무점퍼를 입고 있었다. 두 사람은 구석에 앉아서, 사랑에 푹 빠진 듯이 정신없이 속삭이고 있었다. 누구보다도 책상에 가깝게 앉아 있는 사람은 누가 봐도 어머니로 보이는, 검은 옷을 입은 백발의 부인이었다. 이 어머니는 자기와 같은 점퍼를 입은 폐병환자인 듯한 청년을 물끄러미 바라보며 무언가 말하려다가 눈물 때문에 목소리를 내지 못하고, 말을 꺼내려다가 말다가를 반복했다. 청년은 종잇조각을 손에 쥐고 있었는데 그것을 어찌해야 할지 모르는 것처럼 성난 얼굴로 접었다 구겼다 하고 있었다. 그 옆에는 잿빛 옷을 입고 폭이 좁은 숄을 두른, 무척 큰 눈에 토실토실 살이 찌고 혈색이 좋은 아름다운 처녀가 앉아 있었다. 그 처녀는 울고 있는 어머니 옆에 앉아서 상냥하게 어깨를 어루만져주고 있었다. 이 처녀는 쭉 뻗은 가느다란 팔도, 물결치는 짧은 머리도, 조그맣고 단정한 코도 입술도 모두가 아름다웠지만, 그 얼굴 중에서 가장 큰 매력은 양의 눈 같은 선량하고 정직해 보이는 밤색 눈이었다. 네플류도프가 방 안에 들어섰을 때 그 아름다운 눈이 한순간 어머니의 얼굴에서 떠나 네플류도프의 눈길과 마주쳤다. 그러나 곧 눈길을 돌려 어머니에게 다시 무엇인가 이야기했다. 연인들이 앉은 자리에서 그리 떨어지지 않은 곳에 앉은 부스스한 머리에 음울한 얼굴을 한 가무잡잡한 사나이가 거세파 신도로 보이는 수염 없는 면회자에게 성난 듯이 무언가 지껄이고 있었다. 네플류도프는 소장과 나란히 앉아 호기심에 찬 눈으로 주위를 둘러보았다. 문득 까까중이 머리를 한 사내아이가 가까이 와서 말을 거는 바람에 깜짝 놀라 제정신으로 돌아왔다.

"아저씨는 누굴 기다리는 거예요?"

네플류도프는 그 질문에 깜짝 놀랐으나 언뜻 사내아이를 보고는, 자못 영리해 보이는 진지한 얼굴과 주의 깊고 생기 넘치는 눈빛을 보고 정신이 퍼뜩 들어서, 아는 여자를 기다리고 있다고 진지하게 대답했다.

"그 사람, 아저씨 누이동생이에요?" 사내아이가 물었다.

"아니, 누이가 아니란다." 네플류도프는 어리둥절해하며 대답했다. "그런데 넌 누구하고 여기 왔니?" 네플류도프가 사내아이에게 물었다.

"엄마하고요. 엄마는 정치범이에요." 소년이 자랑스레 대답했다.

"마리아 파블로브나, 콜랴를 저리 데려가." 네플류도프와 사내아이와의 대화를 규칙위반으로 보았는지 소장이 주의시켰다.

마리아 파블로브나는 아까 네플류도프의 주의를 끈, 그 양 같은 눈을 가진 아름다운 여자였다. 그 여자는 늘씬한 몸을 쭉 펴고 일어나더니, 남자처럼 힘찬 걸음걸이로 성큼성큼 네플류도프와 소년 쪽으로 다가왔다.

"애가 무슨 말을 물었죠? 선생님은 누구세요?" 그 처녀는 희미한 미소를 머금고 신뢰를 가득 담은 눈빛으로 네플류도프를 보면서 물었다. 그것은 지금까지 자기가 누구하고나 소박하고 다정한 형제자매 같은 관계를 유지해왔고, 현재도 그러하며, 앞으로도 틀림없이 그럴 거라는 것을 확신하는 정직한 눈빛이었다. "애는 뭐든지 알아야만 직성이 풀린답니다."

여자가 그렇게 말하고 사내아이를 보며 미소를 지었다. 그 웃음이 너무나 선량하고 아름다워서 사내아이도 네플류도프도 저도 모르게 따라 웃었다.

"예, 누구를 만나러 왔느냐고 묻더군요."

"마리아 파블로브나, 관계없는 분과 이야기해서는 안 돼. 그런 건 잘 알텐데." 소장이 말했다.

"네, 네." 여자는 그렇게 말하고, 아직도 네플류도프의 얼굴에서 눈을 떼지 않은 콜랴의 조그만 손을 자신의 크고 흰 손으로 잡고 폐병쟁이 청년의 어머니한테로 돌아갔다.

"누구의 아들입니까?" 네플류도프가 소장에게 물었다.

"어느 정치범 여죄수의 아들인데, 이 감옥에서 태어났지요."

소장은 자기가 관리하는 시설에 있는 진귀한 물건이라도 자랑하듯이 얼마간 만족스런 말투로 말했다.

"그래요?"

"그럼요. 이번에 어머니랑 시베리아로 가게 되었지요."

"그럼, 저 처녀는?"

"그건 말할 수 없는데요." 소장이 어깨를 움츠리면서 말했다. "아, 보고두 호프스카야가 왔군요."

55

뒷문에서 자그마하고 여윈 체구에 머리를 짧게 자른 베라 예플레모브나가 누렇게 뜬 얼굴에 크고 사람 좋아 보이는 눈을 빛내면서 흥분한 듯한 걸음걸이로 들어왔다.

"와 주셔서 정말 고맙습니다." 예플레모브나가 네플류도프의 손을 잡으며 말했다. "저를 아시겠어요? 자, 앉으시죠."

"이런 식으로 당신을 만나게 될 줄은 생각도 못했습니다."

"어머, 저는 무척 기쁜 걸요! 얼마나 즐거운지 더는 바랄 것이 없을 정도예요." 베라 예플레모브나는 예전처럼 그 크고 선량해 보이는 동그란 눈동자로 네플류도프의 얼굴을 깜짝 놀란 듯이 바라보며, 구겨지고 꾀죄죄하고 볼품없는 블라우스 깃 사이로 보이는 몹시 가느다랗고 뼈만 앙상하게 남은 누런 목을 흔들면서 말했다.

네플류도프는 도대체 어쩌다가 이렇게 되었는지 이것저것 물었다. 예플레모브나는 그런 질문에 대답하면서, 자기들이 벌인 운동에 대해 신이 나서 떠들어댔다. 그 이야기에는 선전활동이니, 조직해체니, 그룹이니, 분회니, 소분회니 하는 많은 외국어가 섞여 있었다. 그런 말을 누구나 다 알고 있는 줄로 믿고 있는 모양이었지만, 네플류도프는 이제까지 한 번도 들어본 적이 없었다.

예플레모브나는 네플류도프가 '인민의 의지파'*의 움직임에 관심을 갖고 그 비밀을 알고 싶어 하는 줄로 확신한 듯한 태도로 이야기했다. 그러나 네플류도프는 그 가느다란 목과 숱이 적은 헝클어진 머리카락을 보면서, 왜 이 여자는 그런 짓을 했고 또 이야기하는가 하고 속으로 의아해하고 있었다. 이 여자가 불쌍하게 생각되었지만, 그것은 아무 죄도 없이 악취에 가득 찬 옥에 갇혀 있는 농사꾼 멘쇼프를 불쌍히 여기는 감정과는 전혀 다른 것이었다. 무

---

* 혁명단체 '토지와 자유'가 분열해서 생긴 급진적인 혁명단체. 테러행위로 정권을 쓰러뜨리려 하고 알렉산드르 2세를 암살.

엇보다도 그녀가 가엾게 여겨지는 이유는, 그 머릿속에서 소용돌이치고 있는 뚜렷한 사상의 혼란 때문이었다. 예플레모브나는 자기를 운동의 성공을 위해 목숨도 내던질 영웅이라고 생각하는 듯했지만, 그러면서도 그 운동의 본질이 무엇이며 그게 성공하면 어떻게 되는지에 대해서는 확실하게 알고 있는 것 같지는 않았다.

베라 예플레모브나가 네플류도프에게 말하고자 했던 용건은 다음과 같은 것이었다. 그녀의 말에 따르면, 친구인 슈스토바라는 여자는 자기들 그룹에 속해 있지 않았음에도 보관을 부탁받았던 서류와 문서들이 발견되었다는 이유로, 다섯 달 전에 자기와 함께 체포되어서 페트로파블롭스크 요새 감옥에 갇혀버렸다. 베라 예플레모브나는 슈스토바가 체포된 책임의 일부가 자기에게 있다고 생각하고, 발이 넓은 네플류도프에게 친구의 석방을 위해 힘써 달라고 간곡히 부탁했다. 또 하나의 부탁은, 페트로파블롭스크 요새 감옥에 갇혀 있는 그루케비치라는 남자가 부모와의 면회를 할 수 있도록, 그리고 연구에 필요한 학술서적을 들여보낼 수 있도록 그 허가를 받아달라는 것이었다.

네플류도프는 페테르부르크에 가면 될 수 있는 대로 힘써보겠다고 약속했다.

베라 예플레모브나는 자기 이야기를 했다. 예플레모브나는 고등사범학교를 졸업하자 '인민의 의지파' 사람들과 알게 되어 함께 활동하기 시작했다. 처음 얼마 동안은 모든 것이 순조롭게 진행되어 선전 전단을 쓰기도 하고 공장에서 선전을 하기도 했으나, 그러는 동안 뛰어나게 활동했던 당원 한 사람이 잡혀 서류를 몽땅 빼앗기는 바람에 일제 검거가 시작되었다.

"저도 마침내 붙들렸어요. 머지않아 시베리아로 유형을 간답니다……." 예플레모브나는 자기 이야기를 이렇게 끝맺었다. "하지만 이런 것은 아무것도 아니에요. 전 기분이 아주 좋아요. 올림피아의 주인이 된 것 같은 기분인걸요." 그녀는 이렇게 말하고 쓸쓸한 미소를 흘렸다.

네플류도프는 양 같은 눈을 가진 처녀에 대해서 물었다. 예플레모브나의 말에 따르면, 그 처녀는 어떤 장군의 딸로 꽤 오래전부터 혁명당에 소속되어 있었는데, 헌병을 쏜 죄를 자기가 나서서 뒤집어쓰고 옥에 갇혔다. 그 처녀는 인쇄기를 장치해 놓은 비밀 아지트에 살고 있었다. 그런데 한밤중에 가택수색을 하러 경관들이 들이닥쳤을 때, 아지트 동지들이 몸을 지키려고 불을 끄고 증거물을 없애기 시작했다. 경관들이 집 안으로 들어오자 동지 한 사람이 권총을 쏘아 헌병 한 사람에게 중상을 입혔다. 총을 쏜 범인에 대한 추궁이 시작되자, 그 처녀는 스스로 자기가 쏘았다고 나섰다. 사실 그녀는 태어나서 지금껏 권총을 만져 본 일도 없을뿐더러 거미 한 마리 죽여 본 일도 없었다. 결국 그렇게 결론이 나서 머지않아 시베리아로 끌려갈 것이라고 했다.

"남을 위하는 일밖에 모르는 훌륭한 사람이에요⋯⋯." 베라 예플례모브나는 고개를 끄덕이며 말했다.

베라 예플례모브나가 말하고 싶었던 세 번째 부탁은 카튜사에 관한 것이었다. 감옥 안에서는 무슨 소문이든 금방 퍼져서 자기도 카튜사에 관해서는 물론 카튜사와 네플류도프의 관계에 관해서도 알고 있다며, 카튜사를 정치범 감방으로 옮기든가, 적어도 부속병원의 잡역부가 되도록 힘쓸 것을 권했다. 병원은 지금도 환자가 넘쳐나서 일손을 필요로 한다는 것이다. 네플류도프는 조언해주어서 고맙다고 말하고, 될 수 있는 대로 그렇게 해보겠다고 대답했다.

56

두 사람의 대화는 소장 때문에 중단되었다. 소장이 일어나, 면회 시간이 끝났으니 이제 그만하라고 말했기 때문이다. 네플류도프는 일어서서 베라 보고두호프스카야와 작별인사를 한 다음 문 쪽으로 가다가 걸음을 멈추고, 눈앞에 벌어지고 있는 광경을 관찰했다.

"여러분, 그만 일어나시오. 이제 시간이 다 됐습니다." 소장이 앉았다 섰다 하면서 말했다.

소장의 재촉은 방 안에 있는 죄수와 면회자에게 묘한 흥분을 불러일으켰을 뿐, 누구 하나 서로 떨어지려고 하지 않았다. 그래서 일어나기는 했으나 선 채로 이야기하는 사람도 있었다. 여전히 앉은 채 이야기를 계속하는 사람도 있었다. 개중에는 작별인사를 하면서 울음을 터뜨리는 사람도 있었다. 특히 네플류도프의 마음을 움직인 것은 어머니와 폐병쟁이 아들이었다. 청년은 끊임없이 종이쪽지를 구기고 있었는데, 그 얼굴은 점점 험해져만 갔다. 어머니의 감정에 휘말리지 않으려고 젖 먹던 힘을 짜내는 중인 것 같았다. 어머니는 헤어질 시간이 되었다는 말을 듣더니 청년의 어깨에 얼굴을 묻고 코를 훌쩍거리며 울었다. 네플류도프는 자기도 모르게 양 같은 눈을 한 처녀의 모습을 눈으로 좇고 있었는데, 그 처녀는 흐느껴 우는 어머니를 감싸 안고 무언가 말을 건네며 위로하고 있었다. 파란 안경을 쓴 노인은 딸의 손을 쥐고 서서, 딸이 하는 말에 고개를 끄덕이고 있었다. 젊은 연인들은 일어나서 손을 마주 잡은 채 잠자코 서로의 눈을 들여다보고 있었다.

"즐거워 보이는 것은 저 두 사람뿐이군요." 네플류도프의 곁에 서서, 역시 헤어짐을 슬퍼하는 사람들을 바라보고 있던 짧은 점퍼를 입은 청년이 연인들을 눈으로 가리키며 말했다.

네플류도프와 청년의 눈길을 느낀, 고무 점퍼를 입은 청년과 금발의 귀여운 처녀는 서로 그러쥔 손을 앞으로 뻗고 윗몸을 뒤로 젖힌 채 웃으면서 빙글빙글 돌기 시작했다.

"저 둘은 오늘 밤에 이 감옥 안에서 결혼식을 올립니다. 그리고 저 처녀도 남자를 따라 함께 시베리아로 간답니다." 청년이 설명했다.

"저 청년은 누굽니까?"

"유형수입니다. 하다못해 저 두 사람만이라도 싱글벙글 웃어줘야지요. 그렇지 않으면 저런 소리를 듣는 것만으로도 너무 우울하거든요." 점퍼를 입은 청년이 폐병쟁이 청년 어머니의 울음소리에 귀를 기울이며 덧붙였다.

"여러분! 자 어서, 어서! 내가 강제 수단을 쓰지 않게 해주시오." 소장이 몇 번이나 같은 말을 되풀이했다. "제발, 자, 어서요!" 소장은 목소리를 낮게 깐 채 주저하며 말했다. "왜들 이러십니까? 벌써 시간이 지나지 않았습니까! 이래서는 곤란합니다. 이게 정말 마지막입니다." 소장은 메릴랜드 담배를 피워 물었다가 재떨이에 비벼 껐다가 하면서 침울한 표정으로 말했다.

스스로 그 책임을 느끼는 일 없이 남에게 악을 행하도록 허락된 논거가 아무리 교묘하게 만들어졌고 오래전부터 존재했으며 이제는 관례가 되어버렸다고는 하지만, 소장은 역시 자기가 이 방을 가득 채운 이 슬픔을 부른 책임자 중 한 사람이라는 것을 의식하지 않을 수 없었다.

드디어 죄수와 면회자가 한쪽은 안쪽 문으로, 한쪽은 바깥쪽 문으로 저마다 헤어지기 시작했다. 고무 점퍼를 입은 청년도, 폐병쟁이 청년도, 머리털이 부스스하고 피부가 가무잡잡한 남자도 안으로 사라졌다. 마리아 파블로브나도 감옥에서 태어난 사내아이의 손을 끌고 문을 나갔다.

면회자들도 하나 둘 떠나갔다. 파란 안경을 쓴 노인이 무거운 발걸음을 옮졌다. 네플류도프도 그 뒤를 따라 걷기 시작했다.

"정말 놀라운 제도입니다." 말하기 좋아하는 청년이 네플류도프와 나란히 층계를 내려가면서 도중에 중단되었던 이야기를 계속했다. "하지만 그 소장은 마음이 여려서 고지식하게 규칙만 강조하는 사람이 아니라 그나마 다행입니다. 실컷 할 말을 하고 나면 마음이 풀리니까요."

"그럼 다른 감옥에서는 저런 면회가 허락되지 않나요?"

"물론 전혀 안 되죠. 한 사람씩, 그것도 철망 너머로 할 수 있는 정도예요."

말하기 좋아하는 청년은 메딘체프라고 자기를 소개했다. 네플류도프가 이 청년과 이야기를 하며 현관으로 나가고 있는데, 소장이 피로에 지친 모습으로 쫓아왔다.

"혹시 마슬로바와의 면회를 바라신다면 내일 오십시오." 네플류도프에게 친절하게 대하려는 마음을 감추지 않고 소장이 말했다.

"고맙습니다." 네플류도프는 인사하고 서둘러 문을 나섰다.

멘쇼프가 아무런 죄도 없이 받고 있는 고통은 정말이지 무서운 것이었다. 육체적 고통도 고통이지만 그보다 더 무서운 것은, 까닭 없이 자기를 괴롭히는 사람들에게 그가 느낄 의혹 및 선과 신에 대한 불신이었다. 여권에 쓰인 글자가 조금 잘못되었다는 이유만으로 아무 죄도 없는 수백 명의 사람들에게 가해지고 있는 굴욕과 고통도 무서운 것이었다. 자기 동포들을 괴롭히는 데에 전념하면서 자기는 훌륭하고 중요한 일을 하고 있다고 믿고 있는, 그 양심이 마비된 간수들도 무서웠다. 그러나 네플류도프가 무엇보다도 무섭다고 생각한 것은 늙고 몸도 건강하지 않은 마음 착한 소장이었다. 자기 자신이나 자기 자식들이나 마찬가지 처지에 있는 어머니와 아들, 아버지와 딸을 억지로 떼어놓아야 하는 처지이기 때문이다.

'왜 이런 일이 벌어지는 걸까?' 네플류도프는 늘 감옥에 올 때마다 느꼈던, 그 육체적인 것으로 옮아가려는 정신적인 구토증을 평소보다 강하게 느끼면서 자문해보았다. 그러나 그 대답은 얻을 수 없었다.

57

이튿날, 네플류도프는 변호사를 찾아가 멘쇼프 모자에 대한 사건을 이야기하고 변호를 맡아달라고 부탁했다. 변호사는 이야기를 다 듣고 나더니 일단 사건을 조사해 보고 모든 것이 네플류도프가 말한 그대로라면, 얼마든지 있을 수 있는 일이지만, 그때는 보수를 한 푼도 받지 않고 변호를 맡겠노라고 말했다. 또 네플류도프는 하찮은 잘못으로 갇혀 있는 130명이나 되는 사람들의 이야기를 하고 이것은 누구의 권한으로 결정된 일이며, 그 책임은 누구에게 있느냐고 물어보았다. 변호사는 정확하게 대답해야겠다고 생각했는지 잠깐 침묵에 잠겼다.

"누구에게 책임이 있느냐고요? 아무에게도 없습니다." 변호사가 단호하게 대답했다. "검사에게 말해 보십시오. 분명히 현 지사의 책임이라고 할 겁니다. 하지만 지사에게 말하면 검사 책임이라고 하겠지요. 다시 말해서, 어느 누구의 책임도 아니라는 겁니다."

"지금부터 마슬렌니코프를 찾아가 말해 보지요."

"아마 소용없을 겁니다." 변호사가 쓴웃음을 지으며 대답했다. "그자는, 아, 설마 친척이나 친구는 아니겠지요? 그자는 솔직히 말해서 멍텅구리인데다가 교활한 놈이거든요."

네플류도프는 마슬렌니코프가 이 변호사를 헐뜯던 것이 생각났지만 아무 말도 하지 않고 작별인사를 한 뒤 마슬렌니코프의 집으로 마차를 몰았다.

마슬렌니코프에게 부탁하고 싶은 것이 두 가지 있었다. 하나는 카튜사를 병원으로 옮기는 일이었고, 다른 하나는 여권기한이 넘었다는 이유로 무고하게 감옥에 갇혀 있는 130명이나 되는 사람들에 대한 일이었다. 자신이 존경하지 않는 사람에게 무언가를 부탁한다는 것은 못 견디게 괴로운 일이기는 했으나, 이것이 목적을 달성할 수 있는 유일한 방법이라면 아무래도 이 관문을 거치지 않으면 안 되었다.

마슬렌니코프의 저택에 가까워왔을 때 네플류도프는 현관 앞에 사륜마차, 천 덮개가 달린 마차, 유개마차 등 여러 대의 마차가 머물러 있는 것을 보고 오늘이 마침 마슬렌니코프가 자기에게도 꼭 와 달라고 했던, 부인이 손님들을 초대한 날이라는 것을 깨달았다. 네플류도프의 마차가 저택 앞에 이르렀을 때는 유개마차 한 대가 대기하고 있고, 휘장 달린 모자를 쓰고 짧은 외투를 입은 하인이 현관에 나타난 한 귀부인을 마차에 태우는 참이었다. 그 귀부인은 가볍고 긴 옷자락을 집어 들고 검은 양말에 단화를 신은 가느다란 복사뼈를 보이며 마차에 올라탔다. 네플류도프는 죽 늘어서 있는 마차 가운데서 코르차긴 집안의 호화로운 사륜마차가 있는 것을 보았다. 머리가 희끗희끗하고 혈색 좋은 마부가 네플류도프를 보고 특히 가까운 나리를 만났다는 듯이 공손하고 깍듯하게 모자를 벗어 인사했다. 네플류도프가 문지기에게 미하일 이바노비치(마슬렌니코프)는 어디 있느냐고 막 물어보려는데, 바로 그가 손님을 배웅하면서 양탄자가 깔린 층계에 모습을 드러냈다. 그 손님은 층계참까지가 아니라 가장 아래까지 배웅해야만 하는 지극히 중요한 손님에 속했기 때문이다. 그 지극히 중요한 손님은 군인이었는데 층계를 내려가면서, 이번에 이 시에 건설되는 양육원의 기금을 모으기 위해 열리는 복권 추첨에 대해 프랑스말로 이야기하며, 이것은 부인들에게 더없이 알맞은 사업이라는 의견을 늘어놓았다. "부인들에게는 재미도 있고 돈도 생기니까요!"

"Qu'elles s'amusent et que le bon Dieu les bénisse(재미도 보고 하느님의 축복도 받는 셈이지요). 아, 네플류도프, 잘 있었는가! 정말 오랜만일세." 군인은 네플류도프에게 인사했다. "Allez presenter vos devoirs à madame(자, 가서 부인께 경의를 표하게). 코르차긴 댁에서도 와 있더군. Et Nadine Bukshevden. Toutes les jolies femmes de la ville(그리고 나딘느 부크스헤브덴도. 이 시의 미인들은 전부 모였네)." 금줄 두른 제복 차림의 현관지기가 내미는 외투를 자못 군인답게 떡 벌어진 어깨를 추켜올려 받으면서 말했다. "Au revoir, mon cher! (그럼, 이만!)" 군인은 다시 마슬렌니코프와 악수했다.

"자, 2층으로 가지. 정말 잘 왔네!" 마슬렌니코프는 네플류도프의 팔을 잡으며 흥분된 어조로 말하고는 뚱뚱한 몸에 어울리지 않게 가벼운 발걸음으로 네플류도프를 2층으로 안내했다.

마슬렌니코프는 여느 때 없이 신이 나 있었다. 방금 전 그 귀중한 손님이 호의를 보여주었기 때문이다. 마슬렌니코프도 황실과 가까운 관계에 있는 근위연대에 근무했으므로 황족과의 교제에 어지간히 익숙할 만도 한데, 비굴한 근성은 오히려 이런 일이 되풀이될수록 더 강해지는 것인지, 아까 같은 호의를 받으면 완전히 들떠버리는 것이었다. 그것은 주인이 애완견을 어루만져주거나, 토닥거려주거나, 귀 뒤를 긁어주면 좋아서 어쩔 줄 모르는 것과 같았다. 개는 꼬리를 흔들고 몸을 웅크리고 꼬며 귀를 찰싹 갖다 붙이고 미친 듯이 마구 뛰어다닌다. 마슬렌니코프도 그 정도쯤은 할 기세였다. 마슬렌니코프는 네플류도프의 심각한 표정도 눈치채지 못하고, 또 네플류도프의 말도 듣는 둥 마는 둥 하며 그를 강제로 응접실로 끌고 갔다. 네플류도프도 뿌리칠 수가 없어 마지못해 끌려갔다.

"이야기는 이따가 하세. 자네의 말은 뭐든 들어줄 테니까." 마슬렌니코프가 네플류도프와 함께 홀을 가로지르면서 말했다. "장관 부인께 네플류도프 공작님이 왔다고 전해라." 마슬렌니코프가 걸음을 멈추지 않고 하인에게 명령했다. 하인은 두 사람을 지나 앞쪽으로 종종 달려갔다. "Vousn'avez qu'à ordonner(자네는 그저 명령만 내리면 되네). 단, 내 아내는 꼭 만나줘야 해. 저번에 자네를 그냥 보냈다고 야단야단해서 아주 혼이 났다고."

두 사람이 들어가기 전에 하인이 이미 알린 뒤여서, 자칭 장관 부인인 부지사 부인 안나 이그나치예브나는 자기가 앉은 소파 주위를 둘러싼 모자와 머리들 사이에서 활짝 미소를 띠고 네플류도프에게 고갯짓으로 인사했다. 응접실 저쪽 구석에는 차 테이블을 둘러싸고 앉은 부인들 옆에 무관, 문관 등 사내들이 서 있었고, 그들이 만들어내는 떠들썩한 이야기소리가 쉴 새 없이 들려오고 있었다.

"Enfin! (드디어 뵙는군요!) 왜 그렇게 저희를 피해 다니세요? 무슨 언짢은 일이라도 있었나요?"

안나 이그나치예브나는 실제로는 있지도 않은 네플류도프와의 친밀함을 과시하려는 이러한 말로 네플류도프를 맞았다.

"서로 아시는 사이던가요? 이쪽은 마담 베라프스카야, 이쪽은 미하일 이바노비치 체르노프. 자, 이리 와서 앉으세요."

"미씨, venez donc à notre table. On vous apportera votre thé(이쪽 테이블로 오세요. 차는 이리로 가져오게 할 테니까). ……그리고 사관님도요……." 부인은 미씨와 이야기하고 있는 장교의 이름을 잊었는지 이렇게 말을 건넸다.

"자, 어서 이리 오세요. 차를 드시겠어요, 공작님?"

"아니요, 뭐라고 하시건 전 거기에는 찬성할 수 없어요. 그 여자는 그저 사랑하지 않았을 뿐이에요." 어떤 여자의 목소리가 들렸다.

"그 여자가 사랑한 것은 고기만두였으니까요."

"언제나 쓸데없는 농담만 하셔." 높은 모자를 쓰고, 비단옷에 금과 보석을 주렁주렁 단 다른 부인이 웃으면서 끼어들었다.

"C'est excellent(참 맛있어요). 이 와플, 먹을만 하네요. 좀 더 주세요."

"그래, 곧 떠나시나요?"

"네, 오늘이 마지막 날입니다. 그래서 오늘 이 댁을 방문한 거죠."

"올해 봄은 정말 멋져요. 지금쯤 시골은 얼마나 아름다울까요?"

미씨는 모자를 쓰고 어두운 줄무늬 옷을 입고 있었는데, 그 날씬한 허리를 구김살 하나 없이 꼭 맞게 감싸고 있어서 마치 그 옷을 입은 채로 태어난 것처럼 무어라 말할 수 없이 아름다웠다. 미씨는 네플류도프를 보자 얼굴을 붉혔다.

"어머나, 저는 떠나신 줄로만 알았어요." 미씨가 말했다.

"떠날 뻔했습니다만……." 네플류도프가 대답했다. "일 때문에 발이 묶여서요. 여기도 그 일 때문에 온 것입니다."

"어머니에게도 들러주세요. 무척 만나고 싶어 하세요." 미씨가 말했다. 그러나 그것은 거짓말이고, 또 네플류도프도 그것이 거짓말임을 눈치챘다고 느끼고 얼굴이 더욱 붉어졌다.

"글쎄, 틈이 있을지 모르겠네요." 네플류도프는 미씨의 얼굴이 붉어진 것을 짐짓 모르는 체하며 꺼림칙한 표정으로 대답했다.

미씨는 불끈하며 이맛살을 찌푸리고 어깨를 움츠리더니 우아하게 생긴 장교 쪽으로 얼굴을 돌렸다. 장교는 미씨의 손에서 빈 찻잔을 받아들고 군도를 안락의자에 기대두고서 다른 테이블로 재빨리 걸어갔다.

"당신도 양육원에 기부하셔야 해요."

"뭐, 거절은 하지 않겠습니다만 복권추첨을 할 때까지는 잠자코 있겠습니다. 그때 제가 얼마나 후한 사람인지 모두 보여 드리지요."

"어머, 그럼 약속하셨어요!" 속이 빤히 들여다보이는 억지웃음 소리가 들렸다.

오늘의 손님 초대가 매우 좋은 성과를 거두었으므로 안나 이그나치예브나는 신이 나서 들떠 있었다.

"미카가 말로는 공작님은 감옥 일로 바쁘시다면서요." 안나 이그나치예브나가 네플류도프에게 말했다. "미카는(이것은 안나 이그나치예브나의 뚱뚱한 남편 마슬렌니코프를 이르는 말이었다) 여러 가지 결점도 있지만, 아시다시피 마음이 무척 착하답니다. 저 불행한 죄수들을 모두 자기 친자식이나 다름없이 생각하고 있어요. 그이는 그런 생각밖에 가질 수 없는 사람이랍니다. Il est d'une bonté⋯⋯(정말 선량한 사람이에요⋯⋯)."

안나 이그나치예브나는 남편의 bonté(선량함)을 표현할 단어를 찾지 못하고 잠시 입을 다물었다. 게다가 그 남편이란 작자는 죄수들에게 매질을 하도록 명령한 장본인이었던 것이다. 그러나 곧 미소를 띠면서, 마침 그곳에 들어온 연보랏빛 리본을 단 주름투성이의 노부인 쪽으로 얼굴을 돌렸다.

네플류도프는 예의에 어긋나지 않을 만큼만 무의미한 대화를 적당히 나누고 일어서서 마슬렌니코프에게로 갔다.

"그럼 미안하지만 내 말 좀 들어 주겠나?"

"아, 그렇군! 응, 좋아. 저리 가서 이야기하세."

두 사람은 조그마한 일본식 서재로 들어가서 창가에 걸터앉았다.

58

"자, Je suis à vous(뭐든 말해봐). 담배는 어떤가? 잠깐만 기다리게. 여길 재로 더럽혀서는 안 되니까." 마슬렌니코프는 그렇게 말하고 재떨이를 가지고 왔다. "그래, 뭔가?"

"자네한테 두 가지 부탁이 있네."

"그래?"

마슬렌니코프의 얼굴이 흐려졌다. 주인이 귀 뒤를 긁어 주어 들떴던 그런 기분은 흔적도 없이 사라졌다. 응접실에서는 떠들썩한 이야기소리가 들려왔다. 한 여자가 프랑스어로 말했다. "Jamais jamais je ne croirai(아니요, 그런 건 절대로 믿지 않아요)." 그러자 반대쪽에서 남자 목소리가 끊임없이 'la comtesse Voronzoff et Victor Apraksine(보론초프 백작부인과 빅토르 아프락신)'을 되풀이하며 뭐라고 떠들었다. 다른 한쪽 구석에서는 사람들이 와자지껄하게 웃고 떠드는 소리만 들려왔다. 마슬렌니코프는 응접실 동정에 귀를 기울이면서 네플류도프의 말을 듣고 있었다.

"또 그 여자에 관한 일인데." 네플류도프가 말했다.

"아, 그 죄 없는 여자 말이지? 음, 알고 있어."

"그 여자를 병원 잡역부로 옮겨주었으면 하는데. 그렇게 할 수 있다고들 하더군."

마슬렌니코프는 입술을 깨물고 생각에 잠겼다.

"글쎄, 그건 어렵겠는데." 마슬렌니코프가 말했다. "어쨌든 의논해 보고 내일 자네한테 전보로 알려주겠네."

"듣자 하니 그 병원엔 지금 환자가 많아서 일손이 딸린다더군."

"응, 맞아. 뭐 그렇다더군. 어쨌든 나중에 결과를 알려주겠네."

"부탁하네." 네플류도프가 말했다.

응접실에서 여러 사람들이 왁자하게 웃는 소리가 들려왔다. 그것은 매우 자연스러운 웃음소리처럼 들렸다.

"빅토르는 여전하군." 마슬렌니코프가 히죽히죽 웃으면서 말했다. "녀석은 신이 나면 아주 재치 있는 농담을 하거든."

"그리고 부탁이 하나 더 있는데." 네플류도프가 말했다. "지금 감옥에 있는 석공 130명은 여권기한이 지났다는 이유만으로 갇혀 있어. 벌써 한 달이나 거기 갇혀 있었다더군."

그는 그들이 갇힌 까닭을 설명했다.

"도대체 자네는 어디서 그런 말을 들었나?" 마슬렌니코프가 물었다. 그의 얼굴에는 갑자기 불안과 불만의 빛이 떠올랐다.

"어느 피고한테 면회를 갔더니 그 사람들이 복도에서 나를 둘러싸고 하소연을 하더군……."

"피고라니, 누구 말인가?"

"무고하게 기소된 농민인데 내가 그에게 변호사를 대주었네. 하지만 그건 문제가 아니야. 아무 죄도 없이 여권기한이 지났다는 이유만으로 옥에 갇히다니, 그건 설마……."

"그건 검사의 일이야." 마슬렌니코프가 화가 난 듯이 네플류도프의 말을 가로막았다. "자네는 늘 재판은 신속하고 공정해야 한다고 말하지만, 검사의 직무는 감옥을 시찰하고 죄수가 어떤 대우를 받고 있는지 알아보는 거야. 그런데도 녀석들은 아무것도 하지 않고 트럼프놀이만 즐기고 있단 말이야."

"그럼, 자네는 어떻게도 할 수 없단 말인가?" 현 지사가 검사에게 책임을 떠넘길 것이라는 변호사의 말을 떠올리면서 네플류도프는 어두운 표정으로 물었다.

"아니, 해보지. 곧 알아보겠네."

"저런, 그건 오히려 그분을 위한 일이 아니에요. C'est un souffre-douleur (희생양이 따로 없군요)." 말은 이렇게 하고 있지만 사실은 조금도 관심이 없어 보이는 어느 여자의 목소리가 응접실에서 들려왔다.

"아, 그건 더 필요 없습니다. 그럼, 이것도 받아두지요." 농담을 건네는 남자의 목소리와 무언가를 주지 않으려는 여자의 장난기어린 웃음소리가 반대편에서 들려왔다.

"안 돼요, 안 돼요. 누가 드린댔어요?" 여자가 말했다.

"좋아, 알겠네. 그럼 내가 모든 걸 맡지." 마슬렌니코프가 터키석 반지를 낀 흰 손으로 담배를 비벼 끄면서 다시 한 번 되풀이했다. "자, 슬슬 부인들이 있는 곳으로 가보자구."

"참, 또 한 가지가 있어." 네플류도프는 응접실로 들어가지 않고 문턱에서 걸음을 멈추며 말했다. "어제 감옥에서 태형을 받은 사람이 있다던데 정말인가?"

마슬렌니코프는 얼굴을 붉혔다.

"아니, 그런 말까지 들먹일 셈인가? 이봐, mon cher(친구), 이제 절대로 자네를 감옥에 보내지 말아야겠군. 그렇게 모조리 캐려고 들어서야 당할 수가 있나? 자 가자고, 안네트가 부르고 있어." 마슬렌니코프는 네플류도프의 팔을 잡고, 귀한 인물이 호의를 표시해주었을 때처럼 흥분한 빛을 띠며 말했다. 그러나 이번에는 기뻐서가 아니라 불안해서였다.

네플류도프는 마슬렌니코프에게 잡힌 팔을 뿌리치고서, 아무에게도 인사하지 않고 아무 말도 없이 어두운 표정으로 객실을 가로질러 응접실을 지나갔다. 그러고는 달려 나온 하인들 옆을 빠져나가 대기실로 나간 뒤 그곳에서 밖으로 나갔다.

"저분 왜 그러세요? 당신, 저분께 무슨 말씀을 하신 거예요?" 안네트가 남편에게 물었다.

"저게 à la française(프랑스식)이라는 것입니다." 누군가가 말했다.

"저게 왜 à la française예요? 저건 à la zoulou(줄루 : 남아프리카 원주민)식이라고요."

"뭐, 저 사람은 언제나 저런 식인걸요."

누군가는 자리를 뜨고 누군가는 새로 왔다. 이리하여 객실은 이야기소리가 그치지 않았다. 네플류도프의 에피소드가 이날의 jour fixe(손님초대)에 알맞은 얘깃거리가 되었다.

그 이튿날, 네플류도프는 마슬렌니코프에게서 편지를 받았다. 문장이 박힌 두껍고 매끄러운 종이 여기저기 도장을 찍고 훌륭한 글씨체로, 카튜사를 병원 근무로 옮기는 건에 대해서 의사에게 편지를 보냈으니 아마도 바라는 대로 될 거라고 적혀 있었다. 그리고 그 밑에는 '자네를 사랑하는 오랜 벗'이라고 씌어 있었으며, '마슬렌니코프'라는 글자 아래에 놀랍도록 멋지고 큼직하게 사인을 해 놓았다.

"이 자식!" 네플류도프는 참을 수가 없어 저도 모르게 외쳤다. 특히 이 '오랜 벗'이라는 단어 속에 마슬렌니코프가 대범함을 드러내고 자기를 마슬렌니코프의 위치까지 끌어내리고 있는 것이 느껴져서 견딜 수 없었다. 다시 말해서 정신적으로 가장 더럽고 수치스러운 일을 하고 있는 주제에 아주 잘난 사람인 것처럼 으스대면서, 스스로를 네플류도프의 오랜 벗이라고 부름으로써 자기의 관대함을 과시까지는 아니더라도 자랑삼지 않겠다는 것을 내비치려는 의도가 빤히 들여다보였기 때문이다.

59

세상에 가장 널리 알려진 미신 중 하나는, 사람은 저마다 고유의 성격을 가지고 있다는 것이다. 즉 선인, 악인, 현명한 자, 어리석은 자, 활동적인 자, 무기력한 자 등으로 나뉘어 있다는 생각이다. 그러나 사람은 그런 존재가 아니다. 단지 어떤 사람에 대해서, 저 남자는 악할 때보다 착할 때가 많다든가, 어리석을 때보다 현명할 때가 많다든가, 무기력할 때보다 활동적일 때가 많다는 식으로, 혹은 그 반대로 말할 수 있을 뿐이다. 어떤 사람을 가리켜 선량하다든가 영리하다고 말하고, 또 어떤 사람은 악인이라든가 바보라는 식으로 단정하는 것은 잘못이다. 그런데도 우리는 늘 이런 식으로 사람을 구별한다. 이것은 공평하지 못하다. 사람이란 강과 같은 것이다. 어느 강이나 물인 것에는 변함이 없고 어디를 가도 똑같지만 각각의 강은 좁기도 하고, 물살이 세기도 하고, 넓기도 하고, 조용하기도 하고, 차기도 하고, 탁하기도 하고, 미지근하기도 하다. 사람도 마찬가지다. 사람은 저마다 모든 인간성의 싹을 속에 지니고 있는데 어떤 때는 그 일부가, 또 어떤 때는 다른 성질이 외부로 드러난다. 그 때문에 사람들은 종종 완전히 다른 사람처럼 보이기도 하지만 실제로는 변함없는 동일인이 맞다. 그 가운데에는 이런 변화가 특히 심한 사람도 있다. 네플류도프도 그런 사람들 가운데 하나였다. 네플류도프의 경우 이 변화는 육체적인 원인이나 정신적인 원인에서도 일어났다. 지금도 이 같은 변화가 그 내부에서 일어났다.

재판이 끝난 뒤 카튜사와 처음으로 면회했을 때 경험했던 그 엄숙한 기분과 갱생의 기쁨은 모조리 사라지고, 마지막 면회를 한 뒤에는 그런 마음이 카튜사에 대한 두려움으로, 아니 혐오로까지 바뀌었다. 결코 카튜사를 버리지 않겠다, 만약 본인만 좋다면 결혼도 불사하겠다는 결심을 바꾸는 일은 없을 것이다 하고 굳게 맹세했으나, 지금은 그 모두가 쓰라리고 괴로운 일로 변했다.

마슬렌니코프를 방문한 다음 날, 네플류도프는 다시 카튜사를 만나러 감옥으로 갔다.

소장은 면회를 허락해주었으나 장소는 사무실도 변호사 면회실도 아닌 일반 여죄수 면회실이었다. 소장은 본디 마음씨 좋은 사람이었지만 네플류도프를 대하는 태도는 전보다 소극적이 되었다. 마슬렌니코프에게서, 이 면회자는 특별히 주의하라는 명령을 받은 것 같았다.

"면회는 상관없습니다만." 소장이 말했다. "지난번에 부탁드렸던 것처럼 돈에 대한 것만은 부디 틀림없도록 해주십시오……. 그리고 그 여자를 병원으로 옮기는 문제입니다만, 부지사께서 지시하신 대로 진행해도 상관없다고 의사도 승낙했습니다만 본인이 그것을 바라지 않는군요. '더러운 옴쟁이들의 변기를 갖다 나르다니, 절대 사양하겠어요'라고요……. 공작님, 그것들이 그런 인간이라니까요." 소장이 그렇게 덧붙였다.

네플류도프는 이 말에는 대답하지 않고, 면회실로 안내해달라고만 부탁했다. 소장은 간수에게 안내하라고 명령했다. 네플류도프는 그 뒤를 따라 아무도 없는 여죄수 면회실로 들어갔다.

카튜사는 벌써 와 있다가 그가 보이자 조용히 쭈뼛거리며 철망 뒤로 나타났다. 그리고 네플류도프 앞으로 다가와서 그의 얼굴은 쳐다보지도 않고 나직한 소리로 말했다.

"용서하세요. 드미트리 이바노비치. 그저께는 실례했어요."

"나한테 용서를 빌다니……."

"그렇지만 저를 그냥 내버려 두세요." 카튜사는 하던 말을 계속했다. 자기를 올려다보는 심한 사팔눈에서 네플류도프는 다시금 격렬한 적대감을 느꼈다.

"어째서 당신을 돌보아서는 안 된단 말이오?"

"안 되니까요."

"왜 안 된다는 거요?"

카튜사는 다시 적의가 가득 차 있는 듯이 보이는 그 눈빛으로 네플류도프를 쳐다보았다.

"아시겠어요? 어쨌든 절 그냥 내버려두시라고요. 이건 진심으로 거절하는 거예요. 전 참을 수가 없어요. 당신도 이런 일은 이제 깨끗이 집어치워주세요." 카튜사는 떨리는 입술로 말하고 잠시 입을 다물었다. "정말이에요. 차라리 목을 매는 편이 낫겠어요."

네플류도프는 이 거절 속에서 자기에 대한 증오와 용서할 수 없는 원한을 느꼈지만, 그 밖에도 무언가 중대하고 선량한 것을 품고 있는 것 같은 느낌이 들었다. 카튜사가 이와 같이 평정을 되찾은 상태에서 전날 거절한 것을 거듭 말한 것이, 네플류도프의 마음속에 생겨났던 모든 의혹을 단숨에 없애고 카튜사에 대해 품었던 엄숙한 감동으로 넘치는 마음을 되찾아주었다.

"카튜사, 나는 지난번에 한 말을 다시 되풀이할 수밖에 없어." 네플류도프가 한결 진지한 어조로 말했다. "제발 나하고 결혼해줘. 만약 네가 싫다고 한다면 좋다고 할 때까지, 지금까지처럼 네가 가는 곳이 어디든 따라갈 것이고 네가 보내지는 곳이 어디든 갈 작정이야."

"당신 맘대로 하세요. 전 이제 더는 아무 말도 않겠어요." 카튜사가 말했다. 다시금 그녀의 입술이 파르르 떨리기 시작했다.

네플류도프도 말할 기운이 없어서 입을 다물고 있었다.

"나는 일단 시골로 갔다가 페테르부르크로 갈 거야." 네플류도프는 겨우 마음을 가다듬고 말했다. "그리고 너의, 아니 우리의 문제를 위해서 힘써볼 생각이야. 반드시 판결은 뒤집어질 거야."

"뒤집어지지 않더라도 어차피 마찬가지예요. 전 그 사건이 아니더라도 이런 꼴을 당해 마땅한 일을 해왔으니까요⋯⋯." 카튜사가 말했다. 그러나 카튜사가 울지 않으려고 얼마나 애쓰고 있는지 네플류도프는 역력히 알 수 있었다. "그런데 멘쇼프는 만나보셨어요?" 마음의 동요를 숨기기 위해 카튜사는 불쑥 이렇게 물었다. "그 모자에게 죄가 없다는 말이 사실이죠?"

"응, 나도 그렇게 생각해."

"정말 좋은 할머니예요."

네플류도프는 멘쇼프에게서 들은 말을 카튜사에게 모조리 들려주고, 무슨 필요한 것은 없느냐고 물었다. 카튜사는 아무것도 없다고 대답했다.

두 사람은 다시 한동안 잠자코 있었다.

"저, 병원에 관한 일인데요." 카튜사가 사팔눈으로 네플류도프를 올려다보며 불쑥 말을 꺼냈다. "저는 당신이 그걸 바란다면 가겠어요. 그리고 이젠 술도 끊겠어요⋯⋯."

네플류도프는 잠자코 카튜사의 눈을 들여다보았다. 그 눈에는 미소가 어려 있었다.

"아주 좋은 생각이야." 네플류도프는 그 말밖에 할 수 없었다. 그리고 작별인사를 했다.

'그래, 그런 거야, 카튜사는 완전히 딴 사람이 된 거야!' 아까까지 품었던 이런저런 의혹이 사라지고 지금까지 전혀 경험한 적 없는, 사랑의 절대적이고 강한 힘을 확신하면서 네플류도프는 이렇게 생각했다.

면회가 끝난 뒤 악취가 풍기는 감방으로 돌아간 카튜사는 죄수복을 벗고 자기 침대에 걸터앉아서 두 손을 힘없이 무릎 위에 놓았다. 감방 안에 있던 사람은 폐병쟁이 여자와 젖먹이를 안은 블라디미르 출신 여자, 또 멘쇼프 할머니와 건널목지기와 두 아이뿐이었다. 교회지기의 딸은 어제 정신병 진단을 받고 병원으로 옮겨졌다. 다른 여죄수들은 모두 빨래터에 가 있었다. 노파는 침상에 누워 잠을 자고 있었다. 감방 문이 열려 있어서 아이들은 복도에서 놀고 있었다. 블라디미르 출신 여자는 젖먹이를 안고, 건널목지기는 양말 뜨는 손을 부지런히 놀리면서 카튜사 곁으로 다가왔다.

"어때? 만나고 왔지?" 두 사람이 물었다.

카튜사는 높은 침대에 걸터앉아 입을 다문 채 바닥에 닿지 않는 두 발을 흔들고 있었다.

"뭘 그리 우울해 하고 있어?" 건널목지기가 말했다. "낙심해선 안 돼. 응, 카튜샤! 자!" 건널목지기는 부지런히 손가락을 움직이면서 말했다.

카튜샤는 대답하지 않았다.

"모두 빨래하러 갔어. 오늘은 상당한 차입이 있다나 봐. 뭘 잔뜩 가지고 왔다던데?" 블라디미르 출신 여자가 말했다.

"피나쉬카!" 건널목지기가 문 쪽을 보고 소리쳤다. "총알처럼 어디로 뛰어갔지?"

건널목지기는 뜨개바늘을 하나 뽑아 실뭉치와 양말에 꽂고 나서 복도로 나갔다.

그때 복도에서 어수선한 발소리와 여자들의 말소리가 들리는가 싶더니 맨발에 죄수화를 아무렇게나 꿰어 찬 여죄수들이 우르르 감방으로 돌아왔다. 모두 흰 빵을 하나씩 들고 있었고 개중에는 두 개를 가진 사람도 있었다. 페도샤가 얼른 카튜샤 곁으로 다가왔다.

"왜 그래? 무슨 좋지 않은 일이라도 있었어?" 맑고 푸른 눈으로 걱정스러운 듯이 카튜샤를 쳐다보면서 페도샤가 물었다. "이건 차 마실 때 같이 먹어." 그렇게 말하고 페도샤는 빵을 선반 위에 얹어 놓았다.

"왜 그래? 저쪽에서 결혼할 마음이 바뀌었다더냐?" 코라블료바가 물었다.

"아뇨, 그 사람 생각은 변함이 없지만, 내가 싫어요."

"너 정말 바보구나!" 코라블료바가 걸걸한 목소리로 말했다.

"하지만 같이 살 수 없을 바엔 결혼한들 무슨 소용 있어요?" 페도샤가 말했다.

"하지만 네 신랑은 너랑 같이 가잖아?" 건널목지기가 말했다.

"그야 우리는 정식 부부니까요." 페도샤가 반박했다. "하지만 그 사람은 같이 살 수도 없는데 어째서 정식으로 결혼해야 하느냔 말이에요."

"너야말로 바보구나! 어째서냐고? 결혼하면 이 애를 편하게 해줄 수 있잖아."

"그 사람이 말하길, 내가 어디로 이송되든지 반드시 따라오겠대요." 카튜샤가 말했다. "오던지 오지 않던지 상관없어. 그것을 내가 먼저 부탁하는 일은 없을 테니까. 지금부터 페테르부르크로 가서 운동을 해주겠대. 거기 가면 관리들도 전부 그 사람 친척이라는 거야. 하지만 난 역시 그 사람의 도움 같은 건 필요 없어."

"그렇고말고!" 코라블료바가 느닷없이 말했다. 자기 배낭 속을 뒤적이면서 다른 생각을 했던 모양이었다. "어때? 술이나 마시지 않겠어?"

"나는 안 마시겠어요." 카튜사가 대답했다. "당신들끼리 마셔요."

제2편

1

사건 심리는 2주일 뒤에 시작될 것으로 예상되므로 네플류도프는 그때까지 페테르부르크에 가 있다가 원로원에서 사건이 기각되면, 상소장을 작성해준 변호사의 권유대로 황제에게 청원서를 제출하기로 마음먹고 있었다. 변호사의 말로는 상소이유가 지극히 불충분해서 미리 각오해두어야 할 거라고 했는데, 사건이 기각되면 카튜사를 포함한 유형수의 한 무리는 6월 초에 출발하게 될 가능성이 있었다. 네플류도프가 굳게 결심한 대로 카튜사를 따라 시베리아로 떠날 준비를 하려면, 지금 영지를 돌며 재산부터 정리해두어야 했다.

네플류도프는 먼저 쿠즈민스코예 마을로 떠났다. 그곳은 네플류도프의 영지 중 가장 가까운 비옥한 흑토지대에 있는 드넓은 땅으로, 수입은 주로 이곳에서 나왔다. 네플류도프는 이곳에서 유년시절과 청년시절을 보냈고, 성인이 되어서도 두 번 정도 찾아간 적이 있었다. 한번은 어머니의 부탁으로 독일인 관리인을 데리고 가서 재정 상태를 같이 조사한 적도 있어서 영지의 상태나 농민과 관리사무소, 즉 농민과 지주의 관계도 이미 전부터 잘 알고 있었다. 농민과 지주의 관계는 좋게 말하면 농민이 관리사무소에 완전히 매여 있는 상태인데, 털어놓고 말하면 관리사무소의 노예나 다름없었다. 이것은 1861년에 폐지된 농노제와 같은 현실적인 예속, 이를테면 특정 주인의 소유물은 아니지만 토지를 갖지 못했거나 아니면 조금밖에 갖지 못한 농민이 대지주에게 예속되는 관계, 특히 때로는 주변지역 지주들에게 예속되는 관계였다. 네플류도프는 그것을 알고 있었고 모를 리는 없었다. 왜냐하면 이 예속을 바탕으로 경영이 성립되고, 네플류도프 자신도 그 제도를 촉진해 왔기 때문이다. 더욱이 네플류도프는 그것을 알고 있었을 뿐만 아니라, 그것이 옳지 못한 가혹한 제도라는 것도 잘 알고 있었다. 네플류도프는 그것을 학생

시절부터 알았다. 그 무렵 네플류도프는 헨리 조지의 학설을 신봉하고 그 보급에 힘썼으며 그 학설을 근거삼아, 아버지에게서 물려받은 토지를 농민들에게 나누어주기까지 했다. 오늘날의 토지사유는 20년 전의 농노소유와 같은 죄악이라고 생각했기 때문이다. 그러나 군대에 들어가서 1년 동안에 2만 루블이나 물 쓰듯 써대는 생활을 하게 된 다음부터는 이러한 지식도 그 생활 신조에서 사라져가다가 완전히 잊혀져버렸다. 아니, 사유재산에 대한 자기 태도라든가 어머니가 보내주는 돈이 어디서 나오는가 하는 의문을 스스로에게 전혀 던지지 않았을 뿐만 아니라, 그런 것은 애써 생각하지 않으려고 했다.

그러나 어머니가 죽고 유산을 상속받아 자기 재산, 즉 영지를 관리할 필요가 생기자 다시금 토지사유에 대해 어떤 태도를 취해야 하느냐에 대한 의문이 고개를 들었다. 한 달 전의 네플류도프였다면, 내게는 현행 질서를 바꿀 만한 힘이 없다, 영지를 관리하는 사람은 내가 아니다 하고 스스로에게 변명하며 영지에서 멀리 떠나 영지에서 거둬 보내오는 돈으로 살면서 다소나마 양심의 가책을 회피할 수 있었을 것이다. 그러나 지금의 네플류도프는 시베리아행을 눈앞에 두고 유형지라는 특수사회와 카튜사와의 복잡하고 어려운 관계를 정리하려면 돈이 필요하다는 것은 알고 있지만, 그래도 역시 이 영지 문제를 지금과 같은 상태로 내버려 둬서는 안 되며 자기가 희생을 해서라도 새롭게 바꾸어야 한다고 결심했다. 그러기 위해서 그는 농장을 직접 경영하지 않고 싼 값으로 농민들에게 땅을 빌려 주어 그들에게 지주로부터 독립할 수 있는 가능성을 주기로 결심했다. 그러므로 네플류도프는 지금까지 몇 번이고 지주와 농노소유자를 견주어보며, 지주가 소작농에게 경작을 시키는 대신에 농민들에게 토지를 빌려주는 방식은 이전의 농노소유자가 농민에게 부역 대신 공물을 부과하는 것과 같다고 보아왔다. 그것은 문제의 해결은 아니었다. 그러나 해결책으로 다가가는 첫걸음인 것만은 분명했다. 그것은 폭력보다는 야만적인 형태에서 비교적 덜 야만적인 형태로 발전해가는 것이었다. 네플류도프도 그 첫걸음을 내디디기로 마음먹었다.

네플류도프는 정오께 쿠즈민스코예 마을에 도착했다. 그는 모든 면에서 간소한 생활로 바꾸기 위해 전보도 치지 않고 역에서 말 두 필이 끄는 여행 마차를 탔다. 젊은 마부는 무명 반외투를 입고 허리띠를 허리 아래쪽에 졸라

매고 있었는데, 누가 길거리 마부 아니랄까봐 마부석에 비스듬히 걸터앉아 손님과 허물없이 세상 돌아가는 이야기를 시작했다. 그들이 이야기하는 동안, 혹사당해서 발을 절룩거리는 흰 주마와 처음부터 숨을 헐떡거렸던 여윈 부마는 평소에 늘 바라던 대로 천천히 걸을 수가 있었다.

마부는 자기 손님이 지주인 줄은 모르고, 쿠즈민스코예의 관리인에 대한 이야기를 하였다. 네플류도프는 일부러 자기 이름을 대지 않았다.

"반지르르한 독일 사람입니다요." 한때 도시에서 살며 소설깨나 읽었던 마부가 말했다. 그는 앉은 채 몸을 반쯤 손님 쪽으로 향하고 긴 채찍손잡이를 위쪽과 아래쪽으로 끊임없이 바꾸어 쥐며 말하고 있었는데, 틀림없이 자기 교양을 자랑하려는 것 같았다. "갈색 말 세 필이 끄는 마차를 사서 자기 마누라랑 타고 다니지 뭡니까." 마부는 말을 이었다. "지난겨울에는 으리으리한 저택에 크리스마스트리를 장식했어요. 저도 손님을 태워다드릴 때 봤는데 꼬마전구가 번쩍번쩍한 것이 아주 예쁘더라고요. 이 현에서는 그런 건 찾아보려야 찾아볼 수가 없어요. 돈을 어마어마하게 빼돌린 게죠. 대단한 놈이라고요! 하긴 그놈한텐 식은 죽 먹기 아니겠습니까? 세상만사가 자기 뜻대로 돌아가니까 말입니다. 소문에 듣자하니, 이번에는 어마어마한 영지를 사들였답니다."

네플류도프는 그 독일인이 영지를 어떻게 관리하든, 어떻게 이용하든 자기와는 아무 상관없다고 생각했다. 그러나 이 허리 긴 마부의 이야기는 몹시 불쾌했다. 그는 화창한 봄 햇살 아래서 이따금 태양을 가리며 짙게 퍼지는 구름이며, 곳곳에서 펼쳐진 귀리 밭을 지날 때마다 농사꾼들이 쟁기를 들고 파종하는 모습이며, 종달새가 높이 날아오르는 짙은 초록빛 채소밭이며, 때 늦은 참나무를 빼놓고는 신록으로 빽빽하게 덮인 숲이며, 소와 말이 점점이 흩어져 있는 목장이며, 농사꾼들이 보이는 경작지를 황홀한 마음으로 질리지도 않고 바라보고 있었다. 그러나 이따금 마음에 무언가 불쾌한 그림자가 드리우는 것 같은 생각이 들었다. 그리고 그것이 무엇 때문인지 스스로에게 물어보니, 그것은 다름 아니라 독일인 관리인이 쿠즈민스코예에서 주인행세를 하고 있다는 마부의 말 때문이라는 생각이 들었다.

그러나 쿠즈민스코예 마을에 도착해서 일에 손을 대자 그러한 감정은 까맣게 잊어버렸다.

관리사무소의 장부를 낱낱이 훑어보고, 농민들은 토지를 얼마 갖고 있지도 않으며 그마저 지주의 토지로 사방이 둘러싸여 있기 때문에 지주에게는 매우 유리하다고 늘어놓는 관리인의 말도 안 되는 이야기를 듣고, 네플류도프는 마침내 스스로 농지를 관리하는 것을 그만두고 농민들에게 토지를 몽땅 나눠주겠다는 결심을 굳혔다. 그리고 관리사무소의 장부를 훑어보고 관리인의 이야기를 들은 결과 다음과 같은 사실을 알았다. 전과 마찬가지로, 걸고 기름진 땅의 3분의 2는 지주가 고용한 머슴들에게 개량된 농기구를 주어 경작시키고, 나머지 3분의 1은 1헥타르당 5루블의 임금을 주고 농민들에게 경작시키고 있었다. 즉 5루블의 임금으로 농민들은 1헥타르의 토지를 1년에 세 번 갈고, 씨를 뿌리고, 고르고, 거두어들여서 묶은 다음 탈곡장으로 옮겨야 했다. 자유노무자의 싼 임금으로 치더라도 적어도 1헥타르에 10루블에 해당하는 노동을 하고 있는 셈이었다. 더구나 농민들은 관리사무소에서 빌려야 하는 것에 대해서는 가장 높은 값을 노동으로 치르고 있었다. 그들은 목초를 받는 것도, 숲의 나무를 얻는 것도, 감자 잎사귀를 얻는 것도 노동으로 지불해야 했기 때문에 거의 대부분이 관리사무소에 빚을 지고 있었다. 게다가 아무리 척박한 땅이라도, 가령 그 땅이 1헥타르당 5퍼센트의 금리를 얻는 땅이라면 그 4배에 해당하는 임대료를 농민들에게서 갈취하고 있었다.

이러한 사실은 네플류도프도 전부터 잘 알고 있었지만 그것이 새삼 새로운 일처럼 느껴져서, 자기나 자기와 같은 위치에 있는 모든 사람이 어째서 이런 이상한 관계를 깨닫지 못하고 있는지 그저 어이가 없었다. 토지를 농민들에게 내맡기면 기껏 산 말과 농기구가 죄다 쓸모없게 되고, 팔려고 해도 산 값의 4분의 1에도 팔리지 않을 것이며, 무엇보다도 농민들이 토지를 못 쓰게 해버릴 것이 뻔하고, 네플류도프도 엄청난 손해를 볼 것이라는 관리인의 말은, 농민들에게 토지를 나누어주고 거두어들이는 돈의 대부분을 잃으려는 것은 양심에 부끄럽지 않은 행동이 될 것이라는 네플류도프의 신념을 더욱 굳게 만들 따름이었다. 네플류도프는 영지에 있는 동안 이 문제를 모두 처리하기로 마음먹었다. 이를테면 파종한 보리를 거두어들여서 팔거나, 말이나 농기구나 필요 없는 건물을 처분하는 일은 네플류도프가 떠난 뒤 관리인에게 맡겨도 된다는 것 등이다. 생각이 여기에 이르자 네플류도프는, 자기 뜻을 농민들에게 설명하고 임대료를 결정할 테니 쿠즈민스코예의 토지로 둘러싸인 세 군데 마을의 농민들을 내일 전부 모이도록 이르라고 관리인에게 부탁했다.

네플류도프는 관리인의 설득에도 자기 생각을 굽히지 않고 농민들을 위해 스스로 희생하겠다는 각오를 굳혔다는 상쾌한 기분으로 관리사무소를 나왔다. 그리고 눈앞에 닥친 문제를 이것저것 생각하면서, 올해 들어 황폐할 대로 황폐해진 꽃밭이며(이것은 관리인 집 앞에 있었다), 치커리가 무성한 테니스코트며, 보리수가 늘어선 가로수길 등, 그 저택을 한 바퀴 거닐었다. 그곳은 네플류도프가 곧잘 엽궐련을 피우면서 산책하던 곳으로, 3년 전에 잠시 어머니 손님으로 와 있던 키리모바라는 아름다운 처녀가 네플류도프를 유혹한 곳이기도 했다. 내일 농민들에게 말할 요점을 머릿속에 정리한 다음 네플류도프는 관리인에게로 되돌아가서, 농장경영을 완전히 폐지할 방법에 대해서 차를 마시면서 다시 한 번 상담한 뒤 완전히 마음을 놓고 자기를 위해 마련된 방으로 들어갔다. 그곳은 손님을 위해서 마련되어 있는 방이었다.

베니스의 풍경화가 몇 점 걸려 있고 창과 창 사이에 거울이 끼워져 있는 이 아담하고 산뜻한 방 안에는 푹신푹신하고 깨끗한 침대와, 물을 담는 유리병과 성냥이 있었다. 소등기를 얹어 놓은 조그마한 머리맡 탁자 위에는 네플류도프의 여행 가방이 뚜껑이 열린 채 놓여 있고, 그 안에 있는 여행용 화장 세트와 가지고 온 책들이 들여다보였다. 그중 하나는 범죄 법칙에 관한 연구를 다룬 러시아어로 된 책이었고, 그 밖에 같은 주제를 다룬 독일어 및 영어 책이 각각 한 권씩 있었다. 네플류도프는 이번 여행 중 한가한 시간에 그 책들을 읽을 생각이었으나, 오늘밤은 그럴 겨를이 없었다. 내일 조금이라도 일찍 일어나서 농민들과 이야기할 준비를 하기 위해 네플류도프는 잠잘 준비를 시작했다.

방 한쪽 구석에는 상감 장식이 들어간 마호가니제 낡은 안락의자가 놓여 있었다. 예전 어머니 침실에 놓여 있던 이 의자를 보고 있자니 마음속에서 전혀 생각하지 않았던 뜻밖의 감정이 일어났다. 언젠가는 허물어지고 말 이 저택이, 거칠어져 못 쓰게 될 이 뜰이, 나무가 모조리 베이고 말 숲이, 축사가, 마구간이, 농기구창고가, 농기구가, 말이, 소가, 이 모든 것이 갑자기 아깝게 느껴진 것이다. 이것들은 네플류도프가 자기 손으로 만든 것은 아닐지라도, 굉장한 노력을 들여 지금까지 고이 지켜온 것이다. 네플류도프도 그것을 알고 있었다. 이제까지는 이 모든 것을 쉽사리 버릴 수 있을 것 같았는데, 지금은 그것이 아까워졌을 뿐 아니라 그 토지도, 수입의 절반도 아까운 것 같은 생각이 들기 시작했다. 하물며 돈은 앞으로 더욱 필요하게 될지 모른다. 그러자 곧 그런 마음을 부채질이라도 하듯이, 농민들에게 토지를 빌려주고 농장경영을 폐지하는 것은 어처구니없는 짓이며 그래서는 안 된다는 생각이 밀려왔다.

'나는 토지를 가져서는 안 된다. 그리고 토지를 갖지 않는 이상 이만한 저택은 유지해나갈 수 없다. 게다가 나는 이제 시베리아로 가야 하니 집도 영지도 더는 필요 없게 된다.' 한 목소리가 이렇게 말했다. '그건 맞는 말이다.' 또 다른 목소리가 대꾸했다. '하지만 너도 설마 시베리아에서 일생을 보내겠다는 생각은 아닐 것이다. 게다가 결혼하면 아이도 생길 것이다. 그러면 네가 잘 정리된 영지를 물려받았듯이, 이번에는 그것을 고스란히 자식에게 물려줘야 될 게 아닌가? 그것이 토지에 대한 의무다. 모든 것을 남에게 주거나 없애는 것은 아주 쉬운 일이지만, 그것을 새로 만들어 낸다는 것은 그야말로 어려운 일이다. 아니, 무엇보다도 중요한 것은 자기 인생을 잘 생각해서 어떻게 할 것인가를 정하고, 그에 따라 자기 재산을 처리하는 일이다. 그런데 너는 올바른 결정을 내렸는가? 그리고 네가 하고 있는 일은 양심에 따른 것인가, 아니면 단순히 남들 때문에, 다시 말해서 남들에게 자랑하려고 하는 것인가?' 네플류도프는 이렇게 자문해보았다. 세상 사람들이 어떻게 말할 것이냐 하는 것이 자기의 결단에 영향을 주었음을 인정하지 않을 수 없었다. 이리하여 생각하면 할수록 차츰 더 의문이 솟아나고, 그것은 더욱더 풀기 어려운 문제가 되어갔다.

이러한 상념에서 벗어나기 위해 네플류도프는 깨끗한 침대에 몸을 눕히고, 이런 귀찮은 문제도 내일 아침 개운한 머리로 생각하면 해결될 거라고 생각하면서 잠을 청하려고 했다. 그러나 오랫동안 잠을 이룰 수가 없었다. 열어젖힌 창문으로 상쾌한 밤공기와 달빛과 함께 개구리 울음소리가 흘러들어오고, 그 사이사이로 꾀꼬리의 노랫소리가 섞여 들어왔다. 그 소리는 멀리 떨어진 공원에서 들렸는데, 그중 한 마리만은 창문 바로 밑에서 꽃을 피운 라일락 덤불에 숨어 있었다. 꾀꼬리와 개구리가 부르는 합창을 듣고 있자니 문득 감옥 소장의 딸이 치던 피아노 소리가 생각났다. 그리고 소장을 생각하니 카튜사가 떠오르고, "이런 일은 이제 깨끗이 집어치워주세요"라고 그녀가 말했을 때, 마치 개구리가 울 때처럼 입술이 파르르 떨리던 것이 생각났다. 마침내 독일인 관리인이 개구리가 우는 쪽으로 내려갔다. 가게 해서는 안된다고 생각하는 동안에 관리인은 이미 내려가 버렸고, 그 모습이 어느샌가 카튜사로 바뀌어 "나는 유형수고 당신은 공작님이에요" 하고 네플류도프를 나무랐다. '아니다, 이런 것에 질까보냐!' 그렇게 생각하는 순간 눈이 떠졌다. 그리고 스스로에게 물어보았다. '대체 내가 하고 있는 일은 좋은 일인가, 어리석은 일인가. 모르겠다. 하지만 아무래도 좋다. 어차피 마찬가지니까. 아무튼 지금은 좀 자야겠다……' 그리고 네플류도프 자신도 관리인과 카튜사가 내려간 쪽으로 내려가고, 거기서 모든 것은 어둠 속에 빨려 들어가고 말았다.

2

이튿날 아침, 네플류도프는 9시에 잠에서 깼다. 주인의 시중을 들라는 명령을 받은 젊은 사무원은 네플류도프가 일어나는 낌새를 알아채고 여태껏 본 적이 없을 만큼 번쩍번쩍 광나게 닦은 구두와 샘에서 갓 길어온 깨끗하고 차가운 물을 가지고 와서, 농민들이 벌써 모여 있다고 알려주었다. 네플류도프는 퍼뜩 정신이 들어서 침대에서 벌떡 일어났다. 토지를 나눠주고 농장경영을 폐지할 것을 아깝게 생각했던 어젯밤의 기분은 흔적도 없었다. 지금 그 생각을 하니 이상한 기분이 들었다. 지금은 눈앞에 닥친 일에 기쁨을 느끼고 본의 아니게 그것이 자랑스러웠다. 창밖으로 치커리가 무성한 테니스코트가 보였는데, 관리인의 지시로 농민들은 그곳에 모여 있었다. 간밤에 개구리가 울어대더니, 하늘은 잔뜩 흐렸다. 아침부터 바람 한 점 없이 따뜻한 가랑비가 내려서 나뭇잎과 가지와 풀잎 위에 빗방울이 반짝이고 있었다. 창문으로는 어린잎의 향기에 섞여서 비를 기다리는 흙냄새가 흘러들어왔다. 네플류도프는 옷을 갈아입으면서 몇 번이고 창밖으로 농민들이 테니스코트에 모여 있는 모습을 바라보았다. 농민들은 한 사람씩 모여들어서 서로 모자나 두건을 벗고 인사를 나누고 지팡이에 몸을 기댄 채 빙 둘러섰다. 젊고 뼈대가 굵은 관리인이 우스꽝스럽도록 큰 단추가 달린, 깃 세운 짧은 녹색 양복을 입고 네플류도프의 방에 들어와서, 모두 모이기는 했으나 기다리게 할 테니 먼저 준비해 놓은 커피나 홍차부터 드시라고 말했다.

"아니, 먼저 농민들에게 가기로 하지." 눈앞에 닥친 농민들과의 대화를 생각하고 전혀 예상치 못한 위축감과 부끄러움을 느끼면서 네플류도프는 말했다.

네플류도프는 농민들이 꿈에도 생각지 못했던 희망, 즉 싼값에 토지를 분배하기 위해 걸음을 옮겼다. 곧 그들에게 선행을 베풀기 위해 걸어가는 것이지만, 그럼에도 왠지 마음이 켕겼다. 농민들이 모인 곳으로 다가가자, 농민들이 일제히 모자를 벗고 밤색 머리며 고수머리, 대머리, 백발 머리 등을 드러냈다. 네플류도프는 그만 어리둥절해져서 한동안 아무 말도 할 수가 없었다. 여전히 가랑비가 솔솔 내려서 농민들의 머리카락과 턱수염과 보풀이 인 외투 위에 물방울이 송골송골 맺혔다. 농민들은 주인을 빤히 쳐다보며, 주인이 무슨 말을 할까 기다리고 있었다. 네플류도프는 몹시 당황하여 아무 말도 나오지 않았다. 이 어색한 침묵을 깨준 것은 침착하고 자신만만한 독일인 관리인이었다. 그는 러시아 농민의 심리를 꿰뚫어보고 있다고 자부하고 있었고, 유창하고 정확하게 러시아어를 말할 줄 알았다. 네플류도프도 마찬가지였지만, 기름진 식사를 해서 뒤룩뒤룩 살이 찐 이 사내는 야위고 쭈글쭈글한 농민들의 얼굴이나 외투 겉으로도 뚜렷이 알 수 있는 앙상한 어깨와 놀라운 대조를 이루었다.

"지금부터 공작님께서 너희에게 은혜를 베푸시겠단다. 다시 말해서 토지를 빌려주겠다고 하셨다. 너희에게는 분에 넘치는 일이지만." 관리인이 말했다.

"뭐가 분에 넘친단 말입니까, 바실리 카를르이치? 저희가 당신네들을 위해 일하지 않은 적이 있나요? 저희는 돌아가신 마님께 정말 큰 은혜를 입었습죠. 아, 천국에 계신 영혼께 평안 있으라. 그리고 젊은 공작님께서도 저희를 버리지 않으셨습니다요." 입담 좋은 빨간 머리 농사꾼이 말했다.

"여러분을 모이게 한 것은, 여러분이 바란다면 토지를 모두 나누어 드릴까 하고 생각하기 때문입니다." 네플류도프가 입을 열었다.

농민들은 언뜻 이해가 안 가서인지, 아니면 믿지 못해서인지 가만히 입을 다물고 있었다.

"그게 무슨 뜻입니까? 토지를 나누어 주신다뇨?" 반외투를 입은 중년의 농부가 물었다.

"여러분들에게 빌려주고 싼 땅값에 농사를 지을 수 있도록 해주려는 거요."

"이렇게 친절하실 데가." 한 노인이 말했다.

"땅값만 우리 힘으로 낼 수 있다면야." 딴 사람이 말했다.

"땅을 빌리지 말란 법은 없잖나."

"당연하지. 우리는 땅으로 먹고 사니까!"

"나리께서도 그편이 속 편하실 걸. 그저 땅값만 받으면 되니까 말이야. 지금대로 한다면 걱정거리가 끊이질 않을걸!" 몇 명이 이런 대화를 주고받는 소리도 들렸다.

"그것도 다 너희들 잘못이야." 관리인이 말했다. "너희들만 똑바로 일하고 정해진 것을 지키면⋯⋯."

"저희 같은 사람을 나무라는 건 옳지 않습니다, 바실리 카를르이치!" 코가 뾰족하고 여윈 노인이 끼어들었다. "당신은 왜 말이 보리밭에 들어가게 놔두었냐고 하시지만, 누가 그러고 싶어서 그랬나요? 전 온종일, 그야말로 하루가 1년 같은 생각으로 풀 베는 낫을 휘두르고 있단 말입니다. 그래서 밤에 망을 볼 때 그만 깜박 잠이 들고 말았지요. 그랬더니 그놈의 말이 나리의 보리밭에 들어갔고, 나리는 도끼눈을 뜨고 절 매섭게 노려보셨지요."

"그러니까 규칙을 지키라는 거잖아."

"규칙, 규칙⋯⋯. 입으로 말하기야 쉽죠. 하지만 우리는 힘에 부쳐서 어쩔 수가 없단 말이오." 머리털이 까맣고 얼굴이 온통 털로 덮인 키 큰 중년의 농사꾼이 대들었다.

"그러니까 말했잖아, 울타리를 치라고."

"그럼 울타리를 칠 나무를 주시오." 자그마하고 행색이 초라한 농민이 뒤쪽에서 소리쳤다. "지난여름에 내가 울타리를 만들려고 했더니, 당신은 나를 석 달이나 감옥에다 처넣어서 이가 들끓게 만들지 않았소. 울타리를 만들려고 하면 그런 꼴을 당한단 말이오."

"그건 도대체 어떻게 된 일인가?" 네플류도프가 관리인에게 물었다.

"Der erste Dieb im Dorfe(저놈은 마을에서 으뜸가는 도둑놈이랍니다)."

관리인이 독일어로 대답했다. "해마다 숲 속에서 붙잡히지요. 이봐, 너도 남의 것을 소중히 여기는 법을 조금은 배우는 게 좋아." 관리인이 말했다.

"아니, 우리가 당신에게 버릇없이 굴기라도 했단 말이오?" 노인이 말했다. "당신에게 어떻게 버릇없이 군단 말입니까? 우리는 당신들에게 목덜미를 단단히 잡힌 신세인데요. 우리를 어떻게 하건 당신 마음대로가 아닌가요?"

"너희들이 나쁜 짓만 안 하면 나도 너희들을 괴롭힐 일 없어."

"괴롭히지 않는다고? 지난여름에는 당신한테 따귀를 억울하게 얻어맞았지만 결국 난 아무 말도 못했소. 부자 옆은 재판도 피해서 지나간다고 하니까."

"네가 규칙대로 했으면 됐잖아."

이런 식으로 말다툼이 끊이지 않았으나 본인들도 무엇 때문에 무엇을 지껄이고 있는지 잘 모르는 것 같았다. 단지 분명한 것은, 한쪽에는 공포에 억눌린 증오가 있고 다른 한쪽에는 우월감과 권력의식이 있다는 것뿐이었다. 네플류도프는 이런 말을 듣고 있기가 괴로워서 땅값과 돈을 치르는 날짜를 정하자는 중요한 용건으로 이야기를 돌리려고 애썼다.

"자, 그러면 토지에 대한 이야긴데, 물론 여러분은 빌려 쓰고 싶겠지? 그럼, 토지를 전부 빌려준다면 땅값은 얼마면 되겠소?"

"나리 것이니까 값도 나리가 정하십시오."

네플류도프는 값을 말했다. 그러자 네플류도프가 내놓은 값은 이 부근의 땅값보다 훨씬 적었으나 늘 그렇듯 농민들은 비싸다면서 흥정하기 시작했다. 네플류도프는 자기의 제안이 기꺼이 받아들여질 줄 알고 있었지만, 농민들의 얼굴에서 반가운 표정은 전혀 찾아볼 수 없었다. 단지 자기의 제안이 농부에게 유리하다는 것만은 알 수 있었다. 그것은 누가 토지를 빌리느냐, 마을 전체가 빌리느냐, 아니면 농민조합을 만들어서 빌리느냐 하는 문제가 제기됐을 때, 가난해서 돈을 치를 능력이 없는 사람을 조합에서 제외하자는 농민과 제외될 것 같은 농민 사이에서 심한 말다툼이 벌어졌을 때였다. 결국 관리인이 가운데에 끼어들어 땅값과 그것을 치를 날짜가 정해졌다. 농민들은 와글와글 떠들면서 산기슭 마을로 돌아갔다. 네플류도프는 관리인과 계약서의 문안을 만들기 위해 사무실로 갔다.

모든 것이 네플류도프가 바라고 기대하던 대로 마무리되었다. 농민들은 이 근방의 땅값보다 30퍼센트쯤 싸게 땅을 빌리게 되었다. 그러므로 영지에서 들어오는 네플류도프의 수입은 거의 반으로 줄었으나 그것으로 충분했다. 특히 숲을 판 대금과 농기구를 판 돈으로 부족한 부분을 메울 수 있었다. 그런데 모든 것이 잘된 것같이 생각되면서도 왠지 모르게 꺼림칙한 느낌이 떠나지 않았다. 농민들 가운데 몇 사람은 고맙다고 말했지만, 대부분은 불만을 품고 더 많은 것을 기대하고 있는 기색이 보였기 때문이다. 요컨대, 네플류도프는 스스로 많은 것을 버렸지만 농민들의 기대에는 미치지 못했다는 셈이다.

이튿날, 가계약서에 서명을 하고 대표로 찾아온 마을 노인들의 배웅을 받으며 네플류도프는 뭔가 개운치 않은 불쾌한 기분으로, 올 때 역에서 고용한 마부의 말을 빌리자면 관리인의 '번드르르한' 말 세 필이 끄는 마차를 타고, 불만과 의심에 찬 표정으로 머리를 갸웃거리는 농민들에게 작별인사를 한 다음 역으로 출발했다. 네플류도프는 자기 자신에게 불만이었다. 어떤 점이 불만인지 스스로도 알 수 없었으나 줄곧 답답하고 왠지 겸연쩍은 기분이었다.

3

네플류도프는 쿠즈민스코예 마을을 떠나 고모들로부터 유산으로 물려받은 영지로 향했다. 그곳은 그가 처음으로 카튜사를 알게 된 마을이었다. 여기서도 쿠즈민스코예 마을에서처럼 토지 문제를 처리할 작정이었다. 그리고 카튜사와, 두 사람 사이에서 태어난 아기가 죽었다는 것이 사실인지, 그게 사실이라면 어디서 어떻게 죽었는지 등을 물어보고 싶었다. 네플류도프는 아침 일찍 파노보 마을에 도착했다. 마차를 타고 저택에 들어섰을 때 무엇보다도 네플류도프를 놀라게 한 것은 모든 건물, 특히 안채가 차마 눈뜨고 볼 수 없을 정도로 헐어빠지고 무너진 모습이었다. 전에는 녹색이었던 함석지붕도 칠이 벗겨진 채 내버려져서 벌건 녹이 슬고, 폭풍 때문인지 몇 장은 쳐들려 있었다. 안채의 판자벽은 군데군데 뜯기 쉬운 곳이 뜯겨져 있고 못은 휘어서 들려 있다. 정면 현관의 층계도, 특히 네플류도프에게는 잊을 수 없는 뒤쪽 현관 층계도 다 삭아서 발판이 떨어지고 뼈대만 남아 있었다. 창문 몇 개는 유리 대신 널빤지가 대어져 있었고, 관리인이 살고 있던 별채도, 부엌도, 마구간도 모두 낡고 잿빛으로 변해 있었다. 다만 뜰만은 낡기보다는 오히려 풀과 나무가 무성하고 꽃이 만발해 있었다. 울타리 너머에는 흰 구름 같은 앵두와 사과와 자두꽃이 보였다. 라일락 덤불은 거의 11년 전, 네플류도프가 당시 갓 열여섯이 된 카튜사와 그 뒤에서 술래잡기를 하다가 구덩이에 빠져서 쐐기풀에 긁혔을 때처럼 활짝 피어 있었다. 소피아 이바노브나가 안채 옆에 심은 낙엽송은 당시는 불과 말뚝만큼 작던 것이 지금은 들보로도 쓸 수 있을 만큼 큰 나무로 자라, 황록색 솜털같이 부드럽고 뾰족한 잎들에 덮여 있었다. 강은 기슭 사이를 조용히 흐르고, 물방앗간에 떨어지는 물만이 요란한 소리를 내고 있었다. 강 맞은편 목장에서는 농가의 가축들이 저마다의 색을 뽐내며 한가로이 풀을 뜯고 있었다.

　신학교를 중퇴한 관리인이 생글생글 웃으며 뜰 앞까지 마중 나왔다. 그리고 얼굴에서 웃음을 지우지 않고 네플류도프를 관리사무소로 안내하고는, 무슨 특별한 약속이라도 하는 듯한 웃음을 띠고 칸막이 벽 뒤로 사라졌다. 칸막이 벽 뒤에서 무언가 속삭이는 소리가 나더니 곧 그쳤다. 마부는 팁을 받고 방울소리를 울리며 안뜰에서 나갔다. 주위는 물을 끼얹은 듯이 조용해졌다. 창문 밖으로, 수놓은 블라우스를 입고 귀걸이를 단 맨발의 처녀가 마차 뒤를 쫓듯이 달려가는 모습이 보였다. 그 뒤를 따라 한 농부가 다져진 오솔길에 장화바닥의 징소리를 요란스레 울리면서 뛰어갔다.

　네플류도프는 창가에 앉아 뜰을 바라보기도 하고 들려오는 소리에 귀를 기울이기도 했다. 양쪽으로 열린 조그만 창문으로는 상쾌한 봄바람과 파헤쳐진 흙에서 나는 냄새가 흘러 들어와서, 네플류도프의 땀이 밴 이마에 드리워진 머리칼과 온통 칼자국이 난 돌출창 창틀 위에 놓여 있는 종잇조각을 산들산들 날렸다. 강 쪽에서는 여인네들이 방망이로 빨래를 픽픽 두드리는 소리가 번갈아가며 들려왔다. 그 소리가 햇빛에 반짝이는 잔잔한 수면을 따라 사방으로 퍼져나갔다. 그 사이를 메우듯 물방앗간의 물 떨어지는 소리가 규칙적으로 들려왔다. 또 겁먹은 듯 시끄러운 날개 소리를 남기며 파리 한 마리가 귓전을 스치고 날아갔다.

　네플류도프는 문득 언젠가 아주 오래 전 자기가 아직 젊고 순진했을 무렵, 이 강기슭에서 지금과 똑같이 물방앗간의 규칙적인 물소리 사이사이로 젖은 빨래를 두드리는 방망이 소리가 들리고, 지금과 똑같은 산들바람이 불어와 땀에 젖은 이마 위로 드리워진 머리칼을 어루만지고 칼자국 난 돌출창 창틀에 놓여 있는 종잇조각을 날렸으며, 지금과 똑같이 파리가 겁먹은 듯한 날개 소리를 남기며 귓전을 스쳐간 일이 떠올랐다. 열여덟 살 소년이던 그 무렵의 기분이 되어 회상한 것은 아니지만, 자기가 그때 같은 젊음과 순결함과 커다란 가능성에 가득 찬 미래를 가진 사람이 된 것만 같았다. 그러나 그와 동시에 꿈속에서 흔히 경험하듯이, 그것은 이미 현실이 아니라는 것을 곧 깨닫고 못 견디게 쓸쓸해졌다.

"식사는 언제쯤 하시겠습니까?" 관리인이 생글생글 웃으면서 물었다.

"언제든지 좋아. 별로 배고프지 않으니까. 그보다 지금부터 마을을 좀 돌아보고 오겠어."

"그보다도 안채를 한번 둘러보지 않으시겠습니까? 안은 깨끗이 치워두었거든요. 한번 둘러보십시오. 밖은 좀 심한 상태지만……."

"아니, 나중에 보기로 하지. 그보다도 물어보고 싶은 게 하나 있네. 이 마을에 지금도 마트료나 하리나라는 여자가 살고 있는가?"

그 여자는 카튜사의 이모였다.

"마을에 있습니다. 정말 구제불능이지요. 밀주를 팔거든요. 못 본 척할 수도 없고 해서 꼬리를 잡아서 꾸짖곤 합니다만, 고발하기도 불쌍하답니다. 뭐니뭐니해도 늙은이인데다가 어린 손자들도 있거든요." 관리인은 여전히 미소를 지으면서 말했다. 그 웃음에는 주인에게 좋은 느낌을 주자는 바람과, 네플류도프도 자기와 마찬가지로 이 근방에서 일어나는 모든 일을 알고 있으리라는 확신이 나타나 있었다.

"집이 어디지? 좀 들러 보고 싶은데."

"마을 변두리 끝에서 세 번째 집입니다. 왼편으로 벽돌집이 보이는데, 그 바로 뒤가 그 노파가 사는 오두막이지요. 그보다 제가 모셔다 드리는 게 낫겠군요." 관리인은 기쁜 듯이 생글생글 웃으면서 말했다.

"아니, 친절은 고맙지만 혼자 가 보지. 그보다 자네는 농민들을 모아 주게. 토지에 대해서 모두에게 할 말이 있으니까." 되도록 오늘 밤 안에, 여기서도 쿠즈민스코예 마을에서처럼 이야기를 나누고 싶다고 생각하며 네플류도프는 말했다.

4

네플류도프는 문 밖으로 나오자마자, 질경이와 유채꽃이 흐드러지게 핀 목장 안의 다져진 오솔길을 두툼한 맨발을 힘차게 놀리면서 돌아오는, 알록달록한 앞치마를 두르고 귀걸이를 단 시골 처녀와 딱 마주쳤다. 처녀는 오른손으로는 붉은 수탉 한 마리를 배에 꼭 눌러 안고 왼팔만 옆으로 휘휘 내저으면서 돌아오는 길이었다. 수탉은 빨간 볏을 흔들거리면서 안정을 되찾은 모습이었는데, 다만 눈을 끔벅거리고 처녀의 앞치마에 발톱을 세우면서 까만 한쪽 다리를 오므렸다 폈다 했다. 처녀는 네플류도프 쪽으로 올수록 걸음을 늦추어 종종걸음에서 보통 걸음이 되더니, 바로 옆까지 오자 딱 멈추어 서서 머리를 뒤로 크게 젖혔다가 힘차게 절을 했다. 그리고 네플류도프가 지나가기를 기다렸다가 수탉을 부둥켜안은 채 성큼성큼 걸음을 옮겼다. 네플류도프는 우물 쪽으로 내려가다가 이번에는 거칠고 꾀죄죄한 옷을 입고 꼬부랑 허리에 무거워 보이는 물통을 지고 오는 노파와 만났다. 노파는 살며시 물통을 내려놓더니 아까 그 처녀가 한 것처럼 머리를 크게 뒤로 젖혔다가 꾸벅 절을 했다.

우물을 지나니 곧 마을이었다. 맑게 갠 더운 날이라 아침 10시인데도 몹시 후덥지근했다. 이따금 구름이 몰려와서 태양을 가릴 뿐이었다. 한길에는 온통 코를 찌르는, 지독하지만 불쾌하지는 않은 퇴비 냄새가 떠돌고 있었다. 그것은 수레바퀴로 반들반들하게 다져진 언덕길을 나란히 올라가는 짐마차에서도 흘러나왔지만 그보다는 주로, 네플류도프가 접어든 길 양쪽에 자리 잡은 집집마다 열어젖힌 대문에서 새어나오는, 파헤친 앞뜰의 퇴비 냄새였다. 거름으로 더러워진 셔츠와 바지를 입은 맨발의 농부들은 짐마차 뒤를 따라 언덕길을 오르며, 키 크고 살집 좋은 주인이 회색 모자에 달린 비단 리본을 햇빛에 반짝이면서 걸음을 옮길 때마다 번쩍거리는 손잡이에 옹이가 많고 윤이 나는 지팡이로 땅을 짚으며 길을 올라가는 모습을 신기한 듯이 고개를 돌려 쳐다보았다. 들일을 마치고 돌아오는 농사꾼들은 힘차게 달리는 빈 마차의 마부석에 앉아 흔들거리면서, 모자를 벗고 깜짝 놀란 표정으로 이 낯선 신사를 뚫어져라 쳐다봤다. 여인네들은 문간과 계단마다 층층이 나와서 서로 눈짓을 주고받으며 네플류도프의 모습을 지켜보았다.

네플류도프가 네 번째 집 문 앞을 지나려고 할 때 안에서 마차 한 대가 삐걱거리면서 나오며 그 앞을 가로막았다. 마차에는 퇴비가 산더미처럼 실려 있었고, 그 위에 사람이 앉을 수 있도록 가마니가 깔려 있었다. 그 뒤를 여섯 살쯤 돼 보이는 사내아이가 마차에 타는 것이 좋은지 맨발로 신나게 따라 나왔다. 짚신을 신은 젊은 농사꾼이 성큼성큼 걸으면서 말을 문 밖으로 몰아 냈다. 다리가 긴 누런 망아지가 문 안에서 껑충껑충 뛰어나오다가 네플류도 프를 보고 놀라서 짐마차에 몸을 딱 붙이고는 바퀴에 다리가 엉킬 듯 말 듯 하면서, 마당에서 무거운 짐을 끌고 온 어미 말 옆을 지나 앞쪽으로 내달렸 다. 어미 말은 불안한 듯이 나직이 콧소리를 냈다. 다음 마차를 끌고 나온 사람은 바싹 말랐지만 힘이 좋은 노인이었다. 줄무늬 바지에 길고 더러운 셔 츠를 입은 그는 맨발이었는데, 뒤에서 보면 등 아래 허리뼈가 튀어나와 보였 다.

쏟아진 퇴비 부스러기가 타고 난 재처럼 회색 덩어리가 되어 사방에 흩어 져 있는 단단한 길로 말들이 가버리자, 노인은 문간으로 되돌아와서 네플류 도프에게 인사했다.

"돌아가신 마님의 조카님 아니십니까?"

"네, 그렇습니다."

"잘 오셨습니다. 그러시다면 마을을 둘러보러 오셨나요?" 노인이 수다스 레 말했다.

"그렇습니다……. 그런데 어떠신가요, 지내시는 형편은?" 어떻게 말을 해 야 좋을지 몰라 네플류도프는 이렇게 물었다.

"산다고 할 수도 없습죠! 이보다 못한 생활이 어디 있을라구요?" 자못 만 족스러운 듯이, 노래라도 부르는 것처럼 말꼬리를 길게 빼면서 말하기 좋아 하는 노인이 말했다.

"왜 그렇지요?" 네플류도프는 문 안으로 들어서면서 말했다.

"글쎄, 이런 생활이 어디 있겠습니까? 정말 궁상맞기 그지없는 생활입 죠." 노인은 네플류도프를 따라 들어와서 땅바닥이 드러나도록 퇴비 부스러 기를 깨끗이 치운 처마 밑으로 걸음을 옮기며 말했다.

네플류도프도 노인을 따라 처마 밑으로 들어갔다.

"저의 집에는 저기 저런 게 열둘이나 있답니다." 노인은 두 여자를 가리키 면서 말했다. 여자들은 땀투성이가 되어 머릿수건은 머리에서 흘러내리고 옷자락은 걷어붙이고 장딴지 중간까지 드러낸 다리는 거름으로 더럽힌 채, 아직 다 치우지 못한 퇴비더미 속에서 쇠스랑을 짚고 서 있었다. "다달이 100킬로그램이나 되는 밀가루를 사야 하는 형편인데, 무슨 수로 그 돈을 만듭니까요?"

"영감님의 밭에서 나는 걸로는 모자라나요?"

"제 밭이요!?" 노인은 어처구니없다는 듯이 엷은 웃음을 띠었다. "제 땅으로는 세 사람이 겨우 풀칠을 합니다. 올해는 보리 여덟 노적밖에 거두어들이지 못했습죠. 크리스마스까지도 못 갈 겁니다요."

"그럼 어떻게 하실 건가요?"

"뭐 어쩔 거나 있겠습니까? 아들놈 하나는 머슴으로 내보내고, 나리 사무실에서 돈을 빌렸습죠. 그것도 대 단식 주기 전에 다 써버리고 아직 공물도 내지 못한 형편이랍니다."

"공물이 얼마나 되지요?"

"저희 집에서는 넉 달마다 17루블씩 바쳐야 합죠. 아, 정말 비참한 생활이라 어떻게 살아가야 할지 도무지 갈피를 못 잡겠습니다요."

"집 안을 좀 둘러봐도 괜찮겠습니까?" 네플류도프는 안뜰을 지나 깨끗이 청소한 자리에서 벗어나 아직 쇠스랑으로 파헤쳐지지 않은, 강렬한 냄새를 풍기는, 사프란처럼 누런 퇴비더미 쪽으로 걸어가며 말했다.

"그럼요, 어서 들어오십시오." 노인은 이렇게 말하고 발가락 사이로 거름물이 질컥질컥 빠져나오도록 거름을 밟으면서 빠른 걸음으로 네플류도프를 앞질러서 그를 위해 오두막 문을 열었다.

여자들은 흘러내린 머릿수건을 고쳐 쓰고 치맛자락을 내리고는, 소매에 금단추가 번쩍이는 멋있는 신사가 자기들 집에 들어가는 것을 호기심과 두려움이 교차하는 표정으로 지켜보았다.

오두막 안에서 속옷 바람의 소녀 둘이 뛰어나왔다. 네플류도프는 모자를 벗고 허리를 구부려서 현관을 지난 다음 지저분하고 좁은 오두막 안으로 들어갔다. 음식이 쉰 듯한 냄새가 배어 있었고 베틀이 두 대 놓여 있었다. 난로 옆에는 앙상하고 까맣게 그은 팔을 걷어 올린 노파 한 명이 서 있었다.

"주인 나리께서 우리 집을 찾아 주셨어." 노인이 말했다.

"아이구, 잘 오셨습니다." 걷어올렸던 소매를 내리면서 노파가 사근사근하게 말했다.

"댁의 살림살이를 좀 보고 싶어서요." 네플류도프가 말했다.

"예, 그저 보시는 대로지요. 집은 당장 쓰러질 것 같아서 언제 누가 깔려 죽을지 모른답니다. 하지만 영감은 이래도 좋다고 하니까 이대로 그럭저럭 사는 거죠 뭐." 기운이 넘쳐 보이는 노파가 신경질적으로 머리를 흔들면서 말했다. "지금부터 점심준비를 할 참이었죠. 일꾼들을 먹여야 하거든요."

"어떤 것을 드시나요?"

"어떤 것을 먹느냐고요? 저희 집 음식은 대단하죠. 먼저 빵을 먹고 크바스를 마시고, 그런 다음에는 크바스를 마시고 빵을 먹는답니다." 절반이나 썩은 이를 드러내고 웃으면서 노파가 말했다.

"아니, 농담이 아니라 여러분이 어떤 것을 드시는지 보여주십시오."

"먹을 것 말입니까?" 노인이 웃으면서 말했다. "저희가 먹는 음식은 간단합죠. 마누라, 나리께 보여 드려."

노파는 머리를 흔들었다.

"저희가 뭘 먹는지 보시겠다니, 나리는 참 호기심이 많으시네요. 뭐든지 알아내야 직성이 풀리시는 건가요? 아까 말씀드린 대로 빵에다 크바스, 거기에 스튜랍니다. 어제 며느리들이 풀을 뜯어왔기에 그걸로 스튜를 끓였죠. 감자도 좀 넣고요."

"그것뿐인가요?"

"이것뿐입니다. 그 다음엔 우유로 하얗게 색을 좀 내는 것 정도죠." 노파는 웃으면서 문 쪽으로 눈길을 돌리고 말했다.

문은 열려 있고, 문간에는 사람들이 잔뜩 모여 있었다. 사내아이, 계집아이, 젖먹이를 안은 여자들이 문간에 모여 서로 밀쳐대며, 농부들은 뭘 먹는지 낱낱이 캐묻고 있는 특이한 신사를 지켜보고 있었다. 노파는 아무래도 나리를 상대로 이야기하는 것을 자랑하고 있는 눈치였다.

"정말 지독한 생활이랍니다." 노인이 네플류도프에게 말하고 문간에 득실거리는 사람들에게 소리쳤다. "저리들 가 있어!"

"그럼 난 그만 가보겠소." 네플류도프는 이유 모를 불편함과 부끄러움을 느끼면서 말했다.

"일부러 들러주셔서 정말 고맙습니다요." 노인이 말했다.

문어귀에 몰려 있던 여자와 아이들이 서로 밀치면서 네플류도프에게 길을 비켜 주었다. 네플류도프는 큰길로 나와서 언덕을 올라갔다. 그 뒤를 쫓아서 오두막에서 두 사내아이가 맨발로 달려 나왔다. 형인 듯한 아이는 본디는 흰 것이었을 지저분한 셔츠를 입었고, 또 한 아이는 붉은 색이 바랜 허름한 셔츠를 입고 있었다. 네플류도프는 아이들을 돌아다보았다.

"이번엔 어디로 가세요?" 흰 셔츠를 입은 사내아이가 물었다.

"마트료나 하리나네 집으로 갈 거란다. 어딘지 아니?"

붉은 셔츠를 입은 조그만 아이는 무엇이 우스운지 히죽히죽 웃기 시작했다. 큰 아이는 짐짓 점잖을 떨며 되물었다.

"마트료나라뇨? 할머니요?"

"그래, 할머니다."

"아하!" 큰 아이가 말꼬리를 길게 뺐다. "세묘니하 할머니 말이구나. 마을 끄트머리에 있는 집이에요. 우리가 가르쳐줄게요. 페지카, 아저씨를 모시고 가자!"

"말은 어떡하고?"

"뭐, 어때!"

페지카는 고개를 끄덕였다. 세 사람은 언덕을 올라갔다.

5

네플류도프는 어른들과 이야기하기보다 아이들과 같이 있는 편이 한결 마음이 편해서 가는 내내 두 사내아이에게 이것저것 물었다. 붉은 셔츠를 입은 작은 아이도 웃음을 멈추고 형에게 지지 않고 또렷하게 대답했다.

"그래, 이 마을에서 누가 제일 가난하니?" 네플류도프가 물었다.

"누가 제일 가난하냐고요? 미하일라도 가난하고, 세묜 마카로프랑 마르파도 엄청 가난해요."

"아니샤가 더 가난해 뭐. 아니샤는 암소도 없어서 동냥하고 다니잖아." 조그만 페지카가 말했다.

"암소는 없지만, 그 대신 식구가 셋밖에 없잖아. 마르파는 다섯 식구라고." 큰 아이가 반박했다.

"그렇지만 아니샤는 과부잖아." 붉은 셔츠를 입은 아이는 아니샤가 더 가난하다는 주장을 굽히지 않았다.

"넌 아니샤가 과부라고 하지만, 마르파도 과부나 마찬가지야." 큰 아이가 우겼다. "남편이 집에 없는 건 매한가지인걸."

"남편은 어디 갔는데?" 네플류도프가 물었다.

"감옥에서 이를 기르고 있죠." 큰 아이가 어른들의 말투를 흉내 내면서 말했다.

"작년 여름에 지주네 숲에서 자작나무 두 그루를 잘랐대요. 그래서 감옥에 처박힌 거예요." 붉은 셔츠를 입은 작은 아이가 얼른 끼어들었다. "벌써 반년 가까이나 돼요. 그래서 아줌마가 밥을 얻으러 다녀요. 애가 셋이나 있는데다 제대로 걷지도 못하는 할머니까지 계시거든요." 아이는 되바라진 말투로 말했다.

"그 집이 어디니?" 네플류도프가 물었다.

"바로 저 집이에요." 사내아이가 한 집을 가리켰다. 네플류도프가 걸어가고 있는 그 집 앞길에는 옅은 금발의 조그만 사내아이가 심한 밭장다리로 겨우 몸을 의지한 채 비틀거리며 서 있었다.

"바시카 이 녀석, 어딜 가는 게야?" 재라도 뒤집어쓴 듯 더러운 잿빛 속옷 차림을 한 여자가 집 안에서 뛰어나오며 소리쳤다. 그러다 깜짝 놀란 얼굴로 네플류도프 앞으로 달려오더니 다짜고짜 아이를 끌어안고 부리나케 집 안으로 들어가 버렸다. 마치 네플류도프가 아이를 해치기라도 할까봐 겁에 질린 듯한 모습이었다.

그녀는 네플류도프의 숲에서 자작나무를 자른 죄로 감옥에 잡혀 들어간 남자의 아내였다.

"그럼 마트료나는 어떠냐? 그 할머니도 가난하냐?" 마트료나의 집에 거의 도착해서야 네플류도프는 아이들에게 물었다.

"가난하긴요, 술을 팔고 있는데." 붉은 셔츠를 입은 깡마른 소년이 잘라 말했다.

마트료나의 집에 도착하자 네플류도프는 아이들을 돌려보낸 뒤, 문을 열고 오두막 안으로 들어갔다. 마트료나의 초라한 오두막은 문에서 벽까지가 4미터 남짓밖에 되지 않아서 화덕 뒤에 놓여 있는 침대는 덩치 큰 남자라면 발을 쭉 뻗고는 잘 수 없을 정도였다. '저 침대 위에서 카튜사는 아이를 낳고, 그리고 병이 들었구나.' 네플류도프는 생각했다. 베틀 한 대가 집 안을 거의 다 차지하고 있었다. 네플류도프가 낮은 문에 머리를 부딪혀가며 안으로 들어갔을 때, 노파는 큰손녀와 함께 베틀을 손보는 참이었다. 다른 두 손녀가 네플류도프의 뒤를 따라 헐레벌떡 집 안으로 뛰어 들어오다가 문설주에서 발을 멈추고 기대어 섰다.

"누구를 찾소?" 노파가 퉁명스럽게 물었다. 베틀이 마음대로 움직이지 않아 짜증이 난 데다, 밀주를 파는 까닭에 평소에도 낯선 사람을 몹시 경계하는 탓이었다.

"난 지주인데, 할머니한테 좀 물어볼 말이 있어서 왔습니다."

노파는 꼼짝 않고 상대를 뚫어져라 쳐다보면서 잠시 말이 없었다. 그러다 갑자기 태도가 확 바뀌었다.

"아이고, 젊은 나리시네. 이 늙은이가 알아 뵙지도 못했네요. 지나가는 사람인 줄만 알았지 뭡니까요." 노파는 부자연스런 목소리로 나긋나긋하게 말했다. "나리, 정말 잘 오셨어요. 건강은 좀……."

"단둘이서 이야기하고 싶은데." 열려 있는 문을 돌아보면서 네플류도프가 말했다. 문턱에는 아이들이 서 있고, 그 뒤에는 핼쑥한 여자 하나가 병 때문에 안색이 나쁜 갓난아기를 안고 서 있었다. 그 아기는 누덕누덕 기운 모자를 쓰고 있었는데, 말라빠진 얼굴이었지만 그래도 생글생글 웃고 있었다.

"대체 뭐가 그렇게 신기하냐? 뭔지 알려줄까? 자, 거기 몽둥이를 이리 내!" 노파가 문어귀에 서 있는 여자와 아이들에게 소리쳤다. "어서 그 문 닫지 못해!"

아이들은 달아나고, 갓난아기를 안은 여자가 문을 닫았다.

"정말 누구신가 했어요. 그런데 주인 나리께서 직접 오시다니 황송합니다. 정말 훌륭하게 크셨네요." 노파가 말했다. "이렇게 누추한 곳에 와주시다니요. 정말 잘 오셨습니다요. 아주 훌륭해지셨어요! 자, 여기 이 의자에 와서 앉으세요." 노파는 앞치마로 긴 나무의자의 먼지를 훔치며 말했다. "전 또 어떤 나쁜 놈이 왔나 했죠. 제 생명이나 다름없이 우러르는 자비로우신 나리께서 오신 줄은 꿈에도 모르고. 부디 용서해 주세요. 늙어서 눈이 잘 보이지 않아서 그랬습니다요."

네플류도프는 앉았다. 노파는 그 앞에 서서 뺨에 오른손을 대고 왼손으로는 그 뾰족한 팔꿈치를 받치면서, 마치 노래라도 부르듯이 지껄이기 시작했다.

"하지만 나리도 나이가 드셨네요. 옛날에는 우엉 꽃처럼 아름다운 도련님이었는데, 지금은 전혀 딴 사람이 되셨군요! 역시 이런저런 근심 걱정이 있으신가요."

"실은 할머니한테 한 가지 물어볼 게 있어서 왔습니다. 카튜사 마슬로바를 기억하십니까?"

"카테리나 말씀이세요? 잊을 리가 있나요? 제 조카인 걸요……. 암요, 기억하다마다요. 그 애가 불쌍해서 얼마나 울었는지 모른답니다. 저는 죄다 알고 있어요. 그야 나리, 신 앞에 죄 없는 사람은 없답니다. 황제 앞에 죄 없는 사람도 없고요. 젊은 치기에 신난다고 놀다보면 악마의 꼬임에 빠지기도 하는 법이죠. 악마란 녀석이 워낙 강해서, 사람은 그만 죄를 저지르고 마는 거예요. 어쩔 수가 없는 일이랍니다! 나리는 그 애를 버렸지만 100루블이나 턱 내주셨으니 대가는 다 치르신 셈이죠. 그런데 그 애가 한 짓을 좀 보세요. 정말 어이없는 짓을 저질러버렸잖아요. 제 말만 잘 들었더라면 버젓이 살아갈 수 있었을 텐데. 제 조카긴 하지만 바른 대로 말해서 행실이 좋지 않은 계집애였어요. 그 일이 있은 뒤에 제가 좋은 일자리를 마련해 주었답니다. 그런데 그게 주인 말을 듣지 않고 주인한테 마구 대들었지 뭐예요? 우리네 신분으로 주인한테 대들다니, 그게 있을 수 있는 일입니까요. 그래서 쫓겨나고 말았죠. 그 뒤에도 모처럼 산림 감독 댁에 들어갔었습니다만, 거기서도 오래 있지를 못했답니다."

"아이에 대한 것을 알고 싶은데, 여기서 애를 낳았다지요? 그 애는 어디 있습니까?"

"그 아기 때문에 저도 그때 골치를 앓았답니다, 나리. 그 애는 산후 건강이 몹시 나빠서 두 번 다시 자리에서 못 일어날 줄로만 알았지요. 그래서 저는 아기에게 세례만큼은 제대로 받게 해준 다음 양육원으로 보냈지요. 어미가 다 죽어 가는데, 천사 같은 조그만 영혼까지 고통에 빠뜨리는 건 너무 무참하지 않습니까? 세상에는 낳아서 젖도 먹이지 않고 내버려 두어서 말라 죽게 놔두는 일도 허다하지만요. 하지만 저는 생각했죠. 그럴 수는 없다, 조금 귀찮더라도 양육원으로 보내자 하고요. 마침 돈도 있고 해서 데리고 갔습니다요."

"그래, 그곳에는 아이가 지낼 만한 방은 있던가?"

"방이야 있었죠. 그런데 아기는 곧 죽어버렸어요. 그 여자 말로는 데리고 가자마자 죽어버렸다고 하더군요."

"그 여자라니?"

"그 여자 말이에요. 왜, 스코로드노예에 살던 여자 말입니다요. 그런 일을 업으로 하는 여자였죠. 말라니야라는 이름이었는데, 지금은 죽었어요. 똑똑한 여자라서 이렇게 했답니다. 누가 갓난아기를 데리고 오면 당분간 자기 집에 두고 양육원으로 보낼 인원이 찰 때까지 기르는 거죠. 그리고 서넛이 모이면 한꺼번에 데리고 가는 거예요. 집 안도 알맞게 꾸며서, 두 명이 들어가는 커다란 흔들 요람에다가 아이를 이리저리 누이죠. 조그만 손잡이까지 달려 있는 요람이죠. 그 속에다 네 아이가 서로 머리를 부딪치지 않도록 발을 맞대고 누인 다음 한꺼번에 네 아이를 데리고 간답니다. 젖꼭지만 물려 놓으면 모두 얌전히 있거든요."

"그래서 어떻게 되었나요?"

"카테리나의 아기도 그렇게 해서 데려갔답니다. 그 여자 집에는 2주일 남짓 있었는데 아이는 그때 벌써 쇠약해져 있었답니다."

"귀여운 아이였나요?" 네플류도프가 물었다.

"얼마나 귀여웠다구요. 어디를 찾아봐도 그렇게 예쁜 아기는 없었을걸요. 나리를 꼭 닮았죠." 노파는 한쪽 눈을 깜박이면서 덧붙였다.

"왜 쇠약해졌죠? 아마 젖 먹이는 게 나빴던 모양이지요?"

"젖이고 뭐고가 있나요! 어느 아이고 똑같이 다루었는걸요. 당연한 일 아니겠습니까? 제 배 아파 낳은 자식이 아니니까요. 그 여자 말로는 모스크바에 닿자마자 죽어 버렸다나요. 증명서까지 받아왔더라고요. 빈틈없이 말이에요. 참 똑똑한 여자였으니까요."

네플류도프가 자기 아이에 관해서 알 수 있었던 것은 이것이 전부였다.

6

네플류도프는 방문과 바깥문에 한 번씩 머리를 부딪혀가며 밖으로 나왔다. 각각 잿빛으로 더러워진 흰 셔츠와 붉은 셔츠를 입은 두 사내아이가 밖에서 기다리고 있었다. 그 밖에 새로 온 아이들이 두서넛 모여 있었다. 젖먹이를 안은 여자들도 몇 명쯤 모여 있었는데, 그 속에는 누덕누덕 기운 모자를 쓴 창백한 갓난아기를 가볍게 들쳐 안은 아까 그 바싹 마른 여자도 섞여 있었다. 그 갓난아기는 늙은이처럼 시든 조그만 얼굴에 온통 주름을 짓고 줄곧 야릇한 웃음을 띠면서, 몹시 흰 엄지손가락을 열심히 꼼지락거리고 있었다. 네플류도프는 그것이 고통의 웃음이라는 것을 알았다. 그는 그 여자가 누구냐고 물었다.

"아까 말한 아니샤예요" 큰 사내아이가 대답했다.

네플류도프는 아니샤에게 말을 걸었다.

"살림은 좀 어떻습니까? 뭘 해서 먹고 살지요?"

"어떻게라니요? 동냥으로 먹고 살죠." 아니샤는 대답하고 울음을 터뜨렸다.

늙은이 같은 얼굴을 한 갓난아기는 애벌레처럼 가느다란 다리를 비비 꼬며 활짝 웃었다.

네플류도프는 지갑을 꺼내어 여자에게 10루블짜리 지폐 한 장을 주었다. 그러자 네플류도프가 채 두 걸음도 가기 전에, 갓난아기를 안은 또 다른 여자가 쫓아왔다. 이어서 노파가, 다시 또 한 여자가 쫓아와서 저마다 가난을 하소연하며 자비를 베풀어달라고 애걸했다. 네플류도프는 지갑에 있던 60루블을 몽땅 털어서 나누어 주고는, 어둡고 우울한 마음에 잠겨 자기 숙소인 관리인의 별채로 돌아왔다. 관리인은 싱글벙글 웃는 얼굴로 네플류도프를 맞으면서, 오늘 밤에 농민들이 모인다고 알려주었다. 네플류도프는 고맙다고 말하고는 방으로 들어가지 않고 뜰로 나갔다. 그리고 무성한 풀 위에 하얀 능금 꽃잎이 떨어진 오솔길을 거닐면서, 방금 직접 보고 온 모든 일들을 생각했다.

처음 한동안 별채 주위는 조용했다. 얼마가 지나자 관리인 집 쪽에서 무언가 시끄러운 말소리가 들려왔다. 두 여자가 서로 말을 가로막으며 욕설을 퍼붓는 소리와 그 사이에 이따금 섞여 들리는 관리인의 웃음소리 같았다.

"난 말할 기운도 없어요. 당신이 지금 하는 짓은 남의 목에 건 십자가를 쥐어뜯는 짓이라고요!" 한 여자가 몹시 격앙된 목소리로 악을 썼다.

"잠깐 들어갔을 뿐이잖아요!" 또 한 여자가 말했다. "돌려줘요. 이대로 내버려 두면 소도 말라죽고, 아이들한테 우유도 못 먹이게 된다고요."

"돈을 내든지, 일로 때우든지 하라고." 관리인은 침착한 목소리로 대답했다.

네플류도프는 뜰에서 나와 현관 계단으로 걸어갔다. 그곳에는 머리를 풀어헤친 두 여자가 서 있었는데, 한 사람은 임신 중인 것 같았다. 층계 가운데에는 무명 외투 주머니에 두 손을 찔러 넣은 관리인이 서 있었다. 지주를 보더니 여자들은 입을 다물고 머리에서 흘러내린 머릿수건을 고쳐 썼다. 관리인은 주머니에서 두 손을 빼고 빙글빙글 웃기 시작했다.

관리인의 말에 따르면, 농민들은 자기 집 송아지나 암소를 일부러 지주의 목장으로 들여보낸다는 것이었다. 이번에도 이 여자들의 집에서 기르는 암소 두 마리가 목장으로 들어간 것을 잡아서 끌고 왔다는 것이다. 관리인은 한 마리에 30코페이카씩 벌금을 물든지, 그것이 싫으면 이틀 동안 일을 하라고 여자들에게 요구하고 있었다. 여자들의 주장은 첫째, 암소가 잠깐 들어갔을 뿐이라는 것 둘째, 그만한 돈은 없다는 것 셋째, 일해서 갚을 것을 약속할 테니, 아침부터 먹이도 주지 않고 울 속에 갇혀서 구슬프게 울고 있는 암소를 당장 돌려 달라는 것이었다.

"벌써 몇 번째 주의를 주었는지 모릅니다." 관리인은 증인이 되어 달라는 듯한 웃음을 띠며 네플류도프를 돌아보고 말했다. "낮에 풀을 뜯어 먹이려고 내놓았으면 자기 소 감시쯤은 잘해야지."

"아기한테 잠깐 갔다 왔더니 그 틈에 달아나 버린 거라고요."

"소를 본다면서 그 자리를 떠나서야 되나."

"그럼 아기 젖은 누가 먹이란 말이에요? 당신이 젖을 물려줄 거예요?"

"목장을 못 쓰게 만들었다면 우리도 할 말 없지만, 잠깐 들어갔을 뿐이잖아요?" 또 한 여자가 말했다.

"목장이 온통 짓밟혔답니다." 관리인이 네플류도프를 돌아보았다. "사정을 다 봐주면, 마른 풀이 없어지고 맙니다."

"참나, 벌 받을 소리 하네!" 임신한 여자가 소리쳤다. "우리 집 소는 여태까지 한 번도 붙들린 일이 없다고요."

"그런데 이번에는 붙들렸으니 돈을 내든가 일을 하든가 하란 말이야."

"그러니까 일을 할 테니 암소를 돌려달라잖아요. 굶어 죽기라도 하면 책임질 거예요?" 여자가 악에 받쳐서 소리쳤다. "그렇잖아도 밤이고 낮이고 쉬지도 못하는 판인데. 시어머니는 병중이고 남편은 집에 붙어 있지를 않으니 모든 일을 혼자서 다 해내야 한다고요. 이젠 아주 지쳐 버렸어요. 그런데도 일을 해서 변상을 하라니……."

네플류도프는 암소를 내주라고 관리인에게 이르고, 자신은 조금 전부터 하던 생각을 가다듬어 보려고 다시 뜰로 나갔으나 이제는 더 생각할 것도 없었다. 지금의 그에게는 모든 것이 너무나 또렷했는데 이처럼 또렷한 것이 왜 남들 눈에는 보이지 않는지, 그 자신도 어떻게 그토록 오랫동안 그것을 보지 않고 지낼 수 있었는지 어처구니없다는 생각만 들 뿐이었다.

'농민들은 죽어가고 있다. 더구나 자기들이 죽어가고 있다는 사실에 대해 무디어져 버렸다. 그들 사이에는 죽음으로 이르는 과정에 적응하는 생활태도가 만들어져 있다. 갓난아기들의 죽음, 여자들의 힘겨운 노동, 모든 사람의, 특히 노인들의 식량부족. 서서히 이런 상태에 빠져왔기 때문에 농민들은 자기들의 이 끔찍한 생활을 깨닫지 못하고, 그것을 호소하지도 않는다. 그래서 우리도 이런 상태가 자연스러운 것이며 당연한 양상이라고 믿고 있다.' 이제 네플류도프는 농민들 자신이 깨닫고 늘 내세우는 그 빈곤의 주요 원인이, 그들의 생활을 지탱하는 유일한 수단인 토지를 지주들에게 빼앗긴 데 있다는 것을 똑똑히 깨달았다. 게다가 아이들과 노인들이 죽는 것은 우유가 부족하기 때문인데, 그 이유는 가축을 기르고 곡식과 마른 풀을 만들 땅이 없기 때문이라는 것이 더욱 명백했다. 또한 농민들의 모든 불행은, 아니 적어도 농민들이 불행한 직접적이고 주된 원인은 농민을 먹여 살리는 토지가 농민의 손이 아니라, 그 토지소유권을 이용하여 농민의 노동으로 생활하고 있는 사람들의 손에 쥐어져 있기 때문이라는 것도 지극히 명백했다. 농민들에게 이처럼 절실하고, 그것 때문에 죽음으로 몰리기도 하는 토지는 극도의 빈곤에 빠진 이들 농민에 의해 경작된다. 그러나 그것은 이 토지에서 나는 곡식을 외국에 팔아서 토지소유자가 모자, 지팡이, 마차, 유기제품들을 사 모을 수 있도록 하기 위한 것이었다. 이 모든 것을 이제 똑똑히 알 수 있었다. 그것은 울 안에 갇힌 말이 발밑의 풀을 다 뜯어먹었을 때 밖으로 나가서 다른 곳의 풀을 찾아먹게끔 허락하지 않아서 굶주림에 말라 비틀어져 죽게 하는 것과 같은 이치였다. 이것은 끔찍한 일로서 해서는 안 될 일이며, 있어서도 안 되는 일이다. 그런 일이 일어나지 않도록, 적어도 자기는 그런 일에 끼지 않기 위해 적절한 방법을 찾아야 한다. '반드시 그 방법을 찾아내고야 말 테다.' 네플류도프는 근처에 있는 자작나무 가로수길을 왔다 갔다 하면서 생각했다. '학회나 정부 기관이나 신문에서도 농민들이 빈곤한 원인이나 그 생활을 향상할 방법을 활발하게 논의하지만, 확실하게 농민 생활을 향상할 수 있는 유일하고 절대적인 방법만큼은 늘 문제 삼지 않는다. 그것은 다름 아닌, 농민들에게 무엇보다 필요한 토지를 농민들에게서 빼앗는 짓을 그만두는 것이다.' 그때 문득 헨리 조지의 기본 이론과 일찍이 자기가 그것에 깊이 빠져들었던 기억이 여러 가지로 떠오르면서, 어쩌다가 그것을 잊고 있었던가 하고 스스로도 이상한 생각이 들었다.

'토지는 사유대상이 되어선 안 된다. 물이나 공기나 햇빛과 마찬가지로 사고파는 대상이 될 수 없다. 누구나 토지에 대해, 토지가 사람에게 주는 모든 이익에 대해 동등한 권리를 가지고 있다.'

이제야 네플류도프는 쿠즈민스코예 마을에서 한 자기의 처사를 돌이켜보고, 그때 왜 부끄러운 마음이 들었는지를 깨달았다. 스스로를 기만했기 때문이었다. 인간이 토지에 대해 특권을 가질 수 없다는 것을 알면서도 네플류도프는 그 권리가 자기에게 있음을 인정하고, 마음속으로는 그 소유권이 없다고 생각하는 농민들에게 땅의 일부를 나눠주었다. 이번에는 그런 부끄러운 짓은 하지 말자, 쿠즈민스코예에서 한 것도 고치자, 그렇게 생각하며 머릿속에서 제 나름의 계획을 세웠다. 그 계획이란 농민들에게 땅값을 정하여 토지를 빌려 주되, 그 땅값을 농민들의 자금으로 인정해서 세금이나 공공사업으로 돌리겠다는 것이었다. 이것은 Single-tax(단일세)는 아니었으나, 현 제도에서 할 수 있는 방법 중 네플류도프의 생각에 가장 가까운 방법이었다. 무엇보다 중요한 점은 네플류도프가 토지소유권의 행사를 포기한다는 것이었다.

집으로 돌아가니 관리인이 유난히 반가운 얼굴로 싱글싱글 웃으면서 식사를 권했는데, 그 얼굴에는 아내가 그 귀걸이를 단 계집아이에게 거들게 하여 만든 요리가 너무 졸거나 타지는 않았을까 하는 불안이 드리워져 있었다.

식탁에는 빳빳한 식탁보가 덮여 있고, 수놓은 수건이 냅킨 대신 얹혀 있었다. 손잡이가 떨어져 나간 Vieux-saxe(색슨 도자기) 수프접시에는 검은 다리를 버둥대던 그 수탉이 들어간 감자수프가 담겨 있었다. 닭은 잘게 썰어져 군데군데 털이 남아 있는 채로 떠 있었다. 수프 다음에는, 털을 대강 뜯은 채 구운 같은 수탉 고기가 나왔다. 그 다음에는 버터와 설탕을 듬뿍 넣은 밀크케이크가 나왔다. 모두 형편없이 맛없는 것뿐이었지만, 네플류도프는 무엇을 먹는지도 모르고 먹었다. 마을에서 마음에 품고 돌아온 시름을 한꺼번에 날려버린 자기의 생각에 완전히 정신이 빼앗겨 있었기 때문이었다.

관리인의 아내는 귀걸이를 단 계집아이가 흠칫흠칫 몸을 떨며 접시를 식탁으로 나를 때마다 문 뒤에서 걱정스레 지켜보았으나, 그 남편인 관리인은 아내의 요리 솜씨가 자랑스러워 더욱 싱글벙글 웃고 있었다.

식사가 끝나자 네플류도프는 자기를 시험하는 동시에 이처럼 자기 머릿속에 가득 찬 생각을 누군가에게 이야기하기 위해서 억지로 관리인을 붙들어 앉힌 다음, 토지를 농민들에게 빌려주겠다는 계획을 설명하고 그것에 대한 관리인의 의견을 물었다. 관리인은 싱글벙글 웃으면서, 자기도 그와 똑같은 것을 오래전부터 생각하고 있었는데 그런 말을 들으니 몹시 반갑다는 표정을 지어 보였지만 사실은 아무것도 이해하지 못했다. 그것은 네플류도프의 설명이 모호해서가 아니라, 이 계획에 따르면 네플류도프는 남의 이익을 위해 자기 이익을 포기하는 셈이 되기 때문이었다. 관리인의 의식 속에는 사람은 누구나 남의 이익을 희생시켜서 자기 이익을 차지하는 법이라는 진리가 깊숙이 뿌리박혀 있었다. 그래서 네플류도프가 토지에서 나오는 수입은 모두 농민들의 공동자금으로 하겠다고 말했을 때, 관리인은 자기가 잘못 들은 줄로만 생각한 것이다.

"알았습니다. 말하자면 그 자금에서 이자를 받으신다는 말씀이군요?" 관리인이 얼굴을 빛내면서 말했다.

"아니, 그런 게 아니야. 잘 이해해줬으면 하는데, 토지는 사유대상이 될 수 없는 거야."

"그 말이 맞습니다!"

"그러니 토지에서 생산되는 모든 것은 모두의 것이 되는 거지."

"그러면 나리의 수입은 없어지지 않습니까?" 관리인이 웃음을 거두고 물었다.

"그렇지. 나는 그것을 포기할 생각이야."

관리인은 무거운 한숨을 내쉬었지만, 이내 웃는 낯으로 돌아왔다. 네플류도프가 정말로 정상이 아니라는 것을 이제야 깨달았기 때문이다. 그래서 곧 토지의 권리를 포기하겠다는 네플류도프의 계획에 얹혀서 자기 욕심을 채울 무슨 교묘한 방법은 없을까 헤아리면서, 자기도 분배될 토지를 이용할 수 있게끔 그 계획을 잘 해석해보려고 노력했다.

그러나 그것도 할 수 없다는 것을 깨닫자 그는 완전히 낙담하고 그 계획에 더 관심을 갖는 대신, 주인의 기분을 언짢게 하지 않기 위해 계속 웃는 낯을 지었다. 네플류도프는 관리인이 자기 뜻을 이해하지 못하는 것을 알고 그를 내보냈다. 그리고 칼자국과 잉크얼룩 투성이인 탁자 앞에 앉아 자기 계획을 종이에 써내려갔다.

태양은 가까스로 싹이 트기 시작한 보리수 너머로 이미 기울었다. 모기가 떼 지어 방 안으로 날아 들어와 네플류도프를 물어뜯었다. 그가 생각을 종이에 다 써내려갔을 때, 마을 쪽에서 가축 떼의 울음소리와 문이 삐걱거리는 소리와 집을 나서는 농부들의 말소리가 들려 왔다. 네플류도프는 관리인을 불러, 농사꾼들을 사무실로 부를 필요 없이 자기가 마을 집회장소로 가겠다고 말했다. 관리인이 권하는 차를 서둘러 마시고, 네플류도프는 마을로 나갔다.

7

촌장 집 안뜰에 모인 농민들은 저마다 왁자지껄하게 떠들고 있다가 네플류도프가 가까이 다가서자 말소리를 뚝 멈추고, 쿠즈민스코예 마을에서와 마찬가지로 차례차례 모자를 벗어 들었다. 이 고장 농부들은 쿠즈민스코예 마을의 농부들보다 훨씬 검소했다. 처녀들과 아낙네들은 약속이나 한 듯이 귀걸이를 달았으며, 남자들도 대부분이 짚신을 신고 집에서 짠 셔츠에 긴 외투를 입고 있었다. 그 가운데에는 곧장 들에서 돌아왔는지 맨발에 셔츠 한 장만 걸친 사람도 섞여 있었다.

네플류도프는 스스로를 격려하면서 입을 열었다. 제일 먼저, 토지를 농민들에게 몽땅 나누어 주겠다는 계획을 발표했다. 농부들은 잠자코 있었다. 아니, 그 표정에는 아무런 변화도 나타나지 않았다.

"왜냐하면 내 생각으로는······." 네플류도프는 얼굴을 붉히면서 말했다.

"그 토지에서 일하지 않는 사람은 토지를 가져서는 안 되며, 누구나 토지를 이용할 권리가 있다고 생각하기 때문입니다."

"그야 당연한 일입니다요. 틀림없이 나리 말씀대로입죠." 몇 사람의 목소리가 여기저기서 들렸다.

네플류도프는 말을 계속했다. 토지에서 나오는 수익은 모두에게 골고루 나누어져야 한다, 그러므로 다 같이 토지를 빌리고 다 같이 정한 땅값을 공동자금으로 모았다가 다 같이 쓰는 것이 어떻겠냐고 제안했다. 찬성이요, 옳소 하고 중얼대는 소리가 사이사이 들렸으나 농민들의 굳은 얼굴은 더욱더 굳어지고, 그때까지 지주의 얼굴을 향하고 있던 시선을 차츰 내리깔기 시작했다. 그것은 지주의 교활한 꿍꿍이속이 빤히 들여다보이니까 어느 누구도 속지는 않겠지만, 그것을 겉으로 드러내 지주에게 창피를 주고 싶지는 않다는 태도처럼 보였다.

네플류도프는 잘 알아듣도록 충분히 설명했고, 농부들도 모두 이해력이 빠른 사람들이었다. 그러나 농부들은 네플류도프의 말을 이해하지 못했다. 아니, 이해할 수 없었다. 관리인이 오랫동안 납득하지 못한 것과 같은 이유였다. 농부들 역시 사람은 누구나 자기 이익을 지키는 것이 당연하다고 굳게 믿고 있었다. 이미 몇 대에 걸친 체험으로, 지주란 언제나 농민의 이익을 희생하여 자기 이익을 지키는 족속이라는 것을 뼈저리게 알고 있었다. 그러므로 지주가 자기들을 모아 놓고 무슨 새로운 제안을 하는 것은 더 교활한 방법으로 자기들을 속이려는 속셈이 뻔하다고 생각했다.

"그래, 땅값은 얼마로 하면 좋겠습니까?" 네플류도프가 물었다.

"어떻게 저희가 정합니까요? 그럴 수는 없습니다. 땅은 나리의 것이니까, 어떻게 정하든 나리 마음대로 하십시오." 농부들 속에서 누군가가 대답했다.

"아니, 그렇지 않아요. 그 돈은 앞으로 여러분이 공동자금으로 쓰게 될 거니까."

"우리는 그렇게 할 수 없습니다요. 공동자금은 공동자금이고, 이건 또 다른 문제입니다요."

"말귀를 못 알아듣는구먼." 네플류도프를 따라온 관리인이 빙글빙글 웃으면서 말했다. "잘 들어 봐. 공작님은 땅값을 정해서 너희에게 토지를 빌려주겠지만, 그 땅값은 다시 너희 공동자금으로 모아놨다가 공동비용에 쓰게 하겠다는 말씀이라고."

"그건 알아들었습니다." 성급해 보이는 이 빠진 노인이 얼굴을 숙인 채 말했다. "은행 같은 것이겠죠, 뭐. 우리는 기한까지 돈을 내야 하는 것 아닙니까? 그게 싫단 말입니다요. 그렇지 않아도 이 고생인데 그렇게 되면 길바닥에 나앉아야 한다고요."

"그건 절대 사양입니다. 우리를 지금 이대로 살게 내버려두세요." 몇 사람이 불만스러운 목소리로 말했다. 난폭한 목소리까지 섞였다.

특히 계약서를 만들어 자기도 서명할 테니 그들도 서명해야 한다는 말을 네플류도프가 꺼내자, 농부들은 일제히 들고일어나 맹렬히 반대하기 시작했다.

"무엇 때문에 서명을 합니까요? 우리는 여태껏 지금까지 일한 대로 앞으로도 똑같이 해나가겠습니다. 대체 무엇 때문에 그런 것을 해야 합니까요? 우리는 무식해서 잘 모르겠네요."

"그렇습니다. 그런 것은 도무지 들어 보지도 못한 얘기잖아요. 지금까지 했던 것처럼 놔두시라니까요. 다만 씨앗 문제만 해결해 주시면 고맙겠습니다." 이런 목소리들이 들렸다.

씨앗 문제를 해결해 달라는 것은, 지금 제도에서는 수확지의 절반은 농민 부담으로 씨를 뿌리고 있는데 이것을 지주 부담으로 해달라는 의미였다.

"그럼 여러분은 토지를 빌리고 싶지 않다는 말인가요?" 너덜너덜한 긴 외투를 입고 명랑한 표정을 짓고 있는 맨발의 중년 농부를 보며 네플류도프가 물었다. 그 사내는 군인이 구령을 하려고 모자를 벗어든 것처럼 왼팔을 구부리고 누더기 모자를 똑바로 들고 있었다.

"예, 그렇습니다." 그 농부는 아직 군대시절의 최면에서 풀려나지 못했는지 이렇게 대답했다.

"그건 여러분에게는 땅이 충분히 있단 말입니까?" 네플류도프가 물었다.

"아뇨, 그렇지는 않습니다." 원하는 사람이 있다면 누구든지 이것을 써달라는 듯이 다 떨어진 누더기 모자를 가슴 앞에 단정히 받쳐들고는 꾸민 듯한 쾌활한 말투로 막 제대한 농부가 말했다.

"어쨌든 내가 한 말을 잘들 생각해보시오." 네플류도프는 어이없다는 듯이 말하고, 다시 한 번 자기 제안을 되풀이했다.

"생각하고 말고 할 것도 없습니다요. 아까 말한 대로입니다." 몹시 음침한 이가 빠진 노인이 화난 듯이 말했다.

"나는 내일 하루 더 여기 있을 겁니다. 생각이 달라지거든 누구든지 심부름을 보내주시오."

그러나 농부들은 아무 대답도 하지 않았다.

이리하여 네플류도프는 아무 소득도 없이 사무실로 돌아왔다.

"제가 한 말씀 올리겠습니다, 공작님." 집에 돌아오기가 무섭게 관리인이 말했다. "저놈들에게 아무리 말해봐야 소용없습니다. 고집이 센 놈들이거든요. 집회에서 일단 고집을 부리기 시작하면 그 다음은 꿈쩍도 하지 않지요. 어쨌든 다 겁을 먹어서 그래요. 저 농부들은, 예를 들면 아까 그 백발 할아범이고 머리가 검은 놈이고 할 것 없이 다들 사리를 아는 사람들입니다. 어느 누구든 사무실에 왔을 때 차라도 대접하면……." 관리인이 빙글빙글 웃으면서 말했다. "말도 술술 잘하고 어찌나 영리한지, 그야말로 장관 뺨친다니까요. 무슨 일이든 그럴듯한 의견을 내놓지요. 그런데 집회에만 나오면 딴 사람이 된 것처럼 똑같은 소리밖에 않거든요……."

"그렇다면 그런 사리를 잘 아는 농부만 네다섯 명쯤 부를 수 없을까?" 네플류도프가 말했다. "그 사람들한테 알아듣도록 설명하고 싶은데."

"그건 할 수 있지요." 관리인이 생글생글 웃으면서 말했다.

"그럼, 내일이라도 당장 좀 불러 줘."

"좋습니다. 내일 모이라고 하죠." 관리인은 말하고 더욱더 기쁜 듯이 웃었다.

"정말 교활한 녀석이야!" 살찐 암말을 타고 지금까지 한 번도 빗질을 한 적이 없는 텁수룩한 턱수염을 기른 머리카락이 까만 농부가, 말 다리를 묶는 쇠사슬을 철거덕거리며 나란히 말을 타고 가는 너덜너덜한 긴 외투를 입은 여윈 늙은 농부에게 말했다.

그들은 밤이 되어 말에게 풀을 먹이러 방목지로 가는 길이었다. 언제나 몰래 지주네 숲에서 풀을 뜯게 하고 있었다.

"땅을 거저 줄 테니 서명을 하라고? 이젠 우리도 세상 돌아가는 꼴은 알 만큼 다 안다고!" 검은 머리 농부는 이렇게 덧붙이고 나서, 뒤처진 망아지를 불렀다. "워이, 워이!" 그는 말을 세우고 뒤를 돌아다보며 소리쳤다. 그러나 망아지는 뒤처진 게 아니라 옆쪽으로 빠져서 목장으로 들어가 버린 모양이었다.

"쳇, 빌어먹을 망아지가 언제부터 지주네 목장에 들어가는 버릇이 생겼누?" 뒤처진 망아지가 기분 좋은 늪지대의 냄새를 머금은 이슬에 젖은 목장쪽에서 승아 줄기를 똑똑 부리뜨리면서 이히힝 하고 뛰어오는 소리를 듣고 머리털이 까만 털북숭이 농부가 말했다.

"풀이 꽤 자란 모양이군. 노는 날 여자들을 시켜 소작지의 풀을 베게 해야겠어." 다 해진 긴 외투를 입은 여윈 노인이 말했다. "그렇지 않으면 낫이 못 쓰게 될 테니까."

"쳇, 서명을 하라고?" 털북숭이 농부는 지주의 말에 대한 자기 생각을 끈질기게 물고 늘어졌다. "서명만 해보라지. 산 채로 잡아먹히고 말 테니까."

"그렇고말고." 노인이 맞장구쳤다.

그리고 두 사람은 입을 다물었다. 다만 단단한 땅을 밟는 말굽 소리만이 들릴 뿐이었다.

8

집에 돌아온 네플류도프는 침실로 마련된 사무실에 높다란 침대가 놓인 것을 발견했다. 깔개용 깃털이불 위에 쿠션 두 개가 포개져 있고, 가느다란 자수가 놓인 연지색 2인용 비단 이불이 덮여 있었다. 관리인의 아내가 시집올 때 가지고 온 것이 분명했다. 관리인은 네플류도프에게 식사를 마저 하라고 권했으나 거절당하자, 식사나 다른 준비가 변변치 못한 것을 사과하고는 네플류도프를 혼자 남겨두고 나갔다.

농민들의 거부반응에도 네플류도프는 털끝만큼도 당혹하지 않았다. 쿠즈민스코예 마을사람들이 자기의 제안을 받아들이고 줄곧 고마워한 데 비해 이 마을 사람들은 불신을 넘어 적개심까지 드러냈음에도, 네플류도프는 침착함과 기쁨을 느꼈다. 사무실 안은 무덥고 지저분했다. 밖으로 나가 앞뜰로 갈까 하다가 불현듯 그날 밤의 일, 즉 하녀 방 창문과 뒤쪽 층계에서 있었던 일이 생각나자, 죄 많은 추억으로 더럽혀진 곳을 거닐기가 싫어졌다. 그는 다시 현관 층계에 걸터앉아, 후텁지근한 공기를 채우고 있는 자작나무 떡잎의 짙은 향기를 들이마시면서, 어둠에 쌓인 뜰로 오랫동안 눈길을 보낸 채 물방아 소리와 꾀꼬리 소리, 그리고 현관 바로 옆 수풀에서 단조롭게 울고 있는 이름 모를 새소리에 가만히 귀를 기울였다. 관리인 방 창문에서 불이 꺼졌다. 헛간 너머 동녘 하늘이 돋아 오르는 달빛으로 희미하게 밝아왔다. 멀리서 번갯불이 치면서 풀꽃이 무성한 뜰과 다 쓰러져가는 저택을 더욱 환하게 비추기 시작하더니 곧 천둥 치는 소리도 들려왔다. 하늘의 3분의 1 정도가 검은 비구름으로 덮였다. 꾀꼬리와 이름 모를 새소리도 그쳤다. 물방앗간의 물소리 사이로 꽥꽥거리는 오리 소리가 들리는가 싶더니 이번에는 마을과 관리인 뜰 언저리에서 성급한 닭이 홰를 치기 시작했다. 닭은 천둥 치는 무더운 밤에는 여느 때보다 빨리 홰를 치는 법이다. 즐거운 밤에는 더 빨리 홰를 친다고 한다. 네플류도프에게는 오늘밤이 단순히 즐겁기만 한 밤이 아니었다. 기쁨과 행복에 찬 밤이었다. 상상은 네플류도프의 눈앞에, 여기서 순정어린 청년으로서 지낸 그 행복했던 여름날의 장면과 느낌을 되살려놓았다. 지금이 그때 같은, 아니 그때뿐만이 아니라 지금까지의 삶에서 가장 아름다웠던 순간과 다름없이 느껴졌다. 부디 진리를 계시해 달라고 하느님께 기도했던 열네 살 소년 시절의 감정, 어머니와 헤어질 때 그 무릎에 앉아서 눈물을 흘리며, 늘 말 잘 듣고 결코 어머니를 슬프게 하지 않겠다고 약속했던 조그만 어린아이 시절의 감정, 지금 이 순간 그는 그러한 느낌을 떠올렸을 뿐만 아니라 그 시절의 자기와 똑같은 감정을 느꼈다. 니콜렌카 이르테네프와 서로 의논하고, 늘 훌륭한 생활을 할 수 있도록 서로 돕고, 모든 사람을 행복하게 하기로 노력하자고 맹세하던 그 시절의 감정과 같았다.

쿠즈민스코예 마을에서 유혹에 사로잡혀 저택이나 산림이나 농장이나 토지를 버리기가 아까워졌던 일이 생각났다. 지금도 그것이 아까운가 하고 자문해보았다. 어째서 그때는 아까운 생각이 들었는지 이상한 생각마저 들었다. 오늘 보고 온 모든 일을 다시 생각해보았다. 남편이 지주인 자기 숲에서 나무를 자른 죄로 감옥에 들어가 있다는, 아이를 안은 아낙네, 자기들 같은 여자는 나리 같은 남자의 정부가 되는 것이 마땅한 일이라고 생각하는, 아니 적어도 입으로는 그렇게 말했던 그 무서운 마트료나, 어린아이에 대한 그 여자의 태도, 아이들을 양육원에 데리고 가는 방법, 동그란 모자를 쓰고 영양실조로 다 죽어가며 늙은이처럼 시들어빠진 얼굴로 웃고 있던 젖먹이를 떠올렸다. 노동에 지쳐 굶주린 암소를 감시하지 못했다는 이유로 지주인 자기에게 일로 변상해야 하는 연약한 한 임신부를 떠올렸다. 그와 동시에 감옥, 머리를 절반쯤 깎인 죄수들, 감방, 코를 찌르는 악취, 쇠사슬, 그와 더불어 자기 자신을 비롯한 모든 도시의 상류사회 사람들이 누리는 어처구니없는 사치스러운 생활을 떠올렸다. 모든 것이 너무나 명백해서 의심할 여지가 없었다.

보름달에 가까운 밝은 달이 헛간 뒤에서 솟아올라 안뜰에 검은 그림자가 드리워지고 허물어져 가는 집의 함석지붕이 환하게 드러났다.

그러자 이 빛을 놓치지 않으려는 듯이, 일단 울기를 멈추었던 꾀꼬리가 안뜰 깊숙한 곳에서 다시 아름답고 가녀린 소리로 지저귀기 시작했다.

쿠즈민스코예 마을에서 자기의 삶에 대해 이것저것 생각하고 무엇을 어떻게 해야 하는가 하는 문제를 풀어가려다가 핵심을 잃어버려 미처 풀지 못했던 것이 생각났다. 어느 문제고 해답이 너무나 많기 때문이었다. 그 문제들을 새삼 생각해보고는 모든 것이 너무나 단순한 데에 놀랐다. 왜냐하면 지금은 자기가 어떻게 될까 하는 것은 전혀 생각지 않았기 때문이다. 그런 문제에는 전혀 흥미가 없었다. 다만 무엇을 해야 하는가 하는 것만 생각했다. 이상하게도, 자기에게 무엇이 필요한가 하는 문제는 도저히 풀 수 없으면서도 남을 위해 무엇을 해야 하느냐 하는 것은 또렷하게 알 수 있었다. 토지를 독점하는 것은 옳지 못한 짓이므로 농민들에게 나누어주어야 한다는 것을 지금은 확실히 알고 있었다. 카튜사를 그대로 두어서는 안 되며, 그녀를 구하고 그녀에 대한 자기 죄를 속죄하기 위해서는 어떤 일이라도 할 각오를 가져야 한다는 것을 분명히 알고 있었다. 재판과 형벌에 관해서도 남들은 보지 못한 무언가를 자기는 보고 있는 것 같았다. 그리고 더욱 연구하고 분석하고 파헤치고 이해해야 한다는 것을 확실히 알고 있었다. 그 결과가 어떻게 끝날지 알 수 없었지만 이 세 가지 일만은 어떻게든 해야 한다는 것만큼은 뚜렷이 깨닫고 있었다. 그는 이 확고한 신념이 기뻤다.

검은 구름이 완전히 하늘을 덮었다. 번개는 이제 먼 섬광이 아니라 가까이에서 번쩍이며 정면 현관 층계가 다 허물어져가는 집과 뜰을 환하게 비추었다. 천둥소리는 이미 머리 위에서 들리고 있었다. 새들은 일제히 울기를 멈추었으나 그 대신 나뭇잎이 바스락거리기 시작했다. 바람이 네플류도프가 앉아 있는 층계에까지 휘몰아쳐 머리카락이 흩날렸다. 비가 한 방울 두 방울 후드득 떨어지며 우엉 잎과 함석지붕을 때리는가 싶더니 온 하늘이 번쩍 하고 한순간 밝아졌다. 주위는 쥐 죽은 듯 잠잠해졌다. 그리고 네플류도프가 셋을 채 세기도 전에 머리 바로 위에서 무언가가 무서운 굉음과 함께 폭발하더니 우르릉우르릉 하며 하늘을 울리고 퍼져나갔다.

네플류도프는 집 안으로 뛰어 들어갔다.

'그렇다, 바로 그것이다.' 네플류도프는 생각했다. '우리가 살아가는 동안 일어나는 모든 문제를, 그 문제의 모든 의미를, 나는 모른다. 알 턱도 없다. 왜 고모들이 있었나? 왜 니콜렌카 이르테네프는 죽고 나는 살아 있나? 왜 카튜샤는 살아 있나? 나는 왜 그런 광기에 사로잡혀 있었나? 왜 그 전쟁이 일어났나? 그 뒤에 나는 왜 방탕한 생활을 시작했는가? 이 모든 것을 이해하고 하느님의 섭리를 이해한다는 것은 내 힘에 부치는 일이다. 그러나 나의 양심에 새겨진 하느님의 뜻을 이루어나간다는 것은 내 힘으로 할 수 있는 일이다. 그것만은 확실하다. 그리고 그것을 실행하면 나도 마음의 평화를 얻을 수 있을 것이다.'

비는 세차게 쏟아지고 있었다. 빗물이 요란한 소리를 내며 지붕에서 홈통으로 흘러 떨어졌다. 뜰과 집을 비추던 번개도 전보다 뜸해졌다. 네플류도프는 방으로 들어가 옷을 벗고, 빈대가 달려들지나 않을까 걱정하며 침대로 들어갔다. 더러운 벽지가 벗겨져서 너덜너덜한 걸 보면 빈대가 없을 것 같지는 않았다.

'그렇다, 나 자신을 주인이 아니라 종이라고 생각하자.' 네플류도프는 이렇게 생각하자 스스로가 대견했다.

네플류도프의 걱정이 들어맞았다. 그가 촛불을 끄기가 무섭게 빈대가 여기저기에서 기어 나와 물기 시작했다.

'토지를 내주고 시베리아로 가자. 벼룩, 빈대, 불결한 환경, 그까짓 것들은 아무 상관없다. 참아야 한다면 참으면 된다.' 그러나 아무리 각오를 다져도 이것만큼은 참을 수가 없어 그는 열어젖힌 창가에 걸터앉아, 멀어져 가는 비구름과 다시 얼굴을 내민 달을 넋을 잃고 바라보았다.

9

네플류도프는 새벽녘에야 겨우 잠이 들었으므로 이튿날 눈을 떴을 때는 꽤 늦은 시간이었다.

점심 때, 관리인이 부른 농부대표 7명이 사과밭에 모였다. 그곳에는 사과나무 아래에 말뚝을 박고 그 위에 나무판자를 얹어 만든 탁자가 있었고 긴 의자도 몇 개 놓여 있었다. 농부들에게 모자를 쓴 채 의자에 앉게 하느라 꽤 애를 먹었다. 오늘은 깨끗한 행전을 동여매고 짚신을 신은 그 군인 출신 농부는, 다 해진 모자를 마치 장례식에나 온 것처럼 고집스레 앞으로 받쳐 들고 있었다. 미켈란젤로의 모세를 연상시키는 곱슬곱슬한 반백의 턱수염을 기르고 흙빛으로 타고 벗어진 이마 언저리에는 백발이 굽이치는, 잘생기고 풍채 당당한 노인이 큼직한 모자를 쓰고 새로 지어 입은 긴 외투 자락을 여미면서 앞으로 나와 의자에 앉자, 다른 사람들도 겨우 따라 앉았다.

다들 저마다 앉자, 네플류도프는 그 사람들과 마주 앉아서 탁자 위에 팔꿈치를 괴고 계획안을 쓴 종이를 보면서 설명하기 시작했다.

농민의 수가 적었기 때문인지 아니면 자기를 잊고 이 문제에 마음을 빼앗겼기 때문인지, 네플류도프도 오늘은 조금도 당황하지 않았다. 그는 반백의 턱수염을 기른 풍채 당당한 노인에게 질문하고 이 노인이 동의하는지 반대하는지를 들으면 되겠다고 내심 기대했다. 그러나 이 노인에 대한 네플류도프의 예상은 빗나갔다. 이 풍채 당당한 노인은 다른 사람이 의견을 이야기하면, 찬성하는 것처럼 그 아름답고 위엄 있는 머리를 끄덕이기도 하고 얼굴을 찡그리고 고개를 가로젓기도 했다. 그러나 네플류도프가 하는 말이 아무래도 이해가 가지 않는지 다른 농부들이 알기 쉽게 풀이해서 다시 설명해주지 않으면 전혀 알아듣지 못하는 것 같았다. 그보다 훨씬 네플류도프의 말을 잘 이해한 사람은, 그 위엄 있는 노인 옆에 앉아 있는 자그마한 농부였다. 이 농부는 누덕누덕 기운 소매 없는 무명 외투를 입고 찌부러진 헌 장화를 신은, 수염이 거의 나지 않은 애꾸눈 노인이었다. 나중에야 알았지만 이 노인은 난로를 설치하는 직공이었다. 이 노인은 바쁘게 눈썹을 움직이며 주의 깊게 듣고 나서는 곧 네플류도프가 한 말을 알기 쉽게 고쳐서 다른 사람들에게 전달했다. 이 사람만큼이나 이해가 빠른 사람은 흰 턱수염을 기르고 영리해 보이는 눈을 빛내고 있는, 땅딸막하고 다부진 노인이었다. 이 노인은 기회만 있으면 네플류도프의 말에 농담조로 비꼬는 말을 한마디씩 했는데, 아마도 그것을 자랑으로 여기고 있는 것 같았다. 군인 출신 농부도 본디 말귀를 잘 알아듣는 사람 같았으나, 군대에서 지내면서 바보가 되어 쓸데없는 군대 용어를 써서 말을 하는 버릇이 든 탓에 오히려 네플류도프의 말을 혼란시키고 있었다.

누구보다 진지하게 이 문제에 귀를 기울인 사람은 깨끗한 손뜨개 옷을 입고 새 짚신을 신은 키 큰 농부였는데, 이 농부는 코가 길고 짧은 턱수염을 길렀으며 굵고 낮은 목소리로 말했다. 이 사내는 모든 것을 완벽하게 이해했으며, 필요한 때 말고는 말을 거의 하지 않았다. 나머지 두 노인 가운데 한 사람은 어제 집회에서 네플류도프의 제안에 정면으로 반대한 이 빠진 농부고, 또 한 사람은 가느다란 다리에 흰 행전을 치고 농민화를 신은, 선해 보이는 얼굴에 키 큰 백발의 절름발이 노인이었다. 이 두 사람은 열심히 듣고는 있었지만 처음부터 끝까지 거의 잠자코 있었다.

네플류도프는 먼저 토지소유에 대한 자기의 견해를 밝혔다.

"내 생각으로는 토지라는 것은 팔거나 사거나 해서는 안 됩니다. 팔아도 상관없다면 돈 있는 사람이 그것을 모조리 사들일 것입니다. 그리고 토지가 없는 사람에게 갈아먹게 하는 대가로 뭐든지 원하는 것을 갈취해가겠지요. 그 땅 위에 서 있기만 해도 돈을 빼앗기게 될지도 모릅니다." 네플류도프는 스펜서의 논거를 인용하여 덧붙였다.

"그렇게 되면 날개를 달고 하늘이라도 날아야겠군!" 흰 턱수염을 기른 노인이 눈웃음을 지으며 말했다.

"그건 맞는 말이야." 코가 긴 노인이 굵직하고 낮은 목소리로 말했다.

"그렇습니다." 군인 출신도 거들었다.

"여편네가 소에게 줄 풀을 좀 베었다고 붙잡혀서 감옥에 들어가는 형편이니 말 다 했지." 선해 보이는 절름발이 노인이 말했다.

"저희 땅은 5킬로미터나 떨어져 있는 데다, 땅을 빌리고 싶어도 엄두가 안 납니다. 그렇게 비싼 값을 불러서야 도리가 있어야죠." 화를 잘 내는 이 없는 노인이 덧붙였다. "우리야 하라는 대로 하는 수밖에 더 있습니까? 차라리 옛날 농노시대의 부역보다 더 나을 것도 없으니, 원."

"나도 여러분들과 같은 생각입니다." 네플류도프가 말했다. "토지소유는 죄라고 생각해요. 그래서 이렇게 나누어 주려는 것 아닙니까?"

"거참, 고마운 일이군요." 모세 같은 턱수염을 기른 노인은 네플류도프가 땅값을 받고 토지를 빌려주려는 것인 줄 알았는지 노골적으로 경계하는 빛을 보이며 말했다.

"내가 온 것은 그 때문입니다. 이젠 토지를 갖고 싶지 않아요. 그래서 어떻게 처리해야 좋을지 잘 의논하고 싶은 겁니다."

"그러시다면 농민들에게 줘버리면 그만이죠. 그러면 아무것도 귀찮을 게 없잖습니까?" 화를 잘 내는 이 없는 노인이 말했다.

네플류도프는 이 말에서 자기의 진지한 의도를 의심한다는 느낌을 받고 조금 기분이 언짢았다. 그러나 곧 마음을 고쳐먹고, 자기가 본디 말하려던 것을 남김없이 털어놓기 위해 거꾸로 그 말을 이용했다.

"물론 기꺼이 나눠주겠소. 하지만 누구에게 어떤 식으로 줄까요? 어떤 농민에게 줄까요? 왜 이 마을조합에는 되는데 제민스코예 마을(이것은 농노제 폐지 때 얼마 안 되는 토지밖에 받지 못한 이웃마을이었다)에는 주어서는 안 될까요?"

모두 잠자코 있는데 군인 출신이 말했다.

"말씀대로입니다."

"그래서 말입니다." 네플류도프가 말을 이었다. "만약에 황제가 지주들의 토지를 몽땅 빼앗아 농민들에게 나누어주겠다고 하신다면……."

"아니, 그런 소문이 있습니까요?" 이 빠진 노인이 되물었다.

"황제가 그런 말을 할 까닭이 없지요. 예를 들어서 한 말입니다. 황제가 지주들의 토지를 빼앗아서 농민들에게 나누어주라고 명령하신다면 여러분은 어떻게 하겠습니까?"

"어떻게 하겠느냐고요? 그야 사람 수대로 똑같이 나누면 되죠. 농민도, 지주도 똑같이 말입니다." 재빨리 눈썹을 올렸다 내렸다 하며 난로를 설치하는 직공이 대답했다.

"그밖에 도리가 없습죠. 사람 수대로 나누는 게 제일이고말고요." 흰 행전을 동여맨 선하게 생긴 절름발이 노인이 맞장구쳤다.

모두들 만족스런 태도로 이 해결책을 지지했다.

"사람 수라니, 무슨 뜻이지요?" 네플류도프가 물었다. "머슴들한테도 나누어주겠다는 것입니까?"

"천만에요." 되도록 명랑하고 쾌활한 얼굴을 지으려고 애쓰며 군인 출신이 말했다.

그러나 의젓한 키다리 농부는 이 말에 동의하지 않았다.

"나누어준다면 모두에게 똑같이 나누어줘야죠." 키다리 농부는 잠깐 생각하더니 그 굵직하고 낮은 목소리로 말했다.

"그건 아니지." 미리 반론을 준비해 놓았던 네플류도프는 이렇게 말했다. "모두에게 똑같이 나누어준다면 자기 스스로 일하지 않는 사람, 자기가 경작하지 않는 사람은 모두, 즉 지주 하인 요리사 관리 서기 등, 모든 도시 사람들은 자기 몫을 받아가지고 그것을 부자들에게 팔겠죠. 그렇게 되면 또 부자에게 토지가 모이게 될 것입니다. 그런데 자기 땅을 경작하는 사람들은 계속해서 아이와 손자가 늘어나도 토지는 이미 매점되어 있어서 새로 경작할 땅을 구하지 못하게 되겠지요. 그러면 다시 부자가 땅이 없어서 곤란해 하는 사람들을 자기 손아귀에 넣고 흔들게 된단 말입니다."

"그렇습니다." 군인 출신이 재빨리 맞장구쳤다.

"땅을 못 팔도록 금지하고, 자기가 직접 농사짓는 사람에게만 나눠주면 되죠." 난로 직공이 화난 듯이 군인 출신을 가로막으며 말했다.

이 말에 네플류도프는, 누가 직접 경작하고 누가 땅을 팔 것인지 미리 분간하기는 어렵다고 반박했다.

그러자 의젓한 키다리 농부가, 다함께 조합을 만들어서 경작하는 것이 좋겠다는 의견을 내놓았다.

"그런 다음, 직접 경작한 사람에게는 수확물을 나누어주고 경작하지 않은 사람에게는 아무것도 안 주는 겁니다." 키다리 농부가 굵고 낮은 목소리로 말했다.

이 공산주의적인 제안에 대해서도 네플류도프는 반론을 준비해 놓고 있었다. 그는 그러기 위해서 모두가 쟁기를 가지고 있어야 하고, 똑같은 말을 가지고 있어야 하며, 남들보다 일이 처지는 사람이 없어야 하고, 말, 쟁기, 탈곡기, 그 밖의 세간에 이르기까지 하나부터 열까지를 공동소유로 해야 하는데, 이러한 제도가 잘 되려면 모든 사람이 뜻을 함께해야 한다고 설명했다.

"우리 농사꾼들은 절대로 그렇게 똘똘 뭉치지 못해요." 화 잘 내는 노인이 말했다.

"해마다 싸움이 끊이지 않을 걸요." 흰 턱수염을 기른 노인이 눈웃음을 지으며 말했다. "아낙네들은 서로 얼굴을 할퀴어 댈 거고."

"그리고 나누어 줄 토지의 질은 어떻게 하지요?" 네플류도프가 말했다. "어떤 사람은 비옥한 흑토를 받았는데, 또 다른 사람은 적토나 모래땅을 받았다면 어떻게 합니까?"

"모두에게 골고루 돌아가도록 땅을 잘게 나눠서 주면 되죠, 뭐" 난로 직공이 말했다.

이에 대해서 네플류도프는, 이 문제는 한 조합만이 아니라 여러 현에 걸친 토지분배문제라고 반론했다. 토지를 대가 없이 농민에게 나누어 주면 어떤 사람은 비옥한 땅을 가지게 될 것이고, 또 어떤 사람은 나쁜 땅을 가지게 될 것인데 이 문제를 어떻게 해결할 것이냐? 사람이라면 누구나 비옥한 땅을 바랄 것이다.

"그렇습니다." 군인 출신이 말했다.

다른 사람들은 잠자코 있었다.

"그러니까 이것은 생각만큼 간단한 일이 아닙니다." 네플류도프가 말했다. "그리고 이 문제는 우리만이 아니라 많은 사람이 생각하고 있는 것이지요. 그런데 조지라는 미국인이 어떤 안을 하나 생각해냈는데, 나는 그 안에 찬성이에요."

"나리가 주인이니까 나리가 알아서 나누어주면 되지 않습니까. 긴 말할 게 없어요. 나리 마음대로 하시라니까요." 화 잘 내는 노인이 말했다.

이 한마디에 네플류도프의 말이 중단되었다. 그러나 이 한마디에 불만을 느낀 사람이 자기 혼자가 아니라는 것을 알고 네플류도프는 기뻐했다.

"잠깐만, 세몬 영감. 나리의 말씀을 들어보자고." 의젓한 농부가 위압적인 낮은 목소리로 말했다.

네플류도프는 이 말에 힘을 얻어서, 헨리 조지가 제안한 단일세 안을 설명했다.

"토지는 누구의 것도 아니고 하느님의 것입니다." 네플류도프가 말을 꺼냈다.

"그야 그렇죠. 맞는 말씀입니다." 몇 사람이 호응했다.

"토지라는 것은 모두의 것입니다. 모두가 토지에 대해 평등한 권리를 가지고 있는 것이죠. 그러나 좋은 땅도 있고 나쁜 땅도 있습니다. 그리고 누구든지 좋은 토지를 갖고 싶어 합니다. 그러면 평등하게 나누려면 어떻게 해야 하는가? 이렇게 하면 됩니다. 말하자면, 좋은 땅을 가지게 된 사람이 땅을 가지지 못한 사람에게 그 땅의 가치에 해당하는 땅값을 내는 겁니다." 네플류도프는 자기가 한 질문에 자기가 답을 내놓았다. "그런데 누가 누구에게 치러야 할 것인가를 정하기도 매우 어려운 일이죠. 거기다 공동자금도 모아야 하니까, 땅을 가지고 있는 사람이 그 땅 값어치에 해당하는 대금을 공동자금 명목으로 마을조합에 내게 하는 겁니다. 그렇게 하면 모두가 평등해지는 셈이죠. 즉 좋은 땅을 갖고 싶으면 나쁜 땅보다 그만큼 더 내야 하고, 나쁜 땅이라면 적게 내도 된다는 계산입니다. 땅이 필요 없다면 아무것도 내지 않아도 되는 거지요. 공동자금에 댈 경비는 땅을 가진 사람이 그 사람을 대신해서 내줄 테니까요."

"과연 일리가 있네요." 난로 직공이 눈썹을 움직이며 말했다. "좋은 땅을 가진 사람이 더 내면 되지요."

"그 조지라는 사람은 대단한데." 돌돌 말린 턱수염을 기른 풍채 당당한 노인이 말했다.

"다만 그 값을 치르는 데 무리가 없도록 해주셨으면 좋겠는데요." 그제야 이야기의 결말을 눈치챈 듯 키다리 농부가 낮은 목소리로 말했다.

"그 값은 비싸지도 않고 싸지도 않아야 합니다. 비싸면 지불하지 못해서 손해가 될 것이고, 너무 싸면 서로 사고 싶어 결국 토지거래를 하게 되거든요. 내가 여러분의 마을에서 하고자 하는 것이 바로 이겁니다."

"아주 옳은 말씀입니다요. 그렇습니다요. 그럼 문제될 게 없지. 암, 없고 말고." 농부들이 말했다.

"정말 머리 좋은 사람이구나." 돌돌 말린 턱수염을 기른 풍채 좋은 노인이 되풀이해서 말했다. "조지라! 굉장한 것을 생각해 냈군."

"그럼 저도 땅을 갖고 싶다면 어떻게 좀 될까요?" 관리인이 빙글빙글 웃으며 말했다.

"빈터가 있으면 그걸 얻어 경작하면 되겠지." 네플류도프가 대답했다.

"당신이 무엇 때문에? 그런 짓을 안 해도 배불리 먹을 수 있을 텐데." 장난꾸러기 같은 눈을 한 노인이 말했다.

이것으로 의논은 끝났다.

네플류도프는 다시 한 번 자기 제안을 설명했다. 그리고 이 자리에서 곧 대답하지 않아도 좋으니 조합과 의논하여 대답해 달라고 말했다.

농부들은 조합과 상의해서 대답하겠다고 말하고 작별인사를 한 다음 잔뜩 신이 나서 돌아갔다. 서서히 멀어져 가는 그들의 명랑한 말소리가 들려오고 있었다. 농부들이 떠드는 소리는 밤늦도록 마을 쪽에서 강을 건너 웅성웅성 들려왔다.

이튿날, 농부들은 들일을 쉬고 지주의 제안에 대해 서로 협의했다. 조합은 두 파로 갈렸다. 한쪽은 지주의 제안을 유리하고 위험성 없는 것으로 판단했으나, 다른 쪽은 그 속에 함정이 숨어 있다고 의심했지만 그 함정의 정체를 파악하지 못한 탓에 그 제안을 더욱 두려워했다. 그러나 사흘째 되는 날, 모든 농부들이 제안된 조건을 받아들이기로 뜻을 모으고, 조합 전체가 내린 결정을 알리러 네플류도프를 찾아왔다. 모두가 뜻을 함께하는 데 큰 힘이 된 것은 한 노파의 발언이었다. 그것이 노인들에게 받아들여져서, 함정이 있을지도 모른다는 걱정을 깨끗이 씻어주었다. 노파는 지주가 영혼에 대해서 생각하게 되었고, 이런 일을 하는 이유도 자기 영혼 구제를 위한 것이 틀림없다고 설명했던 것이다. 그 설명은 네플류도프가 이 파노보 마을에 머무는 동안 많은 돈을 기부한 사실로 뒷받침되었다. 네플류도프가 이 마을에서 많은 돈으로 농민들을 도운 것은 그들이 빠져 있는 가난함과 비참함을 비로소 알고 그 빈곤한 상태에 충격을 받았기 때문이었다. 그래서 그런 일은 현명한 해결책이 아닌 줄 알면서도 돈을 주지 않을 수 없었다. 더군다나 지난해에 쿠즈민스코예의 산림을 판 대금과 농기구를 판 계약금이 있기 때문에 지금은 특히 많은 돈이 손에 들어와 있었다.

지주가 생활이 어려운 사람에게 돈을 준다는 소문이 퍼지자 많은 사람이, 특히 여자들이 곳곳에서 몰려와 그에게 도움을 청하기 시작했다. 네플류도프는 그 사람들을 어떻게 다루어야 할지, 누구에게 어느 정도의 돈을 줘야 할지, 또 어떤 기준으로 정해야 좋을지 전혀 알 수가 없었다. 도움을 받으러 오는 사람들, 더군다나 누가 봐도 가난에 찌든 사람들에게, 자기 수중에 가지고 있는 많은 돈을 나누어주지 않을 수 없다는 생각은 들었다. 그러나 달란다고 무턱대고 준다는 것도 무의미한 일이다. 이러한 상태에서 벗어나는 유일한 방법은 이곳을 떠나는 것이었다. 네플류도프는 서둘러 떠나기로 했다.

파노보에 묵은 마지막 날, 네플류도프는 안채로 가서 거기 남아 있는 물건들을 살펴보았다. 이것저것 뒤적이는 동안, 청동 사자 머리 손잡이가 달린 낡은 마호가니제 서랍 속에서 많은 편지 다발 틈에 섞여 있는 사진 한 장을 발견했다. 소피아 이바노브나, 마리아 이바노브나, 대학시절의 자신, 그리고 청순하고 싱싱하고 삶의 기쁨에 가득 찬 아름다운 카튜사도 나란히 찍혀 있었다. 안채에 남아 있는 많은 물건들 중에서 네플류도프는 편지 다발과 이 사진만을 골랐다. 나머지는 모두 제분소 주인에게 넘겨주었다. 늘 싱글거리는 관리인의 주선으로, 그것을 처분하겠다는 약속 아래 제분소 주인이 파노보의 집과 가구 전부를 시세의 10분의 1쯤 되는 싼값에 사들인 것이다.

네플류도프는 새삼스레 쿠즈민스코예에서 재산을 처분하며 큰 상실감을 느꼈던 것을 떠올리고, 그때는 왜 그런 마음이 들었을까 하고 오히려 놀랍기조차 했다. 지금은 끊임없는 해방의 기쁨과, 새로운 땅을 발견한 여행자가 느낄 것이 틀림없는 신세계에의 기쁨을 사무치게 맛보고 있었다.

10

이 여행에서 돌아왔을 때, 네플류도프는 도시라는 것에서 이상하고 새로운 놀라움을 느꼈다. 네플류도프는 저녁나절이 되어서야, 가로등이 환하게 켜진 역에서 집으로 돌아갔다. 방이란 방은 어디든 아직도 나프탈렌 냄새가 남아 있었다. 아그라페나 페트로브나와 코르네이는 널어 말려서 챙겨두는 것 말고는 쓸데도 없어 보이는 물건들을 정리하느라 녹초가 된 채로 말다툼까지 하고 있었다. 네플류도프의 방은 비어 있기는 했으나 아직 정리가 다 되어 있지 않았고, 복도는 궤짝이 어지러이 널려 있어서 지나다니기가 힘들 정도였다. 공교롭게도 네플류도프의 갑작스런 도착은 지금 이 집 안에서 벌어지고 있는 일에 방해가 된 것이 틀림없었다. 농촌의 가난함을 보고 온 네플류도프로서는 이 모든 것이 참으로 어리석은 짓으로 여겨지고(전에는 네플류도프도 이런 일을 거들었으나) 불쾌함을 금할 수 없었다. 네플류도프는 내일 호텔로 옮길 작정을 하고, 누이가 도착할 때까지 집 안 물건 정리는 아그라페나 페트로브나의 재량에 맡겨 두기로 했다. 누이가 오면 모든 집 안 물건을 처분해달라고 누이에게 부탁할 작정이었다.

네플류도프는 이른 아침에 집을 나왔다. 그는 감옥 근처에서 처음으로 눈에 들어온 몹시 초라하고 지저분한 두 칸짜리 아파트를 얻고는, 자기가 고른 얼마 안 되는 짐을 집에서 가져다 놓으라고 말한 다음 변호사의 집으로 걸어 갔다.

밖은 몹시 추웠다. 봄비가 온 뒤면 으레 찾아드는 추위가 닥쳐온 것이다. 심한 추위에다 살을 에는 매서운 바람이 사정없이 불어 닥쳤다. 얇은 외투를 입은 네플류도프는 몸이 꽁꽁 얼어 조금이라도 몸을 녹이려고 쉬지 않고 걸음을 옮겼다.

그의 기억 속에는 시골 사람들의 모습이 또렷이 남아 있었다. 아낙네들, 아이들, 늙은이들. 그들은 이번에 처음으로 본 가난과 고단함에 찌든 모습이었다. 그중에서도 바짝 마른 다리를 흔들어대며 방긋거리던, 늙은이 같은 얼굴을 한 갓난애의 모습이 떠올랐다. 네플류도프는 무의식중에 그들과 이 도시에 살고 있는 사람들을 견주어 보았다, 푸줏간, 생선 가게, 기성복 집 앞을 지나가면서, 말쑥한 옷차림에 기름기가 번들거리는 많은 상인들의 살찐 모습에 새삼 놀라지 않을 수 없었다. 시골에는 이런 사람들이 단 한 사람도 없었기 때문이다. 이 장사꾼들은 상품의 내용을 잘 모르는 손님들을 속여먹으려는 자기들의 노력이 결코 헛된 것이 아니며, 오히려 매우 이로운 일이라고 굳게 믿고 있는 듯했다. 등에 단추가 달린 외투를 입고 펑퍼짐한 엉덩이를 한 마부들 역시 살이 찌고 혈색이 좋았으며, 금테 두른 모자를 쓴 수위들도 살이 쪘고, 머리를 지지고 앞치마를 두른 하녀들도 토실토실 살이 쪘다. 특히 눈에 띄는 것은 목덜미를 깨끗이 면도질한 고급 마차의 마부들이었다. 얼굴에 개기름이 번드르르한 이 마부들은 사륜마차 위에 거만하게 올라앉아, 오가는 사람들을 깔보는 듯한 음탕한 눈초리로 훑어보고 있었다.

이런 사람들 속에서 네플류도프는 문득, 땅을 빼앗기고 도시로 흘러들어 온 시골 사람들을 보았다. 그 가운데 어떤 사람은 도시의 조건을 잘 이용하여 신사처럼 행세를 하며 이렇게 된 처지를 기뻐하고 있었지만, 어떤 사람은 시골에서 살 때보다 훨씬 더 비참한 처지에 빠져 있었다. 어느 반지하실 창가에서 일하는 구두장이들이 그런 비참한 처지에 빠진 사람으로 보였다. 비누 냄새가 물씬 풍기는 김이 모락모락 솟고 있는 활짝 열린 창문 앞에서 가느다란 두 팔을 걷어붙이고 다림질을 하고 있는, 여위고 창백한 얼굴에 머리 모양이 흐트러진 여자 세탁부들도 역시 그렇게 보였다. 지나가면서 본, 앞치마를 두르고 맨발에 슬리퍼를 꿰차고 머리 꼭대기부터 발끝까지 페인트로 범벅을 한 칠장이 두 명도 그런 부류에 속하는 사람들이었다. 그 둘은 팔꿈치까지 소매를 걷어 올리고, 까맣게 탄 앙상하고 가느다란 팔로 페인트 통을 쥐고서, 서로 줄곧 욕지거리를 해대며 걸어갔다. 얼굴은 지치고 화난 표정이었다. 건들건들 짐마차를 타고 가는, 새까만 얼굴을 한 먼지투성이 마차꾼도 같은 표정이었다. 누더기를 걸치고 어린것들과 함께 길모퉁이에서 동냥을 하고 있는, 얼굴이 푸석푸석한 남녀 거지들도 모두 같은 표정이었다. 이러한 얼굴들은 네플류도프가 마침 그 앞을 지나가던 술집의 열려 있는 창문 안에서도 볼 수 있었다. 술병과 찻잔이 널려 있는 지저분한 테이블 사이를 흰옷을 입은 종업원들이 몸을 비틀며 누비고 다니고, 땀으로 범벅이 된 손님들은 벌겋게 취한 얼빠진 표정으로 앉아 소리를 지르며 노래를 부르고 있었다. 창가에 앉아 있던 한 남자는 갑자기 무슨 생각이 떠올랐는지, 미간을 찌푸리고 입술을 삐죽이 내민 채 멍하니 앞을 쏘아보고 있었다.

'대체 무엇 때문에 모두들 이런 곳에 모여 있는 것일까?' 찬바람을 타고 온 먼지와 함께 곳곳에 가득 찬, 덜 마른 페인트의 시큼한 기름 냄새를 맡으며 네플류도프는 생각했다.

어느 거리를 지날 때, 뭔가 고철더미를 실은 무거운 짐마차와 나란히 걸어가게 되었다. 쇠가 부딪치는 쩔렁대는 소리가 울퉁불퉁한 돌길 때문에 더욱 요란하게 울렸다. 귀가 멍멍하고 머리가 울렸다. 짐마차를 앞질러 가려고 걸음을 빠르게 놀리는데 불현듯 철걱거리는 쇳소리를 비집고 네플류도프의 이름을 부르는 소리가 들렸다. 네플류도프는 걸음을 멈추었다. 저만치 앞쪽에 서 있는 경쾌한 임대 마차 위에, 코밑수염 끝을 뾰족하게 꼬아 올린 밝은 표정의 군인 한 사람이 보였다. 그 군인은 손을 흔들면서 유난히 흰 이를 드러내고 벙글벙글 웃고 있었다.

"여어, 네플류도프 아닌가?"

네플류도프가 처음에 느낀 것은 반가운 감정이었다.

"아, 셴보크!" 네플류도프는 반가워서 소리쳤으나 다음 순간, 기뻐해야 할 까닭이 전혀 없다는 것을 깨달았다.

그는 언젠가 고모네 영지에 찾아왔던 그 센보크였다. 네플류도프는 꽤 오래전부터 이 친구를 만나지 못했다. 센보크는 빚더미에 올라 있었지만, 연대에서 제대한 뒤에도 예전처럼 기병 장교 행세를 하며, 돈푼이나 있는 친구들과 용케도 여전히 어울려 다닌다는 소문이었다. 자못 만족스럽고 쾌활한 그의 태도가 그 소문을 뒷받침하고 있었다.

"여기서 자넬 만나다니 마침 잘 됐군! 여긴 아는 사람이 없어서 말이야. 그건 그렇고, 이젠 자네도 퍽 늙었군 그래!" 센보크는 마차에서 내려 양쪽 어깨의 근육을 풀면서 말했다. "걷는 뒷모습을 보고 자네라는 것을 알았지. 식사나 같이 하는 게 어떻겠나? 어디 먹을 만한 데가 있나?"

"글쎄, 그럴 시간이 있을지 모르겠네." 네플류도프는 어떻게 하면 이 친구의 감정을 건드리지 않고 이 자리를 벗어날 수 있을까 궁리하면서 대답했다. "그런데 여긴 뭣 하러 왔나?" 네플류도프가 물었다.

"일이 좀 있어서 왔네. 누굴 좀 봐주러 왔어. 이래 봬도 난 후견인이라고. 사마노프의 재산을 관리해주고 있거든. 자네도 알지, 그 부자? 그자는 멍텅구리지만, 땅은 54000헥타르나 가지고 있지." 센보크는 자기가 그 54000헥타르의 땅을 마련하기라도 한 것처럼 우쭐대며 말했다. "지금 재산관리 상태가 엉망진창이야. 땅을 모두 농민들에게 빌려 준 상태인데, 그들이 땅값을 물지 않아 밀린 돈이 자그마치 8만 루블이야. 그 관리를 내가 맡아서 1년 만에 7할이나 수입을 늘려 주었지. 어때?" 센보크가 득의만면하여 말했다.

네플류도프는 언젠가 얼핏 들은 소문이 생각났다. 센보크는 자기 재산을 모두 탕진하고 갚을 길도 없는 빚을 잔뜩 만들었는데, 오히려 그 때문에 어떤 연고로 해서 다 기울어가는 어느 늙은 부호의 재산관리인으로 임명되어 지금은 그 후견인 노릇으로 먹고산다는 것이었다.

'어떻게 하면 이 친구의 기분을 언짢게 하지 않고 달아날 수 있을까?' 센보크의 윤기 나고 혈색 좋은 얼굴과 기름을 바른 코밑수염을 바라보며, 어느 식당이 괜찮다든가 자기는 후견인 노릇을 그야말로 훌륭히 해내고 있다든가 하는 자랑을 들으면서 네플류도프는 마음속으로 궁리했다.

"그건 그렇고, 어디서 식사를 할까?"

"실은 그럴 시간이 없네." 네플류도프는 시계를 보면서 말했다.

"그럼 이렇게 하지. 오늘밤에 경마가 있으니 자네도 그리로 오게."

"그것도 못 갈 것 같은데."

"어허, 오라니까. 내 말은 진작 팔아버렸지만 그리쉰의 말에 걸었다네. 자네도 알지? 그자는 정말 훌륭한 마구간을 가지고 있지. 그러니까 꼭 나와. 같이 저녁 식사라도 함세."

"저녁 식사도 힘들겠어." 네플류도프가 씁쓸하게 웃으면서 대답했다.

"아니, 왜 그러나? 지금 어디로 가는 길이야? 내가 태워다 줄까?"

"나는 변호사한테 가는 길이네. 바로 저 모퉁이지.

"아, 그렇지. 요새 감옥에서 무슨 일을 하고 있다며? 그 감옥의 후원자라도 됐나? 코르차긴 댁 사람들한테서 들었지." 센보크가 비아냥대듯 웃으면서 말했다. "그 댁 사람들은 이미 여기 없지만 말이야. 도대체 무슨 일인가? 얘기 좀 해봐!"

"그 말대로네. 자네가 들은 대로야. 길거리에서 그런 얘길 어떻게 다 할수 있겠나."

"그야 그렇지. 하긴 자네는 옛날부터 좀 괴짜였으니까. 그럼 경마장엔 오는 거지?"

"아니, 못 갈 것 같네. 그럴 시간도 없고 갈 기분도 안 나. 제발 화내지 말아주게."

"화를 내다니! 지금 그 말은 인사로 한 말인가? 그런데 자네 지금 사는데가 어딘가?" 센보크는 이렇게 묻고 나서 갑자기 진지한 표정이 되더니 눈을 고정하고 눈썹을 모았다. 무언가 기억을 더듬는 눈치였다. 그런데 네플류도프는 그의 얼굴에서 조금 전 술집 창가에 앉아 눈썹을 치켜세우고 입술을 삐죽이 내민 그 남자의 얼굴에 나타나 있던 것과 똑같은 우둔한 표정을 보았다.

"정말 춥군 그래, 응?"

"정말이야."

"산 물건은 네가 간수하고 있지?" 센보크는 마부를 돌아보고 물었다. "그럼 잘 가게. 자넬 만나서 정말 반가웠네." 센보크는 이렇게 말하고 네플류도프의 손을 꽉 쥐었다. 그리고 새로 산 흰 양피 장갑을 낀 큼직한 손을 번들거리는 얼굴 앞에 내저으며 유난히 하얀 이를 드러내고 싱긋 웃고는 마차에

홀쩍 올라탔다.

'나도 저랬을까?' 변호사의 집으로 발걸음을 옮기며 네플류도프는 생각했다. '그래, 꼭 저렇지는 않았겠지만 저렇게 되려고 했었고, 저런 식으로 일생을 살아갈 생각을 하고 있었지.'

11

변호사는 차례를 무시하고 네플류도프를 안으로 들여보내더니 곧 멘쇼프 모자 사건에 대한 이야기를 시작했다. 변호사는 이 사건에 관한 서류를 낱낱이 들춰보고, 기소 이유가 뚜렷하지 못한 데 몹시 화를 내고 있었다.

"정말 말도 안 되는 사건입니다." 변호사가 말했다. "우선, 불을 지른 것은 보험금을 타기 위해서 집주인이 스스로 한 짓이 확실합니다. 그런데 더 문제인 것은 멘쇼프의 범행이 전혀 증명되어 있지 않다는 겁니다. 증거가 하나도 없거든요. 이것은 예심판사가 특별히 열을 올린데다 검사보가 어물쩍 넘어간 탓입니다. 이 건이 지방이 아니라 여기서 열린다면 반드시 이길 자신이 있습니다. 보수는 한 푼도 필요 없습니다. 그리고 또 다른 사건 말씀입니다만, 페도샤 비류코바가 황제에게 낼 탄원서는 써놓았습니다. 페테르부르크에 가시게 되거든 직접 가지고 가서 제출하고 탄원해보십시오. 그렇게 하지 않으면 법무성으로 돌아갈 텐데, 법무성에서는 되도록 빨리 해결이 날 만한 회답을 해올 것입니다. 다시 말해서 각하된다는 말입니다. 그러니까 아주 높은 분을 만나야 한다는 것을 명심하세요."

"황제 말입니까?" 네플류도프가 물었다.

변호사가 웃음을 터뜨렸다.

"그건 너무 높습니다. 황제는 최종심에서나 만나야죠. 높은 분이라는 것은 탄원위원회의 서기나 의장을 말하는 것이지요. 자, 이것뿐이던가요?"

"아니요. 실은 분리파신도들이 이런 편지를 보내 왔습니다……." 네플류도프가 주머니에서 편지를 꺼내며 말했다. "이 편지에 쓰인 것이 사실이라면 이건 놀라운 일입니다. 나는 지금부터 이 사람들을 만나 진상을 확인해볼 생각입니다."

"공작님은 아무래도 감옥의 모든 불평이 흘러나오는 깔때기나 병 모가지라도 되신 것 같군요." 변호사가 웃으면서 말했다. "너무나 많습니다. 한꺼번에 처리하기에는 벅차요."

"하지만 이것은 정말 놀라운 일입니다." 네플류도프는 이렇게 말하고, 사건의 처음과 끝을 짤막하게 설명했다. 어떤 마을에서 복음서를 읽기 위해 사람들이 모였는데, 관헌이 와서 사람들을 해산했다. 다음 일요일에 또 모이자, 이번에는 마을 순경이 사람들을 데려가더니 조서가 꾸며지고 그들은 모두 기소되었다. 예심판사가 심문을 하고, 검사보가 기소장을 만들고, 재판소가 기소를 인정하자 마을 사람들은 재판에 회부되었다. 검사보가 책상 위에 증거물건, 특히 복음서를 올려놓고 사람들의 유죄를 주장했다. 이리하여 사람들은 유형을 선고받았다.

"이것은 정말 무서운 일입니다." 네플류도프가 말했다. "대체 이런 일이 있을 수 있습니까?"

"그래, 이 사건의 어떤 점이 그리도 이상하다는 겁니까?"

"전부 다요. 순경은 그런대로 이해가 갑니다. 명령이니까요. 하지만 기소장을 만든 검사보, 그 사람은 교양 있는 사람이 아닙니까?"

"바로 거기에 모든 잘못의 씨앗이 있지요. 우리는 검사나 재판관 같은 사람들은 뭔가 새로운 자유주의자라고 생각하기 쉽습니다. 그야 한때는 그랬지만 지금은 전혀 다르거든요. 지금은 월급이 나오는 20일만 신경 쓰는 공무원에 지나지 않지요. 월급은 꼬박꼬박 받지만 조금이라도 더 많은 월급을 받고 싶다, 이게 그 사람들의 생활 원칙입니다. 그래서 성적을 올리기 위해 누구든지 기소하고, 심리하고, 재판하는 것이지요."

"하지만 어떤 사람이 다른 사람들과 함께 복음서를 읽었다고 해서 그 사람을 유형에 처해도 좋다는 법이 실제로 있습니까?"

"그리 멀지 않은 곳으로 유형도 보낼 수 있고, 또 징역을 보낼 수도 있죠. 복음서를 읽을 때, 위에서 명령한 것과 다른 식으로 풀이해서 교회의 해석을 비판한 것이 입증되기만 하면 말입니다. 대중 앞에서 정교를 비방하면 제196조에 의해 유형을 받게 되어 있습니다."

"그런 당치도 않은……."

"거짓말이 아닙니다. 그래서 나는 늘 재판관들에게 말하지요." 변호사가 말을 이었다. "감사하는 마음 없이는 당신들 얼굴을 볼 수 없다고요. 그 이유를 말하자면, 저도 그렇고 공작님도 그렇고 우리 모두가 감옥에 들어가지 않고 있을 수 있는 것은 오로지 그 사람들의 자비심 덕분이니까요. 우리네 시민권을 빼앗고 그리 멀지 않은 곳으로 유형을 보내는 것쯤이야 그 사람들에게는 식은 죽 먹기거든요."

"하지만 그런 법률을 적용하고 안 하고가 검사인지 뭔지 하는 작자들 손에 달려 있다면 대관절 무엇 때문에 재판을 하는 겁니까?"

변호사가 유쾌한 듯이 껄껄대고 웃었다.

"거 질문 한번 걸작이군요! 하지만 그건 이미 철학의 영역입니다. 아, 그것도 좋은 논제가 되겠군요. 이번 토요일에 오시겠습니까? 학자, 문학가, 예술가들이 모이는 모임에 소개해드리죠. 그때 이런 일반적인 문제에 대해서 실컷 논의하기로 합시다." 변호사는 이 '일반적인 문제'라는 단어를 비꼬는 투로 발음하며 말했다. "제 처는 이미 알고 계시죠? 꼭 나와 주십시오."

"네, 그러도록 해보죠." 네플류도프는 자기가 아무렇게나 말을 하고 있다는 것을 의식하면서 대답했다. 혹시 뭔가를 해볼 일이 있다면, 그것은 토요일 밤에 변호사를 찾아가 학자나 문학가나 예술가들의 모임에 얼굴을 내밀지 않도록 하는 것이었다.

재판관들이 제멋대로 법률을 적용할 수도 있고 안 할 수도 있다면 재판은 아무 의미 없지 않느냐는 네플류도프의 의견에 변호사가 대답했을 때의 그 웃음소리와, '철학'이라든가 '일반적인 문제'라는 단어를 발음할 때 그 속에 담겨 있던 비꼬는 말투가, 변호사와 그 친구들이 자기와는 전혀 다른 눈으로 사물을 보고 있을지도 모른다는 사실을 깨닫게 해주었기 때문이다. 그리고 센보크와 같은 옛 친구들과는 이제 완전히 멀어져 버렸지만, 변호사나 그 모임의 사람들과의 거리는 훨씬 더 크게 벌어졌음을 느꼈다.

12

감옥까지는 멀기도 했고 이미 늦은 시간이기도 했기에 네플류도프는 임대 마차를 잡아타고 감옥으로 향했다. 어느 거리에 접어들자 영리하고 착해 보이는 중년의 마부가 네플류도프를 돌아다보며, 지금 짓고 있는 커다란 집을 손으로 가리켰다.

"정말 으리으리한 집을 짓고 있지 않습니까?" 마부는 자기가 그 집을 짓는 데 얼마간 관여라도 하는 것처럼 자랑스러운 투로 말했다.

정말 그 규모로 보나 독특한 건축양식으로 보나 엄청난 집이 세워지고 있었다. 두꺼운 소나무를 꺾쇠로 엮어서 만든 튼튼한 발판이 건축 중인 집 주위를 둘러싸고 있었고, 공사장과 길 사이는 얇은 판자로 막혀 있었다. 발판 위에서 횟가루를 뒤집어쓴 인부들이 개미처럼 움직이고 있었다. 돌을 쌓는 사람, 돌을 자르는 사람, 무거운 망태기나 통을 메고 올라가는 사람, 빈 망태기와 통을 들고 내려오는 사람 등, 많은 사람들이 있었다.

뚱뚱하지만 신사복을 멋지게 차려입은, 건축기사인 듯한 신사가 발판 옆에 서서 블라디미르 출신으로 보이는 현장감독에게 위를 가리키면서 뭐라고 지시하고 있었다. 현장감독은 공손한 태도로 그 말을 듣고 있었다. 건축기사와 현장감독이 이야기하고 있는 옆을 지나, 빈 마차나 건축 자재를 가득 실은 마차들이 문을 계속 들락거리고 있었다.

'일을 하는 사람이나 시키는 사람이나 모두 이렇게 하는 것이 당연하다고 생각하고 있다. 집에서는 애를 밴 마누라가 힘겨운 노동에 시달리고, 누더기 모자를 쓴 굶어 죽기 직전의 젖먹이가 앙상한 다리를 버둥대면서 늙은이 같은 얼굴로 히죽거리고 있는데도, 자기들을 약탈해서 빈곤으로 빠뜨린 인간들 중 하나이며 자기들과는 하등 관계없는 어느 어리석은 인간을 위해 이 어이없고도 필요 없는 궁전 같은 집을 지어 주는 것을 당연하게 생각하는 것이다.' 네플류도프는 그 건물을 바라보며 생각했다.

"정말 어이없는 건물이군." 네플류도프는 생각하고 있는 것을 소리 내어 말했다.

"왜 어이없는 건물입니까?" 마부가 못마땅한 듯이 말했다. "인부들에게 일거리를 주어서 고마울 지경인데 어이가 없다니요?"

"하지만 필요 없는 일 아니오?"

"무슨 필요가 있으니까 짓는 것 아니겠습니까요?" 마부가 반박했다. "저 건물을 짓는 덕분으로 많은 사람이 먹고살아가는 걸요."

네플류도프는 입을 다물었다. 마차 바퀴소리가 시끄러워 말하기가 힘들기도 했다. 감옥에 거의 다 오자 길이 자갈길에서 아스팔트길로 바뀌었기 때문에 한결 말하기가 좋아졌다. 마부는 다시 네플류도프를 돌아보며 말을 건넸다.

"그건 그렇고, 요새는 저런 사람들이 모두 도시로만 몰려들고 있습니다요. 정말 겁이 날 정도죠." 마부는 마부석에서 몸을 틀어, 한 무리의 사람들을 가리키며 말했다. 그 사람들은 톱, 도끼, 반외투, 자루 등을 짊어지고 저쪽에서 걸어오고 있는 농촌노동조합의 조합원들이었다.

"전보다 많아졌소?" 네플류도프가 물었다.

"많고말고요. 요즘은 어디를 가나 저런 사람들로 넘쳐나서 살 수가 없습니다요. 그 덕분에 고용주들은 저 사람들을 무슨 나무토막 다루듯 하지만요. 어느 곳마다 저런 사람들이 우글거리니까요."

"왜 그렇게 되었을까?"

"인구가 늘어서 그렇죠. 갈 곳이 없는 겝니다."

"인구가 느는 거야 할 수 없는 일이지. 그런데 왜 그냥 시골에 눌러 살지 못할까?"

"시골에는 할 일이 없으니까요. 땅이 어디 있어야 말이죠."

네플류도프는 자기의 아픈 곳을 건드리는 듯한 느낌이 들었다. 이런 때는 아픈 곳을 일부러 더 건드리는 듯한 기분이 드는 법이다. 그러나 그런 기분이 드는 것은 아픈 곳이 더 강하게 아픔을 느끼기 때문이다.

'어느 곳이나 똑같은 상태란 말인가?' 네플류도프는 이렇게 생각하고 마부에게, 고향에는 토지가 얼마나 있고 집은 토지를 얼마나 가지고 있으며 왜 시골을 떠나 도시에 와서 사느냐고 물었다.

"저희 마을은 말씀입죠, 나리. 한 사람 앞에 1헥타르씩 돌아가죠. 저의 집은 3헥타르를 갖고 있습죠." 마부는 싹싹하게 대답했다. "집엔 아버지와 형님이 계십니다. 형님이 하나 더 있는데 지금 군대에 가 있고요. 둘이서 농사를 짓고 있는 셈인데, 사실 농사라야 그다지 할 일이 많지 않으니까 형님도 모스크바로 나오고 싶어 한답니다."

"땅을 빌려서 농사를 지으면 되지 않나?"

"요즘 세상에 누가 토지를 빌려 준답니까? 그전 지주들이 토지를 죄다 팔아버렸거든요. 그 토지가 지금은 장사꾼들의 손에 넘어갔는데, 장사꾼들은 땅을 안 빌려 주거든요. 자기들이 직접 밭일을 하니까요. 저희 마을의 토지는 대부분이 어떤 프랑스인 소유입죠. 그전 지주한테서 사들인 건데, 절대로 빌려 주지 않는답니다."

"그 프랑스인이 누군데?"

"뒤파르라는 사람인데, 소문 못 들으셨습니까? 그 왜 대극장에서 배우들이 쓰는 가발을 만들어 팔아서 톡톡히 돈을 벌었다는 사람 있지 않습니까. 그는 그 돈으로 저희 마을 여지주의 땅을 몽땅 사들인 것이죠. 그래서 지금은 그 사람이 마을 지주 행세를 하면서 우리를 제 마음대로 부려먹고 있는 형편입죠. 그래도 다행히 사람은 좋아요. 하지만 여편네가 러시아 여자인데, 이게 여간 못되지 않거든요. 농민들을 어찌나 못살게 구는지, 그야말로 재앙이 따로 없다니까요. 자, 감옥에 다 왔습니다. 마차를 어디에 댈깝쇼? 정문이 좋겠습니까? 아마 그렇게는 못하게 하겠지만."

13

네플류도프는 오늘 카튜사는 어떤 상태일까 하고 생각했다. 그리고 카튜사 속에도 있고 감옥 안 다른 죄수들과의 관계 속에도 있는, 원인을 알 수 없는 그 무언가에 생각이 미치자 그는 가슴이 서늘하도록 두려워졌다. 정문 초인종을 누르자 안에서 간수가 나왔다. 네플류도프는 카튜사를 만나러 왔다고 말했다. 간수는 명부를 뒤져보더니, 그 여자는 병원에 있다고 대답했다. 네플류도프는 병원으로 갔다. 병원 수위는 사람 좋아 보이는 노인이었다. 곧 네플류도프를 안으로 들여보내고, 누구를 만나러 왔느냐고 묻더니 소아과 병동 쪽으로 갔다.

온몸에 석탄산 냄새가 밴 젊은 의사가 복도에서 기다리고 있는 네플류도프에게 다가와서, 무슨 일로 왔느냐고 딱딱하게 물었다. 이 의사는 죄수들에 관한 것은 너그럽게 봐 주었기 때문에 감옥의 간부들과 심지어 수석 의사와도 불쾌한 충돌을 일으키고 있었다. 네플류도프에게서 무슨 무리한 부탁이나 받지 않을까 하는 생각과, 상대가 누구이건 그런 예외를 만들지 않겠다는 의지를 나타내려고 일부러 딱딱하게 군 것이다.

"여기에 여자는 없습니다. 소아과 병동이니까요." 젊은 의사가 말했다.

"그것은 알고 있습니다만, 감옥에서 이리로 온 잡역부가 있을 텐데요."

"네, 두 사람 있습니다. 그런데 무슨 용건으로?"

"저는 그 가운데 한 사람인 마슬로바와 가까운 사람입니다. 면회를 좀 하고 싶은데요. 실은 그 여자의 사건 상소 때문에 페테르부르크로 가는데, 가기 전에 이것을 전해줄까 하고요. 이 사진입니다." 네플류도프는 주머니에서 봉투를 꺼내며 말했다.

"아, 그런 거라면 좋습니다." 의사는 부드러워진 태도로 이렇게 말하더니, 흰 앞치마를 두른 나이 든 여자에게 잡역부인 여죄수 마슬로바를 불러오라고 시켰다. "여기 좀 앉으십시오. 아니면, 응접실로 가실까요?"

"감사합니다." 네플류도프는 자기를 대하는 의사의 태도가 한결 누그러진 것을 보고, 병원에서 일하는 마슬로바의 태도가 어떠냐고 물어보았다.

"꽤 열심히 합니다. 지금까지 처해 있던 환경을 생각하면 상당히 잘 하고 있다고 할 수 있겠지요. 아무튼, 아, 벌써 온 모양이군요."

문이 열리더니 아까 그 나이 든 간호사가 나오고 그 뒤를 따라 카튜사가 나타났다. 줄무늬 옷에 흰 앞치마를 두르고 머리는 삼각 천으로 감싸고 있었다. 카튜사는 네플류도프를 보자 볼을 발그레하게 붉히며 망설이듯 걸음을 멈추었다. 그러더니 곧 미간을 모으고 눈을 내리깔고 복도 깔개 위를 빠른 걸음으로 지나 네플류도프의 근처까지 다가왔다. 그리고 그의 앞까지 와서 처음에는 손을 내밀까 말까 우물쭈물하더니 마침내 손을 내밀고 얼굴이 새빨개졌다. 카튜사가 흥분해서 과격한 말을 퍼부었던 것을 사과한 그날 이후로 카튜사를 만난 것은 처음이었다. 그는 오늘도 그때와 같기를 바랐다. 그러나 그날과는 달리 전혀 다른 사람 같아 보였고 그 표정에도 무언가 새로운 것이 있었다. 조심스럽고 수줍어하는 듯한, 그러면서도 네플류도프에게 어떤 악의를 품고 있는 듯한 표정도 보였다. 네플류도프는 의사에게 말했듯이 자기가 페테르부르크로 간다는 것을 카튜사에게 알리고, 파노보에서 가지고 온 사진이 든 봉투를 건넸다.

"파노보에서 찾아낸 거요. 오래된 사진인데 당신한테는 반가운 것일지도 모르겠다 싶어서. 자, 가지고 있어요."

카튜사는 까만 눈썹을 약간 치뜨고, '왜 이런 것을?' 하고 묻는 것처럼 그 사팔눈으로 놀란 듯이 네플류도프를 쳐다보았다. 그러고는 잠자코 봉투를 받아 앞치마 속에 넣었다.

"거기서 당신 이모를 만났지." 네플류도프가 말했다.

"만나셨어요?" 카튜사는 흥미 없다는 듯이 말했다.

"여기서 지내긴 어떻소?"

"그럭저럭 괜찮아요."

"힘든 점은 없소?"

"아직 익숙하진 않지만 괜찮아요."

"당신이 이리로 오게 돼서 정말 기쁘오. 거기보다는 훨씬 나을 테니까."

"거기라니요?" 카튜사의 얼굴에 핏기가 확 올랐다.

"거기지 뭐, 감옥 말이오." 네플류도프는 당황해서 덧붙였다.

"무엇이 나아요?"

"여기 사람들이 더 낫잖소? 여긴 거기 같은 사람들은 없으니까."

"거기에도 좋은 사람은 많이 있어요."

"멘쇼프 모자의 일은 부탁해놓았소. 아마 석방될 거라고 생각하오."

"그렇게 됐으면 좋겠어요. 보기 드물 정도로 착한 할머니거든요." 카튜사는 이 노파를 말할 때마다 늘 하는 말을 되뇌고 살며시 미소를 지었다.

"나는 오늘 페테르부르크로 갈 거요. 당신 사건은 곧 재심될 텐데, 원심은 반드시 뒤집어질 거요."

"뒤바뀌건 뒤바뀌지 않건 이제는 마찬가지예요." 카튜사가 말했다.

"이제는 마찬가지라니, 그게 무슨 뜻이지?"

"아무것도 아니에요." 카튜사는 무언가 묻고 싶은 듯이 네플류도프를 흘끗 올려다보며 말했다.

네플류도프는 이 말과 눈길을, 자기가 전에 약속한 것을 지킬 것인가, 아니면 거절을 받아들여서 결심을 바꾸었는가 하는 것을 카튜사가 알고 싶어 한다는 뜻으로 풀이했다.

"당신한테 그게 어째서 마찬가지인지 난 모르겠는데. 하지만 당신이 무죄가 되건 안 되건 실은 내겐 마찬가지요. 난 어쨌거나 내가 한 말을 실행할 결심이니까." 네플류도프는 명확하게 말했다.

카튜사가 얼굴을 들었다. 그 새까만 사팔눈의 한쪽은 네플류도프의 얼굴에, 다른 한쪽은 그 옆에 고정된 채 움직이지 않았다. 온 얼굴이 기쁨으로 빛났다. 그러나 카튜사가 내뱉은 말은 눈이 말하고 있는 것과는 전혀 다른 내용이었다.

"그런 말씀을 하셔도 소용없어요."

"당신이 알고 있었으면 해서 하는 말이오."

"그 말씀은 이미 다 하셨잖아요. 새삼스레 더 하실 건 아무것도 없어요." 카튜사는 미소를 가까스로 누르면서 말했다.

병실에서 무언가 떠들썩한 소리가 났다. 아이의 울음소리가 들려왔다.

"저를 부르고 있나 봐요." 카튜사는 불안스레 그쪽으로 눈을 돌리며 말했다.

"그래, 그럼 가봐야지."

카튜사는 네플류도프가 내민 손을 짐짓 못 본 척하고 악수도 하지 않은 채 휙 돌아섰다. 그리고 의기양양한 감정을 숨기려고 애쓰면서 복도 깔개 위를 빠른 걸음으로 사라졌다.

'도대체 저 사람의 마음속에 무슨 변화가 생긴 걸까? 무슨 생각을 하고 있는 것일까? 무엇을 느끼고 있는 것일까? 나를 시험하려는 것일까, 아니면 정말 용서할 수 없는 것일까? 왜 스스로 생각하고 느낀 것을 솔직하게 털어놓지 못하는 걸까, 아니면 그저 말하고 싶지 않은 것뿐일까? 마음을 푼 것일까, 아니면 화가 나 있는 것일까?' 네플류도프는 스스로에게 이런저런 질문을 던져보았으나 아무 대답도 찾아낼 수가 없었다. 그러나 한 가지만은 알 수 있었다. 카튜사는 완전히 변했다는 것, 카튜사의 정신을 지배하는 중대한 변화가 그 내부에서 일어나고 있다는 것이었다. 그 변화는 네플류도프를, 카튜사는 물론이요 이 변화를 낳게 한 원인과도 결합해 주었다. 이 결합이야말로 가슴 설레는 흥분과 감동으로 네플류도프를 이끌었다.

어린이용 침대 8개가 나란히 놓여 있는 병실로 돌아온 카튜사는 간호사의 지시대로 침대시트를 매만지기 시작했다. 그런데 시트를 펼치려고 지나치게 앞으로 구부리는 바람에 발이 미끄러져 그만 넘어질 뻔했다. 회복기에 있는, 목에 붕대를 감은 사내아이가 그 모습을 보고 웃음을 터트렸다. 카튜사도 더는 참을 수가 없어 침대 끝에 걸터앉아 큰 소리로 웃어댔다. 그렇게 웃는 모습이 우스워 몇몇 아이들도 덩달아 요란스레 웃었다. 간호사가 화를 내며 카튜사를 나무랐다.

"뭘 그리 껄껄대며 바보처럼 웃는 거야? 그전에 있던 곳에서 지내는 마음으로 일할 셈이야? 어서 식사나 가지고 와!"

카튜사는 웃음을 멈추고 식기를 가지러 가려다가, 목에 붕대를 감은 사내아이와 눈이 마주쳤다. 이 아이는 목에 감은 붕대 때문에 웃어서는 안 되지만, 카튜사는 다시 픽 하고 웃음을 터뜨리고 말았다. 이날 카튜사는 혼자 남게 될 때마다 몇 번이고 봉투에서 사진을 꺼내어 가만히 들여다보았다. 밤이되어 당번을 마치고 다른 잡역부 하나와 같이 쓰는 작은 침실에서 가까스로 혼자 있게 되었을 때, 카튜사는 비로소 봉투에서 사진을 완전히 꺼내어 오랫동안 꼼짝 않고, 누렇게 바래버린 사진을 구석구석 애무하듯 바라보았다. 그 얼굴과, 옷과, 자기와 네플류도프와 두 여지주의 배경으로 찍힌 발코니의 조그만 층계와, 우거진 정원수와, 특히 이마 언저리에 물결치는 머리칼을 드리운 자신의 젊고 아름다운 얼굴을 넋을 잃고 쳐다보았다. 카튜사는 사진에 완전히 정신이 팔려서, 한방을 쓰는 잡역부가 들어오는 것도 알지 못했다.

"그게 뭐야? 그이가 주었어?" 뚱뚱하고 마음씨 좋은 잡역부가 사진 위로 몸을 내밀어 들여다보며 말했다. "어머, 이게 너야?"

"그럼 누구겠니?" 카튜사는 생글생글 웃으며 친구의 얼굴을 쳐다보고 말했다.

"그럼, 이건? 그분이야? 그럼 이 사람이 어머니구나?"

"고모야. 그런데 나는 못 알아보나보네?" 카튜사가 물었다.

"어떻게 알아! 아무리 봐도 모르겠는걸. 얼굴이 전혀 다르잖아. 아마 한 10년은 됐나보지!"

"10년이라니, 한평생이야." 카튜사가 말했다. 그러자 갑자기 밝고 한껏 들떴던 기분이 가셨다. 얼굴에서 생기가 사라지고 미간에는 주름이 잡혔다.

"어땠어, 그전에는 편하게 지냈겠지?"

"편했고말고." 카튜사는 눈을 감고 머리를 저으면서 되풀이했다. "하지만 감옥보다 더 나빴어."

"아니, 어째서?"

"어째서라니. 밤 8시부터 새벽 4시까지, 그런 일이 날마다였거든."

"그럼 왜 그만두지 않았어?"

"그만두고 싶어도 그럴 수가 없었어. 아, 내가 무슨 말을 하고 있지?" 카튜사는 이렇게 외치고 갑자기 벌떡 일어나더니 사진을 탁자 서랍에 던져 넣고 원한의 눈물을 간신히 참으면서 복도로 뛰어나가 쾅 하고 문을 닫았다. 사진을 들여다보고 있자니 거기 찍혀 있는 시절의 자기로 되돌아간 듯한 기분이 들었다. 그리고 그 무렵의 자기가 얼마나 행복했던가를 되새기면서, 지금부터라도 네플류도프와 함께 행복하게 살 수 있을지도 모른다고 머릿속으로 그리고 있었던 것이다. 그런데 동료의 그 한마디가 현재 자신이 처한 신세와 '그곳'에 있었던 시절의 생활을 회상케 했다. 당시에는 어렴풋이 느끼고는 있으면서도 애써 의식하려 하지 않았던 그 끔찍한 생활을 생생하게 떠오르게 했다. 이제야 비로소 그 모든 끔찍한 밤들이, 특히 자기를 빼내주겠다고 약속한 학생을 기다리던 사육제날 밤이 또렷하게 떠올랐다. 지금도 그날 일을 생생히 기억하고 있었다. 카튜사는 가슴이 움푹 파인, 술에 얼룩진 빨간 비단옷을 입고 헝클어진 머리를 빨간 리본으로 묶고는 녹초가 되도록 지치고 취한 몸으로 새벽 2시가 되어서야 손님을 내보냈다. 그리고 춤 사이사이에 바이올린을 켜는, 여위어 뼈가 툭 불거진 여드름투성이 여자 피아니스트 곁에 앉아 그 여자를 상대로 신세타령을 늘어놓기 시작했다. 그녀도 자기 생활의 고달픔을 이야기하고, 이런 생활을 바꾸고 싶다고 말했다. 그때 마침 클라라가 찾아와서 갑자기 세 사람은 다 같이 이런 생활을 집어치우자고 결심하게 되었다. 그들은 이제 오늘 영업은 끝났겠거니 생각하며 저마다 자기 방으로 돌아가려는데, 갑자기 현관 쪽에서 취객들이 왁자지껄하게 떠드는 소리가 들렸다. 그러자 바이올리니스트가 전주곡을 켜기 시작했다. 피아니스트도 카드릴의 제1절인 매우 명랑한 러시아 민요를 연주하기 시작했다. 연미복에 흰 넥타이를 맨 자그마한 사나이가(이 옷은 카드릴의 제2절에 접어들어 벗어던졌다) 술 냄새를 풍기고 딸꾹질을 하면서 카튜사를 끌어안았다. 역시 연미복을 입고 턱수염을 기른 뚱뚱한 사나이는(이 두 사람은 어느 무도회에서 돌아오는 길인 것 같았다) 클라라를 붙잡았다. 그들은 오랫동안 빙빙 돌며 춤추고 큰 소리로 떠들어대며 정신없이 술을 퍼마셨다……

　이리하여 1년이 지나고, 2년, 3년이 지나갔다. 이런 환경에서 어찌 사람이 바뀌지 않을 수가 있겠는가! 이 모든 원인은 네플류도프에게 있었다. 이렇게 생각하자 갑자기 네플류도프에 대한 옛 원한이 마음속에 치솟아 올랐다. 네플류도프를 욕하고 벌하고 싶어졌다. 당신의 정체를 알고 있으니 하자는 대로 고분고분 듣지는 않겠다고, 그 옛날 내 육체를 희롱했듯이 이번에는 내 정신을 희롱할 속셈이겠지만 그렇게 되도록 놔두지는 않겠다고, 나를 당신의 자비심의 대상으로 삼으려는 생각은 집어치우라고, 오늘 다시 한 번 네플류도프에게 이렇게 말할 기회를 놓친 것이 억울했다. 자기 자신에 대한 이 애처로운 연민과, 남자에 대한 비난의 감정을 지우기 위해 술이 마시고 싶었다. 여기가 감옥이었다면 맹세를 어기고 술을 마셨을지도 모른다. 그러나 여기서는 술을 손에 넣으려면 의무국 조수에게 부탁하는 수밖에 없었다. 카튜사는 이 남자를 두려워하고 있었다. 자기에게 끈덕지게 지분거렸기 때문이다. 남자들과의 관계는 이젠 진절머리가 났다. 복도에 놓인 긴 의자에 잠깐 앉아 있다가 카튜사는 자기 방으로 돌아갔다. 그리고 동료의 말에는 한 마디도 대꾸하지 않고, 자기의 어긋난 인생을 생각하며 하염없이 울었다.

14

네플류도프는 페테르부르크에서 할 일이 세 가지 있었다. 원로원에서 카튜사의 원심 파기를 위한 상소서를 제출하는 일, 청원위원회에 페도샤 비류코바의 사건을 신청하는 일, 또 베라 보고두호프스카야한테 부탁받은 대로 헌병사령부나 제3과(일종의 고등경찰)에 슈스토바의 석방을 신청하는 일과, 역시 베라 보고두호프스카야에게 편지로 부탁받은 대로 요새감옥 안에 구금 중인 아들과 어머니가 면회할 수 있도록 힘쓰는 일이었다. 그는 마지막 두 가지 일을 하나로 묶어서 세 번째 일로 생각하고 있었다. 그리고 네 번째 용건은, 복음서를 읽고 남들에게 다르게 해석해서 설명했다는 이유로 캅카스로 유형을 가 있는 분리파교도의 문제였다. 네플류도프는 이 교도들을 위해서라기보다 오히려 스스로를 위해 이 문제 해명에 자기가 할 수 있는 모든 노력을 다하겠다고 맹세했다.

마지막으로 마슬렌니코프를 방문한 이래, 특히 영지에 다녀온 뒤부터 네플류도프는 지금까지 자기가 속해 온 계층에 대한 혐오를, 머리로 인식했다기보다 오히려 온몸으로 느끼기 시작했다. 그곳에는 몇몇 사람들의 안락함과 만족을 위해 몇백, 몇천만 명이 짊어지고 있는 고통이 애써 감추어져 있기 때문에, 그런 계층에 속한 사람들은 이런 고통을 깨닫지 못한다. 그러므로 자기들 생활의 잔혹성과 범죄성도 보이지 않고 또 볼 수도 없는 것이다. 네플류도프는 이제 자기 자신에 대해 가책과 비난을 느끼지 않고는 그런 계층의 사람들과 사귈 수가 없었다. 그런데 지금까지의 생활 습관, 그리고 친척이나 친구 관계가 네플류도프를 그런 환경에서 쉽게 벗어나지 못하게 했다. 더구나 지금 유일하게 네플류도프의 마음을 차지하고 있는 문제를 실행하기 위해서도 그럴 수밖에 없었다. 자기가 구해내고자 하는 카튜사를 비롯한 모든 고통 받는 사람들에게 도움의 손길을 내밀기 위해서는, 조금도 존경하지 않을뿐더러 때로는 분개와 경멸마저 느끼지 않을 수 없는 이런 계층의 사람들에게 협력과 호의를 얻어야 했기 때문이다.

페테르부르크에 도착해서 이모이자 전 장관 부인인 차르스키 백작부인의 저택에 여장을 푼 네플류도프는 이젠 자기와는 아무 상관없어진 귀족사회의 한복판에 끼어들고 말았다. 물론 언짢은 일이지만 별 수 없었다. 이모 집을 피해 호텔에 묵으면 이모의 기분을 상하게 할 것은 뻔한 노릇이었다. 더구나 이모는 교제가 넓어서 이제부터 네플류도프가 힘써 보려는 모든 사건을 해결하는 데 이런저런 도움을 줄 것이 분명했기 때문이다.

"얘, 너에 대해서 내가 어떤 소문을 듣고 있는지 아느냐? 뭔가 괴상한 짓을 하고 다닌다면서?" 네플류도프가 도착하자마자 곧 커피를 대접하면서 카테리나 이바노브나 백작부인이 말했다. "Vous posez pour un Howard(박애주의자 하워드 흉내라도 내려는 거니?) 순례라도 하듯이 온 감옥을 돌아다니면서 죄수들을 도와준다면서? 모두를 교화할 셈인 게야?"

"아니요, 그렇지 않습니다. 그런 생각은 해본 적도 없어요."

"어머나, 그것도 좋은 일 아니니? 그런데 무슨 로맨스가 있다고 하던데. 어디 얘기나 좀 해보려무나."

네플류도프는 카튜사와의 관계를 사실대로 모조리 이야기했다.

"그래 생각난다, 생각나. 네가 노처녀 고모네 집에 가 있을 때, 엘렌(네플류도프의 어머니)이 딱한 얼굴을 하고서 그런 말을 한 적이 있었지. 네 고모들이 너를 양녀랑 결혼시키고 싶어 한다고(차르스키 백작부인은 네플류도프의 고모들을 늘 경멸했다)……. 그래, 그럼 그 여자로구나? Elle est encore jolie? (아직도 그렇게 예쁘냐?)"

카테리나 이바노브나는 60살이 되었지만 아직도 건강하고 원기왕성하며, 이야기를 좋아하는 부인이었다. 키가 크고 뚱뚱하게 살이 쪘으며 윗입술에는 거무스름한 솜털이 눈에 띌 정도로 자라 있었다. 네플류도프는 이 이모를 좋아해서 어릴 때부터 이모 곁에 있으면 그 원기왕성한 쾌활함에 쉽게 물들어 버리곤 했다.

"아닙니다, ma tante(이모). 그건 다 끝난 일입니다. 전 다만 그 여자를 구해 주고 싶을 따름입니다. 무엇보다 그 여자는 죄가 없거든요. 이런 일이 벌어지게 한 죄는 저한테 있습니다. 그 여자의 운명을 그렇게 만든 것은 제 책임이에요. 그 여자를 위해서 할 수 있는 데까지 해주는 것이 제 의무라고 생각하고 있습니다.”

“그런데, 내가 듣기로는 네가 그 여자와 결혼하려고 한다던데?”

“예. 저는 그러기를 바랍니다만 그 여자가 승낙해 주지 않습니다.”

카테리나 이바노브나는 턱을 내밀고 눈을 내리깔며 어처구니없다는 듯이 잠자코 조카의 얼굴을 바라보았다. 그러다 갑자기 그 표정이 싹 바뀌더니 만족스런 표정이 나타났다.

“그래? 그 여자가 너보다 영리하구나. 정말 넌 왜 그렇게 어리석니? 진심으로 그 여자와 결혼할 셈이니?”

“무슨 일이 있어도요.”

“그런 과거가 있더라도?”

“그러기에 더욱 그러는 것입니다. 모두가 다 제 잘못이니까요.”

“아니야, 넌 그저 어수룩한 것뿐이야.” 이모는 웃음을 참으면서 말했다. “정말 걱정스러울 정도로 어수룩하다니까. 하지만 내가 너를 좋아하는 이유도 다 그 어수룩함 때문이란다.” 이모는 자기 눈으로 본 조카의 지적이며 도덕적 상태를 올바르게 나타내는 이 말이 특히 마음에 들었는지 이렇게 되풀이했다.

“아, 마침 잘 됐구나.” 카테리나 이바노브나가 말을 이었다. “아린느가 매춘부들을 위해 훌륭한 갱생시설을 만들었단다. 나도 한번 가보았다만 정말 역겨운 여자들뿐이어서 난 나중에 돌아와서 온몸을 깨끗이 씻었단다. 그런데 아린느는 그 일에 corps et âme(몸도 마음도) 바치고 있거든. 그러니 그 여자도 거기다 맡기는 게 어떻겠니? 그 여자를 올바른 사람으로 바꿀 수 있는 것은 아린느밖에 없다.”

“하지만 그 여자는 유형 판결을 받은걸요. 제가 여기 온 것은 그 판결을 바로잡기 위한 운동을 하기 위해서고요. 이것이 제가 이모님께 부탁드리고 싶은 첫 번째 용건입니다.”

“그랬구나! 그래, 그 사건은 어디서 심의되느냐?”

“원로원이요.”

“원로원? 아, 그렇지! 사촌인 레브시카가 원로원에 있지. 하긴 레브시카는 바보들만 모아 놓은 상훈국(賞勳局)에 있어서 도움이 안 되겠구나. 흠, 심의와 관련된 쪽에는 아는 얼굴이 없는 걸? 다들 출신도 불분명해. 독일 사람이 제일 많은데 '게'니 '페'니 '데'니 하는 tout l'alphabet(알파벳 첫음절은 전부) 갖추어져 있단다. 러시아인도 이바노프다, 세묘노프다, 니키친이다, 아니면 pour varier(고루 갖추려고 그러는지) 이바넨코다, 시모넨코다, 니키첸코다 하는 괴상한 이름만 많아서. Des gens de l'autre monde(모두 딴 세상 사람들 같다니까). 뭐, 어쨌거나 이모부한테 말해 보자꾸나. 이모부는 그런 사람들을 알고 계실 테니까. 이모부는 모르는 사람이 없으시거든. 내가 말하겠지만 너도 설명을 잘해야 돼. 그이는 내 말을 한 번도 이해한 적이 없거든. 내가 하는 말은 무슨 말인지 도무지 모르겠다는구나. C'est un parti pris(덮어놓고 그렇게 생각하신단다). 남들은 다 아는데 네 이모부만 모르신다니, 정말 기가 막힐 노릇이지."

그때 긴 양말을 신은 하인이 은쟁반에 편지 한 통을 받쳐 들고 왔다.

"어머나, 마침 아린느한테서 편지가 왔구나. 이제 너도 키제베테르의 얘기를 들을 수 있게 됐어."

"누굽니까, 키제베테르란 사람이?"

"키제베테르 말이냐? 오늘 저녁에 와 보려무나. 누군지 알게 될 테니. 그 사람의 얘기를 들으면 어떤 악한이라도 무릎을 꿇고 눈물을 흘리며 참회하게 된단다."

카테리나 이바노브나 백작부인은, 정말 기이하게도 그 성격에 어울리지 않게 기독교의 본질은 속죄에 대한 신앙에 귀결된다는 가르침의 열렬한 신봉자였다. 카테리나 이바노브바는 그 무렵 유행하던 이 가르침을 설교하는 모임에는 꼭 참석했고, 자기 집에서 이러한 모임을 가지기도 했다. 그 가르침은 모든 의식과 성상은 물론이요 성례까지도 부정했지만, 카테리나 이바노브나 백작부인의 집에는 방이란 방마다, 부인의 침대 위에조차 성상이 장식되어 있었다. 부인은 교회에서 요구하는 모든 것을 실행했으며, 그러면서도 거기에 털끝만큼의 모순도 느끼지 않았다.

"너의 막달라 마리아에게도 그 사람의 이야기를 들려주면 좋으련만. 그러면 반드시 마음을 고칠 수 있을 텐데." 백작부인이 말했다. "그러니까 오늘 밤에는 꼭 집에 있으렴. 그 사람의 이야기를 들을 수 있을 테니. 참 훌륭한 분이란다."

"저는 그런 데 흥미 없습니다, ma tante(이모)."

"아냐, 정말 재미있다니까. 그러니까 그 시간에 꼭 돌아오렴. 아, 또 나한 테 할 부탁이란 게 뭐니? Videz votre sac(다 말해 보렴)."

"또 하나는 요새감옥에 대한 일입니다."

"요새감옥? 그 일이라면 크리그스무트 남작에게 소개장을 써 주지. E'est un très brave homme(매우 훌륭한 분이란다). 그래, 너도 잘 알지? 너의 아 버지하고 친구였으니까. Il donne dans le spiritisme(강신술에 깊이 빠져 있지 만 말이야). 하지만 그런 건 아무 문제가 되지 않아. 선량한 분이니까. 그 래, 거기 무슨 볼일이 있니?"

"그 요새 감옥에 수용되어 있는 아들을 그 어머니가 면회할 수 있도록 해 주고 싶습니다. 그런데 제가 듣기로는, 이런 것을 다루는 사람은 크리그스무 트가 아니라 체르비얀스키라던데요."

"난 체르비얀스키를 좋아하지 않지만 마리에트의 남편이니까 그 여자에게 부탁할 수도 있지. 내 부탁이라면 그 정도는 들어 줄 거야. Elle est très gentille(아주 상냥한 사람이니까)."

"또 한 가지, 어떤 여자에 대한 것을 부탁드리고 싶습니다. 벌써 몇 달 동 안 갇혀 있지만 그 까닭을 아무도 모르고 있습니다."

"아니, 그런 어처구니없는 일이 있을 리가 있니? 본인은 틀림없이 알고 있을 게다. 그런 여자들은 모르는 게 없거든. 그런 단발(단발여자란 허무주 의자를 말한다) 여자들에겐 모든 게 자업자득인 거야."

"자업자득인지 아닌지 우리는 모릅니다. 하지만 어쨌든 그 여자들은 고통 을 겪고 있어요. 이모는 기독교도시면서, 또 복음서를 믿고 계시면서 정말 무정한 말씀을 하시는군요."

"무슨 상관이니? 복음서는 복음서고, 싫은 것은 싫은 거니까. 나는 허무 주의자들을, 특히 단발여자의 허무주의를 넌덜머리나도록 싫어하는데 그걸 사랑하는 척한다면 그 편이 훨씬 더 나쁘잖겠니?"

"왜 넌덜머리나게 싫어하시지요?"

"3월 1일 사건*이 일어났는데도 왜 그러냐고 묻는 게 이상하지 않니?"

"하지만 모두가 3월 1일 사건의 한패거리라고는 할 수 없지 않습니까?"

---

* 1881년 3월 1일, '인민의 의지파'가 알렉산드르2세를 암살한 사건.

"마찬가지야. 왜 자기 일도 아닌데 간섭을 하는 거지? 그런 일은 여자가 할 일이 아니야."

"그럼 마리에트는 그런 일을 해도 괜찮다는 말씀인가요?" 네플류도프가 물었다.

"마리에트? 마리에트는 다르지. 그런데 할츄프키나인지 뭔지 하는 근본도 모를 여자가 모두를 가르치려들다니."

"가르치는 것이 아닙니다. 단지 민중을 돕고 싶어 그러는 거지요."

"그런 사람들이 나서지 않더라도 누구를 도와주어야 하고, 누구를 도와주어서는 안 된다는 것쯤은 다들 알고 있어."

"하지만 민중은 가난에 쪼들리고 있어요. 얼마 전에 시골에 가서 똑똑히 보고 왔습니다. 농민들은 없는 힘을 쥐어짜내서 일을 해도 제대로 먹지도 못하는데, 우리는 사치를 다하고 있으니 이래도 되겠습니까?" 네플류도프는 이모의 상냥함에 이끌려서 그만 마음속에 있는 것을 다 토해내고 싶어져서 이렇게 말했다.

"아니, 그럼 나더러 일을 하고 아무것도 먹지 말라는 말이냐?"

"아닙니다. 이모더러 드시지 말라는 건 아니에요." 네플류도프는 저도 모르게 웃으면서 대답했다. "다만 우리 모두가 일을 하고, 모두가 먹을 수 있도록 되기를 바랄 뿐입니다."

이모는 다시 턱을 내밀고 눈을 내리깔더니 신기한 것이라도 보듯이 네플류도프를 지긋이 바라보았다.

"Mon cher, vous finirez mal(넌 끝이 좋지 않겠구나)." 이모가 말했다.

"그건 놀랄 일이네요, 왜 그렇죠?"

이때 어깨가 딱 벌어지고 키가 큰 장군이 방 안으로 들어왔다. 카테리나 이바노브나 백작부인의 남편이자, 한때 장관을 지낸 차르스키 백작이었다.

"여어, 드미트리, 잘 있었느냐?" 깨끗이 면도한 볼을 네플류도프에게 내밀면서 백작이 말했다. "언제 왔니?"

백작은 잠자코 부인의 이마에 키스했다.

"Non, il est impayable(아니, 이 애가 좀 이상해요)." 카테리나 이바노브나 부인이 남편에게 말했다. "나더러 냇물에 가서 빨래를 하고 감자 한 알만 먹으라고 하지 않겠어요? 기가 차는 바보지만 당신한테 부탁이 있다니까 들어주세요. 정말 어수룩한 못난이에요." 부인은 말을 고쳤다. "당신도 들으셨어요? 카멘스키 부인이 몹시 낙심해서 생명이 위태로울 정도라는 소문이던데요." 부인이 남편에게 말했다. "문병을 가 보시는 게 어때요?"

"허, 거 참 안됐군." 남편이 말했다.

"자, 저기 가서 이 애가 하는 말을 들어주세요. 나는 편지를 써야겠어요."

네플류도프가 객실 옆방으로 들어가려는데 백작부인이 그 뒷모습에 대고 말했다.

"그럼 마리에트에게 편지를 쓰랴?"

"예, ma tante(이모)."

"그럼 허무주의 여자에 대한 것은 en blanc(빈칸)으로 해두마. 그 뒤는 그이가 남편에게 말해주겠지. 나를 야속하게 생각하지 마라. 네가 도와주려는 그런 사람들을 나는 아주 싫어한다만 je ne leur veux pas de mal(그렇다고 그 사람들의 불행을 바라는 것은 아니야). 그저 관심이 없을 뿐이지. 그럼 갔다 오렴. 저녁에는 꼭 와야 한다. 키제베테르 씨의 얘기를 들어야 해. 그리고 다 같이 기도하자. 순순히 따르기만 하면 ça vous fera beaucoup de bien(매우 도움이 될 테니까). 정말이지 엘렌이나 너나 이러한 일에는 몹시 뒤떨어져 있단 말이야. 그럼, 이따 보자꾸나."

15

이반 미하일로비치 백작은 한때 장관까지 지낸 사람으로 매우 강한 신념을 가진 사람이었다.

이반 미하일로비치 백작이 젊었을 때부터 굳게 간직해 온 신념은, 새가 벌레를 잡아먹고 날개와 털에 싸여 하늘을 날아다니는 것이 자연스러운 것처럼, 자기도 고급 요리사가 만든 고급 요리를 먹고, 더없이 보드라운 값진 옷을 입고, 빠른 말이 끄는 더없이 안락한 마차를 타고 다니는 것이 지극히 자연스러운 일이며, 따라서 그러한 모든 것들은 자기를 위해 마련되어 있어야 한다는 것이었다. 더 나아가, 나라 금고에서 더 많은 돈을 타내면 타낼수록 좋고, 다이아몬드가 박힌 메달도 포함해서 훈장이 많으면 많을수록 좋으며, 남녀를 가리지 않고 고귀한 사람과 만나 이야기를 나눌 기회가 많으면 많을수록 운이 트이는 법이라는 생각을 하고 있었다. 이런 근본적인 신조에 견주면 그 밖의 모든 것은 보잘것없고 흥미 없는 일이었다. 그런 일은 아무래도 좋았다. 이러한 신조에 따라 이반 미하일로비치 백작은 40년이나 페테르부르크에서 생활한 끝에 장관의 자리에 앉게 되었다.

이반 미하일로비치 백작이 그 지위를 얻게 된 주요한 자질은 첫째, 서류나 법령조문의 의미를 잘 풀이했고, 남들이 이해하기 쉽도록 서투르게나마 서류를 꾸밀 줄 알았으며, 철자법에 어긋나지 않게 글을 쓸 수 있다는 점이었다. 둘째, 풍채가 매우 당당해서 필요한 때에는 자신에 찬 태도를 넘어 감히 범접하지 못할 위엄을 나타낼 수 있는가 하면, 필요한 장소에서는 비굴할 정도로 열과 성을 다해 알랑거릴 줄도 안다는 점이었다. 셋째, 개인의 도덕적인 면이나 국가적인 면을 막론하고 일정한 주의와 원칙이 전혀 없기 때문에 필요에 따라서는 누구에게나 찬성할 수도 있고 또 반대할 수도 있다는 점이었다. 그는 이렇게 처신하면서 어떻게 하면 자기의 체면을 일관성 있게 지켜나갈 수 있는가, 어떻게 하면 뚜렷한 자기모순을 드러내지 않고 견딜 수 있는가 하는 점에만 신경을 썼다. 자기의 행동 자체가 도덕적인지 비도덕적인지, 그런 행동이 러시아 제국에 커다란 복지를 가져올지 커다란 피해를 가져올지, 그런 것들에 대해서는 전혀 관심이 없었다.

이반 미하일로비치 백작이 장관에 임명되었을 때, 그 손아래 있던 사람들뿐 아니라(그 수하나 추종자들은 어마어마한 수였다) 아무 관계도 없는 사람들까지, 심지어는 자기 자신조차도 이반 미하일로비치를 매우 뛰어나고 총명한 정치가라고 믿어 의심치 않았다. 그러나 그는 상당한 기간이 지나도록 아무 업적도 세우지 못했고 뚜렷한 수완도 발휘하지 못한 탓으로 생존경쟁의 법칙에 따라, 그와 똑같이 서류나 꾸미고 풀이나 할 줄 아는, 풍채 하나는 당당하나 아무런 주의도 주장도 가지지 않은 다른 관료에게 밀려나 물러날 수밖에 없었다. 그러나 이때에 이르러서야 비로소 이반 미하일로비치는 두드러지게 총명한 인간이기는커녕 쓸데없이 허세나 부리며 지극히 시야가 좁고 교양 없는 인간이며, 보수계 신문의 사설 정도의 견해밖에 갖지 못한 인간이라는 것을 누구나 또렷이 알게 되었다. 요컨대 이반 미하일로비치는 그를 밀어낸, 교양 없고 허세부리기를 좋아하는 다른 관료들과 조금도 다를 바가 없는 인물이라는 것이 밝혀진 셈이며, 스스로도 그 점을 깨닫게 된 것이다. 그러나 그러한 사실은, 국고에서 해마다 막대한 연금을 받고, 대례

복에 달 새 훈장을 받는 것이 당연하다는 신념을 눈곱만큼도 흔들리게 하지 못했다. 그 신념은 너무나도 확고해서 누구도 감히 그의 생각에 이의를 제기하거나 반대하지 못했다. 그러므로 이반 미하일로비치는 매년 연금이라는 형태로, 또 정부 최고자문위원회 참가나 그 밖에 온갖 잡다한 위원회와 평의회 회장이라는 자격에 대한 보수로 해마다 몇만 루블의 국고금을 타내고 있었다. 그뿐 아니라 어깨와 바지에 새 금줄을 박을 자격과 프록코트 아래에 새 리본과 칠보 훈장을 달 수 있는 자격을 해마다 얻었는데, 그는 이런 권리를 누리게 된 것을 매우 자랑스러워했다. 그 때문에 이반 미하일로비치 백작은 웬만한 곳에는 줄이 닿았다.

전에 국장들의 보고를 듣던 태도로 네플류도프의 이야기를 다 들은 이반 미하일로비치 백작은 소개장을 두 통 써주겠다고 했다. 한 통은 원로원의 상소국 의원인 보리프 앞으로 보내는 것이었다. "이 남자에 대해서는 여러 가지 소문이 있지만 dans tous les cas c'est un homme très comme il faut(그야 어찌됐든 참으로 착실한 사람이야)." 백작이 말했다. "게다가 내게 신세를 지고 있으니까 할 수 있는 데까지 힘을 써줄 게다."

다른 한 통은 청원위원회의 한 유력자 앞으로 쓴 것이었다. 이반 미하일로비치는 네플류도프가 얘기한 페도샤 비류코바의 사건에 큰 관심을 보였다. 황후 앞으로 탄원서를 낼 작정이라고 네플류도프가 말하자 이반 미하일로비치는, 확실히 이것은 아주 감동적인 이야기니 기회가 있으면 자기도 궁중에서 이야기해주겠지만, 보장은 할 수 없으니 역시 절차에 따라 청원을 하는 것이 좋겠다고 말했다. 그런 다음 잠시 생각하더니, 목요일에 열리는 소위원회에 참석하게 되면 거기서 말해보겠노라고 말했다.

백작이 써준 소개장 두 통과 이모가 마리에트 앞으로 써준 편지를 받아들고서 네플류도프는 곧 그 사람들을 방문하러 나섰다.

먼저 마리에트를 만나러 갔다. 네플류도프는 마리에트가 가난한 귀족의 딸이었던 시절부터 알고 지냈으며, 마리에트가 출세가 보장된 남자와 결혼했다는 소식도 들어 알고 있었다. 하지만 그 남자에 대해서는 네플류도프도 좋지 못한 소문을 들었다. 그가 들은 것은 이 남자가 몇백 몇천 명이나 되는 정치범에게 한 냉혹 무도한 소행에 관한 것이었으며, 정치범을 괴롭히는 것이 이 남자의 특수임무라는 것이었다. 언제나 그랬지만 네플류도프에게는 학대받고 있는 사람들을 구하기 위해 학대하는 사람들 측에 서야 한다는 것이 견딜 수 없는 고통이었다. 학대하는 사람들 스스로는 느끼지 못하고 있을 습관적인 가혹함을 어떤 특정 죄수들에 대해 약간 줄여달라고 부탁함으로써 그 사람들의 행위를 합법적인 것으로 인정하는 듯한 기분이 들었다. 그럴 때마다 그는 언제나 마음속으로 저항감과 자기혐오를 느끼고, 부탁해야 하느냐 하지 말아야 하느냐 하고 망설이지만 결국은 부탁하기로 결심하고 마는 것이었다. 말하자면 마리에트와 그 남편을 만나는 것은 어색하고 부끄럽고 불쾌한 일이기는 했지만, 그 대신 독방에서 신음하는 한 불행한 여자를 석방하고, 그 여자뿐 아니라 그녀의 친척들까지도 고뇌에서 구원할 수도 있는 일이었다. 그뿐 아니라 네플류도프 자신은 저쪽을 이제 자기의 동료가 아니라고 생각하면서도, 아직도 자기를 동료로 취급하는 사람들 틈에 끼어 의뢰자의 위치에 서서 부탁을 하는 것이 허위로 느껴져 견딜 수가 없었다. 나아가서는 이 사회에 발을 들여놓으면 다시 전과 같은 궤도에 올라, 이 사회를 지배하는 그 경박하고 부도덕한 분위기에 저절로 휩쓸려들 것 같은 기분이 들었다. 네플류도프는 카테리나 이바노브나 백작부인 집에서 이미 그런 감정을 느꼈다. 실제로 오늘 아침에도 이모와 몹시 진지한 문제를 이야기하면서도 어느 사이에 농담조로 바뀌어 있었던 것이다.

오랫동안 못 보았던 페테르부르크는 육체적으로는 자극을 주지만 정신을 우둔하게 만드는 듯한 인상을 풍겼다. 모든 것이 깨끗하고 쾌적하고 잘 정비되어 있었고, 특히 사람들이 도덕적으로 매우 관대해서 생활이 유달리 여유롭게 느껴졌다.

그는 놀랄 만큼 미남이며 말쑥한 차림을 한 마부가 모는 마차를 타고 놀랄 만큼 미남이며 말쑥하게 차린 공손한 순경이 서 있는 깨끗하게 청소된 포장길을 달려, 아름답고 말쑥한 건물들 옆을 지나 마리에트가 사는 집으로 갔다.

현관 앞에는 눈을 가린 영국 말 두 필을 맨 마차가 서 있고, 볼을 절반이나 덮는 구레나룻을 기른 영국인 같은 마부가 채찍을 쥔 채 마부석에 거만하게 앉아 있었다.

놀랄 만큼 깨끗한 제복을 입은 현관지기가 정면현관으로 이어지는 문을 열었다. 거기에는 그보다 더 깨끗한 금줄 두른 제복을 입고 멋진 구레나룻을 보기 좋게 빗질한 시종과, 말쑥한 새 군복을 입은 당번 전령병이 서 있었다.

"오늘은 각하를 면회하실 수 없습니다. 부인도 마찬가집니다. 지금부터 외출하실 겁니다."

네플류도프는 카테리나 이바노브나 백작부인의 편지를 건네고 나서 명함을 꺼낸 뒤, 내방자 명부가 놓여 있는 탁자로 다가가서 '만나 뵙지 못해 대단히 유감입니다'라고 쓰기 시작했다. 그때 갑자기 시종이 층계로 뛰어갔다. 문지기가 현관으로 달려나오더니 "마차를 대기시켜라!" 하고 외쳤다. 그러자 전령병은 두 손을 바지 솔기에 착 갖다 붙이고 부동자세를 취하더니, 그 엄숙한 태도에 어울리지 않는 종종걸음으로 층계를 내려오는 자그마하고 가냘픈 귀부인을 조용히 눈빛으로 맞이하고 눈빛으로 배웅했다.

마리에트는 깃털이 달린 큼직한 모자를 쓰고, 검은 옷에다 검은 망토를 걸쳤으며, 까만 새 장갑을 끼고 있었다. 얼굴은 베일로 가려져 있었다.

마리에트는 베일을 들어올리고, 눈이 반짝반짝 빛나는 귀여운 얼굴을 드러내면서 의아스러운 듯이 네플류도프를 바라보았다.

"어머나, 드미트리 이바노비치 공작님!" 마리에트가 맑고 탄력 있는 목소리로 말했다. "맞죠……?"

"제 이름까지 기억하실 줄은 몰랐습니다."

"기억하고말고요. 동생이랑 둘이서 당신을 흠모한 적도 있었는걸요." 마리에트가 프랑스어로 말했다. "하지만 많이 달라지셨군요. 정말 유감이에요, 지금 나가는 길이거든요. 하지만 잠깐 들어갔다 갈까?" 마리에트는 망설이듯 멈추어 서서 말했다.

마리에트는 벽시계를 바라다보았다.

"역시 안 되겠어요. 카멘스키 부인 댁 장례식에 가는 길이거든요. 부인은 몹시 상심하고 계신답니다."

"카멘스키 부인이 누굽니까?"

"어머, 못 들으셨어요? 그분 아드님이 결투하다가 죽었어요. 보젠과 결투를 했지요. 끔찍한 일이에요. 어머니가 너무 가엾어서……."

"예, 그 얘기는 들었습니다."

"그러니까, 난 역시 가야지 안 되겠어요. 내일이나, 아니면 오늘밤에라도 와주세요." 마리에트는 그렇게 말하고 가볍고 빠른 걸음걸이로 현관으로 걸어갔다.

"오늘밤엔 안 됩니다." 네플류도프는 마리에트와 나란히 현관으로 나가면서 대답했다. "실은 당신께 부탁이 있어서 왔습니다." 현관에 대기하고 있는 밤색 말 두 필을 보면서 네플류도프가 말했다.

"무슨 일인데요?"

"이것이 그 얘기를 쓴 이모의 편집니다." 머리글자를 늘어놓은 마크가 찍힌 길쭉한 봉투를 내밀며 네플류도프가 말했다. "읽어보시면 압니다."

"알고 있어요. 카테리나 이바노브나는 제가 남편 일에도 큰 힘을 갖고 있는 줄 아세요. 하지만 잘못 생각하신 거예요. 전 무엇 하나 간섭할 수 없거니와 하고 싶지도 않답니다. 하지만 백작부인과 당신을 위해서라면 기꺼이 이 방침을 굽히겠어요. 그런데, 무슨 일이죠?" 마리에트는 검은 장갑을 낀 조그만 손으로 공연히 주머니를 뒤지면서 말했다.

"실은, 요새감옥에 어떤 여자 하나가 수감되어 있는데 그 여자는 병이 든데다 더욱이 사건에는 아무 관계도 없지요."

"그 여자 이름이 뭐죠?"

"슈스토바라고 합니다. 리디야 슈스토바. 편지에 씌어 있습니다."

"그래요, 알겠어요. 얘기해 볼게요." 마리에트는 그렇게 말하고, 에나멜을 칠한 바퀴 진흙받이가 햇빛을 받아 반짝이고 있는, 부드러운 가죽시트가 달린 마차에 사뿐히 올라타 양산을 폈다. 시종이 마부석에 앉아 마부에게 출발하라고 신호했다. 마차가 움직였다. 그때 마리에트가 양산 끝으로 마부의 등을 가볍게 쳤다. 그러자 다리가 늘씬하게 빠진 훌륭한 영국 말이 고삐가 당겨진 미끈한 목을 흔들며 가느다란 발을 재빠르게 바꾸어 밟으면서 멈추었다.

"꼭 와주세요. 용건 같은 건 잊고 말이에요." 마리에트는 그렇게 말하고 스스로도 그 효과를 잘 알고 있는 미소를 띠며 생긋 웃었다. 그리고 연극이 끝나고 막을 내리듯이 얼굴에 베일을 내렸다. "자, 출발하세요." 마리에트는 다시 양산 끝으로 마부의 등을 쳤다.

네플류도프는 모자를 들어 인사했다. 밤색 순종 말이 콧김을 내뿜고 발굽 소리를 울리며 포장길을 내닫기 시작했다. 마차는 군데군데가 울퉁불퉁한 길을 새 고무바퀴로 가볍게 튀기면서 경쾌하게 멀어져 갔다.

16

마리에트와 주고받은 미소를 생각하며 네플류도프는 스스로를 책망하듯 고개를 내저었다.

'내가 제대로 주위를 돌아볼 겨를도 없이 벌써 저 생활에 휩쓸리려 했구나.' 네플류도프는 자기가 존경도 하지 않는 사람들의 비위를 맞춰야함으로써 자기 내부에 생겨나는 모순과 의혹을 다시금 되씹으면서 이런 생각을 했다. 네플류도프는 헛걸음을 하지 않기 위해 어디를 먼저 갈까 하고 생각한 끝에 먼저 원로원으로 가기로 했다. 네플류도프는 사무실로 안내받았다. 그 웅장하고 아름다운 방에는 매우 공손하고 말쑥한 복장을 한 수많은 관리들이 있었다.

카튜사의 상소장은 틀림없이 수리되었으며, 이모부의 소개장을 받은 보리프 의원이 심리하도록 회부되었다고 관리들이 네플류도프에게 설명했다.

"원로원 정례회의가 이번 주에 열릴 예정인데, 마슬로바 사건은 이번 회의에 제출되기엔 아마 늦었을 겁니다. 혹시 청원하신다면 이번 주 수요일에 상정될 수도 있습니다만." 한 사람이 말했다.

원로원 사무실에서 마슬로바 건이 조회되기를 기다리는 동안, 네플류도프는 다시 결투에 대한 소문을 듣고 카멘스키 청년이 살해된 자세한 경위를 알았다. 이때야 비로소 페테르부르크를 떠들썩하게 한 이 사건의 자초지종을 알게 된 것이다. 사건의 전말은 이랬다. 여느 때처럼 장교들이 어느 요릿집에서 굴을 먹으며 술에 취해 있었다. 그중 한 사람이 카멘스키가 근무하는 연대를 좋지 않게 말했다. 카멘스키는 그 남자에게 거짓말쟁이라고 욕했다. 그 남자는 카멘스키를 후려갈겼다. 이튿날 결투가 벌어졌다. 카멘스키는 복부에 총을 맞고 2시간 뒤에 숨을 거두었다. 카멘스키를 쏜 장교와 이를 지켜본 자들은 체포되어 영창에 들어갔으나 소문으로는 2주일만 있으면 풀려날 것이라고 했다.

네플류도프는 원로원 사무실에서 나와 청원위원회의 실력자인 볼로비요프 남작을 찾아갔다. 남작은 으리으리한 관사에 살고 있었다. 현관지기와 하인이, 면접일 말고는 남작을 만날 수 없을 뿐더러 더군다나 오늘은 황제를 뵈러 갔고, 내일도 역시 황제를 뵈러 갈 예정이라고 딱딱한 어조로 설명했다. 네플류도프는 편지를 맡기고 보리프 의원의 집으로 갔다.

블라디미르 바실리예비치 보리프는 가벼운 아침 식사를 막 끝내고, 소화를 돕기 위해 평소 습관대로 엽궐련을 피워 물고 방 안을 돌아다니고 있다가 그대로 네플류도프를 맞이했다. 그는 명성대로 un homme très comme il faut (매우 훌륭한 인물)이었는데, 이런 자기의 자질을 무엇보다 높이 평가하고 그 높이에서 다른 사람들을 내려다보았다. 아니, 스스로 이 자질을 높이 평가하지 않을 수 없는 이유가 있었다. 이 자질 하나만으로 예전부터 바라던 대로 화려하게 출세할 수 있었기 때문이다. 즉, 결혼을 함으로써 1년에 18000루블이라는 수입이 들어오는 영지를 손에 넣었고, 끈질긴 노력의 대가로 원로원 의원 자리를 얻게 되었던 것이다. 보리프는 스스로를 un homme très il faut(매우 훌륭한 인물)이라고 자부할 뿐더러, 기사(騎士) 같은 청렴한 사람이라고 생각했다. 보리프가 말하는 청렴이란 개개인으로부터 몰래 뇌물을 받지 않는다는 의미였다. 그러나 정부가 요구하는 모든 사무를 노예같이 실행한 대가로 여비, 준비금, 대여금 같은 모든 종류의 돈을 국고금에서 타먹는 것은 별로 파렴치하다고 생각하지 않았다. 또 누가 자기 민족을 사랑하고 조상의 종교에 충실하다는 이유로 수백 명에 이르는 무고한 사람들을 파멸시키고, 가난에 빠뜨리고, 유형에 처하고, 감옥에 가두는 일은 파렴치한 일이 아니라고 생각함은 물론이요, 오히려 고결하고 용감하고 애국심 넘치는 위업이라고 믿기까지 했다(보리프는 폴란드 어느 지방의 총독을 맡았을 때 이와 같은 짓을 했었다). 그뿐 아니라 자기에게 반한 아내와 처제의 재산을 송두리째 가로채고도 그것이 파렴치하다고는 눈곱만큼도 생각하지 않았다. 오히려 자기의 가정생활을 위한 합리적인 처사였다고 생각하기까지 했다.

그의 가족은 개성 없는 아내와 처제(이 처제의 영지도 몽땅 팔아치우고 그 돈을 자기 명의로 해 놓았다), 그리고 심약하고 못생긴 딸이 있었다. 이 딸은 쓸쓸하고 괴로운 나날을 보내고 있었는데 요즘에는 복음파의 설교에서 위안을 얻고, 아린느나 카테리나 이바노브나 백작부인 저택에서 열리는 모임에 참석하고 있었다.

블라디미르 바실리예비치의 외아들은 본디 심성이 고운 사람이었으나, 15살 때부터 턱수염을 기르고 술을 마시며 방탕한 생활에 빠져들더니 20살이 넘도록 학교 하나 제대로 나오지 못하고 나쁜 친구들과 어울려 다니며 빚만 잔뜩 져서 아버지 얼굴에 먹칠만 하고 다닌 탓에 마침내 집에서 쫓겨나고 말았다. 보리프는 아들을 위해 한번은 230루블의 빚을 갚아주었고, 그 다음에는 600루블의 빚을 갚아주었다. 그때 그는 아들에게, 이번이 마지막이니 마음을 고쳐먹지 않는다면 집에서 쫓아내고 부자의 인연을 끊겠다고 선언했다. 그러나 아들은 새사람이 되기는커녕 1000루블이나 빚을 지고도 아버지에게, 이제 이런 집구석에서는 살기 지긋지긋하다고 대들었다. 블라디미르 바실리예비치도 아들에게, 이제는 나는 아버지도 아니고 너도 아들이 아니니 어딜 가던 맘대로 가버리라고 선언했다. 그때부터 그는 자기에게는 아들이 없는 것처럼 행세해왔으며, 가족들도 보리프 앞에서는 감히 아들 이야기를 꺼내지 못했다. 이렇게 함으로써 블라디미르 바실리예비치는 가장 바람직한 방법으로 집안을 다스렸다고 굳게 믿고 있는 터였다.

보리프는 친근하면서도 어딘가 경멸하는 듯한 미소를 지었다. 이것은 대다수의 사람들에게 자기는 'comme il faut(훌륭한 인물)'이라는 우월감을 나타내는 무의식적인 버릇이었다. 보리프는 실내를 거닐던 걸음을 멈추고 네플류도프와 인사를 나눈 다음 편지를 읽었다.

"앉으십시오. 실례입니다만, 전 이대로 잠시 걷겠습니다." 보리프는 두 손을 조끼주머니에 찔러 넣은 채, 화려한 양식으로 지은 널따란 서재를 대각선으로 가볍고 조용히 걸으면서 말했다. "이렇게 알게 돼서 반갑습니다. 아울러 이반 미하일로비치 백작에게 도움을 줄 수 있게 되어 영광입니다." 보리프는 향기로운 푸른 연기를 내뱉고, 재가 떨어지지 않도록 살며시 잎담배를 입에서 떼며 말했다.

"실은 사건 심리가 조금이라도 빨리 끝날 수 있도록 해주십사 부탁드리고 싶습니다. 피고가 시베리아로 가게 된다면 조금이라도 빨리 출발하는 것이 좋으니까요." 네플류도프가 말했다.

"아, 그렇군요. 니주니노브고로드에서 오는 첫 배편으로 가시려는 것이지요. 알고 있습니다." 언제나 상대방의 말이 끝나기도 전에 앞질러서 짐작해버리는 보리프는, 습관적인 대범한 미소를 띠며 말했다. "피고의 성이 무엇이지요?"

"마슬로바입니다만……."

보리프는 책상 앞으로 가서 서류철에 섞여 있는 서류를 흘끗 보았다.

"아, 그렇군요. 마슬로바군요. 알겠습니다. 동료 의원들에게 부탁해두지요. 수요일에 심리하게 될 겁니다."

"그럼, 변호사한테 전보를 쳐도 되겠습니까?"

"허, 변호사에게 의뢰를 하셨습니까? 무엇 때문에 일부러? 뭐, 바라신다면 상관없습니다만."

"상소 이유가 불충분할지도 모르겠습니다만." 네플류도프가 말했다. "하지만 논고를 볼 때 유죄판결은 오해에서 비롯된 거라는 것이 자명하다고 생각됩니다."

"그렇습니까? 그래요, 그럴지도 모르겠군요. 하지만 원로원은 사건의 내용을 심리할 수는 없습니다." 블라디미르 바실리예비치는 엽궐련의 재를 보면서 잘라 말했다. "원로원은 법의 적용과 그 해석이 옳으냐 옳지 않으냐의 여부를 심의할 뿐입니다."

"이 사건은 예외라고 생각합니다만."

"예, 압니다. 어느 사건이나 다 예외지요. 우리는 지금 해야 할 일을 할 뿐입니다." 재는 아직 허물어지지 않고 있었지만 이미 금이 가서 곧 떨어질 것 같았다. "그래, 페테르부르크에는 자주 오시지 않습니까?" 보리프는 재가 떨어지지 않도록 담배를 들고서 물었다. 재가 아슬아슬하게 흔들리기 시작했다. 보리프가 살며시 담배를 재떨이 위로 가져가자 기다렸다는 듯이 재가 그 안으로 떨어졌다. "그나저나 카멘스키 사건은 참으로 끔찍한 일입니다!" 보리프가 말했다. "그는 훌륭한 청년인데다가 외아들이었거든요. 특히 어머니의 처지가 되고 보면 말이죠." 보리프는 그 무렵 페테르부르크에 사는 사람이면 누구나가 이 카멘스키 사건에 대해 떠들던 말을 한마디 한마디 그대로 되풀이하며 말했다.

그 다음에는 카테리나 이바노브나 백작부인의 얘기와 부인이 빠져 있는 종교의 새로운 경향에 대해 이야기하고 나서 초인종을 눌렀다. 보리프는 그 종교의 경향을 비판도 긍정도 하지 않았지만, 그 comme il faut(훌륭한 인물)이라는 관점에서 보면 아무래도 그것은 쓸모없는 일이라고 여기는 것 같았다.

네플류도프는 작별인사를 했다.

"괜찮으시다면 저녁 식사나 드시러 오십시오." 보리프가 손을 내밀면서 말했다. "수요일이라도 상관없습니다. 그때는 확실한 대답을 드릴 수도 있을 테니까요."

이미 늦은 시간이었으므로 네플류도프는 서둘러 이모네 집으로 돌아갔다.

17

카테리나 이바노브나 백작부인의 저택에서는 오후 7시 반에 저녁 식사를 하는 것이 원칙이었다. 저녁 식사는 네플류도프가 본 적이 없는 새로운 방법으로 진행되었다. 사환들은 요리를 식탁 위에 차려 놓고 곧 물러갔으므로 식사를 하는 사람이 저마다 자기가 알아서 요리를 덜어야 했다. 남자들은 부인네들에게 쓸데없는 수고를 끼쳐서는 안 되므로 강한 자로서 자기 것은 물론 부인들의 몫을 덜어주기도 하고, 마실 것을 따라주기도 하는 수고를 남자답게 맡아야 했다. 먼저 첫 번째 접시가 비자 백작부인이 식탁 옆에 달린 전기 벨의 단추를 눌렀다. 그러자 사환이 소리도 없이 들어와 재빨리 치우고 새 접시로 바꾸어준 뒤 다음 요리를 날라왔다. 요리는 매우 정성들여 만든 것이고, 와인도 음식에 어울리게 고급이었다. 널찍하고 밝은 조리실에는 프랑스인 주방장이 흰 조리복을 입은 조수 2명에게 이것저것 지시하며 일하고 있었다. 식탁에 둘러앉은 사람은 모두 6명이었다. 백작과 백작부인, 무뚝뚝한 표정을 짓고 식탁에 팔꿈치를 세우고 있는 근위장교인 아들, 네플류도프, 어학강사인 프랑스 출신 부인, 시골에서 온 백작 집안의 총지배인이었다.

화제는 여기서도 역시 결투에 관한 것이었다. 황제가 이 문제를 어떻게 다루었느냐 하는 것이 이야기의 중심이 되었다. 황제가 그 어머니를 동정하여 대단히 마음아파하고 있음이 분명했으므로 모두들 그 어머니를 딱하게 여겼다. 그러나 황제가 그 어머니를 동정하긴 했지만, 군인의 명예를 지킨 가해자에게도 그다지 엄중한 처벌을 내리고 싶어 하지 않는다는 것도 명백했으므로, 여론은 그 가해자에게 너그러웠다. 단, 카테리나 이바노브나 백작부인만은 평소 품고 있던 경박한 자유사상을 내세워서 가해자를 비난했다.

"그렇다면 앞으로도 술에 취해서 멀쩡한 청년을 죽이는 자가 나올 거예요. 그건 절대로 용서할 수 없는 일이에요." 부인이 말했다.

"그 점을 나는 도무지 이해할 수가 없단 말이야." 백작이 말했다.

"그러시겠죠. 당신은 늘 내 말을 이해하지 못하니까요." 백작부인은 이렇게 말하고 네플류도프를 돌아보았다. "다른 사람들은 다 아는데, 이 양반만 모르신단다. 내 말은, 그 어머니가 불쌍하다는 거예요. 상대방이 사람을 죽여 놓고도 으스대는 꼴을 용서할 수 없는 거라고요."

그러자 그때까지 잠자코 있던 아들이 가해자의 편을 들었다. 그는 말하기를, 장교로서는 그렇게밖에 행동할 수 없었으며 그러지 않았더라면 장교재판에 회부되어 연대에서 쫓겨났을 것이라고 제법 난폭한 말투로 어머니에게 대들었다. 네플류도프는 이야기에 끼지 않고 듣고만 있었다. 네플류도프는 젊은 차르스키의 의견에 수긍하지는 않았지만 자신도 전에는 장교였기 때문에 이해는 할 수 있었다. 그러나 그와 동시에, 어쩌다가 동료를 죽이게 된 장교와 감옥에서 본 젊고 잘 생긴 죄수를 나란히 놓고 비교해서 생각해보았다. 그 역시 다툼 끝에 사람을 죽이고 징역을 선고받은 상태였다. 두 사람 모두 술을 먹고 사람을 죽인 점은 같았다. 그러나 농사꾼은 발칵 화가 나서 제 정신이 아닌 상태에서 사람을 죽였고, 아내와 가족과 친척들과 떨어져서 족쇄를 차고 머리를 깎인 채 유형을 앞두고 있다. 그러나 한쪽은 영창 안에 마련된 훌륭한 방에서 맛있는 음식을 먹고, 고급술을 마시고, 책을 읽을 수 있을 뿐만 아니라 며칠쯤 지내다가 석방되어 다시 본디의 생활로 돌아가게 된다. 전과 다른 점은 대단한 인기인이 될 거라는 것이었다.

네플류도프는 자기 생각을 말했다. 처음에는 카테리나 이바노브나 백작부인도 조카의 의견에 동의했으나 곧 다른 사람처럼 입을 다물고 말았다. 그러므로 네플류도프도 공연한 말을 꺼내서 자리를 서먹하게 만들었다고 느끼게 되었다.

그날 밤 저녁 식사가 끝나자 곧 넓은 홀에는 마치 강의라도 들을 때처럼, 조각 무늬가 있는 높다란 나무 등받이가 달린 의자가 몇 줄로 놓이고, 큰 탁자 앞에는 설교자를 위한 안락의자와 물병을 얹은 작은 탁자가 마련되었다. 사람들이 계속해서 도착했다. 이번 모임에서는 외국에서 온 키제베테르의 설교를 들을 예정이었다.

현관에는 호화로운 마차가 몇 대나 늘어섰다. 휘황찬란하게 장식한 큰 홀에는 비단과 벨벳과 레이스 등으로 몸을 휘감고, 가발을 넣어서 머리를 높다랗게 묶고, 허리를 꽉 졸라맨 귀부인들이 앉아 있었다. 부인들 사이에는 군인과 문관도 몇 명쯤 끼어 있었고, 평민도 다섯쯤 섞여 있었다. 그들은 정원사 두 명과 장사치와 시종과 마부였다.

키제베테르는 백발에 다부진 체격을 가진 사내로 영어를 썼는데, 코안경을 쓴 젊고 마른 젊은 여자가 그 말을 능숙하게 통역했다.

키제베테르는 우리의 죄업이 너무나 깊고 그 죄에 대한 형벌은 너무나 무거우며 피할 수 없는 것이기 때문에, 그 형벌이 닥치기를 기다리면서 살기란 도저히 힘든 일이라는 이야기를 했다.

"친애하는 형제자매들이여. 우리가 자기 자신과 자기 생활을 생각하고, 자기가 얼마나 죄악으로 가득찬 생활을 하고 있으며 자비로운 하느님을 노하게 하고 그리스도를 고통에 빠뜨리는가를 되돌아본다면, 우리에겐 용서가 없다는 것을, 벗어날 길이 없다는 것을, 구원이 없다는 것을 깨닫게 될 것입니다. 우리는 모두 파멸이라는 운명을 지니고 있습니다. 무서운 파멸이, 영원한 고통이 우리를 기다리고 있습니다." 키제베테르가 눈물을 머금은 목소리를 떨면서 말했다. "그렇다면 우리는 어떻게 하면 구원받을 수 있을까? 형제자매들이여, 어떻게 하면 이 무서운 불길 속에서 구원을 받을 수 있을까요? 그 불길은 이미 집을 에워싸고 있기 때문에 달아날 길은 없는 것입니다."

갑자기 키제베테르가 입을 다물었다. 그러자 진짜 눈물이 뺨을 타고 흘러내렸다. 이미 8년 동안이나, 스스로 몹시 마음에 들어 하는 이 대목에 이르면, 어김없이 목에 경련이 느껴지고 코가 근질근질해지면서 눈에서 눈물이 넘쳐흘렀다. 그러면 이 눈물이 다시 키제베테르를 감동시켰다. 홀 안에는 흐느껴 우는 소리가 들렸다. 카테리나 이바노브나 백작부인은 나무 세공이 된 조그만 탁자 옆에 앉아, 얼굴을 두 손으로 감싸고 그 살찐 어깨를 가늘게 떨고 있었다. 마부는 겁먹은 얼굴로 독일인 설교사를 바라보고 있었는데, 그 표정은 마치 마차에 치이기 일보 직전인데도 놀라서 옆으로 피하지 못하는 사람처럼 보였다. 대부분의 사람들은 카테리나 이바노브나 백작부인과 같은 자세로 앉아 있었다. 아버지를 쏙 빼닮은 보리프의 딸은 요즘 유행하는 옷을 입고 두 손으로 얼굴을 가린 채 꿇어앉아 있었다.

설교사는 갑자기 얼굴을 덮고 있던 손을 내리고, 배우가 기쁨을 표현할 때와 같은 자못 진실한 미소를 띠더니 달콤하고 부드러운 목소리로 다시 지껄이기 시작했다.

"그러나 구원은 있습니다. 게다가 그것은 쉽고도 기쁜 구원입니다. 그 구원이란 우리들 대신 고난에 몸을 바친 독생자 예수가 우리를 위해 흘리신 피입니다. 예수의 고통, 예수의 피야말로 우리의 구원인 것입니다, 형제자매들이여!" 키제베테르는 다시 눈물을 머금은 목소리로 말했다. "인류의 속죄를 위해 우리들 대신 독생자를 바치신 하느님께 감사드립시다. 예수의 성스러운 피는……."

네플류도프는 견딜 수 없을 정도로 속이 메스꺼워져서 조용히 일어나 이맛살을 찌푸리고, 부끄러움에 신음이 터져 나오려는 것을 간신히 참으면서 살금살금 홀에서 나와 자기 방으로 돌아갔다.

18

이튿날 네플류도프가 옷을 갈아입고 막 아래로 내려가려고 하는데, 하인이 모스크바에 사는 변호사의 명함을 가지고 들어왔다. 변호사는 이번에는 자기 볼일 때문에 왔지만, 자기가 있는 동안에 마슬로바 사건의 심리가 열린다면 원로원 심사에도 참석할 예정으로 왔다고 했다. 네플류도프가 보낸 전보와 서로 엇갈렸던 것이다. 마슬로바 사건의 심리가 언제 있고, 심리를 맡은 의원들이 누구라는 것을 네플류도프에게서 듣고 변호사는 빙그레 웃었다.

"그렇다면 세 부류가 모이는 셈이군요." 변호사가 말했다. "보리프는 페테르부르크의 일급 관료이고, 스코보로드니코프는 학자 기질의 법률가지요. 그리고 베에는 실무형 법률가라서 가장 수완이 좋습니다. 이 남자한테 가장 기대를 걸 수 있겠군요. 그런데 청원위원회 쪽은 어떻게 되었습니까?"

"지금 볼로비요프 남작을 찾아갈 참이었습니다. 어제는 만나지 못했거든요."

"볼로비요프가 어떻게 남작이 된 줄 아십니까?" 네플류도프가 이 외국의 작위*를 순수한 러시아 성인 볼로비요프와 붙여서 좀 익살맞은 투로 발음한 데 대하여 변호사가 말했다. "그것은 파벨1세가 궁중 하인이었던 그 남자의 할아버지에게 무슨 공훈으로 내린 칭호랍니다. 잘 모르겠지만 황제를 몹시

---

* 러시아에는 원래 남작이란 작위가 없었음.

기쁘게 해드렸던 모양이지요. 이자를 남작으로 삼는다, 여기에 이의를 제기하지 말라, 이렇게 돼서 볼로비요프 남작이 생긴 것입니다. 본인은 그것을 뽐내고 있지만 겉만 번드르르한 사람이랍니다."

"그렇군요. 아무튼 전 그 사람한테 가 볼까 합니다." 네플류도프가 말했다.

"그러셔야죠. 같이 가십시다. 제가 마차로 모셔다드리죠."

두 사람이 출발하려고 현관 홀로 나가자, 그곳에는 하인이 마리에트에게서 온 편지를 가지고 기다리고 있었다.

Pour vous faire plaisir, j'ai agi tout à fait contre mes principes, et j'ai intercédé auprèes de mon mari pour votre protégée. Il se trouve que cette personne peut être relâchée immédiatement. Mon mari a écrit au commandant. Venez donc. Je vous attend. M.

(당신을 기쁘게 해드리기 위해 저는 제 방침을 바꾸어서, 당신이 도우려고 하는 여자에 대한 일을 남편에게 부탁해보았습니다. 그 여자는 곧 석방될 거라고 하는군요. 남편이 감옥 소장에게 편지를 보냈습니다. 그럼 볼일이 없어도 놀러와 주세요. 기다리고 있겠습니다. M)

"이게 말이나 됩니까?" 네플류도프가 변호사에게 말했다. "정말 무서운일 아닙니까? 7개월이나 독방에 갇혀 있던 여자가 실은 아무 죄도 없었다는 겁니다. 게다가 그 여자를 석방하는 데, 단 한 마디면 충분했다니요."

"뭐 그런 법이죠. 아무튼 당신은 목적을 달성한 셈이군요."

"네. 하지만 오히려 한심하기 짝이 없는 성공이군요. 이런 식이라면 거기서 대관절 무슨 일이 벌어지고 있는지 어떻게 알겠습니까? 대체 왜 그 여자를 가두어 두었냐는 말입니다."

"자자, 그런 것은 너무 캐고 들지 않는 편이 좋습니다. 자, 제 마차를 타시지요." 변호사가 말했다. 두 사람은 현관 밖으로 나갔다. 변호사가 타고온 훌륭한 임대 마차가 층계 아래에 도착하자 변호사가 말했다.

"볼로비요프 남작 댁으로 가시는 거지요?"

변호사는 마부에게 가는 길을 일러주었다. 그러자 기운찬 말은 곧 네플류도프를 남작이 사는 저택으로 싣고 갔다. 남작은 집에 있었다. 앞 대기실에는 유난히 긴 목에 목젖이 튀어나오고 놀랄 만큼 걸음이 빠른, 약식 옷을 입은 젊은 관리와 두 귀부인이 있었다.

"성함은?" 목젖이 튀어나온 젊은 관리가 놀랄 만큼 잽싸고 우아한 걸음걸이로 부인들 곁을 떠나 네플류도프 쪽으로 걸어오면서 물었다.

네플류도프는 이름을 댔다.

"남작님께서도 공작님 말씀을 하셨습니다. 잠깐만 기다리십시오!"

젊은 관리는 닫혀 있던 안쪽 방으로 들어가더니, 울어서 눈이 퉁퉁 부은 상복차림의 부인을 데리고 나왔다. 부인은 눈물을 감추기 위해 앙상한 손가락으로 헝클어진 베일을 내렸다.

"이리 들어오십시오." 젊은 관리가 가벼운 발걸음으로 서재 문 앞으로 걸어가더니 문을 열고 안쪽에 멈추어서면서 네플류도프에게 말했다.

서재로 들어가자 프록코트 차림에 머리를 짧게 자른 보통 키의 다부진 사내가 보였다. 사내는 커다란 책상 옆에 놓인 안락의자에 앉아 싱글싱글 웃으면서 이쪽을 보고 있었다. 흰 콧수염과 턱수염 때문에 특히 두드러져 보이는 혈색 좋은 선량한 얼굴이 네플류도프를 보고 부드럽게 미소 지었다.

"만나게 되어 이렇게 반가울 수가 없습니다. 당신 어머님과는 옛 친구였지요. 당신이 갓난아기였을 때도, 나중에 장교가 되고 나서도 만나 뵌 적이 있지요. 자, 앉아서 무슨 볼일이신지 말씀해보십시오. 자, 어떤 내용입니까?" 네플류도프가 페도샤의 이야기를 하는 동안에 볼로비요프는 짧게 깎은 백발머리를 흔들면서 말했다. "네, 말씀하십시오, 말씀하세요. 잘 알았습니다. 흠, 그렇군요. 정말 감동적인 얘기군요. 그래, 탄원서는 제출하셨습니까?"

"준비해 왔습니다." 네플류도프가 주머니에서 탄원서를 꺼내며 말했다. "다만 이 문제에 대해서 각별한 관심을 갖고 힘써주셨으면 하고 찾아온 것입니다. 아니, 그래주실 거라 믿습니다."

"그야 물론입니다. 틀림없이 폐하께 말씀드리지요." 남작은 그 싱글거리는 얼굴에는 전혀 어울리지 않는 동정의 빛을 띠며 말했다. "정말 가슴이 뭉클한 이야기입니다. 남편이 너무 폭력적이어서 어린 마음에 잠깐 미운 마음이 들었던 게지요. 그런데 시간이 흘러 서로 사랑하게 되었다……. 너무나 감동적이군요. 폐하께 꼭 말씀드리겠습니다……."

"이반 미하일로비치 백작은 황후 폐하께 청원하시겠답니다……."

네플류도프가 이 말을 채 끝내기도 전에 남작의 얼굴빛이 달라졌다.

"아무튼 먼저 사무국에 탄원서를 내십시오. 저도 할 수 있는 데까지 노력하겠습니다." 남작이 네플류도프에게 말했다.

그때 젊은 관리가 방 안으로 다시 들어왔다. 아무래도 자신의 걸음걸이를 자랑스러워하는 것 같았다.

"아까 그 부인이 몇 가지 더 드릴 말씀이 있다고 합니다."

"그럼 불러와. mon cher(친애하는 당신), 여기 있으면 얼마나 많은 눈물을 보게 되는지 모른답니다. 적어도 그 눈물이라도 다 씻어줄 수만 있다면 얼마나 좋을까! 하지만 힘닿는 데까지 애는 쓰고 있지요."

부인이 들어왔다.

"아까 말씀드리는 것을 깜빡 잊었는데, 그이가 아무쪼록 딸을 다른 곳으로 보내지 않도록 해주세요. 그렇지 않으면 그이가 또 무슨 일을 저지를지 모르니까요……."

"그러니까 내가 말하지 않았습니까, 해드린다고요."

"남작님, 제발 부탁이에요. 이 어미를 살려주세요."

부인은 남자의 손에 입을 맞추었다.

"네, 바라시는 대로 해드리겠습니다."

부인이 나가고 나자 네플류도프도 작별인사를 했다.

"할 수 있는 데까지 해보겠습니다. 법무부에도 조회해보지요. 무슨 답이 돌아오면 될 수 있는 한, 그 방법을 생각해보겠습니다."

네플류도프는 서재에서 나와 사무국으로 갔다. 여기도 역시 원로원에서 본 바와 같이 으리으리하고 웅장한 실내에 말쑥한 관리들이 있었다. 관리들은 복장에서부터 말투에 이르기까지 빈틈없고 청결하고 공손하고 엄격했다.

'무섭게도 많이 있군. 정말 굉장한 숫자야. 게다가 모두 잘 먹어서 토실토실 살이 쪘구나. 말쑥한 셔츠를 입고 깨끗한 손을 하고, 게다가 저 반짝거리는 구두라니! 대관절 누가 저렇게 시키고 있는 것일까? 감옥 안의 죄수들은 물론이요 시골의 농사꾼들과 견주어 본다면 이 얼마나 호화스러운 생활인가.' 네플류도프는 어느 사이엔지 또 이런 것을 생각하고 있었다.

19

페테르부르크 감옥에 수감되어 있는 죄수들의 운명을 좌지우지할 수 있는 인물은 독일의 어느 남작 집안 출신인 늙은 장군이었다. 이 장군은 백십자 훈장 말고는 아무것도 달지 않았지만 사실은 가슴팍이 다 가려질 만큼 많은 훈장을 가지고 있었다. 그러나 예전에는 공로도 있었으나 지금은 늙어서 망령이 들었다는 소문이 돌았다. 노장군이 각별히 아끼는 이 백십자 훈장은 캅카스에서 근무하던 시절에 받은 것이었다. 그것은 머리를 빡빡 밀리고 총칼로 무장한 러시아 농민들을 지휘하여, 자기들의 자유와 집과 가족을 지키려고 일어선 1000명도 더 되는 주민들을 학살한 공로로 받은 것이었다. 그 뒤 폴란드로 전근한 뒤에도 이 러시아 농민들에게 온갖 범죄를 저지르도록 강요했고, 그 공로로 몇 가지 훈장과 군복 가슴에 달 장식을 새로 수여받았다. 그 뒤에도 몇 군데서 더 근무를 마치고, 다 늙어빠진 노인이 된 지금도 훌륭한 저택과 수당과 명예를 가져다주는 현재의 지위에 눌러앉게 된 것이다. 이 노장군은 상부의 명령을 철저히 이행했으며 또한 그렇게 하는 것을 가장 중요하게 생각했다. 이처럼 상부의 명령에 특별한 의미를 부여하고 있는 노장군은 세상일은 무엇이든 바꿀 수 있지만 이 상부의 명령만은 예외라고 믿었다. 노장군의 직무란 남녀 정치범을 특별 감방 즉 독방 속에 가두는 일이었는데, 그 죄수 가운데 절반은 10년 이내에 미치거나 폐병에 걸리거나 자살하거나 해서 비참한 최후를 맞았다. 단식투쟁을 하다 죽는 사람도 있거니와, 유리 조각으로 동맥을 끊고 죽는 사람도 있고, 목을 매달아 죽는 사람, 분신자살을 하는 사람도 있었다.

노장군은 이러한 모든 일을 샅샅이 다 알고 있었을 뿐만 아니라 그런 일들이 전부 자기 눈앞에서 벌어지는데도 이런 일들로 해서 양심에 가책을 느낀 적은 한 번도 없었다. 그것은 벼락이나 홍수 때문에 재난이 일어났다고 해서 양심의 가책을 느낄 필요가 없는 것과 똑같은 일이었다. 이러한 모든 일은 황제 폐하의 이름으로 내려지는 상부의 명령을 실행한 결과이며 또 그 명령은 어떠한 일이 있어도 수행되어야 하는 것이므로, 그 결과를 생각한다는 것은 전혀 무의미한 일이었다. 노장군은 그런 문제에 대해서는 전혀 다른 생각을 하지 않았다. 자기가 가장 중요하다고 생각하는 그 직무를 수행하기 위해서는 약간의 동요도 있어서는 안 되므로, 애초부터 그러한 일은 생각조차 하지 않는 것이 애국적인 군인으로서의 합당한 의무라고 굳게 믿었기 때문이다.

노장군은 복무규정에 따라 일주일에 한 번씩 특별 감방을 하나하나 둘러보면서 죄수들의 요구사항을 듣게 되어 있었다. 죄수들은 온갖 종류의 요청을 내놓았다. 노장군은 돌처럼 딱딱한 표정으로 죄수들의 하소연을 묵묵히 듣기는 했으나 그 소원을 이루어준 적은 단 한 번도 없었다. 왜냐하면 그들의 요구가 하나같이 규칙에 어긋나는 것뿐이기 때문이었다.

네플류도프의 마차가 노장군의 집에 거의 다다랐을 때 뾰족탑 위에 걸린 종 시계가 가느다란 종소리를 울리며 〈주님의 영광이 함께 있을 때〉라는 곡이 흘러나오고 곧 2시를 알렸다. 이 소리를 들으니 네플류도프는 시간마다 되풀이되는 이 감미로운 곡조가 무기수의 마음에 어떻게 울려 퍼지는지에 대해 쓴 데카브리스트(12월 당원(黨員)이라고도 한다. 1825년 12월 14일 정치적 혁명을 목적으로 러시아에서 근위청년장교를 중심으로 형성된 혁명당. 12월을 데카브리라고 한 데서 유래된 것임)의 수기가 자연히 떠올랐다. 네플류도프가 탄 마차가 장군의 저택 현관에 닿았을 때 노장군은 어둠침침한 응접실에 놓인 상감세공을 한 탁자 앞에 앉아서 부하의 동생인 젊은 화가와 종이 위에서 접시를 돌리며 점을 치고 있었다. 화가의 가늘고 땀이 밴 손가락과 굵직하고 뼈마디가 툭 불거진 쭈글쭈글한 노장군의 손가락이 깍지 끼워져 있었다. 이 깍지 긴 두 손이 거꾸로 뒤집어 놓은 찻잔받침을 들고, 알파벳을 가득 써놓은 종이 위에서 움직이고 있었다. 이 접시가, 혼령들은 서로를 알아볼 수 있는가 하는 장군의 질문에 대한 답을 해주고 있는 참이었다.

시중을 드는 병사 하나가 네플류도프의 명함을 가지고 들어왔을 때에는 마침 잔 다르크의 영혼이 접시를 통해 말하고 있을 때였다. 잔 다르크의 영혼이 알파벳을 한 자 한 자 짚으며 '서로 인식한다'고 말했다. 이 대답은 곧 수첩에 옮겨 적혔다. 병사가 들어왔을 때 접시는 먼저 'P'자 위에 멎었다가 'O'자 위로 갔다가 다시 'S'자 위로 가서 멎더니 이리저리 흔들리기 시작했다. 접시가 흔들린 이유는 노장군은 그 다음에 올 문자는 'L'자여야 한다고 생각했는데, 화가는 'V'자라고 생각했기 때문이다. 장군의 생각으로는, 잔 다르크가 말하고자 하는 것은 혼백은 모든 세속적인 것에서부터 정화된 다음에야(POSLE) 비로소 서로를 인식하게 된다는 것이므로, 다음에 올 문자는 반드시 'L'자여야 한다는 것이다. 그러나 화가는 또 화가대로 다음 문자가 반드시 'V'자여야 한다고 생각했다. 잔 다르크는 혼백은 보이지 않는 몸체에서 발하는 빛에 의해서(PO SVETU) 서로를 인식하게 된다고 말하려는 것이라고 믿었기 때문이다. 장군은 짙고 흰 눈썹을 찌푸리고 고집스런 표정으로 마주잡은 두 손을 뚫어지게 노려보더니, 접시는 틀림없이 저절로 움직이는 것이라고 생각하면서도 접시를 'L'자 쪽으로 끌어당겼다. 숱이 적은 머리카락을 귀 뒤로 넘긴 얼굴빛이 창백한 젊은 화가는 생기가 전혀 없는 푸른 눈으로 어두컴컴한 객실 한구석을 바라보고 있다가 신경질적으로 입술을 움찔거리면서 접시를 'V'자 쪽으로 홱 잡아당겼다. 장군은 손님 때문에 놀이가 방해받은 데 대해 얼굴을 찌푸리고 잠시 아무 말 없이 있다가 이윽고 명함을 집어 들며 코안경을 걸쳤다. 그리고 굵은 허리의 통증으로 신음을 내면서 저린 손가락을 주무르더니 큰 키를 쭉 늘리며 일어섰다.

"서재로 안내해라."

"각하, 실례가 아니라면 저 혼자 점을 쳐보겠습니다." 화가가 자리에서 일어서면서 말했다. "영혼이 있다는 게 느껴지니까요."

"좋아, 혼자서 해보게." 장군은 단호하고 엄격한 말투로 말한 다음 다리를 곧게 펴고 절도 있고 규칙적인 걸음걸이로 뚜벅뚜벅 서재로 걸어갔다.

"잘 오셨소." 장군은 네플류도프에게 사무용 책상 옆에 있는 안락의자를 권하면서 거칠고 촌스럽지만 예의바른 목소리로 말했다. "페테르부르크에는 언제쯤 오셨소?"

네플류도프는 온 지 얼마 안 된다고 대답했다.

"공작부인, 아니 어머님께서도 안녕하시지요?"

"어머님은 돌아가셨습니다."

"이거 실례했습니다. 참 애통한 일이군요. 내 아들이 당신을 만났다고 하더군요."

장군의 아들은 자기 아버지가 걸었던 길을 그대로 밟아서 육군 대학을 졸업한 뒤, 지금은 정보국에서 근무하며 자기에게 맡겨진 일을 몹시 자랑스럽게 여기고 있었다. 그 일이란 다름 아닌 간첩을 감독하는 것이었다.

"난 당신 아버님과 같은 곳에서 근무했습니다. 친구이며 동료였지요. 그래, 어디 근무하고 계시오?"

"아무 데도 나가지 않고 있습니다."

장군은 이상하다는 듯이 고개를 갸웃했다.

"실은 각하께 긴히 부탁드리고 싶은 일이 있어서 왔습니다." 네플류도프가 말했다.

"좋소. 무슨 부탁이오?"

"혹시 제 청이 부당한 것이라도 부디 용서해 주십시오. 그렇지만 꼭 부탁을 드려야만 해서요."

"도대체 무슨 부탁이기에?"

"이곳 요새감옥에 그루케비치라는 사람이 수감되어 있는데, 그의 어머니가 면회하기를 바라고 있습니다. 그것이 안 된다면 책만이라도 들여보낼 수 있도록 허락해 달라고 합니다."

장군은 네플류도프의 말을 들으면서 만족도 불만도 아닌 표정으로 고개만 갸우뚱한 채 무슨 생각에 잠긴 듯이 눈을 가늘게 뜨고 있을 뿐이었다. 그러나 사실은 장군은 아무 생각도 하고 있지 않았을 뿐만 아니라 네플류도프의 부탁에는 흥미조차 없었다. 자기는 법이 정한 대로 따를 수밖에 없다는 것을 너무나 잘 알고 있었기 때문이다. 그러므로 노장군은 아무 생각 없이 그저 머리를 식히고 있을 따름이었다.

"그건 내 소관 밖의 일이오." 한동안 뜸을 들인 뒤에 장군은 이렇게 대답했다. "면회에 대해서는 황제 폐하께서 정하신 규칙이 있으니 그 규정안에서 허가하는 것이라면 승낙해 드릴 수 있소. 하지만 책은 감옥 안에 도서관이 있기 때문에 그 안에 있는 허가된 책만 볼 수 있도록 되어 있소."

"네. 그렇습니다만, 그 남자에게 필요한 것은 전문 서적입니다. 공부를 하고 싶어 하거든요."

"그런 말을 믿어서는 안 됩니다." 장군은 잠시 입을 다물었다. "그것은 공부하기 위한 것이 아닙니다. 그저 골칫거리가 될 뿐이오."

"하지만 저렇게 괴로운 처지에 놓여 있는 이상 무언가 마음을 달래면서 시간을 보낼 일이 필요하지 않겠습니까?"

"녀석들은 밤낮 불평만 한다오." 장군이 반박했다. "녀석들에 대해서는 우리가 더 잘 알고 있소." 노장군은 정치범 모두를 뭔가 특별히 좋지 않은 종류의 인간처럼 말했다. "이곳 감옥에서는 다른 데서 좀체 볼 수 없는 편의를 제공하고 있소." 장군이 말을 이었다.

그러고 나서 변명이라도 하는 듯이, 이곳 죄수들이 받고 있는 편의에 대해서 속속들이 설명하기 시작했다. 그 말을 듣고 있자니 이 감옥이 존재하는 제일 큰 이유는 죄수들에게 살기 좋고 편한 장소를 제공하기 위함인 것처럼 들렸다.

"예전엔 꽤 가혹한 대우를 한 것이 사실이지만 지금은 이들에게 아주 우대를 하고 있소. 식사는 세 가지인데 그 가운데 한 접시는 반드시 육류, 즉 크로켓이나 커틀릿이오. 일요일에는 한 접시 더 추가되어 디저트까지 나가지요. 모든 러시아 국민이 이런 식사를 하면 얼마나 좋을까 하고 생각될 정도요."

장군은 모든 노인이 그렇듯 자기가 잘 아는 얘깃거리가 나오면 미주알고주알 이야기하지 않고는 못 배기는지, 죄수들이 얼마나 제멋대로이고 은혜를 모르는 인간들인가 하는 이야기를 몇 번이고 반복했다.

"죄수들을 위해 종교적인 책 말고도 고전 잡지 따위도 마련되어 있소. 게다가 꽤 훌륭한 도서관 시설을 갖추고 있지. 그렇지만 통 읽지를 않거든. 처음에는 약간 흥미를 느끼는 듯 하지만, 새 책은 반만 읽고 나머지 페이지는 그대로 팽개쳐버린다거나 헌책은 아예 손에 잡아 본 흔적조차 없소. 언젠가 이런 실험까지 해본 적이 있다니까요." 노장군은 입가에 보일 듯 말 듯한 미소를 띠면서 말했다. "책장에 일부러 종이를 끼워두었는데 그게 그대로 남아 있더라니까. 그렇지, 글 쓰는 것도 금지사항이 아니오." 장군은 다시 말을 이었다. "칠판과 분필이 지급되니까 무엇이든 마음대로 쓰고 지울 수 있단 말이오. 그렇지만 그것도 쓰질 않소. 무엇보다 녀석들은 의외로 빨리 얌전해진다오. 처음에는 떠들어대고 야단법석을 떨던 친구들도 얼마 안 가 살이 찌고 조용해진단 말이오." 장군은 지금 자기가 하는 말 속에 얼마나 무서운 의미가 숨어 있는지는 전혀 생각도 않은 채 말했다.

네플류도프는 장군의 쉬어빠진 늙은 목소리를 들으면서 그 뻣뻣한 팔다리와 흰 눈썹 밑으로 보이는 생기 없는 눈동자, 군복 깃까지 축 늘어져 있는 면도질 된 볼, 잔인하게 살육을 행한 공적으로 받았기 때문에 이 늙은이가 더욱 자랑스레 여기는 백십자 훈장 따위를 바라보았다. 그리고 장군에게 반박하거나 그 말의 의미를 설명해준댔자 아무런 소용이 없음을 깨달았다. 그러나 네플류도프는 억지로 용기를 내어 또 다른 용건을 끄집어내었다. 오늘 아침에 석방 통보를 받은 슈스토바라는 여죄수에 관한 것이었다.

"슈스토바? 슈스토바라······. 죄수가 하도 많아서 일일이 이름을 기억해두지는 않거든요." 장군은 죄수가 너무 많은 것은 죄수들 탓이라는 듯이 말했다. 그리고 초인종을 울려 사무관을 불러오도록 명령했다.

그리고 하인이 사무관을 부르러 간 사이에, 특히 황제에게는 정직하고 고결한 인물(자기도 그중 한 사람에 포함된다는 말투였다)이 필요하니 네플류도프도 어디에든 근무하라고 권했다. "······그리고 조국을 위해서도 말이오." 장군은 이렇게 덧붙였는데, 그것은 단지 그럴싸한 구실을 갖다 붙이려는 의도로 보였다.

"나는 비록 이렇게 늙은 몸이긴 하지만 그래도 힘닿는 한 열심히 일하고 있소."

이윽고 사무관이 나타났다. 안정되어 있지는 않지만 영리해 보이는 눈과 생기 없는 근육질의 이 사무관은, 슈스토바는 어느 요상한 요새감옥에 수감되어 있으며 이곳에는 아직 서류가 도착하지 않았다고 보고했다.

"서류가 도착하면 그날로 석방하도록 하죠. 언제까지나 죄수들을 붙잡아두지는 않소. 남아 있어 봐야 이쪽도 골치 아프거든." 장군은 이렇게 말하고 장난스런 미소를 지어 보였으나, 그것은 다만 그 늙은 얼굴을 일그러뜨리는 것에 지나지 않았다.

네플류도프는 이 무서운 노인에 대하여 느낀, 혐오와 연민이 뒤섞인 감정을 얼굴에 나타내지 않으려고 애쓰며 자리에서 일어났다. 한편 노인도, 옳지 않은 길을 걷고 있음이 분명한, 옛 친구의 경박한 아들을 지나치게 엄격하게 다루어도 안 되겠지만 그렇다고 해서 한마디 훈계도 하지 않고 그냥 돌려보내는 것은 좋지 않다고 생각했다.

"그럼, 조심해 가시오. 아무쪼록 나를 나쁘게 생각지 말도록. 그저 당신을 위해서 해두는 말이지만, 여기에 갇혀 있는 무리들과 얽혀서는 안 되오. 전혀 죄가 없는 사람은 없으니까. 모두 부도덕한 자들뿐이라오. 우리는 그자들을 너무나도 잘 알고 있지." 장군은 의심할 여지조차 없다는 투로 말했다. 아니, 실제로 그도 이 말을 전혀 의심하지 않았다. 사실이 그래서라기보다도, 만일 그게 사실이 아니라면 자기는 훌륭했던 인생을 마감하려는 존경받을 만한 영웅이 아니라, 젊어서 양심을 팔고 늙어서까지 줄곧 양심을 외면하는 한낱 비열한에 지나지 않는다는 사실을 스스로 인정하지 않을 수 없게 되기 때문이었다. "아무튼 일을 하시오." 장군이 말을 계속했다. "황제 폐하에겐 성실한 사람이 필요하니까……. 그리고 국가를 위해서도." 장군이 덧붙여 말했다. "가령, 나나 다른 사람들이 모두 당신처럼 일하지 않고 있다면 어떻게 되겠소? 이 앞에 누가 남는단 말이오? 당신들은 현 체제를 이러쿵저러쿵 비판만 하지, 직접 나서서 정부를 도울 생각은 하지 않잖소……."

네플류도프는 크게 한숨을 쉬었다. 그러고는 고개를 정중하게 숙이면서, 장군이 너그럽게 내민, 뼈마디가 툭 불거진 커다란 손에 악수를 하고 서재를 나왔다.

장군은 불만스러운 듯이 고개를 설레설레 젓고, 허리를 주무르면서 다시 응접실로 갔다. 화가는 잔 다르크의 영혼이 내린 답을 적어놓고서 장군을 기다리고 있었다. 장군은 코안경을 걸치고 그것을 읽었다. "혼백은 그 보이지 않는 몸에서 발하는 빛에 의해서 서로를 인식한다."

"그렇군!" 장군은 눈을 감고 깨달음을 얻었다는 듯이 말했다. "그렇지만 모든 영혼의 빛이 다르지 않다면 어떻게 서로 구별할 수 있지?" 장군은 그렇게 묻고 나서, 다시 화가와 깍지를 끼고 탁자 앞에 마주 앉았다.

네플류도프가 탄 마차는 문을 빠져나왔다.

"여긴 정말 음침한 곳이군요." 마부가 네플류도프를 돌아보면서 말했다. "나리를 기다리지 않고 그냥 돌아가 버릴까 생각했습니다요."

"그래, 정말 음침한 곳이야." 네플류도프는 깊숙이 숨을 들이마시고, 연기처럼 하늘을 떠가는 구름조각이며, 작은 배나 기선들이 지나갈 때마다 잔잔하게 파도를 일렁이며 눈부시게 빛나는 네바 강의 물결을 바라보면서 마부의 말에 맞장구를 쳤다.

20

이튿날, 마슬로바 사건이 심리될 예정이었으므로 네플류도프는 원로원으로 갔다. 변호사는 원로원의 웅장한 현관에서 기다리고 있었다. 그곳에는 벌써 마차가 몇 대나 서 있었다. 장엄하고 화려한 층계를 지나 2층으로 올라가자, 건물 구조를 잘 아는 변호사는 소송법 제정 연호가 표시된 왼쪽 문으로 갔다. 첫 번째 기다란 방에서 외투를 벗고, 수위에게서 의원들이 모두 모였다는 것과 맨 마지막 의원이 방금 들어갔다는 말을 듣자, 하얀 셔츠 위에 흰 넥타이를 맨 연미복 차림의 파나린은 밝고 자신 있는 태도로 옆방으로 들어갔다. 그 다음 방 오른편에는 의상실이 있고 그와 나란히 탁자가 놓여 있었으며 왼편에는 나선형 층계가 있었다. 마침 그때 간단한 옷차림을 한 우아한 관리가 가방을 옆구리에 끼고 계단을 내려왔다. 방 안에서 특히 사람들의 눈길을 끈 것은 양복윗도리에 잿빛 바지를 입고 백발을 길게 드리운 근엄한 노인이었는데, 그 곁엔 시종 두 명이 공손하게 서 있었다.

백발노인은 의상실로 가더니 그 안으로 모습을 감추었다. 그때 파나린은 자기와 마찬가지로 연미복에다 흰 넥타이를 맨 동업자인 변호사를 발견하고 곧 열띤 대화를 나누기 시작했다. 네플류도프는 안에 있는 사람들을 둘러보았다. 방청인이 15명이었는데 그 가운데 두 명은 여자였다. 한 명은 코안경을 걸친 젊은 여자이고 다른 한 명은 백발의 노부인이었다. 지금부터 심리되는 사건은 신문에 실린 비방기사에 관한 내용이었기 때문에 여느 때보다 더 많은 방청인이 모여 있었고, 특히 언론 계통의 사람들이 많았다.

훌륭한 제복을 입은 미남 정리가 한 손에 메모 용지를 들고 파나린 곁으로 다가가서 어느 사건 담당이냐고 묻더니 마슬로바 사건이라는 대답을 듣자, 메모 용지에 무언가를 끼적이고 돌아갔다. 그때 의상실 문이 열리더니 아까 그 근엄해 보이는 노인이 나왔다. 이번에는 양복이 아니라 가장자리에 금줄이 박히고 번쩍거리는 금장식이 달린 예복을 입고 있었는데, 어딘지 모르게 새를 연상케 하는 모습이었다.

자기의 생각에도 이 우스꽝스러운 복장이 쑥스러웠는지 그 노인은 여느 때보다 빠른 걸음으로 입구 반대편 문으로 사라졌다.

"저 사람이 베에 씨입니다. 참으로 훌륭한 사람이지요." 파나린이 네플류도프에게 말하고 자기 동료를 소개하고 나서, 지금부터 심리될 사건, 그 표현에 의하면 매우 흥미로운 사건에 대해 이야기하기 시작했다.

심리는 곧 시작되었다. 네플류도프는 방청객들과 함께 왼쪽 법정으로 들어갔다. 파나린을 포함한 모든 사람은 격자 칸막이의 바깥쪽 방청석으로 갔다. 페테르부르크의 변호사만이 격자 칸막이 앞쪽에 자리한 변호사석으로 들어갔다.

원로원의 법정은 지방재판소의 법정보다 좁고 가구도 소박했다. 그런데 특이한 점은 의원들 앞에 놓인 탁자가 녹색 모직 천이 아니라, 가장자리에 금줄을 박아 넣은 새빨간 벨벳으로 덮여 있다는 것이었다. 그 밖에 법정에 없어서는 안 될 정의표*와 성상과 황제의 초상화는 똑같았다. 이곳에서도 마찬가지로 정리가 엄숙하게 개정을 선언했다. 역시 마찬가지로 모두가 일어나자 법복차림의 의원들이 들어오고, 마찬가지로 등받이가 높은 의자에 앉아, 자못 자연스러운 자세를 취하려고 애쓰며 탁자 위에 팔꿈치를 짚었다.

의원은 4명이었다. 갸름한 얼굴을 깨끗이 면도질하고 강철 같은 날카로운 눈빛을 한 의장 니키친, 의미심장하게 입을 꽉 다문 채 희고 작은 손으로 서류를 뒤적이고 있는 보리프, 뚱뚱하게 살이 찌고 얼굴에 곰보자국이 있는 학자풍의 법률가 스코보로드니코프, 그리고 맨 나중에 나타난 네 번째 의원은 그 근엄해 보이는 노인 베에였다. 의원들에 뒤이어 서기관장과 검사차장이 들어왔다. 검사차장은 중키에 얼굴이 가무잡잡하고 여윈 젊은 남자로, 얼굴은 말끔히 면도질을 했고 까맣고 음울한 눈빛을 하고 있었다. 그는 괴상한 법복을 입고 있는 데다 이미 6년이나 만나지 못했지만, 네플류도프는 이 남자가 대학 시절에 친하게 지내던 친구 중 하나라는 것을 알아봤다.

"검사차장의 이름이 세레닌이죠?" 네플류도프는 변호사에게 물었다.

"네, 그게 왜요?"

"난 저 남자를 잘 알고 있지요. 괜찮은 사람입니다……."

"네, 게다가 훌륭한 검사차장이지요. 수완이 좋습니다. 그런 줄 알았더라면 저 남자에게 부탁할 걸 그랬군요." 파나린이 말했다.

"저 남자라면 어떤 경우에도 양심적으로 행동할 겁니다." 네플류도프는 세레닌과 자기 사이의 친한 교우관계를 떠올리고, 그 청렴함과 성실함과 가장 좋은 의미에서 '버젓한' 그 성품을 돌이켜보며 말했다.

"하지만 이제 그럴 여유가 없습니다." 심리가 시작되자 거기에 귀를 기울이며 파나린이 말했다.

지방재판소의 판결에 아무런 수정도 가하지 않은 항소원의 판결에 대한 상소사건의 심리가 시작되었다.

---

*머리 둘 달린 독수리 장식이 되어 있으며 주로 관공서 책상 위에 올려놓는 삼각뿔 모양의 장식. '공정준수'라는 글자가 새겨 있음.

네플류도프도 귀를 기울이며, 자기 눈앞에서 벌어지고 있는 일에 대해 이해하려고 애썼다. 그러나 지방재판소 때와 마찬가지로 아무래도 잘 이해할 수가 없었다. 그것은 가장 중요한 점에 대해서는 언급되지 않고 전혀 지엽적인 부분에 대해서만 심리의 초점이 맞추어져 있었기 때문이었다. 사건은 어느 주식회사 사장의 사기행각을 폭로한 신문기사에 관한 것이었다. 따라서 이때 중요한 점은 주식회사 사장이 출자자들의 돈을 횡령했다는 것이 사실이냐 아니냐, 또 이러한 횡령행위를 차단하려면 어떻게 해야 하느냐가 문제의 초점이 되어야 하는데, 거기에 대해서는 일언반구도 없었다. 다만 문제가 된 것은 신문발행인에게 그 사건기자의 폭로기사를 실을 권리가 있느냐 없느냐, 또 그것을 게재함으로써 어떤 법을 어긴 셈이 되느냐 하는 것뿐이었다. 이 범죄가 명예훼손이냐 중상이냐, 명예훼손이 중상을 포함하느냐 아니냐, 중상이 명예훼손을 포함하느냐 아니냐 하는 문제, 여기에 덧붙여 다양한 조문과 어느 재판소의 판례 등, 일반인으로서는 통 알아들을 수 없는 문제만이 지루하게 논의되었다.

네플류도프가 이해할 수 있었던 것 하나는, 사건경위를 보고한 보리프가 어제는 그에게 원로원은 사건의 본질 그 자체에 간섭할 수 없다고 그처럼 단호하게 말했으면서도, 이 사건에서는 항소원 판결이 파기되기에 유리하도록 노골적으로 편파적인 논고를 했다는 것과, 세레닌이 평소의 그 소극적인 성격에 걸맞지 않게 돌연 격렬하게 반대 의견을 펼쳤다는 것이었다. 늘 소극적인 세레닌이 네플류도프마저 놀랄 정도로 흥분한 이유는 그 주식회사 사장이 돈에 대해 더러운 인간이라는 것을 알고 있었다는 것, 더군다나 이 사건이 심리되기 바로 직전에 보리프는 그 사장네 집에서 열린 호화로운 만찬에 초대를 받고 참석했었다는 사실을 우연히 들었기 때문이었다. 방금 보리프가 몹시 신중한 태도를 취하면서도 명백하게 일방적이고 편파적인 보고를 하는 것을 듣고 세레닌이 벌컥 화를 내며, 이런 흔해빠진 사건을 다루는 것 치고는 지나치게 예민해져서 자기 의견을 말한 것은 그런 까닭이었다. 세레닌의 논고는 확실히 보리프의 자존심에 상처를 주었다. 보리프는 얼굴이 시뻘겋게 달아오른 채 잠자코 어깨를 으쓱하며 어이없다는 몸짓을 하더니, 몹시 거만하고 분한 표정으로 다른 의원들과 함께 평의실로 사라졌다.

"당신이 맡고 계시는 사건은 무엇입니까?" 의원들이 법정에서 나가자, 곧 정리가 파나린에게 와서 다시 물었다.

"아까 말씀드리지 않았습니까, 마슬로바의 사건이라고요." 파나린이 대답했다.

"아, 그랬지요. 그 심리는 오늘 열릴 예정입니다. 하지만……."

"하지만 뭡니까?" 변호사가 물었다.

"보시다시피 지금 처리되고 있는 사건은 원고와 피고 쌍방이 결석한 채로 진행되기 때문에 판결이 끝나게 되면 의원들은 법정으로 다시 들어오지 않을지 모릅니다. 하지만 보고는 해두지요……."

"그게 무슨 말인가요……?"

"아, 제가 보고하겠습니다. 말씀을 드려보지요……." 그리고 정리는 메모지에다 무언가를 써넣었다.

사실 의원들은 중상사건의 판결이 끝나면 마슬로바 사건을 포함한 나머지 사건은 평의실에서 차를 마시거나 담배를 피우면서 처리할 작정으로 있었다.

21

의원들이 평의실 탁자에 앉자마자 보리프는 몹시 유창하게, 원심이 파기되어야 하는 까닭을 늘어놓기 시작했다.

의장은 본디 심술궂은 사람이었는데, 오늘은 특히 기분이 상해 있었다. 법정에서 사건이 심리되는 동안 의장은 벌써 자기 의견을 정리해버렸으므로 지금은 보리프의 말에는 귀를 기울이지도 않고 자기 생각에 잠겨 있었다. 그 생각이란, 아주 오래전부터 노리고 있던 요직에 자기를 제치고 비라노프가 임명된 데 대해 어젯밤에 자기 회상록에 쓴 일이었다. 의장 니키친은 자기가 오랜 기간 재임하면서 교섭해 온 고위관료들에 대한 의견을 적어놓으면 뒷날 아주 중요한 역사 자료가 될 것이라고 진심으로 믿고 있었다. 어젯밤에 기록한 장(章)에는 고위관료 몇 명을 통렬하게 비판해놓았다. 그들이 오늘날의 위정자들이 초래하려는 파멸로부터 러시아를 구해내고자 하는 자기의 노력을 방해했다는 것이 그 주요 내용이었다. 그러나 실지로는 현재보다 더 많은 봉급을 타내려는 니키친의 계획을 그들이 방해한 사실에 지나지 않았다. 니키친은 이러한 모든 사정이 뒷날 자손들에 의해 전혀 새롭게 해석될 것이라고 생각했다.

"물론 그렇겠지요." 니키친은 이야기를 듣고 있지도 않았으면서, 보리프가 의견을 묻자 이렇게 대답했다.

베에는 테이블 위에 놓여 있는 종이에다 꽃잎을 몇 개나 끼적이면서 우울한 얼굴로 보리프의 이야기를 듣고 있었다. 베에는 순수한 자유주의자이며 1860년대의 전통을 철저하게 지키고 있었다. 만일 베에가 엄정한 중립에서 벗어나는 일이 있다고 한다면 그것은 자유주의를 옹호하는 경우에 한정되어 있었다. 지금도 중상모략을 당했다고 호소한 주식회사 사장이 더러운 인간이라는 것 외에, 이런 신문기자를 명예훼손으로 처벌하는 것은 언론의 자유를 억압하는 것이라는 이유에서도 베에는 이 상고를 도로 물러야 한다고 생각했다. 보리프가 논고를 끝내자 베에는 꽃잎을 그리던 손을 멈추고 우울한 표정을 하고서(이런 뻔한 것을 설명해야 한다는 사실이 슬펐다) 부드럽고 듣기 좋은 목소리로, 또한 간결하지만 설득력 있는 논조로 상고 이유가 터무니없이 부족하다고 지적한 뒤, 다시 백발 머리를 숙이고 꽃잎을 계속 그렸다.

보리프 맞은편에 앉아서 쉴 새 없이 굵은 손가락으로 콧수염과 턱수염을 입으로 당겨 넣고 자근자근 깨물고 있던 스코보로드니코프는 베에의 발언이 끝나자마자 수염 씹기를 그만두고 새된 목소리로 말했다. 주식회사 사장은 참으로 비열하기 짝이 없는 사나이지만 그것과는 별개로, 만약 법적 근거만 있다면 자기는 원심 파기에 찬성하고 싶지만 그럴 만한 근거가 없으므로 이반 세묘노비치(베에)의 의견에 동의한다고 말했다. 스코보로드니코프는 자기의 이 발언으로 보리프에게 따끔한 경고를 한 것으로 생각하며 내심 고소해했다. 의장이 스코보로드니코프의 의견을 지지했으므로 이 상소는 기각되었다.

보리프는 자기의 비양심적이고 불공평한 행동을 지적받은 꼴이 된 것이 불만이었지만, 태연함을 가장하고 다음 차례인 마슬로바 건의 관계서류를 펼쳐 읽기 시작했다. 다른 의원들은 사환을 불러서 차를 가져오게 하고는 그 무렵 카멘스키 결투 사건과 함께 페테르부르크에 화제를 일으키고 있던 사건에 대해 이야기하기 시작했다.

그것은 형법 제995조에 해당하는, 어떤 죄가 발각되어 체포된 어느 관공서 국장에 관한 사건이었다.

"정말 더러운 일이야." 베에가 몹시 불쾌하다는 듯이 말했다.

"그게 왜 잘못입니까? 현대문학을 예로 들어봐도 이런 게 있습니다. 어느 독일 작가가 쓴 글인데, 이것은 범죄로 여길 것이 못 될뿐더러 앞으로는 남자끼리의 결혼도 있을 수 있다고 말이죠." 스코보로드니코프는 손바닥에 닿을 만큼 손가락 깊숙이 끼고 있던 구겨진 담배를 뻑뻑 소리 내어 빨면서 큰 소리로 웃었다.

"그런 당치도 않은 일……." 베에가 말했다.

"못 믿으시겠다면 다음에 보여 드리지요." 스코보로드니코프가 그 책의 제목부터 발행연도, 출판사까지 상세히 들면서 말했다.

"듣자 하니 그 남자는 시베리아 어느 도시의 지사로 임명되어 갈 거라는 소문이던데요." 니키친이 말했다.

"그거 잘 됐군. 주교가 십자가를 받쳐 들고 맞아주겠구먼. 그러려면 주교도 같은 인간이어야겠지. 아예 내가 나서서 소개해볼까?" 스코보로드니코프는 그렇게 말하고는 담배꽁초를 재떨이에 내던지고, 턱수염과 콧수염을 잡히는 대로 잡다 입에 틀어넣고 질근질근 씹기 시작했다.

그때 정리가 들어와서, 마슬로바 사건의 심리에 입회하고 싶다는 변호사와 네플류도프의 희망을 알렸다.

"바로 이 사건입니다." 보리프가 말했다. "이건 그야말로 한 편의 드라마죠." 그렇게 말하고 네플류도프와 마슬로바의 관계에 대해서 알고 있는 것을 모조리 말했다.

의원들은 이 사건에 대해 잠깐 상의하고 나서 담배를 피우고 차를 마시고 법정으로 가서 아까 그 사건의 판결을 발표한 다음 곧 마슬로바 사건의 심리로 옮아갔다.

보리프는 그 가느다란 목소리로 아주 신중하게 마슬로바 건의 상소 이유를 보고했다. 이번에도 역시 그 태도에는 공정함이라고는 눈을 씻고도 찾아볼 수 없을 정도여서, 원심을 파기시키고야 말겠다는 마음이 노골적으로 드러나 있었다.

"뭐, 덧붙일 것은 없습니까?" 의장이 파나린에게 물었다.

파나린은 일어나더니 널찍하게 트인 흰 와이셔츠의 앞가슴을 쑥 내밀고 놀랄 만큼 설득력 있는 정확한 표현을 써가면서, 원심은 여섯 가지 항목에서 법을 잘못 해석했다고 지적하고 그 근거를 하나하나 들었다. 그뿐 아니라 짧게나마 사건의 본질에 대해 언급하고, 원심은 당치도 않게 불공정했다고 지적했다. 간결하지만 힘찬 파나린의 논조는, 날카로운 통찰력과 법에 대한 해박한 지식을 지닌 의원 여러분은 나 같은 변호사 나부랭이보다 훨씬 사건을 잘 파악하고 이해하고 있을 것이다, 나 따위가 구구절절한 말을 늘어놓는 것은 실례인줄 아나 그를 무릅쓰고 발언하는 이유는 그것이 내 의무이기 때문이다, 라고 말하는 듯했다. 변론을 마친 파나린의 얼굴에는 의기양양한 미소가 번져 있었다. 자기가 고용한 변호사와 그 미소를 본 네플류도프는 이 상소는 이겼다고 확신했다. 그러나 의원들 쪽으로 눈을 돌렸을 때, 승리의 개가를 올리며 미소 짓고 있는 것은 파나린 한 사람뿐임을 알아차렸다. 의장과 검사차장은 흡족해하거나 의기양양해하는 기색은커녕, '그런 소리는 싫증이 나도록 들었어, 그런 건 공염불이야' 하고 말하는 듯한 따분한 표정을 짓고 있었다. 그들 모두는 변호사가 변론을 마침으로써 무의미한 발언으로 자신들의 소중한 시간을 빼앗는 것을 그만두고서야 비로소 만족한 것 같았다. 변호사의 변론이 끝나기를 기다렸다가 의장은 검사차장을 돌아보았다. 세레닌은 간결하게, 그러나 정확하고 뚜렷하게 상소 이유를 논거 부족이라고 인정하고 원판결을 번복해서는 안 된다고 주장했다. 곧이어 의원들은 자리에서 일어나 평의를 위해 물러갔다. 평의실에서도 의견이 두 개로 갈라졌다. 보리프는 원심 파기를 주장했다. 베에도 즉시 문제의 핵심을 이해하고, 재판장에서 배심원들이 오류를 저질렀을 때의 상황을 자기가 이해한 대로 열심히, 그리고 정확히 동료들에게 설명하면서 매우 적극적으로 원심 파기를 주장했다. 언제나 엄격한 태도에 찬성하고 엄격한 형식주의를 지지하는 니키친은 원심 파기를 반대했다. 최종 판결은 스코보로드니코프의 한 표에 달리게 되었다. 그러나 이 한 표는 반대 측에 던져졌다. 도덕이 요구하는 대로 이 여자와 결혼하려는 네플류도프의 결심이 참으로 불쾌하기 짝이 없다는 이유에서였다.

스코보로드니코프는 유물론자이자 다윈의 신봉자였으므로 모든 추상적인 도덕과, 그보다 더 나쁜 종교심의 발현 등을 경멸해야 할 어리석은 짓이라고 단정지었을 뿐 아니라, 자기를 모독하는 행위라고까지 여겼다. 매춘부를 상대로 한 이 지저분한 사건이, 그것도 모자라 그 여자를 변호하는 유명한 변호사와 당사자인 네플류도프가 이 원로원에 와 있다는 사실 자체가 아주 불쾌해서 견딜 수 없었던 것이다. 그래서 턱수염을 입에 물고 오만상을 쓴 채로 자연스러운 태도를 애써 꾸미며, 자기는 이 사건에 대해 아무것도 모르지만 상소 이유가 불충분한 것은 명백하므로 상고를 기각하겠다는 의장의 의견에 동의한다고 말했던 것이다.

이로써 상고는 기각되었다.

22

"이럴 순 없소!" 가방에 서류를 넣고 있는 변호사와 함께 대기실로 가면서 네플류도프가 말했다. "이처럼 명백한 사실인데도 저들은 형식에 얽매여 기각하다니. 이럴 순 없단 말이오!"

"이 사건은 원심에서부터 잘못된 것입니다." 변호사가 말했다.

"게다가 세레닌마저 기각에 찬성하다니, 이럴 순 없소. 이럴 수 없단 말이오!" 네플류도프는 되풀이해서 말했다. "앞으로 어떻게 해야 좋겠소?"

"황제 폐하께 청원합시다. 여기 계시는 동안 직접 제출하십시오. 제가 써드리지요."

그때 훈장을 치렁치렁 단 법복을 입은 자그마한 보리프가 대기실에 나타나서 네플류도프 곁으로 다가왔다.

"어쩔 수 없었습니다, 공작. 이유가 불충분했으니까요." 보리프는 좁은 어깨를 더욱 움츠리고 눈을 감으며 이렇게 말하고는 볼일이 있는 쪽으로 가버렸다.

보리프가 가고 난 뒤에 세레닌이 들어왔다. 옛 친구인 네플류도프가 와 있다는 말을 의원들한테서 듣고 온 참이었다.

"여어, 자네를 이런 곳에서 만나게 될 줄은 전혀 생각도 못했네." 세레닌이 네플류도프에게 다가오며 말했다. 입가에는 웃음을 머금고 있었으나 눈빛은 여전히 침울한 빛을 띠고 있었다. "자네가 페테르부르크에 와 있는 줄은 몰랐네."

"나도 자네가 검사국장이 됐을 줄은 몰랐어……."

"차장이야." 세레닌이 고쳐 말했다. "그런데 어떻게 자네가 원로원엘 다?" 세레닌이 우울하게 생기 없는 눈빛으로 친구를 바라보며 말했다. "자네가 페테르부르크에 와 있다는 말은 들었지. 하지만 무슨 일로 이런 곳엘 다 온 건가?"

"내가 여기 온 이유? 여기서라면 정의를 발견하고, 누명을 뒤집어 쓴 여자를 구할 수 있을까 싶어서였지."

"어떤 여잔데?"

"방금 심리된 사건일세."

"아, 마슬로바 사건이로군." 세레닌은 생각을 떠올리며 말했다. "정말 이유가 불충분한 상소였네."

"문제는 상소에 있는 게 아니야. 죄 없이 벌을 받고 있는 한 여자에게 있는 거지."

세레닌은 한숨을 쉬었다.

"그럴지도 모르지만, 하지만……."

"그럴지도 모르는 게 아니라 분명히 그렇다네."

"그걸 어떻게 아나?"

"그건 내가 배심원이었기 때문이지. 나는 우리가 어떤 잘못을 저질렀는지 알고 있다네."

세레닌은 생각에 잠겼다.

"그걸 그때 바로 신청했어야 하는 건데 그랬네." 세레닌이 말했다.

"신청했지."

"그것을 재판기록에 적어 넣어야 하네. 그게 상소장에 첨부되어 있었더라면……."

세레닌은 늘 바빠서 사교계에 그다지 얼굴을 비치지 않기 때문에 네플류도프의 로맨스에 관한 소문에 대해서는 전혀 모르는 눈치였다. 네플류도프는 그것을 깨닫고, 카튜사와 자기의 특별한 관계를 굳이 말할 필요는 없겠다고 생각했다.

"그런가? 하지만 지금도 그 판결이 불합리하다는 것은 명확하지 않은가?"

"원로원이 그런 것을 말할 권리는 없지. 만약 원로원이 원판결 자체의 공정성을 임의대로 판단하고 재판소의 판결을 파기한다면, 원로원은 자기 근거를 잃게 될 것은 물론이요, 정의를 되찾기보다는 오히려 정의를 파괴할 위험을 저지르게 되겠지." 세레닌은 지금 막 끝난 사건을 떠올리면서 말했다.

"그것은 내버려 두고라도 배심원들의 결정 자체가 그 의미를 잃게 될 테니까."

"내가 알고 있는 것은 그 여자는 완전히 무죄이고, 이젠 그 여자를 부당한 형벌에서 구해 낼 마지막 희망이 사라졌다는 것뿐일세. 최고 사법기관이 완전한 불법 행위를 인정한 셈이지."

"인정한 것은 아니야. 사건 자체의 심리에는 들어가지도 않았고 또 들어갈 수도 없으니까 말일세." 세레닌이 눈을 가늘게 뜨고 말했다. "자넨 이모님 댁에서 지내고 있겠지?" 세레닌은 화제를 밝은 쪽으로 돌리고 싶은지 이렇게 덧붙였다. "어제 자네 이모님한테서 자네가 와 있다는 말을 들었지. 이번에 외국에서 온 설교사가 설교하는 자리에 자네도 참석하니, 나더러도 이야기를 들으러 오라고 초대하시더군." 세레닌은 입가에 엷은 웃음을 띠며 말했다.

"응. 가 봤는데, 싫증이 나서 곧 나와 버렸지." 세레닌이 이야기를 돌린 데 대해 분노를 느끼면서 네플류도프는 톡 쏘듯이 대답했다.

"허, 왜 싫증이 났나? 그야 단면적이고 이교도적이긴 해도 그건 역시 종교적 감동의 발현이 아니던가."

"그건 야만적인 잡소리야." 네플류도프가 말했다.

"아니, 그렇지 않아. 우스운 것은 우리는 우리가 속한 교회의 가르침을 너무 모르는 탓에 우리의 근본적인 교양마저 뭔가 새로운 계시인 양 착각한다는 거야." 세레닌은 자기가 생각해 낸 이 새로운 견해를 옛 친구에게 알려주려고 안달이나 난 듯이 말했다.

네플류도프는 놀란 듯이 세레닌의 얼굴을 뚫어져라 응시했다. 세레닌은 눈을 내리깔긴 했지만 그의 눈은 우울할 뿐만 아니라 악의마저 깃들어 있는 듯했다.

"그럼 자네는 교회의 교리를 믿나?" 네플류도프가 물었다.

"물론 믿지." 세레닌이 생기 없는 눈빛으로 똑바로 네플류도프의 얼굴을 들여다보며 대답했다.

네플류도프는 한숨을 쉬며 말했다.

"놀랍군."

"아무튼 이따가 천천히 이야기하기로 하세." 세레닌이 말했다. "아, 지금 가네." 그는 공손하게 다가온 정리에게 이렇게 말했다. "꼭 다시 만나세."

세레닌은 한숨을 내쉬며 덧붙였다. "그런데 시간이 맞을까? 난 늘 저녁식사가 시작되는 7시에는 집에 있어. 우리 집은 나제친스카야에 있네." 세레닌은 집의 번지를 댔다. "이게 그날 이후로 몇 년 만인가!" 세레닌은 대기실을 나가면서 다시 입가에만 미소를 띠고 이렇게 덧붙였다.

"시간이 나면 가겠네." 네플류도프는 옛날에는 무척 가까웠던 친구가 이렇게 짧은 대화를 주고받는 동안에 갑자기, 적이라고까지는 할 수 없어도 생전 처음 보는, 멀고도 이해하기 힘든 존재가 되어버린 듯한 착각을 느끼면서 말했다.

23

네플류도프가 세레닌을 만난 것은 대학시절이었다. 그 무렵의 세레닌은 나무랄 데 없는 젊은이였고, 충실한 벗이었으며, 나이에 비해 교양이 풍부한 상류사회의 귀공자로, 그 용모는 늘 우아하고 아름다웠으며 빈틈없고 정직하고 성실했다. 특별히 열심히 공부하지 않아도 늘 성적이 우수했으며, 논문으로 금메달까지 타고서도 조금도 우쭐대는 빛이 없었다.

세레닌은 말만 앞세우는 것이 아니라, 실제로 남을 위해 봉사하는 것을 젊은 날의 목적 중 하나로 여겼다. 그 목적을 이루기 위해서는 오직 관직에 들어가는 길밖에 없다고 생각했으므로 대학을 마치자 곧 황제직속 고등법원 제2과에 들어갔다. 그것은 자기가 온 힘을 기울여 일할 수 있는 분야를 계통별로 검토한 결과, 법률작성을 다루는 이곳이야말로 가장 보람 있고 자기 뜻을 펼칠 수 있는 곳이라고 판단했기 때문이었다. 그러나 요구받은 모든 일을 빈틈없이 정확하고 양심적으로 처리했음에도, 거기서 일함으로써 이로운 존재가 되려는 자기의 욕구를 만족시킬 수도 없었다. 또한 마땅히 해야 할 일을 하고 있다는 의식도 불러일으킬 수 없었다. 오히려 허영심 강하고 천박한 상관들과 의견 충돌을 일으킬 때마다 그로 인한 불만은 차츰 더 커지기만 했다. 마침내 세레닌은 제2과를 그만두고 원로원으로 옮겼다. 원로원은 그래도 그전보다는 좀 나은 편이긴 했으나 역시 이러한 불만을 없앨 수는 없었다.

그는 매사가 자신이 기대했던 바와는 전혀 다르며, 이런 것은 이상적인 모습이 아니라는 사실을 언제나 느끼곤 했다. 이럭저럭 원로원에서 근무하는 동안 한 친척의 주선으로 시종보좌로 임명되었다. 세례닌은 금줄 자수가 들어간 군복에 가슴에는 새하얀 무명 리본을 달고, 자기를 요직에 주선해준 분들에게 감사의 말을 전하러 마차를 타고 이곳저곳으로 인사를 다녀야 했다. 하지만 그는 아무리 생각해 보아도 이런 직무가 있어야 할 합리적 이유를 찾을 수 없었다. 그러므로 관청에서 일할 때보다도 더욱더 무언가가 잘못된 것처럼 느끼게 되었지만, 자기를 만족할 만한 자리에 앉혀주었다고 믿고 있는 사람들을 실망시키지 않기 위해 그 지위를 거절할 수도 없었다. 한편으로는 이 지위가 세례닌의 마음 한구석에 자리 잡고 있는 저급한 근성에 만족감을 준 것도 사실이었다. 금줄 두른 제복을 입은 자기 모습을 거울에 비춰보거나, 이 지위가 어떤 부류의 사람들에게 불러일으킬 존경심이 싫지만은 않던 것이다.

결혼을 할 때도 이와 똑같은 일이 일어났다. 상류사회의 일반적인 관점에서 보아 퍽 영광스러운 혼담이 오갔다. 세례닌이 결혼을 한 주된 이유는, 만일 결혼을 거절한다면 오직 이 결혼만을 바라고 있는 신부에게는 물론, 중매를 서준 사람들에게 모욕감과 불쾌감을 안기게 되리라는 것이었다. 또 한편으로는, 이 아름다운 명문가의 딸과 결혼하는 것은 세례닌의 자존심을 북돋아서 커다란 만족감을 안겨주었기 때문이다. 그러나 곧 이 결혼도 관청 근무나 궁중의 직무 이상으로 '잘못된' 것임이 드러났다. 아내는 첫아이를 낳고 나자 더는 낳기를 거부하고 사치스러운 사교생활을 시작했다. 세례닌도 아내에게 휩쓸려 어느샌가 그 틈에 말려들어가고 말았다. 아내는 눈에 띄는 미인은 아니었지만 남편에게는 정숙했다. 하지만 이런 생활을 함으로써 남편의 생활을 망쳐 놓고 말았다. 더구나 그 자신도 어마어마한 정신적 고통과 피로 말고는 아무것도 얻는 것이 없었음에도 여전히 이 생활을 계속했다. 남편은 어떻게든 이러한 생활을 끝내보려고 온갖 노력을 다했으나, 이러한 노력은 곧 죽는 한이 있더라도 사교계 생활을 절대 포기할 수 없다는 아내의 바위처럼 굳건한 신념에 부딪쳐 허무하게 부서져 버리고 말았다. 이러한 아내의 신념은 부모님을 비롯한 모든 지인들의 지지를 받았다.

금빛 머리카락을 길게 늘어뜨리고 맨다리를 훤히 드러낸 어린 딸도 세례닌에게는 전혀 낯선 남의 집 자식처럼 생각되었다. 딸은 아버지인 세례닌의 생각과는 전혀 다르게 키워지고 있었으므로 더욱 그랬다. 세상의 모든 부부가 그렇듯 이 부부 사이에도 견해 차이가 있었다. 아니, 서로를 이해하려고도 하지 않았다는 표현이 옳다. 체면을 내세워 남들 눈에는 보이지 않도록 조용하고 말 없는 다툼이 이어졌고, 이것이 세레닌의 가정생활을 참기 어려운 상황으로 만들었다. 이렇게 가정생활도 관청 근무나 궁중의 직무 이상으로 '잘못된' 것이 되고 말았다.

하지만 무엇보다도 '잘못된' 것은 종교를 대하는 태도였다. 세레닌과 계층과 시대를 같이하는 모든 사람이 그러하듯이 그 역시 종교적 미신 속에서 성장했는데, 머리에 지식이 쌓여가면서 아무런 어려움 없이 그 인연을 끊어버렸다. 스스로도 언제부터 종교에서 자유로워졌는지 모를 정도였다. 세레닌은 성실하고 정직한 사람이었으므로 네플류도프와 친하게 지냈던 젊은 학생 시절에는 자기가 공인되어 있는 종교의 미신에서 해방되었음을 숨기려고 하지 않았다. 그러나 나이를 먹고 지위가 차츰 올라감에 따라, 특히 그 무렵 상류사회에 등장한 보수적 반동사상의 흐름 앞에서 이 자유로운 종교관은 걸림돌이 되기 시작했다. 집안의 여러 가지 의식, 특히 아버지가 돌아가신 뒤 추도식이 열리고 어머니가 정진을 요구한 일이나 사회 양식이 어느 정도 요구하는 의식 등은 별개라 치더라도, 직무상 늘 기도식이나 성찬식, 감사기도와 같은 종교의식에 참석해야만 했다. 아니, 종교의 형식을 띤 행사가 빠지는 날이 거의 없었고 그것을 피하기도 불가능한 일이었다. 이런 의식에 참석할 때 세레닌이 취해야 할 태도는 둘 중의 하나였다. 즉 자기가 믿지도 않는 그런 의식을 믿는 척하거나(세레닌의 정직한 성격으로는 도저히 할 수 없는 일이었다), 아니면 이러한 모든 외면적인 형식을 위선이라고 규정하고 이처럼 스스로 위선이라고 규정한 자리에는 참석하지 않도록 자기의 생활을 바꾸는 것이었다. 그러나 별로 대수롭지 않게 보이던 그런 일도 막상 실행에 옮기려니 여러 가지 어려움이 따랐다. 가까운 친척들과 끊임없이 다투어야 했음은 두말할 것 없고, 더 나아가서 자기의 성실한 태도를 완전히 바꾸고 그동안 해 오던 업무도 모조리 내팽개쳐야 했다. 여태까지 그 관직을 통해 지금도 사람들에게 이바지하고 있고, 앞으로도 계속 이바지할 것이라고 믿고 있는 이익은 모조리 희생시킬 필요가 있었다. 또한 이런 일에는 무엇보다도 자기 자신이 옳다고 믿는 굳은 신념이 필요한 법이다. 세레닌도 자기가 옳다고 굳게 믿었다. 조금이나마 역사를 알고, 모든 종교의 기원이나 기독교

교회의 발생 및 분열에 대해서 알고 있는 교양 있는 현대인이라면 누구나 자기가 옳다고 확신하지 않을 수 없기 때문이다. 그러므로 세레닌은 교회의 교리가 옳다는 것을 인정하지 않았으므로 자기가 옳다는 것을 믿지 않을 수 없었다.

그러나 정직한 세레닌은 환경의 압력 때문에 자기에게 조그만 위선을 허용했다. 그것은 다름 아닌, 불합리한 것을 불합리하다고 단정하기 위해서는 먼저 그 불합리한 대상을 연구해볼 필요가 있다고 자기 자신을 타일러 보는 것이었다. 이것은 그야말로 조그만 위선이었으나 바로 이것이 지금 세레닌이 빠져 있는 커다란 위선으로, 그는 그 속으로 빨려 들어갔다.

그 속에서 태어나서 자라고, 주위 사람들로부터 믿기를 강요당하며, 그 신앙을 인정하지 않고는 남들을 위해 뜻 깊은 활동을 할 수가 없다고 규정하는 그리스 정교의 교리가 과연 올바른 것인가 하는 문제를 자문해보았을 때, 세레닌의 머릿속에는 이미 그 대답이 마련되어 있었다. 세레닌이 이 문제의 해결을 위해 집어든 것은 볼테르도 쇼펜하우어도 스펜서도 칸트도 아닌, 헤겔의 철학 서적이나 비네와 호먀코프의 종교 서적 등이었는데, 당연히 거기서 자기에게 필요한 답을 발견했다. 즉 그것은 일종의 안식처이자, 자기 자신을 길러온 종교 교리의 정당화였다. 세레닌은 이성으로는 이미 오래전부터 그 종교를 부정했으나, 종교가 없으면 모든 생활은 불쾌감으로 가득 차버리고, 그것을 인정하면 그런 불쾌감은 즉시 사라져버렸다. 그래서 세레닌은 저마다의 이성은 진리를 인식할 수 없다든가, 진리는 오로지 모든 인간에게 포괄적으로 계시된다든가, 진리를 인식할 수 있는 유일한 수단은 하늘의 계시라든가, 이 계시는 교회를 통해서만 이루어진다는 따위의 통속적인 궤변을 인정하고 말았다. 그때부터 세레닌은 위선을 행한다는 의식도 없이, 그저 태연하게 기도식이나 추도식에 참석하고 정진하고 성상을 향해 성호를 그으며 직장 근무를 해나갈 수 있게 되었다. 오히려 자기는 이로운 일을 하고 있다는 의식을 가지고, 기쁨 없는 가정생활에 대한 위로마저 거기서 찾아냈다. 세레닌은 자기가 신앙을 가지고 있다고 믿었던 것이다. 그러면서도 이 신앙은 어딘가 '잘못된' 것이라는 것을 육체적으로도 정신적으로도 의식하고 있었다.

세레닌이 늘 침울하고 우울해 보이는 눈빛을 하고 있는 이유는 그 때문이었다. 그리고 그는 자기 마음속에 이러한 위선이 완전히 뿌리박히기 전에 알던 네플류도프를 만나자 순진했던 옛날의 자기가 떠오른 것이다. 더구나 당황한 마음에 자기의 종교관을 드러낸 뒤에는 여느 때보다 더욱 심하게 모든 것이 '잘못된' 상태에 있음을 사무치게 느끼고 완전히 우울해지고 말았다. 네플류도프 역시 옛 친구와 뜻밖의 만남을 가지고 차츰 처음에 느낀 기쁨의 감정이 사라지자 이와 똑같은 것을 느꼈다.

그래서 두 사람은 입으로는 다시 만나자고 약속하면서도 굳이 그 기회를 만들려고 하지 않았다. 그러므로 이번에 네플류도프가 페테르부르크에 머무르는 동안 두 사람은 끝내 서로 만나지 않았다.

24

원로원을 나오자 네플류도프는 변호사와 나란히 보도를 걸었다. 변호사는 자신의 마부에게 뒤따라오라고 이르고, 네플류도프에게 조금 전 의원들이 애깃거리로 삼고 있던 국장에 대해서 이야기했다. 죄가 드러나 본디 법에 따라 유형 판결을 받아야 마땅하지만, 시베리아 어느 시의 지사로 임명되었다는 그 국장 사건이었다. 변호사는 이 사건의 그 추악한 전말을 모조리 이야기하고 나자 이번에는 재미있어 못 견디겠다는 듯이, 오늘 아침에 둘이서 마차를 타고 지나는 길에 본 미완성인 기념비의 건립기금으로 모은 돈을 고위 고관들에게 횡령당했다는 이야기를 들려주었다. 변호사는 또, 아무개의 정부가 주식으로 수백만 루블을 벌었다느니, 아무개는 아내를 팔았는데 아무개가 샀다는 이야기를 한바탕 하고 나서, 국정을 책임지는 고관들이 직책을 모독하는 온갖 종류의 사기행각과 범죄를 저지르면서도 감옥에 들어가지 않고 여러 관청의 장관 자리에 버젓이 앉아 있다는 새로운 이야기를 끄집어냈다. 변호사는 이런 이야깃거리라면 무진장으로 알고 있는 듯했는데, 그것이 이 변호사에게 큰 만족감을 주는 것 같았다. 이런 이야기는 그 변호사들이 돈을 벌기 위해 쓰는 수단 따위는 페테르부르크의 고관들이 같은 목적을 위해 하는 짓에 견주어 본다면 아주 정당하고 소박한 것임을 당당하게 증명해 주기 때문이었다. 그래서 네플류도프가 고관들의 범죄에 대한 뻔한 이야기를 끝까지 듣지 않고 작별인사를 한 뒤 임대 마차를 잡아타고 강가에 있는 집 쪽으로 사라졌을 때, 변호사는 멍하니 놀라고 말았다.

네플류도프는 몹시 우울했다. 그 까닭은 주로 원로원의 기각이 죄 없는 카튜사가 겪고 있는 그 까닭 없는 고통을 완벽하게 정당화했다는 사실과, 이것이 카튜사와 운명을 같이하려는 자기의 굳은 결심을 한층 더 어렵게 만들었기 때문이었다. 네플류도프의 우울한 기분은 변호사가 그런 무시무시한 고관들의 악행을 마치 자기 이야기라도 되는 양 우쭐해서 의기양양하게 지껄이는 것을 보고 더욱 심해졌다. 게다가 예전에는 솔직하고 고결하고 사랑스러운 청년이었던 세레닌의 그 심술궂고 냉정하고 쌀쌀맞은 눈빛이 계속 떠올라서 견딜 수가 없었다.

네플류도프가 집으로 돌아오자 현관지기가 어딘지 모르게 업신여기는 듯한 표정으로 그에게 편지 한 통을 내밀었다. 현관지기의 말로는 어떤 여자가 현관지기의 방에서 쓴 편지라고 했다. 그것은 슈스토바의 어머니가 쓴 편지였다. 딸을 구해 준 은인에게 감사하다는 인사를 하러 왔다는 것과, 바실리옙스키 섬 5번가에 있는 어떤 아파트로 꼭 와달라는 말이 적혀 있었다. 베라예플레모브나를 위해 꼭 만나 뵈어야 한다고 덧붙여져 있었다. 감사하다는 인사말로 괴롭히지는 않겠다, 감사의 말은 하지 않고 다만 만나 뵙기만을 바랄 뿐이다, 될 수 있으면 내일 오전 중에 와 주시기를 바란다며 끝을 맺었다.

또 한 통은 네플류도프의 옛 친구인 시종무관 보가트이료프한테서 온 편지였다. 네플류도프는 이 남자에게 자기가 분리파 교도를 대신해 황제 앞으로 쓴 청원서를 전달해 달라고 부탁해 두었었다. 보가트이료프의 크고 위엄 있는 글씨체로, 약속대로 청원서는 황제께 직접 보낼 작정이지만 문득 생각난 것인데 그러기 전에 네플류도프 자신이 이 문제를 좌지우지할 수 있는 고관을 만나 부탁해보는 것이 더 좋지 않겠느냐는 것이었다.

네플류도프는 페테르부르크에서 머무는 요 며칠 동안, 어떤 것에서도 성과를 거두기란 불가능하다는 인상을 받고 절망적인 기분에 잠겨 있었다. 모스크바에서 자기가 세운 여러 가지 계획은, 사람들이 첫 인생길에 들어가 보면 반드시 환멸을 느끼는 젊은 날의 헛된 꿈같은 것으로 느껴졌다. 그러나 페테르부르크에 온 이상, 미리 세워놓은 계획은 모두 실행하는 것이 자기 의무라 생각하고 내일이라도 당장 보가트이료프한테 가서 그 충고대로 분리파 교도 문제를 해결할 수 있는 고관을 찾아가기로 마음먹었다.

네플류도프는 서류 가방에서 분리파 교도의 청원서를 꺼내어 그것을 다시 한 번 읽기 시작했다. 그때 문 두드리는 소리가 나더니 하인이 들어와서, 차를 들러 2층으로 오라는 카테리나 이바노브나 백작 부인의 말을 전했다.

네플류도프는 곧 가겠다고 말하고 서류를 가방 속에 넣어 두고는 이모 방으로 갔다. 2층으로 올라가면서 얼핏 창밖으로 거리를 내다보니, 밤색 말 두 마리가 끄는 마리에트의 마차가 서 있는 것이 보였다. 순간 네플류도프는 저도 모르게 마음이 들떠 웃음이 비어져 나오려고 했다.

마리에트는 차양 달린 모자를 쓰고, 오늘은 검정색이 아니라 밝고 화려한 얼룩무늬 옷을 입고 찻잔을 손에 들고는 백작부인의 안락의자 옆에 앉아서, 미소를 머금은 채 아름다운 눈을 반짝이면서 무언가에 대해 재잘거리고 있었다. 네플류도프가 방으로 들어갔을 때 코 밑에 검은 솜털이 난 마음씨 좋은 카테리나 이바노브나 백작부인은 그 뚱뚱한 몸을 흔들어대며 요란스럽게 웃어젖혔다. 그 웃음소리로 짐작하건대, 마리에트가 무언가 몹시 우습고 음탕한 말을 한 모양이었다. 마리에트는 유난히 mischievous(장난꾸러기 같은) 표정을 띠고 웃음으로 벌어진 입매를 살짝 일그러뜨린 채, 정력적인 느낌이 드는 쾌활한 얼굴을 갸우뚱하고 잠자코 말하고 있는 상대의 얼굴을 쳐다보고 있었다.

네플류도프는 그 말끝에서 그 무렵 페테르부르크의 제2의 뉴스, 즉 새로 부임한 시베리아 지사의 에피소드를 그들이 이야기하고 있다는 것을 알아챘다. 마리에트가 여기에 대해 무언가 몹시 우스운 말을 했으므로 백작부인은 한동안 웃음을 그칠 수가 없었던 모양이었다.

"아, 우스워 죽겠네." 백작부인은 기침을 하며 말했다.

네플류도프는 인사를 하고 두 사람 곁에 앉았다. 네플류도프가 마리에트의 주책없음을 탓하려 하자, 그녀는 네플류도프의 그 진지하고 못내 불만스러운 듯한 표정을 재빨리 눈치챘다. 그리고 처음 네플류도프를 만났을 때부터 그랬던 것처럼, 네플류도프의 마음에 들도록 얼굴 표정뿐만 아니라 기분까지 완전히 딴판으로 바꾸었다. 그녀는 갑자기 진지하게 자기 생활에 불만을 품고 뭔가를 추구하는 듯한, 아니 뭔가를 동경하는 듯한 태도를 보였다. 더구나 겉으로만 그렇게 꾸민 것이 아니라, 실지로 그 순간 네플류도프가 젖어 있던 것과 똑같은 심정(그 기분이 어떤 것인지 표현할 수는 없지만)에 젖어들었다.

마리에트는 네플류도프에게 애쓰던 일이 바라던 대로 되었느냐고 물었다. 네플류도프는 원로원에서 기각되었다는 것과 세레닌을 만났다는 것을 말했다.

"아아! 정말 그분은 마음씨가 고운 분이에요! 그야말로 chevalier sans peur et sans reproche(두려움도 비난도 모르는 기사(騎士))죠. 정말 깨끗한 마음씨를 가진 분이에요." 두 부인은 사교계에서 세레닌을 말할 때 흔히 드는 판에 박힌 형용사를 늘어놓았다.

"세레닌의 아내는 어떤 사람입니까?" 네플류도프가 물었다.

"부인 말씀이세요? 글쎄요, 이러쿵저러쿵 말하고 싶지는 않지만, 그 부인은 남편을 이해해 주지 않아요. 그건 그렇고, 그분까지 기각에 찬성하셨나요?" 마리에트는 진심으로 동정어린 말투로 물었다. "정말 잔인하군요. 그 여죄수가 너무 불쌍해요!" 그녀는 탄식을 하며 덧붙였다.

네플류도프는 이맛살을 찌푸렸다. 그리고 이야기를 다른 방향으로 돌리려고, 요새 감옥에 갇혀 있다가 마리에트의 수고로 석방된 슈스토바의 이야기를 꺼냈다. 네플류도프는 남편을 설득해준 마리에트에게 감사하다고 말한 다음, 그저 아무도 애를 써주지 않았다는 까닭만으로 그 여자와 가족들이 고생해야만 했던 것을 생각하면 정말 무서운 마음이 든다고 말하려고 했다. 그러나 마리에트는 네플류도프가 끝까지 말하기도 전에 심한 분노를 드러내었다.

"그 말씀은 하지 말아 주세요." 마리에트가 말을 가로막았다. "석방해도 좋다고 남편이 말했을 때, 제 머리에도 당신이 한 생각과 똑같은 생각이 떠올라서 깜짝 놀랐어요. 그 여자가 무죄였다면 대관절 여태까지 왜 가두어 두었을까요?" 마리에트는 네플류도프가 하려던 말을 했다. "어떻게 이런 일이 있을 수 있을까요? 정말 분통 터지는 일이에요!"

카테리나 이바노브나 백작부인은 마리에트가 조카에게 교태를 부리고 있는 것을 알아채자 우스워졌다.

"네플류도프." 두 사람의 말이 끊어지자 부인이 말했다. "내일 저녁에 아린느의 집으로 오너라. 키제베테르가 올 거야. 당신도요." 부인이 마리에트를 보고 말했다.

"Il vous a remarqué(그분이 너를 마음에 들어 하시더라)." 부인이 조카에게 말했다. "내가 그분에게 너에 대해 모조리 이야기했더니, 네 의견은 모두 좋은 징조니까 넌 틀림없이 그리스도 곁으로 갈 수 있을 거라고 하더구나. 꼭 와야 한다. 마리에트, 당신도 이 애에게 꼭 오라고 권해줘요. 당신도 꼭 오시고요."

"백작부인, 저는 공작님께 무얼 충고할 권리가 전혀 없는걸요." 마리에트 는 네플류도프를 흘끗 쳐다보고, 백작부인의 말과 일반적인 복음서 전도에 대한 태도에 자기와 네플류도프 사이에 완전히 일치하는 점이 있다는 것을 그 시선으로 확인하며 말했다. "게다가 아시다시피 저는 그런 걸 별로 좋아 하지 않거든요……."

"참, 그랬죠. 당신은 언제나 남들과는 반대로 가니까요. 자기 식으로……."

"어머, 자기 식이라고요? 전 그저 농사짓는 아낙네처럼 하느님을 믿을 뿐이에요." 마리에트가 웃으며 말했다. "그리고…… 내일은 프랑스 연극을 보러 갈 예정이거든요."

"아, 그래요? 그런데 그 배우는 보셨나요? 그 왜, 이름이 뭐더라?" 카테리나 이바노브나 백작부인이 말했다.

마리에트가 유명한 프랑스 여배우의 이름을 일러 주었다.

"부인께서도 꼭 가보세요. 굉장하답니다."

"그럼 어느 쪽을 먼저 보면 되겠습니까, ma tante(이모님)? 여배우입니까, 아니면 설교사입니까?" 네플류도프가 빙그레 웃으며 말했다.

"그렇게 말꼬리를 잡는 게 아니란다."

"제 생각으로는 먼저 설교사를 보고, 그 다음에 여배우를 보는 게 순서가 맞을 것 같군요. 그렇지 않으면 설교에 대한 흥미가 모조리 없어지고 말 테니까요." 네플류도프가 말했다.

"아니에요. 그보다도 프랑스 연극을 먼저 보고 나서 참회하시는 게 좋을 거예요." 마리에트가 말했다.

"둘 다 날 우스갯거리로 삼는 건 그만둬요. 설교는 설교고 연극은 연극이니까. 아무리 구원받기 위해서라고는 해도 얼굴을 일그러뜨리고 훌쩍거릴 필요는 없어요. 신앙만 있으면 마음은 상쾌해지니까."

"ma tante(이모님), 이모님은 어느 설교사보다도 설교가 뛰어나시군요."

"저……." 마리에트가 잠깐 생각에 잠겼다가 말했다. "내일 저녁에 저희 자리로 와서 같이 보시지 않겠어요?"

"글쎄요, 그럴 시간이 있을지 모르겠습니다……."

그때 손님이 왔다는 것을 알리려고 하인이 들어오는 바람에 이야기가 중단되었다. 손님은 백작 부인이 회장으로 있는 자선단체의 비서였다.

"정말 따분한 사람이죠. 내가 저쪽에 가서 만나는 편이 좋겠군요. 이야기가 끝나면 다시 돌아오겠어요. 마리에트, 이 애한테 차라도 좀 따라주세요." 백작부인이 침착하지 못한 걸음걸이로 빠르게 응접실로 나가면서 말했다.

마리에트는 장갑을 벗고 무명지에 반지를 몇 개나 낀, 정력적인 느낌이 드는 몹시 납작한 손을 드러냈다.

"드시겠어요?" 마리에트는 새끼손가락을 묘하게 뻗치고, 알코올 램프 위에 올린 은주전자로 손을 가져가면서 말했다.

그 얼굴은 진지하고 슬퍼보였다.

"저는요, 늘 의견을 존중하는 사람들이 저라는 인간과 제가 놓인 환경을 혼동하고 있다고 생각하면 괴로워서 견딜 수가 없어요."

마리에트는 이 마지막 말을 하면서 금방이라도 울음을 터뜨릴 듯이 보였다. 잘 음미해보면 그 말에는 별다른 뜻도 없거나 아주 모호한 뜻밖에 없었지만, 그래도 네플류도프에게는 더없는 깊이와 성실함과 선량함에 넘친 말 같이 여겨졌다. 그리고 네플류도프의 마음은 그 말을 하며 자기를 보고 있는, 아름답게 차려입은 젊고 요염한 부인의 반짝반짝 빛나는 눈빛에 사로잡혀 버렸다.

네플류도프는 잠자코 그녀를 바라보았다. 아니, 그 얼굴에서 눈을 뗄 수가 없었다.

"내가 당신을, 당신 마음속에서 일어나고 있는 일을 이해하지 못한다고 생각하세요? 하지만 당신이 하신 일은 누구나 다 알고 있잖아요. C'est le secret de polichinelle(이건 공공연한 비밀이에요). 저는 감격했어요. 당신이 옳다고 생각한답니다."

"아니요, 감격할 만한 일은 전혀 없습니다. 아직 별로 한 일도 없는걸요."

"마찬가지죠. 전 당신의 마음을 이해하고 그 여자의 마음도……. 뭐, 좋아요. 이 이야기는 더 하지 않겠어요."

네플류도프의 얼굴에 불쾌한 그림자가 스친 것을 보고 마리에트는 스스로 말을 삼갔다. "하지만 전 이런 것은 알아요. 당신이 감옥 안에서 벌어지는 온갖 고통스럽고 끔찍한 일을 보시고⋯⋯." 마리에트는 여자의 직감을 써서 네플류도프에게 소중하고 귀중한 것들을 남김없이 받아들임으로써 네플류도프의 마음을 끌어당기려고 노력하면서 말했다. "당신이 그렇게 고통 받고 있는 사람들을 도우시려는 마음을 저도 잘 이해해요. 그건 그야말로 무시무시한 고통인 데다, 세상의 무관심과 냉혹함 때문에 오는 고통이니까요⋯⋯. 그런 일을 위해 일생을 바치시려는 마음은 잘 이해해요. 저도 그러고 싶을 정도랍니다. 하지만 사람에겐 저마다 정해진 운명이 있으니까요⋯⋯."

"그럼, 당신은 자기 운명에 만족 못하시는 겁니까?"

"저요?" 그런 질문을 들을 줄은 몰랐다는 표정으로 마리에트는 이렇게 되물었다. "전 만족하지 않으면 안 돼요. 그래서 만족하고 있지요. 하지만 제 속의 무언가가 가끔 눈을 뜨고⋯⋯."

"그 무언가가 잠자도록 놔두지 마십시오. 그 목소리를 믿어야 해요." 마리에트의 거짓말에 완전히 말려들어서 추호의 의심도 품지 않고 네플류도프가 말했다.

그 뒤 몇 번이고 네플류도프는 부끄러움을 느끼며 마리에트와의 대화를 떠올렸다. 거짓말이라기보다는 알랑거림에 가까운 마리에트의 말과, 자기가 감옥의 끔찍함과 시골에서 받은 느낌을 이야기했을 때 마리에트가 보였던, 자못 감격에 겨워하는 신중한 표정이 새삼 떠올랐다.

백작부인이 돌아왔을 때 두 사람은 단순한 옛 친구를 넘어서, 서로를 이해하지 못하는 뭇사람들 속에서, 두 사람만은 서로의 마음을 이해하는 둘도 없는 벗이라는 듯이 이야기를 주고받고 있었다.

그들은 권력의 부정에 대해, 불행한 사람들의 고통에 대해, 민중의 가난함에 대해 이야기했지만 그런 대화를 내세워서 실지로 주고받는 눈빛은 "절 사랑해 주시겠어요?" 하고 묻고 "사랑하고말고요"라고 대답하고 있었다. 이러한 성적인 감정이 전혀 생각지도 않은 무지갯빛으로 두 사람을 끌어당겼다.

마리에트는 떠나면서, 언제든지 힘닿는 대로 도와주겠노라고 그에게 말했다. 그리고 한 가지 중요한 할 말이 있으니 내일 밤 잠깐이라도 좋으니까 꼭 극장으로 와달라고 부탁했다.

"더군다나 언제 또 뵙게 될지 모르잖아요?" 마리에트는 한숨을 쉬며 이렇게 덧붙이고, 반지를 잔뜩 낀 손에 조심스레 장갑을 꼈다. "그러니까 내일 오겠다고 약속해주세요."

네플류도프는 약속했다.

그날 밤 네플류도프는 자기 방에서 홀로 침대에 누워 불을 끄고 나서도 오랫동안 잠들지 못했다. 카튜사의 일, 원로원의 기각, 결과가 어떻든 카튜사를 따라가겠다고 결심한 일, 토지소유권을 포기한 일 등을 생각하고 있는데 별안간 그 문제에 대한 해답처럼 "거기다 언제 또 뵙게 될지 모르잖아요?"라고 말하는 마리에트의 얼굴과 한숨과 눈길과 미소가 떠올랐다. 네플류도프는 저도 모르게 미소가 스며 나왔다. '시베리아로 가는 것이 옳은 일일까? 재산을 포기하는 것이 옳은 일일까?' 네플류도프는 스스로에게 물었다.

블라인드 틈으로 내다보이는 페테르부르크의 백야 속에서 이러한 문제에 대한 해답은 어딘가 흐리멍덩했다. 머리가 혼란스러웠다. 네플류도프는 기분을 되살려 이전의 생각을 돌이켜 보려고 했지만, 그러한 생각도 이미 이전과 같은 설득력을 갖지 못했다.

'한순간의 생각으로 이런 일을 결정했지만, 그런 생활을 견딜 수 없어지면 어떻게 하지? 좋은 일을 한 것을 후회하게 되면 어떻게 하지?' 네플류도프는 자문해보았지만, 이러한 의문에 답을 찾지 못하고 오랫동안 느끼지 못했던 우수와 절망에 빠졌다. 네플류도프는 이러한 문제를 마무리 짓지 못한 채, 전에 트럼프놀이에서 크게 지고 난 뒤에 곧잘 그랬듯이 괴로운 잠 속으로 빠져들었다.

25

이튿날 아침 눈을 떴을 때 네플류도프가 가장 먼저 느낀 것은, 어젯밤 자기가 무언가 꺼림칙한 짓을 했다는 것이었다.

그는 이것저것 돌이켜 생각해보았지만 꺼림칙한 일은 전혀 없었고 좋지 못한 행동도 없었다. 그러나 좋지 못한 생각은 있었다. 카튜사와의 결혼이나 토지를 농민들에게 나누어 주는 일 등, 지금 자기가 생각하는 모든 것은 이루어질 수 없는 망상이고, 스스로도 그런 생활을 도저히 견딜 수 없을 것이며, 모든 것은 작위적이고 부자연스러우니, 앞으로도 지금까지 그래왔듯이 살아야 하겠다는 좋지 못한 생각이었다.

분명히 좋지 못한 행위는 없었다. 그러나 좋지 못한 행위보다도 더욱 나쁜 것이 있었다. 그것은 온갖 좋지 못한 행위를 자아내는 좋지 못한 생각이다. 좋지 못한 행위는 후회하고 되풀이되지 않게끔 할 수 있지만, 좋지 못한 생각은 모든 좋지 못한 행위를 낳기 마련이다.

하나의 좋지 못한 행위는 다른 좋지 못한 행위로 가는 길을 다질 뿐이지만, 좋지 못한 생각은 불가항력으로 사람을 그 좋지 못한 길로 끌어들인다.

그날 아침 네플류도프는 머릿속으로 어제 한 생각을 들추어 보고, 잠깐 동안이나마 어떻게 그런 생각을 할 수 있었던가 싶어 어이가 없었다. 자기가 실행하려고 마음먹은 일이 아무리 새롭고 어려운 일일지라도 그것이 지금 자기에게 가능한 단 하나의 삶이라는 것을 네플류도프는 알고 있었다. 그리고 이전의 상태로 돌아가는 것이 아무리 몸에 밴 안일한 일일지라도 그것은 자신에게 죽음과 다를 바 없음을 그는 알고 있었다. 흔히 싫증나도록 자고 나면 더는 졸리지 않으며, 자기를 기다리고 있는 소중하고 기쁜 일을 위해 이제 일어나야 할 시간이라는 것을 알면서도 좀 더 이불 속에서 뒹굴고 싶은 생각이 들 때가 있다. 그는 다시금 어제의 그 유혹을 떠올려보니 꼭 그와 같은 마음이라고 생각했다.

그날은 페테르부르크에서 머무는 마지막 날이었으므로, 네플류도프는 아침 일찍 바실리옙스키 섬에 있는 슈스토바의 집으로 갔다.

슈스토바의 집은 2층에 있었다. 네플류도프는 문지기가 가리키는 대로 뒷문으로 들어가서 가파른 층계를 올라가 음식 냄새로 가득한 후끈한 부엌으로 곧장 들어갔다. 안경을 쓴 중년 여자가 앞치마를 두르고 소매를 걷어 올린 채 풍로 앞에서 김이 오르는 냄비를 젓고 있었다.

"누굴 찾으세요?" 여자가 지금 들어온 남자를 안경 너머로 흘끔흘끔 보며 따지듯이 물었다.

네플류도프가 이름을 대자마자 여자의 얼굴에는 놀라움과 기쁨의 표정이 피어올랐다.

"아, 공작님!" 앞치마로 손을 닦으며 여자가 소리쳤다. "그런데 왜 뒷계단으로 오셨어요? 공작님은 저희 은인이에요! 전 그 애의 어미입니다. 하마터면 그 애를 그런 잔혹한 곳에 내버려 둘 뻔했어요. 정말로 공작님은 저희의 생명의 은인이세요." 어머니는 네플류도프의 손을 잡고 입을 맞추면서 말했다. "제가 어제 댁엘 갔었지요. 여동생이 가보라고 하도 성화를 해서요. 동생도 지금 여기에 와 있습니다. 자, 이쪽이에요. 절 따라 오세요." 슈스토바의 어머니는 좁다란 문으로 해서 어두운 복도로 나간 다음, 흐트러진 옷과 머리를 매만지며 네플류도프를 안내했다. "동생은 코르니로바라고 하는데 아마 들으신 적이 있을 거예요." 문 앞에서 발을 멈추더니 여자가 작은 소리로 덧붙였다. "동생도 정치운동에 푹 빠져 있지요. 아주 머리가 좋답니다."

슈스토바의 어머니는 복도로 난 문을 열고 네플류도프를 좁은 방으로 인도했다. 방 안의 탁자 앞에 놓인 허술한 의자에는 기하학적인 줄무늬가 들어간 블라우스를 입은 자그마하고 뚱뚱한 젊은 여자가 앉아 있었다. 어머니를 꼭 닮은 창백하고 둥근 얼굴 주위를 금발머리가 물결치며 감싸고 있었다. 그 맞은편에는 검은 코밑수염과 턱수염을 기른 청년이 옷깃에 자수를 놓은 러시아 전통의상을 입고 안락의자에 몸을 반으로 접듯이 푹 파묻혀 앉아 있었다. 이 두 사람은 이야기에 빠져 있었는지, 네플류도프가 방 안으로 들어오고 나서야 비로소 이쪽을 바라다보았다.

"리디야, 네플류도프 공작님이시다. 그……."

얼굴이 창백한 여자는 귀 뒤로부터 흘러내린 머리칼을 쓸어 올리며 긴장한 듯이 벌떡 일어나더니 그 커다란 잿빛 눈동자를 휘둥그레 뜨고, 막 들어선 남자를 쳐다보았다.

"그럼 당신이 베라 예플례모브나가 부탁한 바로 그 위험인물이군요?" 네플류도프가 빙그레 웃는 낯으로 그녀에게 손을 내밀며 말했다.

"네, 저예요." 리디야는 입을 활짝 벌리고 고른 치열을 드러내며 어린아이 같은 선량한 미소를 지으며 말했다. "실은 이모가 공작님을 무척 뵙고 싶어 하셨어요. 이모!" 리디야는 문에 대고 듣기 좋은 부드러운 목소리로 외쳤다.

"베라 예플례모브나는 당신이 수감된 것을 몹시 걱정했습니다." 네플류도프가 말했다.

"거기 앉으세요. 아니면 이쪽이 더 좋을까?" 리디야는 청년이 막 일어난, 속이 드러나긴 했지만 푹신푹신해 보이는 안락의자를 가리키며 말했다. "사촌 동생인 자하로프예요." 네플류도프가 청년에게로 얼핏 눈길을 보내는 것을 보고 리디야가 말했다.

청년은 리디야처럼 선량한 미소를 지으면서 손님에게 인사하고, 자기가 앉았던 자리에 네플류도프가 앉자 창가에서 작은 의자를 가지고 와서 나란히 앉았다. 다른 문에서 열여섯 남짓 된 금발머리 중학생이 들어오더니 잠자코 창가에 앉았다.

"베라 예플레모브나는 이모의 친한 친구죠. 하지만 전 잘 알지 못해요." 리디야가 말했다.

그때 옆방에서 흰 블라우스에 혁대를 맨, 퍽 인상 좋고 똑똑해 보이는 여자가 들어왔다.

"어서 오세요. 정말 잘 오셨어요. 정말 감사합니다." 그 여자가 리디야와 나란히 소파에 앉으며 곧바로 말을 꺼냈다. "베로치카는 어떤가요? 만나셨겠지요? 그곳의 고생을 견뎌내며 건강하게 있는지요?"

"별다른 불평은 없었습니다." 네플류도프가 말했다. "올림피아에서 사는 엄숙한 기분이라고 하더군요."

"아아, 정말 베로치카답군요." 이모는 미소를 짓고 고개를 흔들면서 말했다. "그 애는 사귀어둘 가치가 있는 아이예요. 정말 훌륭한 인격자지요. 언제나 남을 위해 일하고 자기 몸은 돌보지 않는답니다."

"네, 그 사람은 자기 자신을 위한 것은 아무것도 바라지 않고 당신 조카만을 염려했습니다. 당신의 조카가 아무 죄도 없이 갇혀 있는 것을 무엇보다도 걱정했지요."

"그렇고말고요." 이모가 말했다. "참 무서운 일이에요! 사실대로 말하면 이 애는 저 때문에 고생한 거랍니다."

"이모, 그건 그렇지 않아요." 리디야가 말했다. "이모가 부탁하시지 않았더라도 저는 그 서류를 맡았을 거예요."

"됐다, 내가 더 잘 알고 있으니까." 이모가 말을 계속했다. "실은……." 이모가 네플류도프를 쳐다보면서 말했다. "일이 이렇게 끝나게 된 건 어떤 사람이 저더러 잠시 서류를 좀 맡아 달라고 부탁한 게 시작이었어요. 그런데 전 집이 없기 때문에 여기로 갖고 와서 이 애한테 맡겨두었지요. 그런데 그날 밤 가택수색이 있었고 서류가 발각되어 이 애가 붙들린 거예요. 그리고 여태껏 감옥에 갇힌 채, 그 서류를 맡긴 사람이 누군지 털어놓으라고 추궁을 받은 거죠."

"그래도 저는 결코 털어놓지 않았어요." 리디야는 별로 방해도 되지 않는 머리카락을 신경질적으로 만지작거리며 빠른 말투로 말했다.

"그래, 네가 털어놓았다고 말하는 게 아니야." 이모가 대꾸했다.

"미틴이 잡힌 것은 결코 제 탓이 아니에요." 리디야는 얼굴이 빨개져서 불안한 듯이 이쪽저쪽을 둘러보면서 말했다.

"리드치카, 뭐 하러 그런 말을 하니?" 어머니가 말했다.

"말하면 어때서요? 전 말하고 싶은 걸요." 리디야는 이제는 미소를 짓지 않고 얼굴이 빨개진 채 머리카락을 쓸어 올리지도 않고 그대로 손가락에다 친친 감으면서 끊임없이 주위를 두리번거렸다.

"어제도 그런 말을 꺼내고서 그렇게 흥분하지 않았니?"

"글쎄, 엄만 가만히 계세요. 전 아무 말도 하지 않았어요. 계속 침묵을 지켰다고요. 그 남자가 두 번씩이나 이모와 미틴에 대해서 물었지만 전 아무 말도 않고, 죽어도 대답하지 않겠다고 못 박았어요. 그랬더니 그……. 페트로프가……."

"페트로프란 놈은 형사이자 헌병이며 지독한 악당이랍니다." 이모가 조카의 말을 네플류도프에게 설명하며 끼어들었다.

"그랬더니 그 놈이……." 리디야는 흥분해서 기침을 해대며 말을 이었다. "절 구슬리려고 달라붙지 않겠어요? '네가 나한테 어떤 말을 하든 그것은 아무에게도 피해를 주는 게 아니야. 도리어 그 반대지. 네가 털어놓는다면, 우리가 붙잡아두고 있는 무고한 사람들을 석방해줄 수도 있게 된다'고요. 하지만 전 그래도 아무 말도 않겠다고 버텼어요. 그랬더니 그놈이 '그럼 어쩔 수 없군. 아무 말 안 해도 좋으니 내가 하는 말에만 부정하지 말아라'고 하더니 여러 사람의 이름을 하나하나 들기 시작했어요. 그러다 미틴의 이름도 나왔고요."

"그런 이야기는 이제 그만두래도." 이모가 말했다.

"싫어요, 이모. 제 말을 가로막지 마세요……." 리디야는 여전히 머리카락을 끌어당기며 불안한 듯이 계속해서 주위를 두리번거렸다. "그랬더니 어쨌게요? 그 이튿날, 제 옆 감방에 수감된 사람이 벽을 두들기더니, 미틴이 붙들렸다고 알려주지 않겠어요? 제가 마치 그 사람을 판 것 같이 되었으니 저는 얼마나 괴로웠겠어요. 정말 미쳐버릴 것만 같았어요."

"하지만 네 탓이 아니라는 게 나중에 밝혀졌잖니?" 이모가 말했다.

"하지만 전 그런 줄 몰랐으니까요. 제가 그 사람을 판 것이라고만 생각했지요. 감방 안을 왔다 갔다 하면서 줄곧 그것만 생각했어요. 제가 팔았다고 생각하면 누워서 눈을 감고 있어도 누군가 제 귀에 속삭이는 소리가 들렸어요. '네가 팔았지? 그렇지? 미틴을 판 거지? 네가 팔았지?' 그게 환청인 줄 알면서도 그 말에 귀를 기울이지 않을 수가 없었어요. 자려고 해도 잠도 안 오고, 생각하지 않으려 해도 생각을 안 할 수가 없었어요. 그건 참으로 끔찍한 일이었어요!"

리디야는 차츰 흥분해서 머리카락을 손가락에 감았다 풀었다 하면서 끊임없이 주위를 살폈다.

"리드치카, 그만 진정해라, 진정해." 어머니는 딸의 어깨에 손을 얹으며 반복했다.

그러나 리디야는 이미 이야기를 그만둘 수가 없었다.

"더 끔찍한 일은……." 리디야는 무슨 말을 하려다가 그 말을 다 하기도 전에 와락 울음을 터뜨리고는 벌떡 일어나 소파에 발이 걸리면서 밖으로 달려 나갔다. 어머니가 그 뒤를 쫓았다.

"비겁한 놈은 교수형에 처해야 해!" 창가에 앉아 있던 중학생이 무심코 지껄였다.

"너, 그게 무슨 말이냐?" 어머니가 나무랐다.

"아무것도 아니에요……. 그냥 나는……." 중학생은 그렇게 대답하고는 탁자 위에 놓인 담배를 집어 들고 피우기 시작했다.

26

"그렇지요, 젊은 사람이 독방에 갇힌다는 건 정말 끔찍한 일이지요." 이모는 머리를 흔들고 담배를 피워 물면서 말했다.

"저는 어느 누구든 그럴 거라고 생각합니다만." 네플류도프가 말했다.

"아니, 누구에게나 그런 건 아니죠." 이모가 대답했다. "진정한 혁명가에게는 도리어 휴식처나 안식처 같다고 하더군요. 비합법적 활동가들은 언제나 불안하고 물질적으로 쪼들리며 자기뿐 아니라 타인이나 대의를 위해 두려움 속에서 지내야 하지만, 그러다 붙잡히면 그런 모든 책임에서 해방되고 이제 가만히 앉아서 쉬거나 하면 되니까요. 그러니까 붙잡힐 때는 사뭇 기뻐서 견딜 수가 없대요. 늘 먼저 붙들리는 건 저 리드치카 같이 죄 없는 사람들이지만, 아무튼 젊고 죄 없는 사람에게는 처음 겪는 무시무시한 충격이죠. 자유를 빼앗긴다든가, 난폭한 취급을 받는다든가, 도저히 먹지 못할 음식을 배급받는다든가, 공기가 불결하다든가, 요컨대 모든 것에서 자유롭지 못한 생활을 해야 하지만 그런 의미가 아니에요. 그런 건 대수로운 게 아니죠. 처음 감옥에 들어갈 때 받게 되는 정신적 타격만 없다면, 그런 구속은 가령 세 곱이나 더한다 하더라도 참을 수 있을 거예요."

"그럼 당신은 경험이 있습니까?"

"저요? 두 번이나 들어갔었지요." 이모는 수심에 찬, 그러나 평화로운 미소를 지으며 말했다. "처음 붙들렸을 때는 저 역시 아무 죄가 없었는데, 전 22살의 나이에 어린애가 하나 있었고 또 임신 중이었지요. 자유를 빼앗기고 아이와 남편과 떨어지는 것도 몹시 괴로웠지만, 그래도 내가 사람이 아니라 물건이 되어 버린 것을 깨달았을 때의 느낌에 비하면 정말 아무것도 아니었지요. 어린 딸아이와 작별인사를 하려니까, 그들이 말하기를 빨리 밖으로 나가서 마차나 타라는 거예요. 어디로 가느냐고 물으니까, 가보면 안다는 거예요. 나에게 무슨 죄가 있어서 데려가느냐고 물어도 대답해주지 않았어요. 그리고 조사가 끝나자 입고 있던 옷을 벗기더니 번호가 붙은 죄수복을 입힌 다음, 천장이 둥근 감방으로 끌고 가서 문을 열고 그 안에 처넣고는 다시 문을 잠그고 가버렸죠. 그놈들이 모두 가버리자 총을 멘 감시병이 혼자 남아서 아무 말도 없이 뚜벅뚜벅 걷다가 때때로 감방 문틈으로 흘끔 들여다보곤 했어요. 그제야 저는 갑자기 견딜 수 없이 괴로워졌답니다. 지금도 기억나는데, 그때 무엇보다 제 마음을 짓밟은 것은 헌병 장교가 절 취조하면서 담배를 권했던 일이에요. 다시 말하면 그 장교는 사람들이 담배를 좋아한다는 사실을 알고 있었던 거죠. 그렇다면 그는 사람들이 자유나 광명을 사랑하는 것도, 어머니가 자식을 사랑하는 것도, 자식이 어머니를 사랑하는 것도 다 알았을 거예요. 그렇다면 어째서 그 사람들은 인정사정없이 제게 소중한 모든 것을 떼어놓고 절 짐승처럼 그런 곳에 가두어버린 걸까요? 그런 짓은 그야말로 천벌을 받을 짓이에요. 신과 인간을 믿고, 인간은 서로 사랑하는 존재라고 믿던 사람도 이런 일을 당하고 나면 누구나 할 것 없이 모난 사람이 되고 말죠." 이렇게 말을 맺고 나서 이모는 조용히 미소를 지었다.

리디야가 나갔던 문으로 어머니가 들어와서는, 리디야는 마음이 몹시 혼란스러워서 다시 들어오지 않을 거라고 말했다.

"정말 무엇 때문에 저런 젊은 목숨이 보람 없이 되어버리는 걸까요?" 이모가 말했다.

"제가 모르는 사이에 그 원인이 되어버려서 더욱더 괴롭답니다."

"시골의 맑은 공기라도 마시면 나을지도 모르지." 어머니가 말했다. "저 애를 아버지 있는 데로 보내야겠어."

"정말 공작님의 도움이 없었다면 저 애는 아주 죽어버리고 말았을 거예요." 이모가 말했다. "정말로 고마워요. 그런데 제가 뵙자고 한 건 베라 예플례모브나에게 이 편지를 전해 주십사 하는 거였어요." 그녀는 주머니에서 편지를 꺼내며 말했다. "이 편지는 봉하지 않았어요. 읽어보시고 찢어버리시든지, 그대로 전해 주시든지 좋을 대로 하세요." 그리고 이런 말을 덧붙였다. "이 편지엔 봐서는 안 될 것은 한 마디도 없으니까요."

네플류도프는 그 편지를 받아들고, 꼭 전해주겠다고 약속한 다음 자리에서 일어나 작별인사를 하고 밖으로 나왔다.

네플류도프는 그 편지를 받은 채로 봉한 뒤 베라 예플례모브나에게 전해주리라 마음먹었다.

27

네플류도프를 페테르부르크에 붙들어 둔 마지막 용건은 분리파 교도 문제였다. 예전에 연대에 같이 있던 시종무관 보가트이료프의 손을 빌려 황제에게 이 문제에 관한 청원서를 올릴 작정이었다. 네플류도프는 날이 밝자 서둘러 보가트이료프를 찾아갔다. 마침 보가트이료프는 외출하기 전이며 아침 식사를 하는 중이었다. 보가트이료프는 땅딸막한 사내였다. 말편자를 구부리는 일을 하는, 선량하고 정직하고 부정을 싫어하는 자유주의자였다. 이러한 성격을 가지고 있음에도 궁정과 가까운 관계를 갖고 있으며 황제와 그 가족을 사랑하고, 이러한 최상류계급에 속해 살면서도 거기에 있는 좋은 면만을 보고, 좋지 못한 일이나 부정에는 절대로 관여하지 않는 일종의 특별한 재능을 지닌 사나이였다. 결코 남을 비난하거나 남이 하는 일을 헐뜯는 일은 없었다. 그는 언제나 잠자코 있었지만 어쩌다 꼭 필요한 말을 할 때면 주위를 의식하지 않고 고함에 가까운 큰 소리로 할 말을 했고, 게다가 그럴 때면 역시 주위가 떠나갈 듯한 큰 소리로 호탕하게 껄껄 웃어젖히는 일도 적지 않았다. 그런 행동은 어떤 책략에서 나오는 것이 아니라 본디 그 성격이 그런 것이었다.

"이야, 반갑군. 잘 왔네. 아침이나 같이 하지 않겠나? 어떻든 앉게. 아주 맛좋은 비프스테이크야. 나는 늘 가장 실속 있는 것부터 시작해서 그걸로 끝내는 주의거든. 하하하! 자, 포도주를 한잔 들게." 보가트이료프는 포도주가 든 유리병을 가리키면서 큰 소리로 말했다. "마침 자네 일을 생각하고 있었지. 청원서 건은 받아들이겠네. 내가 직접 내도록 하지. 틀림없다니까. 하지만 그전에 자네가 토포로프한테 가보는 게 좋지 않을까 하는 생각이 들었네."

네플류도프는 토포로프라는 이름을 듣고 눈살을 찌푸렸다.

"무엇보다 이 문제는 그 남자의 소관이니까. 어차피 황제도 토포로프한테 이 문제를 넘기게 될 걸세, 뭐. 어쩌면 그 남자가 그 자리에서 해결해 줄지도 모르지."

"자네가 권한다면 가보도록 하겠네."

"응, 그러는 게 좋을 것 같아. 그런데 피테르(페테르부르크의 애칭)는 자네에게 어떤 느낌을 주었나?" 보가트이료프는 고함을 지르듯 말했다. "말해보게, 응?"

"마치 최면술에 걸린 것 같은 느낌이라네." 네플류도프가 대답했다.

"최면술에 걸린 것 같다고?" 보가트이료프가 되뇌면서 큰 소리로 껄껄 웃었다. "마시기 싫은가? 그럼 맘대로 하게." 보가트이료프는 냅킨으로 코밑 수염을 닦았다. "그럼 토포로프를 찾아가는 거지? 응? 만일 그자가 어물어물거리는 것 같거든 나한테 다시 가지고 오게. 내일이라도 제출할 테니." 보가트이료프는 외치듯이 말한 다음 식탁에서 일어나 입을 닦는 행위처럼 무의식적으로 크게 성호를 긋고는 군도를 차기 시작했다. "자, 그럼 이만 실례하겠네. 이젠 그만 나가야겠어."

"같이 나가세." 네플류도프는 흐뭇한 마음으로 보가트이료프의 억세고 넓적한 손을 쥐며 이렇게 말했다. 그리고 여느 때와 같이, 건강하고 꾸밈없는 시원한 기분을 느끼며 현관 앞에서 보가트이료프와 헤어졌다.

특별히 찾아가보았댔자 별 효과가 있을 것 같지는 않았지만, 어쨌든 네플류도프는 보가트이료프의 권고대로 분리파 교도 사건의 운명을 쥐고 있는 토포로프의 집으로 마차를 몰았다.

토포로프가 맡고 있는 직무는 그 사명으로 보아 뚜렷한 내부 모순을 안고 있었으며, 그것을 깨닫지 못하는 사람은 도덕심 없고 어리석은 사람뿐이었다. 토포로프는 이 두 가지 부정적인 자질을 모두 갖추고 있었다. 그가 맡고 있는 직무의 모순이란 다음과 같은 것이었다. 즉 토포로프의 사명은 폭력을 비롯한 외부 수단을 써서 교회를 받들고 보호하는 것으로 본디 본질적으로 신에 의해 규정되며, 지옥의 문이나 일개 인간의 힘으로는 어떠한 흔들림도 받아서는 안 되는 신의 구조물인 이 교회가 토포로프를 우두머리로 하는 관리들로 구성된 인간의 제도로 받들리고 보호받는다는 사실이었다. 토포로프는 이 모순을 직시하지 않았다. 아니, 직시하고 싶지 않은 건지도 몰랐다. 이런 이유로 해서 토포로프는 지옥의 문으로도 움직일 수 없는 교회가 가톨릭 신부나 청교도 목사나 분리파 교도 등으로 말미암아 파괴되지나 않을까 매우 걱정하고 있었다. 신실한 신앙이나 인간 평등과 우애 의식 등이 없는 모든 사람과 마찬가지로 민중은 자기와는 전혀 다른 존재이며, 민중에게 필요한 것은 자기에게는 전혀 어울리지 않는 것이고 그런 것은 차라리 없는 편이 자기 생활에는 훨씬 편하다고 토포로프는 굳게 믿고 있었다. 토포로프는 마음속으로 자기는 그 무엇도 믿지 않는다는 사실을 잘 알고 있었고 더 나아가 그런 상태를 대단히 바람직하고 마음 편한 것이라고 생각하면서도, 만약 민중이 자기와 똑같은 상태에 빠지면 어쩌나 하고 벌벌 떨었다. 토포로프의 표현을 빌리자면, 그런 상태에서 민중을 구하는 것이 자기의 신성한 의무라고 여긴다는 것이다.

어느 요리책에, 새우는 살아 있는 채로 삶아지는 것을 좋아한다고 씌어 있다. 토포로프는 이 표현을 요리책에 쓰인 비유가 아니라 문자 그대로 받아들였다. 즉 민중은 누가 자기를 일컬어 미신을 믿는다고 말하면 좋아한다고 굳게 믿었을 뿐 아니라 실제로도 그렇게 말하고 다녔다.

자기가 지지하는 종교에 대한 토포로프의 태도는, 양계업자가 나무에서 떨어진 썩은 과실을 대하는 태도와 비슷했다. 나무에서 떨어진 썩은 과일은 불쾌하기 짝이 없지만 닭이 즐겨 먹으므로 먹이로 삼는 것이다.

말할 것도 없이 이베르나 카잔이나 스몰렌스크 등지의 성당에 놓인 성상에 대한 믿음은 야만스럽기 그지없는 우상숭배나 다를 바 없지만, 민중이 그것을 좋아하고 믿는다면 그러한 미신을 보호할 수밖에 없었다. 토포로프가 그런 생각을 가지고 있고 그 눈에 민중이 미신을 좋아하는 것처럼 보이는 것은, 그저 자기와 같은 잔혹한 사람들이 과거에도 늘 존재했고 현재도 존재하기 때문이라는 점을 깨닫지 못한 때문이다. 토포로프 같은 부류의 인간은 그 자신은 지식의 광명을 받고 있으면서도 그 광명을 마땅히 받아야 할 사람들, 즉 무지의 어둠에서 빠져나가려고 하는 민중을 인도하는 데 쓰지 않고 오히려 그 무지 속에 묶어두는 데 이용했다.

네플류도프가 응접실로 들어갔을 때 토포로프는 서재에서 어느 수녀원장과 이야기를 나누는 중이었다. 이 수녀원장은 귀족출신의 활발한 부인으로, 강제로 정교로 개종당한 우니아트파*의 근거지인 서부지방에서 정교의 보급과 보호에 애쓰고 있었다.

특별임무를 띠고 있는 응접실 담당 관리는 네플류도프에게 꼬치꼬치 용건을 캐묻더니, 분리파 교도 사건으로 폐하께 청원을 드리기 위함이라는 것을 알자, 그 청원서를 좀 보여주지 않겠느냐고 물었다. 네플류도프가 관리에게 그 청원서를 건네자 그는 그것을 가지고 서재로 들어갔다. 나풀거리는 베일이 달린 두건을 쓴 수녀원장이 손톱이 깨끗하게 손질된 하얀 손가락에 토파즈로 된 묵주를 쥐고서 검은 치맛자락을 끌면서 서재에서 나와 입구 쪽으로 걸어갔다. 그래도 네플류도프의 이름은 아직 불리지 않았다. 토포로프는 청원서를 읽으면서 고개를 갸우뚱했다. 명확하고 힘 있는 어조로 쓰인 청원서를 읽으면서 불쾌함과 놀라움을 느꼈기 때문이다.

'만약 이런 것이 폐하의 손에 들어가게 된다면 귀찮은 문제나 오해를 불러일으킬지도 모른다.' 토포로프는 청원서를 다 읽고 이렇게 생각했다. 그리고 그것을 탁자 위에다 올려 놓고 초인종을 눌러서 네플류도프를 들여보내라고 일렀다.

＊가톨릭과 정교의 융합을 목표로 하는 종파.

토포로프는 분리파 교도들에 관한 이 사건을 기억하고 있었다. 예전에 한 번 분리파 교도들로부터 청원을 받은 적이 있기 때문이었다. 그 사건은 이러한 것이었다. 정교회에서 이탈한 기독교도들이 처음에는 좋은 말로 회유 당하다가 마침내 재판에 회부되었고 곧 무죄를 선고받았다. 그렇게 되자 주교와 현지사가 공모하여, 그들의 결혼이 불법이라는 근거로 남편과 아내와 아이들을 저마다 딴 곳으로 추방하기로 결정했다. 그래서 그 당사자인 남편과 아내들이 부디 자기들을 생이별시키지 말아달라고 탄원했던 것이었다. 토포로프는 이 사건을 처음 맡았을 때를 떠올렸다. 그때도 토포로프는 그 처분을 중지하느냐 마느냐를 놓고 퍽 망설였다. 그러나 그 농사꾼 가족을 따로따로 추방한다는 명령을 이행하면 그다지 피해볼 것은 없지만, 그대로 내버려 두면 다른 주민들까지 나쁜 영향을 받고 정교를 이탈할 염려가 있었다. 게다가 이것은 주교의 열의를 드러내는 조치였으므로 토포로프는 이 사건을 결정대로 진행하기로 했었다.

그런데 이제 페테르부르크에 폭넓은 인맥을 가진 네플류도프와 같은 후원자가 나타남으로써 이 사건이 잔혹한 사건으로 황제에게 알려질 염려가 있고, 외국 신문에 보도될 가능성마저 있었다. 그래서 토포로프는 그 자리에서 자기 생각으로도 뜻밖의 결정을 내렸다.

"아, 안녕하십니까." 토포로프는 자기가 몹시 바쁜 사람이라는 듯한 태도로 네플류도프를 맞이하더니 곧 용건에 대해서 말했다.

"이 사건은 저도 잘 알고 있습니다. 줄줄이 나열된 이 이름들을 보자마자 그 불행한 사건이 생각나더군요." 토포로프는 청원서를 집어 들고 네플류도프에게 그것을 보이면서 말했다. "이 사건을 다시 생각나게 해주셔서 감사를 드리고 싶을 정도랍니다. 이것은 현청 관리들의 열의가 지나쳐 생긴 일로 ……." 네플류도프는 창백하고 무표정한 가면 같은 상대의 얼굴을 불쾌한 마음으로 바라보면서 잠자코 있었다. "나는 곧 지령을 내려 이 처분을 철회하고 이 사람들을 각자의 집으로 돌려보내도록 하겠습니다."

"그럼, 이 청원서는 황제 폐하께 내지 않아도 되겠군요?" 네플류도프가 물었다.

"전혀 필요 없습니다. 제가 약속드리죠." 토포로프는 '제가'라는 말에 특히 힘을 주었다. 자기의 약속, 자기의 말 한마디를 가장 확실한 보증이라 믿어 의심치 않는 듯한 모습이 뚜렷했다. "지금 곧 지령을 쓰는 것이 좋겠군요. 좀 앉으시오."

토포로프는 탁자로 다가가서 지령을 쓰기 시작했다. 네플류도프는 길쭉하고 머리가 다 벗어진 그 뒤통수와 재빨리 펜을 놀리는, 굵고 푸른 심줄이 툭 불거진 손을 바라보며 우두커니 서 있었다. 지금 이 남자는 무엇을 위해서 이런 일을 하는 것일까? 게다가 도무지 아무 일에도 흥미 없을 것 같아 보이는 이 사나이가 대체 무슨 이유로 이다지 열심히도 나서는 걸까? 그는 이상한 생각이 들어 견딜 수가 없었다. 대체 무엇을 위함이란 말인가?

"자, 그럼 이것을⋯⋯." 토포로프가 봉투를 봉하며 말했다. "이것을 당신의 의뢰인들에게 알려주십시오." 토포로프는 입술을 웃는 모양으로 억지로 일그러뜨리며 덧붙였다.

"대체 이 사람들은 무엇 때문에 고생을 하고 있었던 것일까요?" 네플류도프가 봉투를 받아들며 물었다.

토포로프는 고개를 들고, 네플류도프의 질문이 자못 만족스럽다는 듯이 히죽 웃었다.

"그건 저도 뭐라 말씀드릴 수 없군요. 그러나 이렇게는 말할 수 있지요. 우리가 보호하는 민중의 이해(利害)는 매우 중요한 것이지만, 신앙 문제에 관한 지나친 열의 따위는 오늘날 퍼지고 있는 신앙에 대한 냉담한 태도에 견주면 그다지 두려워할 만한 것도 해로운 것도 아니라고 말입니다."

"하지만 종교라는 이름으로 선(善)의 가장 기본적인 요구가 침해받는 것은 무엇 때문일까요? 다시 말해 어째서 가족들이 뿔뿔이 떨어지게 되는 걸까요⋯⋯?"

토포로프는 네플류도프의 말을 철없는 소리로 여겼는지 줄곧 너그러운 미소를 띠고 있었다. 네플류도프가 무슨 말을 하든 토포로프는 그 말을 철없는 소리로 생각했겠지만, 그런 동시에 자기가 서 있는 높은 국가적 위치와 비교하면 그런 소리는 일면적인 것에 지나지 않는다고 생각하고 있음이 분명했다.

"개인적인 견지에서 본다면 그렇게도 생각될지 모르지요." 토포로프가 말했다. "하지만 국가적인 견지에서 본다면 얼마쯤 달리 생각하게 되지요. 자, 그럼 오늘은 이만 실례하겠습니다." 토포로프는 머리를 숙이고 손을 내밀면서 말했다.

네플류도프는 아무 말 없이 그 손을 잡았다가 놓고 서둘러 방을 나왔다. 그는 그 손을 잡았던 것을 금세 후회했다.

"민중의 이해라고?" 네플류도프는 토포로프의 말을 되풀이했다. '흥, 귀족의 이해가 아니고? 네 목구멍만을 생각하는 이해 말이다.' 네플류도프는 토포로프의 집을 나오면서 이렇게 생각했다.

그리고 정의를 회복하고 신앙을 지키며 민중을 계몽하는 여러 기관의 활동 대상이 된 사람들을 하나하나 마음속으로 죽 더듬어보았다. 밀주를 팔다 처벌된 노파, 절도죄로 잡힌 청년, 부랑죄로 잡힌 노숙자, 방화죄로 잡힌 농사꾼, 공금횡령죄로 기소된 은행원, 단지 필요한 정보를 얻을 수 있을지 모른다는 이유로 투옥됐던 불행한 리디야, 정교모독죄로 잡혀온 분리파 교도들, 헌법제도를 갈망한 그루케비치 등등. 그때 네플류도프의 머릿속에 분명한 깨달음이 떠올랐다. 이들이 체포되고 수감되고 추방된 것은 결코 정의를 해치거나 법을 어겨서가 아니라, 다만 부자들이 민중들에게서 긁어모은 부를 계속 유지하지 못하도록 방해했기 때문이라는 것이다.

허가 없이 술을 판 노파도, 거리를 방황하던 절도범도, 선전지를 보관했던 리디야도, 미신을 파괴한 분리파 교도도, 헌법을 주장한 그루케비치도 모두 방해가 되었기 때문이다. 이렇게 생각하자 네플류도프는 이모의 남편이나 원로원 의원들이나 토포로프를 비롯해서 각 관청의 책상머리에 앉아 있는 말쑥한 옷차림을 한 모든 관리들은, 현재의 질서 아래서 무고한 사람들이 고통 받는다는 사실에는 조금도 가책을 느끼지 않고 오로지 어떻게 하면 위험한 무리들을 제거할 수 있을까 하는 데만 전전긍긍하고 있는 현실을 뚜렷하게 인식할 수 있었다.

그 결과 죄 없는 한 사람을 처벌하지 않기 위하여 죄 있는 열 사람을 용서하라는 법도가 지켜지지 아니하고, 도리어 그 반대로 썩은 부분을 잘라내기 위해 건강한 살까지 베어버린다는 식으로, 진짜 위험한 한 사람을 없애기 위하여 전혀 위험하지 않은 열 사람을 벌하는 방법을 쓰고 있는 것이다.

자기 주변에서 일어나고 있는 모든 현상을 이렇게 설명하는 것은 네플류도프에게는 아주 간단명료한 일로 느껴졌다. 그러나 그것이 너무나도 간단명료한 탓에 도리어 그것을 긍정하기가 꺼려졌다. 이렇게 복잡한 현상이 이토록 간단하고 끔찍한 설명으로 정리되다니, 그런 일이 있을 수 있을까? 정의나 선이나 법률이나 신앙이나 신과 같은 모든 단어가 그저 단순한 단어에 지나지 않을뿐더러, 그 속에 더없이 야만적인 사리사욕과 잔인함을 감추어 두고 있다니, 도저히 생각할 수 없는 일이 아닌가?

28

네플류도프는 그날 저녁에 페테르부르크를 떠날 예정이었으나, 마리에트와 극장에서 만날 약속을 해둔 상태였다. 그런 곳에는 가지 않는 편이 좋다는 것을 알면서도, 한 번 한 약속은 지켜야 한다고 자기 마음을 애써 속이면서 극장으로 출발했다.

'내가 그런 유혹을 이겨낼 수 있을까?' 네플류도프는 얼마간 딴 속셈을 품으며 생각했다. '마지막으로 한 번 더 시험해보자.'

네플류도프가 연미복으로 갈아입고 극장에 도착했을 때는 수없이 공연된 《Dame aux camelias(춘희)》의 제2막이 막 시작된 참이었다. 그 막에서는 프랑스 여배우가 폐병을 앓다가 죽는 춘희의 죽음을 새로운 방식으로 연기해 보이기로 되어 있었다.

극장은 대만원이었다. 네플류도프가 곧 마리에트가 앉은 박스석의 위치를 묻자 그것만으로도 안내인의 태도는 정중하기 그지없었다.

제복을 입고 통로에 서 있던 마리에트의 하인은 네플류도프를 보자 잘 아는 사람을 맞듯이 머리 숙여 인사하고 박스석의 문을 열어주었다.

건너편 자리에 앉은 사람들, 그 뒤쪽에 선 사람들, 바로 눈앞에서 등을 보이고 있는 사람들, 1층 좌석에 앉은 사람들의 하얀 머리, 반백의 머리, 대머리, 숱이 듬성한 머리, 기름을 발라 고정한 머리, 고수머리 등등 모든 관객들의 시선이 온통 무대로 쏠려 있었다. 무대 위에는 비단과 레이스로 지은 화려한 의상을 입은 깡마른 여배우가 부자연스러운 몸짓으로 교태를 부리면서 부자연스러운 목소리로 독백을 하고 있었다. 문이 열리자 누군가가 "쉿!" 했다. 찬 공기와 따뜻한 공기가 한꺼번에 흘러나와 네플류도프의 얼굴에 닿았다.

관람석에는 마리에트와, 빨간 망토를 걸치고 육중하고 큼직하게 머리를 틀어 올린 낯선 부인과, 두 남자가 앉아 있었다. 한 사람은 마리에트의 남편이었는데, 짐짓 위엄을 숨긴 표정에 매부리코를 가진 키 크고 잘생긴 장군으로 면과 삼베를 넣어 부풀린 가슴을 내밀고 있었다. 또 한 사람은 금발이 막 벗어지기 시작한 사내로, 당당한 구레나룻 사이로 드러난 턱은 말끔하게 면도질되어 있었다. 우아하고 호리호리하며 아름다운 마리에트는 등과 가슴이 움푹 파인 야회복 차림에 포동포동한 양쪽 어깨를 훤히 드러내고 있었는데, 목덜미에서 곡선을 그리며 흐르는 두 선이 어깨와 만나는 지점에 작은 점 하나가 보였다. 마리에트가 네플류도프를 흘깃 돌아보고 부채로 자기 뒷자리를 가리키면서, 와줘서 고맙다는 듯이 상냥하고 의미심장한 눈빛으로(네플류도프에게는 그렇게 보였다) 방긋 미소 지었다. 마리에트의 남편은 여느 때와 같은 느긋한 태도로 네플류도프를 보며 가볍게 머리를 숙였다. 그 태도며 아내와 주고받는 시선에서 자기는 이 아름다운 여인의 남편이며 소유자라는 자부심이 노골적으로 엿보였다.

춘희의 독백이 끝나자 극장 안은 박수 소리로 떠나갈 듯했다. 마리에트가 자리에서 일어나 사각사각 소리가 나는 비단 치마를 가볍게 추켜들고 박스석 뒤로 나오더니 남편에게 네플류도프를 소개했다. 장군은 눈에 미소를 머금고, 만나 뵙게 되어 매우 반갑다고 말하고는 다시 표정을 가다듬고 입을 다물었다.

"원래는 오늘 출발해야 하지만 당신과 약속을 해버려서요." 네플류도프가 마리에트를 돌아보며 말했다.

"저는 만나기 싫으시더라도 저 멋진 여배우는 보실 수 있잖아요." 네플류도프의 말뜻을 알아차리고 마리에트는 그에 응답했다. "지금 그 마지막 장면은 정말 훌륭하지 않았어요?" 마리에트가 남편을 돌아보며 말했다.

남편은 고개를 끄덕였다.

"저는 전혀 감동스럽지 않군요." 네플류도프가 말했다. "오늘은 진정한 불행을 잔뜩 보고 왔거든요……"

"자, 앉아서 그 이야기를 좀 들려주시오."

그녀의 남편은 귀를 기울여 듣고 있었으나 그 눈에는 비웃음이 차츰 깊어졌다.

"전 오랫동안 감금되었다 겨우 풀려나온 그 여자를 만나고 왔습니다. 완전히 미친 사람 같더군요."

"제가 당신에게 말씀드렸던 바로 그 여자 이야기예요." 마리에트가 남편에게 말했다.

"그렇습니까? 그 여자를 석방해주시다니 저도 기쁘기 그지없군요." 장군은 고개를 끄덕거리면서, 속이 빤히 들여다보이는 빈정대는 듯한 엷은 웃음을 콧수염 밑에 띠며 침착한 목소리로 말했다. "실례입니다만 전 한 대 피우고 오겠습니다."

네플류도프는 마리에트가 할 말이 있다던 내용을 꺼내기를 기다렸다. 그러나 그녀는 아무 말도 하지 않고, 또 하려는 기색도 보이지 않은 채 농담을 하거나 연극 이야기만 했다. 마리에트는 이 연극이 네플류도프를 퍽 감동시켰으리라고 확신하는 것 같았다.

그는 마리에트가 별로 할 말이 있는 것이 아니라 다만 그 토실토실한 어깨와 까만 점이 드러나는 야회복 차림의 매력적인 모습을 과시하고자 한 것에 지나지 않았음을 알아차렸다. 그러자 유쾌한 동시에 부아가 치밀어 올랐다.

이전에는 매력이라는 베일에 가려 있던 그러한 모든 것을, 지금은 그 베일이 벗겨져서라기보다 도리어 네플류도프 스스로 그 베일 속을 보고야 말았기 때문이었다. 네플류도프는 마리에트의 모습을 바라보며 그 아름다움에 넋을 잃기는 했으나, 그녀는 거짓말쟁이이며, 수백 수천 명의 눈물과 생명을 희생시킴으로써 출세의 길을 닦아 놓은 남편과 같이 살면서 그런 것에는 일체 무관심하다는 것을 알 수 있었다. 어제 마리에트가 한 말은 모두 거짓이며, 네플류도프로서는 그 까닭을 알 수 없었고 아마 마리에트 자신도 몰랐겠지만, 그녀가 바란 것은 오로지 네플류도프의 관심이 자기를 향하는 것이었음을 알 수 있었다. 그는 그런 사실에 설레기도 했고 불쾌하기도 했다. 네플류도프는 몇 번이나 돌아가려고 모자를 집어 들었다가 도로 주저앉았다. 그러나 마침내 마리에트의 남편이 짙은 코밑수염에 담배냄새를 물씬 풍기며 자리로 돌아와, 너 같은 건 안중에도 없다는 듯한 표정으로 네플류도프를 흘끗 쳐다봤을 때, 그는 그 열린 문이 채 닫히기도 전에 복도로 나와 자기 외투를 찾아 입고 극장을 나왔다.

네플류도프가 집으로 통하는 네프스키 거리를 지날 때, 도발적이고 화려한 옷을 입은 키 큰 여자가 자기 앞을 걸어가고 있는 것이 문득 눈에 들어왔다. 넓은 아스팔트길을 살랑살랑 걷고 있는 그 여자의 표정과 온몸에는 자신의 성적인 매력을 저도 잘 알고 있다는 듯한 태도가 또렷이 나타나 있었다. 맞은편에서 걸어오던 사람도, 그 여자를 앞질러 가는 사람도 모두 그 여자를 돌아다봤다. 네플류도프도 걸음을 빨리하여 그 옆을 앞질러가면서 저도 모르게 그 여자를 흘끗 돌아다보았다. 짙은 화장을 한 얼굴에 색기가 돌았다. 그 여자는 네플류도프를 보고 눈을 반짝 빛내며 살짝 미소를 지었다. 그러자 이상하게도 네플류도프는 문득 마리에트가 생각났다. 극장에서 느꼈던 것과 같은 유혹과 혐오가 느껴졌기 때문이다. 걸음을 빨리하여 그 여자와 멀찍감치 떨어지자 그는 자기 자신을 나무라면서, 모르스카야 거리를 꺾어 강변길로 나와서 거기 있던 순경을 깜짝 놀라게 하면서 그 주변을 왔다 갔다 거닐었다.

'내가 극장에 들어갔을 때 마리에트도 그런 미소를 지었지.' 네플류도프는 생각했다. '그 미소나 이 미소나 그 속에 든 의미는 다 마찬가지다. 다만 다른 점은 방금 전 그 여자는 '절 원하시면 사시고, 그게 싫으시면 그냥 지나가세요' 하고 단순하고 솔직하게 표현했다는 것뿐 아닌가? 그에 비해 마리에트는 '그런 것은 생각해본 적도 없어요. 전 고상하고 우아한 감정을 가지고 살아가고 있답니다' 하는 표정을 짓고 있지만, 결국 밑바닥을 들여다보면 다 마찬가지이다. 그러나 적어도 이쪽은 솔직하지만 저쪽은 거짓을 말하고 있다. 게다가 이쪽은 가난 때문에 그런 처지에 놓인 것이지만, 저쪽은 그 아름답고 혐오스럽고 무시무시한 정욕을 즐길 뿐이다. 이 거리의 여자는 악취가 풍기는 더러운 구정물 같은 존재지만 적어도 거기에 혐오를 느끼기보다 목마름을 해소하고 싶은 사람에게는 좋은 마실 거리가 된다. 그렇지만 저 극장 안에 있는 여자는 거기에 닿는 모든 것을 야금야금 썩게 만드는 독과 같은 존재다.'

네플류도프는 귀족회 회장 부인과의 관계를 떠올렸다. 그러자 부끄러운 기억이 물밀듯이 밀려왔다. '사람의 마음속에 도사리고 있는 야수의 동물적 본능이라 부를 만한 것이다.' 그는 생각했다. '하지만 그것이 순수한 형태를 띤다면 사람은 자기 정신상태의 높이에서 그를 내려다보고 경멸할 수 있다. 타락을 하든 자제를 하든 그때까지 지내온 자기 본연의 모습으로 있을 수 있기 때문이다. 그런데 이 동물적 본능이 거짓이라는 미적이고 시적인 베일을 쓰고 자기에게 무릎 꿇기를 요구하면, 사람은 얼마 못 가 그 동물적 본능을 신성한 것으로 여기고 이윽고 선악의 구별도 못 하게 되어 거기에 빠져들고 마는 것이다. 그렇게 되는 것이야말로 참으로 무서운 일이다.'

네플류도프는 지금 그것을 마치 눈앞에서 궁전이나 위병이나 요새나 강이나 배나 거래소 따위를 보듯이 명확하게 본 것이다.

그날 밤, 이 지상에 마음에 안식을 주는 어둠 대신 다만 막막하고 우울한, 어디에선지도 모르게 뻗어오는 부자연스러운 백야의 빛만이 존재하듯이 네플류도프의 마음에도 안식을 주는 미지의 어둠은 이미 사라지고 없었다. 모든 것이 명확했다. 세상에서 중요하고 좋다고 여겨지는 것은 모두가 다 하잘 것없고 더러운 것이며, 이미 만성이 되어서 처벌의 대상도 되지 않는다. 더욱이 사람들이 생각해 낼 수 있는 온갖 아름다움으로 그럴싸하게 포장된 범죄는 그러한 휘황찬란한 사치 속에 교묘하게 감추어져 있었다.

네플류도프는 그런 것은 잊어버리고 싶었고 보고 싶거나 생각하고 싶지 않았으나 이미 그럴 수는 없었다. 페테르부르크를 감싸고 있는 백야의 빛의 근원을 볼 수 없듯이 이런 모든 것을 계시해 준 빛의 근원은 보이지 않았지만, 또 그 빛은 막연하고 우울하고 부자연스럽게 여겨졌지만, 그 빛에 비추어진 것들을 간과할 수는 없었다. 그는 그 사실이 기쁘기도 했고 불안하기도 했다.

29

모스크바로 돌아온 네플류도프는 먼저 감옥 안의 병원으로 달려갔다. 원로원에서 지방재판소의 판결을 인정했으므로 시베리아로 떠날 채비를 해야 한다는 슬픈 소식을 카튜사에게 전하기 위해서였다.

변호사가 써준, 황제에게 보낼 청원서에는 카튜사의 서명이 필요했으므로 그것을 가지고 오기는 했지만 이미 별다른 기대는 하지 않았다. 게다가 이상하게도 이제는 네플류도프 자신도 그 청원이 성공하기를 바라는 마음이 들지 않았다. 그는 시베리아로 가서 유형수와 징역수들 틈에서 지내겠다는 마음의 준비를 이미 해버린 뒤여서, 만일 카튜사가 무죄로 풀려난다면 자기와 카튜사의 생활을 어떻게 꾸려나가야 좋을지 도무지 상상조차 할 수 없었다. 네플류도프는 미국에 아직 노예제도가 존재하던 무렵, 노예제도가 법으로 보호를 받는 국가에서 성실한 시민이 살기에 적합한 장소는 감옥뿐이라고 말한 미국의 작가 소로의 말을 떠올렸다. 네플류도프도 이와 비슷한 생각을 품고 있었다. 특히 페테르부르크에 가서 여러 가지를 보고 들은 다음에는 더욱 그랬다.

'그렇다. 오늘날의 러시아에서 성실한 사람에게 가장 적합한 장소는 유일하게도 감옥뿐이다!' 네플류도프는 생각했다. 그리고 마차가 감옥에 가까워지고 이윽고 높은 돌담 안으로 들어섰을 때 그는 이것을 더욱 실감했다.

병원 수위가 곧 네플류도프의 얼굴을 알아보고, 마슬로바는 이미 병원에 있지 않다고 말해 주었다.

"그럼, 어디 있소?"

"다시 감방으로 돌아갔지요."

"왜 돌아갔소?"

"그건 본디 그런 족속들입니다, 나리." 수위가 콧방귀를 뀌며 말했다. "간호 조수를 유혹해서 의사 과장님에게 내쫓겼지요."

네플류도프는 카튜사의 정신상태가 이토록 자기에게 소중한 것으로 자리 잡았을 줄은 꿈에도 생각지 못했다. 그는 이 소식을 듣고 잠시 어리둥절했다. 뜻하지 않게 불행한 통지를 받았을 때 사람들이 느끼는 감정을 느낀 것이다. 가슴이 몹시 아팠다. 그리고 이 소식에 네플류도프가 느낀 첫 감정은 수치였다. 무엇보다도, 카튜사의 정신상태가 완전히 바뀌었다고 생각하고 기뻐했던 자기가 우스워졌다. 자기의 헌신을 받지 않겠다던 카튜사의 말도, 비난도, 눈물도, 그 모두가 최대한 상대를 교묘히 이용하려는 타락한 여자의 능숙한 수작에 지나지 않았던가 하고 생각했다. 지금에 와서 생각해 보면, 마지막으로 그가 면회를 왔을 때도 이제는 고칠 수 없는 이러한 타락의 징후를 보였었다. 이제는 그것이 똑똑히 느껴졌다. 네플류도프가 반사적으로 모자를 쓰고 병원 문을 나왔을 때 이러한 생각이 퍼뜩 그의 머리를 스쳤다.

'그런데 나는 앞으로 어떻게 한다?' 네플류도프는 스스로에게 물었다. '나는 그 여자와 묶여 있는 것일까? 이번 일로 해서 이제 그 여자에게서 해방된 것이 아닐까?' 그러나 이런 질문을 던진 순간, 네플류도프는 즉시 깨달았다. 자기 자신이 해방되었다고 생각하여 카튜사를 버린다면 자기가 벌을 주려고 하는 그 여자에게는 벌이 되지 않고 오히려 자기가 벌을 받는 결과가 된다는 것을. 그러자 그는 갑자기 무서워졌다.

'아니, 이런 일로 내 결심을 바꿀 수는 없다. 도리어 결심을 더욱 굳게 할 뿐이다. 카튜사는 자기 하고 싶은 대로 하도록 내버려두자. 간호 조수를 유혹하건 말건 상관없다. 그건 카튜사의 자유니까……. 내가 할 일은 양심이 명하는 대로 실행하는 것이다.' 네플류도프는 자기 자신에게 이렇게 말했다. '양심은 내 죄를 속죄하기 위해 내 자유를 희생하라고 요구하고 있다. 그러므로 형식상으로나마 카튜사와 결혼하고 땅 끝까지라도 카튜사를 따라가겠다는 결심은 절대로 바뀌지 않을 것이다.' 네플류도프는 고집스럽게 자신을 이렇게 타이르고 나서 병원에서 나와 단호한 발걸음으로 감옥 문을 향해 뚜벅뚜벅 걸어갔다.

감옥 문에 다다르자 네플류도프는 마슬로바를 만나고 싶으니 소장에게 알려달라고 당직 간수에게 부탁했다. 간수는 네플류도프를 알고 있었기 때문에 감옥 안의 중대한 새 소식을 허물없이 들려주었다. 이전 소장이던 대위가 해임되고, 그 후임으로 엄격한 소장이 새로 취임했다는 소식이었다.

"요즘은 여러 가지로 엄해져서 일하기가 힘듭니다." 간수가 말했다. "마침 소장님이 계시니까 곧 알리겠습니다."

그 말대로 감옥 안에 있던 소장이 곧 네플류도프에게로 왔다. 이 신임 소장은 골격이 굵고 키 큰 사나이로 광대뼈가 불거져 나왔으며 동작이 몹시 느리고 전체적으로 음울한 분위기를 띠고 있었다.

"면회는 지정된 날에 지정된 장소에서만 하게 되어 있습니다." 소장이 네플류도프를 쳐다보지도 않고 말했다.

"하지만 황제께 드릴 청원서에 서명을 받아야 합니다."

"제가 맡아두지요."

"꼭 직접 본인을 만나고 싶습니다. 지금까지는 늘 면회가 허락되었는데요."

"그건 그전의 이야기지요." 네플류도프의 얼굴을 힐끗 쳐다보면서 소장이 말했다.

"전 지사의 허가증도 가지고 있습니다." 네플류도프는 그것을 꺼내며 끈질기게 말했다.

"보여주십시오." 소장은 여전히 상대의 얼굴을 쳐다보지도 않고 그렇게 말하며, 집게손가락에 금반지를 낀 기다랗고 버석버석한 하얀 손으로 네플류도프가 내민 허가증을 받아들더니 천천히 읽었다. "그럼 사무실로 오십시오." 소장이 말했다.

이날 사무실에는 아무도 없었다. 소장은 면회에 입회할 작정인지 저도 탁자 앞에 앉아서 그 위에 놓인 서류를 뒤지기 시작했다. 네플류도프가 정치범 보고두호프스카야를 면회할 수 있겠느냐고 물어보자, 소장은 그건 불가능하다고 한마디로 잘라 말했다.

"정치범과의 면회는 허락되지 않습니다." 소장은 이렇게 말하고 다시금 서류를 골똘히 읽기 시작했다.

보고두호프스카야에게 전할 편지를 주머니 속에 가지고 있던 네플류도프는 죄를 저지르려다 들켜버린 범죄자처럼 낭패한 기분이 되었다.

카튜사가 방 안으로 들어오자 소장은 고개를 들었으나 카튜사 쪽도 네플류도프 쪽도 보지 않은 채 "앉으시오!" 하고 짧게 말했다. 그리고 그는 계속해서 서류를 읽기에 여념이 없었다.

카튜사는 이전과 마찬가지로 하얀 블라우스에 치마를 입고 머릿수건으로 머리를 감싼 모습이었다. 그녀는 네플류도프 곁으로 다가와 싸늘하고 증오심을 품은 것 같은 상대의 얼굴을 보더니, 그만 얼굴이 빨개져서 한 손으로 블라우스 자락을 만지작거리며 눈을 내리깔았다. 네플류도프의 눈에는 그 당황한 모습이 병원 수위의 말을 증명하는 것처럼 보였다.

네플류도프는 이전과 같은 태도로 대하고 싶었지만 그것은 생각일 뿐, 아무래도 악수할 마음이 생기지 않았다. 그 정도로 지금 눈앞에 있는 카튜사가 추악하게 여겨졌다.

"오늘은 좋지 못한 소식을 가지고 왔소." 네플류도프는 지금까지와는 다른 태도로 그녀의 얼굴도 바라보지 않고 악수도 하지 않았다. 지금 그에게는 그녀가 불유쾌한 존재일 뿐이었다.

"원로원에서 기각되었소." 그는 감정이 담기지 않은 목소리로 말했다.

"저도 그렇게 되리라고 생각했어요." 카튜사는 숨이 찬 듯한 묘한 목소리로 말했다.

이전 같으면 네플류도프는 왜 그런 소리를 하느냐고 물었을 테지만 지금은 그저 입을 다물고 그녀의 얼굴을 힐끗 쳐다보았을 뿐이었다. 카튜사의 눈에는 눈물이 가득 괴어 있었다.

그러나 그 눈물도 네플류도프의 마음을 누그러뜨리지 못했다. 도리어 그의 마음을 초조하게 만들었다.

소장은 자리에서 일어나더니 방 안을 왔다 갔다 거닐기 시작했다.

네플류도프는 카튜사에 대한 격렬한 증오를 느꼈으나 원로원의 기각에 대해 위로의 말만은 해두어야겠다고 생각했다.

"아직 낙심해선 안 되오. 황제폐하께 청원서를 내면 잘 될지도 모르니까. 내가 기대하는 건……."

"저는, 그런 일은 생각하고 있지 않아요……." 카튜사는 눈물에 젖은 사팔눈으로 처량하게 네플류도프를 바라보며 말했다.

"그럼 무엇을 생각하고 있는데?"

"병원에 가셨다니 저에 관한 이야기를 들으셨겠지요……."

"그게 어떻단 말이오? 그런 건 알고 싶지도 않아." 네플류도프는 얼굴을 찡그리며 쌀쌀맞게 내뱉었다.

카튜사가 병원에 대한 이야기를 꺼낸 순간, 진정되어가던 자존심에 상처를 입은 굴욕감이 또다시 새로운 힘을 가지고 가슴속에 끓어올랐다.

'나는 어엿한 귀족이다. 어떤 상류사회의 아가씨도 나와 결혼하는 것을 행복으로 여긴단 말이다. 그런 내가 스스로 이런 여자와 결혼하겠다는 의사를 밝혔는데 이 여자는 그걸 참지 못하고 병원의 간호 조수 따위와 불미스런 장난을 하다니.' 증오에 찬 눈으로 카튜사를 바라보면서 네플류도프는 이렇게 생각했다.

"이 청원서에다 서명하시오." 네플류도프는 이렇게 말하며 주머니에서 큼직한 봉투를 꺼내어 탁자에 올려놓았다. 카튜사는 머릿수건 자락으로 눈물을 닦고 탁자 앞에 앉으면서, 어디다 무엇을 써야 하느냐고 물었다.

네플류도프가 가르쳐 주자 카튜사는 앉은 채 왼손으로 오른쪽 소매를 추켜올렸다. 네플류도프는 그 뒤에 서서, 탁자 위에 몸을 구부리고 있는 여자의 등을 가만히 내려다보았다. 그 등은 슬픔을 이기지 못하고 가끔 가느다랗게 들먹이고 있었다. 그런 모습을 보자 네플류도프의 마음속에서는 상처 입은 자존심과 마음 아파하는 여인에 대한 애처로움, 이 두 가지 선악의 감정이 서로 다투기 시작했다. 마지막에는 애처로움이 승리를 거두었다.

카튜사를 애처롭게 여긴 것이 먼저였는지 아니면 자기의 죄를, 자기의 추악함을, 다시 말하면 바로 지금 카튜사를 비난하는 이유와 다를 것 없는 그런 추악함을 자기의 과거에서 찾아낸 것이 먼저였는지 분명치 않았다. 어쨌든 갑자기 자기의 죄를 느낌과 동시에 카튜사가 애처롭게 느껴졌다.

카튜사는 청원서에 서명을 끝내자 잉크가 묻은 손을 치마에다 문질러 닦고 일어나서 네플류도프를 바라보았다.

"결과가 어떻게 되더라도, 어떤 일이 일어나더라도 내 결심은 바뀌지 않소." 네플류도프가 말했다.

이미 카튜사를 용서하고 있다고 생각하니 네플류도프의 마음속에는 카튜사에 대한 연민과 애정이 한층 더 강해졌다. 네플류도프는 카튜사를 위로해 주고 싶어졌다.

"난 내가 한 말은 반드시 지키오. 당신이 어디로 보내지든 당신과 함께 가겠소."

"그럴 수는 없어요." 카튜사는 얼른 그 말을 가로막았으나 얼굴빛은 환히 밝아졌다.

"가는 길에 필요한 물건을 생각해두어요."

"별로 없어요. 고마워요."

소장이 두 사람 곁으로 다가왔다. 네플류도프는 소장이 지시를 하기 전에 카튜사와 작별인사를 하고, 여태껏 느껴보지 못했던 고요한 기쁨과 마음의 평화와 만인에 대한 사랑의 감정을 느끼면서 밖으로 나왔다. 카튜사가 어떤 행위를 하건 카튜사를 향한 자기의 사랑을 바꾸지는 못한다는 자각이 네플류도프를 기쁘게 하고, 또한 일찍이 경험한 적 없을 만큼 그의 마음을 들뜨게 했다. 카튜사가 간호 조수와 어떤 관계를 맺었건 그것은 카튜사의 자유이다. 네플류도프가 카튜사를 사랑하는 것은 자기가 아닌 카튜사를 위함이요, 신을 위함인 것이다.

한편, 카튜사가 병원에서 쫓겨난 원인을 제공하고, 네플류도프도 진짜라고 믿고 있는 간호 조수와의 관계라는 것은 하찮은 일에 지나지 않았다. 수간호사의 심부름으로 카튜사는 복도 끝에 있는 약국으로 물약을 가지러 갔다. 마침 그곳에는 이미 오래전부터 귀찮게 카튜사의 꽁무니를 따라다니던, 키 크고 얼굴이 온통 여드름으로 뒤덮인 우스티노프라는 간호 조수밖에 없었다. 우스티노프가 또 귀찮게 굴자 카튜사는 그 팔을 뿌리치려고 그를 세게 떠다밀었다. 그러자 그가 약장에 몸이 부딪치는 바람에 약병 두 개가 떨어져서 산산조각이 나고 말았다.

마침 그때 복도를 지나가던 의사 과장이 병이 깨지는 소리를 들었다. 그와 동시에 얼굴이 새빨개져서 튀어나오는 카튜사를 보고 그는 화가 나서 소리쳤다.

"이봐, 이런 데까지 와서 헤픈 짓을 하고 다녔다간 쫓겨날 줄 알아! 대체 이게 무슨 짓이야?" 의사 과장은 간호 조수를 안경 너머로 매섭게 쏘아보았다.

간호 조수가 히죽히죽 웃으며 변명을 시작했다. 의사 과장은 끝까지 듣지도 않고 고개를 홱 젖히더니 이번에는 렌즈 밑으로 쏘아보고는 그대로 병실 쪽으로 가버렸다. 그리고 의사 과장은 그날 중으로 소장에게 전갈을 보내, 마슬로바 대신 더 품행이 단정한 여죄수를 보내달라고 말했던 것이다. 카튜사와 간호 조수의 관계란 이런 것에 불과했다. 사내와 헤픈 짓거리를 했다는 이유로 병원에서 내쫓긴 것은 카튜사에게는 특히 억울한 일이었다. 카튜사는 이미 오래전부터 사내들과의 관계에 염증을 느껴왔고, 네플류도프를 만난 뒤로는 더욱더 싫증을 느끼고 있었기 때문이다. 또한 자기의 과거와 현재의 처지로 미루어, 그 여드름투성이 간호 조수를 포함한 뭇 남자들은 자기를 욕보이는 것을 당연하게 생각하고 그것을 거절하면 도리어 이상하게 여긴다는 사실이 카튜사에게 참을 수 없는 굴욕감을 주었다. 이런 생각을 하면 스스로가 가련해져서 저도 모르게 눈물이 흘렀다. 오늘도 그랬다. 네플류도프를 만나면 그도 틀림없이 병원에서 들었을 게 분명한 이 억울한 사정에 대하여 변명을 하리라 마음먹었었다. 그러나 막상 만나 입을 연 순간, 네플류도프가 이 변명을 곧이들어주지 않고 도리어 의심만 더 할 것 같은 생각이 들었다. 그러자 갑자기 목구멍까지 눈물이 솟구쳐 아무 말도 할 수 없었다.

두 번째 면회 때 네플류도프에게 말한 것처럼, 카튜사는 지금도 네플류도프를 용서하지 않고 증오하고 있다고 생각했었고 또 그렇게 하려고 했었다. 그러나 이미 꽤 오래전부터 네플류도프를 다시 사랑하게 되었다. 더욱이 네플류도프가 바라는 것이 무엇이든 무의식적으로 그것을 실행할 만큼 깊게 사랑하고 있었다. 그래서 술도 담배도 끊고 교태도 부리지 않고 병원 잡역부

로 들어간 것이다. 카튜사가 그런 것을 실행한 이유도 네플류도프가 그것을
바라고 있음을 잘 알기 때문이었다. 네플류도프가 결혼이라는 말을 꺼낼 때
마다, 그런 희생을 받아들일 수는 없다고 일언지하에 거절해 온 것은 한 번
입 밖에 낸 오만한 말을 뒤집기 싫은 자존심 탓도 있었지만, 가장 큰 이유는
자기와의 결혼이 네플류도프를 불행에 빠뜨리게 될 것을 잘 알고 있었기 때
문이었다. 카튜사는 네플류도프의 희생을 절대로 받아들이지 않으리라고 굳
게 마음먹었다. 그러나 네플류도프가 자기를 경멸하고, 자기를 예전과 같
은 여자라고 생각하고, 자기 내부에서 일어난 변화를 알아주지 않는다고 생
각하는 것 역시 견딜 수 없이 괴로웠다. 자기가 병원에서 무슨 더러운 짓을
했다고 생각하고 있을 그를 상상하면, 카튜사는 유형이 확정되었다는 통지
를 받았을 때보다 더 심한 괴로움을 느꼈다.

30

카튜사가 첫 번째 이송 부대와 함께 떠날지도 모르므로, 네플류도프는 떠
날 채비를 했다. 그러나 마무리 지어야 할 일이 너무도 많아 웬만한 시간을
가지고는 도저히 모두 처리할 수가 없을 것 같았다. 지금은 이전과는 다르게
모든 것이 변해 있었다. 이전에는 해야 할 일을 떠올려야 했고, 그 일은 늘
드미트리 이바노비치 네플류도프에 관련된 것이었다. 그러나 그 무렵에는
생활의 모든 관심사가 드미트리 이바노비치에게 집중되어 있었음에도 그 모
든 일들이 지루하기만 했다. 지금은 모든 일이 드미트리 이바노비치가 아닌
남과 관련된 것뿐이었지만, 어느 것이나 흥미 있고 재미있었다. 게다가 그런
일은 끝도 없이 많았다. 이전에 드미트리 이바노비치 개인에 관한 일을 할
때는 언제나 짜증나고 부아가 치밀었지만, 지금 이렇게 남을 위한 일을 하고
보니 대개가 유쾌한 기분이 들었다.

그즈음 네플류도프의 마음을 잡고 있던 일은 세 종류로 나눌 수 있었다.
네플류도프는 타고난 학구열로 자기가 하는 일을 세 종류로 나누어 각각 가
방에 넣어두었다.

첫 번째는 카튜사를 돕는 일이었다. 이 건에 관해 눈앞에 닥친 일은 이미
황제에게 제출된 청원서의 승인을 촉구하는 것과 시베리아로 떠날 채비를
하는 것이 포함된다.

두 번째는 영지 정리하는 일이다. 파노보에서는 땅값을 마을 농민들의 공공비용으로 충당한다는 조건으로 토지를 빌려주었다. 그러나 이 협정을 공고히 하기 위해서는 계약서와 유언장을 만들어 서명해둘 필요가 있었다. 쿠즈민스코예에서는 아직 네플류도프가 정한 그대로 남아 있었다. 즉 땅값은 네플류도프가 직접 거두기로 했지만, 그 기한과 그 가운데 얼마를 생활비로 하고 얼마를 농민들을 위해 남겨두느냐를 결정해야만 했다. 수입을 반으로 줄이는 것까지는 결정했으나 시베리아로 가는 데 비용이 얼마나 들지 알 수가 없었기에, 쿠즈민스코예에서 들어오는 수입을 전부 포기하는 것은 아직 망설여졌다.

세 번째는 최근 들어 차츰 도움을 청해오는 수가 늘고 있는 죄수들을 도와주는 일이었다.

처음에는 도움을 청해 그를 찾아 온 죄수들의 이야기를 듣고 네플류도프는 지체없이 그들의 고통을 덜어주기 위해 백방으로 뛰어다녔다. 그러나 부탁이 점차 많아짐에 따라 그 한 사람 한 사람을 모두 돕기란 불가능하다는 것을 깨닫고 부득이 네 번째 일에 착수하게 되었으며, 요즘에는 그 일로 바쁜 나날을 보내고 있었다.

이 네 번째 일이란 것은, 형사재판이라 불리는 이 놀라운 제도는 도대체 무엇이며, 무엇을 위해 존재하고, 어디에서 생겨났는가 하는 문제를 해명하는 일이었다. 이 형사재판으로 인해 네플류도프가 어느 정도 안면을 익힌 죄수들이 수용되어 있는 감옥이며, 페트로파블롭스크 요새감옥에서 사할린 섬에 이르는 수많은 수감 장소가 생겨났다. 그리고 그곳에서는 이 형법에 희생된 수백 수천이나 되는 사람들이 신음하고 있었다.

죄수들과 개인적으로 접촉하고 변호사, 교화사, 소장 등과 이야기하고 죄수명부를 조사한 결과, 네플류도프는 흔히 범죄자라고 일컬어지는 죄수는 다섯 종류로 나눌 수 있다는 결론에 도달했다.

제1부류는 방화범으로 오인 받은 멘쇼프나 카튜사와 같이 아무 죄가 없는데도 잘못된 판결로 희생된 사람들이다. 이 부류에 속하는 사람들은 그리 많지는 않아서 교화사의 관찰에 따르면 전체의 7퍼센트 정도에 불과하다고 하지만, 이 사람들이 처한 상황은 특히 네플류도프의 흥미를 끌었다.

제2부류는 분노, 질투, 만취 등의 이상상태에서 죄를 저지르고 갇힌 사람

들이다. 이들이 저지른 행위는 이들을 재판하고 처벌한 사람들이라도 그와 같은 상황에 놓이면 대부분이 그들과 다름없이 저지를 것이 분명한 성질의 것이다. 네플류도프의 관찰에 따르면 이런 부류의 사람들은 전체 범죄자의 절반 이상을 차지했다.

제3부류는 당사자들의 판단으로는 아주 흔해빠진 일로서 선행이라고도 할 수 있지만, 자신들과는 관계없는 입법자들에게는 범죄로 여겨지는 행위 때문에 처벌된 사람들이다. 이 부류에 속하는 사람들은 주류밀매자라든가 밀수업자라든가, 대지주의 삼림이나 국유지에서 풀을 베거나 땔감을 주운 사람들이다. 그리고 산적이나 교회의 물건을 훔쳐낸 신앙심 없는 사람들도 이 부류에 속했다.

제4부류는 사회 일반의 수준보다 정신적으로 높은 수준을 가진 탓에 오히려 죄인 취급을 받는 사람들이다. 분리파 교도가 그러하며, 독립을 위해 반란을 일으킨 폴란드인이나 체르케스인이 그러하며, 정치범 즉 권력에 저항하다 처벌받은 사회주의자나 동맹파업참가자가 그러했다. 네플류도프의 관찰에 따르면 이러한 사회 우수 분자에 속하는 이 부류의 사람들은 엄청난 수에 달했다.

마지막 제5부류는 그들이 사회에 어떤 죄를 저질렀다기보다 오히려 사회가 그들에게 훨씬 많은 죄를 지은 경우이다. 이들은 끊임없는 박해와 유혹 때문에 우매해지고 사회 밖으로 쫓겨난 사람들로, 돗자리를 훔친 청년을 비롯하여 네플류도프가 감옥 안팎에서 보아온 수백 명의 사람들이 여기에 해당했다. 그들에게 놓인 생활 조건이 그들로 하여금 범죄라 불리는 행위를 하도록 내몬 것이다. 네플류도프의 관찰에 따르면 이 부류에 속하는 사람은 엄청난 수의 도둑과 살인자들이다. 네플류도프는 최근 그 가운데 몇 명 정도와 면담을 갖고 지금까지보다 가까운 존재로 그들을 인식하게 되었다. 그리고 새로운 학설에 의해 범죄자 유형이라는 이름이 붙고, 사회에 존재함으로써 형법과 형벌이 필요한 주된 근거라고 여겨지는 타락하고 부패한 사람들을 이 부류에 넣었다. 네플류도프의 의견으로는, 이러한 부패하고 범죄형이고 기형적인 부류에는 본인에게보다는 오히려 사회에 죄가 있다고 할 만한 사람들과, 양쪽의 죄과가 엇비슷한 사람들이 있다. 오늘날의 사회는 그들에게 직접 죄를 저지른 게 아니라 먼 과거에 그들의 부모나 조상에게 저질렀다.

이러한 사람들 가운데서도 특히 이런 관점에서 네플류도프를 놀라게 한 것은 오호친이라는 절도 상습범이었다. 이 사내는 매춘부의 사생아로 태어나 싸구려 여인숙에서 자랐는데, 서른이 될 때까지 순경보다 더 덕이 높은 사람을 만난 일이 없고 어릴 때부터 도둑패에 끼어 살았다. 그런데 그는 천성적으로 매우 익살맞은 데가 있어서 남들에게 인기가 있었다. 오호친은 네플류도프에게 도움을 청할 때에도 자기 자신은 물론이요 재판관, 감옥, 법률, 더 나아가서 신의 계율에 이르기까지 모든 것을 소재로 익살을 떨었다. 또 한 사람은 부하들과 함께 어느 늙은 관리를 죽이고 금품을 약탈한 표도로프라는 사내였다. 아주 잘생긴 이 사내는 억울하게 집을 빼앗긴 농사꾼의 아들로서 그 뒤 군대에 징집되고 나서도 어떤 장교의 정부와 눈이 맞아 단단히 혼이 났던 자였다. 그는 매력이 넘치는 정열적인 성격의 소유자로, 무엇을 통해서건 쾌락만 즐기면 그만이라는 사고방식을 가지고 있었다.

표도로프는 여태껏 어떤 까닭에서든 간에 자기 스스로 쾌락을 포기했다는 사람을 한 번도 본 일이 없었고, 쾌락 이외에 다른 인생의 목적이 있다는 말 역시 한 번도 들어본 일이 없었다. 이 두 사람 모두 좋은 천성을 타고 태어났으나, 버려진 식물이 제멋대로 자라다가 결국에는 말라죽고 마는 것처럼 그들도 되는 대로 살다가 자멸의 길로 빠져들었음을 네플류도프는 똑똑히 알 수 있었다. 또 네플류도프는 그 우둔함과 잔인함 때문에 사람들이 외면하는 한 부랑자와 한 여자를 본 적이 있는데, 그들은 이탈리아 학파가 주장하는 범죄자 유형하고는 전혀 달랐다. 그는 그저 그들 모습에서 자기의 취향과는 맞지 않는 불쾌한 사람을 발견했을 뿐이다. 그러나 연미복을 입거나 견장을 차거나 레이스로 몸을 휘두른, 감옥 밖 자유로운 세계에 있는 사람들 가운데도 그런 불쾌한 사람은 얼마든지 있었다.

이러한 이유로 온갖 종류의 사람들 가운데서 일부는 감옥에 갇혀 있는데, 또 다른 일부는 자유로이 거리를 활보하면서 다른 일부를 재판하고 있는 것은 어찌된 연유인가? 이에 대한 문제를 연구하는 것이 그 무렵 네플류도프의 마음을 사로잡은 네 번째 일이었다.

네플류도프는 처음엔 이런 문제의 해답을 책에서 얻을 수 있으리라 생각하고 이에 관한 책을 닥치는 대로 사 모았다. 이탈리아의 범죄학자 체사레 롬브로소와 라파엘레 가로팔로, 미국의 철학자 페리, 독일의 경제학자 리스트, 영국의 심리학자 모즐리, 프랑스의 범죄학자 타르드 등의 저서를 사들여서 열심히 읽었다. 그러나 그런 서적을 읽으면 읽을수록 더욱 환멸을 느꼈다. 그것은 학계에서 어떠한 역할을 하기 위해, 즉 논문을 쓰거나 논쟁을 하거나 가르치기 위해서가 아니라 생활하면서 몸소 느낀 자그마한 의문을 가지고 학문을 대하는 사람들이 흔히 느끼게 되는 그런 허무함이었다. 그러므로 학문은 형법에 관련된 미묘하고 복잡한 온갖 의문에는 답을 주었지만 네플류도프가 묻고자 하는 의문에는 답을 주지 않았다. 그 의문이란 아주 단순한 것이었다. 대체 무슨 이유로, 무슨 권리가 있어서 일부 사람들이 다른 사람들을 가두고 고통을 주고 유형을 보내고 매질을 하고 사형에 처하는가? 그러는 그들은 자기들에게 고통 받고 매질 당하고 사형 당하는 사람들이나 똑같은 사람이 아닌가? 그러나 학문은 여기에 대해 이런저런 고찰로 응할 뿐이었다. 즉 인간은 의지의 자유를 갖는가? 두개골 측정이나 다른 방법에 의해 인간을 범죄자 유형으로 분류하는 것이 가능한가? 유전은 범죄에서 어떠한 역할을 하는가? 선천적 도덕불감증이 존재하는가? 도덕성이란 무엇인가? 광기란 무엇인가? 변질이란 무엇인가? 기질이란 무엇인가? 기후, 음식, 무지, 모방, 최면상태, 정욕은 범죄에 어떤 영향을 미치는가? 사회란 무엇인가? 그 의무란 어떤 것인가? 등등.

이러한 고찰은 언젠가 학교에서 집으로 돌아가던 어떤 어린아이에게서 들었던 대답을 떠올리게 하였다. 네플류도프는 그 아이에게 글쓰기를 배웠느냐고 물어보았다. "배웠어요." 아이가 대답했다. "그럼 '발'이라고 써봐." "무슨 발이요? 개발?" 아이는 능청맞은 표정으로 대답했다. 자기가 품은 유일한 근본적인 질문에 대해 네플류도프가 학술 서적에서 발견한 것은 바로 이 아이의 대답과 같은 것이었다.

이 책들 속에는 현명하고 학술적이고 흥미 있는 것들이 잔뜩 있었지만, 어떤 권리로 인간이 인간을 처벌하는가 하는 근본적인 물음에 대한 답은 없었다. 아니 그뿐만 아니라 모든 논의는 이미 그 필요를 공리(公理)로 인정하고, 형벌은 당연히 필요하다는 견지에서 그것을 설명하고 변호하는 쪽으로 기울어 있었다. 네플류도프는 많은 책을 읽었지만 답을 얻을 수 없는 이유는 자기가 책을 띄엄띄엄 읽는 바람에 피상적인 연구가 되어버린 탓이라고 생각하고, 언젠가 그 답을 찾아낼 날을 마음속으로 기대했다. 그래서 요즘에 와서 빈번히 머리에 떠오르는 자기 물음에 대한 해답이 올바른지 아닌지 아직 판단을 내리지 못하고 있었다.

31

카튜사를 포함한 죄수로 꾸며진 이송대는 7월 5일에 떠나기로 결정이 났다. 네플류도프도 이날에 맞춰 카튜사를 따라갈 수 있도록 준비했다. 출발 전날 밤에 네플류도프의 누이가 동생을 만나려고 남편과 함께 시골서 찾아왔다.

네플류도프의 누이, 나탈리아 이바노브나 라고진스카야는 네플류도프보다 10살 위였다. 네플류도프는 어느 정도 누이의 영향을 받고 자랐다. 누이는 어릴 때부터 남동생을 무척 사랑했으며, 그 뒤 결혼을 코앞에 두었을 무렵에는 같은 또래처럼 사이가 좋았다. 그때 나탈리아는 25살의 처녀였고 네플류도프는 15살 소년이었다. 그 시절 나탈리아는 지금은 세상을 떠난 네플류도프의 친구인 니콜렌카 이르테네프를 사랑했다. 남매가 모두 니콜렌카를 사랑했다. 그 둘은 이 친구 안에도 있고 또 자기들 안에도 있는, 모든 사람을 하나로 묶는 선한 마음을 사랑했던 것이다.

그 뒤로 이 남매는 둘 다 타락했다. 네플류도프는 군에 들어가 방탕한 생활에 빠져들어 타락했고, 나탈리아는 육체만 탐닉하는 남자와 결혼하면서 타락했다. 누이의 남편이 된 사내는 일찍이 나탈리아와 드미트리가 무엇보다 신성하고 귀중하게 여긴 모든 것을 사랑하지 않았을 뿐 아니라, 그것이 어떤 것인지조차 이해하지 못했다. 한때는 나탈리아가 생활신조로 삼았던 도덕적 자기완성과 타인에의 봉사에 대한 갈망을 자만에 빠져 남에게 자기를 과시하려는 허영심이라고 생각했다. 아니, 그 사내는 그렇게밖에 생각하지 못했다.

매부 라고진스키는 이름도 가진 것도 없는 사내였으나 대단히 처세술에 능한 관리여서 자유주의와 보수주의 사이를 요령 있게 헤엄치며, 때와 장소에 맞춰 자기에게 유리한 결과를 가져다주는 쪽을 이용했다. 특히 여자들의 마음을 휘어잡는 데 뛰어난 재주가 있었고, 법조계에서는 비교적 눈부신 출세가도를 달렸다. 이미 청년기가 다 지나서 외국에서 네플류도프를 알게 되었고, 이미 결혼적령기를 지나려 하는 나타샤의 마음을 빼앗아, *mésalliance*

(격에 맞지 않는다)고 한 어머니의 반대를 무릅쓰고 그녀와의 결혼을 밀어 붙였다. 네플류도프는 전혀 내색 않고 그러한 감정과 싸웠으나, 실은 이 매부를 혐오했다. 네플류도프는 이 사내의 속물근성과 우둔한 주제에 허세를 부리는 점이 못마땅했다. 그리고 무엇보다도 누이가 이토록 개성 없는 사내를 그렇게도 열렬하게 맹목적이고 육체적으로 사랑한 끝에 이 사내의 마음을 얻기 위해 자기가 가지고 있던 모든 좋은 점을 내부 깊숙한 곳에 묻어버렸다는 점이 가장 마음에 들지 않았다. 나타샤가 그런 텁석부리에다 번쩍이는 대머리에 허영심 강한 남자의 아내라고 생각하면 네플류도프는 언제나 마음이 죄여오는 듯했다. 네플류도프는 어린 조카들에게조차 혐오스러운 감정을 금할 수 없었다. 누이가 아이를 낳았다는 소식을 들을 때마다, 누이가 자기들과는 전혀 무관한 이 사내에게서 뭔가 나쁜 병이라도 옮은 것 같은 기분이 들어 측은한 마음이 들었다.

라고진스키 부부에게는 사내아이 하나와 계집아이가 하나 있었는데, 아이들은 데려오지 않고 내외만 왔다. 부부는 일류호텔의 가장 좋은 방에 짐을 풀었다. 나탈리아 이바노브나는 곧 어머니가 살던 집을 찾아갔으나 동생을 만나지 못하고, 아그라페나 페트로브나에게 연락처를 물어 그곳으로 가보았다. 낮에도 램프를 켜놓은, 어두컴컴하고 공기가 무겁게 가라앉은 복도에서 만난 지저분한 차림의 하인이 공작은 외출 중이시라고 알려주었다.

나탈리아 이바노브나는 한마디 써놓고 가고 싶으니 동생 방으로 데려가 달라고 말했다. 곧 하인이 안내해주었다.

조그만 방 두 칸이 이어져 있는 동생의 거처로 들어간 나탈리아 이바노브나는 구석구석을 뜯어보았다. 어딜 보나 깔끔하고 빈틈없는 동생의 성격이 그대로 드러나 있었지만, 나탈리아 이바노브나를 놀라게 한 것은 지금껏 보지 못하던 아주 검소한 가구들이었다. 책상 위에는 청동 개가 달려 있는 눈에 익은 문진과 예전처럼 깔끔하게 정리된 가방, 서류, 필기도구가 놓여 있었다. 형법에 관한 책 몇 권, 영어로 된 헨리 조지의 저서, 프랑스어로 된 타르드의 서적에는 상아로 만들어진 눈에 익은 주머니칼이 끼워져 있었다.

나탈리아 이바노브나는 책상 앞에 앉아, 오늘 안으로 꼭 와달라고 편지를 쓴 다음 방 안을 둘러보고 새삼 놀란 듯이 머리를 절레절레 흔들며 호텔로 돌아왔다.

나탈리아 이바노브나는 동생에 관해 두 가지 관심을 품고 있었다. 하나는 동생과 카튜사와의 결혼 문제였다. 나탈리아 이바노브나도 지금 자기가 살고 있는 마을에서 이 소문을 들은 적이 있는데, 그도 그럴 것이 이 소문을 놓고 쑥덕거리지 않는 사람이 없었기 때문이었다. 다른 하나는 토지를 농민들에게 주겠다는 것이었는데, 이것 역시 모르는 사람이 없었고 많은 사람은 이것을 무슨 정치적인 의미가 있는 위험한 행동인 것처럼 여겼다. 동생과 카튜사와의 결혼은 어떤 의미에서는 나탈리아 이바노브나의 마음에 들었다. 나탈리아 이바노브나는 동생의 그러한 결단력을 높이 평가했고, 결혼 전 순수했던 시절의 자기와 동생의 모습을 거기서 보았던 것이다. 그러나 그런 동시에 동생이 그런 가당치 않은 여자와 결혼한다고 생각하면 끔찍한 생각이 들었다. 이런 생각이 훨씬 강했으므로 나탈리아 이바노브나는 어려울 것이라고 생각은 하면서도 가능한 온 힘을 다하여 동생의 마음을 돌이키리라고 굳게 마음먹었다.

한편 농민들에게 토지를 나눠주겠다는 두 번째 문제는 그녀에게는 아직 그다지 실감이 나지 않았지만, 남편은 대단히 분개하며 무슨 수를 써서라도 그러지 못하도록 동생을 설득하라고 성화였다. 남편인 이그나치 니키포로비치는 그러한 행위는 경솔하고 공허하고 오만하기 짝이 없는 짓이며, 굳이 설명하자면 남들과는 다른 행동으로 세상의 이목을 집중시키려는 자기과시욕에 지나지 않는 바보같은 짓이라고 침을 튀기며 말했다.

"농민들에게 토지를 나눠주고 그 땅값까지 농민들이 멋대로 쓰도록 놔두겠다니, 거기에 대체 무슨 의미가 있다는 거야?" 이그나치 니키포로비치는 이렇게 말했다. "죽어도 그렇게 하고 싶으면 농민은행을 통해 팔면 되지. 그러는 편이 오히려 더 뜻깊지. 어쨌거나 그건 미친 짓이야." 이그나치 니키포로비치는 자기가 후견인이 된 모습을 앞질러 상상하며 말했다. 그리고 이 괴상한 계획에 대해서 동생과 진지하게 말해 보라고 아내를 다그쳤다.

32

집으로 돌아온 네플류도프는 책상 위에 놓인 누이의 편지를 발견하고 곧 달려갔다. 이미 저녁이었다. 이그나치 니키포로비치는 별실에서 자고 있었으므로 나탈리아 이바노브나가 혼자서 동생을 맞았다. 그녀는 몸에 꼭 맞는 검은 비단옷을 입고 가슴에는 붉은 리본을 달았으며 검은 머리는 유행에 따라 높이 틀어 올리고 있었다. 자기와 나이가 같은 남편에게 젊게 보이려고 애쓰는 듯한 차림이었다. 동생을 보자 나탈리아 이바노브나는 소파에서 벌떡 일어나서 비단 치맛자락을 사각거리며 빠른 걸음으로 걸어 나왔다. 두 사람은 입을 맞추고 미소 지으면서 서로를 쳐다봤다. 말로는 표현할 수 없는 신비롭고 의미심장한 진실이 깃든 시선을 나누자 이번에는 아무 진실도 담겨 있지 않은 대화를 나누기 시작했다. 두 사람은 어머니가 돌아가신 뒤로 한 번도 만난 적이 없었다.

"누님은 조금 살이 붙고 더 젊어지셨군요." 네플류도프가 말했다.

누이가 만족스럽다는 듯이 입을 삐죽 내밀었다.

"넌 야위었구나."

"매형은 뭐하세요?"

"주무시고 계신다. 어젯밤엔 통 주무시지를 못하셨거든."

해야 할 말은 많았으나 서로 아무 말도 하지 않았다. 다만 눈빛만이 아직 해야 할 말을 꺼내지 않았다고 말하고 있었다.

"네 하숙집에 갔었다."

"네, 압니다. 전 집을 나왔어요. 제겐 지나치게 크고 혼자서는 쓸쓸해서요. 전 이제 그런 것은 필요 없으니 가구든 뭐든 누님이 전부 가지고 가세요."

"그래, 아그라페나 페트로브나도 그런 말을 하더라. 그 집에도 갔었거든. 네 말은 고맙지만……."

그때 호텔 종업원이 은제 찻잔을 날라왔다.

종업원이 찻잔을 내려놓고 나갈 때까지 두 사람은 잠자코 있었다. 나탈리아 이바노브나가 차 탁자 앞에 놓인 안락의자로 자리를 옮겨서 묵묵히 차를 따랐다. 네플류도프도 말이 없었다.

"그런데 드미트리, 나는 다 알고 있단다." 나타샤가 동생의 얼굴을 말끄러미 바라보며 결심한 듯이 말했다.

"잘됐네요, 누님이 알고 계시다니 기쁘군요."

"그래, 너는 그런 과거를 가진 여자를 올바른 길로 이끌 수 있다고 진심으로 생각하는 거니?" 나탈리아 이바노브나가 말했다.

네플류도프는 탁자에 팔꿈치도 짚지 않고 작은 의자에 꼿꼿이 앉아, 누이의 말을 잘 이해하고 정확한 대답을 하려고 열심히 귀를 기울이고 있었다. 카튜샤와 마지막으로 면회했을 때 되살아났던 기분이 여전히 남아 있어, 네플류도프의 마음은 잔잔한 기쁨과 모든 인류에 대한 따뜻한 감정으로 충만했다.

"전 그 여자가 아니라, 저 자신을 올바른 길로 이끌고 싶은 겁니다." 네플류도프가 대답했다.

나탈리아 이바노브나는 한숨을 쉬었다.

"구태여 결혼하지 않더라도 다른 방법이 있을 텐데?"

"하지만 전 그것이 가장 좋은 방법이라고 생각합니다. 그뿐 아니라 그렇게 되면 전 남을 위한 삶을 살 수 있게 될 테니까요."

"나는 그렇게 생각지 않는다." 나탈리아 이바노브나가 말했다. "넌 불행해질 거야."

"문제는 제 행복이 아닙니다."

"그야 물론 그렇겠지. 하지만 그 여자가 제정신이 박힌 사람이라면, 제 스스로도 행복할 수 없다는 걸 알 테고 또 그런 걸 바라지도 않을 것 아니냐?"

"그 사람이 바란 일이 아닙니다."

"그건 안다. 하지만 인생이란……."

"인생이 어떻단 말씀이세요?"

"좀 더 다른 것을 요구한단다."

"우리가 마땅히 해야 할 것 말고는 아무것도 요구하지 않습니다." 네플류도프는, 눈가와 입가에 잔주름이 잡히긴 했으나 아직 아름다운 누이의 얼굴을 바라보면서 말했다.

"나는 알 수가 없구나." 나탈리아 이바노브나가 한숨을 쉬며 중얼거렸다.

'가여운 누님! 어째서 이렇게 변한 걸까?' 네플류도프는 결혼 전의 누이를 떠올리며 어린 시절의 여러 가지 추억이 뒤섞인 감상적인 기분이 되어 이렇게 생각했다.

그때 여느 때와 같이 고개를 빳빳하게 젖히고 널찍한 가슴을 내민 이그나치 니키포로비치가 미소를 머금은 채, 안경과 대머리와 검은 턱수염을 번득이면서 경쾌한 걸음걸이로 들어왔다.

"아, 안녕하시오, 안녕하시오." 이그나치 니키포로비치는 짐짓 부자연스러운 억양으로 말했다(갓 결혼했을 때는 허물없이 '자네', '나'라는 칭호로 대하려 하였으나 결국 예의를 차려서 '당신'이 되고 말았다).

두 사람은 악수를 나누었다. 니키포로비치가 경쾌하게 안락의자로 가서 앉았다.

"두 사람이 이야기하는 데 방해가 되지는 않겠소?"

"아닙니다. 저는 제 말과 행동을 누구에게든 숨기지 않으니까요."

네플류도프는 매부의 얼굴과 그 털북숭이 손을 보고, 또 그 보호자인 척하는 자신에 찬 말투를 듣자 부드러웠던 기분이 순식간에 사라지고 말았다.

"지금 동생이 계획하고 있는 일에 대해 이야기하던 참이에요." 나탈리아 이바노브나는 찻주전자 쪽으로 손을 뻗으면서 덧붙였다. "차 좀 드시겠어요?"

"응, 부탁해. 그런데 그 계획이란 게 뭐요?"

"죄수 이송 부대와 함께 시베리아로 가는 겁니다. 제가 죄의식을 느끼고 있는 여자가 거기에 끼어 있거든요." 네플류도프가 단호하게 말했다.

"내가 듣기로는 그저 따라가는 것만이 아니라 그 밖에 또 다른 계획이 있다고 들었는데."

"네, 그 사람이 승낙만 한다면 결혼도 할 작정입니다."

"저런! 괜찮다면 그 동기를 좀 설명해 줄 수 없겠소? 난 도무지 이해가 안 가서 말이야."

"동기라는 것은 그 사람이……. 그 사람을 타락하게 만든 제일 큰 원인이……." 네플류도프는 적당한 말이 생각나지 않아 스스로에게 화가 났다. "동기라는 것은, 그러니까, 죄는 제가 저질렀는데 벌은 그 사람이 받았다는 거지요."

"만약 벌을 받은 거라면 그 여자에게도 죄가 없지는 않을 텐데."

"아니요, 그 사람에게는 전혀 죄가 없습니다."

그렇게 말하더니 네플류도프는 쓸데없이 흥분하면서 모든 경위를 이야기했다.

"알겠소. 재판장의 실수와 배심원들의 경솔한 답신이 원인이었던 거로군. 하지만 그런 때를 대비해서 원로원이란 게 있지 않소?"

"원로원에선 기각됐습니다."

"기각이 됐다, 그렇다면 상소의 이유가 불충분했던 모양이로군." 이그나치 니키포로비치는 진리란 법정 변론의 산물이라는 통설에 동감이라는 듯한 확신에 찬 말투로 말했다. "원로원은 사건의 본질을 심리할 수는 없으니까. 정말로 그 판결에 잘못이 있다면 황제께 청원해야 하오."

"그것도 해봤지만 전혀 희망이 없어 보입니다. 법무성으로 문의가 갈 테고, 법무성은 원로원에 조회를 할 테고, 원로원은 전 판결을 되풀이하는 게 전부일 테니까요. 그리고 결국 언제나 그렇듯 죄 없는 자가 처벌을 받는 것이지요."

"아니, 그렇지는 않을 걸? 무엇보다 법무성에서 원로원으로 조회할 까닭이 있겠소?" 이그나치 니키포로비치가 감정이 담기지 않은 미소를 띠며 말했다. "원 재판소에 자세한 심리 기록을 청구하고 거기서 잘못이 발견되면 그 점에 대해 새로운 판결을 내리겠지. 그리고 죄 없는 사람은 절대로 처벌되지 않소. 설령 있다 하더라도 그건 아주 드문 예외요. 죄 있는 자가 처벌받게 마련이니까." 이그나치 니키포로비치는 흡족하다는 듯한 미소를 지으면서 느긋하게 말했다.

"하지만 전 그와 반대라고 확신하게 되었습니다." 네플류도프는 매부에게 반감을 느끼면서 입을 열었다. "재판에서 유죄 선고를 받은 사람들의 거의 대부분이 무죄라고 확신합니다."

"그건 또 무슨 뜻이오?"

"무슨 뜻이 있다기보다, 문자 그대로 무죄라는 말입니다. 그 여자가 독살 사건에 무죄이고, 또 제가 최근에 알게 된 농사꾼도 살인 사건에 무죄인 것처럼요. 이 농사꾼은 살인 따위는 저지르지 않았으니까요. 그리고 어떤 어머니와 아들이 방화사건에 무죄인 것처럼요. 집주인이 자기 집에 불을 지른 것을 가지고 이 어머니와 아들이 하마터면 유죄 선고를 받을 뻔했던 말입니다."

"그렇군. 그야 재판상의 착오는 이전에도 있었고 또 앞으로도 있을 테지. 사람이 만든 제도니까 완전무결하다고는 할 수 없지 않소?"

"그리고 그 대부분이 무죄인 이유는 그 사람들이 자라온 환경 탓에 자기가 저지른 행위를 범죄라고 생각하지 않기 때문입니다."

"실례지만, 그건 틀린 말이오. 어떤 도둑이라도 도둑질이 나쁘다는 것, 도둑질을 해서는 안 된다는 것, 도둑질은 부도덕한 일이라는 것쯤은 알고 있소." 이그나치 니키포로비치가 침착하고 자신감 넘치는, 그러나 얼마간 남을 업신여기는 듯한 엷은 미소를 지으면서 말했다. 네플류도프는 그 미소가 신경에 거슬렸다.

"아니요, 모릅니다. 도둑질을 해서는 안 된다는 말은 들어서 알지요. 하지만 공장주가 그들의 임금을 착복하고 그들의 노동을 착취하고 있다는 것도, 수많은 관리를 떠안고 있는 정부가 세금이라는 명목으로 줄기차게 그들의 돈을 빼앗고 있다는 것도 두 눈 똑똑히 뜨고 보고 있습니다."

"무정부주의를 말하는 거군." 이그나치 니키포로비치는 태연자약하게 처남의 말을 이렇게 정의했다.

"전 그것이 무엇인지는 모릅니다. 다만 사실을 말할 뿐이지요." 네플류도프는 말을 계속했다. "도둑은 정부가 직공들의 돈을 약탈한다는 것을 알고 있습니다. 우리들 지주가 아주 오래전부터 모든 사람에게 공유되어야 할 토지를 자기들에게서 빼앗았다는 것도 알고 있고, 난로를 지피기 위해 자기들이 빼앗긴 땅에서 마른 나뭇가지를 주워가면 그 즉시 감옥에 처넣어지고 도둑이라고 손가락질 받을 뿐 아니라 스스로도 그렇게 생각하도록 강요당한다는 것도 알고 있습니다. 도둑은 자기네들이 아니라 오히려 자기네 땅을 빼앗은 것은 우리들 지주라는 것도, 또 빼앗긴 것을 restitution(되찾는 것)이 자기네 가족을 위한 의무라는 것도 알고 있는 겁니다."

"이해할 수 없군. 아니, 설령 이해한다 하더라도 찬성할 수가 없군요. 토지란 누군가의 소유여야 합니다. 가령 토지를 나눈다면……." 이그나치 니키포로비치는 네플류도프를 사회주의자라고 제멋대로 규정하고, 사회주의 이론에서 요구하는 토지 균등 분배는 몹시 어리석은 짓이므로 처남의 주장을 꺾기란 매우 쉬운 일이라고 확신하며 자신만만하게 말했다. "만일 오늘 토지를 공평하게 나눠준다 하더라도, 내일이면 보다 부지런하고 능력 있는 사람의 손으로 들어가 버릴 거요."

"토지를 공평하게 나눠주려는 생각 따위는 아무도 안 합니다. 토지는 어느 누구의 소유여서도 안 되니까요. 더군다나 매매나 임대의 대상이 되어서도 안 되고요."

"소유권은 인간 본연의 것이오. 소유권이 없다면 토지를 경작하려는 의욕이 전혀 생기지 않을걸. 소유권을 없애 보시오. 우리는 다시 야만인으로 되돌아갈 겁니다." 이그나치 니키포로비치는 토지소유권을 정당화하는 흔해빠진 주장을 들먹거리며 위압적인 태도로 말했다. 이 주장은 반박의 여지가 없는 것으로 여겨지고 있으며, 토지를 갖고자 하는 열망은 그 필요성을 역설하는 증거인 셈이었다.

"아니요, 그 반대죠. 그때야말로 지금처럼 땅을 놀려두는 일이 없어질 겁니다. 이즈음의 지주들은 건초더미 위에 널브러져 있는 개처럼 스스로는 토지를 경작할 능력도 없으면서, 정작 경작할 수 있는 사람들은 얼씬도 못하도록 하고 있으니까요."

"이봐요, 드미트리 이바노비치, 그게 무슨 잠꼬대 같은 소리요! 지금에 와서 토지소유권을 없앤다는 게 말이 된다고 생각하는 거요? 이것이 옛날부터 당신의 논제였다는 걸 압니다. 하지만 실례를 무릅쓰고 솔직하게 말하면
......."

이 대목에서 이그나치 니키포로비치는 얼굴이 창백해지고 목소리가 떨렸다. 이 문제를 민감하게 받아들이는 기색이 역력했다. "한 가지 충고해두겠소. 실질적인 해결에 들어가기 전에 이 문제를 심사숙고하기 바라오."

"제 일신상의 문제를 말씀하시는 건가요?"

"그렇소. 우리는 모두 특별한 지위에 있으니 그 지위에서 비롯된 책임을 져야 한다고 생각하오. 우리가 조상으로부터 물려받고 그 속에서 태어난 생활조건을 지켜가야 하고 그것을 자손에게 물려줄 의무가 있는 거요."

"제가 저 자신의 책임이라고 생각하는 것은......."

"잠깐, 실례지만......." 이그나치 니키포로비치가 그 말을 가로막으며 계속 말했다. "나는 나 자신이나 자식들을 위해 하는 말이 아니오. 내 자식들의 재산은 보증되어 있고 내게도 식구들을 먹여 살릴 만한 수입이 있으니까 아이들도 별다른 어려움 없이 먹고살 수 있겠지요. 그러니까 내가 당신의, 미안한 말이지만, 그 분별없는 행동에 항의하는 것은 개인적인 이해관계 때문이 아니라 원칙적으로 당신 의견에 찬성할 수가 없기 때문이오. 충고하건대, 좀 더 잘 생각하고 책을 더 많이 읽고 연구하도록 하시오......."

"제 문제는 제가 스스로 해결할 겁니다. 어떤 책을 읽어야 하고 어떤 책을

읽지 않아도 되는지도 제가 정합니다." 네플류도프는 얼굴이 새파랗게 질려서 말했다. 양손이 싸늘해지는 것을 느꼈다. 그는 자제심을 잃을 것 같아 입을 다물고 차를 마셨다.

33

"그런데 아이들은 어떻게 지냅니까?" 네플류도프는 마음이 얼마간 가라앉자 누이에게 물었다.

시어머니가 집으로 와서 아이들을 돌봐주고 있다고 누이가 대답했다. 그리고 남편과의 논쟁이 중단된 것을 기뻐하며, 아이들은 요즘 여행놀이를 하며 논다고 말했다.

"옛날에 너도 검둥이 인형과 프랑스 여자 인형을 가지고 그런 놀이를 했었지?"

"그런 것까지 기억하고 계십니까?" 네플류도프가 빙긋 웃으면서 물었다.

"으응, 노는 게 어쩌면 너와 똑같은지 모르겠어."

불쾌한 대화는 끝났다. 나타샤는 안도의 한숨을 내쉬었다. 그러나 남편 앞에서 동생과 둘만 아는 이야기를 하고 싶지 않아서, 얼마 전 페테르부르크를 뒤흔든, 결투로 외아들을 잃은 카멘스키 부인의 비통한 이야기를 공통화제로 꺼냈다.

이그나치 니키포로비치는 결투에 의한 살인행위를 일반 형사범죄에서 제외하는 제도에는 찬성할 수 없다는 의견을 말했다.

네플류도프는 이 의견에 다시 반감을 느꼈다. 이 문제를 둘러싸고 다시 두 사람 사이에는 논쟁이 벌어졌다. 그러나 피차 서로의 생각을 모조리 말하지 않고 속으로는 상대를 비난하면서도 자기의 주장을 굽히지 않았다.

이그나치 니키포로비치는 네플류도프가 자기를 비난하고 자기의 모든 행동을 경멸하고 있음을 느끼자 그의 그릇된 생각을 낱낱이 꼬집어주고 싶어졌다. 또 네플류도프는 네플류도프대로 매부가 자기의 토지 처분 문제에 대해 주제 넘는 참견을 한 것이 매우 분했다(마음속으로는 매부와 누이와 그 아이들이 유산상속자로서 이 문제에 참견할 권리가 있다고 느끼고 있었다). 더구나 이 옹졸한 사내가 아주 침착하고 자신만만한 태도로, 현재 자기로서는 의심할 여지도 없이 광기에 의한 범죄로밖에 보이지 않는 행위를 여전히 올바르고 합법적인 것이라고 믿고 있다는 사실에 울화가 치밀었다. 네플류도프는 이그나치 니키포로비치의 자신감 넘치는 태도가 비위에 거슬렸다.

"그럼 재판소가 해주는 건 뭐란 말입니까?" 네플류도프가 물었다.

"결투했던 두 사람 중에서 살아 있는 사람을 보통 살인범과 똑같이 처벌하는 거지요."

네플류도프는 다시 양손이 싸늘해짐을 느꼈다. 그는 화가 치밀어올라서 말했다.

"그래서 어떻게 되지요?"

"공평해지는 거지요."

"재판의 목적이 공평에 있다고 하시는 것처럼 들리는군요." 네플류도프가 말했다.

"그럼 그 밖에 뭐가 있단 말이오?"

"계급 이익의 유지지요. 제 생각으로는 재판소란 우리들 지주 계급에 유리한 현행 질서를 지키기 위한 행정기관에 지나지 않습니다."

"그것 참 새로운 의견이군요." 태연자약한 미소를 지으면서 이그나치 니키포로비치가 말했다. "보통 재판에는 좀 더 다른 사명이 있다고 생각하는데요."

"이론상으로는 그렇지만 제가 본 바에 의하면 현실적으로는 다릅니다. 재판소는 사회를 현재 상태로 유지하는 것만을 목적으로 삼죠. 그렇기 때문에 일반 수준 위에 서서 사회를 고양하려는 이른바 정치범과, 일반 수준보다 낮은 이른바 범죄자 유형이라고 불리는 사람들을 한데 묶어 추궁하고 처벌하는 겁니다."

"이른바 정치범이 평균 수준보다 높은 곳에 서 있기 때문에 처벌된다는 그 의견에는 찬성할 수 없군요. 조금 다른 구석이 있기는 하지만 그 대부분은, 지금 당신이 평균 수준 이하라고 말한 범죄자 유형의 사람들같이 돼먹지 못한 사회의 쓰레기에 지나지 않는 무리니까."

"하지만 전 재판관들과는 견줄 수도 없을 만큼 높은 위치에 있는 사람들을 알고 있습니다. 분리파 교도들은 모두 도덕적이고 지조가 굳은 사람들로……."

이제껏 말하는 도중에 누가 끼어들어 말이 끊겨본 적이 없는 사람들이 그러하듯 이그나치 니키포로비치는 네플류도프의 말에는 귀를 기울이지도 않고, 그 때문에 더욱더 상대방의 신경을 거스르면서, 네플류도프와 동시에 말을 하기 시작했다.

"재판의 목적이 현행 질서의 유지에 있다고 하는 의견에도 찬성할 수 없소. 재판소는 재판소대로 자기의 사명을 추구하오. 말하자면 교화라든가……."

"감옥에 집어넣고 교화라니, 그것 참 훌륭하기도 하군요." 네플류도프가 끼어들었다.

"아니면 격려라든가." 이그나치 니키포로비치는 아랑곳 않고 자기 말을 계속했다. "사회를 위협하는 타락한 야수 같은 놈들을 격려하는 것 말입니다."

"그게 문제라는 겁니다. 오늘날의 사회는 그 어느 쪽도 하고 있지 않으니까요. 사회에는 그런 것을 실행할 방법이 없기 때문이죠."

"그건 또 무슨 소린지 알 수가 없군요." 억지로 웃음을 지어보이면서 이그나치 니키포로비치가 말했다.

"제가 말하고 싶은 것은 본디 합리적인 형벌은 단 두 가지밖에 없다는 겁니다. 즉 옛날에 이용하던 태형과 사형이지요. 하지만 이러한 형벌은 일반적으로 사람들의 심성이 온화해짐에 따라 차츰 없어져가고 있습니다." 네플류도프가 말했다.

"이거 참 놀랍군요. 당신 입에서 그런 말을 듣는 건 처음이에요."

"진짜 그렇습니다. 혼을 내어 다시는 그런 짓을 못하도록 만드는 것은 합리적인 방법이지요. 그리고 사회에 해가 되고 위협을 가하는 자의 목을 자르는 것 역시 합리적입니다. 이 두 가지 형벌은 합리적인 의미를 지니고 있습니다. 그렇지만 나쁜 짓이나 보고 배운 나태하고 타락한 자들을 감옥, 즉 의식주가 보장되어 저절로 게을러지게 만드는 환경에 두고, 더욱 타락한 자들과 함께 지내도록 하는 데에 대체 무슨 의미가 있습니까? 아니면 한 사람 앞에 500루블도 넘는 나랏돈을 들여 죄수들을 툴라 현에서 이르쿠츠크 현으로, 또는 쿠르쿠스 현에서……."

"그렇지만 그자들은 이 관비 여행을 두려워하지요. 이 관비 여행이나 감옥이 없다면 우리도 지금처럼 이렇게 여유롭게 앉아 있을 수가 없지 않겠소."

"하지만 그 감옥도 우리의 안전을 보장해주지는 못합니다. 죄수들은 그곳에 죽을 때까지 갇혀 있는 게 아니라 언젠가는 풀려나니까요. 죄수들은 감옥에 있는 동안 그 악덕과 타락이 극에 달하게 됩니다. 즉 위험이 커질 뿐이란 말입니다."

"그러면 당신은 징역 제도를 완전하게 해야 한다는 말이오?"

"그건 불가능합니다. 감옥을 완전하게 만들려면 보통 교육비 이상의 돈이 들어서 국민에게 새로운 부담만 줄 테니까요."

"하지만 징역 제도에 결함이 있다고 해서 재판 자체를 부정할 수는 없소." 또다시 처남 말은 듣지도 않고 이그나치 니키포로비치는 자기 말을 계속했다.

"그 결함들을 개선할 수는 없습니다." 네플류도프는 목소리를 높이며 말했다.

"그럼 어떻게 하란 말이오? 다 죽여야 한단 말이오? 아니면 어느 정치가가 제창한 것처럼 눈알을 빼버려야 한단 말이오?" 이그나치 니키포로비치가 득의만면한 미소를 지으면서 말했다.

"글쎄요. 잔혹하기는 하지만 목적에는 부합하는군요. 현재 이루어지고 있는 것은 잔혹하다는 면에서는 마찬가지지만, 목적에 들어맞지 않을 뿐 아니라 어리석기 짝이 없는 행위입니다. 정신이 올바른 사람이 어째서 이런 어리석고 잔혹한 형사재판을 하고 있는지 참으로 이해하기 어렵습니다."

"하지만 난 현재도 그런 일을 하고 있는데요." 이그나치 니키포로비치는 얼굴이 창백해지면서 말했다.

"그건 매형 마음입니다. 하지만 전 이해하기 힘들군요."

"아무래도 당신이 이해하기에는 힘든 일이 많은 것 같군요." 이그나치 니키포로비치가 떨리는 목소리로 말했다.

"나는 재판소에서 어느 검사보가, 보통 감정을 가진 사람이라면 누구나 저절로 동정을 할 수밖에 없을 정도의 불쌍한 소년을 유죄로 만들려고 기를 쓰는 모습을 보았습니다. 또 어떤 검사가 분리파 교도를 심문하고, 복음서를 읽은 사실을 형법 조항에 끼워 맞추려고 하는 모습도 보았습니다. 요컨대 재판소가 하는 일은 이렇게 무의미하고 잔인한 행위에 지나지 않는다는 겁니다."

"내가 그런 생각을 하고 있다면 내 일을 때려치웠을 거요." 이그나치 니키포로비치는 이렇게 말하고 자리에서 일어났다.

순간 네플류도프는 매부의 안경 속에서 뭔가 반짝 빛나는 것을 보았다. '설마 눈물은 아니겠지?' 네플류도프는 문득 생각했다. 아닌 게 아니라 그것은 굴욕의 눈물이었다. 이그나치 니키포로비치는 창가로 걸어가 손수건을 꺼내더니 기침을 하면서 안경을 벗어들고 닦았다. 그리고 눈을 비비고는 소파로 돌아와서 담배를 붙여 물고는 아무 말도 없었다. 네플류도프는 이렇게까지 누이 내외를 슬프게 한 것이 가슴 아프고 부끄러웠다. 더구나 내일 떠나면 다시는 만날 일이 없을 거라고 생각하니 더욱 그랬다. 네플류도프는 복잡한 마음으로 두 사람에게 작별인사를 하고 집으로 돌아왔다.

'아마도 내가 한 말이 사실일 것이다. 적어도 매부는 끝까지 반박하지 못했으니까. 하지만 그렇게까지 말할 필요는 없었는데. 악에 받쳐서 매부를 모욕하고 불쌍한 누이마저 슬프게 만든 것을 보면 나도 그리 변했다고 할 수는 없군.' 네플류도프는 이렇게 생각했다.

34

카튜사가 편입된 죄수 이송 부대는 오후 3시경에 정거장을 출발할 예정이었다. 죄수 대열이 감옥에서 나오기를 기다려 정거장까지 같이 가려고 네플류도프는 12시 전에 감옥에 닿을 수 있도록 준비했다.

네플류도프는 간단한 짐이며 서류를 가방에 넣다가 문득 일기장에 눈이 멎어 훌훌 넘겨보았다. 최근에 쓴 부분도 있었다. 페테르부르크를 떠나기 전에 쓴 것이었다.

카튜사는 나의 희생을 받으려 하지 않고 자기 자신을 희생하려고 한다. 이것은 카튜사의 승리이자 내 승리이다. 카튜사의 마음속에 변화가 일어나고 있다는 사실이 기쁘다. 아직 믿기에는 조심스럽지만 카튜사의 마음속에는 분명히 어떤 변화가 일어나고 있는 것 같다. 믿기는 조심스럽지만 카튜사는 다시 태어나고 있는 것 같다.

같은 날 그 바로 뒤에는 이런 것이 덧붙여 씌어 있었다.

몹시 괴롭고 아울러 몹시 기쁜 체험을 했다. 카튜사가 병원에서 불미스런 짓을 했다는 말을 들은 것이다. 그러자 갑자기 참을 수 없이 가슴이 아파왔다. 이렇게까지 괴로우리라고는 짐작하지 못했다. 나는 혐오와 증오를 느끼며 카튜사와 이야기를 나누었다. 하지만 별안간 나 자신이 저지른 죄가 떠올랐다. 지금 내가 카튜사를 미워하는 이유가 된 그러한 행위를 지금껏 나는 몇 번이고 거듭해왔고, 지금도 마음속에서는 그런 행위를 저지르고 있지 않은가? 이런 생각이 들자 갑자기 나 자신이 싫어짐과 동시에 카튜사가 가련해지고 뭐라 말할 수 없이 마음이 편안해졌다. 언제나 적당한 시기에 제 눈의 들보를 발견할 수만 있다면 우리는 얼마만큼이나 선량해질 수 있을까?

네플류도프는 오늘 날짜로 다음과 같이 써 넣었다.

누이를 만나러 갔다. 그리고 다름 아닌 독선적인 기분으로 심술궂은 말을 해서 마음이 무겁다. 하지만 어찌하랴! 내일부터는 새로운 생활이 시작된다. 잘 있어라, 낡은 생활이여! 이제 영원히 안녕이다! 복잡한 심경이지만 아직 생각을 하나로 정리할 수가 없다.

이튿날 아침 눈을 떴을 때 네플류도프가 맨 먼저 느낀 감정은 매부와의 충돌에 대한 뉘우침이었다. '이대로 떠날 수는 없어.' 네플류도프는 생각했다. '다시 찾아가 사과를 해야겠다.'

그러나 시계를 보니 그럴 여유가 없었다. 죄수 이송 부대가 출발하는 시간에 늦지 않도록 서둘러야 했다. 재빨리 짐을 꾸리고 하숙집 현관지기와, 같이 떠나기로 한 페도샤의 남편인 타라스에게 짐을 들려서 곧장 정거장으로 보낸 뒤 네플류도프는 마침 도착한 임대 마차를 잡아타고 감옥으로 달려갔다. 죄수 호송 열차는 네플류도프가 타고 갈 우편 열차보다 2시간 먼저 떠나기로 되어 있었다. 네플류도프는 다시는 돌아오지 않을 작정으로 하숙집의 셈을 모두 치렀다.

7월의 더위가 이어졌다. 날이 밝아도 푹푹 찌는 간밤의 더위가 아직 가시지 않는 거리의 포석과 집집의 돌 벽과 함석지붕들이 텁텁하고 뜨거운 공기

중으로 그 열기를 내뿜고 있었다. 때때로 불어오는 바람이 흙먼지와 메스꺼운 페인트 냄새를 머금은 공기를 후끈 몰아올 뿐이었다. 거리에는 인적이 드물었다. 이따금 지나가는 사람들도 집들이 드리운 그늘만 골라 걸었다. 햇볕에 새까맣게 탄 농부 출신의 도로 인부들만 짚신을 신고 거리 한복판에 주저앉아, 달구어진 모래바닥에 깔 포석을 망치로 두드리고 있었고, 올이 성긴 흰색 여름옷을 입고 주황색 권총 끈을 늘어뜨린 침울한 얼굴의 순경이 맥없이 다리를 바꾸어 디디면서 길 한복판에 서 있을 따름이었다. 흰 복면을 쓰고 구멍으로 두 귀만 삐죽 내민 말이 끄는, 볕이 드는 창문에 가리개를 친 철도마차가 방울 소리를 내면서 거리를 오가고 있었다.

네플류도프는 죄수 이동 부대가 아직 출발하기 전에 감옥에 도착했다. 담장 안에서는 새벽 4시부터 시작된 이송 죄수들의 인수인계 작업이 아직도 한창이었다. 이제 출발할 이송 부대의 인원은 남자 623명과 여자 64명이었다. 이들을 하나하나 죄수명부와 대조하고 환자나 허약자를 골라 호송병에게 넘겨야 했다. 담장 밑 그늘에서는 서류와 필기도구가 놓인 책상 앞에 신임 소장과 부소장 두 명, 의사, 문제의 그 간호 조수, 호송 장교, 서기 등이 앉아, 줄지어 늘어선 죄수들을 한 사람씩 부르고 검사하고 심문하고는 무언가를 적어 넣었다.

지금은 그 책상 위에도 벌써 절반이나 햇빛이 비쳐들고 있었다. 지독한 더위에 바람 한 점 불지 않는데다 옆에 서 있는 죄수들의 몸에서 나오는 훈기로 주위는 숨이 막힐 지경이었다.

"아니, 어찌된 일이야. 암만해도 끝이 없군!" 어깨가 치켜 올라가고 얼굴이 붉고 팔이 짧고 뚱뚱하고 키 큰 호송 부장이 수염에 가려진 입으로 줄곧 담배를 뻑뻑 빨아대면서 부르짖었다. "이제 지쳐서 더는 못해먹겠군! 어디서 이렇게들 모여들었담! 아직도 많이 남았나?"

서기가 명부를 뒤적였다.

"아직 남죄수 24명에다 여죄수가 모두 남아 있습니다."

"왜 멍하니 서 있는 거야? 어서 이리 와!" 호송병은 아직 검사가 끝나지 않은 죄수들이 밀치락달치락 하고 있는 곳을 향해 소리 질렀다.

죄수들은 이미 3시간 이상이나 그늘도 아닌 뙤약볕 아래서 줄서서 기다리는 중이었다.

이 작업은 담장 안에서 이루어지고 있었다. 담장 밖에는 총을 멘 위병이 여느 때와 다름없이 문 옆에 서 있고, 죄수들의 짐이나 몸이 약한 죄수들을 실을 짐마차가 스무 대 남짓 대기하고 있었다. 모퉁이에는 죄수들이 이송되는 모습을 지켜보고, 될 수 있다면 말이라도 몇 마디 나누고 선물을 전해주려는 죄수들의 친척과 친구들이 기다리고 있었다. 네플류도프도 그 무리에 끼었다.

네플류도프는 그곳에서 1시간 정도 기다렸다. 1시간이나 지나서야 문 안쪽에서 철컹거리는 쇠사슬 소리와 많은 발소리, 상관들의 고함, 기침소리, 죄수들의 나직한 말소리가 들려왔다. 그 소리가 5분 정도 이어지고, 그동안 간수들이 정문을 들락날락 했다. 이윽고 출발 명령을 내리는 소리가 들렸다.

덜컹, 큰 소리를 내며 문이 열렸다. 쇠사슬 소리가 한층 더 또렷하게 들리더니 흰색 여름옷에 총을 멘 호송병들이 거리로 나와서, 이런 일에는 자못 익숙하다는 듯 문 앞에 커다란 원을 그리며 질서정연하게 멈춰 섰다. 호송병들이 정렬을 마치자 다시 명령이 떨어졌다. 박박 깎인 머리에 납작한 모자를 쓰고 어깨에 배낭을 멘 죄수들이 쇠고랑을 질질 끌면서 한 손으론 배낭을 붙들고, 다른 한 손은 흔들며 둘씩 나란히 나왔다. 처음에는 남자 징역수들이 나왔는데 한결같이 똑같은 잿빛 바지에다 등에 다이아몬드 문양이 찍힌 죄수복을 입고 있었다. 청년도, 노인도, 야윈 자도, 뚱뚱한 자도, 창백한 자도, 얼굴이 붉은 자도, 거무튀튀한 자도, 코밑수염 있는 자도, 턱수염이 있는 자도, 수염이 없는 자도, 러시아인도, 타타르인도, 유대인도 모두들 족쇄를 쩔렁거리면서 마치 먼 여행이나 떠나는 것처럼 위세 좋게 한 팔을 저으면서 나왔다. 그러다가 열 발짝쯤 가서는 걸음을 멈추더니 네 사람씩 얌전하게 열을 지었다. 역시 머리를 깎이고 같은 죄수복을 입은 남자들이 그 뒤를 바짝 쫓듯이 나왔다. 이 죄수들은 족쇄는 차지 않았으나 수갑을 차고 있었다. 그들은 이주유형수였다. 그들 역시 위세 좋게 나와서는 걸음을 멈추고 마찬가지로 네 줄로 열을 지었다. 그 뒤를 농민조합에서 추방된 농사꾼들과 여자 죄수들이 따랐다. 이들 역시 같은 순서로 처음에는 잿빛 죄수복에 잿빛 삼각 머릿수건을 쓴 징역수가 나오고 그 다음으로 이주유형수가 나오고 그 뒤를 이어 죄수들을 따라가는 여자들이 나왔다. 이들은 각자 제멋대로 옷을 입고 있었다. 그 가운데에는 젖먹이를 긴 잿빛 웃옷에 싸서 안은 여자들도 섞여 있었다.

여자들과 함께 스스로 걸을 수 있는 사내아이와 계집아이들이 따라 나왔다. 이 아이들은 말 무리에 섞인 망아지처럼 여자 죄수들 틈에 끼어 있었다. 남자 죄수들은 잠자코 서서 가끔 기침을 하거나 뭐라고 짧게 중얼거리기만 했으나 여자 죄수들은 줄곧 지껄이고 있었다. 네플류도프는 카튜사가 나왔을 때 한눈에 알아봤지만 곧 죄수들에 가려 그 모습을 놓치고 말았다. 다만 네플류도프의 눈에 보이는 것은 아이를 데리고 배낭을 짊어진 채 남자 죄수들 뒤에 서 있는, 여성스러움을 빼앗기고 사람 모양이나 겨우 한 잿빛 무리였다.

이미 감옥 마당에서 죄수들의 인원 파악을 끝내고 나왔으면서 호송병들은 여기서도 다시 죄수들을 아까 그 명부와 일일이 대조하며 점호를 시작했다. 이것이 또 오래 걸렸다. 이리저리 자리를 뜨는 죄수들이 있어서 호송병들이 수를 세는 데 혼란을 주었기 때문이다. 호송병들은 그들에게 욕지거리를 퍼부으면서, 겉으로는 얌전하게 복종하고 있지만 가슴에는 증오를 품은 죄수들을 떠다밀며 다시 수를 세었다. 점호가 끝나자 호송 장교가 뭐라고 호령했다. 그러자 죄수 무리가 다시 술렁댔다. 몸이 약한 자와 여자, 그리고 아이들이 너도나도 짐마차로 달려가서는 그 위에다 배낭을 집어던지고 자기들도 그 위에 올라타기 시작했다. 울부짖는 젖먹이를 안은 여자들, 요란스럽게 자리싸움을 하는 아이들, 기운 없어 보이는 우울한 표정의 남자 죄수들이 짐마차 위에 저마다 자리를 잡고 앉았다.

몇몇 남자 죄수들은 모자를 벗어들고 호송 장교 곁으로 다가가더니 무어라 청을 했다. 네플류도프는 나중에 안 일이지만, 마차에 태워달라고 부탁한 것이었다. 네플류도프가 지켜보고 있자니, 호송 장교는 애원하는 죄수들은 쳐다보지도 않고 아무 말도 없이 담배를 피우고 있다가 갑자기 그 짧은 팔을 죄수들에게 획 내두르며 소리를 질렀다. "이 자식들, 능청맞은 수작을 하면 맛을 보여 주겠어! 걸을 수 있잖아!" 죄수들은 때리는 줄만 알고 흠칫 놀라 박박 깎인 머리를 움츠리고 뒷걸음질쳤다.

장교는 족쇄를 차고 비틀거리는 키 크고 빼빼마른 노인 한 사람만 짐마차에 타도 좋다고 허락했다. 네플류도프가 계속 지켜보았더니, 그 노인은 납작한 모자를 벗고 짐마차를 향해 성호를 그었다. 그러고 나서 힘없고 늙은 다리를 짐마차에 올리려고 했으나 족쇄가 무거워서 허우적거리기만 할 뿐 좀처럼 올라타지 못했다. 그러자 짐마차에 앉아 있던 여자 하나가 노인의 손을 잡아당겨서 겨우 태워주었다.

모든 짐마차가 배낭으로 가득 차고 마차 타기를 허락받은 죄수들이 그 배낭 위에 저마다 자리를 잡고 앉자, 호송 장교가 모자를 벗고 이마와 다 벗어진 머리와 벌겋고 굵은 목덜미를 손수건으로 닦고 나서 성호를 그었다.

"이송 부대, 앞으로 갓!" 장교가 호령했다.

병사들은 총을 철걱거리며 어깨에 걸쳐 멨다. 죄수들은 모자를 벗고 성호를 그었다. 오른손에 수갑을 찬 탓에 왼손으로 성호를 긋는 죄수도 있었다. 전송 나온 사람들이 뭐라고 소리치자 죄수들도 거기 응하여 큰 소리로 외쳤다. 여자들 쪽에서는 울음소리도 들려왔다. 이리하여 죄수 이송 부대는 흰색 여름옷을 입은 병사들에게 호위되어 쇠고랑을 찬 발로 먼지를 일으키며 걷기 시작하였다. 맨 앞을 병사들이 걷고, 족쇄를 찬 죄수들이 4열로 서서 쇠사슬 소리를 내면서 그 뒤를 따르고, 그 다음은 이주유형수, 그 다음은 둘씩 수갑으로 묶인, 마을조합에서 추방된 농사꾼들, 그리고 여죄수들 순서였다. 배낭과 허약한 죄수들을 잔뜩 태운 짐마차가 맨 뒤에서 따라갔다. 한 마차 위에서는 머리에 수건을 쓴 여자가 높다란 짐 위에 앉아서 그칠 줄 모르고 목 놓아 울고 있었다.

35

행렬은 무척 길어서 선두가 보이지 않게 되었을 때에야 배낭과 허약한 죄수들을 태운 짐마차가 겨우 움직이기 시작했다. 짐마차가 움직이자 네플류도프는 잡아두었던 임대 마차를 타고, 마부에게 행렬을 앞질러 가라고 일렀다. 남자 죄수들 가운데서 얼굴이 익은 자가 있는지 찾아보고 싶었다. 그리고 여죄수들 가운데서 카튜사를 찾아내어, 자기가 들여보낸 물건을 받았는지도 확인해보고 싶었다. 더위는 점점 더 심해졌다. 바람 한 점 없는 탓에 무수한 발이 일으키는 흙먼지가 거리 한복판을 걷는 죄수들의 머리 위에 줄곧 자욱하게 떠올라 있었다. 죄수들의 걸음이 빠른 탓에, 네플류도프가 탄 임대 마차를 끄는 느려터진 말은 행렬을 꾸물꾸물 앞질렀다. 괴상하고 살벌한 차림을 한 낯선 무리가 똑같은 바지를 입고 똑같은 신발을 신은 수천 개의 다리를 움직이며, 그 보조에 맞추어 스스로 원기를 돋우려는 듯이 비어 있는 한쪽 팔을 내두르면서 대열을 맞추어 줄줄이 걷고 있었다. 그 수가 너무도 많은데다 모두 한결같은 차림이었고 그 모습이 너무나 특수하고 비정상적인 조건 아래서 이루어졌기 때문에, 네플류도프에게는 그것이 사람이 아니라 무슨 특이하고 무서운 생물처럼 느껴졌다. 그러나 이런 인상이 깨진 것은 징역수 가운데서 살인범 표도로프를, 유형수 가운데서 익살꾸러기 오호친을, 그리고 자기에게 도움을 청한 일이 있는 또 다른 부랑자를 보았을 때였다. 대부분의 죄수는 자기들을 앞질러 가는 임대 마차를 돌아보고, 그 위에 앉아 자기들을 쳐다보고 있는 신사를 쳐다보았다. 표도로프는 네플류도프를 알아보았다는 표시로 머리를 끄덕여보였다. 오호친은 한쪽 눈을 끔벅해 보였다. 그러나 두 사람 모두 고개 숙여 인사하지는 않았다. 그랬다가는 야단을 맞으리라고 생각한 모양이었다. 여죄수들의 행렬을 따라잡았을 때 네플류도프는 곧 카튜사를 발견했다. 카튜사는 두 번째 대열에 있었다. 맨 끝에는 얼굴이 빨갛게 상기되고 눈이 까맣고 다리가 짧은 지독히 못생긴 여자가 죄수복 자락을 추켜올려 허리띠에다 찔러 넣은 괴상한 차림으로 걷고 있었다. 그녀는 그 '미인'이었다. 그 옆은 힘겹게 발을 옮기며 걷는 임신한 여자였고 세 번째가 카튜사였다. 카튜사는 배낭을 짊어지고 확고하고 침착한 표정으로 똑바로 앞을 보며 걷고 있었다. 그 옆에서 짧은 죄수복에 시골 여자들이 쓰는 모양으로 머릿수건을 쓰고 씩씩하게 걷고 있는 젊고 아름다운 네 번째 여자는 페도샤였다. 카튜사에게 물건을 받았는지와 건강 상태를 물어보기 위해 네플류도프는 마차에서 내려서 여죄수 쪽으로 다가갔다. 행렬 이쪽 편에서 걸어가던 호송 하사관이 네플류도프를 보고 재빨리 달려왔다.

"대열 옆으로는 절대로 못 가게 되어 있습니다." 호송 하사관이 다가오면서 외쳤다.

하사관은 가까이 와서 네플류도프임을 알아보고(감옥에서는 이제 네플류도프를 모르는 사람이 없었다) 거수경례를 하고서 그 옆에 멈춰 서서 말했다.

"지금은 안 됩니다. 정거장에서는 괜찮습니다만 도중엔 절대 엄금입니다. 뒤처지면 안 돼! 어서 걸어!" 호송 하사관은 죄수들에게 호통을 치더니 더운 줄도 모르고 기운차게 멋진 새 장화 발로 뛰다시피 하며 자기 자리로 돌아갔다.

네플류도프는 인도로 돌아와서, 자신의 마부에게 뒤따라오라고 이르고 자기는 죄수 대열을 쳐다보며 걸음을 옮겼다. 이 대열은 지나는 곳마다 사람들의 동정과 두려움이 뒤섞인 관심을 끌었다. 마차를 타고 가던 사람들은 창문으로 몸을 내밀고 대열이 보이지 않을 때까지 죄수들의 모습을 눈으로 좇았다. 걸어가던 사람들은 걸음을 멈추고 겁먹은 듯이 눈을 동그랗게 뜨고 이 무서운 광경을 바라보았다. 그들 중에는 멈춰 서서 돈을 주는 사람도 있었다. 그러나 돈은 호송병이 받았다. 때로는 마치 최면술에라도 걸린 것처럼 대열을 휘적휘적 따라가다가 문득 걸음을 멈추고는 고개를 흔들면서 멀거니 바라보는 사람도 있었다. 사람들은 무어라 이야기를 주고받으며 건물 입구나 대문 안에서 달려 나오기도 하고 창으로 몸을 내밀기도 하면서 이 으스스한 행렬을 아무 말 없이 구경했다. 어떤 네거리에서는 죄수들의 행렬이 덮개 달린 호화로운 마차의 앞을 가로막았다. 마부석에는 등에 두 줄로 단추가 달린 옷을 입은 엉덩이가 크고 혈색 좋은 마부가 앉아 있고, 뒷자리에는 부부로 보이는 남녀가 앉아 있었다. 부인은 얼굴이 핼쑥한 여자로 밝은 색깔의 모자를 쓰고 화려한 양산을 받치고 있었다. 남편은 비단 모자를 쓰고 밝은 색깔의 세련된 코트를 입고 있었다. 그 부부와 마주보는 앞자리에는 두 아이가 앉아 있었다. 한 아이는 꽃처럼 생기가 넘치는 예쁘게 차려입은 계집아이로 금발머리를 늘어뜨리고 역시 화려한 색의 양산을 받치고 있었다. 다른 한 명은 목이 가느다랗고 쇄골이 두드러진 여덟 살쯤 돼 보이는 사내아이로 긴 리본이 달린 해군 모자를 쓰고 있었다. 아버지가 앞을 가로막은 행렬을 어째서 앞지르지 않았느냐고 성을 내며 마부를 꾸짖었다. 어머니는 불결하다는 듯이 이맛살을 찌푸리며 비단 양산을 깊숙이 내려서 햇볕과 흙먼지를 막았다. 엉덩이가 커다란 마부는 주인이 자기더러 이 거리로 가라고 명령해놓고는 이제 와서 잔소리를 해대는 데에 화가 나서 얼굴을 찡그리면서, 가죽 끈 밑으로 드러난 목덜미가 땀으로 번들거리는 검은 말이 앞으로 나가고 싶어서 발을 구르는 것을 겨우 진정시키고 있었다.

순경은 이 호화로운 마차 주인의 비위를 맞춰주려고 죄수들의 행진을 일단 멈추고 마차를 먼저 보내고 싶어 했으나, 이 대열 속에서 그 어떤 부자라도 감히 침범할 수 없는 음울하고도 엄숙한 그 무엇을 느꼈다. 그러자 그는 부자에 대한 존경의 표시로 손을 들어 경례만 하고, 만일의 경우에는 마차에 탄 귀인들을 지켜내겠다고 맹세라도 하듯이 매서운 눈초리로 죄수들을 쏘아 보았다. 이리하여 이 덮개 달린 마차는 죄수들의 대열이 다 지나갈 때까지 기다리다가, 배낭과 죄수들을 실은 마지막 짐마차가 덜컹덜컹 요란한 소리를 내며 지나간 뒤에야 겨우 움직였다. 마지막 짐마차에 앉아서 통곡하던 여 죄수는 이제 겨우 진정이 되어가고 있었으나 이 호화로운 마차를 보고는 또 다시 엉엉 소리 내어 울기 시작했다. 마부가 고삐를 조금 늦추자 발이 날쌘 검정말은 포석에 발굽 소리를 울리며, 고무바퀴 위에서 부드럽게 흔들거리는 마차를 끌고 갔다. 이 부부와 계집아이, 그리고 목이 가늘고 쇄골이 두드러진 사내아이는 별장으로 놀러 가는 길이었다.

아버지나 어머니는 아이들에게 지금 자기들이 본 광경의 의미를 설명해주지 않았기 때문에 아이들은 그 의미를 스스로 생각해야 했다.

계집아이는 부모님의 표정을 보고, 이 사람들은 우리 부모님이나 내가 아는 사람들과는 전혀 질이 다른 나쁜 사람들이어서 저런 지경에 빠진 거라고 판단했다. 이렇게 생각하자 그저 무서운 생각만 들어서, 죄수들의 대열이 보이지 않게 되어서야 비로소 안도의 한숨을 내쉬었다.

그러나 눈도 깜박이지 않고 죄수들의 대열을 뚫어져라 지켜보던 목이 가느다란 사내아이는 이 문제를 다르게 이해했다. 이 사람들도 자기네와 조금도 다를 바 없는 사람이지만 해서는 안 될 나쁜 짓을 하도록 누군가가 그렇게 만든 것이라고, 신의 계시라도 받은 듯이 굳게 믿었다. 소년은 죄수들이 가엾어졌다. 그러면서도 머리를 박박 깎이고 족쇄가 채워진 사람들에게도, 죄수들의 머리를 깎고 족쇄를 채운 사람들에게도 두려움을 느꼈다. 소년의 입술은 금방이라도 울음이 터질 듯이 부풀어 올랐지만 이런 때 눈물을 흘리는 것은 부끄럽게 생각되었으므로 울음을 삭이려고 무진 애를 썼다.

36

네플류도프는 죄수들과 보조를 맞추기 위해 빨리 걸었으므로 얇은 옷에 여름 코트만 입고 있었는데도 견딜 수 없이 더웠다. 게다가 거리를 온통 휘덮고 있는 흙먼지와 그들 주위를 감돌고 있는 뜨거운 공기 때문에 숨이 턱턱 막히는 것 같았다. 이삼백 미터쯤 걷다가 다시 마차를 타고 쫓아갔지만 마차를 타고 길 한복판을 가노라니 더 더운 것 같았다. 어제 매부와 말다툼한 일을 생각해보려 했으나 오늘 아침보다는 신경이 쓰이지 않았다. 죄수 이송 부대가 감옥을 출발할 때의 모습과 지금 행진 중인 모습에서 받은 인상 때문에 그런 생각은 저 멀리 사라지고 말았다. 게다가 무엇보다 이 지독한 더위를 견디어내기가 힘들었다. 어느 돌담 밑 나무그늘에 모자를 벗은 두 실업학교 학생이 쭈그리고 앉아 있는 아이스크림 장수 앞에 서 있었다. 한 소년은 이미 다 먹고 뿔로 된 숟가락을 빨고 있었고, 다른 한 소년은 아이스크림 장수가 작은 컵에 뭔가 누런 것을 수북이 담아 주는 것을 기다리고 있었다.

"이 근처에 뭘 좀 마실 만한 데가 없소?" 네플류도프는 갑자기 찬 것이 마시고 싶어져서 마부에게 물었다.

"저쪽에 아담한 식당이 있습죠." 마부는 그렇게 대답하고 모퉁이를 돌아, 큼직한 간판이 걸려 있는 식당 앞으로 네플류도프를 안내했다.

카운터에 앉아 있던 셔츠 차림의 뚱뚱한 지배인과, 전에는 흰색이었을 옷을 입은 종업원들은 손님이 없어서 탁자 옆에 앉아 있다가 호기심에 가득 찬 눈으로 낯선 손님을 바라보면서 주문을 받았다. 네플류도프는 탄산수를 주문하고 나서 창가에서 멀리 떨어진, 더러운 상보가 덮인 작은 탁자 앞에 앉았다.

점원 두 사람이 차식기와 흰 유리병이 놓여 있는 탁자에 마주 앉아서 이마에 흐르는 땀을 닦으며 느긋하게 무언가 계산을 하고 있었다. 한 사람은 이그나치 니키포로비치처럼 검은 머리가 뒤통수 가장자리에만 조금 남아 있었다. 이 사내를 보자 네플류도프는 불현듯 어제 매부와 말다툼했던 기억이 떠오르며, 출발하기 전에 매부와 누이를 한 번 더 만나보고 싶은 생각이 들었다. '기차 시간에 대기는 어렵겠지.' 네플류도프는 생각했다. '그보다는 편지를 쓰는 편이 나을 것 같군.' 네플류도프는 편지지와 봉투와 우표를 부탁하고 나서, 거품이 올라오고 있는 차가운 탄산수를 마시며 뭐라고 쓸까 하고 생각했다. 그러나 마음이 어수선해서 제대로 편지를 쓸 수가 없었다.

그리운 나타샤 누님! 어제 매부와 그런 말다툼을 한 괴로운 기억을 그대로 둔 채 이대로 떠날 수가 없을 것 같군요…….

네플류도프는 첫머리를 쓰기 시작했다. '그 다음엔 뭐라고 쓸까? 어제 한 말을 용서해달라고 쓸까? 하지만 내 생각을 솔직하게 말했을 뿐이지 않은 가? 그런 말을 쓰면 내 주장을 스스로 물렀다고 생각하겠지. 거기다 매부는 내 문제에 쓸데없는 참견을 해왔다……. 그래, 용서해달라는 말은 쓸 수 없 다…….' 이렇게 생각하자 헛된 자존심만 높아서 처남을 전혀 이해해 주지 않는, 남이나 다를 바 없는 매부에 대한 혐오감이 새삼 솟구쳐 올랐다. 네플 류도프는 쓰다 만 편지를 그대로 주머니에 쑤셔 넣고 돈을 치른 다음 거리로 나와서 마차에 올라타고 죄수들의 대열을 따라갔다.

더위는 차츰 더 심해졌다. 마치 벽과 돌들이 뜨거운 숨결을 토해 놓는 것 만 같았다. 달아오른 아스팔트 때문에 발이 델 것만 같았다. 옻칠을 한 마차 진흙받이에 무심코 손을 대자 네플류도프는 화상을 입은 듯 손이 화끈거렸 다.

말은 먼지가 쌓인 울퉁불퉁한 아스팔트길에 단조로운 말발굽소리를 울리 며 천천히 달렸고, 마부는 줄곧 졸고 있었다. 네플류도프는 아무 생각도 않 고 무심하게 앞쪽을 바라보며 마차에 따라 흔들리고 있었다. 내리막길로 접 어들자 큰 건물 앞에 사람들이 잔뜩 모여 있고 총을 멘 호송병 하나가 서 있 는 모습이 눈에 들어왔다. 네플류도프는 마차를 세웠다.

"무슨 일인가?" 네플류도프가 문지기에게 물었다.

"죄수가 어떻게 된 모양입니다."

네플류도프는 마차에서 내려 구경꾼들 쪽으로 걸어갔다. 잿빛 죄수용 웃 옷에 같은 색 바지를 입은 죄수 한 사람이 인도 쪽으로 조금 경사가 진 울퉁 불퉁한 돌길 위에 다리보다 머리를 아래쪽으로 하고 쓰러져 있었다. 그는 납 작코에 얼굴이 붉고 불그스름한 턱수염을 기른 덩치 좋은 중년의 사내였다. 주근깨가 가득한 두 손의 손바닥을 밑으로 하고 큰대자로 누워서, 두툼하고 건장한 가슴을 천천히 규칙적으로 오르락내리락하며 움직이지 않는 핏발 선 눈으로 허공을 가만히 쏘아본 채 숨을 쌕쌕거리고 있었다. 얼굴을 찌푸리고 있는 순경과 행상인, 우편배달부, 점원, 양산을 든 노파, 빈 바구니를 든 까 까머리 소년들이 주위를 둘러싸고 있었다.

"오랫동안 감옥에 갇혀 있는 동안에 몸이 허약해진 겁니다. 몸이 쇠약할 대로 쇠약해졌는데 느닷없이 이런 땡볕을 걷게 하니 그런 게죠." 다가오는 네플류도프를 향해 점원이 누군가를 비난하는 듯한 투로 말했다.

"쯧쯧, 저러다가 죽겠구먼." 양산을 든 노파가 우는 소리로 말했다.

"셔츠를 풀어 줘야지." 우편배달부가 말했다.

순경이 굵은 손가락을 부들부들 떨면서, 핏줄이 선 벌건 목덜미를 조르고 있는 셔츠의 끈을 서툴게 풀기 시작했다. 당황해서 어쩔 줄 몰라 하는 기색이 역력했으나 그래도 구경꾼들에게 호통을 치는 것은 잊지 않았다.

"뭘 우두커니 서 있는 거요! 안 그래도 더워 죽을 지경인데 바람을 막아서면 어쩌겠다는 거요!"

"그러게 이렇게 쇠약한 사람은 남아 있도록 의사가 검진을 했어야지요. 죽어가는 사람을 끌어내니까 이렇게 되는 겁니다." 점원이 자기가 이런 상황에 대처하는 법을 알고 있는 것이 자랑스럽다는 투로 말했다.

순경은 셔츠 끈을 다 풀고 나서 허리를 펴고 주위를 둘러보았다.

"어서들 비켜요! 당신네들하고는 상관없는 일이잖소. 무슨 구경이라도 났소?" 순경은 응원해 주기를 바라는 듯이 네플류도프를 쳐다보며 말했지만 그가 별 반응을 보이지 않자 이번에는 호송병을 쳐다보았다.

그러나 호송병은 한쪽으로 비켜서서, 닳아빠진 장화 뒤축을 내려다보며 딴전을 피우고 있었다.

"누구의 책임인지는 모르겠지만 그렇게 내버려둬도 되는 거요? 사람을 이렇게 죽이는 법이 어디 있단 말이오?"

"죄수도 다 같은 사람이야." 무리 속에서 누군가가 말했다.

"머리를 높게 하고 물을 먹이시오." 네플류도프가 말했다.

"물은 가지러 보냈습니다." 순경이 그렇게 대답하고는 죄수의 겨드랑이 밑으로 손을 넣어서 상체가 높아지도록 낑낑거리며 방향을 바꾸었다.

"왜들 이렇게 몰려 서 있나?" 갑자기 상관인 듯한 위엄 있는 목소리가 들려왔다. 죄수 주위에 모여 있던 사람들 쪽으로 성큼성큼 다가온 것은 눈부시게 새하얀 제복을 입고 그보다 더 눈부시게 번쩍거리는 장화를 신은 관할구의 경찰서장이었다. "이런 곳에 서 있지 말고 물러들 나시오!" 경찰서장은 왜 사람들이 모여 서 있는지 알아보기도 전에 소리부터 질렀다.

그리고 가까이 다가와서, 죽어가고 있는 죄수를 보더니 이럴 줄 알았다는 듯이 크게 고개를 끄덕이고는 순경을 돌아보았다.

"어떻게 된 거야?"

순경은 죄수 부대가 이곳을 지나가는 도중에 이 죄수가 쓰러졌는데 호송병이 그대로 내버려두라고 명령했다고 보고했다.

"그게 어떻다는 거야? 경찰서로 데려가면 되지 않나! 마차를 불러와!"

"문지기가 부르러 갔습니다." 순경이 거수경례를 하면서 말했다.

점원이 다시 더위가 어쩌고저쩌고 하는 말을 꺼냈다.

"그게 너랑 무슨 관계가 있지? 응? 어서 네 갈 길이나 가는 게 좋을 거야!" 서장이 이렇게 말하며 매서운 눈초리로 흘끗 노려보자 점원은 입을 다물었다.

"물을 먹여야 합니다." 네플류도프가 말했다.

경찰서장은 엄한 눈초리로 네플류도프를 훑어보았으나 아무 말도 하지 않았다. 문지기가 바가지에 물을 떠오자 서장이 순경에게 물을 죄인에게 먹이라고 명령했다. 순경이 힘없이 축 처진 죄수의 머리를 들어 입에 물을 흘려넣으려고 했으나 죄수는 그것을 받아 삼키지 못했다. 물은 그대로 흘러서 턱수염을 타고 윗옷과 먼지투성이가 된 삼베 셔츠의 가슴팍을 적셨다.

"머리에다 끼얹어!" 서장이 명령했다. 순경이 납작한 모자를 벗기고 불그스름한 고수머리와 벗겨진 머리 꼭대기에 물을 끼얹었다.

깜짝 놀란 듯이 죄수의 눈은 크게 떠지긴 했으나 몸은 움직이지 않았다. 흙먼지로 더러워진 물이 얼굴 위로 주르르 흘러내렸으나 입은 여전히 헐떡거리고 있었고 온몸은 덜덜 떨고 있었다.

"저건 뭐지? 저 마차를 불러!" 서장이 네플류도프의 마차를 가리키며 순경에게 말했다. "이봐, 이쪽으로 와!"

"길이 막혀서 갈 수가 없습니다요." 마부는 눈도 들지 않고 퉁명스럽게 대꾸했다.

"저건 내가 임대한 마차입니다." 네플류도프가 말했다. "그렇지만 쓰도록 하시오. 요금은 내가 내겠소." 네플류도프가 마부를 돌아보며 이렇게 덧붙였다.

"뭘 멍청하게 서 있어!" 서장이 말했다. "어서 태우라니까!"

순경과 문지기들과 호송병이 다 죽어가는 죄수를 들어다가 마차까지 옮긴 다음 자리에 앉히려고 했다. 그러나 죄수는 몸을 가누지 못했다. 머리는 힘없이 뒤로 젖혀지고 몸은 자리에서 미끄러져 내렸다.

"옆으로 뉘어!" 서장이 명령했다.

"괜찮습니다, 서장님. 제가 이렇게 해서 데려가겠습니다." 순경이 죽어가는 죄수 옆에 단단히 버티고 앉아 그 억센 오른팔로 죄수의 겨드랑이 밑을 받치면서 말했다.

호송병은 행전도 감지 않은 채 죄수용 신발을 신은 죄수의 두 다리를 들어올려서 마부석 아래쪽으로 뻗게 해주었다.

서장도 이쪽저쪽을 두리번거리더니 죄수의 납작한 모자가 길 위에 떨어져 있는 것을 발견하자 그것을 집어 들고는 뒤로 축 늘어진 죄수의 머리에 씌워주었다.

"출발!" 서장이 명령했다.

마부는 내키지 않다는 듯이 뒤쪽을 돌아다보며 머리를 흔들더니 왔던 길을 되돌아 호송병의 뒤를 따라 느릿느릿 경찰서로 말을 몰았다. 머리가 이리저리 흔들리고 당장이라도 떨어질 것 같은 죄수의 몸을 그 옆에 나란히 앉은 순경이 줄곧 바로잡아 앉혔다. 마차와 나란히 걷고 있는 호송병은 마차 밖으로 떨어지려는 죄수의 다리를 바로 놓아주었다. 네플류도프도 그 뒤를 따라 걸어갔다.

37

죄수를 태운 마차는 소방서 앞을 지나서 경찰서에 도착하자 경찰서 마당으로 들어가서 현관 앞에 일단 멈추어 섰다.

안마당에서는 소방수들이 소매를 걷어 올리고 큰 소리로 웃고 떠들며 소방차를 씻고 있었다.

마차가 멎자 순경 몇 사람이 마차를 둘러싸고 서서, 죽은 것 같은 죄수의 겨드랑이와 양다리 밑으로 손을 넣고, 삐걱거리는 마차에서 들어냈다. 죄수를 받치고 온 순경이 마차에서 내려 한쪽 팔이 저린 듯 몇 번쯤 흔들더니 모자를 벗고 성호를 그었다. 죄수의 시체는 현관문을 통해 2층으로 옮겨졌다. 네플류도프는 그 뒤를 따라갔다. 죄수의 시체가 옮겨진 더럽고 작은 방에는 침대 4개가 놓여 있었다. 그 가운데 두 침대에는 잠옷을 입은 환자 두 명이 앉아 있었다. 한 사람은 목에 붕대를 감은, 입이 비뚤어진 사내였고 또 한 사람은 폐병을 앓는 사람이었다. 나머지 두 침대는 비어 있었다. 그 가운데 하나에 죄수를 뉘었다. 속옷 한 장에 긴 양말 차림으로 눈을 번득이며 눈썹을 끊임없이 움직이는 작달막한 사내가 실려 온 죄수 옆으로 빠르게 다가와 그 모습을 가만히 들여다보더니 네플류도프를 보고 큰 소리로 웃어댔다. 이곳 구호실에 수용되어 있는 미친 사람이었다.

"모두 나에게 겁을 주려는 거지?" 미친 사람이 말했다. "그렇게 마음대로는 안 될걸!"

죄수의 시체를 옮긴 순경들의 뒤를 따라 서장과 간호 조수가 들어왔다.

간호 조수가 죄수 곁으로 다가가서 그 노란 주근깨투성이 손을 가볍게 잡았다. 아직 탄력은 남아 있었지만 이미 시체 특유의 푸르스름한 빛을 띠고 있었다. 간호 조수가 그 손을 놓자 손은 시체의 배 위로 털썩 떨어졌다.

"이미 늦었습니다." 간호 조수는 머리를 좌우로 흔들며 말했지만 그것은 형식적인 행동으로 보였다. 간호 조수가 죽은 사람이 입은 축축하고 허름한 셔츠 앞섶을 헤치고 자기의 긴 머리카락을 귀 뒤로 가볍게 넘기고는, 이미 움직임이 멈춘 누렇고 두툼한 죄수의 가슴에 귀를 가져다 댔다. 모두들 말이 없었다. 간호 조수가 몸을 살짝 일으키고 다시 머리를 흔들더니 부릅뜬 채 움직이지 않는 죄수의 푸르죽죽한 눈꺼풀을 손가락으로 하나씩 감겨 주었다.

"나는 놀라지 않아. 나는 놀라지 않을 거야." 미친 사람이 줄곧 간호 조수 쪽으로 침을 뱉으면서 말했다.

"어떻게 된 건가?" 서장이 물었다.

"어떻게 되다니요?" 간호 조수가 되물었다. "시체실로 옮겨야지요."

"잘 보게, 틀림없이 죽었는지." 서장이 재차 확인했다.

"저는 이제 초보가 아닙니다." 무슨 이유에서인지 간호 조수가 풀어헤쳤던 죄수의 옷깃을 여미면서 대답했다. "하지만 마트베이 이바노비치를 불러오라고 할 테니 다시 확인하도록 하시죠. 페트로프, 가서 불러와." 간호 조수가 이렇게 말하고 시체 옆에서 물러났다.

"그냥 시체실로 옮겨!" 서장이 말했다. "그리고 자네는 사무실로 오게. 서명을 해야 하니까." 줄곧 죄수 곁을 떠나지 않고 있던 호송병에게 서장이 이렇게 덧붙였다.

"알겠습니다." 호송병은 대답했다.

순경들이 시체를 들고 다시 층계를 내려갔다. 네플류도프도 그 뒤를 따라 가려는데 미친 사람이 그의 앞을 가로막았다.

"넌 저 녀석들하고 같은 패가 아니지? 그럼 담배를 좀 내봐." 미친 사람이 말했다.

네플류도프는 담뱃갑을 꺼내어 그에게 한 대 주었다. 미친 사람은 눈썹을 바삐 움직이며 몹시 빠른 말투로, 악당들이 최면술을 써서 자기를 괴롭힌다는 이야기를 늘어놓기 시작했다.

"놈들은 전부 내 적이야. 영매를 써서 날 괴롭히고 녹초로 만든단 말이야 ……."

"실례하겠소." 네플류도프는 그 말을 다 듣지도 않고 이렇게 말하고는 시체를 어디로 가져갔는지 알고 싶어 안마당으로 나갔다.

시체를 옮기는 순경들은 벌써 안마당을 가로질러 지하실 문으로 들어가려는 참이었다. 네플류도프가 그 뒤를 쫓으려는데 서장이 불러 세웠다.

"무슨 볼일이 있습니까?"

"별로, 아무것도." 네플류도프가 대답했다.

"볼일이 없으면 그만 돌아가 주십시오."

네플류도프는 순순히 자기 마차가 있는 곳으로 돌아갔다. 마부는 꾸벅꾸벅 졸고 있었다. 네플류도프는 마부를 깨워 다시 정거장으로 향했다.

마차가 100걸음도 채 가기 전에, 총을 멘 호송병이 호송하고 오는 또 다른 짐마차를 만났다. 그 안에는 이미 죽은 듯한 죄수 하나가 누워 있었다. 그 죄수는 짐마차에 위를 보고 누워 있었는데, 마차가 흔들릴 때마다 검은 턱수염이 난 민머리가 이리저리 흔들리거나 튀어 오르거나 했다. 머리에 씌워 있던 납작한 모자는 코끝까지 흘러내려와 얼굴을 덮고 있었다. 두꺼운 장화를 신은 짐마차꾼은 말과 나란히 걸으면서 마차를 몰고 있었고 그 뒤를 순경 한 사람이 따르고 있었다. 네플류도프는 자기가 탄 마차를 모는 마부의 어깨를 툭툭 쳤다.

"정말 귀찮게도 하는군!" 마부는 마차를 세우며 투덜거렸다.

네플류도프는 마차에서 내려 짐마차를 따라 다시 소방서 앞을 지나 경찰서 마당 안으로 들어갔다. 안마당에서 소방차를 씻던 소방수들은 이미 없었고, 대신 그 자리에는 키 크고 깡마른 소방대장이 파란 주름 잡힌 모자를 쓰고 주머니에 두 손을 찔러 넣고 서서, 소방수들이 끌고 온 목이 토실토실 살찐 밤색 수말을 무서운 표정으로 바라보고 있었다. 그 수말은 앞다리 하나를 절고 있었다. 소방대장은 옆에 서 있는 수의사에게 흥분된 어조로 무언가를 말하고 있었다.

경찰서장도 거기에 서 있다가 또 다른 시체가 들어오는 것을 보고 짐마차 쪽으로 걸어왔다.

"이건 또 어디서 주워왔어?" 서장이 난처하다는 듯이 고개를 저으면서 물었다.

"스타라야 고르바토프스카야 거리에서입니다." 순경이 대답했다.

"죄수인가?" 소방대장이 물었다.

"그렇습니다."

"오늘 벌써 두 명째군." 경찰서장이 말했다.

"흠, 정말 어이없는 일이야. 더구나 이런 삼복더위에." 소방대장은 이렇게 말하고 나서, 절룩거리는 밤색 말을 끌고 가는 소방수에게 소리쳤다. "모퉁이 마구간에 넣어 둬! 말을 발 병신으로 만들다니, 나중에 기합을 줄 거니까 명심해! 네놈 같은 얼간이보다 말이 훨씬 더 비싸단 말이다!"

아까처럼 순경들이 시체를 짐마차에서 내려 2층 구호실로 옮겼다. 네플류도프는 최면술에라도 걸린 사람처럼 그 뒤를 따라갔다.

"무슨 볼일이 있습니까?" 순경 한 사람이 물었다.

네플류도프는 그 말에는 대답하지 않고 시체를 옮겨간 곳으로 걸어갔다.

미친 사람이 침대에 앉아서, 네플류도프가 준 담배를 뻑뻑 피우고 있었다.

"아, 또 오셨구먼!" 미친 사람은 그렇게 말하며 깔깔 웃다가 시체를 보더니 얼굴을 찡그렸다. "또야? 정말 진절머리가 나네. 난 어린애가 아니란 말이야. 안 그래요?" 대답을 기다리는 듯한 미소를 띠며 미친 사람은 네플류도프를 돌아보았다.

한편 네플류도프는 이미 저세상으로 간 시체를 빤히 들여다보았다. 조금 전까지는 모자에 가려 있던 얼굴이 지금은 훤히 드러나 보였다. 먼젓번 죄수는 잘생긴 편이 아니었으나 이 죄수는 얼굴도 몸도 뛰어나게 아름다웠다. 인생의 꽃다운 나이에 있는 사나이였다. 머리는 반쯤 흉하게 깎여 있었지만 생명의 빛을 잃은 까만 눈 위쪽이 봉긋하게 솟아 있는 것을 제외하면, 그다지 넓지 않은 이마도, 검고 날렵한 코밑수염 위로 보이는 자그마한 매부리코도 무척 잘생겼다. 이미 색이 죽은 입술은 미소를 짓는 모습으로 닫혀 있었다. 짧은 턱수염은 턱 선을 따라 나 있었고, 반쯤 머리가 깎인 쪽으로는 조그맣고 잘생긴 귀가 보였다. 얼굴 표정은 온화한 동시에 진지해 보이기도 하고 선량해 보이기도 했다. 그 얼굴을 본 것만으로도 얼마나 풍부한 정신 활동이 이 죽음과 함께 묻혔는지를 알 수 있었다. 아니, 새삼스레 말할 것도 없는 일이지만 그 손과 족쇄가 채워진 발의 골격에서도, 균형 잡힌 팔다리의 다부진 근육에서도, 이 청년이 얼마나 아름답고 강하고 민첩한, 인간이라는 이름의 동물이었나를 엿볼 수 있었다. 동물에 견주어 보더라도, 발 병신이 되었다고 소방대장이 분개하던 그 밤색 수말보다도 훨씬 완전한 존재였음이 분명했다. 그런데도 이 청년을 죽음으로 내몰고서도 누구 하나 인간으로서의 이 청년의 죽음을 애석해하지 않을뿐더러, 노동능력이 있는 한 마리 동물을 개죽음으로 몰았다는 의미에서조차도 누구 하나 이 청년의 죽음을 슬퍼하지 않았다. 이 청년의 죽음이 여러 사람들에게 불러일으킨 유일한 감정이라는 것은 당장에라도 썩을지 모르는 이 시체를 한시라도 빨리 처리해야 한다는 성가신 마음뿐이었다.

의사와 관할 경찰서장이 간호 조수를 데리고 구호실로 들어왔다. 의사는 땅딸막한 사나이로 비단 양복 상의를 입고 근육질 넓적다리에 꼭 맞는 폭이 좁은 바지를 입고 있었다. 관할 경찰서장은 키가 작은 뚱뚱보로, 풍선처럼 불룩한 볼에 공기를 잔뜩 집어넣었다가 천천히 내뱉는 버릇이 있어서 얼굴이 더욱 동그랗게 보였다. 의사가 시체가 뉘어 있는 침대에 앉아서 아까 간호 조수가 했던 것처럼 손을 만져보기도 하고 심장에 귀를 대보기도 하더니 이윽고 바지 주름을 펴면서 일어섰다.

"죽은 게 분명합니다." 의사가 말했다.

관할 경찰서장이 힘껏 공기를 들이마시더니 천천히 내쉬었다.

"어느 감옥에서 왔나?" 경찰서장이 호송병에게 물었다.

호송병이 그 질문에 대답하면서 시체의 발목에 채워져 있는 쇠고랑을 가리켰다.

"풀어주도록 하지. 마침 대장장이가 와 있으니." 관할 경찰서장은 이렇게 말하고 다시 볼을 불룩하게 만들더니 문 쪽으로 가면서 천천히 숨을 내뱉었다.

"대체 왜 이렇게 되었습니까?" 네플류도프가 의사에게 물었다.

의사가 안경 너머로 네플류도프를 쳐다보았다.

"왜 이렇게 됐느냐고요? 왜 일사병으로 죽느냐고 물으시는 겁니까? 그건 이런 이유에서지요. 겨울 내내 해가 들지 않는 곳에서 운동도 하지 않고 지내다가 느닷없이 햇볕을, 그것도 오늘 같은 뙤약볕을 쬐어 그런 겁니다. 거기다 떼 지어 행군을 하니까 바람도 충분히 통하지 않죠. 그래서 일사병으로 쓰러지는 겁니다."

"그럼 왜 오늘 같은 날에 출발시킨 겁니까?"

"그런 건 당국에 물어보셔야죠. 그런데 대체 댁은 뉘시오?"

"전 아무 관계가 없는 사람입니다만……."

"이런! 그럼 실례하겠습니다. 나는 시간이 없어서." 의사는 이렇게 말하고 불쾌하다는 듯이 바지를 끌어내리며 환자가 누워 있는 침대로 걸음을 옮겼다.

"좀 어떤가?" 의사는 입술이 비뚤어지고 목에 붕대를 감고 있는 사내에게 물었다.

미친 사람은 자기 침대에 앉아 있다가 담뱃불을 끄더니 의사를 향해 침을 뱉었다.

네플류도프는 마당으로 내려가서 소방서의 말과 닭들과 철모를 쓴 보초 옆을 지나 밖으로 나왔다. 그리고 또 꾸벅꾸벅 졸고 있는 마부를 깨워 마차를 타고 정거장으로 향했다.

38

네플류도프가 정거장에 도착했을 때는 이미 죄수들이 쇠창살 창문이 달린 열차에 올라탄 다음이었다. 플랫폼에는 죄수들을 전송하려는 몇 사람이 서 있었다. 열차에 가까이 다가가도록 허락되지 않았기 때문이었다. 호송병들은 오늘따라 유난히 신경이 곤두서 보였다. 감옥에서 정거장까지 오는 동안에 네플류도프가 본 두 사람 말고도 세 사람이 더 일사병으로 쓰러져 죽었기 때문이다. *

한 사람은 처음 두 사람처럼 가까운 경찰서로 이송되었으나 두 사람은 이 정거장에 도착한 다음에 쓰러졌다. 호송병들이 예민해진 이유는 하필이면 자기들이 호송을 맡고 있는 동안에, 죽지 않아도 되었을 죄수가 다섯 명이나 허무하게 죽어버렸다는 사실 때문은 아니었다. 그런 것쯤은 조금도 신경 쓰이지 않았다. 그들이 신경 쓰는 것은 이런 상황이 벌어졌을 때는 그 규정에 따라 시체 및 관련 서류와 소지품을 당국으로 보내고, 니주니노브고로드로 이송해야 할 죄인들의 이름이 적힌 명부에서 죽은 사람들의 이름을 지워야 한다는 것이었다. 이렇게 무더운 날에는 그런 것조차 더욱 번거롭기 짝이 없는 일이었다.

이 일들을 처리하느라 정신없이 바쁜 호송병들은 이 일이 끝나기까지는 네플류도프도, 열차로 가까이 다가갈 수 있게 해달라고 청하는 다른 전송인들도 무시했다. 그러나 네플류도프만은 호송 하사관에게 돈을 슬쩍 쥐여주고 허락을 받았다. 하사관은 네플류도프를 통과시키면서, 되도록 짧게 이야기를 끝내고 대장에게 들키지 않도록 얼른 열차에서 물러나라고 당부했다. 열차 칸은 전부 18칸이었는데, 담당관들이 탈 차량 하나를 빼놓고는 모두 죄수들로 초만원이었다. 네플류도프는 각 차량 옆을 지나면서 창문으로 들려오는 소리에 귀를 기울였다. 어느 칸에서나 쇠사슬 소리와 바스락거리는 소리, 무의미한 추잡한 단어가 섞인 말소리가 들려왔으나 네플류도프의 예상과는 달리, 오는 길에 쓰러진 동료에 대한 이야기는 하나도 들려오지 않았다. 죄수들이 하는 이야기는 대부분이 배낭과 마실 물과 자리다툼에 대한 것뿐이었다. 어느 창을 통해, 가운데 통로에 서서 죄수들의 수갑을 풀어주는 호송병이 보였다. 죄수들이 두 손을 내밀면 호송병 하나가 열쇠로 수갑을 벗겨주었고 다른 호송병 하나가 그 수갑을 회수했다. 네플류도프는 남자 죄수 차량을 지나 여죄수의 차량으로 갔다. 두 번째 차량에서 "아아, 괴로워! 아아! 죽을 것 같아!" 하는 비명이 섞인 규칙적인 신음이 들렸다.

네플류도프는 그 옆을 지나서, 호송병이 가르쳐 준 세 번째 칸으로 다가갔다. 네플류도프가 창에 얼굴을 갖다 대는 순간, 창을 통해 사람의 훈기가 후끈 풍겨 나오며 여자들의 시끄러운 말소리가 들렸다. 어느 좌석이건 블라우

---

* 1880년대 초, 부투일루스키 요새에서 니주니노브고로드 정거장으로 이송되는 도중에 죄수 5명이 일사병으로 죽음.

스에 죄수복을 겹쳐 입고 땀에 젖은 벌건 얼굴을 한 여죄수들이 앉아서 커다랗게 떠들고 있었다. 쇠창살에 들이댄 네플류도프의 얼굴이 여죄수들의 주의를 끌었다. 가까이에 있던 여자들이 이야기를 멈추고 네플류도프에게 다가왔다. 카튜사는 블라우스만 입고 머릿수건도 벗은 채 반대쪽 창가에 앉아 있었다. 네플류도프 쪽에는 페도샤가 뽀얀 얼굴에 미소를 짓고 앉아 있었다. 네플류도프인 줄을 알자 페도샤는 카튜사를 쿡쿡 찌르고 창문을 가리켰다. 카튜사가 벌떡 일어나 검은 머리에 수건을 쓰고 땀에 젖은 벌건 얼굴에 얼른 미소를 지으며 창가로 와서 쇠창살을 붙들었다.

"정말 덥네요." 카튜사는 기쁜 듯 방글방글 웃으며 말했다.

"물건은 받았겠지?"

"네, 정말 고마워요."

"뭐 더 필요한 것은 없소?" 찻간 안에 고여 있던 사우나 같은 열기가 얼굴에 혹 끼쳐오는 것을 느끼며 네플류도프가 물었다.

"고맙지만 별로 필요한 건 없어요."

"물이 마시고 싶어요." 페도샤가 말했다.

"참, 마실 물이 좀 있었으면……." 카튜사가 되뇌었다.

"설마, 여긴 물이 없소?"

"있었는데 다 마셔 버렸어요."

"잠깐만 기다리시오." 네플류도프가 말했다. "호송병에게 부탁하지. 니주니노브고로드에 도착할 때까지는 만날 수 없을 테니까."

"그럼 정말 당신도 오시는 거예요?" 마치 처음 듣는 이야기라는 듯이 카튜사는 자못 기쁜 표정으로 네플류도프의 얼굴을 들여다보며 물었다.

"다음 기차로 가게 될 거요."

카튜사는 아무 말도 하지 않다가 잠시 뒤에 깊은 한숨을 푹 내쉬었다.

"나리, 죄수가 12명이나 쓰러져서 죽었다는데 그게 정말입니까?" 무섭게 생긴 늙은 여죄수가 사내같이 걸걸한 목소리로 물었다.

코라블료바였다.

"12명이란 말은 듣지 못했소. 2명은 내 눈으로 직접 봤지만."

"12명이라고 합디다. 그런 짓들을 하고도 죄의식을 느끼지 않을까요? 악마 같은 놈들!"

"여자 가운데선 누구 병든 사람은 없소?" 네플류도프가 물었다.

"여자가 더 강하니까요." 키가 작은 다른 여죄수가 웃으면서 말했다. "그런데 산기가 있는 여자가 하나 있어요. 보세요, 지금 진통 중이랍니다." 옆 차량을 가리키면서 여자가 말했다. 그쪽에서는 끊임없이 신음이 들려오고 있었다.

"뭐 필요한 건 없느냐고 물으셨지요?" 기쁜 듯이 입가에 떠오르는 미소를 억지로 참으면서 카튜사가 말했다.

"저 여자를 두고 가게 할 순 없을까요? 저렇게 힘들어하잖아요. 호송 대장에게 말씀 좀 드려주세요."

"좋아, 말해 보지."

"또 한 가지, 이 아이를 남편 타라스와 만나게 해줄 수는 없을까요?" 방글방글 웃고 있는 페도샤를 눈으로 가리키면서 카튜사가 덧붙였다. "타라스는 당신과 같은 기차로 가게 되어 있죠, 아마?"

"이보시오, 이야기하면 안 됩니다." 호송 하사관의 목소리가 들렸다. 그 사람은 네플류도프에게 허가를 해준 하사관이 아니었다.

네플류도프는 창가를 떠나, 해산기가 있는 여죄수와 타라스의 일을 부탁하려고 호송 대장을 찾았으나 아무리 찾아봐도 보이지 않았다. 호송병들에게 물었으나 시원한 대답도 들을 수 없었다. 호송병들은 몹시 바빠 보였다. 어디론가 죄수들을 데려가는 사람도 있었고, 자기들이 먹을 것을 사러 뛰어다니는 사람도 있었으며, 자기들의 짐을 차량마다 나누어 싣는 사람도 있었고, 호송 장교가 데리고 온 부인의 시중을 드는 사람도 있었다. 그래서 네플류도프가 아무리 물어보아도 확실하게 대답을 해주지 않았다.

네플류도프가 호송 장교를 발견한 것은 이미 두 번째 벨이 울린 뒤였다. 호송 장교는 입을 뒤덮고 있는 수염을 짧은 손으로 닦아내면서 어깨를 잔뜩 추켜올리고 부하에게 뭐라고 잔소리를 하고 있었다.

"무슨 용건이오?" 호송 장교는 네플류도프에게 물었다.

"저 찻간에 금방 애를 낳을 것 같은 여자가 있는데, 제 생각으로는……."

"그냥 낳게 내버려둬요. 어떻게 되겠지." 호송 장교가 그 짧은 팔을 기세 좋게 내두르며 자기 차량으로 걸어가면서 말했다.

그때 호각을 손에 든 차장이 지나갔다. 마지막 벨과 호각이 울리자 플랫폼에 있던 전송인들과 여죄수 차량에서 통곡과 흐느낌이 터져 나왔다. 네플류도프는 타라스와 나란히 플랫폼에 서서, 쇠창살 창문을 통해 남자 죄수들의 까까머리가 보이는 열차 칸이 눈앞을 차례로 지나가는 모습을 전송했다. 그다음으로, 여죄수들을 태운 첫째 차량이 지나갔다. 그 창문 안으로 아무것도 쓰지 않은 머리와 머릿수건을 쓴 머리들이 보였다. 이어서 두 번째 차량이 지나갔다. 그 안에서는 해산이 가까워진 여자의 신음이 여전히 들려왔다. 그다음으로 카튜사가 탄 세 번째 차량이 지나갔다. 카튜사는 다른 여자들과 함께 창가에 서 있다가 네플류도프를 발견하자 금방이라도 눈물을 쏟을 듯한 서글픈 미소를 지었다.

39

네플류도프가 타고 갈 여객열차가 출발하기까지는 아직 2시간이나 더 있었다. 처음에는 네플류도프는 그동안에 누이를 한 번 더 찾아갈까 하고 생각했다. 그러나 오늘 아침부터 있었던 여러 가지 사건으로 몹시 흥분하고 몸도 피곤하기에 1등 대합실 소파에 앉아 있으려니 그만 졸음이 쏟아졌다. 팔베개를 하고 벌렁 드러눕자 그대로 잠이 들고 말았다.

연미복을 입은 가슴에 휘장을 달고 손에 냅킨을 든 웨이터가 네플류도프를 흔들어 깨웠다.

"실례합니다, 네플류도프 공작님이십니까? 어떤 부인이 찾고 계십니다."

네플류도프는 눈을 비비며 벌떡 일어났다. 그리고 자기가 지금 어디 있는가를 떠올리자, 오늘 아침에 일어났던 모든 일들이 한꺼번에 생각났다.

죄수 이송 부대의 행진, 시체, 쇠창살이 박힌 열차, 그 안에 갇힌 여죄수들, 어느 누구의 도움도 받지 못하고 진통에 몸부림치던 한 여죄수, 쇠창살 건너에 서서 당장에라도 울음을 터트릴 듯한 표정으로 자기를 향해 미소 짓고 있던 또 한 여자가 기억 속에 떠올랐다. 그러나 현실에서 눈앞에 있는 것은 온갖 종류의 포도주병, 꽃병, 촛대, 식기가 놓여 있는 식탁, 그 주위를 날렵한 동작으로 움직이고 있는 웨이터 등, 전혀 다른 광경이었다. 홀 안쪽 찬장 앞에는 과일이 가득 담긴 그릇과, 앞에 늘어놓은 포도주병 사이로 보이는 식당 주인의 얼굴과 여행객들의 등도 보였다.

네플류도프는 몸을 일으키고 차츰 정신을 차려가는 동안에 방 안에 있는 사람들이 너나할 것 없이 모두 호기심에 찬 눈초리로 문 쪽을 쳐다보고 있다는 것을 깨달았다. 네플류도프도 그쪽으로 시선을 돌렸다. 얇고 가벼운 베일을 얼굴에 늘어뜨린 귀부인을 안락의자에 태운 채 그대로 옮겨가는 사람들이 보였다. 앞쪽을 들고 가는 하인은 어디서 본 듯한 얼굴이었다. 가장자리를 금줄로 장식한 제복을 입고 뒤쪽을 들고 가는 현관지기도 낯익은 얼굴이었다. 머리를 돌돌 말고 앞치마를 두른 기품 있는 하녀가 작은 꾸러미와 뭔가가 들어 있는 둥근 가죽 케이스와 양산을 들고 안락의자 뒤를 따라가고 있었다. 늘어진 입술에 고혈압 환자 같은 굵은 목을 하고 가슴을 쑥 내민 코르차긴 공작이 여행 모자를 쓰고 그 뒤를 따랐다. 또 그 뒤에는 미씨와 그 사촌 남동생 미샤, 그리고 네플류도프도 언젠가 만난 적이 있는 외교관 오스텐이 뒤따르고 있었다. 이 남자는 목이 길고 목젖이 튀어나온, 몸도 마음도 언제나 쾌활한 사람이었다. 그는 뭔가 의미심장하게, 그러나 반은 농담을 담아 웃고 있는 미씨에게 무언가를 설명하며 걷고 있었다. 맨 뒤에는 의사가 뚱한 표정으로 담배를 피우면서 걷고 있었다.

코르차긴 집안 사람들은 교외에 있는 영지에서 니주니노브고로드 철도변에 있는 공작부인의 여동생 영지로 이사 가는 길이었다.

의자를 들고 가는 하인들과 하녀와 의사 일행은 그 자리에 있던 사람들의 호기심과 존경심을 자아내며 부인대합실로 들어갔다. 늙은 공작은 식탁에 앉자마자 웨이터를 불러 무언가를 주문했다. 미씨와 오스텐도 식당에 발을 멈추고 앉으려고 하다가 문득 문 쪽에 서 있는 부인을 알아보고는 그리로 인사를 하러 갔다. 그 부인은 나탈리아 이바노브나였다. 나탈리아 이바노브나는 아그라페나 페트로브나를 데리고 주변을 두리번거리며 식당으로 들어오다가 거의 동시에 미씨와 남동생을 발견했다. 나탈리아 이바노브나는 네플류도프에게는 그저 고개를 한 번 끄덕해 보이더니 먼저 미씨 곁으로 가서 입맞춤을 나누고는 곧 동생을 돌아보았다.

"아, 이제야 찾았구나." 나탈리아 이바노브나가 말했다.

네플류도프는 일어서서 미씨와 미샤와 오스텐에게 인사를 하고 선 채로 이야기를 나누었다. 미씨는 네플류도프에게, 시골에 있는 집에 불이 나서 이모 집으로 이사를 하게 되었다고 설명했다. 곧바로 오스텐이 끼어들며, 화재에 관한 재미있는 이야기를 늘어놓았다.

네플류도프는 오스텐의 말에는 귀를 기울이지도 않고 누이를 쳐다보았다.

"누님, 와주셔서 정말 기쁩니다." 네플류도프가 말했다.

"아까부터 와 있었단다." 나탈리아 이바노브나는 말했다. "아그라페나 페트로브나와 같이 말이야." 누이는 아그라페나 페트로브나를 가리켰다. 여름 코트를 입고 차양이 달린 모자를 쓴 아그라페나 페트로브나는 상냥하고 기품 있는 태도로 멀찌감치 서서, 이야기에 혹시 방해가 될까봐 머뭇거리며 네플류도프에게 고개를 숙이며 가볍게 인사했다.

"널 찾아 꽤 돌아다녔단다."

"전 저쪽에서 잠이 들어버렸어요. 아무튼 와주셔서 정말 기쁩니다." 네플류도프는 되풀이했다. "실은 누님에게 편지를 쓰려고 했습니다."

"그래?" 누이가 놀란 듯이 말했다. "무슨 일로?"

남매 사이에 친밀한 이야기가 시작되는 것을 보고 미씨는 남자들을 재촉하여 자리를 비켜주었다. 네플류도프는 창가에 놓인 벨벳 소파에 누이와 나란히 앉았다. 옆에는 누구의 것인지 모를 손짐과 무릎담요와 상자에 든 짐이 놓여 있었다.

"어제 호텔을 나오자마자 도로 누님을 찾아가 사과를 하고 싶었지만 매부가 제 사과를 받아주실지 몰라서……. 매부에게 심한 말을 한 것이 마음에 걸렸거든요."

"다 안다. 널 믿어. 너도 그럴 마음은 아니었다는 걸 말이야. 너도 알고 있잖니?"

나탈리아 이바노브나는 눈물이 글썽해서 동생 손 위에다 자기 손을 포갰다. 누이의 말은 짧고 모호했으나 네플류도프는 충분히 이해할 수 있었다. 그 말에 담긴 뜻이 네플류도프의 마음을 흔들었다. 거기에는 자기의 마음을 사로잡고 있는 남편에 대한 사랑은 물론이요 동생에 대한 사랑도 소중하고 애틋하므로, 남편과 동생 사이에 조금이라도 불화가 생기면 자기는 괴로워 견딜 수 없다는 뜻이 담겨 있었다.

"고맙습니다, 고맙습니다, 누님……. 참, 오늘 아주 무서운 걸 보았습니다." 불현듯 두 죄수의 시체를 본 일이 떠올라 네플류도프는 이렇게 말했다. "죄수 2명이 살해당했어요."

"살해를 당했다고?"

"네, 살해당했습니다. 이 무더위에 감옥에서 끌어내는 바람에 두 사람 다 일사병으로 죽었거든요."

"그런 말도 안 되는 일이! 어째서? 오늘? 지금?"

"네, 방금 전에요. 제가 그 시체를 직접 본 걸요."

"그런데 살해라니 그게 무슨 말이니? 대체 누가 죽였단 말이니?" 나탈리아 이바노브나가 말했다.

"죄수들을 강제로 끌어낸 자들이 죽인 겁니다." 누이도 이 사건을 매부와 같은 눈으로 보고 있음을 느끼고 네플류도프는 답답해하며 말했다.

"정말 가엾은 일이군요!" 두 사람 곁으로 다가온 아그라페나 페트로브나가 말했다.

"그렇습니다. 우리는 이런 불쌍한 사람들이 어떤 취급을 받고 있는지 전혀 모르고 있습니다. 하지만 반드시 알아야 합니다." 목에 냅킨을 두르고 과일주를 마시고 있던 늙은 공작이 마침 이쪽을 쳐다보자, 네플류도프는 그쪽을 바라보면서 덧붙였다.

"네플류도프!" 늙은 공작이 소리쳤다. "시원한 거라도 한잔 하지 않겠나? 여행 전의 한잔은 각별한 맛이지!"

네플류도프는 사양하고 그에게서 얼굴을 돌렸다.

"그런데 이제부터 어떻게 할 생각이냐?" 나탈리아 이바노브나가 말을 계속했다.

"하는 데까지는 할 겁니다. 구체적인 것은 모르겠지만 무엇이든 해야 한다고는 생각하고 있으니까요. 제가 할 수 있는 일은 뭐든지 할 겁니다."

"그래, 그렇겠지. 그건 나도 잘 안다. 하지만 저 사람들은……?" 나탈리아 이바노브나가 코르차긴 쪽을 눈짓으로 가리키면서 미소를 띠고 말했다. "모두 정리가 되었니?"

"네, 전부. 그리고 이건 제 생각입니다만, 양쪽 다 아무런 미련이 없을 겁니다."

"저런, 유감이구나. 난 저 아가씨가 맘에 들었는데. 그런데 그건 어쩔 수 없는 일이라 해도 넌 뭣 때문에 자신을 그렇게 가두어두려는 거냐?" 나탈리아 이바노브나가 주저하며 덧붙였다. "무엇 때문에 그런 데로 가는 거니?"

"가야 하니까 가는 것뿐입니다." 네플류도프는 이런 이야기는 그만두고 싶다는 듯이 정색을 하고 차갑게 대꾸했다.

그러나 곧 누이에게 이런 쌀쌀맞은 태도를 보인 것이 부끄러워졌다. '내 생각을 누이에게 모조리 말해서 안 될 이유가 어디 있단 말인가' 네플류도프는 생각했다. '아그라페나 페트로브나가 같은 질문을 한다 해도 대답해줄 수 있는 것 아닌가?' 네플류도프는 이 늙은 가정부의 얼굴을 흘끗 보며 스스로를 타일렀다. 아그라페나 페트로브나가 옆에 있다는 사실이 오히려 누이에게 자기의 결심을 다시 한 번 말할 수 있는 용기를 북돋아주었다.

"제가 카튜사와 결혼하려는 의도를 묻는 거지요? 전 결혼할 생각이었지만 카튜사는 단호히 거절했지요." 네플류도프는 이렇게 말했다. 이런 이야기를 할 때마다 늘 그랬듯이 목소리가 떨렸다. "카튜사는 저를 희생시키지 않으려고, 이런 상황에 놓여 있으면서도 자기가 나서서 큰 희생을 치르고 있는 겁니다. 설령 그것이 일시적인 것이라 할지라도 저로선 그 희생을 받아들일 수가 없습니다. 그래서 카튜사가 가는 곳으로 쫓아가서 힘닿는 데까지 도와주고 싶은 겁니다. 카튜사의 괴로움을 덜어주고 싶습니다."

나탈리아 이바노브나는 아무 말도 하지 않았다. 아그라페나 페트로브나는 무언가 묻고 싶은 듯한 표정으로 나탈리아 이바노브나를 쳐다보면서 줄곧 고개를 저었다. 그때 부인대합실에서 공작부인 일행이 나왔다. 미남 하인인 필립과 현관지기가 공작부인이 앉아 있는 의자를 들고 나왔다. 공작부인은 하인들을 멈추고 네플류도프를 불러오게 했다. 그리고 손을 힘껏 쥐지나 않을까 걱정하면서 가녀린 모습으로 반지를 잔뜩 낀 흰 손을 내밀었다.

"Epouvantable(정말 지독하군요)!" 부인은 덥다는 뜻으로 프랑스 말로 인사를 건넸다. "정말 견딜 수가 없어요. Ce climat me tru(이런 더위는 죽을 것만 같아요)." 그녀는 러시아의 살인적인 날씨에 대해 탄식을 하더니 네플류도프에게 한번 놀러오라고 말하고는 하인들에게 손짓을 했다. "꼭 와주세요." 부인은 이미 움직이기 시작한 의자에 앉아서 그 기다란 얼굴을 네플류도프에게 돌리며 이렇게 덧붙였다.

네플류도프는 플랫폼으로 나왔다. 공작부인 일행은 오른쪽 1등차 쪽으로 갔다. 네플류도프는 짐을 진 일꾼과 배낭을 멘 타라스와 함께 왼쪽으로 갔다.

"이 사람은 제 친구입니다." 네플류도프가 타라스를 가리키면서 누이에게 말했다. 타라스에 대해서는 전에 누이에게 이야기한 적이 있었다.

"어머나, 너 3등차로 가니?" 네플류도프가 3등차 앞에서 걸음을 멈추고, 짐을 진 빨간 모자를 쓴 일꾼과 타라스가 3등 칸으로 먼저 들어가자 나탈리아 이바노브나가 놀라며 물었다.

"네, 전 이쪽이 편합니다. 타라스와 함께 가게 되니까요." 네플류도프는 이렇게 말하고 한마디 덧붙였다. "아, 잊기 전에 말씀드릴 게 있는데, 쿠즈민스코예 마을에 있는 토지는 아직 농민들에게 주지 않았으니까 만약에 제가 죽으면 조카들이 물려받을 겁니다."

"드미트리, 그런 말은 말아라." 나탈리아 이바노브나가 말했다.

"설령 토지를 나눠주더라도 나머지 재산은 모조리 조카들의 몫이 될 거라는 것만은 확실합니다. 아마도 전 결혼하지 않을 거고, 한다 하더라도 아이는 안 생길 테니까…… 그러니까……."

"드미트리, 제발 그런 소리는 그만두렴." 나탈리아 이바노브나는 이렇게 말했지만, 네플류도프가 보기에 누이는 이 말을 듣고 기꺼워하는 것 같았다.

저 앞쪽의 1등칸 앞에 몇몇 사람들이 모여서, 코르차긴 공작부인이 의자에 앉은 채 운반되어 들어간 차량을 여전히 구경하고 있었다. 다른 사람들은 모두 자기 자리에 앉아 있었다. 늦게 온 승객들이 플랫폼의 널빤지 위를 쿵쾅거리며 헐레벌떡 달려왔다. 차장은 문을 쾅쾅 닫으면서, 승객들은 빨리 타고 전송인들은 차에서 내리라고 소리치고 다녔다.

네플류도프는 햇볕에 달구어져서 후끈후끈하고 악취로 가득 찬 객실로 들어갔으나 곧 복도로 나왔다.

요즘 유행하는 모자를 쓰고 망토를 걸친 나탈리아 이바노브나는 아그라페나 페트로브나와 나란히 3등칸 밖에 서서 애깃거리를 찾고 있었으나 잘 되지 않았다. 그 흔한 "écrivez(편지해)"라는 말조차 하지 않았다. 먼 길을 떠나는 사람들이 늘 하는 판에 박힌 대사를 두고 꽤 오래 전에 네플류도프와 함께 비웃은 일이 있기 때문이었다. 재산과 상속에 관한 이야기가 두 사람 사이에 모처럼 생겨나기 시작한 다정한 남매 관계를 순식간에 허물어버렸다. 지금은 서로 서먹서먹한 기분이었다. 그래서 기차가 움직이기 시작하자 나탈리아 이바노브나는 마음이 놓였다. 이제는 슬픔을 띤 다정한 표정을 짓고 고개를 끄덕이며 "잘 가, 드미트리! 잘 가!"라는 말만 하면 되었기 때문이다. 그러나 기차가 떠나버리자, 동생이 한 말을 남편에게 어떻게 전달하면 좋을까 하는 생각이 들어서 곧 진지하고 심각한 표정이 되었다.

네플류도프 역시 누이에게 순수한 애정 말고는 별다른 감정도, 또 숨기는 일도 없는데 함께 있는 것이 숨 막히고 거북해서 되도록이면 빨리 누이에게 서 해방되고 싶었다. 그 옛날 그토록 가깝게 지내던 나타샤는 이미 사라지고, 지금은 남이나 다름없는 검은 털북숭이 사내의 노예로 전락한 것 같이 느껴졌다. 자기가 매부의 관심사인 토지 분배와 상속 문제를 꺼냈을 때 누이의 얼굴이 처음으로 생기 있게 빛나는 것을 보고 네플류도프는 그것을 똑똑히 느낄 수 있었다. 그는 그것이 슬펐다.

40

온종일 햇볕에 달구어진 데다 승객으로 가득 찬 넓은 3등칸은 푹푹 찌듯 더워서 네플류도프는 객실로 들어가지 않고 복도에 서 있었다. 그러나 그곳도 숨이 턱턱 막혔다. 기차가 인가를 벗어나고 바람이 통하기 시작하자 그제서야 네플류도프는 비로소 가슴 가득 숨을 들이마셨다. '그렇다, 살해당한 것이다.' 네플류도프는 아까 누이에게 한 말을 마음속으로 되뇌었다. 오늘 본 광경들이 뇌리를 스쳐 지나갔다. 특히 미소 짓는 듯한 입술과 괴로운 과거가 배어 있는 듯한 이마와 파랗게 깎인 머리 밑으로 보이던 작고 잘생긴 귀를 가진, 두 번째로 죽은 죄수의 아름다운 얼굴이 선명하게 떠올랐다. '무엇보다 무서운 것은 사람을 죽여 놓고도 누가 죽였는지 아무도 모른다는 사실이다. 그러나 그건 명백한 살인이다. 그 남자는 마슬렌니코프의 명령에 따라 다른 죄수들과 함께 끌려나온 것이다. 마슬렌니코프는 관청 양식이 인쇄된 용지에다 그 얼간이 같이 커다랗기만 한 서명을 했을 뿐이라고 할 테고, 물론 자기에게 죄가 있으리라고는 털끝만큼도 생각하지 않을 것이다. 죄수를 검진한 감옥의 소속 의사는 더더구나 그럴 것이다. 자기의 의무를 다하여 허약자는 틀림없이 가려냈고, 그렇게 무더울 줄은 예상 못 한 데다 출발이 그렇게 늦어지고 죄수들이 그렇게 빽빽하게 줄지어 끌려갈 줄은 상상도 못했을 테니까. 그러면 감옥소장에게는 죄가 있나? ……아니, 소장은 다만 몇 월 며칠에 남죄수와 여죄수 각각에서 징역수 몇 명, 유형수 몇 명을 출발시키라는 명령을 실행했을 뿐 아닌가? 호송병들에게도 죄를 물을 수는 없다. 그 사람들의 임무는 이런저런 장소에서 죄수 몇 명을 명부와 대조한 뒤에 넘겨받아, 이런저런 장소로 이상 없이 넘겨주는 것뿐이다. 그 사람들은 늘 하던 대로 규정에 따라 대열을 끌고 갔고, 내가 본 두 명처럼 건강한 사내가 도중에 그토록 쉽사리 죽어버리리라고는 생각지도 못했을 것이다. 죄가 있는 사람은 아무도 없다. 그런데도 몇 사람이 죽었다. 이는 역시 그 죽음에 아무런 죄가 없는 사람들 손에 살해당한 거라고밖에 볼 수가 없다.'

'일이 이 지경이 된 것도…….' 네플류도프는 생각했다. '현지사라든가, 감옥소장이라든가, 경찰서장이라든가, 순경들 이 모두가 이 세상에는 사람을 사람답게 대하지 않아도 상관없다고 생각하기 때문이다. 마슬렌니코프나 감옥소장이나 호송 대장 같은 사람들이 지사도 아니고 감옥소장도 아니고 장교도 아니었더라면 이런 뙤약볕 아래에 이토록 빽빽하게 죄수들을 줄 지워 세워놓고 출발시키는 게 좋은지 나쁜지 스무 번도 더 생각했을 것이요, 출발하고 나서도 도중에 스무 번쯤 멈추어 서서, 몸이 약해져서 허덕이는 사람을 보면 대열에서 떼어내어 그늘에서 쉬게 하고 물을 먹였을 것이다. 그리고 만일 불행한 사태가 발생하면 동정했을 것이 분명하다. 그러나 그들은 동정은커녕 남이 동정하려는 것조차 가로막았다. 이것은 그 사람들이 눈앞에 보이는 사람과 그에 대한 의무를 보지 않고 그저 직무와 그 직무가 요구하는 것만을 보았기 때문이다. 인간관계에서 요구하는 것보다 그러한 것을 더 중하게 여기기 때문이다. 이것이 모든 원인이다.' 네플류도프는 이렇게 생각했다. '단 1시간이라도, 정말 특별한 상황에서라도, 인간애라는 감정보다 소중한 것은 없다는 것을 깨닫는다면 죄의식을 느끼지 않고 저지를 수 있는 범죄는 없을 것이다.'

네플류도프는 너무도 깊이 이런 생각에 잠겨 있었으므로 날씨가 바뀐 것도 깨닫고 있지 못했다. 태양은 낮은 조각구름 속으로 그 자태를 감추었다. 서쪽 지평선에서는 연한 잿빛 비구름이 뭉게뭉게 피어오르고 있었고, 어딘가 먼 곳에서는 이미 비가 되어 들과 숲에 세차게 쏟아져 내리고 있었다. 비구름에서 눅눅한 공기가 흘러나왔다. 이따금씩 번개가 비구름을 찢고, 기차 바퀴 소리와 우레 소리가 뒤섞여 점차 크게 들렸다. 비구름이 차츰 가까워지더니 바람을 타고 온 빗방울이 옆으로 날아와 기차 복도와 네플류도프의 외투에 점점이 떨어지기 시작했다. 네플류도프는 반대편으로 몸을 피하여, 습기를 머금은 서늘한 공기 냄새와 오랫동안 비를 갈구하던 대지에서 풍겨나오는 곡식의 향기를 맡으며, 눈앞을 지나가는 과수원과 숲과 누렇게 익은 보리밭, 그리고 아직 파란 귀리밭과 꽃이 피어 있는 짙푸른 감자밭의 검은 고랑을 바라보았다. 모든 만물이 옻칠이라도 한 듯이 윤기 있게 빛나고 있었다. 푸른빛은 더욱 푸르러지고 누런빛은 더욱 누레지며 검은빛은 더욱 꺼멓게 짙어졌다.

"더 내려라, 더!" 자애로운 비를 머금고 생기를 되찾는 밭과 과수원과 채소밭을 기쁜 듯이 바라보며 네플류도프는 이렇게 중얼거렸다.

그러나 세차게 내리던 비는 금방 그쳤다. 비구름의 일부는 흩어지고, 또 일부는 머리 위를 그대로 지나갔다. 가느다란 마지막 물방울만이 축축하게 젖은 땅 위에 수직으로 떨어지고 있었다. 태양이 다시 얼굴을 내밀었다. 만물이 찬연하게 빛나기 시작하며 동쪽 지평선 위로 그리 높지는 않지만 선명한 무지개가 걸렸다. 제비꽃 색이 선명하게 두드러져 보이는, 한쪽 끝이 흐릿한 무지개였다.

'내가 무슨 생각을 하고 있었더라?' 자연계의 이러한 변화가 모두 끝나고 기차가 높은 산벼랑을 내리막길로 접어들었을 때 네플류도프는 문득 생각했다.

'그렇지. 저 감옥소장이나 호송병 같은 사람들은 대개 사려 깊고 선량한 관리이지만 관직에서 일하면서 점차 나쁜 사람이 되어버렸다는 것을 생각하고 있었지.'

네플류도프는 감옥 안에서 일어난 이야기를 할 때 마슬렌니코프가 보이던 냉담한 표정을 떠올렸다. 그리고 감옥소장의 차가운 태도와, 짐마차에 죄수를 태워주지도 않고, 기차에서 산통으로 괴로워하던 여죄수에게 관심도 갖지 않던 호송 장교의 잔인함을 생각했다. '이 사람들은 모두 직무 중이라는 이유 하나만으로 가장 평범한 동정에도 무감각해져버렸다. 관직에 있다는 이유로 인간애라는 감정이 통하지 않는 존재가 되고 만 것이다. 저 돌이 깔린 땅에 비가 스며들지 못하듯이.' 여러 가지 빛깔의 돌이 깔린 경사면을 바라보며 네플류도프는 생각했다. 경사면에는 빗물이 흙에 스며들지 못하고 몇 개 물줄기가 되어 흘러내리고 있었다. '물론 이런 경사로는 돌을 깔아 다질 필요가 있을지도 모르지. 하지만 식물이 자랄 수 없는 저 땅을 보고 있으니 슬퍼지는구나. 이 경사로에도 저 위에 보이는 땅처럼 밀과 풀과 수풀과 나무들이 자랄 수 있었을 텐데. 인간도 이와 마찬가지이다.' 네플류도프는 생각했다. '현지사나 감옥소장이나 순경도 필요할지 모른다. 그러나 인간의 근본적인 특성, 즉 서로에 대한 애정과 연민을 잃은 사람들을 보는 것은 정말 두려운 일이다.'

네플류도프는 계속 생각에 잠겼다. '요컨대 저들은 법칙도 아닌 것을 법칙으로 여기고, 신이 인간의 마음에 새겨놓은 영구불변하고 부정할 수 없는 법칙을 법칙으로 여기지 않는 것이다. 그렇기에 저들과 함께 있으면 나는 더욱 참을 수 없이 괴로워진다.' 네플류도프는 생각했다. '저들이 무서워 견딜 수가 없다. 아니, 실지로 저들은 무서운 사람들이다. 강도보다도 더 무섭다. 강도에게는 동정을 기대할 수는 있지만 저들은 동정할 줄도 모른다. 저 돌포장길에 풀이 나지 않듯이 저들은 동정심이라는 감정에 무디어져 있는 것이다. 이것이 바로 저들이 무서운 까닭이다. 사람들은 곧잘 푸카초프나 라진*이 무섭다고들 하지만, 저들은 그들보다 천 배는 더 무서운 존재다!' 네플류도프는 계속 생각에 잠겼다. '가령 기독교도에 자비심 많고 선량하기 그지없는 현대의 사람들이, 스스로 악하다고 느끼지 않으면서 가장 무서운 죄악을 저지르려면 어떻게 하면 좋은가 하는 심리적인 질문을 받는다면 그 대답은 하나밖에 없을 것이다. 현재 그대로의 상태를 만들면 된다. 즉 현지사나 감옥소장이나 장교나 경찰이 되면 되는 것이다. 바꿔 말하면 첫째, 국가공무라는 일에 종사하면 타인을 인간적인 동포애로 대하지 않고 물건 취급을 할 수 있다는 확신을 품는 것이다. 둘째, 남에 대한 행위의 책임을 개인이 지지 않아도 되도록 이 국가공무에 종사하는 사람들은 하나로 결속하는 일이다. 아무리 요즘이 각박한 세상이라 해도 이 조건 없이는 오늘 내가 본 그런 무서운 일은 도저히 일어날 수 없다. 요컨대 그런 위치에 있는 사람들은 애정 없이 타인을 대할 수 있다고 생각하지만, 그런 위치란 있을 수 없다. 물론 상대가 물건이라면 애정 없이 대할 수 있다. 애정 없이 나무를 찍는다든가, 기와를 굽는다든가, 쇠를 두드릴 수 있는 것이다. 그러나 사람을 애정 없이 대할 수는 없다. 그것은 아무런 조심성 없이는 꿀벌을

---

* 푸카초프는 18세기, 라진은 17세기에 각각 민중봉기를 일으킨 지도자.

다룰 수 없는 것과 같다. 꿀벌의 특성이 그러하니까. 만약 조심성 없이 꿀벌을 다루면 꿀벌도, 그것을 다루는 사람도 큰 해를 입는다. 사람을 다루는 일도 이와 같으며, 그 외에는 있을 수 없다. 인간 사이의 애정은 인간생활의 근본 법칙이니까. 물론 사람은 억지로 일은 할 수 있어도 억지로 사랑은 하지 못한다. 그렇다고 해서 사랑 없이 사람을 대해도 좋다는 것은 아니다. 특히 상대가 무슨 요구를 할 때는 더욱 그렇다. 타인에 대한 애정을 느끼지 못한다면 말없이 가만히 앉아 있는 게 좋다.' 네플류도프는 자기 자신에게 다짐을 하듯이 계속 생각했다. '그럴 때는 자기 나름대로 물건이든 뭐든 원하는 것에 빠져 있으면 되지만 사람을 상대해서는 안 된다. 단, 먹고 싶을 때는 먹어야 몸에 해가 없고 유익한 것처럼, 애정이 있을 때만 남을 대하는 것이 해가 없고 유익한 인간관계이다. 어제 내가 매부에게 그랬던 것처럼 애정이 없는데도 억지로 남을 대하면 아까 본 것처럼 남에 대한 잔인한 만행은 끊임없이 일어날 것이고, 내가 지금까지 평생 경험해온 것과 같은 고통을 계속해서 맛봐야 할 것이다. 그렇다, 그렇다, 바로 그거다.' 네플류도프는 생각했다. '이제 됐다. 훌륭한 결론이다!' 네플류도프는 찌는 듯한 무더위 뒤에 찾아온 서늘함과, 아주 오래전부터 마음에 걸렸던 문제들이 아주 명료하게 해결되었다는 의식에서 오는 두 가지 기쁨을 맛보며 마음속으로 이렇게 되풀이했다.

41

네플류도프의 자리가 있는 찻간은 승객들이 반이나 차 있었다. 하인, 직공, 공장 노동자, 푸줏간 점원, 유대인, 상점주인, 여자들, 그리고 노동자의 아낙네들이었다. 그 밖에 군인이 하나, 귀부인이 두 사람 타고 있었다. 한 여자는 젊었고, 또 한 여자는 드러낸 팔에 팔찌를 낀 중년 부인이었다. 또 휘장이 달린 검은 모자를 쓴 자못 엄한 표정의 신사 한 사람도 있었다. 이 사람들은 모두 자리를 잡고 한숨 놓았다는 듯이 한가롭게 앉아 있었다. 해바라기 씨를 까먹는 사람, 담배를 피우는 사람, 옆 사람과 쾌활하게 잡담을 나누는 사람도 있었다.

타라스는 네플류도프의 자리를 지키면서 통로 오른쪽에 흐뭇한 얼굴로 앉아서, 맞은편에 앉은 승객과 쉼없이 떠들고 있었다. 상대는 모직 반외투의 앞섶을 열어젖히고 있는 몸집 좋은 사나이였다. 네플류도프는 나중에 알게 된 일이지만 이 사나이는 일자리를 구하러 가는 정원사였다. 네플류도프는 타라스에게 다가가다가, 흰 수염을 드리우고 무명 반외투를 입은 기품 있는 노인 옆에서 발을 멈추었다. 노인은 시골아낙네처럼 차려입은 젊은 여자와 이야기를 주고받고 있었다. 여자 곁에는 거의 하얘 보이는 머리카락을 땋아 길게 늘어뜨리고 소매 없는 긴 새 옷에 허리띠를 맨 7살쯤 되어 보이는 계집 아이가 바닥에 닿지 않는 발을 공중으로 건들건들 흔들며 쉴 새 없이 해바라 기 씨를 까먹고 있었다. 노인은 네플류도프를 돌아보더니 자기 혼자 앉아 있 던 니스 칠이 번들거리는 의자에서 반외투 자락을 끌어올려 자리를 비워주 며 친절하게 말했다.

"여기 앉으시오."

네플류도프는 고맙다고 인사를 하고 노인이 가리키는 자리에 앉았다. 네 플류도프가 자리에 앉자 여자는 일단 멈추었던 이야기를 다시 시작했다. 그 녀는 도시에서 일하는 남편에게 다녀오는 길이었는데, 남편이 자기를 얼마 나 반갑게 맞아주었는지에 대해 이야기를 하는 참이었다.

"사육제 때도 갔지만 하느님의 은총으로 이번에도 만나고 오는 거예요." 여자가 말했다. "이번에 기회가 되면 크리스마스 때도 또 다녀올까 해요."

"그래야지." 노인은 고개를 돌려 네플류도프를 쳐다보면서 말했다. "자주 만나러 가야 해. 젊은 사람이 도회지에 살게 되면 엉뚱한 짓을 하고 돌아다 니는 법이거든."

"아니에요, 할아버지. 그이는 그런 남자가 아니랍니다. 엉뚱한 짓은커녕 꼭 새색시 같이 숫기가 없어요. 돈을 벌어서는 한 푼도 쓰지 않고 몽땅 보내 준다니까요. 이 애를 보면 어찌나 좋아하는지, 그야말로 어린애마냥 좋아해 요." 여자는 생글생글 웃으면서 말했다.

해바라기 씨를 깨물어 껍질을 뱉으면서 어머니의 말을 듣고 있던 계집아 이는, 그 말이 정말이라는 듯이 차분하고 영리한 눈으로 노인과 네플류도프 를 올려다보았다.

"흠, 아주 현명한 사람이군. 그렇다면 오죽 좋겠는가." 노인이 말했다. "저런 건 마시지 않나?" 노인은 통로 왼쪽 편에 앉은 직공인 듯한 부부를 눈 짓으로 가리키면서 덧붙였다.

남편인 듯한 직공은 보드카 병에다 입을 대고 고개를 뒤로 젖힌 채 들이켜고 있었다. 아내는 병을 꺼낸 배낭을 손에 그대로 쥔 채 그런 남편을 조용히 쳐다보고 있었다.

　"아니에요. 그이는 술도 마시지 않고 담배도 피우지 않아요." 노인의 이야기상대를 하고 있던 여자는 다시 한 번 남편자랑을 늘어놓으면서 이렇게 말했다. "할아버지, 우리 그이 같은 사람은 그리 흔하지 않답니다. 정말 좋은 사람이에요." 여자는 네플류도프 쪽으로도 얼굴을 돌리면서 덧붙였다.

　"그것 참 복 받은 일이군." 노인은 술을 들이켜고 있는 직공을 바라보며 이렇게 되풀이했다.

　직공은 적당히 마시더니 병을 아내에게 건넸다. 아내는 병을 받아들고는 고개를 저으며 히죽 웃더니 자기도 술병에 입을 가져다 댔다. 직공은 자기를 쳐다보고 있는 노인과 네플류도프의 시선을 느끼자 두 사람에게 말을 건넸다.

　"여보쇼, 우리가 술을 좀 마셨기로서니 그게 뭐 잘못됐습니까? 일할 때는 아무도 거들떠보지도 않다가 이렇게 한잔만 하면 왜들 쳐다보는지 몰라. 내가 벌어서 내가 마시고 여편네에게도 먹이는데 무슨 참견이오?"

　"그렇군, 당신 말이 옳소." 네플류도프는 어떻게 대답해야 할지를 몰라 이렇게 말했다.

　"그렇죠, 나리? 이래 봬도 제 마누라는 착실하답니다. 전 마누라한테 아무 불만 없어요. 무엇보다 절 소중하게 여겨주거든요. 그렇지, 응? 마브라."

　"이거나 더 마셔요. 전 이제 됐어요." 남편에게 병을 다시 건네주면서 아내가 말했다. "쓸데없는 소리도 잘해서!" 아내가 덧붙였다.

　"또 시작이군." 직공은 말을 계속했다. "참으로 사랑스러운 여편네지만 갑자기 이렇게 기름칠 안 한 짐수레처럼 삐걱댄다니까요. 그렇지, 마브라?"

　마브라는 웃으면서 취한 듯한 동작으로 한쪽 손을 휘휘 내저었다.

　"또 시작이네요……."

　"평소에는 정말 사랑스러운 여편네지만 한순간에 수가 틀리는 날에는 무슨 짓을 할지 알 수 없습죠. 정말이라니까요. 나리, 용서하십시오. 제가 취해서 그만……. 그런데 이젠 뭘 하지?" 이렇게 말하더니 직공은 생글생글 웃고 있는 아내의 무릎을 베고 벌렁 드러누워 버렸다.

네플류도프는 그곳에 잠시 앉아서 노인의 이야기를 들었다. 그 말에 의하면, 노인은 난로를 만드는 직공으로 벌써 53년이나 일하면서 만든 난로가 몇 개나 되는지 헤아릴 수도 없다는 것이다. 이제는 일을 그만두고 쉬고 싶지만 좀처럼 그럴 기회가 나지 않고 있다고 했다. 그리고 이번에 모스크바에 가서 자식들에게 일자리를 얻어주고, 지금은 친척들을 만나러 마을로 돌아가는 길이라는 것이다. 노인의 말을 다 듣고 네플류도프는 자리에서 일어나서 타라스가 잡아 놓은 자기 자리로 돌아갔다.

"나리, 이리 앉으십시오. 배낭은 이쪽으로 치우지요." 타라스와 마주 앉아 있던 정원사가 네플류도프를 올려다보며 친절하게 말했다.

"좀 좁기는 하지만 즐겁습니다." 타라스가 웃는 낯으로 노래하듯이 말하더니 그 억센 두 팔로 3킬로그램은 족히 되어 보이는 배낭을 마치 새털베개라도 다루듯이 번쩍 들어 창가로 옮겨 놓았다. "자리는 얼마든지 있습니다. 또 없으면 서서 가도 되고 의자 밑에라도 기어 들어가면 되죠. 자자, 거기 그러고 계시지 말고 어디든 편히 앉으십시오." 타라스는 선량함과 싹싹함이 묻어나는 얼굴로 이렇게 말했다.

평소에 타라스는 자기를 가리켜, 술을 마시지 않으면 말문이 열리지 않으나 술만 들어가면 말이 술술 나와서 무엇이든지 지껄인다고 말했다. 그 말은 사실이었다. 타라스는 맨정신일 때는 늘 입을 꾹 다물고 열지 않았으나 어쩌다 무슨 특별한 일이 있어 술을 한잔 걸치면 놀랄 만큼 유쾌하게 떠벌렸다. 그런 때면 말수만 많아지는 게 아니라 아주 솔직하고 진실하고 상냥함이 깃든 말투의 달변가가 되었다. 특히 그 상냥함은 선량해 보이는 푸른 눈동자에도 또 그 입술에서 떠날 줄 모르는 기분 좋은 미소에도 끊이지 않고 반짝반짝 빛났다.

타라스는 오늘 그런 상태에 있었다. 네플류도프가 자리로 오는 바람에 이야기는 잠시 중단되었다. 그러나 배낭을 치우고 아까처럼 자리에 앉자 노동자다운 억센 두 손을 무릎에 올려놓고 똑바로 정원사를 쳐다보면서 자기 이야기를 계속했다. 타라스는 새로 사귄 이 친구에게, 아내가 유형을 받게 된 사연과 왜 자기가 아내를 따라 시베리아로 가는지를 낱낱이 이야기했다.

네플류도프는 이제껏 그 이야기를 자세히 들은 적이 없었으므로 흥미진진해서 귀를 기울였다. 네플류도프가 듣기 시작한 것은 독살 행위가 있은 뒤 그것이 페도샤의 짓이라는 것을 집안에서 알게 되었다는 대목부터였다.

"지금 제 슬픈 신세에 대해 이야기하던 참입니다." 타라스가 선량한 눈빛으로 네플류도프를 바라보면서 말했다. "이렇게 인정 많은 분을 만나 이야기에 빠져들다 보니, 그만 이런 이야기까지 털어놓고 말았네요."

"그렇습니까." 네플류도프가 말했다.

"그래서 모두 드러나고 말았습니다. 어머니는 그 독이 든 만두를 가지고 '파출소로 가겠다'고 하시지 않겠어요? 하지만 아버지는 사리분별이 정확한 노인네라서 이렇게 말했죠. '잠깐 기다려, 할멈. 우리 며느리는 아직 철이 없어 자기 자신도 무슨 짓을 했는지 모르고 있어. 불쌍하잖아. 언젠가 저도 정신이 들겠지.' 하지만 어머니는 이미 아무 말도 들리지 않는 상태라서 '그런 며느리를 그대로 놔두었다간 그 애가 집안사람들을 진딧물같이 잡아 죽이고 말 거예요'라고 말씀하시면서 끝내 파출소로 달려가셨죠. 곧 순경이 달려오고…… 증인확보가 시작된 겁니다."

"그래, 당신은 어떻게 됐소?" 정원사가 물었다.

"저 말입니까? 누가 배를 바늘로 들쑤시는 것 같이 아파서 뒹굴고 토하고 난리법석이었죠. 오장육부가 마구 뒤집히는 바람에 입도 벙긋할 수 없었어요. 아버지는 곧 마차를 준비시키더니 페도샤를 태우고 먼저 경찰서로 갔는데 거기서 예심 판사를 찾아가라고 했다더군요. 그런데 페도샤는 처음부터 순순히 잘못을 인정하고 예심 판사 앞에서도 사실 그대로를 차근차근히 털어놓았다지 뭡니까. 어디서 쥐약을 구해서 어떻게 만두에 넣었는지를 깡그리 이야기한 거지요. 왜 그런 짓을 했느냐고 판사가 물으니까 '그 사람이 싫어서요. 그런 사람하고 한평생을 사느니 차라리 시베리아로 가는 편이 나아요' 하더래요. 그런 사람이란 나를 가리키는 것이지요." 타라스가 빙글빙글 웃으며 말했다. "이렇게 모든 죄를 자백했으니 감옥행은 뻔한 일이었지요. 페도샤는 감옥에 갇혔고 아버지는 혼자 돌아오셨습니다. 그런데 곧 추수철이 다가오는데 집안에 여자라곤 어머니뿐이었어요. 그것도 몸이 편치 않은 노인네 아니겠습니까? 하는 수 없이 어떻게 해서든지 페도샤를 보석으로 빼낼 수 없을까 하고 아버지가 어떤 높은 관리를 찾아가서 부탁해보았지만 헛수고였죠. 또 다른 관리에게 울며 사정해보았지만 그것도 소용없었고요. 이렇게 댓 명이나 되는 관리를 찾아다닌 끝에 이제 모두 단념하려는 찰나에 우연히 서기인지 뭔지 하는 남자를 만난 겁니다. 말단 관리였지만 보기 드물게 수완이 좋은 사람이었지요. 5루블만 내면 빼주겠다고 하더라고요. 결국 3루블로 합의를 봤지요. 전 페도샤의 옷가지를 잡혀 그 돈을 마련해 주었습니다. 그 사람이 청원서를 써주겠다고 했거든요……." 타라스는 마치 사격 이야기라도 하고 있는 것처럼 말꼬리를 끌었다. "일은 곧 잘 마무리되었습니다. 그때는 저도 자리에서 일어날 정도로 회복되어서 아내를 데리러 시내로 나갔죠. 시내에 닿자마자 말을 여관에 매어 놓고 감옥으로 갔습니다. 무슨 일이냐고 묻기에, 이러이러한 일로 이곳 감옥에 아내가 갇혀 있다고 말했습니다. 서류는 가지고 왔냐고 하기에 얼른 서류를 꺼내어 보여주었죠. 남자가 그것을 읽더니 기다리라고 하더군요. 그래서 그곳 벤치에 앉아서 기다렸죠. 이미 정오가 지난 시각이었습니다. 그때 높은 관리가 나와서 물었죠. '바르구쇼프가 당신이오?' '네, 접니다.' '그럼 데려가시오.' 이어 문이 열리고, 입고 들어갔던 옷을 입은 아내가 끌려 나왔습니다. '자, 집으로 갑시다.' '당신 걸어오셨어요?' '아니, 마차를 타고 왔지.' 그리고 둘이 함께 여관으로 가서 말 맡긴 값을 치른 다음 마차에 말을 매고 남은 여물을 마대 속에 집어넣었습니다. 페도샤는 마차에 올라타서 머릿수건을 뒤집어썼지요. 그리고 집으로 출발했는데, 아내도 입을 다물고 있었고 저도 말을 하지 않았습니다. 집이 가까워지자 아내가 '어머님 건강하신가요?' 하더군요. '건강하시지.' 제가 말했죠. '그럼 아버님은요?' '응, 건강하셔.' '타라스, 날 용서해줘요. 내가 왜 그런 바보 같은 짓을 했는지 나도 모르겠어요.' 저도 말해주었죠. '지난 일을 가지고 끙끙대봐야 뭐가 달라지겠어? 난 진작 용서했어.' 그 뒤로 둘다 아무 말도 없었지요.

집에 도착하자 페도샤는 느닷없이 어머니 발밑에 엎드렸어요. 어머니는 '하느님이 용서하실 거다' 라고 말했죠. 아버님도 다친 곳은 없느냐고 안부를 물은 다음 '지나간 일은 생각지 말자. 이제부터 열심히 살면 된다. 지금은 그렇게 울고 있을 겨를이 없어. 추수를 해야 한다. 밭을 잘 갈아주고 비료를 듬뿍 주었더니 하느님의 은총으로 호밀이 풍작이란다. 낫을 댈 수 없을 정도로 탐스럽게 자라서 마치 이불을 깐 듯이 밭을 뒤덮고 있지. 그것을 추수해야 하니 내일 타라스와 함께 가서 거두어들여라.' 라고 말했어요. 이때부터 아내는 부지런한 일꾼이 됐습니다. 일솜씨도 보통이 아니었지요. 그때 우리가 빌린 밭이 3헥타르 정도였는데 호밀과 메귀리는 보기 드물게 풍작이었지요. 제가 베면 아내가 단을 만들어 묶고, 때로는 둘이 함께 베기도 했답니다. 저도 일에 관한 한 누구에게도 지지 않지만 아내는 더 날렵하게 어떤 일을 시켜도 척척 해치웠지요. 아내는 원체 민첩한 사람인데다 젊고 원기가 왕성했어요. 너무 일에 열심인지라 제가 불평을 터트릴 정도였지요. 집에 돌아오면 손이 붓고 팔마디가 저리니까 좀 쉬면 좋을 텐데, 아내는 저녁밥도 먹지 않고 헛간으로 달려가 그 다음날 단을 묶을 때 쓸 새끼를 꼬았습니다. 정말 딴 사람이 된 것이지요!"

"그럼 당신한테도 친절해졌겠군 그래?" 정원사가 물었다.

"그야 두말하면 잔소리죠. 저한테 착 달라붙어 마치 한 몸이 된 것 같았지요. 제가 무슨 생각을 하건 금방 눈치로 알아챌 정도였어요. 그렇게 화가 나있던 어머니마저 '우리 페도샤가 아주 달라졌구나. 딴 사람이 되었어' 하고 말씀하셨죠. 한번은 둘이 나란히 마차를 타고 보릿단을 가지러 들판으로 나갈 때 이렇게 물어본 적이 있습니다. '페도샤, 왜 그런 짓을 했지?' '왜라니요? 당신하고 같이 살기가 싫어서 그랬죠. 차라리 죽는 편이 낫다고 생각했거든요.' '그럼, 지금은?' 하고 묻자 '지금은 당신 하나뿐이에요' 하는 것 아니겠습니까?" 타라스는 잠시 말을 끊고 기쁜 듯이 싱글싱글 웃다가 갑자기 놀란 사람처럼 머리를 흔들었다. "그런데 겨우 추수를 끝내고 아마를 말리러 갔다 집으로 돌아오니……." 타라스는 여기서 잠시 말을 끊었다가 다시이었다. "관청에서 소환장이 와 있지 않겠습니까? 재판을 한다는 거예요. 이쪽은 왜 재판을 받아야 하는지조차 잊고 있는 마당에 말이지요."

"그야 마가 끼었으니 그렇지." 정원사가 말했다. "그렇지 않고서야 사람은 스스로 패가망신 하는 길을 택하진 않는 법이니까. 우리 마을에도 한 남자가 ……." 정원사가 뭔가 이야기를 꺼내려 할 때 기차가 속력을 줄이기 시작했다.

"어이쿠, 정거장에 닿은 것 같군." 정원사가 말했다. "어디, 물이라도 마시고 올까?"

이야기는 중단되었다. 네플류도프도 정원사를 따라 축축하게 젖은 플랫폼 판자 위로 내려섰다.

42

기차에서 내리기 전, 차 안에서 네플류도프는 역 앞 광장에 화려한 사두마차와 삼두마차가 몇 대 서 있고, 거기에 매인 살찐 말들이 방울을 울리고 있는 모습을 보았다. 비에 젖은 거무스름한 플랫폼으로 내려서자 1등칸 앞에 모여선 사람들이 보였다. 그 가운데서도 값비싼 깃털장식이 달린 모자를 쓰고 레인코트를 걸친 뚱뚱한 부인과 가는 다리에 사이클복을 입은 키 큰 청년이 눈에 띄었다. 청년은 값비싼 목걸이를 두른 뚱뚱하고 몸집이 몹시 큰 개를 데리고 있었다. 그 뒤에는 레인코트와 우산을 들고 마중을 나온 하인들과 마부가 서 있었다. 살찐 부인을 비롯해서 긴 외투자락을 한손으로 걷어 올린 마부에 이르기까지, 그들에게서는 여유와 자신감이 넘치는 풍요로운 분위기가 물씬 풍겼다. 이 무리들 주위에는 돈 앞에 머리를 숙이는 축들이 서 있었다. 빨간 모자를 쓴 역장, 헌병, 여름에는 기차가 지날 때마다 구경하러 오는, 구슬목걸이를 걸고 러시아 전통 복장을 한 빼빼마른 소녀, 전신기사, 그 밖에 남녀 승객들이었다.

네플류도프는 개를 데리고 있는 청년이 코르차긴 가의 중학생 아들이라는 것을 눈치챘다. 뚱뚱한 부인은 공작부인의 동생으로, 코르차긴 일가는 이 동생의 영지로 이사를 온 것이다. 금줄 두른 제복에 번쩍거리는 장화를 신은 주임 차장이 찻간 문을 열어준 다음, 시종 필립과 흰 앞치마를 두른 빨강모자가 조립식 의자에 앉은 얼굴이 긴 공작부인을 조심조심 나르는 동안 경의를 표하며 문을 죽 붙들고 있었다. 자매는 서로 인사를 주고받았다. 그리고 공작부인은 지붕이 있는 마차로 가느냐 덮개가 달린 마차로 가느냐를 놓고 프랑스말로 의견을 서로 주고받는 소리가 들렸다. 이윽고 일행은 상자에 든 짐과 양산을 든, 머리를 말아 올린 하녀를 맨 끝에 거느리고 정거장 출구를 향해 이동하기 시작했다.

네플류도프는 다시 그 사람들과 만나 작별인사 하기가 싫어서 정거장 입구까지 가지 않고 멈춰 서서 그 일행이 지나가기를 기다렸다. 아들을 거느린 공작부인, 미씨, 의사, 그리고 하녀는 앞으로 계속 걸어갔지만 늙은 공작은 처제와 함께 뒤쪽에 서 있었다. 네플류도프는 그 옆으로 다가가지 않았기 때문에 둘이 나누는 프랑스말이 다 들리지 않고 띄엄띄엄 들렸다. 그러나 그 말 가운데서 공작이 말한 한 구절이, 늘 그렇듯이 그 억양에서 말투까지 전부가 웬일인지 네플류도프의 기억에 뚜렷이 각인되었다.

"Oh! il est du vrai grand monde, du vrai grand monde(오, 정말 저 사람은 진정 상류사회의 인간이야)." 공작은 타고난 자신감 넘치는 커다란 목소리로 누구를 가리켜 이렇게 말하더니, 아침 떠는 표정을 짓고 있는 차장과 빨강모자를 거느리고 처제와 함께 정거장 출구 쪽으로 걸어갔다.

그때 반외투에다 배낭을 메고 짚신을 신은 노동자 무리가 정거장 모퉁이에서 나와 플랫폼으로 다가왔다. 노동자들은 절도 있으면서도 가벼운 걸음걸이로 첫째 찻간으로 다가가 올라타려고 했으나 곧 차장에게 쫓겨나고 말았다. 노동자들은 곧이어 서로 발을 짓밟으면서 앞 다투어 다음 찻간으로 가서 차량 모서리나 문에 배낭을 부딪쳐 가며 안으로 들어가려고 했다. 정거장 출구에 서 있던 다른 차장이 그 모습을 보고 뭐라고 고함을 질렀다. 무사히 안에 올라탔던 노동자들도 허둥지둥 밖으로 도로 나와서 그 절도 있고 가벼운 걸음걸이로 또 다음 찻간으로 옮겼다. 그 찻간은 네플류도프가 타고 있는 찻간이었다. 차장이 다시 노동자들을 쫓아버렸다. 노동자들은 또 다른 칸으로 옮겨가려고 올라가기를 멈추었다. 그러나 네플류도프는 안에 자리가 비어 있으니 타라고 말했다. 노동자들은 그 말을 듣고 들어갔다. 네플류도프도 뒤이어 들어갔다. 노동자들이 저마다 자리를 잡고 앉으려는 찰나에, 휘장 달린 모자를 쓴 신사와 두 부인이 노동자들이 자기들이 탄 찻간에 자리 잡으려는 것은 불경한 행위이며, 자기네들에 대한 개인적인 모욕이라고 생각하고 완강히 반대하며 쫓아내기 시작했다. 노동자들은 20명 남짓이었는데 노인부터 앳된 청년에 이르기까지 한결같이 햇볕에 그을고 피곤에 찌든 퍼석퍼석한 얼굴을 하고 있었다. 노동자들은 자기들이 잘못했다고 느꼈던지 배낭을 좌석과 벽과 문에 부딪쳐 가며 허둥지둥 옆 칸으로 앞 다투어 몰려갔다. 이 세상 끝까지라도 가라면 가고, 앉으라면 송곳 위에라도 앉을 듯한 기세였다.

"어디로 가는 거야, 이 자식들! 여기 앉아!" 앞에서 나타난 다른 차장이 고함을 질렀다.

"Voilà encore des nouvelles(어머 기가 차서. 이런 일은 처음이에요)!" 두 부인 가운데 젊은 여인이 유창한 프랑스말로 네플류도프의 주의를 끌 수 있다고 확신하면서 말했다. 팔찌를 낀 부인은 줄곧 얼굴을 찡그리고 코를 벌름거리며, 이런 구역질나는 냄새를 풍기는 노동자들과 같이 타면 즐겁겠군, 하고 빈정거렸다.

노동자들은 큰 위험을 벗어난 사람처럼 그제야 기쁨과 안도감을 느끼면서 저마다 자리를 잡고, 어깨를 흔들어 매고 있던 무거운 배낭을 등에서 내려 좌석 밑으로 틀어넣었다.

타라스와 이야기하고 있던 정원사는 잠깐 앉아 있었을 뿐이었으므로 자기 자리로 돌아갔다. 타라스의 옆과 맞은편에 빈자리가 세 군데 생겼다. 그 자리에 세 명의 노동자가 앉았다. 그러나 네플류도프가 다가오자 그의 신사다운 훌륭한 옷차림에 흠칫 놀라며 일어나서 다른 곳으로 가려고 했다. 네플류도프는 그대로 있으라고 말하고 자기는 통로 쪽 좌석 팔걸이에 걸터앉았다.

노동자 가운데 한 사람은 쉰 안팎의 사내였는데, 의아스럽다기보다는 겁먹은 빛을 띠고 젊은 노동자와 얼굴을 마주보았다. 네플류도프가 여느 신사들이 하는 것처럼 자신들에게 고함을 지르고 쫓아내기는커녕 자리까지 양보해준 것이 몹시 놀랍고 어리둥절한 모양이었다. 이 때문에 무슨 곤란한 일이라도 일어나지나 않을까 두려워하기까지 했다. 그러나 별다른 꿍꿍이가 있는 것 같지도 않고, 네플류도프가 소탈하게 타라스와 이야기하고 있는 모습을 보자 그들은 겨우 마음을 놓고는 젊은 노동자에게 배낭 위에 앉으라고 하고 네플류도프를 자리에 앉도록 권했다. 네플류도프 맞은편에 앉은 중년의 노동자는 처음에는 짚신을 신은 다리를 최대한 움츠리고 나리에게 닿지 않도록 조심했으나, 어느새 네플류도프와 타라스와 어울려 허심탄회하게 이야기를 나누게 되었다. 특히 네플류도프의 주의를 끌고 싶을 때는 손등으로 네플류도프의 무릎을 탁 칠 정도가 되었다. 사내는 자기네들의 처지를 모조리 털어놓고, 진흙탕에서 석탄을 파냈던 이야기까지 들려주었다. 그들은 거기서 두 달 반을 일하고 지금 집으로 돌아가는 길인데, 품삯의 일부는 작업이 시작되기 전에 당겨 썼기 때문에 막상 집으로 가지고 돌아가는 돈은 1인당 10루블이 될까 말까 한다고 했다. 사내의 말로는, 그 일은 무릎까지 물에 잠긴 채 해야 했으며 심지어 식사시간 2시간을 제외하고는 해 뜰 때부터 해 질 때까지 쉼 없이 움직였다고 했다.

"익숙지 않은 사람에게는 그야말로 괴로운 일이지요" 사내가 말했다. "하지만 견뎌내고 보면 아무것도 아닙니다. 음식만 좋으면 견딜 수 있지요. 그러나 처음엔 식사가 형편없어서 힘들었는데 다들 불만을 터트리며 항의를 했더니 식사도 좋아지고 일도 편해졌지요."

그리고 사내는 28년 동안 여기저기 품팔이를 다니며 번 돈을 몽땅 집으로 보냈다는 이야기도 했다. 처음에는 아버지에게 보냈으나 그 뒤론 형에게 보내다가 지금은 살림을 맡고 있는 조카에게 보내고, 자기는 1년에 버는 오륙십 루블 중 담뱃값으로 이삼 루블만 쓴다고 말했다.

"그래선 안 되지만 때때로 피로를 풀기 위해 보드카를 한잔 걸치는 일도 있지요." 사내가 계면쩍은 듯이 떨떠름하게 웃으며 덧붙였다.

그러고는 여자들이 남정네들을 대신하여 집안 살림을 꾸려가고 있다는 이야기며, 떠나기 전에 청부업자가 자기들 모두에게 보드카를 반통이나 들여 한 턱 냈다는 이야기며, 동료 하나가 죽고 하나는 병에 걸렸는데 그 병자를 모두가 돌봐주고 있다는 이야기도 들려주었다. 그 환자는 이 찻간 구석에 있었다. 파리한 얼굴에 핏기 없는 입술을 한 앳된 청년이었다. 한눈에 보기에도 심한 열병을 앓고 있는 모습이었다. 네플류도프가 가까이 가자 젊은이는 험악하고 자못 고통스러운 눈초리로 네플류도프를 올려다보았다. 네플류도프는 쓸데없는 질문을 삼갔다. 그리고 열병에 잘 듣는 약을 사주라고 나이든 노동자에게 권하며 종이에다 약 이름을 적어주었다. 네플류도프가 돈을 건네려 하자 늙은 노동자는 자기 돈으로 사오겠다며 거절했다.

"정말이지 세상을 많이 돌아다녀 보았지만 이런 분은 처음 봅니다. 멱살을 잡고 끌어내기는커녕 자리까지 내주시다니요. 나리 중에도 여러 종류의 사람이 있는 모양이네요." 사내는 타라스를 보며 이렇게 말을 맺었다.

'그렇다, 정말 새로운 다른 세계.' 네플류도프는 노동자들의 메마르고 앙상한 팔다리와 손수 만든 허름한 옷과 햇볕에 그은, 부드럽지만 피곤에 찌든 얼굴을 바라보며 이렇게 생각했다. 그리고 그는 참다운 노동자의 인간미 넘치는 삶에서 엿보이는 진지한 이해(利害)와 기쁨과 고통을 가진 전혀 새로운 사람들에게 둘러싸여 있는 것을 느꼈다.

'이것이야말로 그 le vrai grand monde(훌륭한 세계)다.' 코르차긴 공작이 한 말과 자질구레하고 시시한 것에만 관심을 갖는 코르차긴 집안사람들의 무의미하고 사치스런 세계를 떠올리면서 네플류도프는 이렇게 생각했다.

그리고 네플류도프는 미지의 아름다운 신세계를 발견한 나그네의 기쁨을 맛보았다.

제3편

1

카튜샤가 속해 있는 죄수 이송 부대는 벌써 5000킬로미터나 되는 길을 지나왔다. 카튜샤는 페르미까지는 형사범들과 함께 기차나 증기선을 타고 왔지만, 보고두호프스카야의 조언대로 네플류도프가 힘을 써준 덕분에 페르미부터는 정치범들 쪽으로 옮길 수 있었다.

페르미까지 오면서 카튜샤는 육체도 정신도 몹시 힘들었다. 자리가 비좁고 더러운데다 한시도 쉴 틈 없이 달려드는 불쾌한 벌레들 때문에 육체가 힘들었고, 그 벌레 못지않게 기분 나쁜 사내들 때문에 정신이 힘들었다. 남자들은 숙소마다 교대되었지만 벌레처럼 어떤 곳이고 똑같이 끈덕지게 지분거리며 잠시도 편안하게 놔주질 않았다. 여죄수와 남죄수, 간수, 호송병들 사이에서는 음탕한 행동이 당연시되어 있었기 때문에 여자, 특히 젊은 여자는 여자로서의 위치를 이용할 생각이 아니라면 누구든 경계를 늦추어서는 안 되었다. 이러한 끊임없는 공포와 투쟁 상태를 지속하는 것은 몹시 괴로운 것이었다. 카튜샤는 용모가 아름다운 데다 과거가 널리 알려져 있어 특히 이런 공격을 받는 처지에 있었다. 그러나 예전과 달리 카튜샤는 자기에게 지분거리는 남자들을 단호하게 물리쳤으므로 남자들은 그것을 굴욕이라 여기고 카튜샤에게 적개심마저 품었다. 이런 면에서 카튜샤를 구해준 것은 페도샤와 타라스가 곁에 있다는 사실이었다. 타라스는 자기 아내가 그러한 공격을 받을 수 있는 위험한 환경에 놓여 있다는 것을 알고 아내를 지키기 위해 일부러 체포되어 니주니노브고로드부터는 죄수들과 행동을 같이하고 있었다.

정치범 대열로 옮긴 뒤로 카튜샤는 모든 면에서 편했다. 정치범들은 숙소도 식사도 좋았고 난폭한 대우도 받지 않았다. 게다가 남자들의 끈덕진 지분거림이 없어졌다는 점이 가장 편했다. 이제는 그토록 잊고 싶어 하는 자기의 과거를 그때마다 떠올리지 않아도 되기 때문이었다. 그러나 무엇보다도 정치범 대열로 옮겨짐으로써 얻게 된 가장 큰 수확은 자기에게 아주 이롭고 중대한 영향을 준 몇 사람을 새로 알게 되었다는 점이었다.

카튜사는 숙소에 있는 동안은 정치범들과 함께 있도록 허락되었으나 몸은 건강했으므로 이동할 때는 형사범들과 함께 걸어야 했다. 이런 이유로 카튜사는 톰스크부터는 줄곧 걸었다. 카튜사와 함께 걷는 정치범은 두 명이 있었다. 한 명은 마리아 파블로브나 시체치니나로, 보고두호프스카야와 면회할 때 네플류도프가 눈여겨보았던 그 양 같은 눈을 한 아름다운 여자였다. 또한 명은 야쿠트 주(州)로 유형을 가는 시몬손이라는 남자였다. 이 사람 역시 면회 때 네플류도프의 눈길을 끈, 눈이 움푹 꺼지고 가무잡잡한 고수머리 남자였다. 마리아 파블로브나는 자기가 앉아 있던 짐마차 자리를 임신한 형사범에게 양보하고 걷는 대열에 합류했다. 시몬손은 그런 계급적 특권을 이용하는 것은 옳지 않다고 인정하고 걷는 대열로 옮겼다. 이 세 사람은 짐마차로 출발하는 다른 정치범들과는 달리 형사범들과 함께 아침 일찍 출발했다. 마지막 숙소에서도 마찬가지였다. 그곳은 큰 도시로 들어가는 길목에 있는 숙소로 그곳에서 새로운 호송 장교가 죄수 부대를 넘겨받기로 되어 있었다.

흐릿한 9월의 이른 아침이었다. 이따금 불어오는 바람이 눈과 비를 번갈아가며 날라 왔다. 남죄수 400명과 여죄수 50명 남짓으로 이루어진 죄수 부대 전원은 벌써 숙소 안마당으로 나와 있었다. 일부는 죄수 대표들에게 이틀분의 식비를 나눠주는 호송하사관 둘레에 모여 서 있었고, 일부는 숙소 마당으로 들어오도록 허가받은 행상 아낙네들에게서 먹을 것을 사고 있었다. 돈을 세거나 식료품을 사는 죄수들의 낮은 소리와 행상 아낙네들이 목청껏 외치는 고함이 뒤섞여 무척 시끌벅적했다.

카튜사와 마리아 파블로브나는 둘 다 장화를 신고 반외투에 머릿수건을 두른 차림으로 뜰로 나와 행상 아낙네들 쪽으로 갔다. 아낙네들은 바람을 피해 북쪽 담장 앞에 자리 잡고 앉아 서로 질세라 자기가 가져온 물건을 권하고 있었다. 갓 구운 빵, 만두, 건어, 가락국수, 죽, 간, 쇠고기, 달걀, 우유 등을 늘어놓고 팔고 있었는데, 어떤 여자는 새끼돼지 통구이까지 팔고 있었다.

시몬손도 고무를 댄 방수점퍼를 입고 발에는 털양말 위에 끈으로 질끈 졸라맨 고무 덧신을 신고(시몬손은 채식주의자라 짐승의 가죽은 걸치지 않았다) 뜰로 나가 죄수 부대가 출발하기를 기다리고 있었다. 시몬손은 입구 층계 옆에 서서, 머리에 떠오른 생각을 수첩에다 적고 있었다. 그 생각이란 이런 것이었다.

'만일 박테리아가 인간의 손톱을 관찰하고 연구했다면 분명히 인간을 무기물이라고 인정했을 것이다. 이와 마찬가지로 우리도 지각을 관찰하면서 지구를 무기물이라고 간주해왔지만 이것은 잘못되었다.'

카튜사는 달걀과 둥근 빵과 건어와 갓 구운 빵 등을 사서 배낭에 집어넣고 마리아 파블로브나가 돈을 치르고 있는데 돌연 죄수들이 웅성거리기 시작했다. 그러다 갑자기 모두들 웅성거림을 멈추고 잠자코 줄지어 섰다. 장교가 나와서 출발 전 마지막 점검을 시작했다.

모든 것이 여느 때처럼 진행되었다. 인원을 확인하고, 족쇄를 검사하고, 한 쌍씩 수갑을 채웠다. 그런데 갑자기 호송 장교의 고압적이고 성난 고함이 들리더니 이어 따귀 때리는 소리와 갓난아이의 울음소리가 들려왔다. 그러더니 한순간 주위가 쥐죽은 듯 고요해졌다. 그러나 곧 죄수들 사이에서 숙덕거리는 불평소리가 흘러나왔다. 카튜사와 마리아 파블로브나는 소동이 일어난 곳으로 발길을 서둘렀다.

2

현장으로 다가간 마리아 파블로브나와 카튜사는 다음과 같은 광경을 보았다. 멋진 금빛 코밑수염을 기른 체격 좋은 장교가 인상을 찌푸리고, 남자 죄수의 얼굴을 후려치고는 얼얼한 오른손바닥을 왼손으로 쓰다듬으면서 줄곧 상스럽고 난폭한 욕을 퍼붓고 있었다. 그 앞에는 깡마르고 키 큰 죄수가 한 손으로는 피가 나도록 얻어맞은 얼굴을 문지르고, 다른 한 손으로는 머릿수건에 싸인 채 울부짖고 있는 조그만 계집아이를 안고 꼿꼿하게 서 있었다. 그 죄수는 짧은 죄수복 웃옷에 그보다 더 짧은 바지를 입고 머리는 반쯤 깎여 있었다.

"네놈에게(여기서 야비한 욕지거리가 들어갔다) 말대꾸를 하면 어떻게 되는지 가르쳐주마(또 욕지거리가 들어갔다). 애는 계집들에게 갖다 주고 와!" 장교는 고함을 질러댔다. "자, 손 이리 내!"

장교는 마을조합에서 쫓겨난 죄수에게 수갑을 차라고 강요하고 있었다. 이 사내는 유형지로 가는 도중에 톰스크에서 티푸스로 죽은 아내가 남긴 이 계집아이를 여기까지 안고 걸어온 것이었다. 수갑을 차면 아이를 안을 수 없다고 죄수가 말대꾸하자 마침 그때 기분이 좋지 않던 장교는 비위가 거슬려, 얌전히 명령에 따르지 않은 죄수를 때린 것이었다. *

　언어맞은 남자 앞에는 한 손에 수갑을 찬, 몸이 다부지고 턱수염이 검은 죄수와 호송병이 서 있었다. 이 죄수는 음침하게 치뜬 눈을 장교에게 고정하고서, 언어맞은 죄수와 수갑으로 연결되기를 기다리고 있었다. 장교는 호송병에게 아이를 떼어 놓으라고 거듭 명령했다. 죄수들 사이에서 불평소리가 점차 높아졌다.

　"톰스크에서부터 계속 수갑을 차지 않고 오잖았소?" 누군가 뒤쪽에서 쉰소리로 말했다.

　"개새끼가 아니라 사람 자식 아니오?"

　"저 어린 것을 어디로 가지고 가란 말이오?"

　"그런 법이 어디 있소?" 또 누군가가 이렇게 말했다.

　"지금 말한 게 누구야?" 장교가 흥분해서 죄수들 쪽으로 달려가면서 외쳤다. "법이 어떤 건지 가르쳐주마. 말한 녀석이 누구야? 너야? 너냐?"

　"다 같이 말했습니다. 왜냐하면……." 얼굴이 크고 땅딸막한 죄수가 말했다.

　그 죄수는 말을 끝까지 마치지 못했다. 장교가 두 손을 휘둘러 그의 얼굴을 후려갈기기 시작했기 때문이다.

　"이 자식들, 폭동이라도 일으킬 작정이야? 폭동 따윌 일으키면 어떤 변을 당하는지 똑똑히 알려주마. 개새끼들처럼 전부 총살이다. 상관들도 고마워할걸. 얼른 이 계집애를 데리고 가!"

　죄수들이 잠잠해졌다. 악을 쓰며 울부짖는 아이를 한 호송병이 빼앗아 안았다. 단념하고 순순히 손을 내민 죄수에게 다른 호송병이 수갑을 채웠다.

　"여자들한테 데리고 가!" 장교가 군도를 찬 허리띠를 매만지면서 호송병에게 소리쳤다.

＊ D·A리뇨프 《죄수이송의 길》에 묘사되어 있는 사실.

계집아이는 머릿수건 속에서 조그만 손을 빼내려고 버둥거리면서 새빨간 얼굴로 계속해서 울부짖었다. 군중 속에서 마리아 파블로브나가 나오더니 호송 장교에게 다가갔다.

"대장님, 제가 이 아이를 데리고 가겠습니다."

아이를 안고 가던 호송병이 걸음을 멈추었다.

"너는 누구냐?" 장교가 물었다.

"정치범입니다."

장교는 크고 아름다운 눈을 지닌 마리아 파블로브나의 미모에 마음이 움직인 모양이었다(장교는 죄수들을 인계할 때 이미 마리아 파블로브나를 눈여겨보았다). 장교가 무언가 궁리하듯이 지그시 마리아 파블로브나를 바라보았다.

"난 상관없으니 그러고 싶으면 데리고 가. 네가 저들을 불쌍히 여기는 것은 좋지만 도망이라도 치는 날엔 누가 책임을 지지?"

"자기 자식을 두고 누가 도망을 가겠어요?" 마리아 파블로브나가 말했다.

"너하고 잡담할 시간은 없어. 원한다면 데리고 가."

"내줘도 좋습니까?" 호송병이 물었다.

"내줘!"

"자, 이리 오렴." 마리아 파블로브나는 아기를 받아 안으려고 하면서 말했다.

그러나 아기는 호송병의 팔에 안긴 채 아버지 쪽으로 몸을 뻗대고 울부짖으면서 마리아 파블로브나에게는 가려고 하지 않았다.

"잠깐만, 마리아 파블로브나, 이 애는 나한텐 올 거예요." 카튜샤가 배낭에서 둥근 빵을 꺼내며 말했다.

카튜샤를 알고 있는 계집아이는 카튜샤의 얼굴과 빵을 보더니 그녀에게 안겼다.

주위에 정적이 흘렀다. 문이 열리고 죄수들은 밖으로 나가 정렬했다. 호송병들이 다시 점호를 시작했다. 배낭을 마차에 실어 떨어지지 않도록 동여맸다. 허약한 죄수들은 그 위에 앉았다. 카튜샤는 계집아이를 안고 페도샤와 나란히 여죄수들의 행렬에 들어갔다. 아까부터 일련의 사건을 지켜보고 있던 시몬손은 모든 지시를 끝내고 여행마차에 올라타려는 장교에게로 성큼성큼 걸어갔다.

"당신의 처사는 옳지 않습니다, 대장님." 시몬손이 말했다.

"자기 자리로 돌아가. 네가 뭘 안다고 그래!"

"아니요, 압니다. 그래서 말해야겠습니다. 당신의 처사는 옳지 않습니다."
짙은 눈썹 밑의 날카로운 눈으로 장교를 쏘아보며 시몬손이 말했다.

"준비는 됐나? 이송 부대, 출발!" 장교는 시몬손을 무시하며 소리치고는,
마부 노릇을 하는 병사의 어깨를 붙들고 여행마차에 올라탔다.

죄수 이송 부대가 움직이기 시작했다. 그리고 깊은 숲 속을 누비듯이 양쪽
도랑에 나 있는, 온통 바퀴자국투성이인 진흙길로 긴 행렬을 만들면서 나섰다.

3

6년이나 도회지에서 음탕하고 사치스러우며 게으른 생활을 하다가 형사범
들과 같이 감옥에서 두 달을 생활한 뒤인 만큼, 지금은 비록 조건은 열악하
지만 정치범들과 함께 지내는 것이 카튜사로서는 만족스러웠다. 좋은 음식
을 먹고, 하루에 20킬로미터에서 30킬로미터씩 이동하며 이틀에 하루 꼴로
쉬었으므로 카튜사의 몸은 건강해졌다. 또 새로운 동료들을 알게 됨으로써,
지금까지는 생각도 해본 적 없는 인생에 대한 흥미가 생겨났다. 카튜사는 지
금 함께 걷고 있는 이런 멋진(이것은 카튜사의 말이지만) 사람들을 이제까
지 몰랐을 뿐만 아니라 상상조차 해본 적이 없었다.

'난 판결을 선고받고 울었지만……' 카튜사는 마음속으로 중얼거렸다. '하
지만 지금은 평생 하느님께 감사드려야 해. 평생 모를 뻔했던 것들을 알았으
니까.'

카튜사는 이 사람들을 움직이는 동기를 그리 힘들이지 않고 쉽사리 이해
했다. 그리고 자기도 민중의 한 사람이므로 진심으로 그들에게 공감했고, 이
사람들은 민중을 위해 귀족계급에 저항하고 있다는 것도 이해했다. 게다가
그들 스스로가 귀족계급에 속해 있으면서도 민중을 위해 그 특권과 자유와
목숨을 희생하고 있다는 사실에 특히 존경과 감동을 받았다.

카튜사는 이러한 새 동료 모두에게 감격했으나 그 가운데에서도 특히 마
리아 파블로브나에게 감격했다. 아니, 단순히 감격만 한 것이 아니라 일종의
특별한 존경과 감동이 뒤섞인 애정으로 마리아 파블로브나에게 푹 빠졌다.

부유한 장군 집안에서 태어난 귀한 딸로서 3개 국어를 자유자재로 구사하는 아름다운 여자가 평범하기 그지없는 노동자처럼 행동하며, 유복한 오빠가 보내오는 것을 모두 남들에게 나누어주고, 자기의 겉모습에는 일체 신경을 쓰지 않고, 검소하다 못해 허름하기까지 한 옷을 입고 있다는 사실이 감동스러웠다. 카튜사는 특히 그녀의 허영심 없는 태도에 놀라고 매료되었다. 마리아 파블로브나는 자기가 아름답다는 사실을 잘 알고 있었으며 내심 기분 좋게 생각했으나, 남자들이 자기의 미모를 보고 느끼는 인상을 좋아하지 않았을 뿐 아니라 오히려 그것을 두려워하고, 연애라는 감정에 지독한 혐오와 공포를 느꼈다. 카튜사는 그러한 점을 꿰뚫어보았다. 남자 동료들도 그 사실을 알고 있었으므로 마리아 파블로브나에게 마음이 끌리더라도 겉으로 내색하지 않고, 남자 동료를 대하듯이 했다. 그러나 이를 모르는 남자들은 곧잘 마리아 파블로브나에게 지분거렸다. 그녀의 말에 의하면, 그런 때 마리아 파블로브나의 몸을 지켜준 것은 스스로도 특별히 자랑으로 여기는 억센 팔 힘이었다.

"언젠가……." 마리아 파블로브나는 웃으면서 이야기했다. "거리에서 어떤 신사가 나를 따라오며 아무래도 놔주려 하지 않기에 내가 느닷없이 덤벼들어 멱살을 쥐고 흔들었더니 깜짝 놀라 허둥지둥 달아나는 거야."

그녀의 말에 따르면 마리아 파블로브나가 혁명가가 된 것은 어릴 때부터 귀족 생활이 싫고 소박한 평민의 생활이 좋았기 때문이었다. 늘 하녀방이나 부엌, 마구간 같은 데서만 놀고 자기 방에서 얌전히 있는 법이 없었으므로 언제나 꾸지람만 들었다고 했다.

"난 하녀들이나 마부들과 있는 편이 즐거웠어. 신사나 귀부인들하고 있으면 지루해서 견딜 수가 없었지." 마리아 파블로브나는 그렇게 말했다. "그 뒤 철이 들면서부터 우리 귀족들의 삶이 정말로 옳지 않다는 것을 똑똑히 깨닫게 되었어. 게다가 어머니는 이미 돌아가신 뒤였고 난 아버지를 싫어했지. 그래서 열아홉 살 때 친구와 함께 집을 나와 공장 직공이 된 거야."

마리아 파블로브나는 공장을 그만두고 한동안 농촌에서 살다가 그 뒤 도회지로 나와 비밀 인쇄소가 있는 아지트에서 붙들려 유형 판결을 받았다. 마리아 파블로브나가 한 번도 자기 입으로 말한 적은 없지만 카튜사가 남을 통해 들은 이야기로는, 마리아 파블로브나가 유형 판결을 받은 이유는 가택수색을 당할 때 어느 혁명가가 어둠 속에서 헌병을 쏘아 죽인 죄를 자기가 뒤집어썼기 때문이었다.

마리아 파블로브나를 알게 된 이래 카튜사는 마리아 파블로브나가 때와 장소를 가리지 않고, 결코 자기의 이익을 생각하지 않고, 일의 크고 작음을 가리지 않고, 늘 어떻게 하면 남에게 봉사할 수 있을까, 어떻게 하면 남을 도울 수 있을까 궁리하는 모습만 보아왔다. 마리아 파블로브나의 동료 중 한 사람인 노보드보로프라는 남자가, 마리아 파블로브나는 자선이라는 스포츠에 깊이 빠져 있다고 예전에 농담조로 평한 적이 있었다. 이것은 정말이었다. 마치 사냥꾼이 사냥감을 찾듯이 마리아 파블로브나의 모든 관심사는 남에게 봉사할 기회를 찾는 데 쏠려 있었다. 그리고 이 스포츠가 습관이 되어 그녀에게는 일생의 사명이 되었다. 더구나 그 사명을 아주 자연스레 실천하고 있었으므로, 마리아 파블로브나를 아는 사람은 누구나 그것을 감사하기는커녕 오히려 당연한 듯 요구하기까지 했다.

카튜사가 정치범 대열에 끼었을 때 마리아 파블로브나는 카튜사에게 혐오감과 불쾌감을 느꼈다. 카튜사는 그것을 눈치챘지만 마리아 파블로브나가 억지로 제 감정을 억누르고 자기를 특별히 살갑고 친절하게 대하기 시작했다는 것도 느끼게 되었다. 카튜사는 이런 훌륭한 여인의 친절함과 애정이 진심으로 기뻐서 마리아 파블로브나에게 마음이 기울었고, 저도 모르는 사이에 그녀의 생각에 동조하고 무엇을 하든 그 태도를 흉내 내게 되었다. 카튜사의 이러한 헌신적인 사랑에 마리아 파블로브나도 감동을 받고 차츰 카튜사를 사랑하게 되었다.

이 두 여자를 가깝게 만든 또 하나는 두 사람이 품고 있는 성애에 대한 혐오의 감정이었다. 한 사람은 그 모든 두려움을 죄다 알고 있기에 육체의 사랑을 혐오했고, 또 한 사람은 경험은 없으나 그것을 무언가 이해하기 힘들고 아울러 인간의 존엄을 욕되게 하는 불쾌한 것으로 보았기 때문이었다.

4

마리아 파블로브나가 준 영향은 카튜사가 이곳에서 받은 두 가지 영향 가운데 하나였다. 그것은 카튜사가 마리아 파블로브나를 사랑한 데서 생겨난 것이었다. 또 하나는 시몬손에게서 받은 영향이었다. 그것은 시몬손이 카튜사를 사랑한 데서 생겨났다.

사람은 누구나 일부는 자기의 사상에 의해서, 또 일부는 다른 사람의 사상에 의해서 생활하고 행동하기 마련이다. 얼마만큼 자기 사상에 따라 생활하고 얼마만큼 남의 사상에 따라 생활하느냐는 개개인을 구분 짓는 중요한 요소 가운데 하나이다. 많은 상황에서 어떤 사람들은 지적 유희처럼 자기 사상을 이용하고 벨트를 벗긴 제동기처럼 자기의 이성을 다루지만, 그 행동은 남의 사상 즉 관습, 전통, 법률에 따른다. 반면에 어떤 사람들은 자기 사상을 자기의 모든 활동의 원동력으로 생각하며 대개 자기 이성이 요구하는 것에 귀를 기울이고 그것에 따르다가, 아주 드물게 비판을 받고서야 남의 결정에 따른다. 시몬손은 이와 같은 사람이었다. 시몬손은 모든 것을 이성으로 검토하고 결정했으며 한 번 결정한 일은 반드시 실행했다.

시몬손은 중학생이었을 무렵, 군대에서 경리를 담당하던 아버지가 축적한 재산을 부정축재로 단정하고 모든 재산을 민중에게 반환해야 한다고 아버지에게 대들었다. 그러나 아버지가 자기의 말에 따르기는커녕 오히려 꾸짖자 시몬손은 그대로 집을 뛰쳐나왔고, 아버지에게서 받을 모든 재산을 포기했다. 시몬손은 현존하는 모든 악은 민중의 무지에서 생긴다고 단정하고, 대학을 그만두고 나로드니키(인민파)에 들어가 마을의 교사가 되었다. 그리고 자기가 옳다고 생각하는 것을 학생들과 농부들에게 대담하게 퍼뜨렸으며 거짓이라고 생각하는 것을 부정했다.

시몬손은 체포되어 재판을 받게 되었다. 재판을 받을 때 시몬손은 재판관들에게는 자기를 재판할 권리가 없다고 판단하고 그 의견을 모두에게 제시했다. 재판관들이 그 발언을 물리치고 재판을 계속하자 시몬손은 한 마디도 대응하지 않기로 마음먹고 모든 질문에 대해 침묵을 지켰다. 시몬손은 아르한겔리스크 현으로 유형되었다. 그때 시몬손은 자기의 모든 행동을 규정할 하나의 종교적 교리를 꾸며냈다. 그 종교적 교리란 이 세상의 모든 것은 살아 있으며 생명이 없는 것은 없다, 우리가 생명이 없는 무기물이라고 간주한 모든 물체는 우리가 꿰뚫어 볼 수 없는 거대한 유기체의 일부에 지나지 않는다, 그러므로 거대한 유기체의 일부분인 인간의 사명은 이 유기체와 그 모든 살아 있는 부분의 생명을 유지하는 데 있다고 하는 것이었다. 이런 이유로 시몬손은 생물을 죽이는 행위를 범죄라 규정하고 전쟁이나 사형, 그 밖에 모든 사람뿐만 아니라 동물을 살육하는 행위에 반대했다. 시몬손은 결혼도 독자적인 시각으로 바라보았다. 즉 생식 행위는 인간의 하등한 기능에 지나지 않으며, 이미 존재하는 생물에 봉사하는 것이 고등한 기능이라는 것이다. 시몬손은 이 생각을 뒷받침하는 확실한 증거를 혈액 속에 존재하는 백혈구에서 찾아내었다. 시몬손의 의견에 따르면 독신자는 백혈구와 같은 존재이고 그 사명은 유기체의 병약한 부분을 돕는 데 있다는 것이다. 시몬손도 젊은 시절에는 방탕에 빠진 적도 있었지만 일단 이렇게 생각한 뒤로는 이 신념에 따라 생활했다. 시몬손은 지금은 자기를 마리아 파블로브나와 마찬가지로 이 세계의 백혈구라고 여겼다.

카튜사에 대한 시몬손의 사랑은 이러한 이론을 깨뜨리는 것이 아니었다. 시몬손의 말에 따르면 그 사랑은 순수한 정신적 사랑인데, 그러한 사랑은 약자에게 봉사하는 백혈구 활동을 방해하지 않을 뿐 아니라 오히려 그 활동을 고무한다고 생각하기 때문이었다.

또 시몬손은 정신의 문제를 자기 식으로 해결했고, 현실의 문제도 그 대부분은 자기 식으로 해결했다. 시몬손은 온갖 현실의 문제에 대해서도 독자적 이론을 갖고 있었다. 몇 시간 일을 하고, 몇 시간을 쉬고, 어떤 것을 먹고, 어떤 옷을 입고, 어떻게 난로를 때고, 어떻게 불을 켜느냐 하는 모든 자잘한 행위를 각각 규정해 놓았다.

그러면서도 시몬손은 타인에게 아주 소심하고 소극적이었다. 그러나 일단 무언가를 마음먹으면 그 누구도 그것을 말릴 수 없었다.

바로 이런 남자가 카튜사를 사랑함으로써 카튜사에게 결정적인 영향을 주었다. 카튜사는 여성 특유의 직감으로 곧 그것을 깨달았다. 그녀는 이런 훌륭한 사람의 마음에 사랑을 싹틔우는 힘이 자기에게 있다고 느끼자 자기 자신을 한번 되돌아보게 되었다. 네플류도프가 카튜사에게 결혼을 신청한 것은 그 너그러운 마음과 과거의 실수 때문이었다. 그러나 시몬손은 지금 있는 그대로의 카튜사를 사랑했다. 더구나 사랑을 느꼈기에 사랑하는 것뿐이었다. 게다가 카튜사는 시몬손이 자기를 세상의 다른 여자들과 달리 무언가 특별하고 높은 도덕적 자질을 갖춘 뛰어난 여자로 생각한다고 직감했다. 시몬손이 자기에게서 어떤 자질을 발견했는지 알 수 없었지만 어쨌거나 시몬손의 기대에 어긋나고 싶지 않았으므로, 생각할 수 있는 모든 뛰어난 자질을 자기 내부에서 끌어올리려고 한껏 노력하게 되었다. 아니, 이것이야말로 카튜사가 최대한 훌륭한 여인이 되려고 노력하지 않을 수 없는 이유였다.

이러한 노력은 카튜사가 아직 감옥에 있을 무렵에 시작되었다. 정확히는 정치범들의 일반 면회일에 시몬손의 그 훤한 이마와 눈썹 아래로 보이는 때 묻지 않은 선량하고 검푸른 눈이 유난히 자기에게 쏠려 있다는 것을 카튜사가 깨달았을 때부터였다. 이미 그때부터 카튜사는 시몬손은 각별한 사람이며 각별한 눈빛으로 자기를 쳐다보고 있는 것을 깨달았다. 그와 동시에 그 얼굴 속에 상반된 두 가지가 묘하게 조화를 이루는 데에 저도 모르게 놀라움을 느꼈다. 그 두 가지란 텁수룩한 머리와 찌푸린 눈썹이 자아내는 엄격한 인상과, 어린애같이 순수하고 선량함이 느껴지는 눈빛이었다. 그 뒤 톰스크에서 정치범 대열로 옮겨졌을 때 카튜사는 두 번째로 시몬손을 보았다. 두 사람은 한 마디도 말을 나누지 않았지만, 서로 주고받은 눈길은 두 사람이 서로를 기억하고 있으며 서로에게 소중한 사람이라고 고백하고 있었다. 그 뒤로도 두 사람 사이에는 이렇다 할 대화는 없었지만, 카튜사는 시몬손이 자기 앞에서 말할 때는 그 말은 자기를 향해 있으며 그가 최대한 부드러운 표정을 지으려고 노력한다는 것을 느꼈다. 두 사람이 가까워지기 시작한 것은 시몬손이 형사범들과 함께 도보 행진을 하게 되면서부터였다.

5

니주니노브고로드에서 페르미까지 가는 동안에 네플류도프가 카튜사를 만난 것은 두 번뿐이었다. 한 번은 니주니노브고로드에서 죄수들이 철망이 쳐진 배에 타기 전이었고, 두 번째는 페르미의 이송 감옥 사무실에서였다. 이 두 번의 면회 때 네플류도프가 본 카튜사는 어딘가 마음을 숨기고 있어 언짢은 기분이 느껴지는 여자였다. 건강은 어떠냐, 필요한 것은 없느냐는 물음에 카튜사는 우물쭈물하면서 대답을 얼버무렸는데, 그 태도에서는 전에도 가끔 엿보였던 적개심에 가까운 비난이 느껴졌다. 카튜사의 음울한 마음은 이 무렵 카튜사를 괴롭히고 있던 뭇 남자들의 끈덕진 지분거림에서 비롯된 것에 지나지 않았지만 네플류도프는 그런 모습을 보고 괴로워했다. 그는 카튜사가 이송되면서 겪는 괴롭고 음란한 상황에 짓눌려 다시 이전처럼 자제심을 잃은 절망에 빠져들어 자기에게 화풀이를 하거나 괴로움을 잊기 위해 닥치

는 대로 담배를 피우고 술을 마시게 되지나 않을까 하고 마음속으로는 두려
웠다. 게다가 자기가 나서서 어떻게 해줄 도리도 없었다. 이송 첫 무렵에는
카튜사를 만날 길이 없었기 때문이었다. 카튜사가 정치범 쪽으로 옮겨진 다
음에야 네플류도프는 자기의 걱정이 기우였음을 확신했다. 그뿐 아니라 카
튜사와 면회를 할 때마다, 지금까지 자기가 그토록 바라던 카튜사의 내적 변
화가 점점 뚜렷해져 가는 것이 확연히 보였다. 톰스크에서 처음으로 면회했
을 때, 카튜사는 출발 전과 같은 태도로 변해 있었다. 네플류도프를 보아도
카튜사는 눈살을 모으지도 당황하지도 않았다. 오히려 드러내놓고 기쁜 듯
이 네플류도프와 인사하고, 자기를 위해 해준 일에 대해, 특히 지금 같이 지
내는 사람들이 있는 대열로 옮겨준 데 대해 감사의 말을 했다.

　이 숙소에서 저 숙소로 옮겨 다닌 두 달에 걸친 여정 뒤에 카튜사의 내부
에 생긴 변화는 그 겉모습에도 나타나게 되었다. 카튜사는 몸이 탄탄해지고
볕에 그을어 조금은 나이가 들어 보였다. 눈꼬리와 입가에 잔주름이 눈에 띄
고, 머리카락도 이마 위로 늘어뜨리지 않고 머릿수건으로 단정히 감싸고 있
었다. 옷차림에도, 머리 모양에도, 태도에도 지난날과 같은 교태의 흔적은
보이지 않게 되었다. 카튜사 내부에 생긴, 그리고 현재 생기고 있는 이 변화
를 보고 네플류도프는 줄곧 말할 수 없이 기쁜 감정을 느꼈다.

　네플류도프는 요즘 카튜사에 대해 일찍이 경험한 적이 없는 감정을 맛보
게 되었다. 이 감정은 제일 처음에 느꼈던 시적인 열병도 아니었고, 그 뒤에
네플류도프가 경험한 육체적인 사랑의 감정과도, 또 재판이 있은 뒤 결혼을
결심했을 때 느꼈던 자기도취가 뒤섞인 의무감과도 전혀 통하는 데가 없었
다. 그것은 가장 순수한 연민과 감동이었으며, 처음으로 감옥에서 카튜사를
만났을 때, 그리고 그 뒤 병원에서 혐오감을 애써 떨쳐내면서, 간호 조수와
일으킨 추태(이것이 오해였다는 것을 나중에 알았지만)를 용서했을 때 새로
운 힘으로 경험한 감정과 같은 것이었다. 이 두 감정은 거의 같은 것이었지
만 단지 조금 차이가 있다면 그때는 일시적인 것이었지만, 이제는 영구적인
것이 되었다는 점이었다. 지금은 네플류도프가 무엇을 생각하고 어떤 행동
을 하건 그 기본 감정은 연민과 감동이었다. 게다가 그것은 카튜사에게만 국
한되는 감정이 아니라 모든 사람에게 적용되는 감정이었다.

　이 감정은 흡사 네플류도프의 마음속에서 지금까지 출구를 발견하지 못했

던 사랑의 물결에 수문을 연 것과 같았다. 네플류도프는 이제는 만나는 모든 사람에게 이 사랑을 쏟게 되었다.

네플류도프는 이 여행 동안 줄곧 정신적 고양 상태에 있던 까닭에, 마부와 호송병을 비롯하여 감옥 소장이나 현지사에 이르기까지 얼굴을 마주했던 모든 사람에게 무의식중에 신중하고 사려 깊은 태도를 취하게 되었다.

카튜사가 정치범 대열로 옮기게 되었을 때부터 네플류도프는 많은 정치범들과도 알게 되었다. 네플류도프가 처음으로 그들과 만난 것은 예카테린부르크에서였는데, 그곳에서 그들은 넓은 감방에 다 같이 수용된 채 아무런 구속도 받고 있지 않았다. 그 뒤 카튜사가 새로 들어간 조의 남죄수 5명과 여죄수 4명과는 이송 도중에 가까워졌다. 이렇게 정치범들과 대화를 나누고나서 그들에 대한 네플류도프의 관념이 완전히 바뀌었다.

러시아 혁명운동 발발 이래, 특히 3월 1일(알렉산드르 2세 암살의 날) 사건 이래로 네플류도프는 혁명가에게 반발과 경멸의 감정을 품고 있었다. 네플류도프가 반발을 느낀 것은 무엇보다도 반정부투쟁에서 그들이 쓰는 잔혹한 수단과 비밀주의, 특히 그들이 종종 저지른 잔인한 살인 때문이었다. 더나아가 그들 모두에게 공통되는 특징인 강한 자존심도 네플류도프는 견딜수 없었다. 그런데 그들과 가까워진 뒤로, 그들이 정부로부터 대부분 까닭없는 박해를 받고 있다는 사실을 알게 되자 네플류도프는 그들이 그러한 태도를 취하지 않을 수 없었던 이유를 이해하게 되었다.

이른바 형사범이 받는 고통이 아무리 어마어마하고 부조리한 것이라 해도, 최소한 형사범은 재판을 전후로 얼마간 법의 비호 같은 것을 받는다. 그러나 정치범들에게는 그러한 형식적인 절차조차 없었다. 네플류도프는 그것을 슈스토바에게서 보았고 그 뒤 새로 알게 된 많은 사람에게서도 보았다. 당국은 이들을 흡사 그물에 걸린 물고기처럼 다루었다. 그물에 걸린 물고기를 죄다 뭍으로 끌어올린 다음 쓸모 있는 큰 고기만 골라내고 잔고기는 내버려두어서 바싹 말라 죽게 하는 것과 다름없었다. 이와 마찬가지로, 분명히 아무 죄도 없을 뿐 아니라 정부에 아무런 해도 끼치지 않는 사람들을 한꺼번에 수백 명이나 잡아들이고 때로는 몇 년이고 감옥에 가두어 둔 다음, 그들이 폐병에 걸리거나 미치거나 자살하도록 내버려둔다. 더구나 이렇게 죄수들을 가두어 두는 것도 그저 석방할 이유가 없기 때문이며, 감옥 안에 가두어 두면 재판 심리(審理)에서 어떠한 문제를 해명할 때 도움이 될지도 모르기 때문이었다. 대부분은 정부의 눈으로 보아서도 아무런 죄가 없는 이들의 운명은 헌병이니 형사 부장이니 간첩이니 검사니 예심 판사니 현지사니 장관이니 하는 패들의 변덕과 심심풀이와 그때그때의 기분에 따라 좌우되었다. 이러한 패거리들은 자신들이 따분하거나 성적을 올리고 싶어지면 닥치는 대로 사람을 잡아들이고 자기 자신과 윗사람의 기분에 따라 감옥에 가두기도 하고 풀어주기도 했다. 장관 역시 성적을 올리고 싶거나 주위와 원만한 관계를 유지하기 위해 이들을 세상 끝으로 유형 보내기도 하고 독방에 가두기도 하고 징역이나 사형을 선고하기도 하고, 또 어느 귀부인에게 청탁이라도 받으면 풀어주기도 했다.

정치범들을 대하는 태도는 전쟁 때와 같은 것이어서, 그들도 응당 자기네가 받은 것과 똑같은 수법으로 정치범들을 다루었다. 군인은 언제나 자기네 행위의 범죄성을 숨길 뿐만 아니라 오히려 그 행위를 공훈이라 여기는 군인 사회 분위기 속에서 산다. 이와 마찬가지로 혁명가를 위해 그 동지들이 하나의 결속된 분위기를 만들고 그 주위를 에워싸고 있었다. 그 분위기 속에서 그들이 자유와 생명과 사람에게 귀중한 모든 것을 잃어버릴 위험을 무릅쓰고 결행하는 잔혹한 행위는 나쁘기는커녕 용감한 행위로 칭송받았다. 생물에게 고통을 주는 것은 고사하고 그 생물이 괴로워하는 모습을 보고 있을 수도 없는 더없이 착한 기질을 가진 사람들이 아무렇지 않게 암살을 준비하고, 대부분의 사람이 어떤 특수한 상황에서 살인 행위를 자기방위와 공공의 행복이라는 가장 높은 목적 달성의 수단으로 삼고, 그것을 합법적이고 정당한 것으로 인정하는 놀라운 현상도 네플류도프가 보기에는 위와 같은 이유로 설명이 되었다. 그들이 자기들의 행위, 더 나아가서는 자기 자신에게 부여하는 높은 평가는 정부가 그들에게 부여한 의의와 잔혹한 형벌이 필연적으로 자아낸 결과로 보는 게 옳았다. 그들로서는 실제로 겪고 있는 고통을 견디기 위해서는 자기 자신을 높이 평가해야만 하기 때문이었다.

네플류도프는 그들을 가까이 알게 되고부터 이렇게 확신했다. 즉 그들은 일부 사람들이 상상하듯 모두가 악한인 것도 아니요, 일부 사람들이 생각하듯 모두가 영웅인 것도 아닌 그야말로 평범하기 그지없는 사람들에 지나지 않고, 어디나 마찬가지이지만 그 가운데는 착한 사람도, 나쁜 사람도, 중간 정도의 사람도 있었다. 그들 중에는 자기는 현존하는 악과 싸울 의무가 있다고 진심으로 생각해서 혁명가가 된 사람도 있거니와, 이기적인 허영심으로 이 활동을 선택한 사람도 있었다. 그러나 대다수의 사람들은 군대시절의 네플류도프도 경험한 바 있는 것처럼 위험과 모험에의 동경이나 목숨을 내놓았다는 쾌감, 즉 혈기왕성한 젊은이들에게는 아주 당연한 감정에 의해 혁명운동에 몸을 던졌다. 그들이 보통 사람들보다 뛰어난 점은 그들 사이에서 요구되는 도덕성이 세상의 일반 사람들 사이에서 요구되는 것보다 높다는 점이었다. 그들은 절제와 엄격한 생활과 성실함과 무소유는 물론 공동 사업을 위해서는 모든 것을, 그 목숨조차도 희생하겠다는 각오가 꼭 필요한 의무라고 생각했다. 그러므로 그 가운데서도 중간 이상의 수준에 있는 사람들은 네플류도프보다 훨씬 훌륭하고, 보기 드문 높은 도덕 수준을 보여주었다. 그러나 중간 이하는 네플류도프보다 훨씬 뒤떨어졌으며, 때로는 불성실한 동시에 자존심만 센 오만한 사람이 많았다. 네플류도프는 새로 알게 된 몇 사람은 존경도 하고 또 진심으로 사랑하기도 했으나, 그 밖에 다른 사람들은 완전히 무시하는 태도를 취했다.

6

네플류도프가 특히 좋아한 사람은 카튜사가 새로 들어간 조에 있는 폐병을 앓는 젊은 징역수로, 그 이름은 크르이리초프였다. 네플류도프는 예카테린부르크에서 이 남자와 알게 되었는데, 그 뒤 이송되는 사이사이에 몇 번인가 얼굴을 맞대고 이야기를 나누었다. 여름이었던 어느 날, 네플류도프는 거의 꼬박 하루를 이 남자와 함께 보낸 적이 있었다. 크르이리초프는 대화에 심취해서 자기의 신세타령부터 시작해서 혁명가가 된 동기까지 모조리 들려주었다. 그가 감옥에 들어오기까지의 경위는 매우 간단했다. 남쪽 어느 현의 부유한 지주였던 아버지는 크르이리초프가 아직 어렸을 때 사망했고, 외아들인 크르이리초프는 어머니 손에서 자랐다. 크르이리초프는 중학교나 대학에서도 별 힘 들이지 않고 공부했고 대학의 수학과를 수석으로 졸업했다. 그 뒤 크르이리초프는 대학에 남아서 외국으로 유학하라는 권유를 받았으나 좀처럼 결정하지 못했다. 그는 그 무렵 한 처녀를 사랑하고 있었는데 그 처녀와 결혼해서 지방으로 내려가 자치단체에서 일할 계획이었기 때문이다. 그

밖에 하고 싶은 일도 여러 가지 있었으나 그 어느 것도 결정짓지 못했다. 그 무렵 대학 시절의 친구들이 공동 사업을 할 자금을 빌려달라고 부탁했다. 그 공동 사업이라는 것이 혁명운동을 가리킨다는 것은 크르이리초프도 잘 알고 있었다. 당시 크르이리초프는 거기에 전혀 관심이 없었지만 우정 때문에, 그리고 비겁자라는 말을 듣고 싶지 않은 자존심 때문에 돈을 빌려주었다. 그러나 돈을 받은 사람들이 체포되었고, 그때 발각된 메모에서 돈의 출처가 크르이리초프임이 드러났다. 크르이리초프는 체포되어 처음에는 구치소에 있다가 감옥으로 옮겨졌다.

"제가 수감되어 있던 감옥은……." 크르이리초프가 네플류도프에게 말했다(크르이리초프는 깡마른 가슴을 오그리고 무릎에 팔꿈치를 짚은 채 높다란 침대에 앉아 이따금 그 열병 환자 같은, 아름답고 총명하고 선량해 보이는 눈으로 네플류도프를 물끄러미 바라보았다). "그 감옥은 그다지 엄격하지 않았습니다. 우리는 벽을 두드려 신호를 주고받았을 뿐 아니라, 복도를 걸어 다니며 이야기하기도 하고 음식과 담배를 나누기도 하고 밤에는 합창을 하기도 했습니다. 전 목소리가 아주 좋답니다. 어머니는 절 무척이나 걱정하셨는데, 만약 어머니만 맘에 걸리지 않았다면 제 감옥 생활은 너무 여유작작해서 오히려 유쾌하고 재미있을 정도였습니다. 거기서 전 여러 사람과 알게 되었는데 그중에는 저 유명한 페트로프와 그 밖의 사람들도 있었죠. 페트로프는 뒷날 요새 감옥에서 유리 조각으로 자살을 하고 말았지만요. 하지만 전 혁명가는 아니었죠. 그리고 옆 감방에 수감된 두 남자와도 친해졌습니다. 그 두 사람은 모두 폴란드 독립을 위한 선전지를 뿌리다 검거되어 철도역으로 호송되던 도중에 도주한 죄로 재판에 회부되었죠. 한 사람은 로진스키라는 폴란드인이었고, 또 한 사람은 유대인인데 로조프스키라는 이름이었습니다. 그런데 이 로조프스키는 아직 어린애였어요. 자기 말로는 17살이라고 했지만 15살 정도밖에 되어 보이지 않았습니다. 까만 눈이 반짝반짝 빛나고 몸집이 작고 깡마르고 기운 넘치는 소년으로, 유대인답게 음감이 뛰어났지요. 아직 변성기가 끝나지 않았지만 노래를 썩 잘 불렀어요. 그렇습니다. 두 사람은 제가 보는 앞에서 재판소에 끌려갔습니다. 그들은 아침에 끌려갔는데 저녁이 되어 돌아와서는 둘 다 사형 선고를 받았다고 말하더군요. 아무도 예기치 못했던 일이지요. 그들이 한 일은 대수롭지도 않은 일이었거든요. 호송병의 눈을 피해 도망하려고 했을 뿐이지 누구를 해치려고 한 것도 아니었으니까요. 더구나 로조프스키 같은 어린애를 사형에 처하다니 도저히 생각할 수도 없는 일이었습니다. 감옥에 있던 우리 동지들은 그것은 단순한 위협에 지나지 않으며 그런 판결은 확정될 까닭이 없다고 결론을 내렸습니다.

처음에는 조금 동요했지만 차츰 잠잠해졌고 전과 같은 생활이 이어졌지요. 그런데 어느 밤, 제 감방 문 앞으로 간수가 다가오더니 지금 목수가 와서 교수대를 만들고 있다고 몰래 알려주었습니다. 처음에 저는 무슨 영문인지 몰라서 '뭐라고요? 무엇 때문에 교수대를 만듭니까?' 하고 되물었습니다. 그러나 몹시 흥분한 듯한 그 늙은 간수의 표정을 보고 전 그것이 두 사람을 처형하기 위해서라는 것을 깨달았지요. 저는 벽을 두드려 동료들에게 그 사실을 알리고 싶었지만 그 두 사람이 눈치챌까 봐 걱정이 되었습니다. 동료들도 신호를 보내오지 않았습니다. 아마 모두들 알고 있었던 것이겠지요. 복도에도 감방에도 그날 밤은 죽음 같은 정적이 깃들었습니다. 모두들 벽 신호도 보내지 않고 노래도 부르지 않았습니다. 10시쯤 다시 간수가 찾아와서, 모스크바에서 사형집행인이 도착했다고 알려주었습니다. 간수는 그 말만 하고는 가버렸습니다. 제가 다시 돌아오라고 간수를 부르자 갑자기 로조프스키가 자기 감방에서 복도 너머 제 감방에 대고 소리를 지르지 않겠어요? '왜 그래요? 왜 간수를 부르지요?' 전 간수에게 담배를 부탁하려 한다고 적당히 얼버무렸지만 로조프스키는 뭔가를 눈치챘는지, 왜 모두들 노래를 부르지 않았느냐, 왜 벽 신호를 하지 않느냐고 물었습니다. 제가 뭐라고 대답했는지 기억은 안 나지만, 전 로조프스키와의 대화를 피하기 위해 얼른 문가를 떠났습니다.

끔찍한 밤이었습니다. 저는 밤새 조그만 소리에도 귀를 기울였습니다. 어느덧 아침녘이 되자 복도 문이 열리더니 누군가가 들어오는 발소리가 들렸습니다. 그것도 꽤 많은 발소리였죠. 저는 문에 난 창문으로 들여다보았습니다. 복도에는 램프가 하나 켜져 있었습니다. 앞선 사람은 감옥 소장이었죠. 그는 뚱뚱하고 얼핏 자신감 넘치고 결단력 있어 보이는 사내였지만, 그날은 얼굴이 새파랗게 질려서 침울하고 마치 무언가에 겁을 집어먹은 모습이었습니다. 그 뒤를 눈썹을 찌푸린 부소장이 따랐는데 이 사람은 단단히 각오를 다진 듯한 태도였습니다. 그 뒤에는 위병이 따랐습니다. 그들은 제가 서 있는 문 앞을 지나 옆 감방 앞에 섰습니다. 가만히 듣고 있자니 부소장이 어딘가 부자연스러운 목소리로 '로진스키, 일어나서 깨끗한 셔츠로 갈아입어라!' 외치는 소리가 들렸습니다. 이어서 문이 삐걱하며 열리는 소리가 나더니 그들이 감방으로 들어가는 소리가 들리고 이번에는 로진스키의 발소리가 들렸습니다. 로진스키는 복도 맞은편으로 걸어갔습니다. 제게는 소장밖에 보이지 않았지요. 소장은 파랗게 질린 얼굴로 꼿꼿하게 서서 어깨를 움츠리고 단추를 뺐다 끼었다 하고 있었습니다. 바로 그때였어요. 소장이 갑자기 무언가에 놀란 듯이 펄쩍 뛰며 옆으로 비켜서더군요. 로진스키가 그 옆을 지나서 제가 수감된 감방 문으로 다가왔기 때문이었습니다. 평소처럼 멋진 폴란드 미남이었습니다. 부드럽게 물결치는 금발머리가 훤한 이마를 모자처럼 덮고, 깨끗하고 맑고 푸른 눈을 하고 있었습니다. 그야말로 꽃이 핀 것 같이 싱싱한 건강미에 넘치는 청년이었지요.

로진스키가 제 감방 문 앞에 서자 그 얼굴이 전부 제 눈에 들어왔습니다. 무섭도록 핼쑥하고 핏기 없는 얼굴이었습니다. '크르이리초프, 담배를 가지고 있나요?' 제가 담배를 주려고 하는데 부소장이 허둥지둥대며 자기 담뱃갑을 꺼내어 건넸습니다. 로진스키가 담배 한 대를 빼들자 부소장은 성냥을 그어 주었습니다. 로진스키는 담배를 피우며 무언가 생각에 잠긴 듯한 얼굴을 하고 있다가 마침내 생각났다는 듯이 입을 열었습니다. '잔혹하고 부당하다. 나에겐 아무런 죄도 없다. 나는 그저……' 그때 그 희고 젊은 목덜미에 경련 같은 것이 일더니 로진스키는 말을 멈추었습니다. 전 거기서 눈을 뗄 수 없었습니다. 바로 그때였어요. 로조프스키가 복도 안쪽에서 그 유대인 특유의 가느다란 목소리로 무언가를 외치는 소리가 들렸습니다. 로진스키가 피우던 담배를 버리고 문가를 떠났습니다. 그러자 문에 난 구멍으로 로조프스키의 얼굴이 나타났습니다. 윤기 있고 까만 눈을 가진 그 앳된 얼굴이 벌겋게 상기된 채 땀으로 범벅이 되어 있었습니다. 그 역시 깨끗한 셔츠를 입었는데 바지가 너무 커서 줄곧 두 손으로 바짓단을 끌어올리며 온몸을 부들부들 떨고 있었습니다. 로조프스키가 그 애처로운 얼굴을 구멍에다 갖다 대더니 말했습니다. '아나톨리 페트로비치, 의사가 나에게 탕약을 지어주었다는 게 정말이에요? 전 몸이 안 좋으니 그 탕약을 한번 먹어봐야겠어요.' 그러나 그 말에 아무도 대답하지 않았습니다. 소년은 대답을 바라듯 저와 소장의 얼굴을 번갈아 쳐다보았습니다. 어째서 그런 말을 한 것인지 알 수가 없었습니다. 그때였습니다. 부소장이 갑자기 엄한 표정을 지으며 묘하게 흥분된 목소리로 고함을 질렀습니다. '시시한 소리는 집어치워! 자, 어서 가!' 로조프스키는 무엇이 자기를 기다리고 있는지를 몰랐던지 선두를 다투는 사람처럼 제일 앞에 서서 거의 뛰다시피 걷기 시작했습니다. 그러다 마침내 두 발로 버티고 서서 가지 않으려고 고집을 부리는지, 비명과 울음소리가 제 귀에 들려왔습니다. 끌고 가려는 떠들썩한 소리와 쿵쾅거리는 발소리가 들렸습니다. 그러더니 로조프스키가 가슴을 도려내는 듯한 소리로 울부짖었습니다. 그러나 그것도 차츰 멀어지더니 복도 문이 쾅 닫히고 모든 것이 정적에 휩싸였습니다⋯⋯. 그렇습니다. 이렇게 해서 그들은 교수형에 처해진 것입니다. 두 사람 모두 밧줄로 교살되었지요. 다른 간수가 형장을 보고 와서 제게 말해주었습니다. 로진스키는 조용히 형을 받았지만, 로조프스키는 오랫동안 버둥거리는 바람에 강제로 교수대로 끌고 올라가서 목에 올가미를 걸었다고 하더군요. 그 간수는 좀 모자라는 사나이였어요. '끔찍하다는 말은 들었지만 말이죠, 나리, 조금도 끔찍하지 않더군요. 놈들은 매달리자 두 번 정도 어깨를 이런 식으로⋯⋯.' 간수는 심하게 어깨를 아래위로 흔들어 보였습니다. '그리고 집행인이 올가미 끈이 목에 더 죄이도록 쭉 잡아당기자 그것으로 끝장이더군요. 그 길로 꼼짝도 않더라니까요. 끔찍한 건 아무것도 없었어요.'" 크르이리초프는 간수의 말을 되풀이하고 웃으려고 하다가 웃는 대신 소리 내어 울음을 터뜨리고 말았다.

그 뒤 한참 동안 크르이리초프는 괴로운 듯이 숨을 몰아쉬고, 목구멍으로 치미는 흐느낌을 삼키며 가만히 입을 다물고 있었다. "그때부터 전 혁명가가 되었습니다." 크르이리초프는 겨우 마음을 진정시키고 이렇게 말하는 것으로 짤막하게 자기 과거를 끝맺었다.

크르이리초프는 '인민의 의지' 당원으로, 테러공작을 통해 정부가 스스로 정권을 포기하도록 압력을 가하고 민중을 계몽하는 것을 목적으로 하는 파괴공작반의 간부까지 지냈다. 이 목적을 달성하기 위해 때로는 페테르부르크에, 때로는 외국으로, 때로는 키예프나 오데사로 갔으며 가는 곳마다 성공을 거두었다. 그러나 믿고 있던 남자에게 배신을 당하고 체포되어 재판을 받은 뒤에 감옥에서 2년을 갇혀 있으면서 한번은 사형을 선고받았으나 마지막에는 무기징역으로 바뀌었다.

크르이리초프는 투옥 중에 폐병에 걸렸다. 그리고 지금 놓여 있는 환경에서는 앞으로 목숨이 몇 달밖에 남지 않았음은 불 보듯 뻔한 일이었지만, 그는 그것을 알면서도 자기가 해 온 일을 후회하지 않았다. 다시 태어날 수 있다면 가능하면 역시 같은 일에, 즉 자기가 보아온 것들을 옭아매는 체제를 파괴하는 일에 몸 바칠 작정이라고 말했다.

네플류도프는 이 사람과 알게 되어, 또 그의 과거를 알고부터는 여태까지 이해하지 못했던 많은 일을 명확하게 깨닫게 되었다.

7

숙소를 출발할 무렵 갓난아기 때문에 호송 장교와 죄수들 사이에 충돌이 일었던 날이었다. 여관에서 묵었던 네플류도프는 늦잠을 잔 데다, 현청소재지에 닿으면 부치리라 생각하고 편지 몇 통을 쓰느라 시간이 걸려서 평소보다 늦게 여관을 나왔다. 그 때문에, 전에는 곧잘 죄수대를 따라잡았지만, 그날은 도중에 죄수대를 따라잡지 못하고 중간 숙소가 있는 마을에 도착했을 때는 이미 해가 저문 다음이었다. 희멀건 목덜미가 놀랄 만큼 굵고 온몸이 둥글둥글 살찐 중년의 과부가 경영하는 숙소에 도착해서 젖은 옷을 말린 다음 네플류도프는 성상과 그림이 어지럽게 장식되어 있는 깨끗한 방에서 느긋하게 차를 마시고, 호송 장교에게 면회 허가를 받으려고 그들의 숙소로 발길을 서둘렀다.

여태까지 숙소를 여섯 군데나 거칠 때마다 호송 장교는 계속해서 교대되었지만 약속이나 한 듯이 누구 하나 네플류도프를 숙소 건물 안으로 들여보내 주지 않으므로 벌써 일주일도 넘게 카튜사를 만나지 못했다. 이토록 엄중하게 단속하는 이유는 감옥 일을 담당하는 어느 고관이 지나갈 예정이기 때문이었다. 그러나 그 고관은 숙소는 거들떠보지도 않고 이미 지나가 버렸기 때문에, 네플류도프는 오늘 아침에 죄수대를 갓 인계받은 호송 장교가 그전 장교들처럼 면회를 허가해주리라고 기대하고 있었다.

여관집 여주인은 그 숙소는 마을 끝에 있으니 마차를 타고 가라고 권했으나 네플류도프는 걸어가기로 했다. 어깨가 떡 벌어지고 얼핏 보기에도 건장해 보이는 젊은이가 기름을 듬뿍 칠한 큼직한 장화를 신고 안내를 하겠다고 나섰다. 하늘에서 안개비가 내리고 주위가 캄캄한 탓에 창문에서 새나오는 불빛이 닿지 않는 곳에서는 젊은이가 세 걸음만 떨어져도 네플류도프는 그만 그 모습을 놓치고, 젊은이가 질척한 진흙길을 밟는 철벅거리는 장화 소리에만 의지하며 따라갔다.

교회가 있는 광장을 지나고, 창문에서 환한 불빛이 새어나오는 집들이 늘어서 있는 기다란 길을 지나온 네플류도프는 젊은 안내인과 함께 캄캄한 마을 변두리에서 길을 잃고 말았다. 그러나 곧 이 어둠 속에서도 숙소 주위에 켜져 있는 외등이 안개 속에 흐릿하게 보이기 시작했다. 불그스름하게 번진 불빛이 차츰 크고 밝아졌다. 울타리며, 왔다 갔다 하는 보초들의 검은 그림자며, 줄무늬 기둥이며, 초소 등이 보이기 시작했다. 보초가 다가오는 두 사람에게 늘 하는 것처럼 "누구냐?"고 소리쳤다. 그러나 자기의 동료가 아닌 것을 알자 갑자기 태도가 엄중해지더니 울타리 옆에서 기다리는 것조차 허락하지 않으려 했다. 그러나 네플류도프를 안내한 젊은이는 보초의 엄격한 태도에도 눈 하나 까딱하지 않았다.

"여보시오, 뭘 그리 화를 내시오?" 젊은이가 말했다. "글쎄, 상관한테 말하고 오시오. 우리는 여기서 기다릴 테니."

보초는 그 말에는 대답하지 않고 쪽문을 향해 무어라고 외치더니, 어깨가 떡 벌어진 젊은이가 불빛 아래서 네플류도프의 장화에 묻은 진흙을 솔로 털어주는 모양을 가만히 노려보고 있었다. 울타리 안쪽에서는 남녀가 떠들썩하게 떠드는 소리가 들려왔다. 3분쯤 지나서 철걱거리는 쇳소리가 나며 쪽문이 열리더니 외투를 걸친 하사관이 어둠 속에서 등불 밑으로 나오며 무슨 용무냐고 물었다. 네플류도프는 개인적인 용건으로 면회를 하고 싶다는 뜻을 적은 명함을 내주며 그것을 대장에게 전해달라고 부탁했다. 하사관은 보초보다는 덜 엄격했으나 그 대신 몹시 호기심이 강했다. 하사관은 네플류도프가 왜 장교를 만나려는 것이며 네플류도프가 누구인가를 꼭 알아내려고 했다. 무슨 봉이라도 잡은 줄 알고 절대로 놓치지 않으려는 것이 분명했다. 그러자 네플류도프는 특별한 용무가 있다고 대답하며, 사례는 하겠으니 명함을 대장에게 전해달라고 부탁했다. 하사관은 명함을 받아들더니 고개를 끄덕이고는 사라졌다. 잠시 뒤 다시 철걱하고 쪽문이 열리더니 그 안에서 갖가지 바구니며 항아리며 자루 같은 것을 든 여자들이 나왔다. 여자들은 독특한 시베리아 사투리로 시끄럽게 떠들어대면서 쪽문을 넘어왔다. 그들은 모두 시골티가 나지 않는 도회지 풍의 외투나 털가죽 외투를 입고, 치마는 높이 들추어 올리고, 머리를 머릿수건으로 싸고 있었다. 여자들은 호기심 어린 눈으로 등불에 비친 네플류도프와 젊은 안내인을 힐끔힐끔 쳐다보았다. 한 여자는 어깨가 떡 벌어진 젊은이를 만난 것이 기뻤던지 곧 시베리아식 상소리를 내뱉으며 놀려댔다.

"어머나, 이 숲 귀신이 이런 데서 뭘 하고 있지?" 여자가 젊은이에게 말했다.

"보다시피 손님을 모시고 왔지." 젊은이가 대꾸했다. "그쪽은 뭘 가지고 온 거야?"

"우유야. 내일 아침에 또 가지고 오래."

"자고 가라고는 하지 않든?" 젊은이가 물었다.

"어머, 고약해라. 확 때려줄까 보다!" 여자가 웃으면서 말했다. "마을로 같이 가요. 바래다 줘요."

젊은 안내인이 또 뭐라고 여자에게 음탕한 말을 했는지 여자뿐만 아니라 보초까지 웃음을 터트렸다. 젊은이가 네플류도프에게 말을 건넸다.

"어떻습니까, 나리? 혼자서 가실 수 있겠습니까? 헤매지 않겠습니까?"

"알고말고. 걱정 없어."

"교회를 지나 2층집에서 오른쪽으로 두 번째 집입니다. 그렇지, 이 지팡이를 빌려 드리지요." 젊은이는 자기가 들고 있던, 키보다 큰 지팡이를 네플류도프에게 내주고는 그 큼직한 장화로 철벅철벅 진흙을 밟으면서 여자들과 함께 어둠 속으로 사라졌다.

한동안 짙은 안개 속에서 젊은이와 여자들의 목소리가 섞여 들려왔다. 이윽고 다시 쪽문이 철컥하더니 하사관이 모습을 드러내고, 장교에게로 안내하겠다고 말했다.

8

이 중간숙소는 시베리아 도로변에 있는 크고 작은 다른 숙소와 같은 구조로, 끝이 뾰족한 통나무 울타리에 둘러싸인 마당 안에는 숙소로 쓰이는 단층 건물 세 채가 세워져 있었다. 그중 창문에 쇠창살이 끼워져 있는 가장 큰 건물이 죄수들의 숙소로 사용되었다. 두 번째 건물은 호송병들의 숙소이고 세 번째는 장교의 숙소와 사무실로 사용되었다. 지금은 어느 건물에고 불이 켜져 있었는데, 이러한 곳에서는 특히 그렇듯, 환히 비친 벽 내부가 왠지 기분 좋고 즐거운 장소인양 사람 눈을 속이고 있었다. 건물마다 입구에 등불이 밝혀져 있고 그 밖에도 벽을 따라 달린 5개의 외등이 마당을 환히 비추고 있었다. 하사관은 바닥에 깔려 있는 널빤지 위를 걸어서 네플류도프를 가장 작은 건물의 입구 계단 앞으로 데리고 갔다. 3단으로 된 층계를 올라가자 하사관은 네플류도프를 먼저 들여보낸 뒤, 자기는 작은 램프 하나가 켜 있고 석탄 냄새가 물씬 나는 대기실로 들어갔다. 그 안에는 허름한 셔츠를 입고 넥타이를 매고 검은 바지 위로 노란 가죽 장화를 한쪽만 신은 병사가 난로 앞에서 허리를 구부린 채 다른 한쪽 장화로 사모바르*를 부채질하며 불을 피우고 있었다. 네플류도프를 보자 병사는 사모바르는 그대로 두고 네플류도프가 가죽 외투를 벗는 것을 도와준 다음 안쪽 방으로 들어갔다.

"오셨습니다, 대장님."

"좋아, 들어오게 해." 성난 듯한 목소리가 들렸다.

"저 문으로 들어가십시오." 병사는 말하고 다시 사모바르에 불을 피우기 시작했다.

네플류도프는 벽에 매달린 램프가 비추는 방으로 들어갔다. 먹다 남은 음식과 술병 2개가 놓여 있는 탁자 너머에 넓은 가슴과 어깨에 오스트리아식 군복을 꼭 맞게 입고 풍성한 금빛 코밑수염을 기른 붉은 얼굴의 장교가 앉아 있었다. 따뜻한 방 안에는 담배 냄새 말고도 코를 찌르는 고약한 악취가 맴돌았다. 장교는 네플류도프를 보자 엉거주춤 일어나며 비웃는 듯한 의아스러운 눈빛으로 지그시 노려보았다.

"무슨 일이십니까?" 장교가 말했다. 그리고 대답을 기다리지 않고 문 쪽을 향해 소리쳤다. "베르노프! 사모바르는 아직 멀었나?"

"네, 곧 들어갑니다."

"곧 가져온다는 게 언제부터냐? 혼 좀 나야 정신을 차리겠어?" 장교가 눈

---

* 러시아의 가정에서 물을 끓이는 데 사용하는 주전자.

을 부라리며 소리쳤다.

"지금 가져갑니다!" 병사는 그렇게 소리치며 사모바르를 가지고 들어왔다.

네플류도프는 병사가 사모바르를 놓는 동안 잠자코 기다렸다(장교는 병사의 어디를 때려줄까 겨누기라도 하듯이 그 작고 심술궂은 눈으로 병사를 노려보고 있었다). 어렵게 사모바르가 놓이자 장교가 차를 따랐다. 그리고 여행용 식량통에서 네모난 코냑 병과 비스킷을 꺼냈다. 장교가 그것들을 탁자보 위에 늘어놓더니 다시 한 번 네플류도프를 돌아보며 물었다.

"그래, 무슨 용건이지요?"

"어떤 여죄수와 면회를 하고 싶은데 허락을 받을 수 있을까 하고요." 네플류도프는 선 채로 말했다.

"정치범입니까? 그렇다면 법률로 금지되어 있습니다."

"그 여죄수는 정치범이 아닙니다."

"어쨌든 앉으십시오." 장교가 말했다.

네플류도프는 앉았다.

"그 여죄수는 정치범이 아닙니다." 네플류도프가 거듭 말했다. "그러나 제 청으로 정치범들과 행동을 같이해도 좋다고 당국에서 허가받고……."

"아, 알고 있습니다." 장교가 말을 가로막았다. "몸집이 작고 눈이 검은 여자지요? 뭐, 좋습니다. 담배 안 피우시겠습니까?"

장교는 네플류도프 앞으로 담뱃갑을 밀어 놓더니 컵 2개에다 신중히 차를 따르고 그중 하나를 네플류도프에게 권했다.

"드십시오." 장교가 말했다.

"고맙습니다. 그럼 빨리 면회를 하고 싶은데……."

"밤은 깁니다. 서두를 것 없어요. 그 여자를 불러오도록 이르지요."

"부르지 않고 절 그곳으로 가게 해줄 순 없습니까?" 네플류도프가 물었다.

"정치범한테 말입니까? 그건 법률로 금지되어 있습니다."

"지금까지 몇 번인가 허락을 받았는데요. 만약 제가 이상한 것을 들여보내지나 않을까 걱정이 되시나본데, 그럴 작정이었다면 그 여자를 통해서도 전달할 수 있을 겁니다."

"아니요, 그렇게는 안 될 겁니다. 그 여자는 몸수색을 받을 테니까요." 장교는 이렇게 말하고 음탕하게 웃었다.

"그러시다면 제 몸을 조사하시지요."

"뭐, 그럴 것까지는 없겠지요." 장교가 마개를 뽑은 병을 네플류도프의 컵에 가져다 대며 말했다. "한잔 드시겠습니까? 좋도록 하십시오. 이런 시베리아에서 살고 있으면 교양 있는 분을 만난다는 게 다시없는 즐거움이랍니다. 아시다시피 우리 일이라는 게 참 비참한 거라서요. 다른 생활에 익숙한 사람에게는 무척 괴롭지요. 사실 우리에 대해서는 묘하게 뿌리 깊은 오해가 있어요. '호송 장교라고? 쳇, 그렇다면 교양 없는 무뢰한이겠구만' 하는 식으로 말이죠. 이런 일 때문에 태어난 게 아니라는 것은 생각조차 해주지 않는답니다."

이 장교의 붉은 얼굴과 향수와 반지와 특히 그 기분 나쁜 웃음 때문에 네플류도프는 참을 수 없이 불쾌했다. 그러나 이 여행 중에 줄곧 그랬듯이 지금 역시 진지하고 사려 깊은 마음을 유지하고 있는 네플류도프는 상대가 어떤 사람이든지 경솔하거나 모욕적인 태도를 취하지 않으려고 애썼다. 또 누구를 상대하더라도 철저한 대화를 할 것을 철칙으로 삼았다('철저한'이란 네플류도프 자신이 이러한 태도를 가리켜 정의한 말이다). 장교의 말을 다 들은 네플류도프는 자기 손아귀에 있는 사람들에게 고통을 주는 위치에 있기가 괴로워 견딜 수 없다는 뜻으로 장교의 마음을 해석하고 진지하게 이렇게 말했다.

"당신의 직무에도 남의 고통을 덜어주는 데서 오는 위안이 있는 셈이군요."

"저들의 고통이라고요? 저들은 그저 저런 치들입니다."

"저런 사람들이라고 해서 별종인 것은 아닙니다." 네플류도프가 말했다. "모두 다 같은 인간이죠. 더구나 저 가운데는 죄 없는 사람도 있으니까요."

"그야 여러 사람이 있지요. 물론 딱한 사람도 있습니다. 다른 동료들은 몹시 엄하게 하는 모양입니다만, 전 가능한 범위에서 편하게 해주려고 애쓰고 있습니다. 죄수들을 괴롭히느니 차라리 제가 괴로워하는 편이 나으니까요. 다른 동료들은 걸핏하면 금방 법률을 들먹이거나 총살을 해버리지만 전 동정심을 가지고 대한답니다. 차를 좀 드시죠." 장교가 다시 차를 따르면서 말했다. "면회하시겠다는 여자는 대체 어떤 여자입니까?" 장교가 물었다.

"불행한 여자입니다. 우연한 일로 창녀로 전락한 여자인데 억울하게 독살죄를 뒤집어썼지요. 하지만 본디는 무척 선량한 여자랍니다." 네플류도프가 말했다.

장교는 고개를 갸웃거렸다.

"그래요, 흔히 있는 일이지요. 저도 얘기를 하나 해드리죠. 카잔에도 그런 여자가 하나 있었는데, 엠마라는 이름이었습니다. 태생은 헝가리였는데 눈은 아무리 보아도 페르시아인의 눈이었지요." 장교는 그 생각에 웃음을 참을 수 없었던지 히죽히죽 웃으면서 말을 이었다. "그 우아한 맵시는 백작부인을 뺨칠 정도였어요."

네플류도프는 장교의 말을 가로막고 좀 전에 하던 이야기로 화제를 돌렸다.

"그런 사람들이 당신 명령하에 있는 동안은 그 사람들을 편하게 해줄 수 있겠군요. 게다가 당신은 그렇게 해줌으로써 커다란 기쁨을 발견하게 될 겁니다. 저는 그렇게 확신합니다." 네플류도프는 외국인이나 아이들을 상대로 말하듯이 애써 또박또박 발음하면서 말했다.

장교는 눈을 빛내며 네플류도프를 바라보고 있었지만 그것은 페르시아인의 눈을 한 헝가리 여자의 이야기를 계속하기 위해 상대의 이야기가 끝나기를 초조해하며 기다리는 눈빛이었다. 그 여자가 뇌리에 생생하게 떠올라 다른 생각을 할 여지가 없는 것처럼 보였다.

"그렇군요. 뭐 그렇다고 해두죠." 장교가 말했다. "저도 그 사람들을 동정한다니까요. 지금 꼭 하고 싶은 말은 그 엠마라는 여자 이야기입니다. 그 여자가 어떤 짓을 했는지……."

"저는 그런 이야기에는 흥미가 없습니다." 네플류도프가 말했다. "분명히 말씀드리는데, 저도 전에는 이렇지 않았지만 지금은 여자를 그런 식으로 보는 것을 증오합니다."

장교는 깜짝 놀라 네플류도프를 쳐다보았다.

"차를 한 잔 더 드시겠습니까?" 장교가 말했다.

"아니요, 됐습니다."

"베르노프!" 장교가 소리쳤다. "이분을 바크로프한테 안내해서 정치범이

들어 있는 특별 감방으로 모시라고 해. 점호 때까지 거기 계셔도 괜찮다고 말이다."

9

전령병의 안내로 네플류도프는 다시 불그스름한 외등이 희미하게 비치는 어두컴컴한 마당으로 나갔다.

"어디로 가나?" 저편에서 걸어오던 위병이 네플류도프를 안내해 가는 병사에게 물었다.

"5호실 특별 감방이야."

"이리로는 못 가네. 자물쇠가 걸려 있으니까. 저쪽 입구로 돌아가야 해."

"왜 자물쇠를 걸었지?"

"하사관이 걸었어. 그리고 자기는 마을로 가서 재미를 보고 있지."

"쳇, 할 수 없군. 그럼 이쪽으로 오십시오."

병사는 네플류도프를 다른 층계로 데리고 가서 널빤지 발판을 따라 다른 입구로 다가갔다. 문에 채 도착하기도 전인데 벌써부터 와 하는 환성과 벌들이 벌집에 모여들어 웅웅대는 듯한 소란스러운 기척이 느껴졌다. 네플류도프가 입구까지 다가가서 문을 열자 그 환성이 한층 더 높아지더니 서로 외치고 욕하고 웃어대는 소리로 바뀌었다. 그리고 쇠사슬이 철거덕거리는 시끄러운 소리가 들리고 분뇨와 타르가 뒤섞인 역한 냄새가 코를 찔렀다.

쇠사슬 소리에 뒤엉킨 낮은 목소리와 이 지독한 악취는 언제나 네플류도프의 내부에서 하나로 융합되어, 생리적인 구토감으로 옮겨가는 정신적인 구토감과도 같은 복잡한 인상을 주었다. 이 두 가지가 뒤섞여 그런 인상은 차츰 심해지곤 했다.

'파라하'라 불리는 커다란 용변통이 놓여 있는 입구에 네플류도프가 들어섰을 때 맨 먼저 눈에 띈 것은 통 가장자리에 쭈그리고 앉은 한 여자였다. 그 앞에는 까까머리에 납작한 모자를 비스듬히 쓴 남자가 서 있었다. 두 사람은 무슨 이야기에 빠져 있었다. 남자 죄수가 네플류도프를 보자 한쪽 눈을 찡긋 감으며 말했다. "황제라도 오줌은 못 참는다잖습니까." 여자는 죄수복 자락을 끌어내리고 눈을 내리깔았다.

현관부터 복도가 쭉 뻗어 있었고 그 양쪽에 감방 문이 달려 있었다. 맨 앞쪽 감방이 부부들의 방이고 그 다음은 독신자들이 수용된 넓은 방, 복도 끝에 있는 작은 감방 두 개가 정치범들이 쓰는 방이었다. 150명을 수용할 수 있는 이 중간숙소 건물에 450명이나 수용되어 있었으므로, 죄수들은 방 안에 다 들어가지 못하고 복도까지 넘쳐 있었다. 바닥에 앉거나 드러누워 자는 사람도 있고, 빈 주전자나 뜨거운 물이 든 주전자를 가지고 여기 저기 기웃거리는 사람도 있었다. 그 속에는 타라스도 섞여 있었다. 타라스는 네플류도프를 쫓아와서 싱글거리며 인사했다. 그는 선량해 보이는 얼굴의 콧등과 눈 아래가 퍼렇게 멍이 들어 흉한 꼴을 하고 있었다.

"대체 어떻게 된 건가?" 네플류도프가 물었다.

"엄청난 사건이 있었거든요." 타라스는 빙그레 웃으면서 말했다.

"늘 싸움질만 하고 있으니." 위병은 업신여기는 태도로 말했다.

"여자 일로 말이죠." 뒤에서 따라온 죄수가 덧붙여 말했다. "페지카라는 애꾸와 한바탕 했답니다."

"페도샤는 잘 지내고 있소?" 네플류도프가 물었다.

"잘 있습니다. 지금 차를 탈 뜨거운 물을 갖다 주려던 참이죠." 타라스는 이렇게 대답하고 부부용 감방으로 들어갔다.

네플류도프는 문으로 들여다보았다. 감방은 침대 위고 아래고 할 것 없이 남녀 죄수들로 꽉 차 있었다. 젖은 옷이 마르느라 김이 서려 있었고 여자들이 외치는 소리가 끊임없이 들려왔다. 그 옆은 독신자들의 방이었다. 여기는 더 혼잡했는데, 젖은 죄수복을 입은 죄수들이 무엇을 나누려고 옥신각신하며 문 앞에서 복도까지 밀려나와 있었다. 위병의 설명에 따르면 야바위꾼 노릇을 하는 죄수에게 감방장이, 트럼프로 만든 전표를 걸고 도박을 하다가 날린 식대와 당겨 쓴 식대를 치르는 중이라고 했다. 죄수들은 하사관과 네플류도프를 보더니 순간 입을 다물고, 지나가는 두 사람을 적의에 찬 눈초리로 쏘아보았다. 돈을 나누고 있던 죄수들 사이에서 네플류도프는 표도로프라는 낯익은 죄수를 발견했다. 이 남자는 늘 자기 옆에, 눈썹이 치켜 올라가고 궁상맞은 창백한 얼굴을 한 젊은이와 보기 흉한 곰보에 코가 없는 부랑자를 거느리고 있었다. 이 부랑자는 도망할 때 밀림 속에서 동료를 죽이고 그 고기를 먹었다는 소문이 있었다. 그 부랑자는 축축하게 젖은 죄수복을 한쪽 어깨에만 걸친 채 복도에 버티고 서서, 네플류도프가 지나가도 길을 비켜주지 않고 경멸스럽다는 듯이 대담한 눈초리로 네플류도프를 쳐다보고 있었다. 네플류도프는 이 사나이를 피해 지나갔다.

네플류도프는 이미 이러한 광경에는 너무나도 익숙해져 있었다. 이 석 달 동안 400명이나 되는 형사범들의 온갖 모습을 질리도록 보아왔기 때문이다. 무더위 속을 쇠사슬 찬 발로 뽀얗게 흙먼지를 일으키며 걷는 모습도, 길가에서 쉬는 모습도, 어두컴컴한 숙소 마당에서 드러내놓고 음탕한 짓거리를 즐기는 모습도 때때로 목격해 왔다. 그러나 이렇게 형사범들 틈에 끼어들어온 자기에게 모두의 시선이 쏠리는 것을 느끼자, 늘 그렇듯 그들에게 몹쓸 짓을 하고 있다는 죄의식과 수치심에 사로잡혔다. 그러나 무엇보다 괴로운 것은 이 수치심과 죄의식 속에 어쩔 도리가 없는 혐오감과 두려움이 섞여 있다는 사실이었다. 그들과 같은 상황에 놓이면 그들처럼 될 수밖에 없다는 것은 네플류도프도 잘 알고 있었지만 그래도 그들에 대한 혐오는 억누를 수가 없었다.

"놈들은 상팔자지. 놀고먹으며 지낼 수 있으니까." 네플류도프가 정치범 감방 앞까지 갔을 때 누군가가 이렇게 말하는 소리로 들렸다. "저놈들은 뭐가 어떻게 되건 상관도 안 해. 지들 배가 아픈 것도 아니거든." 누군가가 목쉰 소리가 말하더니 거기에 상스러운 욕지거리를 덧붙였다.

악의에 찬 비웃는 듯한 웃음소리가 왁자하게 일어났다.

10

독신자 감방 앞을 지나자 네플류도프를 안내해 온 하사관은 점호 전에 모시러 오겠노라고 말하고 돌아갔다. 그 하사관이 자리를 뜨기가 무섭게 한 죄수가 족쇄를 손으로 누르며 맨발로 잽싸게 달려와서는 시큼한 땀내를 물씬 풍기면서 네플류도프 옆에 바싹 다가붙어 비밀얘기라도 하듯이 속삭였다.

"힘을 빌려 주십시오, 나리. 젊은 것이 술을 마시고 완전히 속아 넘어가 있습니다. 오늘 아침 인계 때에도 자기 입으로 제 이름을 카르마노프라고 말해버리는 형편이랍니다. 제발 도와주십시오. 우리로는 어쩔 수 없습니다. 잘못하다간 죽을 지도 모르니까요." 죄수는 불안한 듯이 이쪽저쪽을 두리번거리면서 이렇게 말하고는 곧 네플류도프의 곁을 떠나갔다.

그 사연은 이랬다. 카르마노프라는 징역수가 자기 얼굴과 닮은 젊은 유형수를 꼬드겨 이름을 바꾸기로 합의하고, 자기는 유형지로 가고 젊은이는 자기 대신 강제노역지로 보내려는 계획이었다.

네플류도프는 이미 이 사건을 알고 있었다. 방금 말을 하고 간 죄수가 일주일 전에도 언질을 주었기 때문이다. 네플류도프는 잘 알았으니 될 수 있는 대로 힘써보겠다는 표시로 고개를 한 번 끄덕이고, 뒤도 돌아보지 않고 앞으로 곧장 걸어갔다.

네플류도프는 이미 예카테린부르크에서부터 이 죄수를 알고 있었다. 자기 아내가 자기를 따라올 수 있게 힘써 달라고 네플류도프에게 부탁한 적이 있었기 때문이다. 그때 네플류도프는 이 죄수가 저지른 죄에 대한 이야기를 듣고 나서는 어처구니가 없었다. 이 죄수는 중키에 아주 평범한 농사꾼 얼굴을 한 서른쯤 되는 사내로, 강도살인 미수로 징역 판결을 받은 마카르 제프킨이라는 사람이었다. 마카르의 범죄는 참으로 야릇한 것이었다. 마카르가 자기 입으로 네플류도프에게 한 말에 따르면, 그 범죄는 마카르가 아니라 그놈 즉, 악마의 소행이라는 것이었다. 어떤 나그네가 마카르의 아버지를 찾아와 2루블을 줄 테니 40킬로미터 떨어진 마을까지 말이 끄는 썰매로 데려다 달라고 부탁했다. 아버지는 마카르에게 나그네를 안내하라고 일렀다. 마카르는 썰매에 말을 매고 몸단장을 한 다음 나그네와 함께 차를 마셨다. 나그네는 차를 마시면서, 자기는 색싯감을 얻으러 가는 길이며 지금 모스크바에서 번 500루블을 가지고 있다고 말했다. 이 말을 듣자 마카르는 마당으로 나가 썰매에 깔아놓은 보릿짚 밑에 도끼를 감추었다.

"왜 도끼 같은 것을 감추었는지 저도 모르겠습니다." 마카르는 말했다. "'도끼를 가져 가!' 놈이 그렇게 말하기에 가지고 간 것뿐이죠. 우리는 썰매를 타고 출발했습니다. 가는 동안 전 도끼는 까맣게 잊어버렸습니다. 마을이 가까워져서 이제 6킬로미터만 더 가면 되는 곳까지 오자, 오솔길에서 큰길로 바뀌는 곳이 오르막으로 되어 있었죠. 저는 썰매에서 내려 뒤에서 걸어가기 시작했습니다. 그러자 악마 놈이 이렇게 속삭이지 않겠습니까? '뭘 어물거리고 있어? 언덕을 다 올라가고 나면 한길에는 사람도 많아질 것이고 마을도 가까워질 테니 저놈은 돈을 고스란히 가지고 가게 될 것 아니냐? 해치우려면 이때다. 우물쭈물할 것 없어!' 저는 짚을 매만지는 척하며 썰매 안으로 몸을 구부렸지요. 그러자 도끼자루가 저절로 손으로 빨려드는 느낌이 들었어요. 나그네가 돌아보고 '무얼 하고 있나?' 하지 않겠습니까? 저는 도끼를 쳐들고 힘껏 내리치려고 했지만 이놈이 어찌나 재빠른 놈인지 썰매에서 뛰어내리더니 다짜고짜 제 양손을 움켜잡고 고래고래 고함을 지르더군요. '이 악당 놈, 이게 무슨 짓이야……!' 그러더니 저를 눈 속에 떼밀었습니다. 그래서 싸우지도 못하고 손을 들고 말았지요. 사내는 제 두 손을 혁대로 꽁꽁 묶고서 썰매에 밀어 넣더니 그 길로 경찰서로 끌고 갔습니다. 전 수감되고 재판을 받았지요. 그래도 마을 사람들은 저를 가리켜 좋은 사람이다, 나쁜 짓을 할 사람이 아니다 하며 변호해주더군요. 제가 일하던 집 주인도 저를 변호해 주었습니다. 하지만 변호사를 댈 돈이 없었지요." 마카르는 말했다. "그래서 4년 형을 선고받은 겁니다."

그리고 지금 이 사나이는 한 고향 사람을 구하려고, 이런 말을 하면 목숨이 위태로운 줄 뻔히 알면서도 네플류도프에게 비밀을 털어놓은 것이다. 만일 이런 일이 알려지기라도 하는 날에는 마카르는 꼼짝없이 교살될 게 분명했다.

11

정치범 감방은 조그만 두 개의 방으로 되어 있었고, 칸막이가 쳐진 복도 쪽으로 문이 나 있었다. 칸막이 안으로 들어서자 먼저 네플류도프의 눈에 시몬손이 보였다. 시몬손은 늘 입는 점퍼 차림에 손에는 장작을 들고, 불길에 빨려들어 덜거덕거리는 난로 뚜껑 앞에 쪼그리고 앉아 있었다.

네플류도프를 보자 시몬손은 쪼그리고 앉은 채, 끝이 처진 눈썹 밑으로 상대를 올려다보며 한 손을 내밀었다.

"마침 잘 오셨습니다. 말씀드리고 싶은 게 있습니다." 시몬손이 네플류도프의 눈을 똑바로 바라보며 의미심장하게 말했다.

"무슨 일인데요?"

"이따 말씀드리죠. 지금은 좀 바빠서요."

그렇게 말하고 시몬손은 다시금 난롯불을 지피기 시작했다. 시몬손은 자기 식의 이론으로 열 손실을 최소한으로 줄여가며 불을 때는 중이었다.

네플류도프가 앞쪽 문으로 들어가려는데 다음 문에서 손에 비를 든 카튜사가 허리를 구부리고 쓰레기 더미를 난로 쪽으로 쓸어 모으며 나타났다. 카튜사는 흰 블라우스를 입고 치맛자락을 걷어 올리고 긴 양말을 신고 있었다. 먼지가 쌓이는 것을 막기 위해 흰 머릿수건으로 눈썹 언저리까지 푹 감싸고 있었다. 네플류도프를 보자 카튜사는 허리를 펴고 뺨을 물들이면서 생기 있는 표정으로 비를 얼른 벽에 세워두고는 두 손을 치마에다 닦고 그 앞에 멈추어 섰다.

"청소를 하고 있었소?" 네플류도프가 손을 내밀면서 말했다.

"네. 예전에 하던 일이니까요." 카튜사는 이렇게 말하며 생긋 웃었다. "어찌나 더러운지 말도 못해요. 쓸고 닦느라 진이 다 빠졌지 뭐예요. 어때요? 담요는 다 말랐나요?" 카튜사가 시몬손에게 물었다.

"거의." 시몬손은 카튜사를 보며 대답했다. 그 눈빛에서 어떤 특별한 의미가 느껴져서 네플류도프는 섬뜩했다.

"그럼 나중에 가지러 올게요. 그런 다음 털가죽 외투를 가지고 와서 말려야겠어요. 모두들 여기 있어요." 카튜사가 안쪽 문으로 들어가면서 손으로는 앞쪽 문을 가리키며 네플류도프에게 말했다.

네플류도프는 문을 열고 좁은 방으로 들어갔다. 방 안은 낮은 침대 위에 놓인 작은 양철램프가 희미하게 빛을 내고 있었다. 방 안은 춥고 아직 가라앉지 않은 먼지와 습기와 담배 냄새로 꽉 차 있었다. 양철램프는 주위 사람들은 밝게 비추고 있었지만 침대는 그늘이 져 있었고, 벽에는 그림자가 하늘거리고 있었다.

좁은 방에는 더운 물과 음식을 가지러 간 취사 당번인 두 남자 말고는 모두 모여 있었다. 네플류도프가 오래전부터 알고 있는 베라 예플레모브나도 있었다. 머리를 짧게 자르고 잿빛 블라우스를 입은 베라 예플레모브나는 전보다 더 야위어 얼굴이 누렇게 떠 있고 이마에는 핏줄이 두드러졌으며 놀란 듯한 눈을 크게 뜨고 있었다. 베라 예플레모브나는 담뱃가루가 수북이 쌓여 있는 신문지 앞에 앉아서 익숙지 않은 손놀림으로 담뱃가루를 종이에 말고 있었다.

네플류도프가 가장 호감을 가지고 있는 정치범 여죄수 중 하나인 에밀리아 란체바도 있었다. 란체바는 정치범들의 생활면에서 자질구레한 것들을 시중들며 아무리 열악한 조건 아래서도 여성스럽고 가정적인 매력을 드러내기를 잊지 않았다. 란체바는 램프 옆에 앉아서 볕에 그은 아름다운 팔을 솜씨 좋게 놀려 컵과 찻잔을 닦고는 침대 위에 펴놓은 냅킨 위에다 늘어놓고 있었다. 란체바는 미인은 아니었으나 아직 젊었고, 영리하고 상냥한 얼굴을 하고 있었는데, 생긋 웃으면 금방 밝고 쾌활하며 매력적인 표정으로 바뀌는 것이 특징이었다. 지금도 그녀는 그런 미소를 지으며 네플류도프를 맞았다.

"어머나, 벌써 러시아로 돌아가 버리신 줄로만 알고 있었는데." 란체바가 말했다.

조금 떨어진 그늘진 구석 자리에는 마리아 파블로브나도 있었다. 그녀는 희끄무레한 머리칼을 한 어린 계집아이를 상대로 무언가를 하고 있었다. 계집아이는 귀엽고 앳된 목소리로 쉴 새 없이 재잘거리고 있었다.

"참 잘 오셨어요. 카튜사를 만나 보셨어요?" 마리아 파블로브나가 네플류도프에게 물었다.

"우리에게는 이런 손님이 왔답니다." 마리아 파블로브나가 계집아이를 가리켰다.

아나톨리 크르이리초프도 있었다. 야위고 창백한 얼굴을 하고 펠트로 된 장화를 신은 크르이리초프는 안쪽 침대 위에 책상다리를 하고 앉아 등을 구부리고 덜덜 떨면서 두 손을 반외투 소매에 푹 찔러 넣고 열에 들뜬 눈으로 네플류도프를 보고 있었다. 네플류도프는 그쪽으로 가려고 했다. 그때 문 오른쪽에 고무 점퍼를 입고 안경을 쓴 빨강머리 남자가 앉아서 무엇을 찾는지 배낭을 뒤지며, 생글생글 웃고 있는 그라베츠라는 아름다운 여죄수와 무슨 대화를 주고받는 모습이 보였다. 이 사내는 유명한 혁명가인 노보드보로프라는 사나이였다. 네플류도프는 서둘러 짧게 인사말을 건넸다. 네플류도프가 유난히 짧은 인사말을 건넨 이유는 이 정치범 무리 가운데서 유독 이 사나이에게만 친근감이 가지 않았기 때문이었다. 노보드보로프는 안경 너머로 파란 눈을 날카롭게 반짝이며 네플류도프를 쳐다보더니 이맛살을 찌푸리며 바싹 마른 손을 내밀었다.

"어떻습니까? 여행은 즐겁습니까?" 노보드보로프의 말에는 빈정거림이 가득 담겨 있었다.

"네, 재미있는 일이 아주 많군요." 네플류도프는 빈정거림을 깨닫지 못하고 호의로 받아들이는 체하며 대답하고 크르이리초프에게 다가갔다.

네플류도프도 겉으로는 냉정한 척하고 있지만 속으로는 평정심을 잃고 있었다. 노보드보로프의 이 한마디에 담긴, 일부러 기분 나쁜 말을 해주겠다는 그 노골적인 의도가 네플류도프가 잠겨 있던 평온하고 좋은 기분을 산산이 깨뜨리고 말았다. 네플류도프는 어둡고 침울한 마음이 되었다.

"기분은 좀 어떻습니까?" 네플류도프가 크르이리초프의 차갑고 떨리는 손을 잡으면서 말했다.

"네, 괜찮습니다. 그저 몸이 따뜻해지지 않을 뿐이랍니다. 이런 물에 빠진 생쥐 꼴이라니." 얼른 반외투 소매 속으로 손을 쏙 집어넣으면서 크르이리초프는 말했다. "게다가 여긴 지독하게 춥거든요. 보십시오, 저기 유리창도 깨져 있고요." 크르이리초프는 쇠창살 뒤에 끼워져 있는 유리가 두 군데나 깨진 곳을 가리켰다. "공작님은 어떠십니까? 한동안 통 안 보이시던데."

"허가를 해주지 않아서요. 책임자가 매우 엄격해서……. 오늘에야 겨우 이해심 많은 장교를 만났지요."

"허, 이해심이 많다고요?" 크르이리초프가 말했다. "오늘 아침에 그놈이 무슨 짓을 했는지 마샤한테 물어보십시오."

마리아 파블로브나는 자기 자리에 앉은 채, 오늘 아침 숙소를 떠날 때 계집아이에게 어떤 일이 있었는지 들려주었다.

"저는 집단 항의를 할 필요가 있다고 생각해요." 베라 예플레모브나는 단호한 어조로 말했으나, 말과는 반대로 겁먹은 듯한 눈빛으로 두 사람의 얼굴을 바라보았다. "시몬손이 항의를 했지만 그것으로는 부족해요."

"어떤 항의를 한다는 거요?" 화난 듯이 인상을 찌푸리며 크르이리초프가 말했다. 아마 베라 예플레모브나가 부자연스럽고 신경질적인 투로 에두른 표현을 하는 것이 신경에 거슬렸던 모양이었다. "카튜사를 찾고 계십니까?" 크르이리초프가 네플류도프에게 말했다. "카튜사는 아까부터 일을 하고 있습니다. 계속 청소만 하고 있어요. 이 남자 방은 다 끝냈고 지금은 여자 방을 청소하고 있습니다. 그래도 벼룩은 쓸어내지 못해서 뜯기고 있지만요. 마샤는 저기서 무엇을 하는 걸까요?" 크르이리초프가 마리아 파블로브나가 있는 구석을 고개로 가리키면서 물었다.

"돌보고 있는 계집아이의 머리를 빗겨주는 거예요." 란체바가 말했다.

"그건 좋지만 벼룩이나 이를 이쪽으로 퍼뜨리는 건 아니겠지?" 크르이리초프가 말했다.

"염려마세요. 조심할 테니까. 이젠 아주 깨끗해졌어요." 마리아 파블로브나가 말했다. "잠깐 안고 있어." 마리아 파블로브나가 란체바를 돌아보며 말했다. "난 가서 카튜사를 도와주고 올 테니까. 그리고 말릴 담요도 가지고 가야겠어요."

란체바는 계집애를 안더니 어머니 같은 상냥한 태도로 계집아이의 토실토실한 손을 잡고 자기 무릎 위에 앉히고는 사탕 한 개를 주었다.

마리아 파블로브나는 밖으로 나갔다. 얼마 뒤에 더운 물과 음식을 가지러 갔던 두 남자가 방 안으로 들어왔다.

12

들어온 남자 중 한 사람은 자그마하고 빼빼 마른 젊은이로 털가죽 반외투를 입고 높은 장화를 신고 있었다. 이 젊은이는 뜨거운 물이 든 커다란 주전자를 양손에 하나씩 들고, 옆구리에는 수건에 싼 빵을 낀 채 경쾌한 걸음걸이로 들어왔다.

"아니, 우리 공작님도 오셨군요." 젊은이는 주전자를 찻잔 사이에 놓고 빵을 카튜사에게 주면서 말했다. "기막힌 것을 사왔어." 젊은이가 반외투를 벗어 사람들 머리 너머로 침대 구석을 향해 휙 던지며 말했다. "마르케르가 우유와 달걀을 샀어요. 오늘 밤은 무도회를 열 수 있습니다, 무도회. 게다가 란체바가 모든 걸 아름답게 꾸며줄 테니 말이죠." 젊은이가 란체바를 보고 싱글싱글 웃으면서 말했다. "자, 이제 차라도 마셔볼까?" 젊은이가 란체바에게 말했다.

이 남자의 외모에서, 동작에서, 목소리에서, 눈빛에서, 모든 면에서 활기와 쾌활함이 넘쳐흘렀다. 다른 한 남자도 자그마하고 바싹 마른 몸매를 갖고 있었는데, 핼쑥한 얼굴에는 광대뼈가 몹시 튀어나오고, 초록빛이 도는 눈은 아름다웠으나 미간이 넓고, 입술은 얄팍했으며 처음 들어온 젊은이와 반대로 음울한 인상을 주었다. 이 남자는 낡아 빠진 솜 외투를 입고 장화에 덧신을 포개신고 있었다. 손에는 방금 산 물건이 담긴 항아리와 바구니를 두 개씩 들고 있었는데, 그것을 란체바 앞에 놓더니 네플류도프를 빤히 쳐다보며 고개만 까딱하여 인사했다. 그러더니 내키지 않는 듯한 태도로 땀이 밴 손을 내밀고 악수를 하고는 바구니에서 천천히 음식을 꺼내 늘어놓았다.

이 두 정치범은 평민 출신이었다. 한 사람은 농사꾼 출신으로 나바토프이
고 다른 사람은 직공 출신으로 마르케르 콘드라체프라고 했다. 마르케르가
혁명운동에 참가한 것은 이미 35살이던 중년 때였으나 나바토프는 18살 때
부터 운동에 뛰어들었다. 타고난 명석함으로 나바토프는 마을의 소학교를
졸업하고 중학교에 들어가 줄곧 가정교사를 지내면서 금메달로 졸업했으나
대학에는 가지 않았다. 이미 잊혀진 동포를 계몽하기 위해 자기 출신 계급인
농민 속으로 들어갈 것을 이미 7학년 때 결심했기 때문이었다. 나바토프는
그것을 실행했다. 처음에는 큰 마을의 면사무소 서기로 들어갔으나, 농민들
에게 책을 읽어주고 마을에 소비생산조합을 조직한 죄로 곧 체포되었다. 처
음에는 8개월 동안 갇혔다가 비밀 감시를 받는다는 조건으로 풀려나왔다.
그는 자유의 몸이 되자마자 다른 현의 마을로 가서 교사가 되어 역시 같은
일을 했다. 그러다가 또 붙들려 이번에는 1년 2개월 동안 옥에 갇혔는데, 옥
에서 지내면서 나바토프는 자기 신념을 한층 굳혀갔다.

두 번째 옥중 생활을 끝내자 나바토프는 페르미 현으로 추방되었다. 나바
토프는 그곳을 탈출했다. 그러나 다시 붙들려 7개월 동안 감금되었다가 이
번에는 아르한겔리스크 현으로 추방되었다. 그러나 새 황제에 대한 선서를
거부한 죄로 거기서 또 야쿠트로 유형되었다. 이리하여 나바토프는 성인기
의 절반을 감옥과 유형지에서 보냈다. 이러한 편력에도 나바토프는 조금도
비뚤어지지 않았고 열정도 식지 않았을 뿐 아니라 더욱 투지를 불태웠다. 나
바토프는 튼튼한 위장을 가진 활동적인 사나이로 언제나 능동적이고 쾌활하
며 혈기왕성했다. 어떤 일에도 후회하지 않았고 먼 앞날을 지레짐작하지도
않았으며, 자기의 두뇌와 기민함과 실천력을 총동원하여 현재 할 수 있는 일
에만 몰두했다. 자유의 몸이었을 때는 스스로 세운 목적을 위해, 즉 일하는
민중, 그중에서도 특히 농민 계몽과 단결을 위해 일했다. 그러나 감옥에 갇
혀 있을 때도 자기만을 위해서가 아니라 동료 전체를 위해 바깥 세계와 연락
을 취했고, 주어진 조건 아래서 보다 나은 생활을 하기 위해 정열적으로 활
동했다.

나바토프는 무엇보다도 공동체를 우선하는 사람이었다. 자기 자신을 위해
서는 아무것도 원하지 않는 사람처럼 보였다. 자기는 가진 것이 없더라도 예
사롭게 지낼 수 있었으나 공동체를 위해서는 많은 것을 요구했고, 육체노동

이고 정신노동이고 가리지 않고 침식을 거르며 일할 수 있었다. 나바토프는 농사꾼처럼 부지런하고 이해가 빨랐으며 일처리도 빠르고, 절제를 알고 남의 기분을 헤아리는 것은 물론이요 그 의견에도 신중한 태도를 보였다. 나바토프의 늙은 어머니는 읽고 쓸 줄도 모르는 무식한 시골 과부로 미신을 굳게 믿었으며 아직도 살아 있었다. 그래서 나바토프는 늙은 어머니를 여러모로 도왔으며 감옥 밖에 있을 때는 곧잘 어머니를 찾아갔다. 그리고 집에 있는 동안은 자질구레한 부분까지 늙은 어머니를 챙기고 농사일도 도우며 옛 친구인 마을의 젊은 농사꾼들과도 잘 어울렸다. 그들과 함께 싸구려 담배를 개의 발 모양으로 말아서 피우기도 하고 힘겨루기도 하면서, 농민들 모두가 속고 있다는 것과 이렇게 속고 있는 상태에서 벗어나야만 한다는 것을 알기 쉽게 설명해주었다. 혁명이 민중에게 어떤 결과를 가져다줄지 생각하거나 이야기할 때 나바토프는 언제나 자기의 출신 계급인 민중을 지금과 거의 비슷한 모습으로 상상했다. 다만 지금과 다른 점은 농민들은 토지를 가지고 있고, 귀족이나 관리는 사라지고 없다는 것뿐이었다. 나바토프의 관념으로는 혁명은 민중 생활의 기본 형태를 바꾸어선 안 된다고 생각했는데, 이 점에서 노보드보로프나 그 추종자인 마르케르 콘드라체프하고 의견이 맞지 않았다. 나바토프의 생각으로는 혁명은 건물 전체를 파괴해서는 안 되며, 다만 이 아름답고 견고하며 거대한, 자기가 몹시 사랑해 마지않는 낡은 건물 내부의 설계만을 바꾸어 놓는 일이어야 했다.

종교적인 면에서 볼 때도 나바토프는 전형적인 농사꾼이었다. 그는 지금껏 한 번도 형이상학적인 문제, 즉 만물의 기원이나 내세와 같은 문제를 생각해본 적이 없었다. 나바토프에게 있어서의 신은 프랑스의 천문학자 아라고와 마찬가지로 오늘날까지 그 필요성을 느낀 적 없는 단순한 가설에 지나지 않았다. 이 세계가 어떻게 창조되었는지, 모세가 주장했던 천지창조설인지, 아니면 다윈의 진화론이 옳은 것인지 그런 것은 아무래도 좋았다. 동지들이 아주 중요하게 여기는 다윈의 진화설도 나바토프에게는 엿새 동안에 세계가 창조되었다는 성경의 가르침과 똑같은 단순한 사상놀음에 지나지 않았다.

그가 이 세계가 어떻게 창조되었는가 하는 문제에 그다지 흥미를 갖지 못한 이유는, 그 세계에서 보다 나은 삶을 살기 위해 어떻게 해야 하느냐 하는 문제로 머리가 늘 꽉 차 있었기 때문이다. 내세에 대해서는 한 번도 생각해 본 적이 없었다. 조상 대대로 이어온, 모든 농민들에게 공통된 확고하고 흔들림 없는 신념을 마음속에 품고 있었기 때문이다. 즉 동식물의 세계에는 끝이라는 것이 없어서 비료가 곡식이 되고, 곡식이 닭이 되고, 올챙이가 개구리가 되고, 애벌레가 나비가 되고, 도토리가 떡갈나무가 되는 것처럼 언제나 하나의 형태에서 다른 형태로 변화해가듯이, 인간도 이와 마찬가지로 결코 죽어 없어지는 게 아니라 다만 모양을 바꾸어갈 뿐이라는 확신을 가지고 있었다. 나바토프는 이 사상을 믿었으므로 언제나 용감하게, 오히려 유쾌할 정도로 죽음을 직시하고, 곧 죽을 것만 같은 고통도 꿋꿋이 참고 견뎠다. 그러나 이러한 생각을 입 밖에 내기 싫어했고, 설령 입 밖에 낸다 해도 제대로 표현하지 못했다. 나바토프는 일을 좋아해서 언제나 현실 문제에 매달려 있었으며 그러한 실천적 문제에 동지들을 끌어들였다.

이 무리에 속해 있는 또 다른 평민 출신의 정치범 마르케르 콘드라체프는 다른 유형의 사내였다. 콘드라체프는 15살 때 공장에서 일하며 막연한 굴욕감을 잊기 위해 술과 담배를 배웠다. 크리스마스에 공장주의 아내가 마련한 크리스마스 파티에 다른 소년공들과 함께 초대되었을 때 콘드라체프는 처음으로 이 굴욕감을 맛보았다. 그때 그들 소년공이 받은 선물은 1코페이카짜리 피리와 사과와 금색으로 칠한 호두와 말린 무화과 따위였지만, 공장주 아이들은 마법사의 선물 같은 장난감을 받았다. 그것은 50루블도 넘는 값비싼 것이었음을 나중에 듣고서 알았다. 콘드라체프가 스무 살이 되었을 때 유명한 여류혁명가가 여직공으로 공장에 들어왔다가 콘드라체프의 뛰어난 재능을 눈여겨보고 책과 팸플릿을 주기도 하고 이런 저런 이야기를 하면서, 콘드라체프가 지금 놓여 있는 처지가 어떠한 것인지, 어떻게 하면 그것을 개선할 수 있는지를 설명해주었다. 그는 자기와 동료들이 놓여 있는 지금의 환경에서 벗어나는 것이 결코 불가능한 일이 아님을 깨닫자 이 부당한 상황이 전보다 한층 더 잔혹하고 끔찍하게 여겨져서 자신들의 해방을 바란 것은 물론이요, 이런 불공평함을 만들고 유지하는 사람들의 처벌까지도 열렬히 바라게되었다. 또한 그런 가능성을 부여하는 것이 지식이라는 말을 듣고 콘드라체프는 온 정열을 기울여 지식을 얻기에 몰두했다. 어째서 사회주의의 이상이 지식을 통해 성취되는지는 확실히 알 수 없었지만, 이 지식으로 인해 자기가 지금 불공평한 환경에 놓여 있음을 깨달았듯이 마찬가지로 이 지식이 그러한 불공평을 바로잡아 주리라고 믿었다. 더 나아가 지식은 콘드라체프라는 한 인간을 다른 사람들보다 한 단계 높은 곳으로 끌어올려주었다. 그래서 그는 술과 담배도 끊고 창고지기가 된 뒤, 많아진 자유 시간을 오로지 공부에 바쳤다.

여류혁명가는 콘드라체프를 가르치며, 지치지 않고 지식을 흡수하는 그 재능에 혀를 내둘렀다. 2년 동안 콘드라체프는 대수, 기하, 특히 좋아했던 역사를 공부했고, 문학작품, 평론, 특히 사회주의 문헌을 즐겨 탐독했다.

여류혁명가가 체포될 때 콘드라체프도 그녀와 함께 체포되었다. 집에서 금서가 발견되었기 때문에 그는 투옥되었고, 그 뒤 보로그다 현으로 유형되었다. 거기서 콘드라체프는 노보드보로프와 알게 되어 더 많은 혁명 서적을 읽고 그 지식을 모조리 머릿속에 흡수하였고, 점점 더 사회주의 사상에 대한 자기의 견해를 확고히 했다. 유형을 마친 뒤 콘드라체프는 큰 공장에서 파업을 이끌었다. 그러나 이 파업은 공장이 파괴되고 공장장이 살해되면서 종결되었다. 콘드라체프는 또다시 붙잡혀 시민권을 박탈당하고 유형을 선고받았다.

콘드라체프는 현행 경제구조에 대한 것과 마찬가지로 종교에 있어서도 부정적인 태도를 취했다. 콘드라체프는 자신에게 뿌리박혀 있는 신앙의 어리석음을 깨닫고 처음에는 두려워하면서도 거기서 벗어나려고 노력했으며, 이윽고 벗어나는 데 성공하자 이번에는 환성을 지르며 기뻐했다. 그리고 자기와 조상들을 오랫동안 기만해 온 그 신앙에 복수라도 하듯이 사제들과 교회의 교리를 신랄하게 비웃는 일에 지칠 줄 몰랐다.

콘드라체프는 금욕생활이 몸에 배어 있었으므로 아주 적은 것으로도 만족했으며, 어렸을 때부터 노동을 배워 근육이 발달한 모든 사람이 그렇듯이 어떤 육체노동이라도 힘들이지 않고 오랜 시간을 요령 좋게 해낼 수 있었다. 그러나 무엇보다도 자유 시간을 아껴서 감옥 안에서도 숙소에서도 공부를 계속했다. 콘드라체프는 지금 마르크스의 제1권을 공부하고 있었는데, 마치 보물처럼 소중히 그것을 배낭 속에 간직하고 있었다. 콘드라체프는 모든 동지들에게 냉담하고 무관심한 태도를 취하고 있었으나 예외로 노보드보로프만은 무조건 따르고 무슨 일에서건 노보드보로프의 판단을 절대 진리로 받아들였다.

콘드라체프는 여자를 모든 중대한 일을 방해하는 장애물로 보고 억누를 수 없는 경멸감을 품었다. 그러나 카튜사만은 불쌍히 여겼는데, 그녀를 상류계급에 의한 하층계급 착취의 표본이라 보고 친절히 대했다. 같은 이유로 콘드라체프는 네플류도프를 좋게 여기지 않아서 그다지 말도 걸지 않았으며 먼저 악수를 하자고 손을 내미는 법도 없었다. 네플류도프가 인사를 건네고 악수를 청하면 마지못해 손을 내밀어 상대가 자기 손을 쥐도록 내맡길 뿐이었다.

12

벽난로가 활활 타올라 방 안은 따뜻해졌다. 모두의 찻잔과 컵에는 차와 우유가 따라지고 둥근 빵과 고급 밀가루로 만든 갓 구운 빵, 그리고 삶은 달걀과 버터와 송아지 머리 고기와 다리 고기가 차려졌다. 식탁 대신으로 쓰인 침대에 모두 모여서 마시고 먹고 이야기했다. 란체바는 상자에 걸터앉아서 차를 따라주었다. 란체바 주위를 모두가 빙 둘러쌌다. 크르이리초프만은 젖은 반외투를 벗고 마른 담요로 몸을 감싸고는 자기 침대에 누워서 네플류도프와 이야기하고 있었다.

이송 도중의 추위와 습기, 도착해서 본 더럽고 지저분한 방, 그것을 정리하기 위한 대청소, 그러한 것들을 다 이겨내고 겨우 음식과 뜨거운 차를 들고 난 죄수들은 이를 데 없이 유쾌하고 즐거운 기분이 되었다.

벽 너머에서 들려오는 형사범들의 소란스런 발소리며 외침소리며 욕하는 소리는 정치범들에게 자기네들이 처한 환경을 줄곧 상기시켰으나, 한편으로는 이 따뜻한 분위기를 한층 더 돋우어주었다. 바다 한가운데 떠 있는 작은 섬에 있는 것처럼, 여기 있는 사람들은 자기들을 에워싼 굴욕과 고통의 파도로부터 잠시나마 벗어난 듯한 느낌이 들어서 힘이 솟고 흥분에 빠졌다. 그들은 온갖 이야기를 주고받았으나 현재 자기들이 처한 상황이나 자기들을 기다리고 있는 운명에 대해서만은 입에 올리지 않았다. 뿐만 아니라, 특히 이들처럼 강제로 동거하고 있는 상황에서는 종종 일어나는 일이지만, 젊은 남녀 사이에는 사모의 감정이 싹텄다. 서로 사랑하는 사람들도 있고 짝사랑하는 사람도 있어 감정은 가지가지로 얽혀 있다. 거의 모두가 연애 감정에 사로잡혀 있었다. 노보드보로프는 늘 웃는 낯인 아름다운 그라베츠를 사랑하고 있었다. 이 그라베츠는 아직 젊은 여대생으로 어떤 일에 대해서든 별로 깊게 생각하지 않는 편이라 혁명에도 전혀 무관심했다. 그럼에도 시대의 풍조에 휩쓸려 일부러 정부에 거스르는 짓을 하고 유형을 선고받았다. 자유의 몸이었을 때 그라베츠의 주요 관심사는 남자들의 인기를 끄는 일이었는데, 이러한 면모는 재판 때도, 감옥에서도, 유형지에서도 그대로 드러났다. 이번 이송 도중에서도 그라베츠는 노보드보로프가 자기에게 빠져 있는 것을 위안으로 삼았고, 그러다 저도 모르게 그가 좋아져버렸다. 베라 예플레모브나는 누구를 금세 좋아하는 성격이었는데 정작 그녀를 좋아하는 상대는 없었다. 지금도 나바토프와 노보드보로프를 번갈아 사랑하며, 상대도 같은 감정을 품어주기를 기대하고 있었다. 크르이리초프는 마리아 파블로브나에게 연정 비슷한 감정을 품고 있었다. 크르이리초프는 흔히 남자가 여자를 사랑하듯이 마리아 파블로브나를 사랑했는데, 그녀가 연애를 어떤 감정으로 대하는지 알고 있었기에 마리아 파블로브나가 특히 친절하게 간병해주는 것에 대해 감사와 우정이라는 형태로 교묘하게 자기의 감정을 숨겼다. 나바토프와 란체바는 매우 복잡한 연애감정으로 얽혀 있었다. 마리아 파블로브나가 완전히 순결한 처녀였던 것과 마찬가지로 란체바는 완전히 정숙한 유부녀였기 때문이다.

아직 열여섯이던 여대생 시절에 란체바는 페테르부르크 대학의 학생이던 란체프와 사랑에 빠져 19살 때 결혼했다. 그 뒤 남편은 대학 4학년 때 학생운동에 휘말려 페테르부르크에서 쫓겨나 혁명가가 되었다. 란체바도 그때까지 다니던 여자의대를 중퇴하고 남편을 따라 혁명가가 되었다. 만약 남편이 이 세상에서 가장 훌륭하고 가장 똑똑한 사람이라고 생각하지 않았다면 란체바는 사랑도 하지 않았을 것이고 결혼도 하지 않았을 것이다. 그러나 자기가 이 세상에서 가장 선량하고 가장 현명한 사람이라고 확신한 남자를 사랑하고 그 남자와 결혼한 이상, 당연한 수순으로 이 세상에서 가장 선량하고 가장 현명한 사람이 이해하는 대로 그 인생과 그 목적을 이해했다. 처음에 남편은 인생의 목적이란 배움에 있는 것이라고 이해했으므로 란체바도 그렇게 인생을 이해했다. 그러다 남편이 혁명가가 되자 란체바도 혁명가가 되었다. 란체바는 현행 질서는 용납할 수 없는 것이며, 개인의 의무는 이 질서와 싸워서 저마다 자유로이 성장할 수 있는 정치 및 경제 체제를 수립하는 것이라는 이론을 명확히 논증할 수 있었다. 그리고 실제 스스로도 그렇게 생각하고 느낀다고 여겼지만, 실은 그저 남편의 생각만이 절대 진리라 믿고 오로지 남편의 마음과 완전히 융합하는 것만을 추구했음에 지나지 않았으며, 오직 거기에서 정신적 만족을 얻었다.

어린 자식을 남편과 시어머니에게 맡기고 헤어진 일은 무척 고통스러운 경험이었다. 그러나 란체바는 이 고통도 굳세게 견뎠다. 이것이 남편을 위한 일이며, 남편이 이 일에 온몸을 바친 이상 그 일은 의심할 여지도 없이 진리라는 것을 알고 있었기 때문이다. 란체바는 언제나 마음속으로 남편과 같이 있었으므로 전에 그러했듯이, 지금도 남편 말고는 그 누구도 사랑할 수 없었다. 그러나 나바토프의 진실하고 순수한 사랑에 감동을 받고 마음이 흔들렸다. 나바토프는 도덕심이 강하고 절개가 굳은 사내인데다 란체바의 남편과 친구 사이였으므로 란체바를 친누이 대하듯 하려 애썼다. 그러나 란체바를 대하는 그의 태도에는 그 이상의 무엇이 엿보였다. 바로 이것이 두 사람을 놀라게 했고 아울러 지금의 괴로운 생활을 아름답게 장식해주고 있었다.

그러고 보면 이들 가운데서 연애 감정에서 완전히 자유로운 사람은 마리아 파블로브나와 콘드라체프 둘뿐이었다.

14

다 같이 차와 식사를 한 뒤 언제나 그랬듯이 네플류도프는 카튜사와 단둘이서 이야기할 기회를 노리면서 크르이리초프 곁에 앉아서 이런저런 이야기를 주고받고 있었다. 네플류도프는 아까 마카르한테서 부탁받은 일과 그 내용을 들려주었다. 크르이리초프는 열에 들뜬 눈을 네플류도프의 얼굴에 고정한 채 주의 깊게 들었다.

"그렇습니다." 크르이리초프가 느닷없이 입을 열었다. "저는 이따금 이런 생각을 한답니다. 실제로 우리는 그 사람들과 같이 걷고 있는데, 바로 '그 사람들'이란 누구일까요? 우리가 구하려 하고 있는 바로 그 민중이 아닙니까? 그런데 우리는 그 사람들을 모를 뿐 아니라 알려고도 하지 않습니다. 더구나 그쪽은 한술 더 떠서 우리를 미워하고 적대시하죠. 이것은 참으로 무서운 일입니다."

"뭐, 무서워할 일은 아니에요." 두 사람의 대화에 귀를 기울이고 있던 노보드보로프가 말했다. "민중이란 늘 권력만을 숭배하는 법이죠." 노보드보로프는 그 쩌렁쩌렁 울리는 소리로 말했다. "정부가 권력을 쥐고 있는 한 그자들은 정부를 숭배하고 우리를 미워합니다. 하지만 보세요. 내일이라도 우리가 정권을 쥐게 되면 그자들이 우리를 숭배하게 되겠지요⋯⋯."

그때 벽 너머에서 욕지거리를 퍼붓는 소리와 심하게 벽에 부딪치는 소리, 철거덕거리는 쇠사슬 소리, 찢어지는 비명소리가 들렸다. 누군지 얻어맞으면서 살려달라고 외치고 있었다.

"보십시오, 저들은 짐승이라니까요! 우리와 저들 사이에 어떤 공통점이 있을 수 있단 말입니까?" 노보드보로프가 태연히 말했다.

"지금 짐승이라고 했소? 그런데 지금 네플류도프 씨한테 들었는데⋯⋯." 크르이리초프는 부아가 치민다는 듯이 이렇게 말하고, 마카르가 같은 고향 사람을 구하기 위해 목숨을 걸고 있다는 사실을 이야기했다. "이건 짐승의 행위가 아니라 훌륭하고 헌신적인 행위 아닌가?"

"감상주의야!" 노보드보로프가 비꼬며 말했다. "저들의 감정 변화와 행동의 동기는 우리로서는 이해하기 어려운 일이지. 자네는 거기서 너그러운 마음을 읽었다고 하지만 그건 어쩌면 그 징역수에 대한 선망인지도 모른다고."

"왜 넌 남의 좋은 점을 조금도 보려고 하지 않지?" 갑자기 마리아 파블로브나가 발끈하며 말했다(마리아 파블로브나는 누구에게나 친구 같은 말투를 썼다).

"없는 걸 무슨 수로 보란 말이오?"

"없긴 왜 없어? 한 사람이 무서운 죽음의 위험을 걸고 있는데?"

"내 생각으로는⋯⋯." 노보드보로프가 말했다. "우리가 혁명에 성공하기 위한 첫째 조건은(램프 옆에서 책을 읽고 있던 콘드라체프가 책을 내려놓고 스승의 말에 주의 깊게 귀를 기울이기 시작했다) 공상은 집어치우고 현실을 있는 그대로 직시해야 한다는 것이오. 민중을 위해 모든 것을 하더라도 민중에게서는 아무것도 기대하지 말아야 하지. 그들이 지금처럼 무기력하게 사는 한 민중은 우리의 활동 대상이 될지언정 협력자는 될 수 없으니까." 노보드보로프는 마치 강의라도 하는 투로 말했다. "그러니까 그들이 우리가 지향하는 수준의 발전된 모습을 보이기 전에는, 그들에게서 도움을 기대한다는 것은 헛된 꿈일 뿐이오."

"뭐가 발전된 모습인데?" 크르이리초프가 씩씩거리며 말했다. "우리는 횡포와 전제에 반대한다고 부르짖고 있다. 그런데 자네의 이론이야말로 가장 무서운 전제가 아니고 뭔가?"

"아니, 전제 따위는 조금도 존재하지 않지." 노보드보로프가 침착하게 대답했다. "나는 민중이 나아갈 길을 알고 있고 그 길을 제시할 수 있다고 말하고 싶은 것뿐이야."

"하지만 자네는 자네가 제시하는 길이 옳은 길이라고 어떻게 확신할 수 있나? 그것이야말로 종교 재판과 대혁명의 처형을 빚어낸 전제가 아니고 무어란 말인가? 그들도 과학에 의해, 유일한 올바른 길을 알고 있다네."

"그들이 길을 잘못 들었다는 사실이 내가 길을 잘못 들었다는 증거가 되지는 않아. 그리고 관념론자들의 망상과 실증적인 경제학의 근거 사이에는 큰 차이가 있는 거야."

노보드보로프의 목소리가 방 안에 쩡쩡 울렸다. 혼자만 지껄이고 다른 사람은 모두 잠자코 있었다.

"언제나 이론만 따지고 있으니." 노보드보로프가 잠시 말을 끊자 마리아 파블로브나가 말했다.

"당신은 이 문제를 어떻게 생각하십니까?" 네플류도프가 마리아 파블로브나에게 물었다.

"크르이리초프가 옳다고 생각해요. 민중들에게 우리 생각을 강요할 수는 없으니까요."

"그럼 카튜사, 당신은?" 네플류도프는 미소를 지으면서 물었지만, 카튜사가 무슨 엉뚱한 소리를 꺼내지나 않을까 내심 조마조마했다.

"저는 민중이 모욕당하고 있다고 생각해요." 카튜사는 얼굴을 붉히며 말했다. "민중은 너무나도 모욕당하고 있어요."

"그래, 카튜사. 그 말이 맞아." 나바토프가 외쳤다. "민중은 몹시 모욕당하고 있어. 그런 일이 없도록 해주어야 해. 그게 우리가 할 일이지."

"혁명 과제를 묘하게 이해하고 있군." 노보드보로프가 그렇게 말하더니 화난 듯이 입을 꾹 다물고 담배를 피우기 시작했다.

"저 친구하고는 말이 안 통한다니까." 크르이리초프가 작게 중얼거리더니 입을 다물었다.

"차라리 말을 않는 편이 훨씬 나을 것 같군요." 네플류도프가 말했다.

15

노보드보로프는 모든 혁명가들로부터 존경을 받고 있었고 학식이 꽤 넓은데다 매우 총명한 인물로 평가받고 있었다. 그러나 네플류도프는 노보드보로프를 정신적 자질이 중간에도 못 미치는, 자기보다도 훨씬 낮은 혁명가로 분류했다. 이 사나이의 분자라고 할 수 있는 지력은 상당한 것이었으나 그 분모인 자만심은 그와 비교도 할 수 없을 만큼 큰 것으로, 이미 오래전부터 그 지력을 훨씬 넘어서고 있었다.

노보드보로프는 정신생활이라는 측면에서 시몬손과는 정반대의 인물이었다. 시몬손은 주로 남자다운 기질이 앞서는 사람으로, 그 행동은 사색활동에서 생기고 그에 의해 결정되었다. 그러나 노보드보로프는 주로 여성스러운 기질이 앞서는 사람으로, 그 사색활동의 일부는 감정에 의해 결정된 목적 달성에, 일부는 감정이 불러일으킨 행동을 변호하는 데 쓰였다.

노보드보로프의 혁명운동은 그 자신이 아무리 뛰어난 언변으로 설득력 있는 논증을 들어 설명한다 하더라도, 네플류도프의 눈에는 한낱 사람들을 쥐락펴락하겠다는 욕망과 허영심이 그 밑바탕에 깔린 것으로밖에 보이지 않았다. 노보드보로프는 처음에는 남의 사상을 흡수하여 내 것으로 만들고 그것을 정확하게 전할 수 있는 재능 덕분에, 중학교를 비롯하여 대학교, 대학원에 이르기까지 그러한 능력이 높이 평가받는 학창 시절에는 누구보다 돋보이는 인물이었으며 그 자신도 거기에 만족했다. 그러나 졸업장을 받고 학창 시절이 끝나자 자랑스럽던 나날도 끝나고 말았다. 그래서 그는 느닷없이, 노보드보로프를 경멸하는 크르이리초프의 말에 따르면, 새로운 환경에서 우위를 차지하기 위해 자기 사상을 180도로 달리하여 온건한 자유주의자에서 과격한 '인민의 의지파'로 변했다는 것이다. 회의와 망설임을 불러일으키는 도덕적, 미적 자질이 결여되어 있는 성격 덕에 노보드보로프는 순식간에 혁명가들 사이에서 당의 지도자라는 지위를 차지하고 그 자존심을 채울 수 있었다. 일단 방향을 정하자 노보드보로프는 일말의 의심도 망설임도 가지지 않았고 그것은 결코 틀린 길이 아니라고 확신했다. 노보드보로프에게는 모든 일이 지극히 단순하고 명백했으며 거기에는 조금의 의심도 없었다. 그의 좁은 시야와 일면성으로 보면 확실히 모든 것은 매우 단순하고 명백했다. 노보드보로프의 표현을 빌리자면, 단지 논리적이기만 하면 되었다. 그 자만심은 그야말로 하늘을 찌르는 것이어서, 노보드보로프에게는 남을 물리치든가 무릎을 꿇리든가 하는 둘 중 하나의 선택만이 존재했다. 노보드보로프는 주로 아주 젊은 청년들 사이에서 활동했는데, 이 젊은이들은 그의 어마어마한 자기 과신을 깊은 사려와 총명이라고 오해했으므로 대다수의 청년은 노보드보로프에게 복종했다. 노보드보로프는 혁명가들 사이에서 빛나는 명성을 거머쥐었다. 노보드보로프의 일은 봉기할 준비를 하고, 그 봉기를 통해 권력을 되찾고 국민회의를 소집하는 것이었다. 그 회의에서 노보드보로프가 꾸민 강령이 제출되기로 되어 있었는데, 그 자신은 이 강령에는 모든 문제가 들어가 있으므로 반드시 실행되어야 한다고 굳게 믿었다.

동지들은 그의 용기와 결단력 때문에 노보드보로프를 존경했지만 사랑하지는 않았다. 노보드보로프 역시 아무도 사랑하지 않았으며, 뛰어난 사람이면 누구든 경쟁자로 여기고, 늙은 원숭이가 어린 원숭이를 상대하듯이 필요할 때만 그 경쟁자들을 대했다. 노보드보로프는 자기 재능을 발휘하는 데 방해를 받지 않기 위해서라면 남의 지력과 재능을 모조리 빼앗는 것에도 망설이지 않았다. 노보드보로프는 자기에게 굽실거리는 사람에게만 호의를 가지고 대했다. 이런 이유로 이번 이송 중에도, 자기의 언변에 사로잡힌 노동자 콘드라체프와 자기에게 반해 있는 베라 예플레모브나, 아름다운 그라베츠에게만 살갑게 대했다. 노보드보로프는 원칙적으로 여성 해방 운동에 찬성했지만 속으로는 모든 여자를 어리석고 무가치한 존재로 여겼다. 그라베츠와 같이 자기가 때때로 감상적인 사랑에 빠지는 상대에게는 예외이긴 했으나, 그럴 때면 그러한 여성을 자기만이 그 가치를 알아보는 비범한 여자라고 생각하는 것이었다.

다른 모든 문제와 마찬가지로 남녀관계라는 문제도 노보드보로프에게는 무척 단순명료한 것이었으며, 그것을 자유연애로 규정함으로써 그 문제는 완전히 해결된다고 생각했다.

노보드보로프는 명목뿐인 아내와 진짜 아내가 한 사람씩 있었는데, 그 진짜 아내와의 사이에도 참다운 사랑이 없다고 단정하고 헤어지고 말았다. 그리고 지금은 그라베츠와 새로운 자유연애에 들어가려고 계획하고 있었다.

노보드보로프는 네플류도프를 경멸했는데, 본인의 표현에 따르면 그것은 네플류도프가 카튜사에 대해 '광대놀음'을 하고 있기 때문이었다. 그러나 그보다 더 큰 이유는 네플류도프가 건방지게도 현행 질서의 결함과 그 개선 방법에 대해 노보드보로프의 생각을 순순히 받아들이지 않을 뿐 아니라 묘하게 자기 식으로, 즉 공작의 시각으로, 바꿔 말하면 어리석은 시각으로 해결하고자 한다는 이유 때문이었다. 네플류도프는 노보드보로프가 그런 태도로 자기를 대한다는 사실을 잘 알고 있었다. 그래서 이동하는 내내 온화한 기분으로 있었음에도, 이 사나이의 태도에 대한 강한 반발심을 극복할 수 없음을 스스로도 한심하게 생각하는 것이었다.

16

옆 감방에서 하사관의 목소리가 들렸다. 주위가 고요해졌다. 곧이어 두 호송병을 거느린 하사관이 들어왔다. 점호였다. 하사관은 한 사람 한 사람을 손가락질하며 인원수를 세었다. 네플류도프의 앞에 이르자 하사관이 부드럽고 은근한 투로 말했다.

"공작님, 점호가 끝나면 여기에 계실 수 없습니다. 나가셔야 합니다."

네플류도프는 그 뜻을 이해하고 하사관 곁으로 다가가서, 준비해두었던 3루블짜리 지폐 한 장을 슬쩍 쥐어주었다.

"이거 공작님한테는 못 당하겠군요! 그럼 좀 더 계십시오."

하사관이 나가려는 순간, 다른 하사관 하나가 들어왔다. 바싹 마르고 큰 키에 턱수염이 듬성한, 눈을 얻어맞은 자국이 있는 죄수가 그 뒤를 따라 들어왔다.

"실은 딸 때문에." 죄수가 말했다.

"아, 아빠다!" 갑자기 새된 어린아이의 목소리가 들리더니 란체바 뒤에서 희끄무레한 머리카락이 난 조그만 머리가 불쑥 솟아올랐다. 란체바는 마리아 파블로브나와 카튜사와 함께 자기 치마를 뜯어서 계집아이의 새 옷을 만들고 있던 참이었다.

"그래, 아빠다." 부조프킨이 다정하게 말했다.

"얘는 여기 있는 편이 나아요." 마리아 파블로브나가 퉁퉁 부은 부조프킨의 얼굴을 딱한 눈빛으로 바라보며 말했다. "저희에게 맡겨두세요."

"아줌마들이 새 옷을 만들어 준대요." 계집아이가 란체바의 손에 들린 것을 아버지에게 가리켜 보이면서 말했다. "빨갛고 예쁜 옷이에요." 계집아이가 응석부리는 소리를 했다.

"여기서 아줌마하고 코 잘래?" 란체바가 계집아이의 머리를 쓰다듬으면서 물었다.

"응, 아빠도 같이."

란체바가 얼굴 한가득 미소를 띠었다.

"아빠는 안 돼." 란체바가 말했다. "그냥 여기 두세요." 란체바가 아이의 아버지를 돌아보며 말했다.

"그래, 그냥 맡겨둬." 문간에 서 있던 하사관이 이렇게 말하고 다른 하사관을 재촉하여 밖으로 나갔다.

호송병들이 나가자마자 나바토프가 부조프킨 곁으로 가서 그의 어깨를 흔들며 말했다.

"여보게, 정말인가? 카르마노프가 이름을 바꿔치기한다는 것이?"

부조프킨의 온화하고 상냥한 얼굴이 갑자기 어둡게 바뀌었다. 두 눈은 얇은 막이라도 씌운 듯이 흐려졌다.

"난 듣지 못했어. 설마 그랬을라고." 부조프킨은 이렇게 말하고는 여전히 윤기 없는 눈으로 덧붙였다. "그럼 악슈트카, 아줌마들 말 잘 듣고 얌전히 있어라." 그렇게 말하고 그는 서둘러 나갔다.

"다들 알지? 바꿔치기한 것이 틀림없어." 나바토프가 말했다. "이 일을 어쩔 생각이십니까?"

"시내에 도착하면 책임자에게 말하겠소. 두 사람의 얼굴을 다 알고 있으니까." 네플류도프가 대답했다.

다시 토론이 시작될까봐 모두들 잠자코 있었다.

줄곧 입을 다문 채 두 손으로 팔베개를 하고 침대 구석에 누워 있던 시몬손이 무엇인가 결심한 듯이 벌떡 일어나더니 좌중을 조심스럽게 피해서 네플류도프에게 다가왔다.

"제 이야기를 들어주시겠습니까?"

"물론이죠." 네플류도프는 이렇게 말하고, 그 뒤를 따라가려고 자리에서 일어섰다.

그 모습을 바라보다가 네플류도프와 눈이 마주친 카튜샤가 얼굴을 확 붉히면서 자기는 잘 모르겠다는 듯이 고개를 흔들었다.

"할 이야기란 다름이 아니라……." 네플류도프와 단둘이 복도로 나오자 시몬손이 이야기를 꺼냈다. 복도에는 형사범들이 떠들어대는 소리와 고함치는 소리가 한층 더 시끄럽게 들렸다. 네플류도프는 눈살을 찌푸렸으나 시몬손은 그런 건 조금도 신경쓰지 않는 모습이었다. "카테리나 미하일로바와 공작님의 관계를 알고 있기 때문에……." 시몬손은 그 선량해 보이는 눈으로 네플류도프의 얼굴을 주의 깊게 바라보면서 말을 이었다. "저 자신의 의무라고 생각해서 말씀드리지만……." 그러나 시몬손은 여기서 말을 끊지 않을 수 없었다. 바로 문 옆에서 두 사람이 시끄럽게 다투는 소리가 들려왔기 때문이다.

"그러니까 너는 멍텅구리란 소릴 듣는 거야. 내 것이 아니라고 하잖아!" 또 한 목소리가 외쳤다.

"죽어버려, 이 자식!" 다른 쉰 목소리가 외쳤다.

그때 마리아 파블로브나가 복도로 나왔다.

"이런 데서 이야기가 될 리가 있나요." 마리아 파블로브나가 말했다. "이쪽으로 오세요. 이 방에는 베로치카 혼자밖에 없으니까." 마리아 파블로브나가 앞장서서 옆방 문을 열고 들어갔다. 그곳은 독방인 듯한 작은 방으로, 지금은 정치범 여죄수들이 제멋대로 쓰고 있었다. 침대 위에는 베라 예플례모브나가 담요를 폭 뒤집어쓰고 자고 있었다.

"편두통이에요. 지금 자고 있으니까 아무 소리도 못 들을 거예요. 그럼 전 나가드리죠." 마리아 파블로브나가 말했다.

"아니, 같이 있었으면 좋겠습니다." 시몬손이 말했다. "전 누구한테도 비밀은 없습니다. 더구나 당신한테는 더더욱이요."

"그럼, 좋아요." 마리아 파블로브나는 그렇게 말하고 어린아이처럼 몸을 좌우로 흔들면서 침대 깊숙이 걸터앉더니 그 양같이 아름다운 눈으로 먼 산을 보며 이야기를 들을 자세를 취했다.

"제 이야기란 다름이 아니고……." 시몬손이 아까와 똑같이 말했다. "카테리나 미하일로바와 공작님의 관계를 알고 있으므로, 그 사람에 대한 제 마음을 공작님에게 말씀드릴 의무가 있다고 생각한 것입니다."

"그게 무슨 말이지요?" 네플류도프는 시몬손의 단도직입적이고 정직한 말투에 저도 모르게 감탄하면서 이렇게 되물었다.

"말하자면, 저는 카테리나 미하일로바와 결혼하고 싶다는 것입니다……."

"어머나 저런!" 마리아 파블로브나는 시몬손의 얼굴을 뚫어져라 처다봤다.

"……그래서 그것을, 즉 제 아내가 되어 달라고 그 사람에게 청하기로 결심했습니다." 시몬손은 말을 이었다.

"그렇다면 내가 무엇을 할 수 있겠습니까? 전부 마슬로바가 마음먹기에 달렸지요." 네플류도프가 말했다.

"네. 하지만 그 사람도 공작님과 의논하지 않고서는 이 문제를 결정하지 않을 테니까요."

"어째서죠?"

"어째서냐니요. 공작님과의 관계가 깨끗이 정리되지 않고서는 그 사람은 아무 결정도 내릴 수 없을 것 아닙니까?"

"난 이미 그 문제의 결론을 내렸습니다. 난 내가 해야 한다고 생각하는 일을 할 것이고, 마슬로바의 처지를 조금이라도 편하게 해주고 싶습니다. 하지만 어떤 경우라도 마슬로바를 옭아매고 싶지는 않아요."

"그렇군요. 하지만 그 사람은 공작님의 희생을 바라지 않습니다."

"희생 같은 것은 전혀 없습니다."

"전 알고 있습니다만, 그 사람의 결심은 단호한 것이라서요."

"그럼 나랑 대체 어떤 이야기가 하고 싶은 거요?" 네플류도프가 물었다.

"그 사람은 당신이 그렇게 인정해주기를 바라고 있습니다."

"내 의무라고 생각하는 일을 내가 해서는 안 되는 일이라고 스스로 인정할 수 있을 것 같습니까? 내가 말할 수 있는 단 한 가지는, 나는 자유롭지 못하지만 마슬로바는 자유롭다는 것입니다."

시몬손은 잠시 입을 다물고 생각에 잠겼다.

"알겠습니다. 그대로 그 사람에게 말하지요. 오해는 안 하셨으면 좋겠습니다만 전 그 사람에게 반한 것은 아닙니다." 시몬손은 말을 이었다. "전 그 사람을 보기 드물게 마음씨 곱고 많은 고생을 겪어온 사람으로서 사랑하고 있습니다. 전 그 사람에게서 아무것도 바라지 않습니다만 어떻게 해서든 그 사람에게 힘이 되어주고 싶습니다. 그 사람을⋯⋯."

시몬손의 목소리가 떨리는 것을 듣고 네플류도프는 깜짝 놀랐다.

"그 사람을 편하게 해주고 싶습니다." 시몬손은 말을 계속했다. "그 사람이 공작님의 도움을 바라지 않는다면 제가 도움을 주고 싶습니다. 그 사람이 승낙해준다면 전 그 사람이 수감될 곳에 저도 보내달라고 청해볼 작정입니다. 4년은 그렇게 긴 세월이 아니니까요. 전 그 사람 곁에서 살고 싶습니다. 그러면 다소나마 그 사람의 운명을 가볍게 해줄 수 있을지 모르지요⋯⋯." 시몬손의 목소리가 다시금 흥분 때문에 떨렸다.

"내가 무슨 말을 할 수가 있겠소?" 네플류도프가 말했다. "나는 그저 마슬로바에게 당신과 같은 보호자가 나타난 것을 기뻐할 따름이오⋯⋯."

"제가 듣고 싶었던 말씀이 바로 그것입니다." 시몬손이 말을 계속했다.

"제가 알고 싶었던 것은 그 사람을 사랑하고 그 사람의 행복을 바라는 공작님이 저와 그 사람의 결혼을 그 사람의 행복으로 인정해 줄 것이냐 하는 것입니다."

"인정하고말고요." 네플류도프는 단호하게 말했다.

"모든 문제는 그 사람에게 달렸습니다. 제가 바라는 것은 고통에 지친 그 영혼이 안식을 얻도록 하는 것뿐입니다." 시몬손은 그 우울한 얼굴에서는 전혀 생각할 수도 없는, 어린아이같이 상냥한 눈으로 네플류도프를 바라보면서 말했다.

시몬손은 벌떡 일어나더니 네플류도프의 손을 잡고는 얼굴을 가까이 가져다 대고 수줍은 듯이 미소를 지으며 키스했다.

"그럼 제가 그 사람에게 그렇게 말하지요." 그는 그렇게 말하고 방을 나갔다.

17

"이게 웬일이에요?" 마리아 파블로브나가 말했다. "사랑에 폭 빠져서 완전히 포로가 되어버렸군요. 이럴 줄은 꿈에도 생각지 못했어요. 블라디미르 시몬손이 이런 맹목적이고 유치한 사랑을 하게 되다니, 정말 놀라워요. 솔직히 말해서 실망이에요." 마리아 파블로브나는 한숨을 쉬며 말을 맺었다.

"그런데 카튜사의 생각은 어떨까요? 이 문제를 어떻게 보고 있을 것 같습니까?" 네플류도프가 물었다.

"카튜사요?" 되도록 정확하게 대답을 하려는 듯 마리아 파블로브나는 말을 일단 끊었다. "카튜사요? 글쎄요, 아시다시피 그런 과거를 가지고는 있지만 천성은 도덕적인 여자예요……. 참으로 감수성이 섬세하고…… 공작님을 사랑하고 있어요. 그 방법도 아주 훌륭하죠. 소극적인 방법이긴 하지만 공작님을 위한 일을 할 수 있다면 그걸 행복으로 여기니까요. 공작님을 자기 운명에 끌어들이려 하지 않는다는 의미에서 말이에요. 공작님과 결혼을 하면 카튜사는 과거의 어떤 일보다도 나쁘고 무서운 타락으로 빠지게 될 거예요……. 그러니까 그 결혼을 승낙하는 일은 절대로 없을 거예요. 그런 주제에 공작님이 곁에 계시면 갈팡질팡하죠."

"그럼 내가 어떻게 해야 좋겠습니까? 사라져버릴까요?" 네플류도프가 말했다.

마리아 파블로브나는 예의 귀엽고 앳된 미소를 지었다.

"그렇군요, 어느 정도는요."

"어느 정도 없어진다는 것이 무슨 뜻인가요?"

"농담이에요. 제가 드리고 싶었던 말은, 카튜사는 이미 시몬손의 그 괴상하고 정신 나간 어리석은 사랑을 눈치챘을 거라는 거예요. 시몬손은 아직 아무런 말도 하지 않았지만요. 그 사실이 기쁘기도 하고 두렵기도 하겠죠. 아시다시피 저에겐 이런 문제를 논할 자격은 없지만, 제가 보기엔 시몬손은 가면을 쓰고 있기는 해도, 남자라면 지극히 당연한 정상적인 감정을 가지고 있는 것 같아요. 본인 말로는, 이 사랑은 자기의 생명력을 고양해준다느니 정신적인 사랑이라느니 지껄이고 있지만 전 알아요. 이것이 특별한 사랑이라 할지라도 그 밑바닥에는 분명히 추한 것이 숨어 있다는 것을요……. 꼭 노보드보로프와 그라베츠처럼."

마리아 파블로브나가 자기가 좋아하는 애깃거리로 화제를 돌리는 바람에 주제가 핵심에서 빗나가고 말았다.

"그건 그렇다 치고, 난 어떻게 해야 좋겠습니까?" 네플류도프가 물었다.

"카튜사에게 모든 것을 분명히 말씀하셔야지요. 무슨 일이든 모든 것을 분명히 해두는 것이 무엇보다 중요하니까요. 카튜사와 이야기해보세요. 제가 불러오죠. 괜찮겠지요?" 마리아 파블로브나가 말했다.

"그렇게 해줘요." 네플류도프가 대답했다. 마리아 파블로브나가 밖으로 나갔다.

조그만 방에 혼자 남겨져, 이따금 괴로운 신음에 중단되는 베라 예플레모브나의 조용한 숨소리와, 문 두 개 너머에서 끊임없이 들려오는 형사범들의 떠드는 소리를 듣고 있자니 네플류도프는 야릇한 느낌에 사로잡혔다.

시몬손이 한 말은 네플류도프가 스스로 짊어졌던 의무에서 그 자신을 해방해주었다. 네플류도프도 마음이 약해질 때면 이 의무가 무겁고 두렵게 느껴졌었다. 그런데 그런 해방감은 있었지만 아울러 어딘지 모르게 불쾌할 뿐만 아니라 괴롭기까지 했다. 이런 감정 속에는 시몬손의 제안은 자기의 비상하고 아름다운 행동을 파괴하였다는 생각과, 자기가 바치려는 희생의 가치는 자기가 보기에도 남들이 보기에도 비하되어버렸다는 생각이 섞여 있었다. 카튜사에게 아무런 책임도 없는, 게다가 그렇게 훌륭한 사나이가 카튜사와 운명을 같이하려고 한 이상 네플류도프의 희생은 이제 아무런 의의를 갖지 못하게 되었다. 어쩌면 그 감정 안에는 단순한 질투가 있었는지 모른다. 네플류도프는 카튜사에게 사랑을 받고 있다는 마음에 익숙해버렸기 때문에, 카튜사가 다른 남자를 사랑할 수 있으리라고는 생각조차 한 일이 없었다. 또 거기에는 카튜사가 형기를 마칠 때까지 그 곁에서 지내겠다는, 모처럼 세웠던 계획이 무너지는 데서 오는 불안함도 있었다. 카튜사가 시몬손과 결혼하면 자기가 곁에 있을 필요는 없어져버리므로 그는 새로운 인생 계획을 다시 세워야 하기 때문이다. 네플류도프가 채 자기감정을 추스르기도 전에, 한층 더 요란스러워진 형사범들의 말소리가 열려 있던 문으로 밀려들며 (형사범들 방에서는 오늘 밤 뭔가 특별한 일이 벌어지는 모양이었다) 카튜사가 방으로 들어왔다.

카튜사가 종종걸음으로 네플류도프의 곁으로 다가왔다.

"마리아 파블로브나가 가라고 해서 왔어요." 네플류도프에게 바싹 다가가 멈춰서며 카튜사가 말했다.

"응, 좀 할 말이 있어서. 자, 앉아요. 지금 블라디미르 이바노비치(시몬손)와 이야기를 했는데……."

카튜사는 앉아서 두 손을 무릎 위에 포갰다. 그녀는 침착한 듯이 보였지만 네플류도프가 시몬손의 이름을 입 밖에 내자 갑자기 얼굴이 새빨개졌다.

"대체 무슨 말을 하던가요?" 카튜사가 물었다.

"당신하고 결혼하고 싶다더군."

카튜사는 얼굴을 찡그리며 괴로운 표정을 지었지만 아무 말도 하지 않고 그저 눈만 내리깔았다.

"시몬손은 내 동의랄까 조언을 구했지만, 난 모든 것은 당신에게 달렸으니 당신이 결정할 일이라고 말해두었소."

"그게 무슨 뜻이지요? 왜 그래야 하죠?" 카튜사가 이렇게 말하고, 언제나 묘하게 네플류도프의 마음을 뒤흔드는 그 사팔기 있는 눈으로 네플류도프의 눈을 지그시 바라보았다. 잠시 두 사람은 말없이 서로 마주 보고만 있었다. 그 눈은 서로 많은 것을 이야기하고 있었다.

"당신이 결정해야 해요." 네플류도프가 거듭 말했다.

"제가 무엇을 결정해요?" 카튜사가 말했다. "모든 것은 진작 결정된 일 아닌가요?"

"아니, 시몬손의 청을 받아들일 것이냐 아니냐를 당신이 결정해야 하오." 네플류도프가 말했다.

"이런 제가 어떻게 남의 아내가 될 수 있나요? 전 징역수예요. 어째서 제가 시몬손의 인생까지 망쳐야만 하나요?" 카튜사는 눈살을 모으며 말했다.

"하지만 만일 풀려나게 된다면?" 네플류도프가 물었다.

"아, 이젠 저를 내버려두세요. 더는 드릴 말씀이 없어요." 카튜사는 이렇게 말하고 일어나서 방을 나갔다.

18

카튜사의 뒤를 따라 네플류도프가 남자 죄수 감방으로 돌아왔을 때 방 안은 흥분으로 가득 차 있었다. 어디든지 얼굴을 내밀고 누구하고도 친해지며 뭐든지 잘 살피는 나바토프가 모두가 깜짝 놀랄 만한 뉴스를 가져왔던 것이다. 그 뉴스란, 징역 판결을 받은 페트린이라는 혁명가가 벽에다 써 남기고 간 글씨를 나바토프가 발견한 것이었다. 모두들 페트린은 이미 카라 강 연안으로 가 있는 줄로 알았는데, 뜻밖에 바로 얼마 전 형사범들에 섞여 혼자서 이 길을 지나간 사실이 밝혀진 것이다.

8월 17일, 나는 홀로 형사범들과 함께 호송되었다. 네베로프가 함께 있었으나 카잔에 있는 정신병원에서 목을 매어 죽었다. 나는 건강하고 사기왕성하며 앞날의 행운을 기대하고 있다.

벽에는 이렇게 씌어 있었다. 페트린의 상태와 네베로프의 자살원인을 두고 논쟁이 벌어졌다. 크르이리초프만은 긴장된 표정으로 반짝반짝 빛나는 눈을 똑바로 앞으로 고정한 채 생각에 잠겨 있었다.

"남편한테서 들은 이야기인데, 네베로프는 페트로파블롭스크 요새에 감금되어 있을 무렵부터 벌써 환영(幻影)을 보았대요." 란체바가 말했다.

"맞아, 네베로프는 시인이고 공상가였다지. 그런 사람은 독방을 견디지 못하거든." 노보드보로프가 말했다. "내가 독방에 갇혔을 땐 상상이란 녀석이 비집고 들어오지 못하도록 하루를 아주 체계적으로 나누어 썼지. 그 덕분에 하루하루를 잘 견딜 수 있었다고."

"어째서 못 견딜까? 나는 독방에 갇혔을 때 오히려 펄쩍 뛸 만큼 기뻤는데." 나바토프가 침울한 기분을 떨쳐내려는 듯 일부러 씩씩하게 말했다. "감옥 밖에 있을 때는 늘 겁에 질려 살았지. 잡히지나 않을까, 자칫 남을 끌어들이지나 않을까, 일을 망치지나 않을까 신경이 쓰여서 말이야. 그런데 갇히게 되면 그것으로 책임은 끝이라 마음 놓고 쉴 수가 있거든. 편히 앉아 담배만 피우면 되니 말이야."

"넌 그 사람을 잘 알고 있었지?" 갑자기 핼쑥해진 크르이리초프의 얼굴을 불안스레 들여다보면서 마리아 파블로브나가 물었다.

"네베로프가 공상가라고?" 크르이리초프가 오랫동안 외치거나 노래를 부른 뒤처럼 가쁘게 숨을 몰아쉬면서 불쑥 말을 꺼냈다. "네베로프는 우리 아파트 문지기 말마따나 '세상이 이따금밖에 낳지 않는' 그런 위인이었어…… 응, 그렇고말고…… 온몸이 수정으로 만들어진 것 같은 사내여서 모든 것이 투명하게 들여다보였지. 응, 그렇고말고…… 거짓말은커녕 잡아뗄 줄도 모르는 남자였지. 피부가 얇다는 말이 아니라, 온몸의 피부가 죄다 벗겨져 신경이 모두 드러난 사람 같았어. 그렇지, 그래…… 복잡하고 풍부한 천성을 타고나서, 시답잖은 녀석들하고 달리…… 하지만 이런 말을 해본들 무슨 소용이 있나……." 크르이리초프는 잠시 입을 다물었다. "우리는 어느 쪽이 더 나으냐 하는 토론만 하고 있잖은가." 크르이리초프는 인상을 찌푸리고 으르렁대며 말했다. "먼저 민중을 계몽하고 그런 뒤에 생활 형태를 개혁해야 하느냐 아니면 먼저 생활 형태를 바꾸고 난 뒤에 민중을 계몽해야 하느냐, 투쟁 방법으로서는 평화적인 선전이 나으냐 아니면 테러가 나으냐 하고 말이야. 그렇지 않아? 하지만 그들은 토론 따윈 하지 않아. 그들은 자기네가 할 일을 알고 있으니까 수십 수백 명이 희생되어도 아랑곳하지 않는단 말이야! 아니, 오히려 뛰어난 사람들이 희생해야 하는 거야. 내 말이 틀린가? 12월 당원이 사회에서 사라졌을 때 사회 일반 수준이 떨어졌다고 게르첸도 말한 적이 있지만 그야 당연한 것 아닌가! 그 뒤 그 게르첸과 그 무리가 멸망했지. 그리고 이번에는 네베로프 같은 사람들이⋯⋯."

"모두 뿌리 뽑을 수는 없지." 나바토프가 평소처럼 힘찬 목소리로 말했다. "뭐라 해도 종자는 남아서 번식하는 법이야."

"아니, 우리가 그들에게 연민을 품는다면 씨앗도 남아나지 않을 거야." 크르이리초프가 말을 가로채이지 않으려고 소리 높여 말했다. "담배 한 대 주지 않겠소?"

"하지만 네 몸에는 해로워, 아나톨리." 마리아 파블로브나가 말했다. "부탁이니 피우지 마."

"괜찮으니까 내버려 둬." 크르이리초프는 화난 듯이 말하고 담배를 피워 물었으나 곧 심하게 기침을 했다. 금방이라도 토할 것만 같았다. 침을 탁 뱉고 크르이리초프는 말을 이었다. "우리 방법은 틀렸어. 응, 틀렸고말고. 이러쿵저러쿵 토론만 하지 말고 모두 단결을 해서⋯⋯ 놈들을 없애야 해. 응, 그렇고말고."

"하지만 그들도 역시 사람이지 않습니까?" 네플류도프가 말했다.

"아니요, 그놈들은 사람이 아닙니다. 지금 하고 있는 짓을 보십시오. 그런 짓을 할 수 있는 놈이 무슨 사람입니까? ⋯⋯네, 아니고말고요. 듣자니 폭탄과 기구(氣球)라는 것이 발명되었다지요? 그렇지, 기구를 타고 하늘로 날아올라가 놈들 머리 위로 폭탄 비를 내려서, 빈대를 잡아 죽이듯 죄다 없애버리면 좋을 텐데⋯⋯. 그렇고말고. 왜냐하면⋯⋯." 크르이리초프는 입을 열다 말고 갑자기 얼굴이 새빨개져서 전보다 심하게 기침을 하더니 입으로 왈칵 피를 토해냈다.

나바토프가 눈(雪)을 퍼오려고 달려 나갔다. 마리아 파블로브나는 쥐오줌 풀로 만든 진정제를 꺼내어 권했다. 그러나 크르이리초프는 눈을 감은 채, 바싹 마른 희멀건 손으로 그것을 밀쳐내더니 괴로운 듯이 숨을 몰아쉬었다. 눈과 냉수로 어느 정도 진정이 되자 크르이리초프는 침대에 누웠다. 네플류 도프는 모두에게 작별인사를 하고, 자기를 데리러 아까부터 와서 기다리고 있던 하사관과 함께 출구 쪽으로 걸어갔다.

형사범들도 이제 조용해지고 대부분이 자고 있었다. 죄수들은 방 안의 나무 침대 위에도, 아래에도, 하다못해 통로에도 누워 있었으나 그래도 다 들어가지 못해 몇몇은 복도 바닥에서 배낭을 베고 축축한 죄수복을 덮고 자고 있었다.

방 안에서도 복도에서도 코 고는 소리와 신음과 잠꼬대가 들려왔다. 보이는 곳곳마다 죄수복을 뒤집어쓴 사람들로 꽉 차 있었다. 남자 죄수들 감방에서는 아직도 몇 명이 자지 않고 촛불을 둘러싸고 앉아 있다가 하사관을 보자 얼른 불을 껐다. 복도에도 노인 한 사람이 램프 밑에 앉아 있었다. 노인은 발가벗고 앉아서 셔츠의 이를 잡고 있었다. 정치범 감방의 탁한 공기도 가슴이 턱 막히는 이곳의 악취에 비하면 훨씬 깨끗하게 여겨졌다. 램프가 안개처럼 뿌연 그을음을 뱉어내어 숨쉬기가 괴로웠다. 자는 사람을 밟거나 걷어차지 않고 복도를 지나기 위해, 앞의 빈자리를 잘 살폈다가 그 자리에 한쪽 발을 들이밀고 다른 한쪽 발을 디딜 장소를 다시 찾아야만 했다. 복도에서 밀려난 듯한 세 사람이, 악취를 풍기며 흙바닥에 놓여 있는 똥통 바로 곁에서 자고 있었다. 똥통의 나무판자 틈으로 똥물이 흘러나오고 있었다. 그 가운데 한 사람은 네플류도프가 이송 중에 가끔 보았던 좀 모자란 늙은이였다. 또 한 사람은 10살쯤 되어 보이는 소년인데 두 죄수 사이에 끼어 한 손을 뺨 밑에 괴고 한 죄수의 다리를 베고 잠들어 있었다.

문을 나서자 네플류도프는 발을 멈춘 채 가슴을 활짝 펴고, 얼어붙은 공기를 깊숙이 들이마셨다.

19

별들이 쏟아질 것 같은 하늘이었다. 아직 군데군데 진창이 남아 있는 꽁꽁 언 길을 걸어서 숙소로 돌아온 네플류도프는 컴컴한 창문을 두드렸다. 어깨가 떡 벌어진 하인이 맨발로 나와서 문을 열어주었다. 입구 오른편에 있는 하인방에서는 마부들이 드르렁거리며 코 고는 소리가 들렸다. 복도 끝 문 너머 안뜰에서는 말들이 귀리를 씹는 소리가 들렸다. 왼편에는 깨끗한 객실로 통하는 문이 있었다. 깨끗한 객실에는 약쑥 냄새와 땀 냄새가 풍기고, 칸막이 뒤에서는 누구의 것인지 튼튼한 폐가 들이마시는 규칙적인 숨소리도 들렸으며, 성상 앞에는 빨간 유리 등잔불이 타고 있었다. 네플류도프는 옷을 벗고 천 소파 위에 담요를 깔고 여행용 가죽 베개를 베고 누워, 오늘 보고 들은 것을 모조리 머릿속에 떠올려보았다. 네플류도프가 오늘 본 것 가운데 가장 끔찍한 것은 똥통에서 흘러나오는 똥물 위에서 다른 죄수의 발을 베고 자고 있던 그 소년의 모습이었다.

오늘 밤 시몬손과 카튜사와 나눈 대화는 뜻밖이기도 했고 중요하기도 했지만 네플류도프는 이 일에는 그리 마음을 쓰지 않았다. 아니, 이 문제는 너무나 복잡하고 막연해서 생각하지 않으려고 애쓰고 있었다. 이 불행한 사람들의 모습이 그 자리를 대신하듯 더욱 생생하게 떠올랐다. 그 악취 속에서 헐떡이면서 똥통에서 흘러나오는 똥물 속에 누워 있던 불행한 사람들, 특히 죄수 발을 베고 자고 있던 순진한 얼굴을 한 소년의 모습이 도무지 머릿속에서 떠나지 않았다.

저 멀리 어딘가에서 어떤 사람들이 다른 사람들을 온갖 타락과 비인간적인 굴욕과 고통에 밀어 넣으며 괴롭히고 있다는 이야기를 말로만 듣는 것과, 석 달 동안 그 실상을 옆에서 직접 지켜보는 것과는 이야기가 전혀 달랐다. 네플류도프는 그것을 몸소 경험했다. 그는 이 석 달 동안 몇 번이고 자문해보았다. '남이 못 보는 것을 보는 내가 미치광이일까, 아니면 내 눈에 보이는 것을 예사로 보는 그들이 미치광이일까?' 그러나 네플류도프를 이토록 놀라게 하고 두려움에 떨게 한 것을 아무렇지도 않게 해내고 마땅히 그렇게 해야 한다고 생각할 뿐 아니라, 그렇게 하는 것이 아주 중대하고 이로운 일이라는 확신을 가진 그 어마어마한 수의 사람들을 미치광이라고 인정하기도 어려웠다. 그렇다고 자기 자신을 미치광이라고 인정할 수도 없었다. 자기 생각이 옳다는 것을 자각하고 있기 때문이었다. 그래서 네플류도프는 줄곧 의혹에 사로잡혀 있었다.

이 석 달 동안 네플류도프가 본 것은 다음과 같은 형태로 그의 마음속에 그려졌다. 재판소나 행정기관은 자유로운 사회에 사는 사람들 가운데서 가장 예민하고 성격이 급하고 흥분 잘하고 재능이 뛰어나고 건강하면서도 다른 사람보다 교활함과 신중함이 모자라는 사람들을 골라낸다. 더구나 이런 사람들은 자유로운 사회에 남아 있는 사람들에 비해 결코 죄가 있다든가 특히 사회 속에서 전혀 위험하지 않다. 그렇건만 첫째로, 감옥이나 죄수 숙소나 유형지 등에 감금되어 몇 달이고 몇 년이고 물질적 보장 아래 허송세월을 보내며, 인간이 으레 도덕적 생활을 누리기 위한 자연과 가족과 노동 등과 같은 필요조건에서 격리당한다. 둘째로, 이 사람들은 이러한 시설 속에서 온갖 불필요한 굴욕을 당한다. 즉 족쇄와 반 삭발과 죄수복 등이 그것을 말해 준다. 이것들은 마음 약한 사람들이 선량하게 생활할 수 있는 원동력인 체면이나 부끄러움이나 인간의 존엄성 등을 빼앗아버린다. 셋째로, 일사병과 익사와 화재같은 예외적인 것은 제외하고서라도 감금 장소에는 늘 있기 마련인 전염병과 쇠약과 구타 따위로 줄곧 생명의 위협에 노출되어 있는 탓에, 이들이 아무리 선량하고 도덕적인 사람일지라도 자기 보존 본능에 의해 잔혹하기 짝이 없는 끔찍한 행위를 스스로 하거나, 다른 사람들이 그런 행위를 하도록 방치하는 처지에 자주 놓이게 된다. 넷째로, 그들은 밑바닥까지 타락한 무뢰한이나 살인자나 악당들과 함께 강제로 이런 생활 속에서(특히 이러한 시설에서) 지내게 되는데, 이 타락한 무리는 지금까지는 그렇게 타락하지 않았던 사람들에게 반죽 속에 든 효모균 같은 작용을 하게 된다. 그리고 마지막 다섯째로, 이런 작용 아래 놓여 있는 모든 사람은 가장 확실한 방법으로 일종의 암시를 받게 된다. 즉 이런 것이다. 그들이 겪게 되는 온갖 비인간적인 행위에 의해, 이를테면 부녀자나 노인을 고문한다든가, 채찍이나 몽둥이로 구타한다든가, 탈주범을 산 채로 혹은 시체라도 잡아다 바친 자에겐 상을 준다든가, 부부를 떼어 놓고 남의 아내나 남편하고 같이 살게 하는 제도라든가, 총살이라든가, 교수형이라든가 하는 가장 효과적인 수단을 이용한 온갖 폭력적이고 잔인하고 짐승 같은 행위를 금지하기는커녕 그것이 정부에 유리하다면 정부에 의해 허용되기조차 한다. 따라서 자유를 박탈당하고 빈곤과 궁핍에 빠진 사람들은 그러한 행위가 허용되어야 마땅하다는 생각을 갖게 된다.

이러한 모든 것은 다른 어떤 조건으로도 만들어내지 못할 만큼 극도로 응축된 타락과 악덕을 만들어놓았다가 나중에 그것을 온 민중 사이에 광범위하게 퍼뜨리기 위해 일부러 고안해 낸 제도처럼 생각되었다. '이건 마치 어떻게 하면 가장 효과적이고 확실한 방법으로 되도록 많은 사람을 타락시킬까 하는 과제나 다를 바 없다.' 감옥과 죄수 숙소에서 벌어지고 있는 일을 떠올리면서 네플류도프는 이렇게 생각했다. 수십만이 넘는 사람들이 밑바닥까지 타락을 강요당하다가 완전히 타락한 다음에는 감옥에서 얻은 타락이라는 세균을 세상에 퍼뜨린다.

투멘, 예카테린부르크, 톰스크 등지의 감옥이나 죄수 숙소에서 사회가 스스로에게 부과한 이 목적이 훌륭히 달성되어 가는 모습을 네플류도프는 보아 왔다. 러시아라는 공동체, 농사꾼, 기독교도로서의 도덕심을 지닌 소박한 보통 사람들이 기존의 관념을 버리고, 그들이 감옥에서 배운 대로 개인에 대한 온갖 모욕, 강제, 파괴 등도 그것이 득만 된다면 허용된다는 새로운 생각을 신봉하고 있었다. 감옥에서 지내본 사람들은 자기들이 직접 겪은 경험으로 미루어, 교회의 사제나 윤리 선생이 부르짖는 남에 대한 존경심이나 동정심 따위의 모든 도덕률은 현실에서는 이미 사라진 지 오래이므로 자기들도 그런 것은 지킬 필요가 없다고 뼈저리게 느끼고 있었다. 네플류도프는 표도로프나 마카르와 같은, 자기가 아는 모든 죄수들에게서 그것을 똑똑히 보았다. 타라스조차도 이송과 숙소 생활을 두 달 반복하는 사이에 차츰 도덕성이 사라지는 모습을 보여서 네플류도프를 놀라게 했다. 그는 이번 이송 중에 어느 부랑자가 동료들을 꼬드겨서 밀림으로 달아났다가 뒤에 그 동료를 죽이고 그 고기를 먹었다는 이야기를 들었다. 네플류도프는 그 끔찍한 범행을 자백한 그 사내를 실제로 직접 보았다. 무엇보다도 끔찍한 것은 사람 고기를 먹었다는 그런 사건이 한두 번이 아니라 끊임없이 되풀이되고 있다는 점이었다.

이러한 제도 아래서 일어나고 있듯이 악덕을 특수하게 배양하지 않고서 러시아인을 이 부랑자와 같은 상태로 타락시키기란 불가능하다. 이 부랑자들은 니체의 최신 사상을 앞질러서, 모든 것은 허용되어 있으며 무엇 하나 금지된 것은 없다고 생각하고 이 사상을 먼저 죄수들 사이에, 또 온 민중들 사이에 퍼뜨리는 것이다.

지금까지 쓰인 많은 서적에 따르면, 이렇게 끔찍한 현상에 대한 유일한 변명은 범죄 예방, 위협, 교정, 합법적 보복이다. 그러나 현실에서는 이 네 가지 가운데 어느 것과도 닮은 구석을 찾아볼 수 없다. 범죄 예방 대신 범죄의 만연이 있을 뿐이다. 범죄자에 대한 엄포 대신 부추김이 있을 뿐이다. 그들 대부분은 부랑자처럼 제 발로 감옥으로 찾아 들어온 패다. 그러므로 그들을 바로잡는 온갖 악덕의 조직적 감염만 있을 뿐이다. 정부가 가한 형벌은 그들의 보복심을 느슨하게 하기는커녕, 그때까지는 그럴 마음이 없었던 민중들 사이에까지 복수심을 배양하는 결과를 낳는다.

'그럼 그들은 대체 왜 이런 짓을 하는 것일까?' 네플류도프는 자문해보았지만 그 답을 찾을 수는 없었다.

네플류도프는 이것이 어떤 우연이나 오해로 인해 단 한 번만 일어난 일이 아니라 이미 수백 년 전부터 줄곧 일어났던 일이라는 사실에 무엇보다 놀랐다. 단지 그 차이라고 하면 옛날에는 코를 도려내거나 귀를 자르거나 했던 것이 그 뒤에는 낙인과 매질로 바뀌었다가 지금은 수갑을 채우고, 호송하는 데 짐마차가 아니라 기차나 기선을 사용되게 되었다는 정도였다.

네플류도프를 분노케 한 이런 현상은 감금이나 불충분한 유형지 설비 때문에 일어나므로 새로운 양식의 감옥을 만들면 그러한 폐해는 말끔히 없어질 거라는 것이 관리들의 변명이었지만 이러한 대답도 만족스럽지는 않았다. 자신이 격분하는 이유는 감금 장소의 설비가 얼마나 완전하냐 불완전하냐에서 비롯된 것이 아니기 때문이었다. 네플류도프는 전기경보기가 완비된 감옥이나, 프랑스의 범죄학자인 타르드가 추천하는 전기의자로 사형을 집행하는 모습에 대해 쓰인 여러 서적을 읽었으나 그 완성된 폭력에 점차 심한 분노를 느낄 뿐이었다.

재판소나 관청에 버젓이 앉아 있는 관리들이 민중들의 혈세로 만든 엄청난 봉급을 받으면서, 자기들과 똑같은 관리가 역시 그 봉급을 받기 위해 쓴 책을 참고로 거기에 쓰인 법률을 위반한 사람들을 각각의 조항에 끼워 맞추고, 그 조항에 따라 민중들을 두 번 다시 볼 수 없는 먼 곳으로 유배해 버린다는 것에 네플류도프는 가장 화가 났다. 그렇게 유형된 수백만의 사람은 감정이 메마른 잔인한 감옥소장과 간수와 호송병들의 철저한 지배 아래서 정신과 육체가 모두 파멸해 가는 것이다.

감옥과 죄수 숙소를 가까이서 목격한 네플류도프는 죄수들 사이에 퍼져가는 모든 악덕 즉 음주, 도박, 잔인함, 그리고 다른 죄수들이 저지르는 끔찍한 범죄와 사람 고기를 먹는 행위에 이르는 이 모든 것은 저 벽창호 같은 어용학자들이 설명하듯이 우연한 사건이나 변질자, 범죄 유형자, 정신이상자의 소행이 아니라, 사람이 사람을 벌할 수 있다는 이해할 수 없는 착오에서 비롯된 당연한 결과임을 이해했다. 네플류도프는 식인 행위도 밀림에서 시작된 일이 아니라 실은 각 정부나 위원회 등에서 시작된 일이며, 그것이 밀림에서 완성된 데 지나지 않음을 꿰뚫어보았다. 예를 들어 그의 매부에서부터 법원의 직원, 장관에 이르는 모든 사법관계의 관리들은 그들이 입버릇처럼 말하는 정의나 민중의 복지에는 조금도 관심이 없으며, 그들에게 필요한 것은 이러한 타락과 고통의 원인이 되는 짓을 하고서 받는 봉급뿐이라는 것을 깨달았다. 그것은 명백한 사실이었다.

'그렇다면 이러한 모든 것이 단지 오해에서 빚어진 일이라고 할 수 있을까? 지금 하는 일만 하지 않는다면, 이 모든 관리들에게 다달이 봉급을 보장하고 거기에 상여금까지 얹어주겠다고 할 수 있는 방법이 어디에 없을까?' 네플류도프는 생각했다. 그가 이런 생각을 하는 동안 벌써 닭이 두 번이나 홰를 쳤다. 몸을 약간이라도 뒤척일 때마다 벼룩이 분수처럼 주위에서 튀어오르는 속에서 네플류도프는 그제서야 깊은 잠에 빠졌다.

20

네플류도프가 눈을 떴을 때는 마부들은 이미 오래전에 떠난 뒤였다. 차를 다 마신 여주인이 땀이 밴 굵은 목을 손수건으로 훔치면서 나타나, 숙소에서 병사가 편지를 가져왔다고 알렸다. 마리아 파블로브나가 보낸 편지였다. 크르이리초프의 발작이 생각보다 위중하다는 소식이었다.

크르이리초프를 잠시 남겨놓고 우리도 간병을 위해 남아보려고 했으나 허가해주지 않았어요. 그래서 어쩔 수 없이 데리고 가야 하지만 어떻게 될지 걱정이에요. 다음 도시에서 크르이리초프가 남게 되거든 우리 가운데 누군가가 간병을 위해 남을 수 있도록 힘써주세요. 그 때문에 제가 그이와 결혼을 해야 한다면 물론 그럴 각오도 되어 있습니다.

네플류도프는 마차를 불러오라고 젊은이를 역으로 보내고 자기도 서둘러 떠날 채비를 시작했다. 네플류도프가 두 잔째 차를 다 마시기도 전에, 돌길처럼 딱딱하게 얼어붙은 진흙길을 방울소리와 바퀴소리를 요란하게 울리며 달려온 삼두 역마차가 여관 현관 앞에 도착했다. 목덜미가 굵직한 안주인에게 셈을 치르고 네플류도프는 서둘러 밖으로 나가 마차에 올라앉은 뒤, 죄수 부대를 따라잡아야 하니 되도록 빨리 달리라고 마부에게 일렀다. 목장 문을 조금 지났을 때 예상외로 빨리 짐마차 행렬을 따라잡을 수 있었다. 배낭과 환자를 가득 실은 짐마차는 막 녹기 시작한 진흙길을 덜거덕거리면서 가고 있었다. 호송 장교는 저만치 앞서 가고 없었다. 한잔 걸친 듯한 호송병들이 명랑하게 지껄이면서 죄수들의 뒤와 길 양편을 걷고 있었다. 짐마차의 수는 많았다. 제일 앞에 가는 마차에는 병약한 형사범이 6명씩 꼭 끼어 앉아 있었고, 뒤쪽 3대에는 정치범이 세 사람씩 앉아 있었다. 맨 뒤의 마차에는 노보드보로프, 그라베츠, 콘드라체프가 앉아 있었다. 뒤에서 두 번째 마차에는 란체바, 나바토프, 그리고 마리아 파블로브나가 자리를 양보해 준 류머티즘 환자인 병약한 여죄수가 앉아 있었다. 세 번째 마차에는 마른 풀 위에 베개를 놓고 크르이리초프가 누워 있었고, 그 옆 마부석에는 마리아 파블로브나가 앉아 있었다. 네플류도프는 크르이리초프 옆까지 다가가 마부에게 마차를 세우게 한 다음 그쪽으로 걸어갔다. 거나하게 취한 호송병이 손을 휘휘내저으며 네플류도프를 막았으나 그는 상대에게 눈길도 주지 않고 짐마차 곁으로 다가가서 횡목을 붙들고 나란히 걷기 시작했다. 털가죽외투로 몸을 싸고 양피 모자를 쓰고 손수건으로 입을 가린 크르이리초프는 전보다 더 핼쑥해 보였다. 그 고운 눈이 한층 크고 번들거리는 듯했다. 울퉁불퉁한 길 때문에 이리저리 흔들리면서도 크르이리초프는 눈길을 돌리지 않고 지그시 네플류도프를 쳐다보았다. 좀 어떠냐고 물으니, 눈을 감고 화난 표정으로 머리를 젓기만 했다. 흔들리는 마차를 견디느라 젖 먹던 힘까지 짜내는 것 같았다. 맞은편에 앉아 있던 마리아 파블로브나가 네플류도프에게 의미심장한 눈길을 보냈다. 그 눈에는 크르이리초프의 상태를 걱정하는 마음이 절절히 드러나 있었다. 그러나 그녀는 곧 명랑한 소리로 이야기를 꺼냈다.

"아마도 호송 장교도 마음이 불편했던 모양이지요." 마리아 파블로브나가 바퀴소리에 묻혀버리지 않게끔 큰 소리로 네플류도프에게 말했다. "부조프킨의 수갑을 벗겨주어서 오늘은 손수 딸아이를 안고 있어요. 카튜사와 시몬손이 그 둘을 따라갔지요. 저 대신에 예플레모브나도 같이 있어요."

크르이리초프가 마리아 파블로브나를 가리키며 들리지 않는 목소리로 무슨 말을 했다. 그러더니 기침을 참으려는 듯 미간을 찌푸리며 머리를 흔들었다. 네플류도프는 얼굴을 갖다 대고 말소리를 들으려 했다. 크르이리초프가 입에서 손수건을 떼고 속삭이듯이 말했다.

"이제 한결 낫습니다. 감기에 걸리지 않도록 주의만 하면 될 텐데."

네플류도프는 그 말이 맞다는 의미로 고개를 끄덕여 보이고 마리아 파블로브나와 눈짓을 교환했다.

"그래, 삼체는 어떻게 되었습니까?" 크르이리초프가 다시 이렇게 속삭이더니 괴로운 듯이 미소를 지었다. "해결은 어렵겠지요?"

네플류도프는 그게 무슨 말인지 알 수 없었다. 마리아 파블로브나가 그것은 태양과 달과 지구라는 세 개의 천체의 관계를 결정짓는 유명한 수학상의 문제인데, 크르이리초프는 농담 삼아 이것을 네플류도프와 카튜사와 시몬손의 관계에 비유한 것이라고 설명했다. 크르이리초프는 마리아 파블로브나가 자기의 농담을 올바르게 설명했다는 표시로 고개를 한 번 끄덕여 보였다.

"그 문제를 해결하는 것은 내가 아닙니다." 네플류도프가 말했다.

"제 편지는 받으셨어요? 힘써 주시겠지요?" 마리아 파블로브나가 물었다.

"꼭 그러겠습니다." 네플류도프는 그렇게 말했으나 크르이리초프가 불만스러운 빛을 띠는 것을 보고 자기 마차로 돌아갔다. 그는 뒤틀린 등나무 자리로 기어 올라가 울퉁불퉁한 길에 흔들리는 마차 난간을 붙들고서, 족쇄를 차거나 수갑으로 두 사람씩 채워진 죄수들의 잿빛 죄수복과 반외투가 1킬로미터나 이어진 행렬을 앞질러 갔다. 길 반대편 행렬 속에서 네플류도프는 카튜사의 푸른 머릿수건과 베라 예플레모브나의 검은 외투, 그리고 시몬손의 점퍼와 털실로 뜬 모자와 샌들처럼 가죽 끈으로 묶어 맨 길고 하얀 털양말을 보았다. 시몬손은 두 여자와 나란히 걸으면서 무언가 열심히 이야기하고 있었다.

네플류도프를 보자 두 여자는 고개를 꾸벅했으나 시몬손은 거만스레 모자를 약간 쳐들었다. 네플류도프는 아무런 할 말이 없었으므로 마차를 멈추지 않고 세 사람을 앞질러 갔다. 다시금 평탄한 길이 나오자 마부는 마차를 더욱 빨리 몰았지만, 길 양쪽에 기다랗게 이어진 짐마차의 행렬을 앞지르기 위해서는 평탄한 길에서 계속 옆으로 벗어나야 했다.

온통 바퀴 자국으로 깊게 파인 길이 어두운 침엽수 사이로 뻗어 있고, 그 양쪽에는 아직 잎이 떨어지지 않은 자작나무와 낙엽송이 선명한 황갈색 이파리를 뽐내고 있었다. 숙소와 숙소 가운데쯤에서 숲이 끊어지고 양쪽에 벌판이 펼쳐지더니 수도원의 금빛 십자가와 둥근 지붕이 보였다. 하늘은 활짝 개어 있었다. 구름이 흩어지고 해가 숲 위로 떠올랐다. 젖은 잎사귀와 물웅덩이와 수도원의 십자가와 둥근 지붕이 햇빛을 받아 반짝였다. 오른편 앞쪽의 연둣빛으로 흐린 저 너머에 아득한 산맥이 하얗게 떠오르기 시작했다.

삼두마차가 시내 변두리에 있는 큰 마을로 들어갔다. 큰길은 사람들로 북적이고 있었다. 러시아인도 있었고 괴상한 모자를 쓰고 헐렁한 웃옷을 걸친 이민족도 있었다. 취하거나 취하지 않은 남녀가 조그마한 가게와 요릿집, 선술집, 짐마차 언저리에서 시끌벅적하게 떠들어대고 있었다. 시내가 가까워짐이 느껴졌다.

마부가 오른쪽 말 등에 채찍을 한 번 휘두르고 고삐를 당긴 뒤 고삐가 오른쪽으로 오도록 비스듬히 자세를 고쳐 앉았다. 그러고는 자못 우쭐대며 큰길을 빠져나와서는 속도를 늦추지 않고 그대로 강가의 나루터로 마차를 몰았다. 나룻배는 물살이 빠른 강 한복판에서 이쪽을 향해 다가오고 있었다. 이쪽 강가에는 20대 남짓 되는 짐마차가 기다리고 있었다. 네플류도프는 별로 기다리지 않아도 되었다. 물살을 거슬러 줄곧 상류 쪽으로 방향을 잡은 나룻배는 빠른 물살을 타고 삽시간에 기슭의 다리께에 닿았다.

반외투에 농민화를 신은, 키가 크고 어깨가 떡 벌어지고 기골이 장대한 무뚝뚝한 사공들이 익숙한 솜씨로 밧줄을 던져 말뚝에 묶어 매고는 빗장을 뽑았다. 그러고는 배에 있던 짐마차를 기슭에 내려놓고, 기다리고 있던 짐마차를 싣기 시작했다. 순식간에 나룻배는 물에 겁을 먹고 뒷걸음질 치는 말과 짐마차로 꽉 찼다. 빠른 물살이 뱃전을 치며 밧줄을 팽팽하게 잡아당겼다. 네플류도프의 마차와 멍에에서 풀린 말들은 빈틈없이 들어찬 배 위에서 이쪽저쪽으로 밀려다니다가 이윽고 한쪽 구석에 자리를 잡았다. 사공들이 빗장을 질렀다. 미처 타지 못한 사람들의 애원하는 소리는 들은 체 만 체 하고 사공들은 밧줄을 풀고 배를 출발시켰다. 나룻배 안은 조용했다. 사공들의 발소리와 발을 구르며 배 바닥을 치는 말발굽 소리만 이따금 들릴 뿐이었다.

21

네플류도프는 넓고 물살이 센 강을 바라보며 뱃전에 서 있었다. 머릿속에는 두 가지 장면이 번갈아가며 떠올랐다. 다 죽어가는 모습으로 짐마차에서 힘없이 이리저리 흔들리는 크르이리초프의 어딘가 화난 듯한 얼굴과, 시몬손과 나란히 활기차게 길가를 걸어가는 카튜사의 모습이었다. 미처 각오할 틈도 없이 죽음을 눈앞에 둔 크르이리초프의 모습은 마음을 무겁게 짓누르는 비통한 데가 있었다. 시몬손 같은 남자에게 사랑을 받고 지금은 흔들림 없이 올바른 선의 길로 들어선 카튜사의 건강한 모습은 기뻐할 일이 분명했지만 네플류도프의 마음은 무거웠다. 그는 이 고통을 이겨낼 수가 없었다.

시내 쪽에서 성당의 큰 종이 내는 소리와 그것이 내는 금속성의 메아리가 강을 타고 들려왔다. 네플류도프 옆에 서 있던 마부와 짐마차의 마부들이 차례차례 모자를 벗고 성호를 그었다. 뱃전에 가장 가까이 서 있던, 자그마하고 머리카락이 푸석한 노인이(네플류도프는 처음에는 이 노인을 보지 못했다) 성호도 긋지 않고 고개를 빳빳이 치켜든 채 네플류도프를 흘끗 쏘아보았다. 노인은 누덕누덕 기운 외투에 모직 바지를 입고 역시 누덕누덕 기운 닳아빠진 농민화를 신고 있었다. 어깨에는 조그만 배낭을 메고 머리에는 털이 다 빠진 모자를 깊숙이 눌러 쓴 모습이었다.

"영감은 왜 기도를 하지 않소?" 네플류도프를 태우고 온 마부가 모자를 다시 쓰고 매무새를 다듬으면서 물었다. "설마 세례를 받지 않은 건 아니겠지?"

"누구에게 기도를 하란 말이야?" 머리카락이 푸석한 노인은 덤비는 듯한 빠른 말투로 한 음절씩 또박또박 끊어서 말했다.

"뻔하잖소, 하느님께 하는 거지." 마부가 빈정댔다.

"그럼 보여주구려, 어디 있는지? 그 하느님이란 자가 말이오!"

노인의 표정이 몹시 진지한 것을 보고 마부도 만만찮은 상대임을 눈치채고는 약간 주춤했으나 그런 내색은 하지 않았다. 여러 사람들 앞에서 말문이 막혀 망신을 당하는 것을 피하려고 재빠르게 대답했다.

"어디 있느냐고? 뻔하지 않소, 하늘에 있지."

"그럼 당신은 거기 가본 적이 있소?"

"가보든 안 가보든 하느님께 기도해야 한다는 것쯤은 세 살짜리도 아는 일 아니오?"

"하느님을 봤다는 사람은 머리털 나고 여지껏 본 적이 없소. 하느님 아버지 품에 안긴 독생자가 그것을 보여주신 이래로 말이오." 노인은 부아가 치민다는 듯이 얼굴을 찌푸리며 역시 빠른 말로 말했다.

"영감은 기독교도가 아닌 게로군. 쳇, 구덩이에 대고 기도하라지." 마부가 채찍 자루를 허리춤에 꽂고, 말 궁둥이에 맨 가죽 띠를 매만지면서 이렇게 말했다.

누군가가 와하하 하고 웃어젖혔다.

"그래, 영감님은 종교가 무엇이오?" 배 한쪽 구석에서 짐마차 옆에 서 있던 중년 남자가 물었다.

"난 신앙 따윈 없어. 나 자신 말고는 아무도 믿지 않지." 노인이 역시 빠른 말투로 단호하게 대답했다.

"어째서 자기는 믿나요?" 네플류도프가 끼어들었다. "잘못하는 일도 있을 텐데요."

"아니, 절대로 없소." 노인이 고개를 내저으며 단호하게 대답했다.

"그렇다면 어째서 여러 가지 신앙이 있겠습니까?" 네플류도프가 물었다.

"여러 가지 신앙이 있는 이유는 모두 남을 믿고 자기를 믿지 않기 때문이오. 나도 남을 믿다가 숲 속을 헤매듯이 길을 잃었지. 빠져나올 길이 없다고 생각할 만큼 헤매고 또 헤맸다오. 구파도, 신파도, 토요안식파도, 편신파도, 사제파도, 무사제파도, 오스트리아파도, 모르간파도, 거세파도. 그러나 다들 저 잘났다고 떠들지만 모두 눈먼 강아지처럼 여기저기 뿔뿔이 흩어져 있을 뿐이잖소. 신앙은 많지만 영혼은 단 하나요. 당신에게나 나에게나 저 사람에게나 영혼이 있지. 그러니까 모두가 자기 영혼을 믿는다면 하나로 뭉쳐질 거요. 우리는 자기를 위해 산다면 모두가 하나가 될 거란 말이오."

노인은 되도록 많은 사람이 듣게 하려는 듯 줄곧 주위를 둘러보면서 큰 소리로 말했다.

"꽤 오래전부터 그런 신앙을 가지고 있었소?" 네플류도프가 물었다.

"나요? 벌써 오래전부터지요. 23년 동안이나 쫓기는 몸이니까."

"쫓기다니? 그게 무슨 뜻이오?"

"예수가 쫓겨 다녔듯이 나도 쫓기고 있는 거요. 나는 붙잡혀서 재판에 걸리기도 하고 주교에게 보내지기도 하고, 학자들이며 바리사이파들에게 붙들려 여기저기 끌려 다녔소. 정신병원에 갇히기도 했소. 하지만 아무도 나를 건들 수는 없지. 난 자유니까 말이오. 날더러 이름은 뭐냐고 묻더군. 놈들은 내가 이름을 갖고 있는 줄 알았던 모양이지만 나한텐 이름 따위 없소. 전부 다 버렸으니까 말이오. 나에겐 이름도, 주소도, 고향도 없소. 아무것도 없단 말이오. 나는 오롯이 나 자신이오. 이름이 뭐냐고? 인간이지. 또 나이는 몇이냐고 묻더군. 나는 말해 주었지. 여태껏 세어 본 적도 없고 셀 수도 없다고. 지금까지 쭉 살아 있었고 앞으로도 영원히 살 거니까 말이오. 또 묻더군. '부모님은 뭘 하시지?' 나는 말해주었소. 나한테는 신과 대지 말고는 아버지도 어머니도 없다고. 신이 아버지고 땅이 어머니라고 말이오. 그러자 이번에는 '그럼 황제를 인정하지 않는가?' 하고 묻기에 말해주었지. '어떻게 인정하지 않을 리 있겠소? 황제는 자기 자신에게 황제이고 나도 나 자신에게 황제요.' 그러자 나 같은 놈하고는 말이 안 통한다고 하질 않겠소? 그래서 나도 말해주었지. 나도 네놈들한테 이야기상대가 되어달라고 부탁한 적 없노라고 말이오. 이런 식으로 괴롭힘만 당하며 살았다오."

"그래, 지금은 어디로 가는 길이오?" 네플류도프가 물었다.

"신이 인도하는 곳으로 간다오. 일이 있으면 일을 하고 일이 없으면 구걸을 하면 되지." 맞은편 기슭이 가까워지는 것을 보고 노인은 이렇게 말을 맺었다. 그러고는 어깨를 으쓱하며 주위 사람들을 둘러보았다.

배가 강가에 닿았다. 네플류도프는 지갑을 꺼내 노인에게 돈을 주려고 했다. 노인은 거절했다.

"나는 돈은 필요 없소. 빵이라면 받겠지만." 노인이 말했다.

"이거 실례했소."

"뭐, 사과할 것까지는 없소. 당신은 나에게 창피를 주려고 한 것도 아니잖소? 나에겐 창피를 줄 수도 없겠지만." 노인은 이렇게 말하고, 내려놓았던 배낭을 어깨에 짊어졌다. 그러는 동안 역마차가 강가로 끌어올려지고 말이 매어졌다.

"저따위 녀석과 말을 섞다니 나리도 호기심이 많으시군요." 술값이라도 하라고 건장한 사공들에게 푼돈을 쥐여주고 마차에 올라타는 네플류도프에게 마부가 말했다. "그저 시답잖은 부랑자 아닙니까요?"

<h2 style="text-align:center">22</h2>

언덕에 올라서자 마부가 돌아보며 물었다.

"어느 호텔로 모실까요?"

"어디가 좋은가?"

"시베리아 호텔이 가장 낫겠지요. 아니면 주크도 나쁘지 않고요."

"어디든 좋소."

마부는 다시금 비스듬히 앉아 속력을 내며 달렸다. 도시는 여느 도시와 다를 바 없었다. 다락이 있는 초록빛 지붕집도 똑같았고 성당과 구멍가게와 큰길가의 상점도, 하다못해 순경까지도 여느 도시와 똑같았다. 다만 집은 대개가 목조 건물이고 길은 포장되어 있지 않았다. 마부는 가장 번화한 거리에 있는 한 호텔 앞에 마차를 멈추었다. 그러나 이 호텔에는 빈 방이 없어서 다른 호텔로 가야만 했다. 다행하게도 그 호텔에는 빈 방이 있었다. 네플류도프는 두 달 만에 겨우 비교적 산뜻하고 잘 갖추어진 익숙한 환경에 놓일 수 있었다. 네플류도프가 안내받아 들어간 방은 아주 사치스럽다고는 할 수 없었으나, 역마차와 여인숙과 숙소 등에서 지내온 터라 네플류도프는 더없는 안식을 느꼈다. 제일 먼저 할 일은 이를 없애고 깨끗하게 하는 일이었다. 죄수 숙소를 방문한 뒤로는 한 번도 완전하게 이에서 해방된 적이 없었다. 네플류도프는 여장을 풀고 곧장 목욕을 하고 나서 빳빳하게 풀 먹인 셔츠와 깨끗이 다림질된 바지, 프록코트와 외투로 도회지식 몸단장을 했다. 그리고 지방 장관을 만나러 호텔을 나섰다. 호텔 현관지기가 불러준, 살찐 키르기스 말이 끄는 가벼운 삯 마차가 네플류도프를 태우고 덜컹거리며, 위병과 순경이 서 있는 웅장하고 아름다운 건물 앞에 도착했다. 건물 앞뒤로 정원이 있었는데, 잎이 다 떨어진 벌거숭이 가지가 사방으로 뻗친 사시나무와 자작나무 사이로 전나무와 소나무와 분비나무의 짙은 녹색 잎이 섞여 보였다.

장군은 몸이 편치 않다면서 방문객을 거절했다. 그래도 네플류도프는 하인에게 명함을 건네주며 전해달라고 부탁했다. 잠시 뒤 하인이 반가운 대답을 가지고 돌아왔다.

"들어오시랍니다."

현관 대기실, 하인, 전령병, 층계, 반들반들하게 닦인 조각 나무를 깐 홀, 이 모든 것이 페테르부르크와 비슷했으나 단지 좀 구질구질하고 다소 과장스러워 보였다. 네플류도프는 서재로 안내되었다.

장군은 경단 같은 납작코에, 이마와 벗어진 머리에는 혹 같은 것이 불룩불룩 튀어나와 있으며 눈 밑이 자루가 든 듯 불룩 처진, 혈색이 붉고 뚱뚱한 사나이였다. 그는 타타르식 비단 가운 차림에 한 손에는 궐련을 들고, 은 접시에 받친 컵으로 차를 마시고 있었다.

"여어, 잘 오셨습니다. 이런 꼴로는 실례가 아닌가 했지만 만나 뵙지 않는 것보다는 나을 것 같아서요." 뒷덜미에 몇 줄기나 주름이 잡힌 굵은 목에 가운 깃을 세우면서 장군이 말했다. "몸이 좀 안 좋아서 집에서 꼼짝도 않고 있었지요. 그런데 어쩐 일로 이런 벽지까지 다 오셨습니까?"

"전 죄수 부대를 따라왔습니다. 그 가운데 친한 사람이 있어서요." 네플류도프가 말했다. "실은 그 사람과 또 한 사람의 사정에 대해 각하에게 부탁드릴 것이 있습니다."

장군은 깊게 담배를 빨아들이고 차를 한 모금 마시더니 공작석 재떨이에 담배를 비벼 껐다. 그러고는 퉁퉁 부은 눈두덩이 때문에 가늘게 뜬 눈을 반짝거리며 네플류도프의 얼굴에서 눈을 떼지 않고 진지하게 이야기를 들었다. 담배를 피우지 않겠느냐고 권하기 위해 딱 한 번 네플류도프의 말을 가로막았을 뿐이었다.

장군은 자유주의와 인도주의를 자기 직업과 융화시킬 수 있다고 생각하는 학식 있는 군인 타입에 속했다. 그러나 천성이 총명하고 선량한 위인이었으므로 곧 이와 같은 융화가 불가능하다는 것을 알아차렸다. 그리고 그는 직면해 있는 그 내적 모순에서 눈을 돌리기 위해, 군인 사회에 널리 퍼져 있는 음주 습관에 몸을 내맡겼다. 하지만 이 습관에 완전히 젖어서 35년에 이르는 군대 생활을 마쳤을 때는 의사들이 알코올 중독자라고 부르는 상태가 되고 말았다. 장군은 술독에 빠져 살았다. 마침내는 무얼 마시기만 해도 금방 취한 것같은 기분이 들었다. 그에게 있어서 술을 마시는 행위는 살아가기 위해 빼놓을 수 없는 욕구가 되었고, 매일 저녁마다 엉망으로 취했다. 그러나 이런 몸 상태에 워낙 익숙했으므로 비틀거리거나 딱히 바보 같은 소리를 지낄이지는 않았다. 어쩌다 어리석은 말을 했다 할지라도, 그것은 이 지방에서 가장 중요한 지위를 차지하고 있는 장군의 말이었으므로 사람들은 그것마저 현명한 말로 받아들였다. 다만 지금과 같은 아침에는 얼마간 분별 있는 사람이 되어 남의 이야기도 잘 이해했으며, 스스로도 늘 입에 달고 사는 대로 "열심히 마시고 열심히 일하면 장점이 두 가지인 셈"이라는 속담을 조금이나마 실천할 수 있었다. 당국도 장군이 대주가라는 것을 알고는 있었지만 그래도 다른 사람보다는 교양 있고(그 교양도 술이 들어가는 순간 사라졌지만) 대담하며 기민하고 풍채 좋고 머리회전이 빠르며 취해도 예절을 지킬 줄 알았으므로 지금과 같은 요직에 임명하였고, 그것이 오늘날에 이른 것이었다.

네플류도프는 자기가 관심을 가지고 있는 죄수는 여자이며, 그녀가 죄를 뒤집어쓰고 징역을 선고받았으므로 황제에게 청원서를 제출했다는 것을 설명했다.

"그렇군요. 그래서?" 장군이 말했다.

"페테르부르크에서 연락이 왔는데, 그 여자의 운명에 관한 통지가 늦어도 이달 안으로 이 마을로 보내질 거라고 합니다……."

장군은 네플류도프에게 시선을 고정한 채 짧은 손가락을 탁자로 뻗어서 초인종을 눌렀다. 그리고 담배를 깊이 빨아들이고 한바탕 기침을 크게 하면서 계속해서 이야기를 들었다.

"그래서 부탁드립니다만, 제출한 청원서의 회답이 올 때까지 그 여자를 이곳에 머무르게 해주실 수 없을까 하고요."

하인이 들어왔다. 군복 차림을 한 당번병이었다.

"안나 바실리예브나가 일어났는지 물어보고 와." 장군이 당번병에게 말했다. "그리고 차를 한 잔 더 가져와. 또 다른 용건은 뭡니까?" 장군이 네플류도프를 보며 물었다.

"또 하나의 청은……." 네플류도프는 말을 이었다. "역시 이 죄수 부대에 있는 한 정치범에 대한 일입니다만."

"그렇군요!" 장군이 의미심장하게 고개를 끄덕거리며 말했다.

"그 남자는 지금 중태입니다. 다 죽어가고 있지요. 아마 이곳 병원에 남게 될 텐데, 그 남자를 간병하는 한 정치범 여죄수가 자기도 간호를 위해 남겠다고 희망하고 있습니다."

"그 여죄수는 환자의 가족은 아니지요?"

"네, 하지만 필요하다면 결혼까지도 하겠답니다. 그러지 않고서, 남자 곁에 남을 방법이 없다면요."

장군은 그 빛나는 눈초리로 지그시 상대방을 바라보며 잠자코 담배만 피웠다. 그 눈길로 상대방을 주눅 들게 하려는 기색이 역력했다.

네플류도프가 말을 마치자 장군은 탁자 위에서 책 한 권을 집어 들더니 손가락에 침을 발라 가며 재빠르게 책장을 넘기면서 결혼에 관한 조항을 찾아 그것을 읽었다.

"그 여자는 어떤 형을 받았습니까?" 장군은 책에서 눈을 들고 물었다.

"징역입니다."

"그렇군요. 하지만 기결수는 결혼을 한다 해서 상태가 나아지지 않습니다."

"네, 하지만……."

"잠깐만요. 그 여자가 보통 사람과 결혼했다 하더라도 역시 형기만은 마쳐야 합니다. 다만 이때 문제가 되는 것은 남자와 여자 둘 중 어느 쪽이 더 무거운 형을 받았느냐 하는 것이지요."

"두 사람 다 징역입니다."

"그렇군요. 그렇다면 피장파장이군요." 장군이 웃으면서 말했다. "피차일반이에요. 남자는 병이라는 이유로 남을 수 있습니다." 장군은 말을 이었다. "물론 고통을 덜어주기 위해 할 수 있는 치료는 다 할 겁니다. 하지만 여자는 비록 결혼한다 할지라도 이곳에 머무를 수 없겠는데요……."

"부인께선 커피를 들고 계십니다." 당번병이 보고했다.

장군이 고개를 끄덕이고 다시 말을 이었다.

"아무튼 조금 더 생각해 봅시다. 그 둘의 이름이 뭡니까? 여기다 써주십시오."

네플류도프는 이름을 썼다.

"그것도 어렵겠는데요." 병자와 면회를 하게 해달라는 네플류도프의 청을 듣고 장군이 말했다. "물론 당신을 의심하는 것은 아닙니다만 당신은 그 병자다 뭐다 하는 죄수들에게 관심을 가지고 있고 거기다 돈도 가지고 있지요.

그런데 이곳은 돈이면 다 되는 고장이거든요. 말로는 부정부패를 뿌리 뽑는 다느니 하지만, 다들 뇌물로 먹고사는 지경이니 뿌리가 뽑힐 리 있겠습니 까? 말단 관리일수록 한술 더 뜬답니다. 5000킬로 밖까지 어떻게 감독할 수 가 있겠습니까. 말단 관리도 현지에서는 왕이나 마찬가지니까요. 여기 있는 나처럼 말이에요." 장군은 웃었다. "당신도 정치범을 면회해봤겠지요? 돈을 쥐여 주니 들여보내 주지 않던가요?" 장군은 빙글빙글 웃으면서 말했다. "제 말이 틀립니까, 네?"

"네, 그건 사실입니다."

"돈을 쥐여 줘야 했던 사정이야 이해합니다. 당신은 정치범을 만나고 싶 어 하고 그들을 동정하니까요. 그런데 간수나 호송병들은 돈이 필요하거든 요. 겨우 40코페이카밖에 안 되는 봉급으로 가족까지 먹여 살려야 하니까 요. 뇌물을 받지 말라는 편이 무리지요. 그러니 나도 당신이나 간수들의 처 지가 되었다면 분명히 똑같이 했을 겁니다. 하지만 지금의 제 처지에서는 저 스스로가 엄격한 법률 조문에서 한 치도 어긋나서는 안 됩니다. 나 역시 인 간이라서 정에 휘둘릴 염려가 있거든요. 난 직무에 충실한 사람인 데다 일정 한 조건하에서 정부의 신임을 얻고 있는 이상, 이 신임을 저버려서는 안 됩 니다. 그러니 이 문제는 이것으로 끝냅시다. 자, 이제 모스크바가 돌아가는 이야기나 들려주십시오."

그렇게 말하더니 장군은 이것저것 묻기도 하고 자기가 말하기도 했다. 모 스크바의 소식을 듣는 동시에 자기의 인간적 가치와 인도주의적 사상을 네 플류도프에게 과시하고 싶은 모양이었다.

23

"그렇군요. 그런데 어디서 묵으십니까? 주크입니까? 이런, 거긴 격이 떨 어지는데. 식사라도 하러 오시지요." 네플류도프를 배웅하면서 장군이 말했 다. "5시입니다. 영어는 할 줄 아십니까?"

"네, 합니다."

"그거 잘 됐군요. 실은 영국인 여행가가 이곳에 와 있습니다. 그는 시베리 아의 유형지와 감옥을 연구하고 있지요. 그 사람이 우리 집에서 식사를 하게 되어 있으니 당신도 꼭 와주십시오. 식사는 5시입니다. 아내는 시간관념이 철저해서요. 그때 그 여죄수를 어떻게 할 것인지 대답해드리죠. 그리고 환자에 대한 것도요. 상황을 봐서 누군가를 간병인으로 남길 수 있을지도 모르지요."

장군에게 작별인사를 하고 나자 네플류도프는 기운이 솟고 마음이 가벼워졌다. 그는 우체국으로 마차를 몰았다.

우체국은 나직한 건물로 천장이 둥글었다. 직원들이 창구에 앉아서 주위에 몰려 있는 사람들에게 무언가를 건네고 있었다. 한 직원은 고개를 비스듬하게 기울이고 익숙한 손놀림으로 봉투를 하나하나 끌어당겨서 쉴 새 없이 소인을 찍고 있었다. 네플류도프는 얼마 기다리지 않았다. 네플류도프가 이름을 대자 직원은 곧 꽤 많은 우편물을 내주었다. 거기에는 우편송금표도 있고 편지 몇 통도 있었으며, 《유럽소식》이라는 잡지의 최신판도 있었다. 우편물을 받아든 네플류도프는 옆에 놓여 있는 나무의자로 갔다. 거기에는 한 병사가 책을 들고 앉아서 무언가를 기다리고 있었다. 네플류도프는 그 옆에 앉아서 편지를 훑어보았다. 그 속에 등기 우편 한 통이 섞여 있었다. 선명한 붉은 봉납으로 꼼꼼하게 봉인되어 있는 아름다운 겉봉을 뜯었다. 무슨 공문서가 동봉되어 있는 세레닌의 편지가 나오자 네플류도프는 얼굴이 달아오르며 가슴이 꽉 죄는 듯한 느낌이 들었다. 카튜사 사건에 대한 결정서였다. 대체 어떤 결정이 내려졌을까? 설마 기각은 아니겠지? 알아보기 힘든 글씨체로 자잘하게 쓰인 편지를 재빨리 훑어보던 네플류도프는 저도 모르게 안도의 숨을 내쉬었다. 만족할 만한 결정이었다.

친애하는 벗이여!

우리가 마지막에 나눈 이야기는 내게 강렬한 인상을 남겼소. 마슬로바 건은 당신이 옳았소. 꼼꼼히 심리기록을 검토한 결과 마슬로바 건에 분개할 만한 부정이 있었음을 발견했소. 이것을 바로잡을 수 있는 곳은 당신이 청원서를 제출한 청원위원회뿐이어서 나는 그곳으로 찾아갔소. 그리고 다행히도 당신이 사건을 해결하는 데 힘이 될 수 있었소. 예카테리나 이바노브나 백작부인이 가르쳐준 당신 주소로 특사지령서의 사본을 동봉하오. 원본은 재판 때 마슬로바가 수감되어 있던 감옥으로 보내졌으니 아마 곧 시베리아 총독부로 전송될 것이오. 서둘러 이 기쁜 소식을 당신에게 알리는 바이오. 우정의 악수를 보내오.

당신의 벗 세레닌.

특사지령서의 내용은 다음과 같았다.

궁내청 청원수리국. ×부 ×과 ×계. ×년 ×월 ×일. 궁내청 총무 청원수리국장의 명에 의하여 평민 예카테리나 마슬로바에게 다음과 같이 통고함. 황제 폐하께서는 상신된 보고에 의하여 마슬로바에 관한 청원을 인정하시고, 판결을 원판결인 징역에서 시베리아 근교로의 이주제한으로 변경할 것을 명하심.

이 소식은 기쁘고도 중대한 것이었다. 카튜샤를 위해, 그리고 자기 자신을 위해 바랐던 모든 것이 이뤄진 것이다. 그러나 카튜샤의 처지가 바뀌면서 카튜샤와의 관계는 새로운 복잡성을 띠게 되었다. 카튜샤가 징역수였을 동안은 네플류도프가 바랐던 결혼은 가공적인 것으로서 카튜샤의 고통을 덜어주겠다는 의미만이 존재했다. 그러나 이제는 두 사람의 결혼을 가로막을 수 있는 것은 아무것도 없었다. 하지만 네플류도프는 마음의 준비가 되어 있지 않았다. 뿐만 아니라 카튜샤와 시몬손의 관계는 어떻게 되는 것인가? 카튜샤가 어저께 한 말 속에는 어떤 뜻이 있었던 것일까? 카튜샤가 시몬손과 맺어지기를 승낙했다면 그것은 좋은 일일까, 아니면 나쁜 일일까? 그는 이러한 생각을 매듭지을 수가 없어서 지금은 그만 생각하기로 했다. '이런 문제도 언젠가는 마무리될 것이다.' 네플류도프는 생각했다. '지금 필요한 것은 한시라도 빨리 그녀를 만나서 이 기쁜 소식을 알림으로써 카튜샤를 자유의 몸으로 만들어주는 일이다.' 그러려면 지금 손에 들고 있는 사본만으로도 충분하다고 생각했다. 우체국을 나오자 네플류도프는 감옥으로 마차를 달리게 했다.

오늘 아침에 장군은 네플류도프에게 감옥 방문을 허가해주지 않았지만, 네플류도프는 상부에서 얻어내지 못한 허가를 하급 관리들에게서 간단히 얻어내는 예를 수없이 경험해왔으므로 지금도 일단 감옥으로 가서 시도해보려고 결심한 것이다. 어떻게든 카튜샤에게 반가운 소식을 알려주고 가능하다

제3편 507

면 당장이라도 풀려나게 해주고 싶었으며, 아울러 크르이리초프의 병세도 알아보고 장군의 말을 본인과 마리아 파블로브나에게 전달해줄 생각이었다.

감옥소장은 몹시 키가 크고 뚱뚱한 사나이였는데 코밑수염과 구레나룻이 양쪽 입꼬리에서 하나로 만나게 기르고 있었다. 소장은 매우 사무적인 태도로 네플류도프를 맞이하면서, 외부인은 절대로 장관의 허가 없이는 면회가 허락되지 않는다고 매몰차게 말했다. 페테르부르크와 모스크바에서도 허가를 받았다고 네플류도프가 항의하자 소장은 대답했다.

"그럴 수도 있었겠지만 나는 허락할 수 없습니다." 이렇게 말하는 소장의 말투는 '당신네 모스크바 신사들은 늘 우리 촌놈들을 놀라게 하고 뒤통수를 치려고 하지만, 여기 동부 시베리아에 사는 우리도 규칙을 지켜야 한다는 정도는 알고 있다. 원한다면 당신에게 그것이 어떤 것인지 보여줄 수도 있지' 하고 말하는 것 같았다.

궁내청 청원수리국에서 보낸 특사지령서의 사본도 이 소장에게는 아무런 효력이 없었다. 소장은 감옥으로 들여보내달라는 네플류도프의 청을 단호히 거절했다. 이 사본을 제시하면 마슬로바는 풀려날 것이라는 네플류도프의 순진한 예상에 소장은 상대를 비웃는 듯한 미소를 지으며, 누구든 직속 장관의 명령이 있어야만 죄수를 석방할 수 있다고 잘라 말했다. 소장이 약속한 것은 카튜사에게 특사가 내렸다는 소식을 전해주겠다는 것과, 장관이 명령을 내리는 즉시 한시도 머뭇거리지 않고 카튜사를 석방하겠다는 두 가지뿐이었다.

크르이리초프의 병세에 관해서도 소장은 일체 언급을 거부했으며 그와 같은 죄수가 있는지조차 가르쳐줄 수 없다고 딱 잘라 말했다. 이리하여 아무런 소득도 얻지 못한 채 네플류도프는 임대 마차를 타고 호텔로 돌아왔다.

소장이 딱딱하게 대했던 이유는 수용 인원이 정원의 2배나 불어난 데다 하필 이럴 때 티푸스가 퍼졌기 때문이었다. 돌아가는 길에 마부가 네플류도프에게 이런 이야기를 했다. "감옥에선 죄수들이 마구 죽어나가고 있어요. 무슨 전염병이 돌아서 하루에도 20명씩이나 매장되고 있답니다."

24

감옥에서 하려던 일은 실패하고 말았지만 네플류도프는 여전히 뭐라도 하지 않고는 몸이 근질근질할 만큼 사기가 충천해 있었으므로, 카튜사의 특사지령서가 도착했는지를 확인하기 위해 지방장관의 관청으로 마차를 몰았다. 특사지령서는 와 있지 않았다. 네플류도프는 호텔로 돌아가서, 꾸물댈 틈도 없이 세레닌과 변호사 앞으로 편지를 썼다. 편지를 다 쓰고 시계를 보니 벌써 장군의 저택으로 식사하러 갈 시간이었다.

가는 길에, 카튜사가 특사를 어떻게 받아들일까 하는 생각이 다시금 머릿속에 떠올랐다. 카튜사는 어디로 이주를 가게 될까? 나는 카튜사와 어떤 식으로 지내게 될까? 시몬손은 어떻게 될까? 지금 카튜사는 시몬손에게 어떤 감정을 가지고 있을까? 카튜사의 태도에 생긴 변화가 생각났다. 아울러 카튜사의 과거도 함께 떠올랐다.

'그런 일은 이제 잊어야 한다. 전부 다 지워 없애는 거다.' 네플류도프는 이렇게 생각하며 카튜사에 대한 생각을 머리에서 떨쳐버리려고 애썼다. '곧 알게 되겠지.' 그는 이렇게 스스로에게 이르고, 장군에게 할 말을 생각하기 시작했다.

장군 댁의 만찬은 네플류도프에게는 익숙한, 부자와 고관들의 삶에서 흔히 보이는 사치스런 것이었다. 오랫동안 호사는커녕 원시적인 편의까지 박탈당한 생활을 한 뒤라 네플류도프에게는 특히 기분 좋게 여겨졌다.

부인은 옛 시절에 페테르부르크에서 자란 grande dame(상류층 부인)으로 니콜라이1세의 궁정에서 여관(女官)을 지낸 적이 있으며 프랑스어는 유창했으나 러시아어는 서툴렀다. 부인은 유난히 부자연스러우리만치 몸을 꼿꼿이 했으며, 손을 움직일 때도 팔꿈치를 옆구리에서 떼지 않았다. 남편에게는 차분하고 얼마간은 수심이 담긴 공손한 태도를 취했으나, 손님을 응대할 때는 상대에 따라 분위기는 다소 달랐지만 몹시 상냥했다. 네플류도프에게는 마치 집안 식구라도 맞이하는 것처럼 특별하고 세심하게 배려해주었으므로 그는 새삼 자기의 장점을 발견한 기분이 들어서 만족을 느꼈을 정도였다. 네플류도프가 시베리아까지 찾아온 이유와 괴상하긴 하지만 성실한 그의 행동을 잘 알고 있는 부인은 자기가 네플류도프를 흔치 않은 위인이라 생각하고 있음을 넌지시 내비쳤다. 그 세련된 아첨과 장군 댁에서 풍기는 세련되고 호사스러운 분위기에 취해서 네플류도프는 그 아름다운 장식과, 맛있는 식사와, 자기와 똑같은 상류층 사람들과 나누는 경쾌한 환대에 완전히 마음을 빼앗겼다. 요 몇 달 동안 자기가 경험한 그 모든 것은 일장춘몽이며 지금 비로소 그 꿈에서 깨어 참다운 현실로 돌아온 것 같은 생각마저 들었다.

만찬 자리에는 장군의 딸 부부와 부관 등 집안사람들 외에 영국인 여행가, 금광을 경영하는 부자 상인, 먼 시베리아의 도시에서 온 지사가 앉아 있었다. 이 사람들 모두가 네플류도프에겐 유쾌하기만 했다.

영국인은 건강하고 얼굴이 붉은 사나이로 프랑스 말은 몹시 서툴렀지만 영어로 말하기 시작하면 그야말로 화려한 언변을 자랑했다. 이 사나이는 매우 견문이 넓어서 미국, 인도, 일본, 시베리아 등에 관한 얘기로 듣는 이의 마음을 사로잡았다.

젊은 금광 경영자는 태생은 농사꾼의 아들이었으나, 지금은 런던에서 맞추었다는 연미복을 입고 다이아몬드 커프스단추를 달고 있었다. 이 사나이는 상당한 장서를 가지고 있고 자선사업에도 어마어마한 돈을 기부하고 있었다. 그는 유럽식 자유주의 사상의 소유자이며 건전한 러시아 농민으로, 마치 야생 나무에 유럽 문화가 접목된 듯한 새로운 유형의 교양인인 이 남자에게 네플류도프는 큰 호감과 흥미를 느꼈다.

먼 도시에서 온 지사는 예전에 국장을 지낸 사람으로, 네플류도프가 페테르부르크에 묵고 있을 때부터 그토록 소문이 자자하던 예의 그 사나이였다. 그는 숱이 적은 고수머리에 부드럽고 파란 눈을 가진 뚱뚱하게 살찐 사나이로 아랫배가 몹시 튀어나왔으며 희고 고운 손가락에 반지를 잔뜩 끼고 있었는데 웃는 인상이 매우 좋았다. 이 지사는 부정부패를 일삼는 관리들 속에서 그 혼자만이 청렴하다 해서 장군의 두터운 신임을 얻고 있었다. 음악을 몹시 좋아하고 스스로도 능란하게 피아노를 치는 부인은, 이 지사가 음악에 조예가 깊고 자기와 피아노를 합주할 수 있다는 점에서 그를 높이 평가하고 있었다. 네플류도프는 기분이 몹시 좋았으므로 오늘은 이 사내마저도 불쾌하게 여겨지지 않았다.

턱수염을 깎은 자리가 파르스름하게 남아 있는 쾌활하고 정력적인 부관도 어떤 일에든 싫은 내색을 안 하는 싹싹한 성격이었으므로 네플류도프는 호감을 느꼈다.

그러나 누구보다 네플류도프가 호감을 느낀 사람은 보기에도 흐뭇한 젊은 부부 즉, 장군의 딸 부부였다. 이 딸은 미인은 아니지만 솔직하고 젊은 여인으로 두 어린 자녀에게 온갖 정성을 기울이고 있었다. 이 딸이 부모님의 오랜 반대를 무릅쓰고 연애결혼에 성공한 상대는 모스크바 대학을 나온 겸허하고 총명한 자유주의자로 관청에서 통계 일을 하고 있었다. 이 남자는 특히 소수민족을 연구하며 그들을 멸종위기에서 구하려고 노력하고 있었다.

모두들 네플류도프에게 호의를 가지고 친절히 대했을 뿐만 아니라 이 새롭고 흥미 있는 인물의 방문을 진심으로 기뻐하는 기색이 역력했다. 군복 목에 하얀 십자 훈장을 걸고 만찬 자리에 나타난 장군이 옛 친구처럼 네플류도프에게 인사하고는 곧 손님들을 전채와 보드카가 마련된 식탁으로 안내했다. 장군은 오늘 아침 여기서 돌아간 뒤 무엇을 했느냐고 네플류도프에게 물었다. 네플류도프는 우체국에 갔더니 오늘 아침에 말한 그 여죄수에게 특사가 내려졌다는 편지가 와 있더라고 설명하고, 감옥에서 면회할 것을 허가해 달라고 다시금 부탁했다.

장군은 만찬 자리에서 사무적인 이야기를 하는 것이 불만스러운 듯 노골적으로 얼굴을 찡그리고 아무 말도 하지 않았다.

"보드카를 좀 들어보시겠소?" 장군은 옆으로 다가온 영국인에게 프랑스어로 말했다. 영국인은 보드카를 마시고, 오늘 수도원과 공장을 보고 왔는데 이번에는 커다란 이송감옥을 둘러보고 싶다고 말했다.

"그것 마침 잘 됐습니다." 장군이 네플류도프를 돌아보며 말했다. "같이 가시는 게 어떻겠습니까? 이 두 분에게 통행증을 드리게." 장군이 부관에게 명령했다.

"당신은 언제 가시겠습니까?" 네플류도프가 영국인에게 물었다.

"전 오늘 밤이 좋은데요." 영국인이 대답했다. "모두들 감방 안에 있을 테고, 예고 없이 찾아가면 있는 그대로의 모습을 볼 수 있을 테니까요."

"허, 가장 재미있는 장면을 빠짐없이 보고 싶다는 말씀이군요? 좋습니다. 나도 몇 번인가 썼지만 아무도 상대를 해주지 않으니 외국의 신문잡지에서라도 실상을 알아주면 좋겠군요." 장군은 이렇게 말하고 식탁으로 걸어갔다. 거기서는 부인이 손님들에게 자리를 정해주고 있었다.

네플류도프는 부인과 영국인 사이에 앉았다. 그리고 맞은편에는 장군의 딸과 지사가 앉았다.

이야기는 띄엄띄엄 이어졌는데 영국인이 인도에 대한 이야기를 하는가 하면 장군이 통킹 원정*을 매섭게 비판하기도 하다가, 시베리아의 관리는 모두 교활하고 뇌물만 밝힌다는 이야기로 흘렀다. 네플류도프는 그러한 이야기에 그다지 흥미가 생기지 않았다.

그러나 식사 뒤 응접실에서 커피를 마실 때, 영국인과 부인 사이에서 글래드스턴에 관한 재미있는 이야기가 나왔다. 네플류도프도 이야기에 끼어들어, 핵심을 찌르는 여러 가지 의견을 내놓았다. 그것으로 그들의 주의를 끈 것 같은 기분이 들었다. 맛좋은 식사를 하고 술을 마신 뒤에 푹신한 소파에 앉아 따뜻하고 교양 있는 사람들에게 둘러싸여 커피를 마시고 있노라니 마음이 점점 온화해지는 것 같았다. 특히 영국인의 간청을 받은 부인이 전 국장과 나란히 피아노 앞에 앉아 그들이 곧잘 연주하는 베토벤의 〈제5교향곡〉을 치기 시작했을 때, 네플류도프는 이미 오랫동안 잊고 있었던 완전한 자기만족을 느꼈다. 자기가 얼마만큼 훌륭한 사람인가 하는 것을 지금에야 비로소 깨달은 듯한 기분이 들었다.

그랜드 피아노 자체도 훌륭했거니와 교향곡 연주도 훌륭했다. 적어도 이 교향곡을 잘 알고 사랑하는 네플류도프에게는 그렇게 느껴졌다. 네플류도프는 이 아름다운 안단테를 들으면서 자기 자신과 자기의 모든 미덕에 감동하여 코끝이 시큰해지는 것을 느꼈다.

오랜만에 즐거웠다고 부인에게 감사의 말을 하고 네플류도프가 작별인사를 하고 돌아가려는데, 젊은 부인이 무언가 결심한 표정으로 곁으로 다가오더니 얼굴을 붉히면서 말했다.

"제 아이들에 대해서 물어보셨지요? 보시겠어요?"

"애는 누구나 제 아이를 보고 싶어 하는 줄 안다니까요." 장군의 부인은 딸의 순진한 태도에 웃음을 지으며 말했다. "공작님은 그런 것에 조금도 흥미가 없으시단다."

"천만에요. 아주, 아주 흥미가 있습니다." 넘칠 듯한 모성애에 감동하여 네플류도프는 대답했다. "꼭 보여주십시오."

---

* 1882년부터 1886년에 걸쳐 프랑스는 인도차이나 반도의 통킹 지방으로 원정을 가서 프랑스령으로 삼음.

"꼬맹이들을 보여주려고 공작님을 끌고 간단 말이냐?" 사위와 금광 경영자와 부관과 함께 탁자에 둘러 앉아 트럼프를 치고 있던 장군이 껄껄 웃으며 큰 소리로 말했다. "의무라 생각하고 봐 주십시오. 의무라고 생각하세요."

한편 젊은 부인은 아이들이 어떤 평을 받게 되려나 싶어 흥분한 모습으로 안쪽 방을 향해 앞장서서 총총 걸어갔다. 흰 벽지를 바른, 천장이 높은 세 번째 방에는 갓을 씌워 흐릿한 불빛이 새어 나오는 조그만 램프 아래 아기 침대 2개가 나란히 놓여 있고, 시베리아인답게 광대뼈가 불거진 인상 좋은 유모가 어깨에 하얀 숄을 걸치고 그 사이에 앉아 있었다. 유모가 일어서서 허리 굽혀 인사했다. 젊은 어머니는 앞에 있는 침대 위로 몸을 굽혔다. 거기에는 2살짜리 계집아이가 조그만 입을 벌리고 긴 고수머리를 베개 위에 흩뜨린 채 쌔근쌔근 잠들어 있었다.

"애가 카챠예요." 푸른 줄무늬가 들어간 털실로 짠 이불을 매만지면서 젊은 어머니가 말했다. 이불 밑으로 조그맣고 하얀 발바닥이 삐죽 나와 있었다. "귀엽지요? 이제 겨우 2살밖에 안 됐답니다."

"참 귀엽습니다!"

"애는 바슈크예요. 할아버지가 지어준 이름이지요. 저 애랑은 정반대로 전형적인 시베리아 아이랍니다. 그렇게 보이지 않나요?"

"정말 잘생긴 아이군요." 네플류도프는 엎드려서 자고 있는 토실토실하게 살찐 사내아이를 바라보면서 말했다.

"그렇지요?" 젊은 어머니가 뜻깊은 미소를 지으면서 말했다.

네플류도프는 족쇄와 까까머리와 구타와 음탕함, 그리고 다 죽어가는 크르이리초프와 어두운 과거를 가진 카튜사를 떠올렸다. 그러자 부러운 마음이 들며, 이렇게 우아하고 지금의 자신에게는 신성한 것으로 여겨지는 행복이 가지고 싶어졌다.

네플류도프는 몇 번이나 아이들을 칭찬하여 그 칭찬의 말을 한 마디도 놓치지 않고 가슴에 간직하려는 젊은 어머니를 어느 정도 만족시키고 나서 그 젊은 부인을 따라 응접실로 돌아왔다. 영국인이 약속대로 함께 감옥을 찾아가기 위해 아까부터 네플류도프를 기다리고 있었다. 노부부와 젊은 부부에게 작별인사를 하고 네플류도프는 영국인과 함께 장군 댁의 현관을 나왔다.

날씨는 완전히 달라져 있었다. 주위에 온통 함박눈이 내려 이미 길에도,

지붕에도, 뜰의 나무에도, 마차 대는 곳에도, 마차에 씌운 천 위에도, 말 잔등에도 쌓여 있었다. 영국인이 자기 마차를 가지고 왔으므로 네플류도프는 그 마부에게 감옥으로 가라고 일렀다. 그리고 자기는 혼자 경마차를 타고, 불쾌한 의무를 이행하러 간다는 무거운 마음으로 영국인의 뒤를 따랐다. 마차바퀴가 눈에 파묻혀 느릿느릿 나아갔다.

25

문 앞에 위병이 서 있고 외등이 켜진 음산한 감옥 건물은 마차를 대는 곳도, 지붕도, 담장도 모든 것이 깨끗하게 새하얀 눈으로 덮여 있었으나 건물 정면으로 나 있는 창이란 창에서 죄다 불빛이 새어나오는 모습이 오늘 아침보다 더 음산한 느낌을 주었다.

문까지 나온 풍채 좋은 감옥소장이 외등 밑에서 네플류도프와 영국인이 내민 통행증을 보더니 수긍할 수 없다는 듯이 어깨를 으쓱해 보였다. 그러나 명령은 명령이므로 그는 두 사람에게 따라오라는 몸짓을 하고 앞장섰다. 먼저 안마당을 지나 오른편 문을 열고 층계를 올라가서 사무실로 안내했다. 그리고 두 사람에게 의자를 권한 다음 용건을 물었다. 지금 당장 마슬로바와 만나고 싶다는 네플류도프의 청을 듣자 마슬로바를 데려오라고 간수에게 명령했다. 그리고 곧 영국인이 네플류도프를 통역으로 삼아 던진 여러 가지 질문에 답할 자세를 취했다.

"이 감옥의 규정 수용 인원은 몇 명입니까?" 영국인이 물었다. "지금 죄수가 몇 명이나 수용되어 있습니까? 남자 죄수는 몇 명이고 여죄수는 몇 명이며 아이들은 몇 명 있습니까? 징역수, 유형수, 그리고 제 뜻으로 따라온 사람은 각각 몇 명입니까? 환자는 몇 명이나 됩니까?"

자기로서도 전혀 뜻밖의 일이었지만, 눈앞에 닥친 면회가 신경이 쓰여서 네플류도프는 그 뜻은 생각지도 않고 영국인이 소장에게 하는 말을 그저 기계적으로 통역했다. 통역을 해주는 도중에 사무실로 다가오는 발소리가 들렸다. 곧 사무실 문이 열리고, 지금까지 몇 번이나 있었듯이, 먼저 간수가 들어온 다음, 죄수복을 입고 머리에는 수건을 쓴 카튜사가 그 뒤를 따라 들어왔다. 네플류도프는 그 모습을 보고 갑자기 마음이 무거워졌다.

'나도 그처럼 살고 싶다. 가정과 아이가 갖고 싶다. 남들처럼 살고 싶다.'

카튜사가 눈을 내리깐 채 종종걸음으로 방으로 들어왔을 때 머릿속에 이런 생각이 퍼뜩 떠올랐다.

네플류도프는 일어나서 카튜사 쪽으로 두세 걸음 다가갔다. 그런데 카튜사의 얼굴은 딱딱하고 불쾌한 빛을 띠고 있었다. 카튜사가 네플류도프를 책망할 때 보이는 그 얼굴이었다. 카튜사는 얼굴이 붉어졌다 파래졌다 했다. 손가락으로는 죄수복 자락을 만지작거리면서 그를 올려다보았다가는 다시 내리깔곤 했다.

"특사가 내린 것은 들었소?" 네플류도프가 물었다.

"네, 간수한테서 들었어요."

"그러니까 정식 서류가 오는 대로 당신은 이곳을 나가서 원하는 곳에서 살 수가 있소⋯⋯. 우리 잘 생각해 봅시다⋯⋯."

카튜사가 재빨리 네플류도프의 말을 가로막았다.

"제가 생각할 게 무엇이 있다는 거예요? 전 블라디미르 이바노비치(시몬손)가 가는 곳으로 따라가겠어요."

카튜사는 몹시 흥분해 있으면서도 네플류도프를 똑바로 쳐다보면서, 지금부터 하려는 말을 미리 준비해 두었던 것처럼 짧고 분명하게 이렇게만 말했다.

"그래?" 네플류도프가 말했다.

"그렇잖아요? 드미트리 이바노비치, 그이가 저와 같이 살고 싶다면⋯⋯." 카튜사는 말하다 말고 깜짝 놀라 말을 멈추었다가 다시 고쳐 말했다. "제가 곁에 있어주기를 바란다면 제게 이보다 더 좋은 일이 어디 있겠어요? 저는 이것을 행복이라고 생각해야 해요⋯⋯. 이 밖에 어떤 것을 바랄 수 있겠어요⋯⋯?"

'두 가지 중 하나다. 하나는 시몬손이 좋아져서 내가 자기에게 바치려고 생각했던 희생이 필요 없어진 것과 또 하나는, 지금도 나를 사랑하면서 내 행복을 위해 나를 포기하고 자기의 운명을 시몬손과 엮음으로써 영원히 나와 인연을 끊으려는 셈인 것이다.' 네플류도프는 그렇게 생각했다. 그러자 갑자기 자기 자신이 부끄러워졌다. 얼굴이 달아오르는 것을 느꼈다.

"당신이 시몬손을 사랑한다면⋯⋯." 네플류도프가 입을 열었다.

"사랑한다든가 안 한다든가 하는 문제가 아니에요. 그런 감정은 이미 오래 전에 버렸어요. 그리고 블라디미르 이바노비치는 정말 특별한 사람이에요."

"그야 물론." 네플류도프가 다시 입을 떼었다. "시몬손은 훌륭한 사람이고 내 생각으로는……."

카튜사가 다시 그 말을 가로막았다. 네플류도프가 쓸데없는 말을 하지나 않을까, 그리고 자기가 하려는 말을 다 못하지나 않을까 불안해하는 것 같았다.

"됐어요, 드미트리 이바노비치. 제가 당신의 소망과 어긋나는 말을 하고 있다면 부디 용서하세요." 카튜사는 그 신비로운 느낌이 드는 사팔눈으로 네플류도프의 눈을 똑바로 쳐다보며 말했다. "그렇지만 아마 이렇게 될 운명인가 봐요. 당신도 당신의 삶을 살아야 할 테니까요."

카튜사는 방금 네플류도프가 스스로에게 한 말과 똑같은 말을 했다. 그러나 네플류도프는 이미 그런 것은 생각하고 있지 않았다. 그는 전혀 다른 것을 생각하고 있었고 또 느끼고 있었다. 네플류도프는 자기가 부끄러워졌을 뿐만 아니라 카튜사와 더불어 잃었던 모든 것들이 아까워서 견딜 수가 없었다.

"이렇게 될 줄은 예상도 못했어." 네플류도프가 말했다.

"하지만 당신은 이런 생활을 하며 고통을 받을 이유가 없어요. 지금까지 겪은 고생으로도 충분하지 않나요?" 카튜사는 말하고 야릇한 웃음을 지었다.

"난 고생은 하지 않았소. 오히려 개운한 기분이었소. 될 수만 있다면 좀더 당신을 도와주고 싶소."

"우리는……." 카튜사는 '우리'라고 말한 다음 흘끗 네플류도프를 쳐다보았다. "아무것도 필요 없어요. 이미 당신은 저를 위해 많은 것들을 해주셨어요. 만일 당신이 안 계셨더라면……." 카튜사는 무슨 말을 하려다가 목소리를 떨며 말을 끊었다.

"나는 당신에게 인사 같은 것을 받을 처지가 못 되오." 네플류도프가 말했다.

"왜 그런 말씀을 하세요? 우리의 죄는 다 하느님이 속죄해주실 거예요." 카튜사의 까만 눈에 눈물이 어렸다.

"당신은 정말 훌륭한 여인이오!"

"제가 훌륭하다고요?" 카튜사가 눈물을 머금은 소리로 말했다. 서글픈 미소가 얼굴을 스쳤다.

"Are you ready(다 됐습니까)?" 영국인이 말을 걸었다.

"Directly(네, 곧)." 네플류도프는 대답하고 카튜사에게 크르이리초프에 대해 물었다.

카튜사는 흥분을 가라앉히고 알고 있는 것을 담담히 말했다. 크르이리초프는 이송 도중에 몸이 완전히 쇠약해져서 이곳에 닿자마자 병원에 수용되었다. 마리아 파블로브나는 몹시 걱정을 하며, 간병인으로서 병원으로 보내 달라고 요청했으나 허가를 얻지 못했다고 했다.

"그럼 저는 이만 실례하겠어요." 영국인이 기다리고 있는 것을 보고 카튜사가 말했다.

"작별인사는 하지 않겠소. 다시 만날 테니까." 네플류도프가 말했다.

"용서하세요." 카튜사는 들릴락 말락 한 소리로 말했다. 두 사람의 눈이 마주쳤다. '안녕히 계세요'가 아니라 '용서하세요'라고 말하는 카튜사의 그 묘한 사팔눈과 서글픈 미소를 보고, 네플류도프는 카튜사가 이런 결심을 하게 된 원인에 대해 자기가 상상하던 두 가지 중 후자가 옳다는 것을 깨달았다. 카튜사는 네플류도프를 사랑하고 있었다. 그리고 자기가 네플류도프와 결혼한다면 네플류도프의 일생을 망치고 말 테지만, 시몬손과 떠난다면 네플류도프를 자유롭게 해줄 수 있다고 생각한 것이다. 이리하여 지금은 이러한 결심을 실행한 데에 기쁨을 느낌과 동시에 네플류도프와의 이별에 괴로워하는 것이었다.

카튜사는 네플류도프의 손을 꼭 쥐었다가 몸을 홱 돌리더니 방을 나갔다.

네플류도프는 함께 가려고 영국인을 돌아다보았지만 영국인은 자기 수첩에다 뭐라고 쓰는 중이었다. 네플류도프는 방해가 되지 않도록 벽 가에 놓인 긴 나무 의자에 앉았다. 갑자기 심한 피로를 느꼈다. 네플류도프가 피곤한 것은 잠이 모자라기 때문도, 여행 때문도, 흥분 때문도 아니었다. 삶에 지친 것이었다. 의자 등받이에 기대어 눈을 감자 순식간에 무거운 죽음과도 같은 잠에 떨어지고 말았다.

"어떻습니까? 슬슬 감방을 돌아보지 않겠습니까?" 소장이 물었다.

깜짝 놀라 눈을 뜬 네플류도프는 자기가 이런 데서 자고 있었다는 데에 다시 놀랐다. 메모를 끝낸 영국인이 감방을 둘러보고 싶다고 말했다. 네플류도프는 너무 지쳐서 마음이 내키지 않았으나 그 뒤를 따라갔다.

26

입구 층계참과 속이 뒤집힐 것 같은 악취가 풍기는 복도를 들어서다가 놀랍게도 두 죄수가 마룻바닥에 대고 오줌을 누고 있는 광경을 목격했다. 소장과 영국인과 네플류도프는 간수들을 거느리고 첫 번째 징역수 감방으로 들어갔다. 그 감방은 한복판에 나무 침대가 죽 놓여 있고 죄수들은 그 위에 이미 누워 있었다. 70명 남짓이었다. 그들은 머리와 머리를 맞대고 옆구리와 옆구리를 딱 붙이고 누워 있었다. 참관인들이 들어서자 그들은 쇠사슬을 철거덕거리면서 일어나, 반쯤 깎인 머리통을 반짝이며 침대 앞에 섰다. 두 사람만이 그대로 누워 있었다. 한 사람은 젊은 남자로 열이 있는지 얼굴이 새빨갰고, 또 한 사람은 노인인데 계속 끙끙 앓고 있었다.

영국인은 젊은 죄수가 언제부터 앓았느냐고 물었다. 소장은 젊은 죄수는 오늘 아침부터이고, 노인은 복통을 일으킨 지 꽤 되었지만 병원이 초만원이라 들어갈 수 없다고 대답했다. 영국인은 비난하듯이 고개를 까딱해 보이고, 이 사람들과 몇 마디 나누고 싶으니 통역을 해달라고 네플류도프에게 부탁했다. 여기서 안 일이지만 영국인의 여행 목적은 시베리아 유형지나 감옥에 대한 기록 말고도 또 한 가지가 있었다. 신앙과 속죄에 의한 구제를 전도한다는 것이었다.

"이 사람들에게 전해 주십시오. 그리스도는 당신네들을 불쌍히 여기시고 사랑하신다고." 영국인이 말했다. "그리고 당신네들을 위해 죽었으며, 당신네들이 이것을 믿는다면 구원받을 것이라고." 영국인이 말하는 동안 죄수들은 두 손을 바지 솔기에 딱 붙이고 잠자코 침대 앞에 서 있었다. "이 책에 그런 내용이 죄다 씌어 있다고 이 사람들에게 말해주십시오." 영국인은 이렇게 말을 맺었다. "글을 읽을 줄 아는 분이 있습니까?" 읽고 쓰기를 할 줄 아는 사람은 20명이 조금 넘었다. 영국인은 배낭 속에서 깔끔하게 장정된 신약성서 몇 권을 꺼냈다. 단단해 보이는 손톱을 새까맣게 기른 다부진 손들이 허름한 소매에서 영국인을 향해 너도나도 튀어나왔다. 영국인은 이 감방에 성서 두 권을 나누어 주고 다음 감방으로 갔다.

다음 감방도 답답하고 악취가 심했다. 마찬가지로 정면 창과 창 사이에 성상이 걸려 있고 문 왼편에는 똥통이 놓여 있었으며, 역시 죄수들은 옆구리를 딱 갖다 붙이고 누워 있다가 벌떡 일어나서 차렷 자세로 섰다. 역시 일어나지 않는 사람이 셋 있었다. 두 사람은 몸을 일으켜 침대 위에 앉았으나 한 사람은 여전히 누운 채, 들어온 사람을 거들떠보지도 않았다. 이 세 사람은 환자였다. 영국인은 역시 같은 말을 하고 성서 두 권을 주었다.

세 번째 감방에서는 외침소리와 퉁탕거리는 소리가 들리고 있었다. 소장이 문을 두드리며 "조용히들 해!" 하고 소리쳤다. 문이 열리자, 역시 죄수들은 침대 앞에 늘어섰으나 환자 몇 명은 그대로 누워 있었다. 엉겨 붙어 싸우고 있던 죄수 2명은 눈길도 돌리지 않았다. 두 사람 다 험상궂은 표정을 하고 있었는데 한 사람은 상대방의 머리카락을, 한 사람은 턱수염을 움켜잡고 있었다. 간수가 곁으로 달려가서야 겨우 그 손을 떼어 놓았다. 코를 얻어맞아 콧물과 침과 피가 줄줄 흐르는 한 죄수가 그것을 웃옷 소매로 문질러 닦았다. 또 한 사람은 쥐어뜯긴 턱수염을 모으고 있었다.

"반장!" 소장이 엄하게 소리쳤다.

얼굴이 잘생긴 억센 사나이가 나왔다.

"도저히 말릴 수가 없었습니다, 소장님." 반장은 즐거운 듯이 눈웃음을 지으면서 말했다.

"그럼 내가 말려 주지." 소장이 인상을 찌푸리고 말했다.

"What did they fight for(저 사람들이 왜 싸운 겁니까)?" 영국인이 물었다.

네플류도프는 왜 싸웠느냐고 반장에게 물었다.

"행전이 원인이지요. 남의 것을 썼거든요." 여전히 싱글싱글 웃으면서 반장이 말했다. "이쪽이 떠밀었더니 저쪽에서도 덤벼들어 패기 시작한 겁니다."

네플류도프는 그것을 영국인에게 전했다.

"이 사람들에게 몇 마디 하고 싶습니다." 영국인은 반장을 보면서 말했다.

네플류도프는 그 말을 통역했다. 소장이 그것을 허락했다. 영국인은 가죽 표지로 된 자기 성서를 꺼냈다.

"이 말을 좀 통역해 주십시오." 영국인이 네플류도프에게 말했다. "당신네들은 말다툼을 하고 서로 주먹질을 했지만, 우리를 위해 돌아가신 그리스도는 싸움을 해결할 다른 방법을 우리에게 가르쳐주셨습니다. 그리스도의 계율에 따르면 우리를 모욕한 자에게 어떤 태도를 취해야만 하는지 알고 있느냐고 이 사람들에게 물어봐 주십시오.”

네플류도프는 영국인의 말을 통역했다.

“소장님에게 하소연하면 추궁을 받을 거라는 말인가요?” 한 사람이 풍채좋은 소장을 곁눈질하면서 자신 없는 투로 말했다.

“까짓 거 상대를 후려갈기면 되는 거지. 그럼 두 번 다시 모욕을 당하지 않을 것 아닌가.” 또 한 사람이 말했다.

그 말이 옳다는 듯이 몇 사람이 킬킬거리고 웃었다. 네플류도프는 그들의 대답을 영국인에게 통역했다.

“이 사람들에게 말해주십시오. 그리스도의 계율에 따르면 그것과 전혀 반대로 행동해야 한다고요. 한쪽 뺨을 맞으면 다른 한쪽 뺨을 내밀어야 합니다.” 영국인이 자기 뺨을 내미는 시늉을 하며 말했다.

네플류도프는 통역했다.

“자기가 해 보라지!” 누군가가 말했다.

“다른 뺨까지 얻어맞으면 이번에는 무엇을 내주지?” 누워 있던 병자 하나가 말했다.

“그러다간 녹초가 되어 뻗어버리게.”

“이봐, 그러지 말고 직접 시범을 보이라고.” 뒤에서 누군가가 이렇게 말하고는 낄낄 웃었다. 이제 더는 참을 수 없다는 듯이 다 같이 와하하 웃는 소리가 온 감방 안에 울려 퍼졌다. 콧등을 얻어맞은 죄수마저 피와 콧물을 줄줄 흘리면서 웃어댔다. 환자들까지도 웃었다.

영국인은 당황하는 기색도 없이, 불가능이라고 여겨지는 것도 믿는 자에게는 가능하고 쉬운 일이 된다는 것을 그들에게 말해달라고 부탁했다.

“그리고 술을 마시느냐고 물어봐 주십시오.”

“족집게시구만.” 누군가가 말했다. 그와 동시에 다시 여기저기서 낄낄거리더니 이내 왈칵 폭소가 터졌다.

이 감방에는 환자가 넷 있었다. 왜 병자를 한 감방에 모아 놓지 않느냐는 영국인의 물음에 소장은 병자들 스스로가 그렇게 해주는 것을 바라지 않는다고 대답했다. 이들 환자는 전염병 환자가 아니며 의사 조수가 진찰을 하고 치료를 해주고 있다는 것이었다.

"그놈을 보지 못한 게 벌써 2주는 됐을 거요." 누군가가 말했다.

소장은 거기에는 대꾸하지 않고 손님들을 다음 감방으로 안내했다. 문이 열리자 여기서도 죄수들이 조용히 일어서고 영국인이 성서를 나누어 주었다. 다섯 번째 감방에서도, 여섯 번째 감방에서도, 오른편 감방에서도, 왼편 감방에서도 같은 일들이 되풀이되었다.

징역수 감방에서 유형수 감방으로, 유형수 감방에서 마을에서 추방당한 사람들과 스스로 따라온 사람들의 감방으로 옮겨갔다. 어디서나 똑같은 일이 반복되었다. 어디서나 춥고 굶주리고 지루함에 지치고 병에 걸리고 모욕당하고 감금된 사람들이 그야말로 들짐승 같은 모습을 드러내고 있었다.

영국인은 예정된 수만큼 성서를 나누어 주고 나자, 이제는 성서 나누어주기를 그만두고 설교도 하지 않았다. 이 끔찍한 광경과, 무엇보다도 숨 막히는 공기에 영국인도 기운이 다 빠져버린 모양인지 어느 감방에 어떤 죄수가 수용되어 있다는 소장의 설명에도 단지 "All right"라고만 대꾸하며 이 감방에서 저 감방으로 돌아다녔다. 네플류도프는 거절하고 돌아갈 기력조차 없어 여전히 피로와 절망감에 사로잡힌 채 몽유병 환자처럼 그들의 뒤를 힘없이 따라다녔다.

27

유형수 감방 중 한 곳에서 네플류도프는 놀랍게도 오늘 아침 나룻배에서 만났던 그 괴상한 노인을 보았다. 푸석한 머리에 온 얼굴이 주름투성이인 그 노인은 어깨가 찢어진 더러운 잿빛 셔츠 한 장에 같은 잿빛 바지만 입었을 뿐 맨발로 침대 옆 마룻바닥에 앉아서, 들어온 손님들을 나무라는 듯한 매서운 눈초리로 쏘아보고 있었다. 더러운 셔츠의 찢어진 구멍으로 보이는 그 말라비틀어진 몸은 눈뜨고 볼 수 없을 만큼 비참하고 수척해 보였지만, 그 얼굴은 나룻배 위에서 보았을 때보다 더 긴장과 생기에 넘쳐 엄숙한 빛을 띠고 있었다. 죄수들은 다른 감방과 마찬가지로, 소장이 들어오자 벌떡 일어나 차려 자세를 취했으나 노인만은 계속 앉아 있었다. 그 눈은 이글이글 타오르고 눈썹은 화난 듯이 찌푸려져 있었다.

"일어섯!" 소장은 노인에게 소리쳤다.

그러나 노인은 꼼짝도 하지 않고 업신여기는 듯한 엷은 웃음을 지을 뿐이었다.

"당신 앞에는 당신 하인들이 서 있지만 나는 아니야. 당신 이마에도 낙인이 찍혀 있군……." 노인이 소장의 이마를 가리키면서 말했다.

"뭐라고?" 소장이 노인에게 바짝 다가서며 위협하듯이 소리 질렀다.

"나는 이 사람을 압니다." 네플류도프가 소장한테 재빨리 말했다. "왜 붙들렸습니까?"

"신분증을 가지고 있지 않다며 경찰서에서 보내왔습니다. 보내지 말라고 부탁해도 계속 보내온다니까요." 소장은 부아가 치민다는 듯이 노인을 흘겨보면서 말했다.

"당신도 반그리스도의 한패인 것 같군." 노인이 네플류도프를 쏘아보았다.

"아니, 나는 둘러보러 온 사람이오." 네플류도프가 말했다.

"그럼, 반그리스도인이 여러 사람을 괴롭히는 꼴을 보러 왔다는 말이오? 자, 잘 보구려. 1개 연대나 되는 이 많은 사람들을 잡아서 우리 안에 처넣은 꼴을. 모름지기 사람이란 이마에 땀을 흘리고 빵을 먹어야 하는데, 반그리스도 놈들은 사람을 이렇게 처넣어 놓고 일도 시키지 않고 돼지처럼 처먹이기만 하지. 짐승으로 만들려고 한단 말이오."

"저 남자가 무슨 말을 하는 겁니까?" 영국인이 물었다.

네플류도프는 많은 사람을 가두어 둔 것에 대해 노인이 소장을 비난하는 것이라고 설명했다.

"그럼, 법률을 지키지 않는 사람을 어떻게 다루면 좋겠냐고 노인에게 물어봐 주십시오." 영국인이 말했다.

네플류도프는 이 질문을 통역했다.

노인은 쪽 고른 깨끗한 이를 보이면서 괴상하게 웃었다.

"법률이라고?" 노인은 업신여기는 듯이 되풀이했다. "놈들은 먼저 백성을 약탈해서 토지고 재산이고 모조리 가로채서 자기 것으로 만들어 놓은 다음에, 자기에게 거역하는 자는 깡그리 죽여 놓고, 도둑이다 살인이다 하는 법률을 만든 것이오. 그렇다면 그렇게 하기 전에 이 법률인지 뭔지를 만들었어야 하는 것 아니오?"

네플류도프는 그대로 통역했다. 영국인은 쓸쓸히 웃었다.

"그렇다면 도둑이나 살인자들을 어떻게 다루면 좋겠는지 물어봐 주십시오."

네플류도프는 또 그 질문을 통역했다. 노인이 이맛살을 잔뜩 찌푸렸다.

"저 남자에게 말하시오. 자기 이마에서 반그리스도의 낙인을 떼라고. 그러면 저 사람 주위에서 도둑도 살인자도 없어질 거라고 말이오. 저 남자에게 그렇게 말하시오."

"He is crazy(머리가 좀 돈 모양이군요)." 네플류도프가 노인의 말을 통역하자, 영국인은 이렇게 말하고 어깨를 으쓱하더니 감방에서 나갔다.

"사람은 누구나 자기 일만 하면 되는 거야. 누구든지 자기 자신이 주인인 법이니까. 누구를 벌하고 누구를 용서하느냐는 하느님만 아시는 일이지, 우리는 알 바 아니오." 노인이 말했다. "자기가 자기의 윗사람이 되면 장관 따위는 필요 없게 되지. 가시오, 가!" 노인은 화난 듯이 눈살을 모으고, 감방 안에서 어물거리고 있는 네플류도프에게 눈을 부라리며 말했다. "반그리스도의 종들이 인간을 이에게 먹잇감으로 던져주는 꼴을 잘 보았겠지? 자, 나가시오! 아, 나가라니까!"

네플류도프는 복도로 나왔다. 영국인이 소장과 함께 어느 빈 방의 열린 문 앞에 서서, 이것은 무슨 방이냐고 묻고 있었다. 소장은 이 방은 시체 안치소라고 설명했다.

"오!" 네플류도프가 통역을 하자 영국인은 이렇게 말하며, 들어가 보고 싶다고 청했다.

시체 안치소는 보통의 조그마한 방이었다. 벽에는 조그만 램프가 하나 켜져 있어 한쪽 구석에 쌓여 있는 자루와 장작, 그리고 오른편 침대 위에 놓여 있는 시체 네 구를 희미하게 비추고 있었다. 가장 앞에 있는 시체는 허름한 셔츠와 바지를 입은 덩치가 큰 사나이로서 뾰족한 턱수염을 기르고 머리는 반쯤 깎여 있었다. 시체는 이미 굳어 있었다. 가슴에 포개 놓았던 푸르스름한 손은 저절로 풀렸는지 좌우로 늘어져 있었다. 맨발도 양쪽으로 벌어져서 발바닥이 비어져 나와 있었다. 그 옆에는 숱이 적은 짧은 머리를 땋아내린 맨발의 노파가 흰 치마에 블라우스 차림으로 누워 있었다. 작고 누런 얼굴은 주름투성이였고 코는 뾰족했다. 노파 너머에는 보라색 옷을 입은 시체가 있었다. 네플류도프는 이 빛깔을 어디선가 본 것 같은 기분이 들었다.

그는 곁으로 가서 그 남자 시체를 들여다보았다

작고 위로 뻗친 뾰족한 턱수염, 높고 잘생긴 코, 희고 시원한 이마, 숱 적은 고수머리. 네플류도프는 낯익은 윤곽을 보았으나 자기 눈을 믿을 수가 없었다. 바로 어제만 해도 이 얼굴이 흥분과 적의를 담고 괴로워하던 모습을 본 것이다. 이제 움직임이 멈춘 그 얼굴은 온화하고 소름이 끼칠 만큼 아름다웠다.

그렇다, 그것은 크르이리초프였다. 적어도 그 물질적 존재가 남긴 흔적이었다.

'크르이리초프는 무엇을 위해 괴로워한 걸까? 무엇을 위해 살아왔을까? 그것을 지금은 깨달았을까?' 네플류도프는 생각해 보았으나 그 답은 없었다. 죽음 말고는 아무것도 없었던 것같은 생각이 들었다. 네플류도프는 갑자기 속이 메스꺼워졌다.

그는 영국인에게 작별인사도 하지 않고, 간수에게 마당으로 안내해달라고 부탁했다. 그리고 오늘 밤 목격한 모든 것을 곰곰이 생각하기 위해 어서 혼자 있어야겠다고 생각하면서 호텔로 마차를 달렸다.

28

네플류도프는 침대에 들어가지도 않고 오랫동안 방 안을 거닐었다. 카튜사와의 문제는 끝났다. 그는 이미 카튜사에겐 필요 없는 사람이었다. 그 사실이 슬프기도 하고 부끄럽기도 했다. 그러나 지금 네플류도프를 괴롭히는 것은 그런 것이 아니었다. 또 하나의 문제가 아직 끝나지 않았을 뿐 아니라 지금까지보다 한층 격렬하게 네플류도프를 괴롭히며 행동을 촉구하고 있었다.

요 몇 달 동안, 특히 오늘 밤 저 끔찍한 감옥에서 새롭게 목격한 저 무시무시한 악이, 저 사랑스런 크르이리초프까지도 죽음에 이르게 한 모든 악이 개선가를 울리며 군림한 것이다. 그런데도 그것을 무찌르기는커녕 그 방법조차 찾아낼 수 있을 것 같지 않았다.

인정 없는 장군과 검사와 감옥소장에 의해, 저 더러운 공기 속에 감금되어 버린 수백 수천의 모욕당한 사람들이 머릿속에 떠올랐다. 미치광이 취급을 받으면서도 관헌의 죄를 고발한 괴상하고 자유분방한 노인과, 분에 못 이겨 죽은 채 이제는 시체 사이에 누워 있는 크르이리초프의 아름답고 밀랍 같은 얼굴이 생각났다. 그러자 나 자신이 미치광이냐 아니면 스스로를 총명하다고 생각하며 이 모든 악을 자행하는 사람들이 미치광이냐 하는, 전부터 생각하고 있던 의문이 네플류도프의 마음속에서 새롭게 고개를 쳐들고 해답을 요구했다.

방을 거닐며 생각하는 데 지쳐서 네플류도프는 램프 앞 소파에 앉아 아무생각 없이 탁자 위에 있는 성경을 집어 들었다. 이것은 영국인이 기념으로준 것으로 아까 주머니 안을 정리할 때 꺼내어 탁자 위에 던져 놓았던 것이었다. '여기 모든 해결이 있다고 하니……' 이렇게 생각하며 성경을 펼치고그 펼친 곳을 읽기 시작했다. 마태복음 18장이었다.

1, 그때에 제자들이 예수께 나아가 이르되 천국에서는 누가 크니이까
2, 예수께서 한 어린아이를 불러 그들 가운데 세우시고
3, 이르시되 진실로 너희에게 이르노니 너희가 생각을 돌이켜 어린아이들과 같이 되지 아니하면 결단코 천국에 들어가지 못하리라
4, 그러므로 누구든지 이 어린아이와 같이 자기를 낮추는 사람이 천국에서 큰 자니라

'그렇다, 정말 그렇다.' 네플류도프는 자기를 낮추었을 때만 평안함과 삶의기쁨을 맛보았던 경험을 떠올리면서 이렇게 생각했다.

5, 또 누구든지 내 이름으로 이런 어린아이 하나를 영접하면 곧 나를 영접함이니
6, 누구든지 나를 믿는 이 작은 자 중 하나를 실족하게 하면 차라리 연자 맷돌이 그 목에 달려서 깊은 바다에 빠뜨려지는 것이 나으리라

'이것은 무슨 뜻일까? 누가 영접한다는 것일까? 그리고 어디로 영접한다는것일까? 내 이름이란 무슨 뜻일까?' 이런 말이 자기에게 얘기해 주는 바가 아무것도 없음을 느끼면서 네플류도프는 스스로에게 물었다. '목에 맷돌이 달린다느니 깊은 바다라느니 하는 것은 무얼 뜻하는 걸까? 무엇인가가 잘못되어있다. 정확하지 않다. 너무도 모호하다.' 이렇게 생각하자 그는 지금까지 몇번이고 성경을 집어 들었다가 늘 이런 모호한 대목에 부딪쳐서 내동댕이쳤던

기억이 떠올랐다. 네플류도프는 계속해서 7, 8, 9, 10절을 읽었다. 거기에는 죄의 유혹과 그 유혹이 반드시 이 세상에 온다는 것과, 사람들이 던져질 지옥불에 의한 벌과 하늘이신 아버지의 얼굴을 우러르는 어린 천사들에 대한 것이 적혀 있었다. '유감스럽지만 아무래도 앞뒤가 맞지 않군.' 네플류도프는 생각했다. '그러나 무언지 좋은 말을 하고 있다는 것은 알겠군.'

11, 너희 생각에는 어떠하냐? 만일 어떤 사람이 양 백 마리가 있는데 그중 하나가 길을 잃었으면 그 아흔 아홉 마리를 산에 두고 가서 길 잃은 양을 찾지 않겠느냐?

12, 진실로 너희에게 이르노니 만일 찾으면 길을 잃지 아니한 아흔 아홉 마리보다 이것을 더 기뻐하리라

13, 이와 같이 이 작은 자 중의 하나라도 잃는 것은 하늘에 계신 너희 아버지의 뜻이 아니니라

'그렇다, 그들이 멸망하는 것은 아버지의 뜻이 아니었다. 그러나 실제로 수백 수천의 사람이 멸망해가고 있지 않은가. 더구나 그들을 구할 길은 없는 것이다.' 네플류도프는 생각했다.

21, 그때에 베드로가 나아와 가로되 "주여, 형제가 내게 죄를 범하면 몇 번이나 용서하여 주리이까. 일곱 번까지 하오리까?"

22, 예수께서 가라사대 "네게 이르노니 일곱 번뿐 아니라 일흔 번씩 일곱이라도 할지니라."

23, 이러므로 천국은 그 종들과 회계하려 하던 어떤 이들과 같으니

24, 회계할 때에 일만 달란트 빚진 자 하나를 데려오매

25, 갚을 것이 없는지라 주인이 명하여 그 몸과 처와 자식들이 모든 소유를 다 팔아 갚게 하라 한대

26, 그 종이 엎드리어 절하며 가로되 내게 참으소서 다 갚으리이다 하거늘

27, 그 종의 주인이 불쌍히 여겨 놓아 보내며 그 빚을 탕감하여 주었더니

28, 그 종이 나가서 제게 백 데나리온 빚진 동관 하나를 만나 붙들어 목을 잡고 가로되 빚을 갚으라 하매

29, 그 동관이 엎드리어 간구하며 가로되 나를 참아 주소서 갚으리이다 하되

30, 허락지 아니하고 이에 가서 저가 빚을 갚도록 옥에 가두거늘

31, 그 동관들이 그것을 보고 심히 민망하여 주인에게 가서 그 일을 다 고하니

32, 이에 주인이 저를 불러다가 말하되, 악한 종아 네가 빌기에 내가 네 빚을 전부 탕감하여 주었거늘

33, 내가 너를 불쌍히 여김과 같이 너도 네 동관을 불쌍히 여김이 마땅치 아니하냐 하고

"정말 이렇게만 하면 된단 말인가!" 이 구절을 읽고 나서 네플류도프는 불현듯 소리 내어 말했다. 그러자 모든 존재를 건 내부의 소리가 대답했다. '그렇다, 그것만으로도 족한 것이다.'

그러자 정신생활을 하는 사람들에게 이따금 일어나는 일이 네플류도프에게도 일어났다. 즉 처음에는 묘하고 역설적인 것, 더 나아가 농담으로조차 여겨지던 생각이 차츰 실생활에서 발견되다가 별안간 아주 단순하고 의심할 여지없는 진리가 되는 현상이었다. 지금도 네플류도프는 사람들을 괴롭히는 저 무시무시한 악에서 구원받을 유일하고 확실한 방법은 사람들이 늘 자기를 신에 대해 죄인이라고 인정하고, 그러므로 남을 처벌하거나 교정할 자격이 없음을 인정하기만 하면 된다는 것을 똑똑히 깨달았다. 네플류도프가 감옥이나 요새에서 목격한 저 무시무시한 갖가지 악도, 그 악을 실행하는 사람들의 태연자약한 자신감도, 따지고 보면 자기도 악인이면서 악을 바로잡으려는 불가능한 일을 하려 하기 때문에 생겨나는 것이다. 죄 있는 사람들이 죄 있는 사람들을 바로잡고자 하며, 또 그것이 기계적인 방법으로 이루어진다고 생각했기 때문이다. 그것이 낳은 결과는 생활이 쪼들리는 사람들과 탐욕에 눈이 먼 사람들이 그릇된 형벌과 교정을 자기 직업으로 삼고 자기 자신을 밑바닥까지 타락시키면서, 동시에 자기가 괴롭히는 사람들까지도 끊임없이 타락시킨다는 사실이었다. 이제 네플류도프의 눈에는 자기가 보아온 저 끔찍한 현상이 어째서 생겨났는지, 그것을 없애기 위해서는 어떻게 해야 하는지가 뚜렷하게 보였다. 네플류도프가 지금껏 찾아내지 못했던 답은 다름 아닌 그리스도가 베드로에게

준 대답 그것이었다. 즉 언제든 모든 사람을 용서해야 하며, 몇 번이고 끝없이 용서해야 한다는 것이다. 죄 없는 사람은 없으며 따라서 남을 벌주거나 바르게 가르칠 자격이 있는 사람도 없기 때문이다.

'하지만 이것은 이렇게 단순한 문제라고는 생각할 수 없다.' 스스로에게 말했으나, 줄곧 그와 정반대의 것만을 보아온 네플류도프는 이것이 처음에는 아무리 이상하게 여겨져도 이는 단순히 이론에 그치는 것이 아니라 실제적인 것이라는 사실임과 의심할 수 없는 해결책임을 똑똑히 깨달았다. 악인을 어떻게 해야 하느냐, 벌하지 않고 그대로 내버려 둘 수는 없는 것 아니냐 하는 평소의 반론에 이제 네플류도프는 당혹하지 않았다. 이러한 반론도 형벌이 범죄를 줄이고 죄인을 교정한다는 것이 증명되어야만 어떠한 의미를 가질 수 있다. 그러나 전혀 반대의 일이 입증되고, 일부 사람이 다른 일부 사람을 교정할 자격이 없음이 분명해진 지금 우리가 할 수 있는 유일하고 현명한 방법은, 이롭지 못할 뿐만 아니라 오히려 해롭고 게다가 부도덕하고 잔인하기까지 한 행위에서 손을 떼는 것이다. '너희는 몇백 년 동안이나 너희가 범죄자로 몰아넣은 사람들을 처벌해왔다. 그런데 어떠냐? 범죄가 뿌리 뽑혔나? 그러기는커녕 오히려 형벌 때문에 타락한 범죄자와 느긋하게 앉아 남을 재판하고 벌주는 판사, 검사, 예심판사, 간수 같은 새로운 범죄자들 때문에 그 수는 점점 늘어나고 있지 않은가?' 사회와 질서가 존재하는 이유는 남을 재판하고 처벌한다는 합법적인 범죄자가 있기 때문이 아니라, 세상이 이렇게 타락했음에도 서로 사랑하고 연민하기 때문이라는 사실을 네플류도프는 비로소 깨달을 수 있었다.

이러한 생각을 뒷받침해줄 근거를 성서에서 찾고 싶어서, 네플류도프는 다시 처음부터 읽기 시작했다. 언제나 감동을 느끼는 산상 수훈을 읽었을 때, 이 가르침의 대부분은 과장되고 실행 불가능한 것을 요구하는 추상적이고 아름다운 사상이 아니라 실제로 실행 가능한 단순하고 명쾌한 계율임을 비로소 발견할 수 있었다. 이러한 계율이 실행된다면(이것은 틀림없이 가능한 일이었다) 인간사회에 아주 새로운 조직이 만들어지고, 그토록 네플류도프를 화나게 한 모든 폭력도 저절로 없어질 뿐만 아니라 인류가 다다를 수 있는 최고의 행복, 즉 이 땅에 신의 왕국이 실현되는 것이다.

그 계율은 5조항이었다.

첫째 계율(마태복음 5장 21~26절)은 사람은 살인을 금하는 것은 물론이요, 형제에게 화를 내어도 안 된다. 누구도 하잘것없는 어리석은 사람이라고 생각해서는 안 된다. 만일 누구하고 싸웠다면 신에게 제물을 바치기전에, 즉 기도하기 전에 그 사람과 화해해야 한다는 것이었다.

둘째 계율(마태복음 5장 27~32절)은 인간은 간음을 해서는 안 될 뿐만아니라 정욕을 품고 여자를 보는 것도 피해야 한다. 한 여자를 아내로 맞았으면 절대 배반을 해서는 안 된다는 것이었다.

셋째 계율(마태복음 5장 33~37절)은 인간은 무슨 일에든지 맹세를 하고 약속을 해서는 안 된다는 것이었다.

넷째 계율(마태복음 5장 38~42절)은 인간은 눈을 눈으로 갚아서는 안될 뿐 아니라, 오른뺨을 맞으면 왼뺨도 내주어야 한다. 모욕을 용서하고점잖게 그 모욕을 참으며, 남이 무엇을 요구하면 거절해서는 안 된다는 것이었다.

다섯째 계율(마태복음 5장 43~48절)은 인간은 원수를 미워하거나 원수와 싸워서는 안 된다. 뿐만 아니라 원수를 사랑하고 돕고 그들에게 봉사해야 한다는 것이었다.

네플류도프는 불길이 피어오르는 램프에 눈길을 박고 얼어붙은 듯이 꼼짝도 하지 않았다. 현실 생활의 온갖 추악함을 떠올리면서, 만약 사람들이 이다섯 가지 계율에 의해서 길러졌다면, 이 세상은 어떻게 변해 있었을까 하고구체적으로 그려보았다. 그러자 오랫동안 잃어버렸던 환희의 감정이 그 마음을 사로잡았다. 오랜 고뇌 끝에 갑자기 안식과 자유를 발견한 느낌이었다.

네플류도프는 그대로 밤을 지새웠다. 성경을 읽은 사람들이 흔히 경험하듯이, 네플류도프는 성경을 읽으면서 지금껏 몇 번이나 읽어도 깨닫지 못했던 말의 뜻을 비로소 모두 이해하게 되었다. 해면이 물을 빨아들이듯이 네플류도프는 이 성경이 자신에게 계시해준 필요하고, 중요하고, 기꺼운 모든 것을 정신없이 빨아들였다. 지금 읽은 모든 것은 이미 전부터 알고 있었던 것같이 느껴졌다. 그러나 알고는 있었으나 충분히 이해하지 않고 믿지 않았던것이 이제는 의식에 비추어져 뚜렷이 확인된 기분이었다. 지금이야말로 충분히 의식하고 믿게 된 것이다.

그러나 네플류도프는 인간은 이러한 계율을 실행함으로써 이 세상에서 다다를 수 있는 최고의 행복을 얻을 수 있다고 단순히 인식하고 믿기만 한 것이 아니었다. 이제는 모든 사람들은 이 계율을 실행하는 것 말고는 아무것도 할 일이 없음을, 그 안에서만이 인간의 유일하고 합리적인 의식이 존재함을, 이 계율에 어긋나는 모든 것은 잘못된 것이며 그것은 즉시 처벌되어야 함을 인식하고 믿었다. 모든 가르침이 이러한 것을 말하고 있었는데, 포도원 농부들 우화 속에 특히 분명하고 생생하게 표현되어 있었다. 농부들은 주인이 일을 하라고 세를 준 포도원을 자기네 것이라고 생각해버린다. 그 포도원 안의 모든 설비는 자기네들을 위해 만들어진 것이며 자기들이 할 일은 그 안에서 삶을 즐기는 것이라고 믿고 주인을 까맣게 잊어버린다. 마침내는 주인과 주인에 대한 자기네들의 의무를 상기시키러 온 사람들을 죽이기에 이른다.

'우리도 이와 똑같은 짓을 하고 있는 것이다.' 네플류도프는 생각했다. '자기 삶의 주인은 자기 자신이라든가, 우리의 인생은 우리의 즐거움을 위해 주어진 것이라든가 같은 아무 짝에도 쓸모없는 확신을 가지고 살아가니까. 그것이야말로 정말 어리석은 일이 아닌가. 우리가 이 땅에 보내졌다는 것은 누군가의 뜻이며, 어떠한 목적을 위함이 아닌가. 우리는 그저 스스로의 즐거움만을 위해 살아 있다고 제멋대로 생각하지만, 주인의 뜻을 따르지 않은 농부들처럼 우리도 비참한 꼴을 당할 것은 자명하다. 주의 뜻은 이 계율 안에 나타나 있다. 사람들이 이 다섯 가지 계율을 실천하기만 한다면 이 땅에 신의 나라가 건설되고 사람들은 다다를 수 있는 최대의 행복을 누리게 될 것이다.'

"너희는 먼저 하느님의 나라와 그 의를 구하라. 그러면 다른 모든 것을 너희들에게 주시리니." 그런데 우리는 '다른 모든 것'만을 찾고 있으니 거꾸로 그것을 찾지 못하는 것도 무리가 아니다.

'그렇다, 이것이 내 일생의 과업이다. 하나가 끝났는가 싶었는데 곧 다른 일이 시작되었구나.'

이날 밤부터 네플류도프에게는 전혀 새로운 삶이 시작되었다. 네플류도프가 새로운 생활환경으로 들어갔다기보다, 그의 신변에 일어났던 모든 일이 바로 이때부터 지금까지와는 전혀 다른 뜻을 가지게 되었기 때문이다. 그 인생에 이 새로운 시기가 어떠한 모습으로 끝날 것인지 그것은 미래가 가르쳐주리라.

톨스토이 인도주의 문학

《부활》의 탄생

톨스토이의 마지막 장편 《부활》은 1889년 12월부터 1898년 끝무렵까지 그 동안 잠시 중단된 시기는 있었지만 거의 10년에 걸쳐 완성된 작품이다. 물론 톨스토이는 그보다 훨씬 전인 1858년 3월 27일에 이미 《밝은 그리스도의 부활》이라는 제목의 단편을 쓰기 시작했다. 이 작품은 비록 미완성으로 끝나기는 했으나 이때 이미 《부활절 아침의 예배》라든가 《흰옷의 소녀》의 이미지를 떠올리고 있었다.

그것이 결국 30년 뒤에 작가의 머릿속에 되살아났다고 볼 수 있다. 그러나 톨스토이가 《부활》을 쓰게 된 직접적인 동기는 친구 A.F. 코니(1844~1927)가 야스나야 폴랴나로 처음 톨스토이를 찾았을 때 들려준 페테르부르크 관할구역 재판소 검사 시절 흥미로운 일화에 있다.

핀란드 만이 바라보이는 어느 전세 별장에 아내를 잃은 핀란드인이 딸 하나를 데리고 살고 있었다. 그런데 아버지가 죽자 그의 딸 로자리아 오니는 별장 주인인 부유한 부인에게 끌려가 처음에는 수양딸처럼 사랑을 받으며 자라다가 차차 냉대를 받더니 나중에는 하녀방으로 쫓겨나 열여섯 살이 되었다. 그때 대학을 갓 나온, 여주인의 친척 청년이 별장으로 놀러왔다가 로자리아를 보고 유혹했다. 로자리아가 임신한 사실을 알자 여주인은 화가 나 로자리아를 내쫓아 버렸다. 청년한테서도 버림을 받은 로자리아는 아기를 낳자 아이를 육아원에 맡기고 자신은 값싼 매춘부 신세로 떨어지고 말았다. 어느 날 로자리아는 페테르부르크의 센나야 광장 근처 창녀굴에서 술 취한 손님의 돈 100루블을 훔치고 4개월의 금고형을 받았다. 그런데 그 재판 배심원 중에 우연히도 지난날 로자리아 오니를 유혹한 남자가 끼어 있었다. 법정에서 로자리아를 다시 만난 뒤에 그 남자는 강렬한 충격을 받고 양심을 되찾았다. 남자는 로자리아와 결혼할 것을 굳게 결심했다. 남자는 이 결심을

만년의 톨스토이 (1908)

당시 이 재판의 검사직을 맡았던 코니에게 고백하고 한시라도 빨리 식을 올리도록 주선해 달라고 간절히 부탁했다. 코니가 아무리 설득해도 이미 마음의 결심이 선 남자는 조금도 귀를 기울이지 않았다. 그런데 때마침 대재기(大齋期)가 시작되어 결혼식은 이 기간이 끝난 다음에 올리기로 했다. 남자는 자주 교도소로 로자리아를 찾아가며 신부에게 필요한 모든 물건들을 날라다 주었다. 그런데 그 대재기가 끝나갈 무렵 로자리아는 발진티푸스에 걸려 마침내 결혼식도 올리지 못한 채 교도소에서 죽어 버리고 말았다. 이 기구한 약혼자의 그 뒤의 운명에 대해서는 친구 코니도 자세히는 알지 못했다.

코니가 이 이야기를 톨스토이에게 들려주자, 톨스토이는 대단한 관심을 보이고 그 일화를 바탕으로 단편을 꼭 하나 쓰라고 코니에게 권했다. 톨스토이는 그것을 1884년부터 자신도 참가하여 모스크바에 설립한 일반 민중 교화출판사 〈포스레 도니크〉사에서 낼 생각이었다. 톨스토이는 이 이야기에 무척 감동받은 듯, 그것을 듣고 난 이튿날 밤에는 사건에 대해 여러 가지 생각한 바를 일기에 적었다. 그리고 그달 말에는 P. 비류코프에게 코니가 〈포스레 도니크〉사를 위해 훌륭한 단편을 쓰기로 약속했다고 편지로 알리고, 자신도 크게 기대하고 있다는 뜻을 덧붙였다. 그런데 그로부터 약 1년이 지난 1888년 4월 14일, 톨스토이는 또 비류코프에게 편지를 내어 코니는 약속한 단편을 쓰고 있는지, 만약 아직 손대지 않았다면 그 자료를 자기에게 양보해 줄 수는 없는지 물어봐 달라고 부탁했다. 비류코프는 즉시 톨스토이의 의향을 코니에게 전하고 코니에게서 기꺼이 동의한다는 뜻의 회답을 받았다.

그로부터 보름쯤 뒤, 톨스토이는 비류코프의 회답을 받기 전에 다시 소피아 부인에게 편지를 써 '코니는 로자리아 오니에 관한 단편을 쓰기 시작했는지, 아직 하지 않았으면 나에게 넘겨줄 수 없는지 알아봐 달라'고 부탁하고, '그것은 너무나 마음에 드는 이야기이기 때문에 꼭 내 손으로 어떻게든 써보고 싶다'고 고백했다. 이것을 보더라도 당시 톨스토이가 코니한테서 들은 이 이야기에 얼마나 집착하고 있었는가를 알 수 있다. 코니는 그 이야깃거리를 '기꺼이 양도함'과 동시에 톨스토이에게 참고자료로서 《법정 논고집》을 보내주었다. 그리고 톨스토이가, 자기가 들려준 로자리아 오니의 이야기를 소재로 해서 소설을 쓰려는 것을 무척 기뻐했다.

1889년 12월 26일 아침, 톨스토이는 그때까지 남몰래 구상해 오던 '코니

승마를 즐기는 톨스토이 모스크바 남쪽 200km 떨어진 영지 야스나야 폴랴나에서 명문 귀족의 아들로 태어난 톨스토이는 생애의 대부분을 이곳에서 보냈다. 만년에 이르기까지 산책과 승마를 즐겼다. 사진은 1909년 여든한 살 때 찍은 사진이다.

집필 중인 톨스토이
야스나야 폴랴나 서
재에서(1884)

　의 이야기'에 갑자기 손대기 시작했다. 그 전달에 《악마》를 완성한 톨스토이
는 1890년 1월, 비류코프에게 보낸 편지에 《악마》와 '코니의 이야기'를 염두
에 두고 이렇게 써 보냈다. "나는 성애(性愛)를 주제로 한 예술작품을 쓰기
시작했네(이것은 비밀이네). 식구들한테도 아직 얘기하지 않았다네." 이로
미루어 당초에 《악마》와 《부활》은 작가의 내면에서 꽤 친근성이 있었던 것으
로 보인다. 단편 《악마》에서는 여자를 악마로 보았다. 그러나 《부활》에서는
여자를 타락시킨 사회를 악의 요소로 보고 있다.

　이와 관련하여 톨스토이는 죽기 직전 자신의 전기 작가인 비류코프에게
다음과 같은 고백을 했다.

　"자네는 나에 대해 좋게만 쓰는데 그것은 정당하지 않은 일일세. 나의 나
쁜 면도 써야 하네. 젊었을 때 나는 무척 방탕한 생활로 보낸 적이 있는데,
당시 생활에서 특히 두 가지 사건이 지금도 내 마음을 괴롭히고 있네. 이제
나는 내 전기 작가인 자네에게 이 사실을 고백하고 자네가 내 전기 속에 그
것을 써 주기를 바라네. 그 하나는 내가 결혼 전에 우리 소작인의 여자와 관
계를 가졌던 일일세. 이 사건에 대해서는 단편 《악마》 속에 충분히 암시가
되어 있네. 두 번째 일은 작은어머님 댁에 있던 '가샤'라는 하녀를 건드린
죄일세. 가샤는 순결한 처녀였는데 내가 유혹했기 때문에 작은어머님에게

쫓겨나 몸을 망치고 말았네."

톨스토이가 코니의 이야기에 그토록 비상한 감동을 느낀 이면에는 그와 같은 자신의 감추어진 과거가 숨어 있었다.

《부활》은 1895년 무렵에 일단 완성됐는데, 그 내용은 네플류도프가 카튜사와 정식으로 결혼하고 나서 시베리아로 이주해 토지개혁을 생각한다는 것이었다. 그러나 이 초고는 그대로 몇 년 동안 방치되었다.

그런데 1898년 톨스토이는 두호보르 교도를 캐나다로 이주시키기 위해 돈을 모아야 할 처지에 놓였다. 그는 이 소설을 팔기로 했다. 두호보르 교도는 원시 그리스도교를 믿는 사람들로서 하느님의 나라만을 인정하고 국가, 법률, 병역과 같은 지상의 온갖 권위 및 의무를 모두 부정하는 종파였으므로 정부의 심한 박해를 받았다. 톨스토이는 자신과 같은 믿음을 지닌 이 사람들을 돕기 위해 1만 2천 루블을 선불로 받고 그의 '영혼을 팔고' 말았다.

1898년 6월 17일 톨스토이는 일기에 "두호보르 교도를 위해 《부활》과 《신부 게르세이》를 넘기기로 작정했다"라고 썼다. 까닭인즉 그는 그동안 저작권의 개인 소유를 인정하지 않고 자신의 저작권을 전부 방치하고 있었던 것이다. 아무리 올바른 목적을 위해서라지만 이처럼 원칙을 어기고 말았다는 분노와 고뇌는 톨스토이가 짊어지고 있던 거대한 짐을 한층 무겁게 만들었다.

이때 톨스토이는 완성된 상태 그대로 《부활》을 인쇄에 넘기려고 했다. 그러나 다시 읽어보았을 때 네플류도프가 카튜사와 결혼하는 대목이 불만스러워 결국 다시 고쳐 쓰기로 마음먹었다. 그해 9월 3일 톨스토이는 체르토코프에게 보낸 편지에서, "《부활》 개작에 열중하고 있습니다. 이런 경험은 요사이 드문 일인가 합니다"라고 하였다. 어쨌든 그는 책을 내기로 결심하고 초고를 계속 수정하여, 그로부터 1년 남짓하여 몇 번이나 중단되면서도 만년의 톨스토이를 끈질기게 잡고 놓지 않던 이 소설은 드디어 오늘날과 같은 복잡하고 거대하고 광범위한 작품으로 완성되었다.

카튜사와 네플류도프의 사랑 이야기만을 기대하고 이 소설을 손에 든 독자들은 특히 제3편에 나오는 우울한 유형수 이야기를 읽으면서 당황할지도 모른다. 또 네플류도프의 과격한 부정(否定)에 깜짝 놀랄지도 모른다. 이는 톨스토이가 코니에게서 들은 일화를 자기 나름대로 바꿔 가는 도중에 그 스스로도 뜻하지 않았던 방향으로 이야기가 진행돼 버린 결과라고 할 수 있다.

그때 이미 일흔 고개에 다다른 인생의 교사 톨스토이도, 일단 창작에 몰두하자 어느새 순수한 예술가로 돌아가 왕년의 순수문학 작품에 조금도 뒤지지 않는 완전한 문학세계를 만들어 낼 수가 있었다. 소설 구성면에서 본다면 톨스토이는 《부활》에서 당시 러시아의 상류계급과 하류계급을, 네플류도프와 카튜사의 상호 관계를 통해 지극히 유기적인 형태로 잘 그려 놓았다. 특히 가난한 농민생활에 대해서는, 그것이 농노해방 뒤에도 조금도 개선되지 않고 오히려 새로운 빈곤이 생겨난 현실상을 밝혀냈다. 그러나 《부활》 속에서 작자가 무엇보다도 설득력을 가지고 그린 것은 역시 재판과 교도소의 실태일 것이다. 거기에는 '사람을 재판하지 말라'는 톨스토이 만년의 사상이 톨스토이식 복음서의 해석으로 적나라하게 폭로되어 있기 때문이다.

《부활》은 보통 《전쟁과 평화》《안나 카레니나》와 함께 톨스토이의 3대 장편 중 하나로 평가된다. 이 세 작품은 똑같이 그의 대표작이고 전 세계에서 가장 널리 애독되고 있다. 앞에서 말한 바와 같이 "국가 사회에 대한 비판을 가장 예술적으로 형상화한 것"으로 높이 평가받고 있다. 그러나 엄밀한 의미의 문학적 평가에는 다소 문제가 있는 것도 사실이다. 그것은 네플류도프와 카튜사의 사랑 이야기를 그린 부분과, 이야기의 줄거리에서 벗어나 설교가 톨스토이의 맨얼굴이 그대로 드러난 부분과는 문학작품으로서의 톤이 상당히 다르기 때문이다. 물론 그것을 그대로 인정한 채 이를 지극히 새로운 유형의 문학작품이라고 인정할 수도 있다. 말하자면 '앙가주망(사회참여) 문학적' 요소조차 있기 때문이다. 아니, 부분적으로는 일종의 다큐멘터리적 요소가 없지는 않다. 그러나 그러한 작품에서도 귀족의 살롱이라든지 젊은 처녀의 미묘한 사랑의 마음을 그릴 때는 예전의 예술가 톨스토이가 조금도 쇠약하지 않은 채 그 화려한 필력을 휘두르고 있음에 참으로 감탄하지 않을 수 없다. 결론적으로 역시 예술가 톨스토이가, 설교가 톨스토이를 극복하여 딛고 일어섰다고 할 수 있지 않을까. 이 통렬한 체제비판 소설에 네플류도프와 카튜사의 사랑 이야기를 집어넣음으로써 예술적으로 승화시키는 데 성공했기에 이 작품은 세계문학 중에서도 오늘날까지 불멸의 생명력을 가질 수 있는 것이리라.

톨스토이는 그 후편을 쓰려고 하였던지 1904년 6월, "네플류도프의 제2권

을 써 보고 싶다. 그 이후의 활
동, 피로, 차차 눈뜨는 귀족 근
성, 여인에의 유혹, 타락, 실패
……" 이러한 메모를 일기에 남
겼다. 아무튼 톨스토이 만년의
작품인 이 《부활》은 로맹 롤랑의
말 그대로 '톨스토이의 유언서'인
동시에 톨스토이가 다다른 세계
관이 가장 뚜렷이 나타난 중요한
작품이다. "다른 어느 작품에서
보다도 톨스토이의 맑고 심혼(心
魂)을 찌르는 듯한 곧은 눈길을
절실히 느낀다"는 로맹 롤랑의
말도 그와 같은 뜻으로 풀이할
수 있을 것이다.

'카튜샤는 재빠른 동작으로 일어나서 풍만한 가슴을 펴고 섰다. 그리고 당찬 표정으로, 질문에는 대답도 하지 않고 미소를 머금은 사팔기 있는 까만 눈동자를 들어 재판관의 얼굴을 똑바로 쳐다보았다.' 《부활》에서. 파스테르나크 그림.

《부활》은 1899년 3월 13일자
〈니와〉지 11호부터 연재되기 시
작했다. 〈니와〉지에는, 이 작품
은 본지가 독점 발표하는 것이라
는 사고(社告)까지 붙어 있다. 《부활》은 처음에는 연애소설이라는 이름이
붙지 않았는데, 뒤에 출판자 A. 마르크스의 요청에 따라 변경된 것임을
1898년 1월 17일자 톨스토이의 편지에 '이 작품에 연애소설이라 이름을 붙
이는 데 나는 전적으로 동의합니다'라는 구절이 있는 것으로 미루어 알 수
있다. 이것은 지극히 하찮은 일 같이 보이지만, 집필 중의 톨스토이의 머리
에는 이 작품이 세상에서 흔히 말하는 그런 통속소설이 아니라는 생각이 약
간이라도 있었다는 증거가 아닐까.

〈니와〉지에 발표된 《부활》은 전 123장 중 겨우 25장만이 삭제 없이 게재
되었을 정도로 많이 삭제되었다. 혁명이 끝난 뒤 1926년에는 검열에서 삭제
된 부분만을 모아 한 권의 책으로 출판된 일이 있었다. 따라서 혁명 전에는
영국에서 출판된 것만이 완전판이었다.

〈니와〉판에는 레오니드 파스테르나크의 삽화가 끼어 있는데 이것은 작가와 삽화가의 완전한 협력으로 이루어진 훌륭한 작품들이었다. 파스테르나크는 이미 《전쟁과 평화》등 그 외 몇 작품의 삽화도 그렸는데, 《부활》은 톨스토이의 요청으로 일부러 야스나야 폴랴나까지 방문해 원고를 읽고 작자와 이야기를 나눈 다음 그렸다고 한다. 톨스토이도 파스테르나크의 작품에는 대단히 만족해, 때로 삽화가 자기 문장보다 훨씬 더 '날카롭다'고까지 말하면서 예찬을 아끼지 않았다. 여기서 화가 파스테르나크는 바로 《의사 지바고》를 쓴 시인 파스테르나크의 아버지이며 톨스토이의 데드마스크를 뜬 것도 바로 이 사람이다.

카튜사의 영혼

《부활》은 세 부분으로 이루어져 있다. 하나는 '코니의 에피소드'이고 또 하나는 재판제도, 군대, 관료조직, 더 나아가 국가 그 자체에 대한 철저한 부정이며, 마지막 하나는 신의 계시(啓示)이다. 이 세 부분은 연결되기도 융합되기도 어려운 것으로서 이 소설 속에서 서로 부딪치며 삐걱대는 소리를 내고 있다. 이 셋은 오래된 지층 위에 흙이 차곡차곡 쌓이는 식으로 구성된 것은 아니다. 세 요소가 한 덩어리로 뭉쳐진 것도 아니다. 정확히는 '코니의 에피소드'라는 찢어진 상처에서 날카로운 사회비판이 튀어나오고, 이 사회비판이라는 상처에서 또 갑자기 신이 튀어나오는 것이다.

달리 말해 하나는 '카튜사의 영혼'이고 다음은 '네플류도프의 의식'이며, 마지막은 '신(神)의 부분'이다.

순수한 독자들은 카튜사의 불쌍한 운명에 눈물지으면서 네플류도프의 의식을 단지 낭만적인 사랑 이야기의 배경으로만 여길 것이다. 《부활》을 이렇게 읽는 것은 톨스토이의 의도와는 어긋나지만 소설 독자로서 잘못된 독서방법은 아니다. 왜냐하면 여기서는 카튜사의 운명만이 소설로서 잘 구성되어 있고 이것이 이야기 전체를 하나로 연결하고 있기 때문이다. 이는 단순한 소설적 흥미만 불러일으키는 건 아니다. 카튜사의 운명, 그녀가 겪는 기쁨과 슬픔은 역사의 그늘 속에서 살아가다 죽음을 맞이하는 수많은 '힘없는' 대중의 운명인 것이다.

사실 이 소설의 주인공은 네플류도프가 아니라 카튜사이다. 그리고 굳이

시베리아로 가는 유형수들의 휴식 족쇄를 찬 죄수들이 유형지로 호송되는 장면을 그린 것이다. 야코비 그림(1961).

카튜샤와 짝을 이루는 상대를 꼽는다면 그것은 네플류도프가 아니라 톨스토이 본인일 것이다.

소설 전체에 걸쳐 카튜샤는 거의 발언을 하지 않는다. 하고픈 말을 가슴속에 숨겨 두고 "용서하세요"라고만 말한다. 그런데 네플류도프는 진지한 사람이라 그녀의 단 한 마디 속에서 중대한 의미를 발견하고, 그녀의 눈빛과 애처로운 미소를 보고는 역시 나를 사랑하기 때문에 일부러 물러서려고 하는구나 하고 지레짐작해 버린다.

카튜샤의 진짜 속마음은 어땠을까. 네플류도프는 자신이 카튜샤와 결혼하는 것은 '희생'이고, 그녀가 그의 제안을 억지로 거절하고 다른 이와 맺어지는 것은 '배를 불태워 버리는 행위'라고 보았다. 그런데 카튜샤 본인은 과연 어떻게 생각했을까. 그녀의 마음을 짐작해 보는 것은 《부활》을 읽은 독자들이 누릴 수 있는 하나의 즐거움이기도 하다.

네플류도프는 말한다. "당신이 시몬손을 사랑한다면……" 그러자 카튜샤는 대꾸한다. "사랑한다든가 안 한다든가 하는 문제가 아니에요. 그런 감정은 이미 오래 전에 버렸어요." 그녀는 분명 사랑을 부정하고 있다. 속죄하는 의미에서 너그럽게 그녀와 결혼해 주려고 하는 네플류도프가 '사랑' 운운하는 데 대한 반항일지도 모른다. 그런데 네플류도프는 혼자 착각에 빠져서 "당신은 정말 훌륭한 여인이오!" 하고 소리친다. 그녀는 "제가 훌륭하다고요?" 하고 눈물을 흘리며 말한다. 순간 서글픈 미소가 그녀 얼굴에서 빛난다.

카튜사가 늘 '서글픈 미소'를 짓는다는 점을 주목하자. 어떤 독자는 이 미소가 경멸의 미소라고 생각할지도 모르지만 그렇지 않을 수도 있다. 그녀의 진심은 이처럼 애매하다. 그녀는 그저 애처로운 미소를 지으면서 들릴락 말락 한 소리로 "용서하세요"라고 말할 뿐이다.

몇 안 되는 카튜사에 대한 묘사는 다채롭고 아름답지만 그중에서도 특히 인상적인 것은 네플류도프와 헤어지는 장면으로, 법정에서 멍하니 있는 그녀의 모습이다. "카튜사는 이따금 몸을 움찔거리며 반론이라도 하고 싶은 듯이 얼굴을 붉히다가도, 곧 괴로운 듯이 한숨을 내쉬며 팔짱을 바꾸어 끼고는 주위를 둘러본 다음 다시 낭독자에게로 눈길을 보냈다." 하고픈 말이 목구멍까지 치밀어 오른다. 그러나 묵직한 무언가가 그 말을 꾹 눌러 버린다. 그녀는 말을 삼키고 한숨을 내쉰다. 톨스토이는 이 소설의 주인공 카튜사를 통해서 근심에 갇혀 버린 러시아 농민의 영혼을 나타낸 것이다. 토지와 재산, 위엄, 행복, 사랑 등 모든 것을 빼앗겨 버렸으면서도 제 목소리를 내려고 하는 영혼의 화신이며, 네플류도프가 대표하는 지주·상인계층에게 학대받아 온 존재이다.

카튜사가 말다운 말 한 번 제대로 못하는 것도 당연하다. 그녀는 러시아 사회에서는 지배되고 조종당하는 노동력에 지나지 않는다. 때로는 짐승 같은 남자에게 몸을 내주고, 또 때로는 네플류도프 같은 사람에게 '해석'되는 '사물'이 된다. 카튜사가 그 시대 농민을 억누르는 무거운 근심의 화신이라면, 그녀가 과연 "용서하세요" 말고 다른 무슨 말을 할 수 있었겠는가?

네플류도프와 톨스토이의 휴머니즘

《부활》에서는 카튜사의 이야기가 중심을 이룬다. 속된 흥미를 끄는 이야기의 중심으로서가 아니라 근심과 격정의 중심으로서 그것은 《부활》의 중심을 이룬다. 그러나 톨스토이는 이에 만족하지 않았다. 위대한 거장으로서 자족할 수가 없었다. 카튜사는 "천천히 눈을 들고 쫓기는 짐승처럼 좌중을 둘러보다가 곧 눈을 떨어뜨리고 큰 소리로 울음을 터뜨렸다."고 하지만, 톨스토이는 카튜사가 말을 잃은 그 순간 큰 소리로 외쳤다. 네플류도프가 아닌 저자 본인이 카튜사 사건을 계기로 그 배경에 존재하는 사회적 잔인함을 폭로하고, 규탄하고, 자기주장을 내세우기 시작한 것이다.

톨스토이의 열광적 찬미자인 로맹 롤랑은 이렇게 말했다. "인물성격 중에서 유일하게 객관적 진실성을 띠지 못한 것이 바로 주인공 네플류도프의 성격이다. 왜냐하면 톨스토이가 자기 자신의 사상을 그에게 부여했기 때문이다." 또 그는 이렇게도 평했다. "(톨스토이는) 이 작품에서는 서른세 살 난 도락가의 육체에 별로 어울리지 않는 일흔 살 먹은 자신의 늙은 영혼을 담아 놓았다."

네플류도프는 호의호식하는 청년 귀족이다. 그가 카튜사의 침실에 숨어드는 장면은 참으로 실감난다. 그가 다소 양심적으로 회의를 품으면서도 결국 끝까지 호색한으로 남았더라면 그는 카튜사의 이야기에서 하나의 점경(點景)으로 자리잡았을 것이다. 그런데 돈을 좀 쥐어 주고서 깨끗이 그녀를 떠나갔던 이 점경인물(예술작품에서 곳곳에 나오는 인물)이 갑자기 카튜사 사건의 사회적 배경을 파헤치는 집요한 사상가로 변신하는 것이다. 그는 법정에서 과거에 알았던 어여쁜 여인의 모습을 보고 저도 모르게 눈을 내리까는 남자다. 들키지 않기를 바라는 남자다. 그렇다면 그가 이 위기를 잘 넘기고서 안도의 한숨을 쉬며 축배라도 들었어야지 '객관적 진실성'이 있다고 할 수 있을 것이다. 그런데 왜 그는 갑자기 나서서 스스로를 파멸로 몰아가고, 그 결과 제정 러시아의 잔혹함을 파헤치는 '영웅'이 된 것일까. 참으로 이상한 노릇이다.

이 질문에 어느 톨스토이 연구자는 이렇게 대답했다. "네플류도프는 톨스토이가 러시아 사회를 위에서부터 아래까지, 모스크바 및 페테르부르크에서부터 농촌 및 시베리아 유형지에 이르기까지 전체를 다양한 각도에서 점검하고 19세기 러시아 문명의 암흑과 기만과 비인도성을 파헤쳐내기 위해 앞장세운 돌격대장 같은 인물이라고 생각하면 좋다. 이런 인물을 내세운 문학작품이 있을 수 없거나 있어선 안 된다고 딱 잘라 말할 순 없다." 즉 네플류도프는 작가가 조종하는 로봇인 셈이다. 제1편 23장 이후에 나오는 네플류도프는 억지로 조종당하는 로봇과도 같다. 22장 마지막에서 그는 그동안 자신의 죄를 덮고 있던 눈앞의 장막이 어느새 흔들리면서 그 뒤에 숨겨진 것이 조금씩 드러나 보이는 경험을 한다. 하지만 사실은 '어느새 흔들린' 것이 아니

나이팅게일 애초가들
《부활》 삽화. 마코프스키 그림.

다, 분노한 톨스토이가 억지로 흔들어서 걷어낸 것이다. 그렇다면 이때 네플류도프는 톨스토이에 씌었다고 할 수 있다. 그는 네플류도프를 벌하는 대신, 그 스스로 '서른세 살 난 도락자'의 육체에 파고든 것이다.

이 같은 이야기의 뒤틀림과 엄청난 비약 속에서 우리는 위대한 늙은 사상가의 맹렬한 분노와 애를 태우며 생각하는 마음을 엿볼 수 있다. 카튜사의 이야기가 그 자체로 하나의 뛰어난 예술인 데 비해, 거대한 《부활》은 완벽함과 일관성이 부족한 대규모 예술이다. 그래서 《부활》은 예술작품으로서는 《전쟁과 평화》《안나 카레니나》에 영광의 자리를 넘겨주지 않을 수 없다.

하지만 네플류도프가 더 이상 그 자신이 아니라 일흔 된 노인의 영혼을 지닌 인물이 되었다고 한다면, 독자는 이상하게 여기기는커녕 오히려 사회와 인생에 대한 무시무시한 그의 통찰에 순수하게 감탄할 것이다. 그가 권력자와 나눈 일문일답을 보면 기가 막혀서 도리어 헛웃음이 나올 정도다. 네플류도프(톨스토이)는 무책임한 권력자의 말을 듣고 깨달음을 얻는다. "이 사람들(죄인들)은 모두 정의를 파괴하고 법을 어겨서 체포되거나 수감되거나 추방되거나 한 것이 결코 아니라, 단지 관리나 부자가 인민에게서 착취한 부(富)를 자유롭게 사용하는 데 방해가 되었기 때문에 그렇게 됐을 뿐이다." 여기서 곧 다음과 같은 결론이 나온다. "올바른 인간이 머무는 유일한 장소가 바로 감옥이다." 왜냐하면 감옥에 갇히지 않은 사람은 '관리나 부호가 인민을 착취하는 행위'를 돕거나 방관한 자이기 때문이다.

카튜사가 말을 잃은 순간 터져 나온 그 외침은 혁명에 대한 뜨거운 열망이었다. 닥쳐오는 자본주의의 물결, 대중의 빈곤과 토지상실에 대한 혼신의 저항이었다. "톨스토이는 러시아에 부르주아혁명이 닥쳐왔을 때 수백만 러시아 농민 사이에서 형성된 사상과 감정을 표현한 위대한 인물이다."(레닌) 농민 사회에서 폭풍이 일어날 때 예술은 그 폭풍을 바로 표현해야 한다. '예술'이란 이름으로 폭풍을 잠재우는 일이 있어서는

글을 몰라서 편지를 대신 읽어 달라고 부탁하는 여인 《부활》 삽화. 프리아니 스니코프 그림.

안 된다. 이것이 톨스토이의 예술관이었다. 그래서 그는 일부러 카튜사의 이야기에 상처를 내고 거기서 예술답지 않은 예술을 질질 끄집어 낸 것이다. "음식물의 목적이나 의의가 쾌락에 있다고 믿는 사람들은 먹는다는 행위의 참뜻을 이해할 수 없다. 그와 마찬가지로 예술의 목적이 쾌락에 있다고 믿는 사람들은 그 참된 뜻도 목적도 이해할 수 없다."(톨스토이 《예술이란 무엇인가》)

톨스토이는 전쟁과 혁명의 세기를 예견하여 그에 어울리는 예술을 추구했는지도 모른다. 제3편에 나오는 유형수들의 우울하고도 빛이 배어나는 군상은 마치 미완성된 벽화처럼 느껴진다. 강렬한 사실을 맥락도 없이 코앞에 불쑥 들이대는 20세기 예술의 한 특징이 여기에는 일찍부터 나타나 있다. 우리는 카튜사의 애처로운 모습에서 유형수들의 군상에 이르는 하나의 기다란 선을 발견할 수 있다. 그것은 바로 다양한 높낮이에서의 외침 또는 억눌린 침묵의 형태를 띠고 착취자들에게 쏟아지는 항의의 목소리다.

지금까지 '카튜사의 영혼'에 난 상처에서 '네플류도프의 의식'이 끙끙거리면서 나오게 된 사정을 알아보았다. 이제 우리는 이해할 수 있다. 모든 폭력을 부정해 온 톨스토이가 여기서는 혁명가들에게 상당한 호의를 보이고 있

는 이유를. 다만 톨스토이는 이론적 기초를 가지고 혁명가들을 해부하지는 못했다. 그런데 문제는 '네플류도프의 의식'에서 '신의 부분'으로 넘어가는 비약이다. 이는 도무지 해명하기가 어렵다. '언제든 모든 사람을 용서하며, 몇 번이고 끝없이 용서한다'는 것이 해결책이라면, 대체 유형수와 같은 개개인이 받는 고통의 의미는 무엇이란 말인가?

《부활》을 읽는 독자에게는 마지막으로 그 자신의 사상을 밝혀내야 한다는 과제가 주어진다. 이는 저마다 해결해야 할 문제이다.

"유토피아가 무덤 이편에 존재한다고 약속한 순간에야말로 톨스토이는 우리와 함께 있었다. 그러나 '무덤 저편'을 언급하는 데 이르러 우리를 떠나고 말았다."

톨스토이 사상과 '세 가지 이야기'

그렇다면, 톨스토이는 사상가로서 자신의 위치와 역할에 대해 어떻게 생각하고 있었을까? '세 가지 이야기'는 톨스토이 자신이 털어놓는 사상가 톨스토이에 관한 이야기다.

첫째 이야기

풍요로운 밭에 풀이 돋아났다. 농부들은 풀을 없애려고 그걸 베어 버렸지만, 풀은 계속 늘어났다. 때마침 농부들을 찾아온 마음씨 착하고 지혜로운 주인이 여러 가지 도움이 되는 이야기를 들려주었다. 먼저 풀은 베어서는 안 된다, 그래서는 더욱 늘어날 뿐이니 뿌리째 뽑아야 한다는 것이었다.

그런데 풀을 베지 말고 뿌리째 뽑아 버리라는 마음씨 착한 주인의 충고를 헷갈렸던 것인지, 아니면 이해하지를 못했던 것인지, 그렇게 할 수가 없었던 것인지, 마치 처음부터 그런 충고는 듣지 못했다는 듯이 농부들은 계속 풀을 베어 내고 풀은 더욱 늘어났다. 물론 몇 년 동안 농부들에게 다시 충고를 해준 사람도 있었다. 하지만 이 역시 무시되었고, 풀이 자라면 베어 버리는 것이 관습이 되고, 신성한 격언처럼 되어 버려 밭은 점차 황폐해져갔다. 그렇게 밭은 풀로 뒤덮였고 농부들은 이를 슬퍼하며 사태를 해결하기 위해 온갖 방법을 동원했지만, 정작 마음씨 착한 주인이 알려 준 방법은 쓰지 않았다. 그런데 얼마 전 우연히 농부들이 놓인 상황을 보고 가엾이 여긴 사람이 농부들에게, '풀을 베지 말고 뿌리째 뽑아 버려야 한다'는 충고를 다시 일깨워주었다. 그 사람은 농부들에게 '여러분이 지금 하고 있는 방법은 잘못되었으며, 이미 그러한 사실을 오래 전에 마음씨 착하고 지혜로운 주인이 알려주었다'고 덧붙였다.

어떻게 되었을까? 그의 말이 옳다는 걸 인정하고 풀 베는 것을 그만두었을까? 아니면 그의 말이 틀렸다며 그러한 사실을 증명하려 했을까? 마음씨 착하고 지혜로운 주인의 충고에는 근거가 없으니 우리에게는 필요가 없다고 했을까? 아니다, 농부들은 지적해 준 사람을 비웃으며 화를 냈다. 농부들은 주인의 충고를 자신만이 제대로 이해하고 있다고 생각하는 정신 나간 놈이라고 그를 비난했고, 어떤 사람은 꿍꿍이가 있는 가짜 설교자이거나 협잡꾼이라고 했다. 어떤 사람은 그가 한 말은 모두 그의 생각이 아니라 존경받는 지혜로운 지주의 충고를 다시 지적해 준 것일 뿐이라는 사실을 잊고서, 밭을 잡초로 뒤덮어 밭을 빼앗으려는 악당이라고 했다. "저놈은 풀을 베지 말라고 했어. 하지만 우리가 풀을 베지 않는다면……." 그는 풀을 베지 말라고 하지 않았다. 풀을 뿌리째 뽑으라고 했던 사실은 숨긴 채 농부들은 이렇게 말했다. "만약 그랬다간 잡초가 우거져 정말로 밭이 못쓰게 돼 버릴 거야. 밭에서 잡초나 길러야 한다면 우린 뭣 때문에 농사를 짓는 거지?" 그러더니 사람들은 그를 정신병자나 가짜 설교자, 또는 사람들에게 해를 끼치려는 악당이라는 데에 의견을 모았다. 모두들 그를 경멸했고, 비웃었다. 그는 결코 밭을 풀로 뒤덮으려는 것이 아니며, 반대로 풀을 없애는 것이 농부들의 제대로 된 역할이라고 생각하고 있으며 그것을 바라는 마음씨 착하고 지혜로운 주인의 충고를 여러분께 다시 떠올려 주려는 것이었다고 설명했지만, 아무도 그 말에 귀 기울이지 않았다. 사람들은 이 사내를 마음씨 착하고 지혜로운 주인의 말을 왜곡하는 정신병자나, 풀을 없애는 게 아니라 오히려 풀을 늘리려고 하는 악당이라고 믿어 버린 것이었다.

이 같은 일이 '악을 힘으로 대하지 말라'는 성서의 가르침은 지적했을 때, 나에게도 일어났다. 이러한 가르침은 그리스도를 통해 알려졌고 그리스도가 죽은 뒤에는 여러 시대에 걸쳐 제자들을 통해 입에서 입으로 전해 내려왔다.

그러나 이러한 가르침을 사람들은 받아들이지 못했는지, 아니면 이해하지를 못했는지, 실천하는 건 매우 어렵다고 생각했는지, 시간이 흐를수록 가르침은 점차 잊혀져 갔고 사람들은 이 가르침에서 멀어져 결국 지금과 같은 모습이 되었다. 다시 말해, 지금의 사람들에게 이러한 가르침은 새롭고 들어본 적도 없는 기이하고 비상식적인 것이 되어 버린 것이다. 풀을 베어선 안 된다, 뿌리째 뽑아야 한다는 마음씨 착하고 지혜로운 주인의 오랜 충고를 농부들에게 지적해 준 사람에게 일어났던 일이 나에게도 일어난 것이다.

나는 그저 그리스도교의 가르침처럼 악은 악으로 뿌리 뽑을 수 없다, 악을 힘으로 대적하면 오히려 악은 늘어날 뿐이다, 가르침에 따라 악은 사랑으로 뿌리뽑아야 한다고 했다. "여러분을 저주하는 이들을 축복하고, 여러분의 원수를 위해 기도하며, 여러분을 박해하는 이들을 위해 단식하시어, 여러분을 미워하는 이들을 사랑하십시오. 그러면 원수를 갖지 않을 것입니다."* 그리스도의 가르침에 따르면 사람의 삶이란 악과의 싸움으로, 악은 사랑과 이성으로 대해야 한다. 그리스도의 뜻에 따라, 악을 대하는 많은 수단 중에서도 악을 악으로 제압하는 가장 불합리한 수단만은 제외해야 한다고 나는 얘기했다.

그런데 이러한 나의 얘기를 마치 악에 대적해서는 안 된다고 그리스도가 가르쳤다는 식으로 이해한 것이다. 힘을 통해 삶을 구축한 사람들, 힘을 중시하는 사람들은 나의 얘기와 그리스도의 가르침을 잘못 받아들여 악에 대한 무저항의 가르침은 옳지 않다, 헛소리다, 천벌 받을 유해한 가르침이라고 반박했다. 그렇게 사람들은 악을 없애는 척하며 아무렇지 않게 계속해서 악을 널리 퍼뜨리고 있다.

둘째 이야기

밀가루와 버터, 우유와 같은 식료품을 파는 사람들이 있었다. 더 많은 이익을 남겨 빨리 부자가 되고 싶었던 사람들은 앞다투어 값싸고 해로운 물질이 섞인 상품들을 골라 가게에 들였다. 밀가루에는 쌀겨와 석회를 뿌렸고, 버터에는 마가린을 섞었으며, 우유에는 물과 백묵을 넣었다. 그리고 이러한

---

* 디다케, 생명의 길 (1,2~4장).

"네플류도프는 코르차긴 공작을 잘 알고 있었고 식사 자리에서도 여러 번 보았지만 오늘은 왠지 불쾌한 인상을 받았다. 조끼에 걸친 냅킨 위로 튀어나온 육감적인 입술을 가진 붉은 얼굴, 기름진 굵은 목, 특히 너무 먹어서 살이 뒤룩뒤룩 찐, 자못 장군 같아 보이는 모습이 견딜 수 없었다. 《부활》에서, 파스테르나크 그림.

물건들은 도매상에서 소매상으로, 소매상은 방물상인에게 파는 방식으로 순탄하게 소비자의 손으로 넘어갔다.

창고와 상가가 늘어났고 장사는 번창했다. 상인들은 만족했지만, 식료품을 만들지 못하는 도시 사람들은 무척이나 불쾌했으며 건강도 나빠졌다.

식료품들은 하나같이 상태가 엉망이었지만, 어디에도 해로운 물질을 섞지 않은 상품이 없었기에 도시 사람들은 별수 없이 그걸 계속 사들였고, 이상한 맛과 나빠져 가는 건강을 자신들이 요리를 잘못한 탓이라고 여겼다. 상인들은 계속해서 값싸고 해로운 물질을 대량으로 식료품에 섞어 넣었다.

이러한 일이 지속되면서 도시 사람들은 괴로워했지만 누구 하나 불만을 드러내는 사람이 없었다.

어느 날, 쭉 자신이 직접 구한 식료품만을 먹으며 살아온 주부가 도시로 올라오게 되었다. 평생을 요리만 해 온 주부는 꽤나 알려진 요리사로 바삭한 빵 굽는 법과 맛있는 요리법을 많이 알고 있었다.

주부가 도시 시장에서 사 온 식료품으로 빵을 굽고 요리를 했다. 빵은 구워지지 않고 엉망이 되어 버렸다. 마가린 버터를 쓴 쿠키는 전혀 맛있지 않았다. 주부는 우유를 한참 동안 놓아두었지만 크림이 되지 않았다. 주부는 곧바로 식료품이 좋지 못하다는 것을 알아챘고 확인해 보았더니 역시 생각했던 대로였다. 밀가루 속에선 쌀겨가 나왔고, 버터에선 마가린, 우유에는 횟가루가 들어 있었다. 식료품들이 하나같이 엉터리라는 사실을 알아낸 주부는 시장으로 가서 큰 소리로 상인들을 비난했고, 품질 좋고 영양가 있는 식료품을 내놓던지 아니면 가게 문을 닫으라고 요구했다. 그러나 상인들은 주부를 무시하며 우리 가게 상품은 일등품으로 사람들은 벌써 몇 년째 물건을 사고 있으며, 자신들은 상까지 받았다면서 간판에 내걸린 메달을 보여 주었다. 그러나 주부는 물러서지 않았다.

주부가 말했다. "제가 바라는 건 메달 같은 게 아니라, 먹어도 저와 우리 아이가 탈이 나지 않을 건강한 음식이에요."

"것 참, 아주머니는 진짜 밀가루와 버터를 본 적이 없나 보군요." 상인들은 옻칠을 한 창고에 가득한, 보기에 아무것도 섞지 않은 것 같은 새하얀 밀가루와 깨끗한 컵에 든 노란 버터 같은 것과, 반짝반짝 투명한 용기에 든 새하얀 액체를 가리켰다.

"제가 모를 거라고 생각했나요?" 주부가 대답했다. "저는 이 손으로 평생을 요리해서 아이들을 먹여 살렸습니다. 당신들의 식료품은 모두 불량품이에요. 이게 그 증거입니다." 그녀는 엉망이 된 빵과 마가린이 보이는 쿠키, 우유 속의 침전물을 가리켰다. "당신들의 상품은 전부 강에 내버리고 불태운 다음, 깨끗한 상품으로 바꿔야 합니다!" 그리고 주부는 계속해서 가게 앞에 서서 찾아오는 손님들에게 이 같은 말을 되풀이했고 손님들은 술렁이기 시작했다.

이 뻔뻔한 주부가 장사를 망치리라 생각한 상인들은 손님들에게 이렇게 말했다.

"손님 여러분, 여길 보십시오. 이 아주머니는 정신이 나갔습니다. 우리를 굶어 죽일 작정이에요. 식료품을 모조리 강에 흘려 보내고 불태워야 한다고 주장하고 있습니다. 우리가 이 아주머니의 말대로 해서 팔 것이 없어진다면 대체 여러분은 뭘 먹어야 할까요? 저 어수룩한 촌사람의 말에 귀 기울이지 마십시오. 식료품에 대해 아무것도 모르면서 그저 샘이 나서 트집잡고 있습니다. 가난한 자신처럼 모두가 가난해지기를 바라고 있어요!"

상인들은 주부가 바라는 것은 식료품을 없애는 것이 아니라 나쁜 물건을 좋은 물건으로 바꿔 달라는 것이라는 걸 알고 있었음에도 일부러 모여든 사람들에게 이렇게 말했던 것이다.

그러자 사람들은 주부에게 모여들어 그녀를 비난했다. 주부는 자신은 결코 식료품을 없애기를 바라지 않으며, 오히려 자신과 가족들이 먹을 식료품을 가진 사람들에게 해로운 물질로 망가뜨리지

유럽 공동제작 영화 〈부활〉(1959) 감독 : 롤프 한센
사진 위 : 창살 너머로 마주 보는 두 사람. 후회와 죄책감에 사로잡힌 네플류도프는 카튜사와 결혼하기로 결심하고 그녀를 뒤따라간다.
사진 아래 : 유형수들의 행렬.

말아달라고 부탁한 것이라고 설득했다. 하지만 그녀가 입이 닳도록 말해도 아무도 그녀의 얘기에 귀 기울이지 않았다. 이미 사람들은 그녀가 소중한 식료품을 없애려는 사람이라고 받아들였기 때문이다.

이 같은 일이 현대과학과 예술에 관련된 나에게도 일어났다. 나는 평생 동안 쭉 이 음식을 먹어왔고 좋든 나쁘든 다른 사람들도 먹을 수 있게끔 노력해 왔다. 그리고 이는 나에게 있어 음식일 뿐이지 장사수단이나 사치품이 아니었기에, 나는 이것이 제대로 된 음식인지 엉터리인지 곧장 알 수 있었다. 나는 현대의 지적 시장에서 과학과 예술로 치장하여 팔리는 음식을 먹어보고 사랑하는 사람들에게도 먹어보았을 때, 이 음식의 반절이 가짜라는 걸 알

아챘다. 그리고 지적 시장에서 파는 과학과 예술에는 마가린이 들어 있고, 진실된 과학과 예술과는 전혀 관계도 없는 해로운 물질이 대량으로 섞여 있다는 것을 알아챘기에 이 유해한 음식을 산 나는 물론이고, 사랑하는 가족들에게도 먹일 수 없었다고 얘기했다. 사람들은 깜짝 놀라 소리 지르더니, 당신은 교양이 없어서 이렇게 고상한 것을 즐기는 방법을 모르기에 그러는 것이라고 나를 타이르는 것이었다.

나는 그런 지적 상품을 파는 자들이 끊임없이 서로의 기만을 폭로하고 있다는 것을 증명하려 했다. 어느 시대에서도 과학과 예술이라는 이름 아래 사람들은 수많은 해로운 것과 불량한 것을 제공받아 온 만큼, 지금도 그런 위험에 드러나 있다. 이는 농담이 아니다. 정신적인 독성은 육체적인 독성보다 몇 배는 더 위험하다. 음식으로 위장한 정신적 상품에는 더 많은 주의를 기울여야 하며, 가짜와 해로운 상품을 모두 내버려야 한다고 주의를 주었지만 어느 누구도 이러한 나의 얘기에 논문이나 책으로 받아치는 사람은 없었고, 그저 가게에서 주부가 받은 것처럼 사람들의 비난만이 쏟아졌다. "저 여자는 정신이 나갔습니다! 우리 삶의 주식이나 다름없는 과학과 예술을 없애려고 하고 있어요. 저 여자의 말에 귀 기울이지 마십시오. 자아, 자아, 오세요, 오세요! 저희 가게에는 최신 수입품이 많습니다."

셋째 이야기

여행자들이 걷고 있다. 그만 길을 잃고 만 여행자들은 평탄한 길은커녕 길을 가로막는 늪지대와 풀숲과 가시덤불, 마른 나뭇가지 탓에 앞으로 가는 것이 점차 어려워졌다. 그러자 여행자들은 두 그룹으로 나뉘었다. 첫 번째 그룹은 우리는 본디 가던 길에서 벗어나지 않았으며, 이대로만 가면 목적지에 도착할 것이라며 멈추지 않고 가던 길로 계속 나아가기로 했다. 두 번째 그룹은 우리는 지금 완전히 잘못된 길로 들어섰다, 만약 그렇지 않았다면 벌써 도착했어야 한다며, 멈추지 않고 이리저리 뛰어다니며 길을 찾기로 했다. 여행자들은 이렇게 두 가지 의견으로 나뉘었다. 어떤 자들은 앞으로 나아가기로 했고, 다른 사람들은 다른 길을 찾아보기로 했다. 그런데 딱 한 사람만이 어느 쪽 의견에도 손을 들지 않고, 올바른 길을 찾아 직진하거나 여기저기 뛰어다니는 것보다는 먼저 제자리에 서서 지금 상황을 파악하고 생각을 거

러시아 영화 〈부활〉(1961) 사진 왼쪽 : 피고석으로 호송되는 카튜샤. 사진 오른쪽 : 마지막 만남, 그리고 이별을 고하는 카튜샤와 네플류도프.

듭한 다음 대처해야 한다고 했다. 그러나 길을 잃은 탓에 몹시 흥분하고 지금 상황이 무척이나 절망적이라고 느끼고 있었던 여행자들은 자신들은 길을 잃은 것이 아니라 아주 약간 길에서 벗어난 것일 뿐이라 금방 길을 찾을 수 있다고 스스로를 위안하고 싶었고, 무엇보다 길을 헤매고 있다는 공포심을 해소하고 싶었기에 첫 번째 그룹의 사람들도, 두 번째 그룹의 사람들도 모두 화를 내며 그를 비난하고 비웃었다.

"그딴 건 겁쟁이나 얼간이들이 하는 소릴세."

"한곳에서 멍하니 기다린다고 길이 찾아지겠는가!"

"우리 인간에게 힘이 주어진 것은 싸우고 노력해서 역경을 이겨내기 위한 것이지 한심하게 무릎 꿇기 위해서가 아니네."

그렇게 다른 사람들과 의견을 달리한 사람은, 방향을 바꾸지 않고 잘못된 방향으로 나아간들 우리는 결코 목적지에 가까이 갈 수 없고 또 아무리 이리저리 길을 찾아본들 역시 마찬가지이며, 목적지로 가는 유일한 방법은 해와 별을 보고 올바른 방향을 찾는 것으로 그러기 위해서는 먼저 제자리에 서야 한다고 얘기했다. 제자리에 선다는 건 그저 멍하니 있는 것이 아니라 이번에야말로 올바른 길을 찾아내서 가기 위한 방법이니 먼저 모두 침착하자고 입이 닳도록 얘기했지만 아무도 귀 기울이지 않았다.

결국 첫 번째 그룹은 가던 길을 계속 나아갔고, 두 번째 그룹은 여기저기 길을 찾아 헤맸지만, 어느 누구도 목적지에 가까이 가지 못하고 지금도 풀숲과 가시덤불에 갇혀 헤매고 있다.

이와 조금도 다르지 않은 일이 내가 다음과 같은 의심을 나타냈을 때 나에게 일어났다. 노동문제라는 어두운 숲과 외국의 군비확장이라는 깊은 늪으로 향하는 이 길이 결코 틀렸다는 건 아니지만 우리가 잘못된 길로 들어섰다는 것은 확실하지 않은가? 그러니 이 잘못된 발걸음을 잠시 멈추고, 우리에게 밝혀진 진리의 일반적인 영원의 원리원칙에 따라 우리가 가고 있는 이 길이 우리가 뜻하는 길이 맞는지 먼저 확인해야 하지 않겠는가? 나의 이러한 의심에 아무도 대답하지 않았다. 우리는 잘못된 길로 들어서지 않았고 길을 잃지 않았으며 그것은 이러저러한 이유로 확실하다고 대답하거나, 어쩌면 확실히 우리는 잘못된 길로 들어섰을지도 모르지만 이 발걸음을 멈추고 잘못을 되돌릴 확실한 방법이 있다고 대답한 사람도 없었다. 모두가 화를 내며 소리를 질렀다. 나 한 사람의 목소리를 지우기 위해 모두가 안달이 났다. "안 그래도 머저리들 때문에 갈 길이 늦어지고 있어. 그러는 것은 게으름과 비정함과 아무일도 하지 않는 것을 부추기는 걸세!" 어떤 사람은 거기다가 "굼벵이들이나 하는 생각이로군!" 하고 덧붙이기까지 했다. "저자의 말에 귀 기울이지 마, 우리는 계속해서 앞으로 나아간다!" 그게 어디로 가는 길이든 한번 고른 방향을 바꾸지 않고 나아가는 것만이 유일한 구원이라고 믿는 사람들도, 이리저리 찾아 헤매다 보면 구원이 보인다고 믿는 사람들도, 모두 이렇게 외친다. "멈춰 선다고 뭐가 된다는 거지? 생각해서 뭐가 된다는 거지? 앞으로 나아가야 해! 뭐든 어떻게든 될 거야!"

사람들은 길에서 벗어났고 그 때문에 힘들어하고 있다. 가장 힘써야 할 노력은 우리를 이토록 잘못된 길로 끌어들인 이 발걸음을 재촉하는 것이 아니라 그것을 막는 것이다. 먼저 제자리에 멈춰 선다면 우리는 자신이 놓인 상황을 얼마간이나마 이해할 수 있을 것이니, 한 사람이나 일부의 행복이 아니라 모든 사람들이 지향하는 인류 전체의 참된 행복에 이르기 위해 우리가 나아가야 할 방향을 찾을 수 있다는 것은 분명하지 않은가? 그런데 어떨까? 사람들은 할 수 있는 일을 뭐든 떠올리면서도 자신들을 구원해 줄 수 있는, 아니 구원해 주지 못하더라도 상황을 완화해 줄 방법, 다시 말해 잠시나마라도 멈춰 서서 잘못된 발걸음으로 인한 불행의 확대를 멈춰줄 유일한 방법을 떠올리지 못한다. 사람들은 자신들 상황의 비참함을 느끼고 있고 그 속에서 빠져 나오기 위해 어떤 방법이든 동원하면서도 어째서인지 이 상황을 완화해 줄 방법은 쓰지 않으며, 그러는 편이 낫다는 충고만큼 그들을 화나게 만드는 것도 달리 없다. 길을 잃었다는 사실에 아직도 의심의 여지가 있다면 정신을 차리라는 충고에 대한 위와 같은 태도는, 우리가 얼마나 구원받기 힘들 만큼 길을 잃었으며 얼마나 큰 절망에 빠졌는지를 더없이 뚜렷하게 증명해 준다.

톨스토이의 리얼리즘

톨스토이의 문학은 리얼리즘 문학이다. 이는 누구나 인정하는 사실이지만, 여기서 말하는 '리얼리즘'이란 무슨 뜻일까? 이는 톨스토이의 리얼리즘이 낭만주의에 대한 사실주의라는 뜻이 아니며, 리얼리즘과 자연주의의 차이는 무엇인가 할 때의 리얼리즘과도 다르기 때문이다. 톨스토이의 리얼리즘은 아마 좀 더 소박한 것이리라. 문학사와 문학이론도 모르고 관심조차 없는 독자가 톨스토이의 문학작품을 읽고 "이 사람의 문장을 읽고 있으면 뭔가가 눈앞에 보이는 것 같아." 이렇게 생각했다면 아마도 이것이 톨스토이의 리얼리즘이 아닐까 한다. 다시 말해 톨스토이의 리얼리즘이란 기본적으로 독자의 시각에 호소하는 방식으로 눈으로 다가오는 문장이라는 뜻이다. 그러나 이러한 묘사가 눈에 보인다고 표현하는 것은 적절치 않다.

예를 들어 《이반 일리치의 죽음》의 다음 장면을 떠올려 보자. 자신의 건강이 좋지 못하다는 것을 깨달은 이반 일리치가 유명한 의사를 찾아가는 장면이다. 작품에서 이반 일리치를 진찰하는 의사의 표정이 다음과 같이 그려져 있다.

"당신은 저희만 믿으시면 됩니다. 모두 다 잘될 겁니다. 누구든 상관없이 모든 이들에게 일률적으로 통하는 방법을 저희는 알고 있으니까요." 그렇게 말하고 있는 것만 같은 의사의 표정은 마치 피고인을 바라보는 판사의 표정을 꼭 닮아 있었다.

이 자신만만하고 냉소적인 표정에 앞서 병에 걸린 환자가 어떠한 심정이었을지, 얼마나 비참했을지는 경험이 있는 사람이라면 그것을 뼈저릴 만큼 잘 알 것이며, 저 자신만만한 의사의 표정이 눈앞에 생생히 떠오를 것이다.

그러나 확실히 눈에 보인다고 하지만, 잘 생각해 보면 작품에선 실제로 보고 있는 대상에 대해서는 한 마디도 언급하고 있지 않다. 바로 이것이 톨스토이의 리얼리즘을 이해하기 위한 요점이라고 할 수 있다. 다시 말해 묘사대상이 눈에 보인다고 해서 눈에 보이는 부분만 세심하게 그려낸 것은 아니라는 뜻이다. 저 의사의 표정만 해도 그렇다. 표정을 짓고 있는 의사의 속마음을 통해 그 표정이 우리의 뇌리에 비치는 구조로 되어 있다. 사람의 눈이란 눈에 보이는 부분의 그 너머에 뭐가 있는지를 깨달았을 때 비로소 더 잘 보이게 되는 법이기 때문이다.

표정은 마음을 투시함으로 생겨난다. 그러나 이것은 사람의 표정에만 국한되는 것이 아니라 더 일반적인 성질을 갖고 있을 것이다. 얼마나 현실을 정확하게 인식할 수 있는가는 얼마만큼 현실을 직시할 수 있는가에 달려 있다. 그것이 작가의 투시력이며 작품의 투시력이다. 여기서 말하는 투시력이란 자연과학에 따른 법칙 같은 것이다. 현실세계로 예를 들자면, 잎사귀와 돌멩이는 똑같은 속도로 떨어지지는 않지만 이로써 만유인력의 법칙이 깨지지 않게 된다. 오히려 반대로 만유인력의 법칙을 믿게 됨으로 잎사귀와 돌멩이가 서로 다른 속도로 떨어지는 이유를 설명할 수 있게 된다.

톨스토이의 사상과 문학작품의 관계는 말하자면 전향 이후, 지금 말한 법칙과 현실세계와의 관계와 비슷해졌다고 볼 수 있다. 현실의 잎사귀와 돌멩이가 서로 다르게 떨어지는 속도를 보고, 만유인력의 법칙은 극단적이라고 우리는 말하지 않는다. 그러나 생명의 본질은 사랑이며 사랑이 모든 것이라는 톨스토이의 명제는 극단적이라고 매듭지어 버린다. 그러나 여기서 중요한 것은 이 명제가 극단적이다 아니다가 아니라, 이 명제가 얼마만큼의 투시력을 가지고 있느냐는 것이다. 이 명제에서 《이반 일리치의 죽음》이 태어났고, 《크로이체르 소나타》가 태어났으며, 《주인과 하인》과 《하지 무라트》가 태어났다는 사실을 잊어서는 안 된다.

비유의 명인 톨스토이

톨스토이 사상과 문학의 관계는 이러하다고 생각해 볼 수 있지만, 톨스토이에게 현실세계를 이해하기 위한 무기는 한 가지가 더 있었다. 그것은 바로 비유와 예시였다. 앞서 예로 들었던 《이반 일리치의 죽음》에 나온 의사의 표정처럼, 의사가 하는 말처럼 표현된 의사의 마음이 덧붙은 판사의 표정이라는 비유에서 그 위력은 비길 데가 없다. 톨스토이는 비유와 예시의 명인이다. 그러한 점은 《전쟁과 평화》에 쏟아진 수많은 비평에 대해 일기에 남긴 '솜씨 좋은 요리사와 정원의 개들'이라는 예시를 떠올린다면 뚜렷하게 알 수 있으며, 톨스토이가 쓴 모든 민화들이 증거가 되어 준다.

현실은 있는 그대로의 모습으로 우리 앞에 놓여 있지만, 그것을 있는 그대로의 모습으로 받아들이기 위해서는 그걸 어렴풋이 바라보는 것 말고는 달리 방법이 없다. 상대를 받아들이기 위해선 그 속에 감춰진 뭔가를 파악해야만 한다. 즉, 상대의 마음을 이해하거나 비교나 비유를 통해 이쪽에서 적극적으로 의미를 부여할 필요가 있다는 것이다. 뭔가를 이해한다는 것은 바로 그러한 것이며, 사람에게 뭔가를 이해시킨다는 것도 바로 그러한 것이다. 여기서 우리는 아이들 앞에 서 있는 마을교사 톨스토이를 볼 수 있다.

톨스토이가 비유라는 무기를 자신의 사상에 가져다 쓴 것이 이 '세 가지 이야기'이다. 톨스토이가 현실사회에 대한 자기 사상의 역할을 매우 정확하게 이해하고 있었다는 것은 놀랄 만한 사실이다. 이 점은 톨스토이가 입으로는 극단적인 얘기를 하면서 실제로는 매우 상식적인 사람이었다는 걸 말하는 게 아니다. 얼핏 극단적으로 보이는 그의 사상 투시력을 통해 톨스토이가 현실을 오류 없이 매우 정확하게 파악하고 있었다는 점을 뜻하는 것이다.

'세 가지 이야기'에는 달리 해설이 필요 없다. 그런데 이토록 익살스럽게 그려져 있기는 하지만 톨스토이의 눈에는 모든 것이 갈수록 심각해졌다는 점을 잊어서는 안 된다. 집을 나온 톨스토이가 죽음에 이르기 반 년 전에 쓴 일기에는 이와 같은 구절이 남아 있다.

"기계는 뭘 만들기 위한 걸까? 전보는 뭘 전하기 위한 걸까? 학교와 대학, 아카데미는 뭘 가르치기 위한 걸까? 책과 신문은 뭘 알리기 위한 걸까?

한데 모여 하나의 권력을 따르는 수백만 명의 사람들은 뭘 하기 위한 걸까? 병원과 의사와 약국이 계속 살아가기 위한 것이라면, 대체 무엇 때문에 계속 살아야 한다는 걸까?"

(1910년 5월 10일 일기)

톨스토이 연보

1828년 8월 28일, 톨스토이 백작 집안의 넷째 아들로 러시아 중부의 야스나야 폴랴나에서 태어남. 톨스토이 위로 5세인 니콜라이, 2세인 세르게이, 1세인 드미트리 등 세 형들이 있음.

1830년(2세) 8월 7일, 어머니 마리아 니콜라예브나가 여동생 마리아를 낳은 뒤 그 후유증으로 죽음.

1836년(8세) 톨스토이 집안, 모스크바로 이사함.

1837년(9세) 6월 21일, 아버지 니콜라이 일리이치마저 톨라 마을 거리에서 졸도하여 죽다. 작은어머니인 오스첸 사켄 부인이 남은 아이들의 후견인이 됨.

1841년(13세) 후견인이던 작은어머니가 가을에 죽자, 톨스토이는 세 형들과 함께 카잔에 살고 있는 유쉬코바 고모댁으로 감.

1844년(16세) 9월 20일, 카잔 대학 동양어학부에 입학함.

1848년(20세) 페테르부르크 대학의 학사시험에 합격, 법학사 취득. 이해부터 스물세 살이 될 때까지 도박과 주색에 빠진 방탕생활을 함.

1851년(23세) 3월, 《어제 이야기》. 5월, 맏형 니콜라이가 있는 카프카즈 포병대에 사관후보생으로 입대함.

1852년(24세) 군무에 종사하면서 3월 17일 단편 《침입》을 쓰기 시작함. 6월, 《유년시대》 탈고. 네크라소프의 인정을 받아 그가 주재하는 잡지 〈현대인〉에 9월부터 익명으로 연재하기 시작, 청년 작가로서의 첫발을 내디딤. 9월, 중편 《지주의 아침》을 쓰기 시작하다. 12월, 《침입》을 완성함. 중편 《카자크 사람들》을 쓰기 시작함.

1853년(25세) 여러 지방에서 참전함. 4월, 단편 《크리스마스의 밤》, 5월,

장편 《소년시대》. 6월, 단편 《나무를 베다》. 9월, 단편 《득점 계산자의 수기》를 쓰기 시작함.

1854년(26세) 1월, 장교로 승진하여 고향에 돌아감. 3월, 다뉴브 파견군에 종군하고 크리미아군으로 옮겨 세바스토폴 전투에 참가. 《소년시대》《러시아 군인은 어떻게 죽는가》 등을 발표함.

1855년(27세) 3월, 《청년시대》를 쓰기 시작. 11월, 페테르부르크로 돌아가 투르게네프·네크라소프·곤차로프·오스트로프스키·페트 등 〈현대인〉 동인들의 환영을 받음. 투르게네프와 사이가 나빠짐.

1856년(28세) 3월, 셋째 형 드미트리 죽음. 11월, 제대하다.

1857년(29세) 1월, 유럽으로 여행을 떠나 7월에 귀국. 야스나야 폴랴나에 살며 농사지음. 《뤼체른》《알리베르트》《청년시대》를 씀.

1860년(32세) 교육문제에 깊은 관심을 갖고 《국민 교육론》을 기초함. 7월, 외국의 교육제도를 시찰할 목적으로 여행을 떠남. 9월, 맏형 니콜라이가 죽어 몹시 슬퍼함. 《폴리쿠시카》를 쓰기 시작함.

1862년(34세) 교육 논문 《국민 교육에 관하여》《읽고 쓰기 교육방법에 관하여》《누가 누구에 관하여 쓰는 것을 배우는가》 발표. 9월, 시의(侍醫) 베르스네의 둘째 딸 소피아 안드레예브나(당시 18세)와 결혼함. 《꿈》을 쓰기 시작. 《목가(牧歌)》를 씀.

1863년(35세) 6월, 맏아들 세르게이 태어나다. 《호르스트메르(어떤 말의 역사)》, 〈야스나야 폴랴나〉 마지막 호 발행. 《진보와 교육의 정의》《카자크 사람들》《폴리쿠시카》 발표. 《십이월 당(黨)》 쓰기 시작. 《전쟁과 평화》의 준비로서 나폴레옹전쟁 시대에 관한 연구를 시작함.

1864년(36세) 9월, 맏딸 타치아나 태어남. 사냥하다 말에서 떨어져 오른손을 다쳐 모스크바에서 수술을 받음. 회복과 동시에 《전쟁과 평화》(당시엔 《1855년》이라는 제목을 붙였음)에 착수하다. 《톨스토이 저작집》 제1, 2권 간행함.

1865년(37세) 《전쟁과 평화》의 첫 부분(1~28)을 〈러시아 통보〉에 실음.

1866년(38세) 《니힐리스트》《전쟁과 평화》 제2편 발표함. 5월, 둘째 아들

일리아 태어나다. 시프닌 사건을 변론함.

1867년(39세) 가을, 《전쟁과 평화》의 집필을 위해 모스크바로 감. 보로지노의 옛 싸움터에 감. 《전쟁과 평화》 전3권 초판 간행함.

1873년(45세) 3월, 《안나 카레니나》에 착수. 가족 모두를 데리고 사마라 지방으로 가서 빈민구제 사업에 힘을 기울임. 《읽고 쓰기 교육방법에 관하여》를 〈모스크바 신보〉에, 《사마라 지방의 굶주림에 대하여》를 〈모스크바 신문〉에 각각 실음. 《톨스토이 저작집》 제1권~제8권까지 출판. 아카데미 회원이 됨.

1877년(49세) 《안나 카레니나》 완성.

1878년(50세) 십이월당 연구를 위해 모스크바와 페테르부르크에 감. 투르게네프와 화해. 5월, 《최초의 기억》을 쓰기 시작. 투르게네프가 야스나야 폴랴나를 방문. 《참회록》 집필.

1881년(53세) 《사람은 무엇으로 사는가》 《요약 복음서》 간행.

1885년(57세) 헨리 조지의 《토지 국유론》을 읽고 깊은 감명을 받아 사유재산을 부정함으로써 아내와 의견 대립 발생. 그 결과로 모든 저작권을 아내에게 양도함. 《일리야스의 행복》 《그러면 우리는 무엇을 할 것인가》 출판. 《이반 일리치의 죽음》 쓰기 시작함.

1888년(60세) 담배를 끊음. 2월에 둘째 아들 일리아 결혼함. 막내 아들 바니치카 태어남. 《고골리론(論)》 착수. 본다레프의 《농민의 승리》에 서문을 씀. 코롤렌코가 처음으로 찾아옴. 초등학교 교사가 되려고 원서를 제출했으나 당국으로부터 거절당함.

1891년(63세) 아내 소피아가 발행금지되었던 《크로이체르 소나타》의 공표 허가를 얻어냄. 《니콜라이 파르킨》을 제노바에서 출판. 4월, 재산을 나눔. 《첫째 단계》 집필 시작. 이해 중앙아시아와 동남아시아에 걸쳐 기근이 일어나자 농민구제에 활약함. 《기근의 보고》 《무서운 문제》 《법원에 대하여》 《어머니 이야기의 예언》 《어머니의 수기》. 모든 저작권을 버림. 《신의 왕국은 그대들 속에 있다》 쓰기 시작함.

1892년(64세) 굶주림에 허덕이는 사람들을 구제하기 위해 많은 활약을 했으나 당국의 방해를 받음.

1893년(65세) 《무위(無爲)》를 〈러시아 통보〉에 발표. 《종교와 국가》 집필. 노자(老子)의 번역에 몰두함.

1898년(70세) 툴리스카야, 오를로프스카야 두 지역의 빈민구제를 위해 활동함. 두호보르 교도를 돕기 위한 자금 마련 방편으로 《부활》을 완성하기로 결심함. 8월 29일, 톨스토이 탄생 70년 기념 축하회 열림. 《신부 세르게이》 완성. 《종교와 도덕》 《톨스토이즘에 관하여》 《기근이란 무엇인가》 《두 전쟁》 《카르타고를 파괴하지 말라》 《러시아 통보의 편집자에게 부친다》 씀.

1899년(71세) 3월, 《부활》을 발표하여 주목을 끔. 《사랑의 요구》 《한 상사(上士)에게 부치는 글》 씀.

1900년(72년) 1월, 아카데미 예술회원에 뽑힘. 고리키 찾아옴. 희곡 《산송장》 《애국심과 정부》 《죽이지 마라》 《현대의 노예제도》 《자기완성의 의의》 씀.

1901년(73세) 그리스정교회에서 파문됨. 《파문명령에 대한 종무원(宗務院)에의 회답》 쓰기 시작. 9월, 크리미아에서 티푸스와 폐렴으로 중태에 빠짐. 《황제와 그 보필자에게》 《유일한 수난》 《누가 옳은가》 씀.

1903년(75세) 1월, 《유년 시절의 추억》 쓰기 시작. 《성현(聖賢)의 사상》 편찬에 착수. 단편 《무도회가 끝난 뒤》 탈고. 8월 28일, 탄생 75주년 축하회 열림. 9월, 《셰익스피어론》 집필. 《노동과 병과 죽음》 《앗시리아 왕 앗사르 하돈》 《세 가지 의문》 《그것은 너다》 《정신적 원본의 의의》 《인생의 의의에 대하여》 씀.

1904년(76세) 전쟁반대론 《반성하라》 발표함. 6월, 《유년 시절의 추억》 탈고. 《해리슨과 무저항》 《과연 그렇지 않으면 안 되는가》 《하지무라트》 출판.

1910년(82세) 《인생의 길》, 단편 《호두인카》 《모르는 사이에》 《마을의 사흘 동안》, 희곡 《모든 것의 근원》 씀. 9월, 코롤렌코가 찾아옴. 《세상에 죄인은 없다》를 개작. 10월 28일 새벽, 아내에게 마지막 글을 써놓고 집을 나가 도중에 사형을 논한 《효과 있는 수단〉을 집필. 10월 31일, 여행 중 병들어 라잔—우랄선 간 이역 아스타포바에서 내림. 11월 3일, 최후의 감상을 일기에 씀. 11월 7일 오전 6월 5분, 역장 관사에서 눈을 감음. 11월 9일, 야스나야 폴랴나에 묻힘.

이동현(李東鉉)

러시아문학자. 육군사관학교 교수, 한국외국어대학교 노어과 교수 역임.《카라마조프네 형제들》로 제11회 국제펜클럽한국본부 한국번역문학상 수상. 옮긴책에 도스토옙스키《카라마조프네 형제들》《죄와 벌》《백치》《가난한 사람들》, 톨스토이《전쟁과 평화》《부활》《참회록》《결혼의 행복》, 푸시킨《대위의 딸》, 고골《외투》《검찰관》, 체호프《체호프단편집》, 솔제니친《이반 데니소비치의 하루》, 파스테르나크《의사 지바고》등이 있다.

세계문학전집077
Лев Николаевич Толстой
ВОСКРЕСЕНИЕ
부활
톨스토이/이동현 옮김
동서문화창업60주년특별출판
1판 1쇄 발행/2017. 1. 20
발행인 고정일
발행처 동서문화사
창업 1956. 12. 12. 등록 16–3799
서울 중구 다산로 12길 6(신당동 4층)
☎ 546–0331~6 Fax. 545–0331
www.dongsuhbook.com
*
사업자등록번호 211–87–75330
ISBN 978–89–497–1542–1 04800
ISBN 978–89–497–1515–5 (세트)